KB262226

한국문학과 탈식민주의

상허학회

책을 내면서

을유년의 새아침이 밝았다. 을유는 희망의 아침과 인간의 활동을 동시에 상징한다. 새로운 건설의 부푼 의지가 가득함을 알려줌과 함께 역사의 행정이 다하는 순간을 암시하고 있다. 시작과 끝의 어슷한 경계를 함께 포괄적으로 보여주고 있는 것이다. 긴 터널을 빠져나오는 순간 눈부신 햇빛을 맞이하게 되지만 그 빛은 또한 터널 속으로 들어설 때 아쉽게 등질 수밖에 없었던 그 빛이기도 하다. 새로운 역사의 출발을 알리는 서광 앞에서 지난 과거의 시간을 돌이켜 볼 수 있는 지혜가 필요한 것도 이 때이다. 미네르바의 부엉이가 갖게 되는 지혜란 경험하는 순간순간의 시간의 기억 속에서 자라고 움트고 벼려질 것이다. 그리고 마침내 역사의 결정체가 되어 그 광영을 되비칠 것이다.

불과 10여전만 하더라도 '탈식민'이라는 단어는 매우 낯설었다. 과거의 경험 앞에서 식민과 탈식민의 이항대립은 매우 적극적이지만 유희적인 모습으로 비쳐졌기 때문이다. 하지만 근대성의 담론은 시대의 변화에 따른 발상의 전환을 요구하게 되었다. 탈식민이라는 매개항을 통하여 근대성의 다른 면모를 바라볼 수는 없는가라는 점이 부각되었다. 다시 말하면 탈식민주의에 입각한 관점은 근대성의 담론이 놓치고 지나쳤던 역사적 무의식을 일깨우는 역할을 하고 있다. 이러한 역할은 역사에 대한 전면적인 비판과 반성의 차원에서 요청되는 과제의 표현이기도 하다. 탈식민주의 문학이론을 그냥 지나치지 못하는 이유도 여기에서 찾을 수 있을 것이다.

이번에는 '한국문학과 탈식민주의'라는 특집을 마련하였다. 나병철은 「한국문학과 탈식민」에서, 탈식민주의 문학이론을 깊이 있게 소개해 온 연구를 바탕으로, 한국문학과 탈식민의 관련에서 나타나는 다양한 편차를 한눈에 조감할 수 있게 해주고 있다. 이경훈은 「노란 피부, 노란가면」에서 역사적 무의식의 감추어진 한 켜를 보여주고 있다. 임영빈이라는 작가를 통해 시대에 편승하는 식민지인과 친일문학의 심리적 구조를 전체적으로 보여주고 있다. 한편 공임순은 김남천의 문학세계를 '자기의 서벌턴화'라는 관점에서 살펴보고 있다. 아울러 허윤회, 김석영, 노철의 글에서는 각각 김수영, 신동엽, 김남주의 시세계를 탈식민의 관점에서 고찰하고 있다. 탈식민주의 문학이론을 우리 문학에 특히 현대시에 적용할 경우에 나타나는 여러 문제점을 포괄적으로 다루고 있다. 이점은 향후의 논의에 그 시사하는 바가 적지 않을 것으로 판단된다.

일반논문에 수록된 글들은 의도하지는 않았지만 한국 근대문학의 중요한 쟁점들을 부각시키는 데 부족함이 없다. 황종연의 「노블, 청년, 제국」은 이광수를 통한 근대소설의 형성과정에 대한 밀도 있는 천착을 보여주고 있다. 김현주는 신채호의 이념과 서사의 관련성을 문제 삼고 있다. 기존의 신채호에 대한 제논의를 고찰하면서 신채호의 서사를 계보학적으로 파악하고 있다. 이러한 논의들은 근대서사의 계보를 확정하려는 노력으로 읽힐 수 있을 것이다. 한편 한만수는 일제하의 검열이라는 상황 하에서 지워질 수밖에 없었던 글자들의 복원에 대한 방법과 성과를 제시하고 있다. 권명아는 태평양 전쟁기간에 산출된 문헌의 검토를 통해 민족의 허구와 제국의 환상을 실감 있게 보여주고 있다. 문학의 외연을 확대하려는 시도들을 통하여 보다 튼실한 근대문학의 지반이 다져질 것으로 기대한다.

지난해 상허 이태준 탄생 100주년을 기념하여 분주한 한 해를 보냈다. 이러한 여세를 모아서 이번 호에도 이태준에 관한 두 편을 글을 싣는다. 권성우은 이태준의 기행문을 한 자리에서 비교 검토하여 그 특성과 위상을 조감하고 있으며, 방민호는 이태준의 소설세계를 일본 사소설과 비교하는 가운데 그 문학적 성격에 대한 논의를 펼치고 있다. 이들의 글들은 지금까지 이태준 문학연구에서 관심이 덜한 부분이었다. 작은 것을 통해 큰 것을 이루듯 이태준 문학연구의 새로운 전기가 될 것으로 믿는다. 그동안 상허학회는 한국 근대문학 연구의 산실로서 묵묵한 면모를 유지해왔다. 그 결과를 인정받아서 상허학보는 당당히 한국학술진흥재단에서 주관하는 학술등재지에 선정되었다. 그동안 많은 관심과 애정을 갖고 힘을 보태주는 여러분들의 덕택이라고 생각한다. 이제는 배전의 노력으로, 지금까지 지켜왔던 노력과 열의를 잃지 않는 근대문학 연구의 소중한 보석이 되어야 할 것이다. 이번에도 깊은샘의 신세를 지게 되었다. 박현숙 사장님에게 감사드린다.

2005년 2월 15일
상 허 학 회

상허학보
14집

❖ 목   차 ❖

◆ **책을 내면서**

I. 특집

II. 이태준 연구

III. 일반논문

IV. 부록

I. 특집

한국문학과 탈식민

나 병 철*

목 차

1. 탈식민 담론과 문화적 탈식민

오늘날 탈식민 담론은 두 개의 상이한 영토들 간의 '틈새'에 위치하고 있다. 두 가지 서로 다른 영토란 이제 영문학의 주류담론이 된 탈식민주의 이론[1]과 과거 식민지시대부터 있어왔던 제3세계의 반식민주의 전통을 말한다.[2] 원래 '탈식민'은 제국의 식민주의에서 벗어나려는 주변국들의 저항이지만, 아이러니하게도 그 제3세계적 기획은 오늘날 제1세

---

* 한국교원대 국어교육과 교수.

[1] 이 논문에서는 20세기말부터 나타난 탈식민주의와 (그것을 포함하지만) 그 이전부터 있어 왔던 탈식민 담론을 구분하기로 한다. 탈식민 담론에는 탈식민주의 이론과 제3세계의 반식민주의 전통이 둘 다 포함된다.

[2] 이 두 개의 영토들에 대한 자세한 논의는 이경원, 「탈식민주의의 계보와 정체성」, 『탈식민주의─이론과 쟁점』, 문학과지성사, 2003, 23-58쪽 참조.

계의 주류 비평의 하나가 되었다. 물론 그에 앞서 '탈식민주의'라는 용어가 출현하기 이전부터 존재해온 제3세계의 저항적 활동 역시 탈식민 담론의 주요 영역으로 볼 수 있다. 전자의 경우 제3세계 출신으로 제1세계에서 활동하는 사이드, 스피박, 바바 등이 그 대표적인 이론가들인 셈이다. 반면에 후자로는 범아프리카주의를 주창한 두보이스, 알제리 민족해방투쟁의 이념적 기반을 마련한 파농, 인도의 역사를 피식민자의 관점에서 서술하려는 서발턴연구 그룹,3) 그리고 식민지 및 신식민지적 상황에서 자본주의에 저항하는 우리의 '민족문학론' 등을 예로 들 수 있다.

제3세계의 토양에 뿌리를 둔 후자의 탈식민 담론은 지난 세기말 새로운 탈식민주의 이론이 등장하면서부터 도전에 직면하고 있다. 사이드에서 시작되어 스피박과 바바에 의해 이론적인 정교함을 갖춘 탈식민주의는 과거 제3세계의 반식민주의적 활동의 본질주의적 문제점을 넘어서려 시도하고 있다. 식민지를 경험한 국가들이 떠맡아야 할 숙명적인 탈식민의 과제가 이제 제국의 상아탑을 경유해 수입담론으로 되돌아오고 있는 것이다.

탈식민주의 이론이 주장하는 본질주의적 문제점의 수정은 대개 다음의 두 가지로 요약할 수 있다. 하나는 식민자와 피식민자 간의 단순한 대립적 관계(이항대립)를 넘어서려는 시도이다. 예컨대 호미 바바에 의하면, 탈식민이란 식민자에 대한 피식민자의 의식적인(그리고 의도적인) 저항보다는 그 양자 사이의 분열된 틈새에 개입함으로써 비로소 가능해진다. 제국과 식민지 간의 대립의 해체는, 식민지에서 벗어나려는 피식민자의 의도적 저항에 앞서 제국이 제3세계를 식민화할 때 (필연적으로) 발생하는 틈새의 공간에서 시작되어야 한다는 것이다. 이는 권력이 작용하는 바로 그 지점에서 저항력이 시작된다는 푸코의 논의를 정교화시

---

3) 제3세계의 민족적 담론들이 대부분 마르크스주의와 연관된 반면 80년대부터 활동을 시작한 서발턴연구 그룹은 마르크스주의와 탈식민주의 양자와 교섭의 관계에 있다. 그러나 서발턴연구 그룹 역시 제3세계의 입장을 중시한 연구에 속한다. 김택현, 「서발턴에게 역사는 있는가?」, 『트랜스토리아』, 2002년 하반기, 참조.

킨 주장이다. 탈식민주의는 푸코에서 한발 더 나아가, '양가적인 분열의 틈새'라는 말로 탈구조주의(그리고 해체론)의 이론을 제국과 식민지 관계에 적용시킨다. 그처럼 저항이란 제국에 대한 식민지인의 민족적 본질의 힘에 의해서가 아니라, 제국과 식민지 간의 '양가적인' 틈새의 위치에서 발생한다는 것이다.

다른 하나는 정치경제학에 대해 문화를 부수적인 차원으로 여기는 것을 반대하는 주장이다. 그 이유는 순수하게 정치적인 것이란 없으며, 정치적 행동과 문화적 삶, 의도적 실천과 일상의 문화(그리고 담론)는 불가분의 관계로 뒤얽혀 있다고 여기기 때문이다. 이처럼 정치와 문화의 관계를 긴밀한 것으로 보고 마르크스주의처럼 정치경제학을 우선시하는 것을 반대하는 입장 역시 탈구조주의의 영향으로 볼 수 있다.

이런 탈식민주의의 주장은 본질주의적 관점이 제국과 식민지간의 대립관계를 결코 해체할 수 없다는 생각에 따른 것이다. 제국에 대해 제3세계의 식민지가 부당하게 억압된 관계에 있는 한 그에 대해 의식적으로(그리고 정치적으로) 저항하는 것은 지극히 당연한 일일 것이다. 그러나 설령 그런 저항에 의해 식민주의적 억압에서 벗어난다 해도, 제국과 대치하는 순수한 민족 정체성에 집착할 경우 또 다른 동일성이 만들어질 뿐 대립은 무너지지 않는다. 그와 달리 제국과 제3세계 국가 간의 적대적인 경계선이 해체되려면, 경계선의 양쪽을 넘나들며 '혼성성'을 지닌 제3의 공간을 생성시켜야 한다. 제국과 제3세계의 틈새에서 만들어지는 제3의 공간은, 민족적 주체성을 지닌 동시에 타자(제국을 포함한 다른 민족들)에게 배타적이지 않는 새로운 민족 정체성을 창조할 것이다.

이 같은 탈식민주의의 주장에 대한 전통적인 반식민주의 세력의 비판은, 그런 '양가성'과 '혼성성' 같은 미시 이론을 얻는 대가로 정치적 저항의 힘이 거세되어 버린다는 것이다.[4] 즉, 대서사의 의도적 주체를

______

4) 탈구조주의에 영향을 받은 탈식민주의와 전통적인 반식민주의의 이런 비판적 관계는, 흡사 대서사에 대한 탈구조주의의 비판이나 탈구조주의적 미시이론에 대한 거대담론의 비판과도 유사하다

상정하지 않는다면 도대체 어떻게 저항이 가능한가 하는 회의이다. 민족주의나 마르크스주의 같은 대서사에 의존하는 전통적인 반식민주의의 또 다른 비판은, 미시이론에 집착하는 탈식민주의가 전지구적 자본주의에 의해 만들어진 오늘날의 정치경제적 문제에 무관심하다는 점이다.

그처럼 역사적 관점이 빈곤한 탈식민주의 이론은 정치적 저항 대신 이론적 유희를 앞세우는 듯하다. 무어-길버트의 '저항에서 유희로'5)라는 표현에는 그런 비판적인 뜻이 담겨 있다. 원래 제3세계의 정치적 저항의 무기였던 탈식민 담론은, 전지구적 자본주의 시대에 제1세계의 탈구조주의의 언어로 재구성되어 저항이 거세된 유희가 되어버렸다는 것이다. 마치 박완서의 소설 「도둑맞은 가난」이 전사회적 자본주의(후기자본주의) 시대의 예고편이듯이, 탈식민주의 이론은 전지구적 자본주의 시대를 알리는 '도둑맞은 저항'의 이론이 된 셈이다.

그러나 탈식민주의 이론의 입장에서 보면 오히려 전통적인 반식민주의야말로 새로운 역사적 변화에 대응하지 못한 구식 담론일 것이다. 전지구적 자본주의의 시대는 또한 자본주의가 전에 없어 유연해진 미시권력의 시대이기도 하다. 탈식민주의가 문화의 영역을 중시하는 것은, 그런 유연한 미시권력의 시대에는 자본주의의 정치경제적 지배가 문화의 문제와 불가분에 관계에 있기 때문이다. 탈식민주의 이론이 '유희'처럼 보이는 것 역시 유연한 '유희'같은 미시권력에 대처하기 위한 필연적인 결과일 수도 있다.

실제로 우리의 2002년 광장문화의 경험은 그런 새로운 탈식민적 저항의 방식을 암시한다. 월드컵 응원에서 촛불시위로 이어진 광장문화는 전지구적 자본주의 시대에 대응하는 문화운동이 탈식민적인 정치운동으로 연결된 대표적인 예를 보여준다. 월드컵이란 스포츠를 문화산업으로 만든 대형 스펙타클로서 세계적인 네트워크를 지닌 자본주의의 첨예화된 기호라고 할 수 있다. 그런 자본주의의 네트워크의 일부로서 광장에

---

5) 바트 무어-길버트, 이경원 역, 『탈식민주의! 저항에서 유희로』, 한길사, 2001.

서의 응원문화는, 민족주의마저 상품으로 만든 전지구적 자본주의의 기호인 동시에, 그를 전복시켜 식민화에서 벗어나려는 문화적 해방의 기호이기도 했다. 중요한 것은 그런 문화운동이 촛불시위에서 보듯이 정치운동으로 이어질 수 있었다는 점이다. 촛불시위는 일상의 문화의 한 부분인 동시에 가장 정치적인 실천이기도 했다. 그리고 그처럼 문화운동을 정치운동으로 만든 광장의 공간이란 제국(미국)과 신식민지 사이의 '틈새'의 위치에 다름이 아니다.

제국의 상징계도 민족 본질의 상징계도 아닌 틈새로서 광장은, 서구의 첨단의 전자문화(인터넷)의 산물인 동시에 서구로부터 탈식민화된 '혼성성'의 전복적 공간이며, 제임슨이 '역사 그 자체'라고 부른 '실재계'[6]와 맞뚫린 위치이기도 하다.[7] 즉, 광장은 우리의 '전통적인 민족문학'의 정치투쟁의 공간을 계승한 것이면서, '탈식민주의 이론'에서 말하는 제국과 (신)식민지 간의 경계선이 해체된 축제(유희)의 공간이기도 한 것이다. 광장문화가 우리의 새로운 탈식민 이론을 암시해 줄 수 있는 것은 바로 그 때문이다.

그처럼 '틈새'와 '혼성성'으로 설명할 수 있는 것은 탈식민의 전통을 지닌 우리문학의 역사 역시 마찬가지일 것이다. 식민지시대부터 오늘날까지 계속 이어지는 탈식민적인 우리 민족문학은, '광장'처럼 우리 자신의 땅에 뿌리내린 문화인 동시에, 단지 우리만의 영토에 폐쇄되지 않은 탈영토화된(경계선이 해체된) 위치에서 나타난 것이 틀림없다. 뒤에서 살펴보겠지만, 민족문학의 선구자였던 임화의 문화론에서도 그 점은 분명히 드러난다.

이처럼 민족문학의 전통 내부에서 이미 탈식민주의적 요소들이 나타나고 있었다면, 우리는 민족문학과 새로운 탈식민주의라는 양자택일의

---

6) Fredric Jameson, *The Ideologies of Theory*, University of Minnesota Press, 1988, 104쪽.

7) 물론 광장문화가 혼성성이나 양가성 같은 탈식민주의 이론으로만 설명될 수 있는 것은 아니다. 분명히 광장을 탈식민주의 이론이 잘 들어맞는 위치이지만, 또한 과거 우리의 탈식민 운동의 흔적이 남아 있는 공간이기도 하다.

16

상황에 있는 것이 결코 아닐 터이다. 그와 달리 우리는 그 두 영토들 사이의 틈새에 개입해야하는 과제를 안고 있는 셈이다. 물론 그런 개입은 우리의 주체적 입장에서 새로운 탈식민 담론을 생성시키는 방향으로 이루어져야 한다. 그래야만 암암리에 우리 문학에도 적용되는 탈식민주의적 이론을 섭취하는 한편, 또한 유희처럼 되어버린 그 미시이론에 우리의 저항적 힘을 불어넣을 수 있을 것이다. 그래서 제국에 의해 순화되어 '도둑맞은 저항'을 다시 우리 것으로 절취해내야 할 것이다.

2. 염상섭과 탈식민적 대화의 공간

　　민족문학과 탈식민주의 간의 틈새에 개입한다는 것은, 그 둘의 교섭 (negotiation)[8]을 통해 전자의 경직성을 해체하고 후자에 저항의 힘을 주입하는 일이 될 것이다. 그 같은 교섭이 가능한 것은 민족문학의 전통 속에 이미 20세기 말에 출현한 탈식민주의적 요소들이 나타나고 있기 때문이다. 우리는 민족문학의 뿌리라고 볼 수 있는 염상섭의 소설과 임화의 문화론에서 그런 측면들을 찾아낼 수 있을 것이다.

　　탈식민 담론의 폭발적인 힘은 항상 민족담론과 계급담론의 접합과정에서 나타나고 있다.[9] 민족문학론을 포함한 전통적인 반식민 담론은 대부분 마르크스주의에 의존하며 제3세계의 입장에 유념하는 관점을 취하고 있다. 또한 탈식민주의는 유심적이고 관념적인 민족주의를 해체하고 탈구조주의 유물론의 입장에서 새로운 민족담론을 창시하려 한다. 전자는 마르크스주의 유물론에 기대면서도 민족적 입장을 중시하는 관점이며, 후자는 마르크스주의와 구분되는 또 다른 유물론의 견지에서 민족

---

8) 교섭이란 대립적이거나 이질적인 관계에 있는 항목들이 상대항을 타자로서 받아들여 미결정적인 상태에서 역동적인 언표작용(차이작용)을 하는 것을 말한다.

9) 그 접합지점은 또한 페미니즘이나 생태주의와의 접합이 이루어지는 공간이기도 할 것이다.

과 인종의 문제를 생각한다. 따라서 그 둘의 교섭은 똑같이 유물론의 입장에서 민족문제와 계급문제를 접합시키는 일로 진행될 수 있다.

식민지시대 문학가 중에서 그처럼 민족문제와 계급문제의 접합에 유념한 것은 염상섭과 임화였다. 염상섭이 민족주의의 입장에서 계급문제를 끌어안았다면 임화는 계급담론의 견지에서 민족문제를 중시한 경우였다. 두 사람은 사상의 진행방향이 정반대였지만 비슷하게 민족과 계급이 접합된 탈식민 담론에 이를 수 있었다. 무엇보다도 그들은 그 과정에서 탈식민주의가 강조하는 제국과 식민지 간의 탈영토화된 틈새의 공간을 발견할 수 있었다.

염상섭이 첫 번째로 발견한 탈영토화된 공간은 「표본실의 청개구리」에서 광인 김창억이 보여준 탈주자의 공간이었다. 물론 이 소설에서의 탈주의 공간은 아직 계급담론이 나타나기 전 낭만적 동경의 형식으로 발견된 것이었다. 이 소설은 결코 의식적 의도를 통해 식민주의에 저항하는 소설은 아니다. 그러나 바로 그 점이 이 소설의 미흡한 점인 동시에, 경직된 민족주의를 넘어서는 탈식민주의적 미시서사를 보여주는 특징이기도 하다. 즉, 이 소설은 식민주의에 동화될 수 없는 지식인 청년과 민중을 통해 분열의 경험과 틈새의 공간을 드러내고 있다. '나'의 신경증이나 김창억의 분열증은 식민지적 근대화에 적응할 수 없는 이질적인 민족적 타자의 분열의 경험이며, 김창억의 '건축의 공간'은 분열증적 탈주에 의한 틈새의 공간에 다름이 아니다.

염상섭의 초기소설에서 흔히 나타나는 '무덤'이나 '공동묘지'라는 표현은, 식민지 현실이 제국의 신문명의 빛으로는 결코 밝힐 수 없는 어둠의 부재영역임을 암시한다. 다시 말해, '무덤'이란 제국의 신문명이라는 상징계로 동일화시킬 수 없는 빈 공백, 곧 부재영역10)으로서의 실재계의 어둠이라고 할 수 있다. 신경증이나 분열증은 그처럼 제국의 상징계에 포섭될 수 없는 위치, 즉 실재계와 접촉한 곳에서 나타나는 역사적·

---

10) 부재영역이란 상징화에 저항하는 실재계를 의미한다.

사회적 질병일 것이다. 제국의 상징계가 그에 동화시키기 위해 피식민자의 역사를 멈추도록 작용한다면, 그런 상징계에 동화될 수 없는 신경증이나 분열증은, 피식민자가 '역사 그 자체'로서의 실재계와 접촉하는 순간이라고 할 수 있다. 그리고 분열증적인 탈주를 통해 얻어진 상징계 외부의 공간은 제국과 식민지 사이의 탈영토화된 틈새의 공간일 것이다.

광인 김창억의 삼층집의 건축은 그 같은 탈주자의 틈새의 공간에서 진행된 것으로 볼 수 있다. 따라서 '대건축가' 김창억의 '역사(役事)'에는, 서구(그리고 일제) 신문명의 상징계적 권력, 그 식민주의에 저항하는 실재계적 반격이 포함되어 있다. 김창억이 다음에서처럼 서구문화에 대해 반감을 드러내는 것은 그 점을 암시한다.

"(전략)… 우리 조선 사람도 팔자 좋게 못 사는 법이 어디 있겠소? 기왕이면 삼층쯤 높직이 지어 볼까 해서……. 우리가 그놈들만 못할 것이 무엇이오. 나도 교회 좀 다녀보았지만 그놈들처럼 무식하고 아첨 좋아하는 놈은 없습디다. 헷, 그 중에도 목사인지 하는 것들 한창때에 대원군이나 뫼신 듯이 서양놈들이 입다 남은 양복조각들을 떨쳐입고 그 더러운 놈들 밑에서 굽실굽실하며 돌아다니는 것을 보면 이 주먹으로 대구리를……."11)

이처럼 김창억이 문화적 식민화를 비판하고 조선인의 주체적 삶을 주장하는 것은 그의 건축의 공간이 식민주의 권력에서 이탈한 틈새의 공간임을 말해준다. 틈새의 공간이란 제국의 식민주의도 조선의 토착주의도 아닌 새로운 문화를 생성시킬 수 있는 제3의 공간을 말한다. 조선의 주체적 삶의 설계인 김창억의 건축이 신식 양옥집이면서도 『무정』의 김장로의 서양식집과 다른 것은 그 때문이다. 서양과 동양의 교류를 강조하는 그의 '동서친목' 역시 그런 제3의 공간을 암시한다.

그러나 김창억의 주체적인 건축은 결국 서양식 건축을 그대로 모방하는 데 그치고 있다. 그와 마찬가지로 그의 사상적 건축인 동서친목회

---

11) 염상섭, 「표본실의 청개구리」, 『한국소설문학대계』 5, 동아출판사, 1995, 694쪽

역시 톨스토이즘에 윌슨이즘을 가미한 서양사상의 반복에 불과하다. 김창억의 (틈새의 공간으로서) 제3의 공간의 창조가 추상적인 관념에 머물고 실제적인 주체적 삶의 창조로 이어지지 못하는 것은 그 때문이다. 더욱이 그의 사상적 주장은 아무도 귀담아 듣지 않는 고독한 광장에서의 외침이며, 그의 식민지 공간으로부터의 이탈 역시 혼자만의 탈주에 불과하다. 그 때문에 그를 낭만적으로 동경하는 '나' 이외의 합리적인 지식인들의 눈에는, 그의 행동이 비웃음거리인 광기로 비쳐질 뿐이다.

이처럼 탈주자 김창억이 '승리자'인 동시에 조소거리로 그려질 수밖에 없었던 점이나, 그런 이중적인 광인을 통해서만 탈주의 공간을 제시할 수 있었던 점은, 계몽적 지식인으로서 초기 염상섭의 민족담론의 한계일 것이다. 그러나 염상섭은 20년대 중반 이후 사회주의 담론이 등장하면서부터 또 다른 방식으로 탈영토된 틈새의 공간을 그리기 시작한다. 사회주의란 자본주의의 억압적 상징계로서부터 벗어나려는 탈주의 사상으로서 그 자체가 탈영토화된 새로운 삶을 지향한다. 그러나 체계화된 실천 사상으로서의 마르크스 레닌주의는 또 다른 경직된 재영토화의 위험을 지니고 있었으며 (계급문제를 우선시해) 자칫 민족문제를 간과할 우려가 있었다. 따라서 무엇보다도 민족문제를 중시하는 염상섭은 사회주의의 탈주의 힘을 긍정하는 한편 또한 민족문제를 앞세울 수 있는 제3의 접점을 모색하고 있었다. 그 같은 민족문제와 계급문제의 접합이라는 주제를 가장 분명하게 드러낸 소설이 바로 『사랑과 죄』이다.

이 소설의 중반부에는 조선의 지식인 청년들이 일본인이 주로 드나드는 카페에서 사상적 논쟁을 벌이는 장면이 나온다. 사회주의자 김호연과 민족주의자 이해춘은 신여성 마리아와 기생들을 데리고 만취 상태에서 카페에 들어선다. 그러나 그들은 일인 손님들이 주고받는 일어에 기가 꺾여 조심스럽게 조선말을 주고받을 수밖에 없었다.

호연이도 무심코 일본말로 말리었다.
저편 구석에는 상인 같은 일인이 기생을 데리고 앉았고 이쪽으로는 얼굴이 살문 게딱지같이 되어서 두어 패나 떠들고 앉았다. 모다 일본 사람들이다. 일본 사람들이기 때문에 이 사람들도 일본말로 수작을 하는 것이다. 일본말 모르는 기생들은 한구석에 쪽치고 앉았을 수밖에 없다. 더욱이 마리아의 일녀 볼쥐어지를 만한 일본말에는 남자들이 돌려다보고 웃기까지 하였다. 그러나 그들은 자기네에게 무례히도 보내는 그 웃음이 무엇을 의미하는 것인지 또는 얼마나 그로 인하야 자존심이 까기는 지를 알면서도 역시 일본말을 쓰지 않으면 안 되는 것은 무슨 까닭이었든가? 호연이는 불쾌하였다. 그러나 나직하게 조선말로 이야기할 때에도 자기가 지금 조선말을 쓰거니 조선옷을 입었거니 하는 생각을 잊지 않았다.[12]

조선 기생들은 주눅이 들어앉아 있고 경박한 신여성 마리아의 유창한 일본말은 묘한 일인의 웃음 속에서 굴욕을 느끼게 한다. 카페는 조선 땅의 술집이었지만 조선말을 나직이 조심스럽게 꺼낼 수밖에 없는 공간이었던 것이다. 그런 카페의 풍경처럼 식민지 역시 제국에 문화적으로 예속된 공간일 것이었다.

그러나 조선의 청년들은 사상적 논쟁을 시작하면서부터 그 식민화된 공간을 주체적인 대화의 광장으로 전복시킨다. 제국의 식민화에서 이탈하는 그런 틈새의 공간이 마련된 것은 사회주의(공산주의) 계열의 아나키스트 일본인 청년이 등장하면서부터였다. 제국의 본토에 근거를 두고 식민지에서 활동하는 반제국주의적 일본 청년의 존재는 카페의 공간을 식민화에서 벗어난 틈새의 공간으로 바꿔 놓은 것이다. 그리고 그 틈새의 공간에서의 조선인 청년들의 사상적 논쟁 속에서 탈영토화된 대화의 광장이 나타나게 된다.

논쟁은 일본 청년과 함께 온 (조선인) 사회주의자 적토와 민족주의자 이해춘 사이에서 벌어졌다. 이해춘은 자신이 김호연처럼 '민족주의와 사회주의의 중간을 타고 나가고' 있으며 그것이 '오늘날 조선 청년의 옳은 길'이라고 말한다. 김호연이 사회주의자로서 민족문제를 중시하는 입장이라면 이해춘은 민족주의자로서 사회주의를 긍정하는 관점이었던 것이

---

12) 염상섭, 『사랑과 죄』, 『염상섭전집』 2, 민음사, 1987, 206-207쪽(현대어 표기, 인용자).

다. 이에 대해 적토는 민족주의란 쓸모없게 된 '비단 두루마기'와도 같은 것이라고 반박한다.

> 두 사람의 논란은 민족주의와 사회주의에 관한 것이었다. 적토군은 해춘이더러 자작이라는 도금(鍍金)을 벗겨 버리고 제 바탕의 납덩이(鉛)가 되어서 무산전선(無産戰線)으로 나오되 민족주의라는 녹초가 된 비단 두루마기도 벗어젖히고 나와야 한다고 권고를 하였다(납덩이라는 말은 적진에 쏘는 탄환의 끝에 물린 것인가?).
> 여기에 대하야 해춘이는 '납덩이가 되는 것은 필요한 일이다—도금 장식은 갈보의 (머리의) 뒤꼬지에나 필요할 것이다! 그러나 민족주의라는 것은 낡은 비단 두루마기가 아니라 입지 않을 수 없는 수목 두루마기 같은 것이라'고 주장하였다.13)

적토와 이해춘 간의 논쟁은 한마디로 민족문제와 계급문제의 접합에 관한 것이라고 할 수 있다. 민족주의를 무시하는 적토나 (염상섭 자신처럼) 민족주의에 치우친 이해춘의 입장은, 똑같이 제국주의에 반대하면서도 사상 그자체로서는 또 다른 자신의 영토에 갇힌 관념일 수밖에 없을 것이다. 그러나 논쟁의 과정에서 이해춘은 부르주아 민족주의를 넘어선 또 다른 민족담론이 있을 것이라고 생각하기에 이른다.

> 그러나 <쓰이−>의 신민이든 <슬라브>민족이 <소비에트> 통치하에서는 <슬라브>민족이 아니라고 누가 주장하드냐? 민족주의가 제국주의와 자본주의의 태반(胎盤)에서만 숨을 불어넣는 것이라고 주장하는 이론적 근거가 어데 있느냐? 고 공박을 하였다…
> 두 사람은 상당히 취한 모양이나 말의 조리는 잃지 않았다. 그대로 내버려두면 어느 때까지 논전이 계속될지 몰랐다. 그러나 별안간 뒤에서
> 「やあ 大分お賑かですな!」—(잘 노십니다그려!)—하는 소리가 나자 말은 잠간 끊이었다.
> 지금 들어온 이 사람은 야마노에게 자주 다니는 xx서의 형사이었다.14)

---

13) 위의 책, 211쪽(현대어 표기, 인용자).

계급담론과 접합될 수 있는 자본주의에서 벗어난 또 다른 민족담론이란 유물론적 탈식민주의에 다름이 아닐 것이다. 이처럼 적토와 이해춘의 사상적 논쟁은 자신의 사상적 영토를 넘어서서 탈영토화된 탈식민주의를 암시하기에 이른다. 그러나 이해춘이나 염상섭 자신은 그 같은 탈영토화된 사상을 구체적으로 드러내지는 못한다. 그리고 인용문에서처럼 일인 형사의 일본어 목소리의 개입으로 인해 열려진 대화의 광장은 폐쇄되고 만다.

일인 형사의 표현처럼 제국의 감시의 시선 하에서 조선 청년들의 대화적 논쟁은 한 순간의 '놀이'와는 같은 것이었다. 하지만 그 사상적 논쟁의 '놀이'는 탈영토화된 대화의 광장을 연출해 제국의 상징계에서 벗어난 틈새의 공간을 열어놓는다. 그리고 그 틈새에서 '역사 그 자체'인 실재계와 맞닿은 공간이 나타나고 있는 것이다. 즉, 민족문제와 계급문제의 접합에 연관된 탈식민적 논쟁이 진행된 그 짧은 시간은, 자본주의와 제국주의에 반대하는 역사가 흐르는 공간이기도 했던 것이다. 반제국주의적 일인 청년과 함께 등장한 사회주의자 적토와, 사회주의자 친구를 지닌 민족주의자 이해춘의 논쟁은, 그처럼 제국에 빼앗긴 식민지의 역사를 되찾은 틈새의 공간을 연출해 보여준다.

이처럼 염상섭은 민족문제와 사회문제의 접합을 고민하는 가운데 이미 20세기 말엽에 출현한 탈식민주의적 문제의식에 접근할 수 있었다. 그러나 염상섭은 탈식민주의처럼 유물론의 입장에서 민족문제에 접근할 수 있는 방법을 끝내 찾지는 못했다. 그렇다고 그가 사회주의적 유물론으로 민족문제에 관심을 갖는 관점보다 모든 면에서 미흡했다고만 말할 수는 없다. 염상섭의 탈식민 담론에서 한 가지 더 주목해야 할 점은, (사회주의와는 달리) 계급담론으로 미처 포괄할 수 없는 민족문제가 존재한다는 생각을 끝까지 버리지 않은 점일 것이다.

---

14) 위의 책, 211쪽(현대어 표기, 인용자).

3. 임화의 문화론과 탈식민

임화는 프로문학의 활동이 어려워진 1930년대 후반에 「조선신문학사 서설」(1935), 「개설신문학사」(1939~1941)(그리고 「조선문학연구의 일 과제―신문학사의 방법론」, 1940) 등의 제목으로 문학사 서술에 나선다. 이 시기의 임화의 신문학사에는 문학사 방법론과 문화론이 포함되어 있어 관심을 끈다. 그 유명한 '이식문화론' 역시 이 연속된 텍스트들에 근거한 명칭이다. 즉, 임화가 일련의 신문학사에서 '조선문학이 서구문학의 이식과 모방'으로 시작되었다고 반복해서 서술하고 있는 데서 기인된 것이다.

임화는 조선의 신문화가 이식문화사로 출발한 것은 자주성의 진정한 실현을 보지 못한 상태에서 (신문화 건설을 위해) 개화의 마당으로 창황히 달려나갈 수밖에 없었기 때문이라고 말한다.[15] 즉, 자주의 정신이 정치적으로 뿐만 아니라 문화적으로도 영향을 끼치지 못한 상태에서 새문화의 형성이 시작되었다는 것이다.[16] 이는 정치적 식민화와 함께 문화적 식민화가 진행되면서 신문화가 출현했음을 말하는 셈이다.

이처럼 '이식'이라는 표현에는 일차적으로 '식민성'이라는 의미가 포함되어 있다.[17] 그러나 임화가 '이식문화사의 형성과 함께 내재적으로는 그것의 해체가 진행된다'[18]고 말한 데서 알 수 있듯이, 이식의 과정은 그 식민성의 극복의 과정이기도 했다. 그렇다면 이식과 이식의 극복, 즉 식민성과 그 극복이 그런 동시적 과정일진대, 임화는 왜 굳이 문학사 서술의 서두에서부터 '이식'이라는 단어를 되풀이했던 것일까.

그것은 '이식'이 식민성이라는 치욕적인 함의 이외에 또 다른 중립적

---

15) 임화, 「개설신문학사」, 『임화 신문학사』, 임규찬·한진일 편, 한길사, 1993, 55-56쪽.

16) 임화, 「개설신문학사」, 위의 책, 55쪽.

17) 이런 측면에서 '이식'을 해석한 논의로는 하정일, 「민족문학의 역사와 탈식민성」, 『비평』, 2000년 하반기, 198-206쪽 참조.

18) 임화, 「조선문학연구의 일 과제」, 위의 책, 381쪽.

인 인식론적 의미를 암시하기 때문일 것이다. 즉, '이식'은 전통과 신문화 사이에 일종의 단절로서의 '틈새'가 생겨났음을 시사한다. 임화가 조선의 근대문학사를 쓰면서 '신문학사'라는 용어를 표제로 삼은 것도 바로 그 단절의 틈새를 강조하기 위해서였다.

> 동양의 근대문학사는 사실 서구문학의 수입과 이식의 역사다.
> 그러면 어째서 수입되고 이식된 외래문학을 근대문학사의 주체로 삼는가? 이 해답이 우리의 근대문학사를 신문학사라고 하여 문제삼는 둘째의 이유다.
> 왜 그러냐 하면 근대에 이르러서 잔존해 왔고 현재도 그 면영(面影)을 찾을 수 있는 재래의 문학은 우리가 어떠한 이미(理味)에서도 근대문학이라고 명칭할 수 없기 때문이다.
> 근대문학이란 단순히 근대에 쓰여진 문학을 가리킴이 아니라 근대적 정신과 근대적 형식을 갖춘 질적으로 새로운 문학이다.[19]

위에서처럼 임화가 근대문학사의 서두에서 '이식문학'이란 말을 꺼냈던 것은 재래의 전통문학 중에서 어떤 것도 온전히 근대문학이라고 부를 만한 것이 없기 때문이다. 물론 전통문학에서 근대의 단초를 드러낸 작품들을 찾을 수는 있겠지만, 재래의 문학은 신문학의 흐름을 이루는 '서구적인 형태의 문학'과 어떤 면에서도 연결될 수 없는 것이다.[20] 요컨대 '이식문학'을 근대문학의 주제로 삼은 임화의 의도는 재래문학과 신문학 사이의 단절을 말하기 위해서였다. 인용문에서 밝히고 있듯이, 임화는 그런 단절을 의식하며 근대문학사를 짐짓 '신문학사'라는 표제로써 문제삼고 있는 것이다.

임화가 '신문학의 어의와 내용'으로 문학사를 시작하면서, 예전에는 '문학'이 전혀 별개의 의미를 지녔음을 지적한 것도 그 때문이다.[21] 즉,

---

19) 임화, 「개설 신문학사」, 앞의 책, 18쪽.
20) 임화, 「개설 신문학사」, 위의 책, 17-18쪽.
21) 김철, 「국문학을 넘어서」, 『현역중진작가연구』 Ⅲ, 국학자료원, 1998. 여기서 김철은 임화의 그같은 인식에 내포된 의미에 대해 언급하고 있다.

경서류의 학문일반을 의미하던 '문학'이라는 단어가 서구적인 문학이 형성되면서 시나 소설을 뜻하는 예술문학으로 바뀌었다는 것이다. 이런 변화는 단지 신구문학에서의 어의 상의 차이만을 의미하는 것은 아니다. 문학이라는 언어적 용법의 변화는, 문화적 삶의 전영역[22]에서 모든 것을 보는 눈이 달라졌다는 인식론적 단절을 상징한다.[23] 임화의 논의에서 신문학사가 신문화사이기도 한 것은 바로 그 때문이다. 실제로 임화는 문학사를 말하기 전에 먼저 신교육을 통한 문화적 역사의 전환을 설명하고 있는데, 이 역시 그런 과거와 근대 사이의 인식론적 단절을 염두에 두고 있기 때문이다.

그러나 임화의 '이식문화(문학)'라는 용어가 곧바로 전통단절론으로 연결되는 것은 아니다. 임화는 또한 문화이식의 과정에서 문화창조가 내부로부터 성숙하면서 전통이 부활한다고 말하고 있다.[24] 그 같은 이식과 창조의 변증법[25]이 신문학사로서의 근대문학의 내용을 이루는 것이다. 신문학의 여정으로서 그런 이식과 이식의 해체, 곧 새로운 창조의 과정은, 고유문학과 신문학 사이의 단절 및 그것(단절)의 해체 과정으로 설명되고 있다. 즉, 신문학사란 고유문학과 신문학 사이의 (단절의) '틈새'에서 생겨난 교섭(negotiation)의 작용에 다름이 아닌 것이다.

이제 우리는 임화가 '이식'이라는 표현을 사용한 진정한 이유를 알수 있을 것이다. 즉, 우리문학은 전통문학이 주체적으로 서구문학을 수용하면서 근대문학으로 나아간 것이 아니라, 고유문학과 신문학 사이에 일단 단절이 생겨난 후, 양자의 '틈새'에서의 '교섭'에 의해 전통(그리고 주체성)을 되찾은 근대문학이 창조되었다는 것이다.[26] 우리가 주목하는

---

22) '문화적 삶의 전영역'이란 단지 창조적인 예술의 영역뿐만 아니라 일상적 삶을 포함한 모든 물질적 삶의 영역을 말한다.
23) 나병철, 「한국문학 근대성 논의의 성과와 전망」, 『모더니즘과 포스트모더니즘을 넘어서』, 소명출판, 1999, 410쪽.
24) 임화, 「조선문학연구의 일 과제」, 앞의 책, 381쪽.
25) 이식과 창조의 변증법에 대해서는 신승엽, 「이식과 창조의 변증법」, 『민족문학을 넘어서』, 소명출판, 2000, 75-108쪽 참조.

‘이식과 창조의 변증법’으로서의 임화의 ‘신문학사의 방법’은, 실제로 그처럼 고유문학/신문학 간의 틈새에서 일어난 교섭의 과정에 대한 설명으로 나타난다. 이런 독특한 문학사적 설명에서 우리가 눈여겨보아야 할 것은 다름의 두 가지이다.

하나는 임화가 ‘문화’[27]의 차원에서 문학(사)을 조망하면서, 문화의 위치를 정치경제학의 부속물이 아닌 그 자체로서 중요한 것으로 다루고 있다는 점이다. 다른 하나는 유물변증법에 의거하면서도 경제적 토대나 계급관계보다는 ‘전통’ 곧 민족문화의 범주를 앞세우고 있다는 점이다.[28] 임화의 ‘신문학사의 방법론’에서 환경(자국의 문학에 대한 인접문학의 관계)과 ‘전통’이 핵심적인 항목이 되고 있는 것은 그 때문이다.

물론 (문화교섭에 의한) 새로운 문화창조가 계급적(계층적) 성질과 물질적 지향에 연관된다고 덧붙여 사적 유물론을 암시하긴 하지만, 그에 앞서 본격적으로 다루고 있는 것은 자국의 고유문화와 외래의 서구문화 사이의 교섭과정이다. 그런 고유문화와 외래문화 사이의 교섭을 말하면서 임화가 강조하고 있는 것은, 우리의 경우 일반적인 문화교섭 과정과는 다른 길을 걸었다는 사실이다. 즉, 자국의 문화유산이 주체가 되면서 외래문화를 이입하는 보통의 경우와는 달리, 조선에서는 외래문화의 수업이 이식문화(모방문화)의 역사로 나아갔다는 것이다.

이처럼 계급관계에 앞서 민족문화의 문제를 직접 다루면서, 외국문화가 모방을 통해 이식되는 특수한 역사를 거론하는 점에서, 임화의 논의는 서구문화의 일방적인 유입에 의한 문화적 식민화를 말하는 탈식민주의적 논의와 매우 유사해진다. 실제로 모방에 의한 문화적 식민화 과정에서 혼성성에 의해 식민 권력이 역전되는 양상에 대한 탈식민주의적

---

26) 양자의 차이는 전자가 외래문화를 전유하면서 자기중심적 문화가 되기 쉬운 반면, 후자는 주체성을 회복했으면서도 외국문화와의 대립이 해체된 타자성을 지닌 민족문화를 갖게 된다는 점이다.

27) 문화란 창조적인 예술뿐만 아니라 물질적 삶 일반에 연관된다.

28) 여기서 계급관계에만 의존하지 않고 민족문제를 중시하는 민족문학론의 단초가 나타나지만 임화의 문학사론은 그보다 더 중요한 의미를 내포하고 있다.

설명은, 임화의 이식과 창조의 변증법과 거의 비슷하다고 할 수 있다. 이제 구체적인 예로 호미 바바의 제3의 공간(그리고 혼성성) 이론과 임화의 경우를 비교해 보자.

바바는 서구문화를 모방한 식민지 문화가 항상 양가적인 분열상태에 있다고 말한다. 그것은 고유문화와 서구문화 사이에 완전히 동일화될 수 없는 이질적인 틈새가 있음을 뜻하는 것이다. 바바의 탈식민주의는 그 같은 이질적인 틈새에서 문화교섭을 통해 제3의 공간과 새로운 민족문화가 생성되는 과정을 핵심적으로 논의한다.

바바는 먼저 모방의 과정에서 분열이 나타나는 현상을 프로이트가 페티시즘에 대해 말한 부인(Verleugnung)의 기제를 통해 설명한다.[29] 프로이트는 남성 중심적인 시선인 페티시즘이 여성의 성적인 차이를 부인하는 기제에서 발생한다고 논의한다. 페티시즘이란 남성이 여성을 남근의 결핍으로 보고 성적 차이를 부인할 때, 현실적으로 존재하는 물질적인 (육체적인) 차이에서 오는 충격을 방어하기 위한 기제이다. 그러나 페티시즘의 과정에서 완전히 현실을 부정하는 것이 불가능하기 때문에, 물질적인 차이의 반격에 의해 시선의 주체는 항상 분열상태에 있게 된다.[30]

그와 마찬가지로 제국의 문화를 모방하는 과정은, 문화적 차이를 '부인'하고 고유문화를 단지 신문명(서구의 문명)의 결핍 상태로 폄하하는 시선으로 진행된다.[31] 그 같은 부인의 기제를 통한 문화의 식민화 과정에서는 피식민자를 예속화하는 식민주의 권력이 작용하고 있다. 그러나 페티시즘에서처럼 고유문화의 물질적 차이를 완전히 부정하는 것은 불가능하기 때문에, 차이의 반작용에 의해 식민주의 권력은 항상 위기에 처하게 된다. 그런 잠재적인 분열의 상태에서, 부인의 기제를 지닌 지배

---

29) 호미 바바, 나병철 역, 『문화의 위치』, 소명출판, 159-241쪽 참조.

30) 프로이트, 김정일 역, 「절편음란증」, 『성욕에 관한 세 편의 에세이』, 열린책들, 1996, 25-35쪽. 이 글에서 프로이트는 페티시즘 증상의 사람은 부인(거부)과 인정의 분열된 태도를 드러낸다고 말하고 있다.

31) 그 같은 식민주의의 대표적인 예는 이광수의 『무정』에서 찾아볼 수 있다.

권력을 문화교섭을 통해 전략적으로 역전시키는 것이 바로 '혼성성'이다.[32) 즉, 혼성성이란 부인되었던 고유문화를 분열의 틈새에 개입시키면서, 서구문화와 고유문화 사이의 제3공간에서 새로운 (민족)문화를 창조하는 교섭의 전략이다.

이 같은 바바의 혼성성과 제3의 공간이론은, '문화혼화' 과정을 통한 제3자로서 신문화의 창조를 말하는 임화의 논의와 크게 다르지 않다. 양자의 공통점은 '모방'과 '이식'의 과정이 고유문화를 '부인'하는 권력의 작용이라고 보는 점이다. 또한 두 사람은 똑같이 '모방'과 '이식'의 과정 자체에서 이미 (부인의 기제를 지닌) 식민 권력을 역전시키는 문화교섭의 전략이 작동됨을 말하고 있다.

> 그러나 외래문화의 수입이 우리 조선과 같이 이식문화, 모방문화의 길을 걷는 역사의 지방에서는 유산은 부정될 객체로 화하고 오히려 외래문화가 주체적인 의미를 띠지 않는가? 바꿔 말하면 외래문화에 침닉(沈溺)하게 된다. 외래문화의 탐닉은 곧 고유문화, 재래유산의 해체를 촉진하고 그것의 완료가 곧 새 문화의 제조가 된다. 이것은 낡은 문화의 패배다. 그러나 문화교류에 있어 이러한 일방적 교섭은 정치적 침략의 정신적 표현에 불과하였다. 또한 그러한 침략이 완전히 수행되기는 문명인과 야만인과의 사이에서만 가능한 것이다. 동양제국(諸國)과 서양의 문화교섭은 일견 그것이 순연한 이식문화사를 형성함으로 종결하는 것 같으나, 내재적으로는 또한 이식문화사를 해체하려는 과정이 진행되는 것이다. 즉 문화이식이 고도화되면 될수록 반대로 문화 창조가 내부로부터 성숙한다.[33)

위에서 '이식', '부정', '해체'의 자리에 '모방', '부인', '차이의 반작용'을 집어넣으면 임화의 이식/창조의 변증법은 바바의 모방/혼성성의 이론과 거의 같아진다. 외래문화를 모방(바바)하고 이식(임화)하는 것은 고유문화를 신문명의 결핍으로 부정(부인)하는 것이지만, 그런 이식(모

---

32) 호미 바바, 앞의 책, 225-230쪽.
33) 임화, 「조선문학연구의 일 과제」, 앞의 책, 380-381쪽.

방) 문학사는 차이의 반작용(일종의 차연의 작용)에 의해 '해체'에 직면한다. 외래문화의 이식(모방)의 과정에서 고유문화가 부정(부인)되는 것은 식민주의 권력('정치적 침략')의 작용으로 볼 수 있으나, 그 같은 이식문학사의 과정에서는 그 부인의 권력을 역전시켜 이식을 해체하는 과정 또한 나타나는 것이다. '문화이식이 고도화되면 될수록 문화창조가 내부로부터 성숙하'는 것은, 그처럼 이식(모방)의 과정에서 이미 이식의 해체의 과정이 시작되기 때문이다.[34]

여기서 유의할 것은 이식문화(문학)사의 해체가 단순히 고유문화의 본질로 되돌아가는 것은 아니라는 점이다. 임화에 의하면 이식문화의 해체와 새로운 문화의 창조과정은, 이식된 문화가 고유의 문화와 '교섭'하는 과정인 동시에 고유문화가 이식된 문화를 섭취하는 과정이다.[35] 외래문화와 고유문화의 '문화혼화 과정'은, 그처럼 외래문화도 고유문화도 아닌 '제3자'로 생산되는 것이다. 임화가 말한 이 새로운 문화창조로서의 '제3자'는, 바바가 논의한 제3의 공간에서의 혼성성에 다름이 아닐 것이다.

주목할 것은 그 같은 제3자로서의 새로운 민족문화의 창조란 단순히 고유문화가 외래문화를 주체적으로 전유하는 과정과는 다르다는 점이다. 식민지의 이식문화사에서의 문화혼화 과정은, 재래의 문화와 새로운 외래문화 사이의 단절된 '틈새'에서 진행되는 '교섭'이 과정이기 때문이다. 임화는 우리의 경우 서구와는 달리 '부흥될 상대(上代)의 전범'을 갖지 못한 상태에서 고유한 가치를 새로운 창조 가운데서 부활시켰다고 말한다.[36] 그처럼 우리의 신문학은 상대의 문학과 단절된 상태에서, 전범의 상징을 계승한 것이 아닌 제3의 '교섭작용'으로써 민족문화를 되살린 것이다. 즉 제3자로서의 새로운 민족문화는, 외래문화의 상징계도 고유문화의 또 다른 상징계도 아닌, 열린 틈새로서의 제3의 공간에서의

---

34) 나병철, 『탈식민주의와 근대문학』, 문예출판사, 2004, 124쪽.
35) 임화, 「조선문학연구의 일 과제」, 앞의 책, 381쪽.
36) 임화, 위의 글, 382쪽.

‘언표작용’으로 나타나게 된다. 제3의 공간에서의 새로운 문화는, 그처럼 상징계(민족문화의 상징계)와 실재계 사이의 공간에서 혼성성과 차이작용(인표작용)의 역동성을 지니며 생성된다. 이식문화를 해체한 식민지의 민족문화가 상징계에 폐쇄된 제국의 문화와는 달리 경직된 민족주의를 넘어선 탈식민주의를 드러내는 것은 그 때문이다.

다른 한편 ‘제3자’로서의 ‘혼성성’은 단순히 외래문화와 고유문화가 뒤범벅된 상태라고도 볼 수 없다. 바바는 혼성성이란 ‘부인’(고유문화의 부인)의 기제를 통한 식민지적 지배의 과정을 역전시키는 전략이라고 말하고 있다.[37] 임화 역시 새로운 문화창조는 문화 유산을 유물로 되돌리고 외래문화를 타자로 구별하며 전통을 다시 부활시키는 것이라고 논의한다. 여기서 전통의 부활이란 재래문화의 유물도 외래의 외국문화도 아닌 혼성된 제3자로서의 주체적인 문화적 창조를 말한다.

‘혼성성’(바바)이나 ‘제3자로서 신문화’(임화)는 똑같이 식민주의 문화(이식문화)의 권력(권위)을 전복(해체)시키는 탈식민주의의 방향을 시사하고 있다. 또한 그런 ‘틈새’에서의 문화 ‘교섭’을 통한 탈식민의 방향은 ‘물질적 삶’의 지향에 의거하는데, 그런 관점에서도 두 사람은 일치한다. 임화와 바바의 차이는, 임화가 물질적 지향을 계층적(계급적) 성질에서 찾는 반면, 바바는 민족문화 자체를 물질적인 욕망으로 본다는 점이다.

임화는 문화교섭을 통한 새로운 민족문화를 말하면서도, 또한 유물변증법에 의거해 신문화의 방향이 계급적 문화담당자의 물질적 욕망에 따른다고 논의한다. 여기서 민족문제와 계급문제의 접점을 주목하는 임화의 문화론의 특징이 나타난다. 즉, 그는 민족문화를 계급관계로만 환원되지 않는 ‘환경’과 ‘전통’의 문화적 항목들로 설명하는 한편, 그 새로운 문화창조는 계급관계와 경제적 생산 양식에 의한 물질적 욕망에 연관된다고 본다.

이 같은 민족과 계급의 접합에 관한 논의는 해방 후의 민족문학론에

---

37) 호미 바바, 앞의 책, 225-226쪽.

서도 비슷하게 나타난다. 여기서도 임화는 자체적으로 봉건제를 무너뜨리고 자본주의와 근대 민족문화(민족국가)를 이룬 서구의 경우와 식민지 상태에서 제국주의와의 해방투쟁을 통해 민족문화를 되찾은 제3세계의 경우를 구분한다. 시민계급에 의해 주도되는 전자의 민족주의와는 달리 민중계급(혹은 인민)[38]에 의해 형성되는 후자의 민족문화는 자민족중심주의를 야기하지 않는다.[39] 민중계급은 시민계급과는 달리, 민족 내부의 계급대립의 투쟁이나 타국가와의 민족대립의 투쟁을 가져오지 않는다는 것이다. 그러나 그것은 또한 앞서 살폈듯이, 고유문화(상징계)를 부인당하고 실재계에 떠밀린 상태(식민지의 이식문화)에서, 새 민족(전통)문화의 부활이 자민족중심적 상징계가 아닌 상징계와 실재계 사이의 '틈새'에서 나타나기 때문일 것이다.

이처럼 임화는 마르크스주의 유물론에 따라 계급문제를 중시하면서도 또한 민족문제에도 유념하는 유연한 관점을 보여준다. 노동계급은 경제적 생산양식이라는 물질적 토대에 근거한 계급이지만, 계급적 자각을 넘어서서 인민적 자각의 매개자가 됨으로써 민족문제의 주체로 전이되는 것이다. 그처럼 계급과 민족을 접합시키는 '인민'을 주체로 삼음으로써, 임화의 유연한 탈식민의 전망의 나타나게 된다.

그러나 임화의 문화론(그리고 민족문학론)은 민족문제의 상대적 독립성을 인정하면서도 궁극적으로 계급관계와 경제적 토대를 최종심급으로 삼고 있다. 인민의 문학이나 민족문학이 계급문학으로 환원되는 것은 아니지만 계급관계의 거울에 반사되어야만 인민과 민족에 호명의 구조가 제공되는 것이다. 그것은 계급관계와 경제적 생산양식이 물질적 토대이며 문화(그리고 민족)는 그것의 정신적 표현이라고 보기 때문이다.

그에 반해 탈식민주의자 바바는 민족문화 자체가 물질적 삶의 중요

---

38) 임화는 민족의 형성이 노동계급에 의해 영도된다고 말하면서도 노동계급의 이념이 "계급적 자각의 매개자이기보다 인민적 자각의 매개자"여야 한다고 논의한다.

39) 임화, 「민족문학의 이념과 문학운동의 사상적 통일을 위하여」, 『문학』 3호, 1947, 13-14쪽.

한 한 영역이라고 생각한다. 탈구조주의적 유물론에 의하면, 물질적 삶은 복수적이며 상징계와 실재계[40] 사이의 공간에서 차이적인 투쟁을 통해 물질성에 닻을 내리고 있다.[41] 즉, 인종·계급·성 등의 차이적인 투쟁(물질적 차이의 반작용)의 영역들은 '관념적으로' 동일성을 형성하려는 권력에 맞서서 '물질적으로' 저항하는 범주들이다. 그 같은 차이적인 물질적 투쟁의 영역들은, 서로서로 연계되어 있으나 어느 하나가 다른 것으로 대체될 수 없으며, 어떤 단일한 중심으로 환원될 수 없다. 따라서 계급관계만이 물질적 객관성을 지니고 있고 인종·성·민족문화 등을 호명하는 힘을 지닌다는 주장은, 계급관계에 정체성을 관할하는 과도한 특권을 부여하는 일일 뿐이다.[42]

그런 맥락에서 바바는 민족·계급·성 등의 복수적인 물질적 영역에서 제휴적인 연대를 모색하는 코넬 웨스트의 계보학적 유물론[43]에 동의한다.[44] 틈새의 공간에서 미시적인 차이의 투쟁력을 발휘하는 소수자 담론들은 웨스트의 말처럼 마르크스주의와 연속적인 동시에 불연속적인 관계에 있는 것이다. 바로 여기에서 미시서사와 대서사가 연계될 필연성이 나타나게 된다.

그러나 바바는 그처럼 마르크스주의와 탈식민주의의 연계를 긍정하면서도 실제로는 그런 접합에 매우 소극적이다. 그것은 자신의 미시이론의 예리함이 자칫 대서사의 목적론에 의해 무뎌 것을 우려하기 때문일 것이다. 하지만 바바 스스로 교의적인 차원과 수행적인 차원[45]을 구

---

40) 실재계란 물 자체이며 상징계는 그 역사성을 지니는 물질성에 공시적인 규범을 부여한 것이다.

41) 마이클 라이언, 나병철·이경훈 역, 『해체론과 변증법』, 평민사, 1994, 404-405쪽.

42) 호미 바바, 앞의 책, 421-422쪽.

43) C. West, 'Race and social theory', M. Davis 외 편, *The Year Left 2: Toward a Rainbow Socialism*, Verso: London, 1987, pp.85-90.

44) 호미 바바, 위의 책, 434-435쪽.

45) 교의적 차원이란 이념이나 사상이 구성되는 로고스중심적 공간을 말하며, 수행적 차원이란 그것이 실제 현실에서 구체적으로 실행되는 공간(상징계와 실재계 사이의 공간)을 말한다. 교의적 차원에서는 통일된 동일성을 지니는 대서사의 이념이 수행적 차원에서

분하고 있듯이, 수행적인 차원에서는 마르크스주의뿐만 아니라 (제3세계의) 저항적 민족주의 역시 (대서사의) 폐쇄성을 열어젖히고 미시서사와 접합될 수 있는 것이다. 교의적인 차원에서의 대서사의 경직성에 대한 두려움으로 인해, 잠재적인 파괴력을 지닌 그의 혼성성·양가성·제3공간 등 탈식민주의적 개념들은 '저항'이 거세된 '유희'로 전락할 위기에 처하게 된다.

4. 지연된 근대와 탈식민적 전망

지금까지 우리는 민족문학(염상섭, 임화)과 탈식민주의(바바, 스피박)의 '교섭'을 위해 민족문학의 전통 내부에서 나타나는 탈식민주의적 요소들을 살펴보았다. 민족문학 자체에서 드러나는 탈식민주의적 요소들이란, 제국과 식민지 사이의 경계를 넘어서는 제3의 공간을 생성시키는 위치들을 말한다. 예컨대 그것은 다음과 같은 공간들을 가리킨다. 즉, 탈주의 위치에서 서양식 삼층집을 짓는 김창억의 건축의 공간, 일어로 가득 찬 카페에서 일인 아나키스트와 한편인 사회주의자와 논쟁하는 (민족주의자의) 대화의 공간, 그리고 고유문화를 부인하는 이식문화의 침략적 권력을 해체하는 창조의 공간, 식민지 상태에서 제국주의(그리고 자본주의)와 해방투쟁을 벌리는 제3세계의 '인민'의 공간 등이다. 이 제3의 공간들은 제국과 식민지 사이의 틈새에서 식민 권력을 전복시키고 주체적 문화를 되찾으려는 민족담론이 생성되는 위치들이다.

그처럼 민족담론이 탈식민주의적 틈새의 위치에서 생성되는 것은,

는 분열과 틈새의 공간을 드러낼 수 있게 된다. 따라서 그 틈새의 공간에서 교의적인 사상을 해체하는 또 다른 서사를 생성시키는 방향으로 나아갈 수 있는 것이다. 그 같은 틈새와 생성의 공간은 문학작품이나 변혁운동의 공간에서 주로 나타난다. 예컨대 염상섭의 민족주의는 일정한 한계를 지녔지만 소설을 통해서는 얼마간 그 한계를 넘어서서 분열과 틈새의 공간을 보여주게 된다. 교의적인 것과 수행적인 것에 대해서는 호미 바바, 앞의 책, 302-304쪽 참조.

우리의 경우 서구와 달리 식민지의 공간에서 근대가 진행된 때문일 것이다. 즉, 고유문화가 부인되고 주체적 근대화가 지체된 식민지적 '지연'의 공간에서, (물질적인) 차이의 반작용에 의해 새로운 민족문화가 창조되었던 탓이다. 그처럼 '지연'의 시간과 '차이'(작용)의 공간에서 생성되는 식민지의 민족담론은, 제국과 민족본질의 경직된 동일성(혹은 상징계)을 해체하는 '차이와 지연'의 작용으로 나타난다. 즉, 식민지로 인해 주체적 근대화가 지연된 대신 근대적인 동일성을 해체하는 대항근대적인(탈식민지적이고 탈근대적인) '차연'의 작용이 생성되는 것이다. 식민지에서의 탈식민적인 민족담론이 제국주의나 민족주의의 경직된 자기중심성을 넘어설 수 있는 것은 그 미시적 운동 때문이다.

그런 맥락에서 보면, 식민지의 민족담론은 차이(차연)가 동일성을 해체한다는 데리다의 차연(차이와 지연)이 실제의 공간에서 나타난 예일 것이다. 즉, 데리다의 텍스트적인 차연이 차이와 지연의 저항운동으로서 실제의 정치경제적(그리고 지리적) 시공간에서 생성되고 있는 것이다. 그처럼 정치적 저항의 힘을 지닌 지리적·문화적 시공간의 차연이 바로 식민지의 민족담론이다. 식민지의 민족담론은 그 같이 차이(차연)가 동일성을 해체함을 보여줄 뿐만 아니라, 근대성의 원본(제국)보다 그것을 베낀 잡종(혼성)적인 식민지의 시뮬라크르가 더 우월함을 입증한다.

그러나 우리의 민족문학이 보여주듯이 그런 미시적인 탈식민지적 저항들은 미시운동 그 자체로서 생성된 것이 결코 아니다. 그와는 달리 저항적 민족주의나 마르크스주의 같은 대서사들의 치열한 논쟁과 교섭 속에서, 가까스로 그런 틈새의 공간이 열린 것이었다. 대서사들은 교의적 공간에서는 목적론이나 본질주의 같은 한계를 드러낼 수 있지만, 그것들이 논쟁하는 '대화'의 공간이나 실제로 실행되는 수행적인 공간에서는 자신의 한계를 넘어서서 (미시적인) 틈새의 공간을 열어젖힌다. 만일 그런 대서사(그리고 의도의 주체)의 추진력이 없다면 탈식민지적 미시서사들 역시 나타나기 어려울 것이다. 대서사와의 연계를 소홀히 하는 바바의 혼성성의 예들이 주로 식민자가 권력을 행사하며 피식민자를 예속화시키는 과정의 부산물인 것은 그 때문이다.

물론 그 반대로 대서사가 목적론과 본질주의에 집착한다면 스스로 자신의 덫에 걸리고 말 것이다. 따라서 우리에게 필요한 것은 대서사와 미시서사의 접합일 것이다. 대서사의 정치적 기획이 수행적 차원에서 자연스럽게 미시서사와 접합될 수 있다면, 틈새의 전략이 중요해진 오늘날에는 그 반대로 미시서사가 얼마든지 대서사와 접합된 정치적 기획으로 작용할 수 있을 것이다. 우리는 교의적 차원에서 (얼마간) 경직의 위험을 지니는 대서사의 이념에 수행적 차원에서 나타나는 미시 전략을 보충하는 한편, 보충적 전략이 오히려 더 큰 힘을 발휘하는 실제의 틈새의 공간에서는, 대서사의 저항적 힘을 쇠진되지 않는 폭약으로 장착해 두어야 할 것이다.

한편 문학적인 차원에서는 그 양자의 접합이 (우리 문학에서처럼) 리얼리즘과 모더니즘(포스트모더니즘)의 병치 및 접합으로 나타난다. 미시서사에 유념하는 탈식민주의자들은 흔히 모더니즘—포스트모더니즘 계열을 선호하지만, 우리 민족문학은 그와 반대로 리얼리즘을 주목한다. 이는 민족문학이 탈식민주의의 미학적 편향을 넘어서서 또 다른 미학(리얼리즘)의 중요성을 알려주는 셈이다. 그러나 우리의 경우에도 이상과 김수영이 보여주듯이 리얼리즘뿐만 아니라 모더니즘(포스트모더니즘) 역시 탈식민 문학의 중요한 영역일 것이다. 에컨대 김창억(「표본실의 청개구리」)의 관념적 탈식민 건축의 조감도를 전복시킨(「오감도」) 이상은, 모더니티('20세기적인것')를 위해 제국의 수도(동경)로 월경하는 순간 자신도 모르게 탈식민적 잡종성('19세기적인 것과 20세기적인 것 사이')의 우월함을 입증하게 된다. 그처럼 명백한 '의도'를 드러내지 않았어도 모더니즘 역시 탈식민주의의 중요한 문화적 자산인 것이다. 따라서 정치와 문화의 영역에서 대서사와 미시서사의 접합이 필요하듯이, 문학의 영역에서는 리얼리즘과 모더니즘(포스트모더니즘)의 연계(그리고 병치)가 요구된다.

이 같은 민족문학과 탈식민주의의 교섭, 그리고 대서사와 미시서사

의 접합은 전지구적 자본주의 시대에 이르러 더욱 절실해진다. 전지구
적 자본주의 시대는 지구상의 어느 곳에서도 자본주의의 권력에서 벗어
난 공간을 찾아내기 어려운 시대이다. 냉전시대와는 달리 이제 더 이상
자본의 외부는 존재하지 않는 것이다. 그와 마찬가지로 세계 자본주의
시대는 전지구적 네트워크를 지닌 제국의 시대이기도 하며, 지구상의
어느 곳에도 제국의 외부는 존재하지 않는다. 그럴수록 마르크스주의
같은 대서사(그리고 그 이념)의 부활이 긴요한 것은 물론이지만, 강대해
진 자본과 제국의 권력을 해체하기 위해서는 탈식민주의적 (미시서사의)
'틈새'의 전략이 또한 필수적이다. 이제 자본과 제국의 경계선 너머에
해방된 공간을 건설하는 일 보다는, 내부와 외부의 경계선이 뒤섞인 '비
장소'46)의 공간에서 전복의 틈새가 요구되는 것이다.

다른 한편 전지구적 자본주의 시대는 일국 내의 자본−노동의 관계
가 제국과 제3세계의 관계로 전이(그리고 확산)된 시대로서, 제3세계 민
중(인민)을 중심으로 제국의 자본주의에서 해방되려는 민족문학론 같은
이념이 긴요한 시대이다. 그러나 전지구적 자본주의 시대는 미국같은
새로운 초국적인 '제국'47)의 출현으로 인해 단지 계급관계로만 환원할
수 없는 탈영토화된 민족의 전망이 새롭게 강조되는 시대이기도 하다.
뿐만 아니라 자본과 도구적 이성이 경제 영역을 넘어 성·문화·지식의
영역까지 병리화시키는 오늘날에는, 전통적인 계급관계 이외에 다양하
고 복수적인 물질적 영역에서의 투쟁이 요구된다. 따라서 전지구적자본
주의 시대의 미결정적인 지금−이곳48)에서는, 자본주의를 극복하려는

---

46) '비장소'란 영토화된 공간이 아닌 경계선상의 공간이나 탈영토화된 공간을 말한다. 새
  로운 '제국'은 비장소의 공간을 통해 권력을 행사하기 때문에 그에 대한 대응 역시 탈
  영토화된 방식의 저항이 필요해진다. 제국의 비장소의 권력에 대해서는 조정환,『아우
  또노미아』, 갈무리, 2003, 216-218쪽 참조.
47) 네그리는 과거의 제국주의와 구분되는 새로운 '제국' 개념을 말하고 있다. 제국은 특정
  한 민족국가로서가 아니라 탈영토화된 전지구적 네트워크를 통해 권력을 행사한다. 네
  그리, 윤수종 역,『제국』, 이학사, 2001과 조정환,『아우토노미아』, 위의 책, 참조.
48) 지금−이곳이 전지구적 자본주의 속에서 개체화된 주체의 공간이라면, 미결정적인 지

대서사의 부활이 시급한 동시에, 또한 계급·인민 등의 구심적 개념으로는 감당하기 힘든 다양한 물질적 영역에서의 복수적 투쟁이 필요해지고 있다.[49]

　요컨대 지구적으로 네트워크화된 자본주의 시대는, 계보학적 유물론에 의거해 민족·계급·성의 영역에서의 탈중심화된 연계를 말하는 탈식민주의와, 민족과 계급을 접합시키며 대서사의 이념을 부활시키려는 민족문학론의 교섭이 시급한 때라고 할 수 있다. 세계가 상품화된 욕망으로 넘칠수록 내면이 더 빈곤해지는 이 '제국'과 자본의 시대(후기자본주의와 신자유주의 시대)에, 새로운 빛은 그 양자 사이의 틈새에서 나타날 것이다. 실제로 이제까지의 우리 민족문화의 역사 역시, 텍스트적 실천으로서 대서사-민족담론의 역사이기도 했지만, 수행적 공간(변혁운동이나 문학작품)에서는 그 대서사의 폭약을 장착한 틈새의 공간에서의 탈식민주의적 (차연의) 운동이기도 했다. 그처럼 대서사와 미시서사, 민족문학론과 탈식민주의가 접합된 틈새의 공간은, 이제껏 우리의 광장의 역사를 이어왔으며 오늘날 촛불시위 등의 광장문화로 계승되고 있다.

　다만 과거와 현재의 차이는, 예전에는 정치혁명 속에서 문화적 욕망이 흘러넘친 반면 오늘날에는 문화혁명을 통해 정치적 요구가 나타난다는 점이다. 경계선의 틈새에서의 교섭이 전에는 저항 속에서 무의식적으로 이루어졌으나 이제는 그 교섭 자체에 의해 저항이 가능해지고 있다. 그 같은 저항과 축제(놀이), 정치와 문화의 변증법 속에서, 광장(틈새의 공간)에서의 우리의 탈식민 전통이 이어지고 있는 것이다. 지금까지 우리의 논의는 그런 전통 위에 또 하나의 작은 광장을 열어놓으려는 시도였다. 우리는 그 틈새의 공간에서 탈식민주의와 민족문학론의 교섭을 통해 '도둑맞는 저항'을 다시 절취해 내는 길을 찾아보았다. 우리가 만

　　금-이곳은 다음에 올 세계와 연관된 미결정적인 주체의 공간이다. 빠올로 비르노, 김
　　상운 역, 『다중』, 갈무리, 2004, 260-261쪽.
49) 본고의 논의와는 조금 다르지만 네그리 등의 '다중(多衆, multitude)'의 개념도 그런 취
　　지에서 이해된다.

든 또 하나의 틈새, 이 텍스트로 된 광장의 공간에서, 탈식민의 새로운 전망을 여는 작은 희망이 나타났으면 한다.

주제어 : 틈새의 공간, 교섭, 혼성성, 제3의 공간, 이식과 창조의 변증법, 복수적 인 물질성, 계보학적 유물론, 광장문화

◆ 참고문헌

고부응,『초민족 시대의 민족 정체성』, 문학과지성사, 2002, 1-314쪽.
──── 편,『탈식민주의─이론과 쟁점』, 문학과지성사, 2003, 1-433쪽.
김동춘,「한국 사회과학에서의 탈식민의 과제」,『비평』, 2000년 하반기, 216-249쪽.
김 철,「국문학을 넘어서」,『현역중진작가연구』Ⅲ, 국학자료원, 1998, 227-251쪽.
김택현,「서발턴에게 역사는 있는가?」,『트랜스토리아』, 2002년 하반기, 13-34쪽.
나병철,『근대서사와 탈식민주의』, 문예출판사, 2001, 1-438쪽.
────,『탈식민주의와 근대문학』, 문예출판사, 2004, 1-389쪽.
신승엽,『민족문학을 넘어서』, 소명출판, 2000, 75-108쪽.
이경원,「그들의 테크놀로지와 우리의 이데올로기」,『비평』, 2000년 하반기, 156-189쪽.
────,「탈식민주의의 계보와 정체성」,『탈식민주의─이론과 쟁점』, 문학과지성사, 2003, 23-58쪽.
이석구,「전유의 틈새: 호미 바바의 '식민 주체'와 그 문제점」,『안과밖』, 2000년 상반기, 222-246쪽.
임화, 임규찬·한진일 편,『임화 신문학사』, 한길사, 1993, 1-486쪽.
정정호,「전지구화시대의 '탈'식민의 과제」,『비평』, 2000년 하반기, 146-155쪽.
조정환,『아우또노미아』, 갈무리, 2003, 1-520쪽.
태혜숙,『탈식민주의 페미니즘』, 여이연, 2001, 1-214쪽.
하정일,「민족문학의 역사와 탈식민성」,『비평』, 2000년 하반기, 190-215쪽.
가야트리 스피박, 태혜숙 역,『다른 세상에서』, 여이연, 2003, 1-552쪽.
네그리, 윤수종 역,『제국』, 이학사, 2001, 1-589쪽.
마이클 라이언, 나병철·이경훈 역,『해체론과 변증법』, 평민사, 1994, 1-415쪽.
바트 무어─길버트, 이경원 역,『탈식민주의! 저항에서 유희로』, 한길사, 2001, 1-466쪽.

빠올로 비르노, 김상운 역,『다중』, 갈무리, 2004, 1-293쪽.
프로이트, 김정일 역,『성욕에 관한 세 편의 에세이』, 열린책들, 1996, 25-44쪽.
호미 바바, 나병철 역,『문화의 위치』, 소명출판, 2002, 1-488쪽.
C. West, 'Race and social theory', M. Davis 외 편, *The Year Left 2: Toward a Rainbow Socialism*, Verso: London, 1987, pp.85-90.
Fredric Jameson, *The Ideologies of Theory*, University of Minnesota Press, 1988, p.104.

◆ 국문초록

이 논문에서는 민족문학론과 탈식민주의 이론의 '교섭'을 통해 새로운 탈식민의 전망을 모색해 보았다. 민족문학론과 탈식민주의 이론의 교섭이 가능한 것은 민족문학의 전통 자체에서 이미 탈식민주의적 요소들이 나타나고 있었기 때문이다. 본고는 염상섭의 소설과 임화의 문화론을 통해 제국과 식민지 사이의 틈새의 공간에서 나타나는 그런 탈식민주의적 요소들을 살펴보았다. 예컨대 염상섭의「표본실의 청개구리」는 김창억의 건축의 공간을 통해 서구의 식민주의를 거부하면서 서구를 수용한 새로운 문화를 생성시키려는 혼성성의 감각을 보여준다. 또한『사랑과 죄』에서는 카페에서 민족주의자와 사회주의자의 논쟁을 통해 식민주의적를 전복시키는 틈새의 공간을 드러낸다.

그 같은 혼성성의 틈새의 공간을 보여준 것은 임화의 문화론도 마찬가지였다. 이식과 창조의 변증법으로 불리는 임화의 문화론은 서구문화와 고유문화의 교섭을 통해 식민주의에서 벗어난 새로운 문화가 창조되는 과정을 논의한다. 임화가 설명하고 있는 것은 양자의 틈새에서의 교섭을 통해 제3자로서 신문화의 창조되는 과정이었다. 그것은 단순히 고유문화가 외래문화를 전유하는 과정과는 구분되는, 식민지에서 나타나는 독특한 문화적 교섭의 과정이었다.

임화의 문화론의 또 다른 특성은 계급문제와 민족문제가 접합된 지점에서 새로운 탈식민적 문화가 창조됨을 말한 점이었다. 그러나 임화의 문화론이나 민족문학론은 결국 계급관계를 최종심급으로 설정함으로써, 민족·계급·성의 영역에서 나타나는 물질적 복수성에 유념하지 않는 한계를 지닌다. 반면에 탈식민주의자 바바는 계보학적 유물론에 의거해 복수적인 물질성의 영역들의 연계를 주장하면서, 계급문제로 환원될 수 없는 물질적인 민족문화의 영역에서 탈식민주의를 논의한다. 하지만 바바는 임화가 근거하고 있는 마르크스주의 같은 대서사를 소홀히 함으로써 그의 혼성성은 저항이 거세된 유희로 전락할 위험에 처하게 된다.

이 논문에서는 탈식민주의의 미시이론과 마르크스주의 등의 대서사의 접합에 의해, 그처럼 도둑맞은 저항을 다시 소생시키는 방법을 찾아보았다. 오늘날 같은 전지구적 자본주의시대는, 미시이론과 대서사의 접합에 의한 새로운 탈식민 이론이 어느 때보다도 시급한 시점이라고 할 수 있다. 본고는 촛불시위 등 광장문화에서 실제로 그런 접합이 실현된 예들이 나타난 것으로 보았으며, 민족문학론과 탈식민주의 이론의 교섭을 통해 새로운 틈새의 공간으로서 또 하나의 광장이 열릴 것으로 판단했다.

◆ SUMMARY

Korean modern literature and the decolonial

Na, Byung-Chul

This thesis is an attempt to seek the perspective of decolonization through the negotiation between theory of national literature and postcolonialism. It is due to appearing a part of postcolonialism from the tradition of national literature that the negotiation is possible.This thesis studied the interstitial space appearing in Yum Sang Sub's novels and Im Hwa's theory of culture.

Yum Sang Sub's novels show the interstitial space through the space of escape and the space of dialogue. And Im Hwa's theory of culture shows the interstitial space through the dialectic between transplantation and creation.

Another charateristic of Im Hwa's theory of culture is that it shows the articulation between the problem of class and the problem of nation. But Im Hwa's theory of culture and theory of national literature think that class relationship is the last instance, and they neglect plural materiality in the spheres of race, class, and gender. While Homi Baba insists on the articulation the spheres of plural materiality depending on genealogical materialism. But he neglects grand discourse of marxism.

Thus we need negotiation between grand discourse and slender narrative, theory of national literature and postcolonialism. This thesis studied to seek the perspective of decolonization through that negotiation in the interstitial space.

Keyword: interstitial space, negotiation, hybridity, the third space, dialectic between transplantation and creation, plural materiality, genealogical materialism, culture of square

―이 논문은 2004년 12월 31일에 접수되어, 소정의 심사과정을 거쳐 2005년 1월 31일에 게재가 확정되었음.

노란 피부, 노란 가면

이 경 훈*

목　차

> 저마다 가슴 속에 *癌腫*을 기르면서
> 지리한 *歷史*의 *臨終*을 *苦待*한다
>
> — 김기림

1. 서양 유학생과 일본 유학생

임영빈(任英彬)은 1941년에 「사랑의 모험」과 「어느 성탄제(聖誕祭)」라는 소설을 발표한 바 있다. 작가 자신이 미국에서 신학을 공부한 경험이 있기 때문인지, 이 소설들은 미국에 유학 중인 조선인 대학생을 주인

---

* 연세대 국어국문학과 교수.

공으로 삼고 있다.

물론 한국 근대 문학사에서 서양 유학생은 별로 낯설지 않다. 「혈의 누」의 옥련이나 구완서는 미국 '화성돈(華盛頓)'에서 공부했으며 「무정」의 김선형은 미국 유학을 가기 위해 이형식으로부터 영어 과외 수업을 받았다. 염상섭의 E선생(「E선생」)은 "어떻게 미국이든지 독일까지는 갔다와야 하겠다"고 고심하는 반면, 「추월색」의 영창이는 스미트를 만나는 행운에 힘입어 '영국문화대학'을 졸업하게 된다. 다음은 「추월색」의 한 장면이다.

> 기차를 내리매 땅에는 철로가 빈틈없이 놓이고, 하늘에는 전선이 거미줄 같이 얼켰으며, 넓고 넓은 길에 마차·자동차·자전거는 여기서도 쓰르를 저기서도 뜰뜰 하고, 십여 층 벽돌집은 좌우에 정연하며 각색 공장의 연기 굴뚝은 밀짚 들어서듯 총총하여 그 굉장한 풍물이 영창의 눈을 놀래니 그곳은 영국 서울 론던이오, 스미트의 집이 곧 그곳이라. (중략) 영창의 재조에 한번 들은 말과 한번 본 글자를 다시 잊지 아니하고 몇 날 못 되어 가정에서 날마다 쓰는 말은 능히 옮기매 부인의 마음에 신통히 여기고 차차 지지·산술·이과 등의 소학교 과정을 가르치기에 재미를 붙이고[1]

소설에 유학생이 등장하는 현상은 "두뇌가 건전하고 분투하는 정신이 왕성하여 전신이니 전화이니 하는 신출귀물의 기계를 발명한 것은 모두 서양사람"[2]이라는 파악, 더 나아가 "조선 사람에게 무엇보다 먼저 과학을 주어야 하겠어요, 지식을 주어야 하겠어요"[3]라고 외쳤던 일종의 시대정신에서 결과한 것이다. 즉 서양 유학생은 '문명개화'의 이념을 발현할 뿐 아니라 개인, 시민, 민족 등을 학습하고 매개하는 한국 근대 문학의 중요한 소설적 장치이다. 그것은 유길준의 『서유견문』으로 집약된 바 있는 근대화의 기획을 서사로써 수행한다. 달리 말해 그것은 제국주

---

1) 최찬식, 「추월색」, 『한국신소설전집』 4, 을유문화사, 1968, 37-38쪽.
2) 이상춘, 「기로」, 『청춘』 11호, 41쪽.
3) 이광수, 「무정」, 『이광수전집』 1, 삼중당, 1962, 310쪽.

의적인 서양에 대한 일종의 방어기제인 동시에 근대 문명에 대한 동일화와 '모방'의 욕망을 복잡하게 투사(投射)해 낸 식민지적 트라우마(trauma)의 인간적 형상이다. 비유컨대 유학생은 상처투성이의 토인(土人)이다. 실로 옥련이는 청일전쟁에서 입은 다리의 상처와 더불어 유학생이 되었던 것이다.

그런데 이 문제와 관련해, 적어도 한국 문학에서 일본은 영국이나 미국에 필적하는 근대 문명의 기원으로 기능했다. 아니, 메이지유신, 강화도 조약, 한일합방 등과 같은 여러 역사적 계기와 더불어 오히려 일본은 서양에 앞서는 근대적 현실이 되었다. 1895년 5월 1일 12시 45분, 후쿠자와 유키치(福澤諭吉)의 게이오의숙(慶應義塾)에 입학하기 위해 '대조선국 학부 유학생' 113명이 동경 신바시 역에 도착한 일[4]은 이러한 사정을 폭넓게 상징한다. 그리고 이는『학지광』이나『창조』등과 같은 일본 유학생의 활동으로 이어진다. 다음은 박태원이 묘사한 '대조선국 학부 유학생'들의 모습이다.

> 동경으루 건너가자, 한국 유학생들은 모조리 경응의숙에 입학을 했는데, 알아보니까, 지금두 그 학교가 있다드군 그래. 헌데, 호옥 아는지 모르겠오마는, 당시 총장이 복택유길이라, 이 이가 또 인물이거든. 우리 백여 명을 차례루 하나씩 불러다가 성명 삼 자에 자(字)까지 묻고 나서, 다음에 '무엇을 배우러 오셨오?' 그르드란 말이야. '예에, 정치학을 배우러 왔지요.' '예에, 나두 정치과에 들어가겠오.' '예에, 정치과요.' …… 허구, 백여 명 유학생이 여출일구루 정치과를 지망허는데는, 복택 선생두 일변 어이가 없구, 일변 딱 허구, 그랬든 모양이라, (중략) 우리 일본이나, 귀국이나, 다 함께 구미 선진국을 따라가려면, 정치만 가지구는 안 될 말이라, 똑 크게 공업을 일으키구, 실업 방면으루두 활약을 해야 헐 노릇인데, 자아, 경제과 같은 데 들어가 공부헐 생각은 없오?'[5]

---

4) 차배근,『개화기 일본 유학생들의 언론 출판 활동 연구』1, 서울대학교출판부, 2000, 67쪽.
5) 박태원,「최노인전 초록」,『박태원단편집』, 학예사, 1939, 193쪽.

이렇게 일본은 근대 문명과 근대 문명의 자기화(자기식민화)를 학습할 중요한 계기였다. 하지만 다른 한편으로 일본은 조선인에게 서양보다 더욱 위협적인 제국주의(식민주의)이기도 했다. 요컨대 '악우(惡友)'인 조선에게 일본은 또 다른 서양이었다. 왜냐하면 일본은 "자신들이 노예가 될지도 모른다는 식민지적 공포와 불안을 망각하기 위해" "타자로서의 거울인 미개와 야만"을 계속 발견하고자 했으며,6) 따라서 "서구 열강보다 더 서구 열강답게"7) 서양을 '모방'했기 때문이다. 즉 조선은 서구의 타자인 일본의 타자였다.

따라서 이상(李箱)이 "동경 갔다 왔다고 그렇게나 자랑들 하던 여러 친구들의 이름을 한번 암송해" 본 것은 의미심장하다. 그에게 '대일본제국'의 수도 동경은 서양을 흉내 낸 하나의 '세트'에 불과했다. 더 나아가 그는 동경에 만연한 "표피적인 서구적 악취"8)를 지적하며, "紐育 '브로—드웨이'에 가서도 나는 똑같은 환멸을 당할는지"9)라고 피력하기도 했다.

그러나 다른 한편으로 이상은 "치사스런 도시"인 동경의 하숙방에서 전신주 하나 없는 평안도 시골 성천의 '권태'와 '공포의 초록색'을 회상하지 않을 수 없었다.10) 왜냐하면 첨단의 모더니스트를 자처한 바 있음에도 불구하고 이상은 동경의 하숙집 하녀에게조차 '시골 사람'으로 불렸기 때문이다. 즉 조선인은 타자의 타자, 황인종의 황인종이었다. 실로 「숙박기」(염상섭)의 일본 유학생 주인공은 백면서생의 책상물림이었던 「만세전」의 이인화와는 또 달리, 하숙방을 얻기 위해 다음과 같은 경험을 겪었다.

> "나는 조선 사람인데 이 집에 두어도 좋겠소?" 하고 물어 보았다. 조선 사

---

6) 고모리 요이치, 송태욱 역, 『포스트콜로니얼』, 삼인, 2002, 35쪽.

7) 고모리 요이치, 위의 책, 46쪽.

8) 김윤식 편, 『이상문학전집』 3, 문학사상사, 1991, 234쪽.

9) 김윤식, 위의 책, 95쪽.

10) 이에 대해서는 졸고, 「<권태>의 사상」, 『이상, 철천의 수사학』, 소명출판사, 2000, 295-324쪽을 참고할 것.

람이라는 것이 죄인의 전과자(前科者)라는 말 같이 부끄러울 것은 조금도 없
지마는 자기의 국적을 미리 통기하여야 한다는 것—아니 그보다도 조선 사
람이라는 것을 꺼리느냐 아니 꺼리느냐는 것을 물어볼 필요가 있다는 것은
아무리 남의 땅 남의 집 곁붙이로 살지언정 돈 안 주고 눈칫밥 먹자는 것 같
이 자기 귀에 들리었다.[11]

이렇게 한국 근대사와 근대 문학은 일본이 꿈꾼 '탈아입구(脫亞入歐)'
의 여러 현실적 양상을 뼈저리게 체험하고 심각하게 서술하지 않을 수
없었다. 따라서 각각 영국과 일본에서 공부했던 「추월색」의 영창이와
정임이는 결코 이별한 것이 아니었다. 영국에서건 일본에서건 이들은
모두 토인이었기 때문이다. 이형식과 영채가 유학길에서 만나듯이, 이들
의 만남은 필연적이었다. 더 나아가 「혈의 누」의 옥련이는 일본 유학생
인 동시에 미국 유학생이었다. 이로써 그녀는 타자의 타자인 조선의 근
대적 위치를 증명했다. 옥련이는 청나라를 격퇴한 근대의 계보를 밟아,
그리고 봉건적 사대(事大)를 대신할 자기식민화의 완수를 위해 일본으로
미국으로 식민주의의 근원을 찾아 나섰던 것이다.

2. 황인종과 원숭이

그렇다면 임영빈의 소설에서 미국 유학생은 어떤 소설적 기능을 수
행하는가. 결론부터 말해 「사랑의 모험」과 「어느 성탄제」는 일제가 여
러 가지 방식으로 주장하는 '동양'과 '동양인'의 정립을 미국 유학생의
체험으로써 시도하고 있다. 이 소설들은 일본의 '탈아입구'를 모방한 근
대화의 기획을 형상화하기보다는 일본의 '탈구입아(脫歐入亞)'를 식민지
문학으로써 승인하고 흉내내고자 한다. 「어느 성탄제」의 다음 장면을
살펴보자.

---

11) 염상섭, 「숙박기」, 『염상섭전집』 9, 민음사, 1987, 314쪽. 표기는 인용자가 수정함.

예배당은 한 五 마일 가서 있다. 솔나무 밭 속에 하얀 칠한 집이다.
벌써 사람들은 밖에까지 넘치게 와 있다.
어떤 중년 부인 한 분이 나와서 인사하고
"나는 평생에 처음으로 조선 사람을 봅니다. 당신이 오신다는 말을 듣고
손꼽아 기다렸습니다. 대체 어떻게 생긴 사람일까? 우리 같은 사람일까? 하
고 퍽 궁금해 하였습니다. 이제 당신을 보니까 아주 만족합니다."12)

'미스터 김'은 '크리스마스방학'을 맞아 미국인 친구 '헷첼'의 고향
집에 초대된다. 이때 '황인종'을 처음 보는 마을 사람들은 '미스터 김'이
"사람과 같을까 않을까" "우리 같은 사람일까" 하고 궁금해 한다. 이러
한 상황은 「사랑의 모험」에서도 동일하게 나타난다. 여름방학에 친구
'빱'의 집에 초대된 박성욱에게 '빱'의 어머니는 "동양인이라고는 미스
터 박을 처음" 본다고 말한다. 즉 미국의 시골 사람들에게 조선 유학생
은 단순한 외지인이 아니다. 이들에게 그의 방문은 '신대륙'의 발견에
필적하는 본격적인 의미를 지니고 있다. 미국인들은 비로소 '황인종'을
발견한 것이다.

이때 임영빈이 서술하는 미국인의 반응은 여러 가지이다. 먼저 마호
니 부인은 '동양인'을 "우리 백인과 조금도 다름없이 생각"13)한다고 말
한다. 그녀는 아들 '빱'과 마찬가지로 "민족적 우월감이라는 병"에 걸리
지 않았다. 더 나아가 마호니 씨는 미국 여자에 대한 박성욱의 의견을
물음으로써, 서양인을 관찰과 평가의 대상으로 삼는 '황인종'의 시선의
권리를 인정하기까지 한다. 그 점에서 이들은 "현대인의 자격"을 갖춘
사람들이다.

그런데 이러한 모습은 '미스터 김'의 '힛취 하이킹' 실패와 짝을 이룬
다. 즉 그는 기숙사로 돌아가는 길에 혼자서 '힛취 하이킹'을 시도하지
만, 결국 "동양인인 나를 태워줄 사람은 없"음을 깨닫는다. 또 그는 "모

---

12) 임영빈, 「어느 성탄제」, 『문장』, 1941. 2, 34쪽(이하 「어느 성탄제」로 표시함).
13) 임영빈, 「사랑의 모험」, 『문장』, 1941. 1, 33쪽(이하 「사랑의 모험」으로 표시함).

든 지나가는 사람이 자꾸 모욕하는 것" 같은 기분마저 느낀다. 한편 박
성욱은 "극히 앵글로·쌕손주의를 옹호하고 다른 인종은 다 이 앵글
로·쌕손족의 종이 될 것"이라고 생각하는 '뿌라운 목사'를 만난다. 목
사가 보기에 "황인종이나 흑인종은 인뼥델(infidel)이나 히―든(hidden)으
로 주의 노하심을 받을 종자들"이다. 다음과 같이 '뿌라운 목사'는 인종
적, 종교적 편견에 가득 찬 사람이다.

> "그래 거기서는 무엇들을 먹우. 우리들처럼 먹우?"
> 이것은 뿌라운 목사의 이야기다.
> "여기와 다르지요. 우리의 주식물은 밥입니다."
> "밥만 먹어요. 아이, 띠클래아,14) 그것만 먹고 산단 말이요?"
> 뿌라운 목사는 어디까지던지 멸시의 어조다. (중략)
> "내가 들으니 거기서는 손까락으로 음식을 먹는다니 그 말이 옳소?"
> "손까락으로 먹지 않습니다. 저까락으로 먹지요." (중략)
> "그래야, 그것들은 다 인뼥델이지, 우리 백인종을 따를 수가 있어요?" 하
> 고 뿌라운 목사는 말하였다. (중략)
> "그런 말은 고만 두고, 여보 미스터 박, 조선 혼인 풍속은 어떴오?" (중략)
> 뿌라운 목사는 이것도 좋지 못하게 비평을 한다.
> "그 인뼥델도 모슨 혼인법이 있나? 개 도야지처럼 만나는 게 아니고?"
> 뺍은 볼이 부루퉁하여서
> "목사님은 무슨 말씀을 그렇게 하서요. 짜니 같은 저런 신사를 옆에 앉히
> 고 그런 말씀이 나와요?"
> "웰, 뺍, 자네는 모르는 소릴세. 이 미스터 박도 우리게 와 있지 않았더면
> 별 수 없었지. 별 수 없었어."15)

    사실 임영빈 소설의 핵심은 위와 같이 말하는 '백인종'이 등장한다는
점에 있다. 왜냐하면 이 생생한 경험으로써 주인공은 '동양'과 '동양인'
을 인종적으로 정립하고 있기 때문이다. 따라서 위의 장면은 편견에 물

---

14) 'I declare!'.
15) 임영빈, 「사랑의 모험」, 35-36쪽.

든 서양인에 의해 동양인이 야만(野蠻)으로 대상화되는 양상을 보이는 것만은 아니다. 오히려 이는 이미 내면화되어 있는 '서양에 타자화된 동양'이라는 근대 일반의 역사성을 주인공으로부터 소격(疏隔)하여 일본의 '탈구입아'를 향해 재역사화하는 인식적, 소설적 장치이다. 다시 말해 여기서 수행되는 것은 서양에 타자화된 동양, 바로 그것에 의한 서양의 타자화이다.

그러나 'drug store'가 '쭈러그 스토어'로 발음되는 것에서도 암시되듯이, 임영빈이 말하는 "동양인 투의 영어"란 결국 일본인 투의 영어이다. 예컨대 박성욱은 "처음에 미국 왔을 때에는 미국 여자란 다 원숭이 같이" 보였다고 말함으로써 일종의 식민주의적인 태도를 드러내거니와, 이는 일본의 '탈구입아'적인 재역사화의 역학을 바탕으로 한다. 따라서 주인공이 시골에 감에 따라 미국인들이 비로소 '황인종'을 발견했다는 말은 수정되어야 한다. 소설에서 일어난 일은 '뿌라운 목사'와 같은 미국인이 일본인에게 강력히 확인된 것이다. '뿌라운 목사'의 인종적 편견이야말로 서양인이 '원숭이'임을 실증하게 하는 것일 터, 이는 일제의 '대동아'를 합리화하는 훌륭한 조건이 될 것이다. 그리고 그런 의미에서 서양과 일제는 서로 공모한 셈이다.

한편 여기서 또 한 가지 주목해야 하는 것은 다음과 같이 묘사되는 박성욱의 외모이다.

> 짠은 동양인이다. 동양 인종 중에도 키는 빠지는 키가 아니었다. 그의 살결은 매우 히고, 그의 새깜안 두 눈에는 시인의 정렬이 있다.[16]

박성욱의 외모를 특징짓는 것은 비교적 큰 키와 매우 흰 살결이다. 그런데 이는 동양인이 포착하는 서양인의 특징이자 '문명'의 신체적 감각이다. 그러므로 박성욱의 큰 키와 흰 살결을 지적하는 일은 서양 및 서양인에 대한 동경과 열등감을 암시한다. 다니자키 쥰이치로(谷崎潤一

---

16) 임영빈, 「사랑의 모험」, 28쪽.

郞)의 작품이 잘 보여주듯이, 박성욱의 서양적인 모습은 오히려 뿌리 깊은 타자성과 식민지적 무의식의 징표이다. 이를테면 「치인(癡人)의 사랑」(1924~25)에서 죠지(讓治)는 일본인과 다른 얼굴에 서양적인 이름을 가졌다는 점으로 인해 나오미(奈緒美)를 사랑하게 된다. 그는 영화배우 메리 픽포드(Mary Pickford)를 닮은 나오미의 '서양적인 모습'과 비교해 자기 얼굴이 너무 일본적이라는 것을 부끄럽게 느낀다. 더 나아가 「獨探(독일스파이)」(1915)의 '나'는 자기 나라의 귀족으로 사는 것보다 서양의 노예로 사는 것이 행복하다고까지 생각한다. 그런데 "잉글랜드 학생을 건강한 사람이라고 한다면 일본의 학생은 한센씨병 환자"[17]라고 한 쓰보우치 쇼요(坪內逍遙)의 서술에서 보이듯이, 일본에서 이러한 사고방식은 대단히 뿌리 깊은 것이다. 한편 이광수는 다음과 같이 쓴 바 있다.

> 제가 상해(上海)를 쩌나는 날은 정월 바로 초생 바람이 세게 부는 날이러이다 새로 지은 양복에 새로 산 구두를 신고 나서니 저도 제법 양식 신사가 된 양하야 맘이 흐뭇하더이다 게다가 평생 못 타보던 인력거를 질풍 가티 몰아 영대마로(英大碼路) 장판 가튼 길로 달릴 째엣 맛은 나 가튼 싀골쑥이에게는 어지간한 호강이러이다 그러나 노상에서 진자(眞子) 양인(洋人)을 만나매 나는 지금쩟 가지엇던 '푸라이드'가 어느덧 슬어지고 등골에 찬 짬이 흐르어 부지불각에 푹 고개를 숙이엇나이다 양인의 옷이라고 반드시 내 것보다 나은 것은 아니며 내 옷 닙은 쏠이 반드시 양인보다 자리가 잡히지 아니 함은 아니로대 자연히 양인은 부귀의 기상이 잇고 나는 쌔들쌔들 양인의 숭내를 내랴는 불상한 빈한자(貧寒者)의 기상이 잇는 듯하야 수치의 정이 생김은 맛당할가 하노이다.[18]

박성욱의 큰 키와 흰 피부가 명시되는 것은 위와 같은 인종—역사적 경험에서 기원한다. 따라서 이 모든 의미에서 임영빈 소설의 주인공은 단순한 황인종이 아니다. 그는 '서양인의 황인종'이자 '서양인에 대한

---

17) 小森陽一, 『漱石を讀みなおす』, ちくま新書, 1995, 76-77쪽에서 재인용함.
18) 이광수, 「海參威로서」, 『청춘』 6호, 1915. 3, 79쪽.

황인종'이다. 마을 사람들이 그를 발견하기 이전부터도 그는 이미 내면화된 서양적 시선의 대상이었다. 이는 서양인을 '원숭이'로 보는 일과 짝을 이루며 주체와 타자 사이의 복잡한 작용을 매개한다. 이는 식민지적인 동시에 식민주의적인 주인공의 모순과 분열을 암시한다. 그의 내면은 철창을 사이에 둔 채 '황인종'과 '원숭이'가 서로를 흉내 내고 조롱하는 커다란 동물원이었던 것이다.

3. 일본인의 탄생

그런데 임영빈의 소설에서 문제는 좀더 복잡한 양상을 띤다. 그리고 이는 식민지 문학의 특수성과도 연관된다. 일단 다음의 장면을 보자.

웬 젊은 축이 탄 차가 지나더니 나를 보고
"쨉! (일인=日人)"
하고 소리친다. 그들은 나를 놀리는 것이었다. 나는 불쾌하였다. 나는 그들에게 향하여 이름 없는 [분]노가 치밀었다.
그런데 또 한 패가 지나가면서
"차이나맨!"
하고 불으짓는다. 그들의 눈에는 일본인이나 지나인의 분별이 없다. 그들의 눈에는 똑같이 보이고 또 똑같이 멸시한다. (중략)
대개는 나를 쨉이라, 차이나맨이라 놀린다. 그러니까 그놈들의 코가 납작하도록 따려줄 필요가 있다. 일본의 국위를 알려주어 그런 건방진 행위를 못 하게 할 필요가 있다.19)

인용에서 주인공은 자신을 '쨉'이나 '차이나맨'으로 부르며 놀리는 것에 대해 분노를 느낀다. 이는 당연한 일인지도 모른다. '미스터 김'은 조선인이기 때문이다. 그는 자신이 '쨉'이나 '차이나맨'과는 다른 조선인

---

19) 임영빈, 「어느 성탄제」, 36쪽.

임을 알려야 할 것이다.

그러나 실상 주인공은 조선인의 민족의식으로 인해 불쾌해 하는 것이 아니다. 주인공은 일본인과 조선인을 구분하지 못하는 것에 대해 무감각하다. 그는 자신을 일본인으로 판단하는 미국인의 시선을 당연시할 뿐만 아니라, 이를 통해 일본인으로서의 정체성을 더욱 강화한다. 예컨대 '빱'은 '무사의 기개'를 거론하며 박성욱과 사무라이를 동일시하고 있거니와, 이는 자연스럽게 긍정된다. 이때 주인공들은 동양 전체를 타자로 놓는 서양인의 시선 속에 '동양인'으로 매몰됨으로써 오히려 식민지인의 위치에서 아이러니컬하게 해방된다. 서양인 앞에서 조선인은 일본인과의 타자적 동일성을 획득할 수 있기 때문이다. 이런 식으로 '미스터 김'은 '일본의 국위'를 논하는 일본인이 된다. 따라서 그는 노래를 하라는 미국인들의 요청을 받고 다음과 같이 생각한다.

> 나는 일어섰다. 그러나 무엇을 하리오? 나는 노래를 해 본 일도 다른 재조를 부려 본 일도 없었다. 그렇다고 이 자리에서 못 한다고 주저앉는 것은 첫째 대일본 남아의 기상(大日本男兒의 氣象)에 개칠을 하는 것이다. 일본 남아는 어디서든지 못 한다고 주저앉는 일이 없다. 그런데 만일 내가 저들 앞에서 아무 것도 못 하고 주저앉으면 혁혁한 일본 남아의 기상을 여지없이 깨뜨리는 것이 될 것이다.[20]

그리하여 '미스터 김'은 "중학교 시절에 들어두었던 「오오료꼬부시」"와 「양산도」를 '기운차게' 부른다. 「오오료꼬부시」가 그러하듯이, 「양산도」 역시 제국의 한 지방에서 불리는 민요이다. 주인공에게 이 두 노래는 민족적으로 구분되지 않는다. 또한 주인공이 '조선 농부의 지혜'를 미국인들에게 자랑하는 것은 결국 '대일본'의 긍지를 보이는 일이다.

이 모든 양상은 이광수의 「얼굴이 변한다(顔が變る)」를 상기시킨다. '일한병합 30주년 기념일'을 맞아 쓴 이 글의 핵심은 이제 '반도인'의 얼

---

20) 임영빈, 「어느 성탄제」, 29쪽.

굴이 일본인과 구별되지 않게 되었다는 것이다. 이광수는 다음과 같이 논한다.

> 그러나 같은 교육을 받고, 같은 신궁 참배를 하고, 같은 말을 하며, 같은 사실을 생각하여, 친구가 되고 부부가 되는 중에 반도인의 얼굴은 완전히 변해버려서 호적 조사라도 하지 않는 한 내지인인지 반도인인지 알 수 없게 될 것이다. 호적의 이동까지 허가하게 된다면 호적을 찾아보아도 알 수 없게 되지 않겠는가. 이를 목표로 내선일체라 하겠지만, 얼굴도 말씨도 완전히 구별 못하게 되는 날에는 내선일체라는 말조차도 역사에서나 나오는 용어가 될 것이다.
>
> 내선 양민족이 이렇게 구별 못하게 되는 바로 그것이 양족 동혈(同血)의 살아 있는 증거라고 생각한다. 영국인과 인도인은 수만 년이 흘러도 같은 얼굴이 되지 않을 것이다.
>
> 여기에 하나의 커다란 시사(示唆)가 있다. 그것은 대동아공영권에 혈액적(血液的) 기초가 있다는 사실이다.[21]

일본인과 조선인의 얼굴이 닮게 되는 것은 '내선일체(內鮮一體)'의 감각적 결론이자 육체적 완성이다. '내선일체'라는 말이 환기하듯이, 그야말로 몸으로써 하나가 되는 것이다. 이는 '미스터 김'을 '쨉'으로 부르는 서양인의 시선과 짝을 이루며 '황민화(皇民化)'의 안팎을 이룬다. 조선인과 일본인은 외부의 시선과 내부의 시선 모두로부터 구분되지 않는다. '미스터 김'은 완벽한 일본인으로 재생한 것이다.

그런데 위의 글은 춘원이 『독립신문』 시절에 쓴 「한일 양 민족의 합하지 못할 이유」와 크게 대비된다. 이 글에서 춘원은 "한일 양 민족이 동일한 민족이라 함은 민족의 정의를 부지(不知)하는 자의 언(言)"이며, "종족과 민족과의 판이한 양 개념을 혼동하야 자기에게 이(利)하도록 언(言)함"이라고 말한다. 춘원은 다음과 같이 논의한다.

---

21) 이광수, 「얼굴이 변한다」, 『춘원 이광수 친일문학전집』 2, 평민사, 1995, 141-142쪽.

만일 日本人이 鐵面皮하게 自稱함과 갓치 自皇이 韓民族을 日本民族과
갓치 愛하고 日本人이 韓人을 同胞와 갓치 한다 함으로써 同化의 條件이 된
다 하면 日本民族은 犬馬과 갓치 自己에게 利益을 주는 異民族에게 同化될
것을 自白함이오 民族的 意識과 民族的 矜持와 神聖한 歷史의 傳統을 無視
하는 者라.[22]

위의 글은 대단히 인상적이다. 이는 '일본민족'이 '한민족'에 동화되
는 것을 가정하고, 이를 일본 민족의 정체성을 존중하는 입장에서 부정
하고 있기 때문이다. 따라서 이 글은 조선인이 일본인에 동화됨을 기쁘
게 긍정하는 「얼굴의 변한다」와 동화의 방향 및 동화에 대한 태도 모두
에서 정면으로 마주보고 있다.

춘원의 문학에서 전자의 사고방식이 상해 시절을 배경으로 하는 예
외적인 경우에 속하는 것이라면, 후자의 것은 별로 낯설지 않게 느껴진
다. 「민족개조론」에서부터 춘원은 위생, 체육, 식생활 등을 통한 신체의
개조를 주장했으며, 일본인의 몸은 그 가까운 모델이었기 때문이다. 다
음은 「동경잡신」의 한 구절이다.

일본인의 안색을 견(見)하면 위선(爲先) 형형한 안모(眼眸)에 예기(銳氣)가
충일하며, 바싹 다문 입에 의지력이 표현되나니, 차(此)는 오래 교육을 수(受)
하고, 또 생존경쟁이 격렬한 실사회에서 오래 단련한 결과라. 반드시 체육의
효과라 언(言)키 불능하거니와 시(試)하여 기(其) 나체를 관(觀)하라. 흉부가
돌출하고, 양완(兩腕)에 근육이 발달하여 울뚝불뚝하고 견(堅)하기 석(石)과
여(如)하지 아니 한가.[23]

이때 중요한 것은 위와 같은 신체가 "전쟁이 생(生)하면 즉시 담총배
낭(擔銃背囊)하고 풍찬노숙에 장시일의 격전을 감내"할 수 있다는 점이
다. 즉 이광수가 말하는 신체의 개조는 개인의 합리적인 규율과 훈련을

---

22) 이광수, 「한일 양 민족의 합하지 못할 이유」 2, 『독립신문』, 1919. 9. 6.
23) 이광수, 「동경잡신」, 『이광수전집』 17, 삼중당, 1962, 485쪽.

56

강조하는 데에서 그치지 않는다. 춘원은 개인의 근대적 발달과 병역이라는 국가 제도의 통일을 기획하고 있다. 이는 부모 중심적이고 조상 중심적인 유교적 가문의 논리를 비판하며, "자녀는 부모의 것이 아니요, 전 종족의 것"이라고 주장한 「자녀중심론」의 사상과 일맥상통한다. 다시 말해 춘원은 "국(國)의 일신민(一臣民)"이며 "종족의 일원인 자"(「신생활론」)를 부모가 '사유'하려 하지말고 의무교육과 병역의 의무를 기꺼이 수행하게 해야 한다고 논한다. 이는 다나베 하지메(田辺元)의 다음 말이 떠오르게 한다.

> 국가는 단지 종족은 아니다. 국가는 종족이 동시에 문화, 특히 직접적으로는 법(法)을 통해 인류의 입장으로 고양되고, 그 입장에서 개인과 매개 조화되고 주체화된 것이다. 국가는 단지 종족적 사회가 아니라, 개인으로 하여금 각각 그 장소를 얻게 할 국가 즉 자기(自己)의 통일이지 않으면 안 된다.[24]

「자녀중심론」에서 춘원이 말하는 '부모'와 '종족'은 각각 다나베의 '종족'과 '국가'에 대응하는 듯하다. 그리고 '종족'과 '국가'는 결국 조선 민족과 일본 국가에 대응하게 된다. 즉 조선 민족의 개조는 일본 국민이 될 것을 유일한 목표로 삼게 된다. 더욱이 춘원은 신체의 개조로써 조선인과 일본인의 얼굴이 닮아가는 것을 일러 "양족 동혈(同血)의 살아 있는 증거"라고 했거니와, 이때 '황민화'된 몸은 규율, 계획, 합리, 과학, 문명, 진보, 역사 등의 근대적 담론과 가치를 넘어서는 인종적인 동일화 욕망의 표상으로 전화된다. 그것은 오히려 비합리성을 띠게 된다. 이때 '개조'가 전제하는 근대적 시간성과 역사성은 탈근대적인 공간성과 인연으로 전환된다. 춘원은 다음과 같이 말한다.

> 우리가 오늘날 日本 國民이 된 것은 因緣 중에도 큰 因緣이다. 우리는 前生多生에 天皇의 臣民으로 更生한 因을 쌓았다. 天皇 陛下의 臣民으로 태어

---

24) 廣松涉, 『＜近代の超克＞論』, 講談社, 1991, 216쪽에서 재인용함.

난 것은 내 肉身 父母의 子女로 태어난 것과 마찬가지로 重大한 因緣이다.[25]

인용문은 조선과 일본의 지배−피지배 관계를 발생시킨 근대적인 인과관계를 부정하고 있다. 이는 춘원의 불교적 세계관과도 관련된다. 이를테면 「무명」이나 「육장기」에서 춘원이 그리는 인간은 불교적 의미의 '중생(衆生)'이다. 또한 춘원은 "걸레질하는 동안에는 제 심신이 온통 걸레질이 되어버리는 공부"를 통해 "아(我)의 극복"(「근로와 문화」)을 추구하라고 말한다. 그리고 이를 "반갑게 보고 계시는" 것은 '신명'이다. 한편 이러한 생각은 "꽃 한 송이를 모자면 벌레 백 마리를 죽여야 하오"(「육장기」)와 같은 연기론(緣起論)으로 나아가기도 한다. 신체는 단지 신체일 뿐은 아니다. 모든 존재자는 개별성을 뛰어넘는 '절대적인 무(無)'와 연관되어 있다. 이런 존재자는, '신명'을 부정할 뿐 아니라 '걸레'나 '걸레질'이 될 수 없는 근대적 주체의 근본적 소외를 초극할 것이다. 이를테면 "인간을 위로서가 아니고 밑으로 초월한 배후의 실체"인 '절대의 타자'[26]는 식민지나 황인종 등의 상대적이고 역사적인 타자성 자체를 해방시킬 것이다.

물론 인간 존재에 대한 이러한 입장은 김선형을 일러 "한번도 써보지 아니하고 곳간에 넣어둔 기계"(「무정」)라고 비유했던 입장, 즉 '영혼'을 '신경 계통의 연락 방법'(「혁명가의 아내」)으로 정의했던 '개조'의 정신과는 구별된다. 춘원은 탈근대적 존재를 매개할 새로운 신체를 기획했던 것이다. 이는 '데카당'의 발생과 '기계론'을 연관시키며, "구성된 것의 전형으로서 기계를 들 수 있다면 형성된 것의 전형으로서 우리는 생명을 들 수 있다"[27]고 한 서인식의 논의를 상기시킨다. 한편 '근대의 초극' 좌담회에 참여했던 시모무라 도라타로(下村寅太郎)는 다음과 같이 주장한다.

<hr>

25) 이광수, 「생사관」, 『신시대』, 1941. 2(인용은 『춘원 이광수 친일문학전집』 2, 175쪽).
26) 서인식, 「동양문화의 이념과 형태」, 『동아일보』, 1940. 1. 11.
27) 서인식, 위의 글, 『동아일보』, 1940. 1. 8.

현대의 신체는 기계를 그 어떤 방법으로 자기의 기관(organism)으로 삼고 있는 오르가니즘인 것이다. 근대의 비극은 옛날의 혼(魂)이 '새로운 신체'를 따를 수 없다는 점에 있다. 이로 인해 새로운 심신(心身)의 새로운 형이상학이 절실히 필요한 것이다. 현대의 신체는 거대하게 되었으며 정치(精緻)하게 되었다. 내적인 각오나 사적인 단련과 같은 고대의 심리학적 방법은 이 신체에 대한 척도로서 적합하지 않다. 정치적, 사회적, 혹은 국가적인 방법을 요구한다. 아니, 더욱 새로운 신학(神學)도 필요로 할 것이다.[28]

요컨대 춘원이 말하는 '인연'은 '생명'으로서 신체를 '형성'시키는 것이었으며, '내선일체'는 '근대의 비극'을 초극할 '새로운 형이상학'을 종합하는 '국가적인 방법'이었던 셈이다. 바로 이것이 임영빈이 제시한 조선인 '쨉'의 내적 구조이다. 그는 이토록 복잡하게 이루어졌다. 개조, 민족, 인종, 불교, 무(無), 형이상학, 국가, 근대성과 탈근대성 등을 넘나들며, 그는 어렵게 '일본인'의 용모(complexion)를 갖추었던 것이다.

4. 동양인, 해탈과 탈근대

그런데 이 동일화의 욕망은 '내선일체'를 넘어 '대동아'로 확대된다. 무엇보다도 이는 약육강식과 생존경쟁이라는 서구적 담론과 경쟁하며 침략을 정당화하는 비합리적인 계기로서 인종(人種)이 동원됨을 의미한다. 춘원이 "대동아공영권에 혈액적 기초"가 있음을 주장하며, "만주인, 몽고인, 중국인, 베트남인, 말레이시아인 등은 같은 얼굴이 될 수 있는 민족"인 반면, "영국인과 인도인은 수만 년이 흘러도 같은 얼굴이 되지 않을 것"이라고 논하는 것은 그 때문이다.

한편 최재서는 1940년 6월 15일의 '파리 함락'을 일러 "근대의 종언을 의미하는 것"[29]이라고 규정한다. 나아가 그는 '동양의 문화유산'에서

---

28) 下村寅太郎, 「近代の超克の方向」, 『近代の超克』, 富山房, 1990, 116쪽.
29) 최재서, 「朝鮮文學の現段階」, 『轉換期の朝鮮文學』, 인문사, 1943, 81쪽.

“동양의 문학자들이 서로 고개를 끄덕이며 마음으로부터 악수할 수 있
는 계기”30)를 발견할 수 있다고 하면서, 일제의 전쟁에 ‘문화 창조전(文
化創造戰)’31)으로서의 가치를 부여한다. 더 나아가 서인식은 “동양 문화
라는 말이 단일한 실체를 표시하는 것이 아님에도 불구하고 우리는 그
것을 동양 문화의 특수성을 표시하는 의미에서 사용”할 수 있다고 논한
다. 즉 그는 “인도교의 범(梵), 불교의 공(空), 노장의 자연, 유교의 천(天)
을 모두 절대로 무형한 것, 절대로 한정할 수 없는 것이라는 의미에서
무”로 통일시킨 한 니시다 기타로(西田幾多郞)의 견해에 따라 ‘동양 문
화’의 이론화를 시도한다. 그리하여 서인식은 부정(否定)에 근거한 동양
의 ‘해탈지(解脫知)’를 서양의 ‘대상지(對象知)’와 대립시키며, “주관과
객관의 대립을 발무(撥無)하고 주객 분리 이전의 행(行)의 세계에 돌아가
그것을 체득하도록 노력하지 않으면 안 될 것”32)이라고 말한다. 이는 이
광수가 ‘수행’을 강조한 것과도 넓은 의미에서 상통한다. 물론 이광수는
‘백석인(白晳人)’의 ‘이기적 쟁투 본능’과 “아시아 제 민족이 가장 귀중
하게 포회(抱懷)하여 온 이상”33)인 ‘사랑의 원리’를 대립시키며, 이 각각
을 ‘선천(先天)’과 ‘후천(後天)’의 원리로 규정한 바도 있다. ‘동양’을 규
정하려 하는 이 모든 담론이 일제의 전쟁을 합리화하는 데에 동원되었
음은 주지의 사실이다.

　이런 식으로 ‘동양인’은 일본이라는 국체(國體)의 자궁에서 인종적으
로 탄생하며 ‘근대의 초극’을 중심으로 한 일본의 철학적 담론에 문화적
으로 전유(專有)된다. 인간과 역사의 여러 측면이 총동원되어 서양의 ‘황
인종’을 넘어서는 일제의 ‘황인종’이 기획되는 것이다. 이렇게 ‘동양인’
은 ‘세계사’의 짐을 짊어진 채 역사의 무대에 등장한다. 임영빈의 다음

---

30) 최재서, 「대동아의식에 눈뜨며」, 『국민문학』, 1943. 9(인용은 김규동·김병걸 편, 『친일
　　문학작품선집』 1, 실천문학사, 1988, 384쪽).
31) 최재서, 「偶感錄」, 『轉換期の朝鮮文學』, 164쪽.
32) 서인식, 「동양문화의 이념과 형태」, 『동아일보』, 1940. 1. 5.
33) 이광수, 「상쟁의 세계에서 상애의 세계에」, 『이광수전집』 17, 삼중당, 1962, 260쪽.

서술은 이 모든 논의를 배경으로 하는 것이다.

> 이럴 때처럼 동양인은 동양인끼리 살아야 한다는 의식이 강하여지는 때
> 는 없었다.
> 그들은 그들이요 우리는 우리다. 그들이 아무리 묘하고 아름답게 굴어도
> 그들은 그들이요 우리는 우리다! 동양인은 동양인끼리 의좋게 살 것이다.[34]

그러나 적어도 이 작품에서 "동양인은 동양인끼리 의좋게 살 것"이
라는 말은 공소하게 읽힌다. 왜냐하면 위와 같은 주장 이전에 '미스터
김'은 미국인이 일본인과 중국인을 분별하지 못한다는 사실, 더 나아가
이 두 민족이 "그들의 눈에는 똑같이 보이고 또 똑같이 멸시한다"는 점
을 명백히 지적한 바 있기 때문이다. 즉 그는 '동양인'을 정립하기 위해
일본인과 '지나인'을 구별하지 못하는 미국인의 시선을 활용하면서도,
다른 한편으로는 여전히 일본인을 중국인과 동일시하는 서양인의 오리
엔털리즘적인 시선에 불쾌함을 느끼는 것이다.

이는 '팔굉일우(八紘一宇)' '일시동인(一視同仁)' 등의 수사와 함께 일
제가 외친 '대동아공영권'의 진정한 구조를 폭로하는 듯하다. 이는 아시
아에서 일본을 최상위의 중심에 놓는 근대적 위계질서 없이 '동양'은 있
을 수 없다는 사실, 즉 '동아협동체'나 '근대의 초극' 등을 통해 탈근대
적이고 탈식민지적으로 수식되고 감상화(感傷化)된 '대동아'란 실상 일
본의 근대적 식민지 정책의 변함없는 대상에 불과하다는 사실을 환기한
다. '탈아(脫亞)'를 위해서건 '입아(入亞)'를 위해서건 간에 언제나 아시
아는 일제의 타자이다. 즉 '동양'은 서양에 대한 일본 자체의 식민지적
의식을 전 아시아에 인종주의적으로 투사하여, 아시아에 대한 일제의
식민주의를 서양으로부터 아시아를 해방한다는 명분으로 대체하는 이데
올로기적 언표이다. 그것은 '황인종'의 이름 아래 아시아에 대한 총체적
인 지배와 동원을 기획한다. 따라서 '동양'은 서인식이 말하는 의미에서

---

34) 임영빈, 「어느 성탄제」, 36-37쪽.

‘형성’된 것이 결코 아니다. 그것은 물리적이고 기계적으로 정복된 것이다. 그것은 물구나무선 서양인의 시선으로써 구획되었다.

임영빈의 소설이 문제되는 것은 이러한 ‘동양’에 편승하는 식민지인과 친일문학의 심리적 구조를 총체적으로 보이기 때문이다. 이를테면 ‘미스터 김’은 조선인과 일본인을 동일시하는 미국인의 시선을 인정하는 반면, 일본인과 중국인을 동일시하는 미국인의 판단에 대해서는 분노를 피력한다. 하지만 이는 일본인을 중국인으로 보는 것에 대한 불쾌라기보다는 일본인이 된 조선인을 중국인으로 보는 것에 대한 불쾌함을 의미한다. ‘미스터 김’은 어디까지나 일본인으로서의 ‘동양인’일 뿐, 중국인으로서의 ‘동양인’은 아니다. 사실 ‘미스터 김’은 일본인의 입장에서 중국인을 ‘멸시’하고 싶었을 터이다. 이는 춘원의 다음과 같은 논의와도 연관된다.

> 信仰, 衣服, 禮儀 가튼 것이며 姓名 三字라는 것도 다 이 千年間의 變化다. 朝鮮의 政治가 過去 千年間 自己의 支那化를 힘쓰는 동안에 이렇게 變해 버린 것이니, 만일 千年 前 우리 祖上이 今日의 內地를 보고 朝鮮을 본다면 內地야말로 그들의 故鄕이라고 할 것이다.[35]

춘원은 중국을 배제하는 방식으로 ‘창씨개명’ 등의 ‘황민화’ 정책을 적극적으로 자기화하고 합리화한다. 물론 유교, ‘중국 숭배’, ‘지나화’ 등에 대한 비판은 조선의 근대화를 위해 춘원이 줄곧 수행해 온 것이기도 하다. 예를 들어 춘원은 「부활의 서광」(1918)에서 “조선의 국토에 있으면서도 정신적으로는 중국의 고대에 들어가 살았”던 유학자들을 비판했으며, 「신생활론」(1918)에서는 유교가 민족의식, 창조의 활력, 경제 사상 등을 희박하게 했을 뿐만 아니라 과학과 무(武)를 천시해 생활을 미신적으로 만들고 ‘국민개병주의’ 시대에 적응하지 못하게 한 죄를 지었다는

---

35) 이광수, 「병제의 감격과 용의」, 『매일신보』, 1943. 7. 29(인용은 이경훈 편, 『춘원 이광수 친일문학전집』 2, 평민사, 1995, 396-397쪽).

점 등을 지적한 바 있다. 더 나아가 춘원은 중국에 대한 민족적 분노를 촉발시키는 다음과 같은 장면을 묘사하기도 했다.

> 명병 중에 두목인 듯한 자가 길이 넘는 혁편을 들어 유성룡이 탄 말을 때리는 듯 유성룡의 어깨로부터 등을 후려갈겼다. …… 유성룡은 어깨와 등이 칼로 에이는 듯한 아픔을 깨달았다. 그리고 그의 늙은 눈에서는 굵은 눈물이 떨어졌다. 그것은 매 맞은 자리가 아파서 떨구는 눈물은 아니었다. 명나라에게 멸시받는 내 나라 사람의 처지를 우는 가슴이 터지는 눈물이었다.[36]

이광수에게 중국과 유교는 여러 면에서 조선의 근대 민족주의를 위해 시급히 극복되어야 할 봉건성과 '야만'의 핵심이었다.[37] 문명개화의 이념과 함께 이는 보편화된다. 그리고 이로써 인용에 묘사된 치욕의 감각은 역사적 현실이 된다. 중국인에 대한 '멸시'는 여기에서 시작된다.

물론 중국을 타자로 삼는 근대화의 심리적 구조는 앞서도 논의되었던 일본과의 동일화 욕망에 결국 포괄되고 만다. 춘원에게 '지나화' 이전의 삼국시대가 중요한 것은 그 때문이다. 고대의 재생(renaissance)을 통해 조선은 중국에서 벗어나 일본, 즉 근대 및 근대국가에 편입될 수 있는 것이다. 이를테면 '창씨개명'을 통해 "칠백 년 이전의 조상들을 다시 따라가는"(「지도적 제씨의 선씨 고심담」) '내선일체'의 길을 밟을 때, 조선은 더 이상 중국의 속국이 아니며 일본의 식민지도 아니게 된다. 춘원의 소설 「대동아」에서 보이듯이, 이제 조선인은 일본인 '가께이 박사'의 입장에서 중국인 '범우생'에게 「대동아」의 이념과 이상을 계몽하는 당당한 일본 국민이자 '동양인'이다. "호주와 보르네오의 원주민까지도 황민의 역(域)에 끌어올리"기 위해 "토인이란 말을 아니 쓰고 주민이라고 부르기로 결정"[38]한 상황에서, 조선인은 "대동아의 여러 후진 민족 앞에

---

36) 이광수, 「이순신」, 『이광수전집』 12, 삼중당, 1962, 339쪽.
37) 이에 대해서는 이경훈, 『이광수의 친일문학연구』, 태학사, 1988, 51-73쪽을 참고할 것.
38) 이광수, 「태평양이어」, 『매일신보』, 1942. 1. 3(인용은 『춘원 이광수 친일문학전집』 2, 316쪽).

서 복장으로도 어른 된 위신을 잃는 일이 없"(채만식, 「몸뻬 시시비비」)
이어야 할 높은 위치에 있다.

그렇다면 우리는 여기서 일제가 외친 '대동아공영'과는 또 다른 의미
로 기능한 식민지인의 '대동아공영'을 발견하게 된다. '대동아공영'을 통
해 식민지의 '토인'은 "대동아의 지도민족"(최재서, 「징병제 실시의 문화
적 의의」)으로 비약할 수 있었으며, 바로 그 점에서 '대동아공영'은 오히
려 식민지인에게 절실히 필요한 것이었을지도 모른다. 그것은 해방과
지배의 감각을 제공했을 터, 이는 식민지의 친일문학이 수용한 '동양인'
의 진정한 의미를 암시한다. 일제가 제시한 '동양인'을 통해, 아니 "원주
민인 만주인에 대해 억압적인 태도를 보이는 조선인"39)을 허용하거나
조장하는 '대동아' 내부의 민족적 위계질서 속에서, 조선인은 하나의 질
곡이 되어 버린 민족국가의 이념으로부터 '해탈'한다. "일본어 몇 마대
배와 안다고 만인(滿人)한테 가슴을 내밀고 덜렁"40)거리게 됨으로써, 그
는 "문화의 유산이라기보다는 차라리 고뇌의 종(種)"41)이 된 조선어로부
터도 벗어날 것이다. 근대적 민족국가의 이념에서 벗어나는 것이야말로
조선인이 실천한 '근대의 초극'이자 탈근대였던 셈이다.

따라서 '미스터 김'은 일본인과 중국인을 혼동하는 것에 대해 도저히
참을 수 없었을 것이다. 왜냐하면 중국과 중국인 그것을 배제하고 타자
화하는 일이야말로 식민지의 토인을 벗어나 일본 국민의 정체성을 획득
하는 강력한 방법이었기 때문이다. 또 그렇게 함으로써 조선인은 오랫
동안 자신을 지배했던 중국인 위에 '동양인'으로서 군림할 수 있었기 때
문이다. 이렇게 '미스터 김'은 조선인의 노란 피부에 일본인의 노란 가
면을 썼던 것이다.

---

39) 川村湊, 『文學から見る‘滿洲’』, 吉川弘文館, 1998, 116쪽.
40) 이운곡, 「선계」, 『조광』, 1939. 7, 64쪽.
41) 최재서, 「편집후기」, 『국민문학』 5 · 6 합집, 1942, 208쪽.

5. 사랑의 모험, 타자의 공포

임영빈의 소설에서 또 한 가지 논의하지 않을 수 없는 것은 미국인 여성과 조선인 남성의 사랑이다. 제목에서도 알 수 있듯이, 「사랑의 모험」은 특히 이 문제에 중점을 둔 작품이다. 이 소설은 박성욱(짠)과 '수시'가 '빱'의 도움을 받아 사랑의 도피를 감행하는 것으로 시작된다. 그러나 '행복'을 예감하는 '수시'의 '감격의 미소'에도 불구하고, 이들은 곧 '수시'의 아버지가 동원한 마을 사람들에게 붙잡힌다. 그리고 급기야 다음과 같은 일이 일어나고야 만다.

> 쾅 소리가 밤의 정적 전부를 뒤흔들며 방에는 화약 내음새가 진동하는데 짠은 맥없이 콩크릿 바닥 우에 쓸어졌다. 그의 가슴에서는 선지피가 흘렀다.[42]

하지만 "저를 사랑하시면 이 짠을 죽인 그 총으로 저까지 마자 죽이세요"라고 '수시'가 울부짖는 순간, 박성욱은 낮잠에서 깨어난다. 죽음으로 귀결된 '사랑의 모험'은 꿈이었던 것이다.

물론 이는 완전히 무의미한 꿈은 아니다. 잠에서 깨어난 박성욱은 "수시가 정말 자기와 <사랑의 모험>을 할 수 있을까?" 하고 의심하면서도 "그럴 수가 있다면 좋을 것"이라고 느끼기 때문이다. 그런데 이러한 박성욱의 희망은 마호니 씨에게 투사(投射)된다. 그리하여 박성욱에게 총을 쏘는 대신, 마호니 씨는 박성욱에게 미국의 '스맛트한 여자'와 결혼할 것을 권유하게 된다. 마호니 씨가 보기에 "만민이 다 하느님의 자녀"인 마당에 '인종적 문제'가 결혼을 방해할 수는 없다. "색다른 인종끼리 혼인"하는 것이 어렵다는 태도를 보이는 것은 오히려 박성욱이다. 즉 그는 "당사자 간에 이해가 깊어야 하고 무슨 장애가 있어도 낙심하지 않겠다는 철저한 각오가 있어야 할 것"이라고 하며 소극적이고 방어적인 태도를 보인다. 그는 자신의 소망을 은폐하는 것이다. 그런데 이는

---

42) 임영빈, 「사랑의 모험」, 31쪽.

박성욱이 미국에 유학하고 있을 뿐만 아니라 큰 키와 흰 살결을 지닌 사람으로 묘사된다는 사실과는 어울리지 않는다. 이는 박성욱이 "백인의 문화, 백인의 아름다움, 그리고 백인의 백인성과 결혼"[43]하기를 예전부터 바라고 있었다는 사실을 함축하기 때문이다. 이런 식으로 작품은 모순과 분열을 노출하며 일종의 신경증적 양상을 보인다.

요컨대 작품은 백인 여성을 사랑하는 조선인 남자의 복잡한 심리적 드라마로 되어 있다. 박성욱의 꿈은 백인과 결혼하고 싶은 황인종의 소망적 사고를 표현하는 동시에, 그에 대한 거세의 공포를 상징하는 무의식을 발현한다. 주인공에게 백인 여성과의 사랑은 엄연한 금기로 작용한다. 그것은 내부에서 검열되고 있다. 그러므로 이는 다음 장면의 진정한 의미이기도 하다.

> "오, 스텔라!"
> 하고 나는 가마니 불러 보았다. 그 이름에 매력이 있고 향기가 있다. 그러나 영원히 내해 되지 못할 무엇을 바라는 것 같은 안타까움을 느끼었다.
> "스텔라!"
> 나는 조선으로 나가면 그만이다. 이것은 한 개의 꿈이다.[44]

크리스마스 아침에 '미스터 김'은 도랑을 건너뛰다 발목을 다친 '미스 스텔라'를 부축해 걸으며 서로의 감정을 확인한다. "아마 미국 남자였드면 이 장면에서 키스를 하였을 것"이라고 생각한 박성욱과 마찬가지로, 그는 '스텔라'에게 키스를 하지는 못한다. 그 대신 그는 '스텔라'의 뺨에 자기의 뺨을 대거나 그녀를 껴안는다. 이때 '스텔라'는 '미스터 김'이 다니는 대학에 입학할 것을 약속한다.

하지만 인용에서 보이듯이, '미스터 김'은 결국 '안타까움'과 더불어 이 사랑이, 자기 것이 되지 못할 것을 바라는 '한 개의 꿈'임을 자발적으

---

43) 프란츠 파농, 이석호 역, 『검은 피부, 하얀 가면』, 인간사랑, 1998, 84쪽.
44) 임영빈, 「어느 성탄제」, 37쪽.

로 인정한다. 대학이라는 문명과 학문의 장 이외에 조선인 남성과 미국인 여성이 만날 수 있는 장소는 어디에도 없다. 아니, '미스터 김'이 대학에 다니는 유학생이었다는 사실이야말로 황인종으로서 '스텔라'를 만날 수 있는 거의 유일한 가능성이었다. 그러나 '미스터 김'은 식민지 조선으로, 즉 식민지인으로 돌아가야 한다. 백인 여성은 오르지 못할 나무이다. 그녀와의 사랑은 적극적으로 회피되어야 할 터이다.

그렇다면 다음과 같은 '뿌라운 목사'의 말은 단지 서양인의 목소리가 아니다. 그것은 백인종을 사랑한 황인종의 내면 깊은 곳으로부터 들려오는 공포의 질타이다. 역사적 거세를 환기하는 그것은 박성욱이 꾼 무서운 악몽과 다르지 않다. 그것은 자신이 불가피한 인종적 타자임을, 즉 황인종이자 식민지인으로 이미 구성되어 있음을 깨닫게 하는 역사적 무의식이다.

> 애초에 우리 앵글로 쌕손의 딸을 이런 인몌델에게 줄 이치가 없습니다. 만일 그런 일이 있다면 앵글로 쌕손족의 명예를 위하여 쉿껀 세례를 주어야지요. 미스터 마호니, 나는 당신이 넘어도 자유주의적인 데, 좀 불쾌합니다. 당신에게 커다란 딸이 있는데 동양인을 갖다 두고, 또 그 동양인이 그 딸과 떼잇하는 것도 금하지 아니하니, 그럴 수가 어디 있습니까?[45]

그런데 사실 「사랑의 모험」과 「어느 성탄제」는 단지 황인종이 백인종을 사랑하는 이야기일 뿐은 아니다. 미국인을 사랑하는 주인공은 황인종의 황인종, 즉 타자의 타자인 조선인이기 때문이다. 하지만 앞서도 논의했듯이, 작품에 등장하는 미국인은 물론 주인공에게도 이는 인식되거나 인정되지 않는다. 이 맹목을 근거로 작가는 결혼과 관계된 서양인의 인종적 편견을 지적하는 것이다.

따라서 이는 또 다른 문제를 제기한다. 왜냐하면 임영빈의 소설들은 결혼과 사랑을 둘러싸고 발생하는 일본인과 조선인 사이의 좀더 현실적

---

45) 임영빈, 「사랑의 모험」, 37쪽.

인 문제에 대해서는 말하지 않고 있기 때문이다. 비유컨대 임영빈의 작품은 일본인과 조선인이 이미 부부가 되어 잘 살고 있음을 전제하는 듯하다. 그러나 이러한 관점이야말로 현실적으로 진행되고 있는 역사적 거세와 그에 대한 방어적 망각을 웅변한다. 따라서 임영빈의 작품은 그 문제 대상의 설정과 문제 제기의 방식 모두에서 철저히 식민화되어 있다.

그러나 '일선통혼(日鮮通婚)' 등과 같은 일제의 정책을 배경으로 한 「그들의 사랑」, 「진정 마음이 만나서야말로」, 「소녀의 고백」(이광수) 등은 물론이려니와, "나는 죄선 여자는 거저 주어도 싫어요" "내지 여자가 참 좋지"라고 했던 「치숙」(채만식)이나 "나도 이 옷차림(한복—인용자 주) 그대로 이 땅에서 태어나서 여기서 자란 듯한 생각이 들어요"라고 한 「아자미의 장」(이효석) 또는 염상섭의 「남충서」에 이르기까지, 조선인과 일본인의 사랑과 결혼은 식민주의 및 식민성과 관련해 논의되어야 할 근대 문학의 중요한 테마이다. 물론 이 작품들이 보이는 것은 조선인과 일본인이 여전히 결혼하지 못했으며, 끝내 결혼하지 못할 것이라는 사실이다. '민족의 결혼' 또는 황인종과 백인종의 결혼이 아닌 개인의 결혼만이 진정한 결혼을 성립시킬 것이다. 하지만 이에 대해서는 고를 달리 하여 논할 수밖에 없다.

주제어 : 식민지, 황인종, 백인종, 내선일체, 대동아공영, 근대의 초극

◆ 참고문헌

박태원, 「최노인전 초록」, 『박태원단편집』, 학예사, 1939, 193쪽.
서인식, 「동양문화의 이념과 형태」, 『동아일보』, 1940. 1. 3~1. 12.
이경훈, 『이광수의 친일문학연구』, 태학사, 1998, 396-397쪽.
―――, 『이상, 철천의 수사학』, 소명출판사, 2000, 295-324쪽.
이광수, 「무정」, 『이광수전집』 1, 삼중당, 1962, 310쪽.

──────, 「이순신」, 『이광수전집』 12, 삼중당, 1962, 339쪽.

──────, 「한일 양 민족의 합하지 못할 이유」 2, 『독립신문』, 1919. 9. 6.

──────, 「海參威로서」, 『청춘』 6호, 1915. 3, 79쪽.

이상춘, 「기로」, 『청춘』 11호, 41쪽.

차배근, 『개화기 일본 유학생들의 언론 출판 활동 연구』 1, 서울대학교출판부, 2000, 67쪽.

최재서, 『轉換期の朝鮮文學』, 인문사, 1943, 81쪽; 164쪽.

최찬식, 「추월색」, 『한국신소설전집』 4, 을유문화사, 1968, 37-38쪽.

프란츠 파농, 『검은 피부, 하얀 가면』, 이석호 역, 인간사랑, 1998, 84쪽.

고모리 요이치, 『포스트콜로니얼』, 송태욱 역, 삼인, 2002, 35쪽.

小森陽一, 『漱石を讀みなおす』, ちくま新書, 1995, 76-77쪽.

廣松涉, 『<近代の超克>論』, 講談社, 1991, 216쪽.

川村湊, 『文學から見る'滿洲'』, 吉川弘文館, 1998, 116쪽.

下村寅太郎, 「近代の超克の方向」, 『近代の超克』, 富山房, 1990, 116쪽.

◆ 국문초록

임영빈의 「사랑의 모험」과 「어느 성탄제」는 일제가 주장하는 '동양'과 '동양인'의 정립을 미국 유학생의 체험으로써 시도한다. 주인공들은 동양 전체를 타자로 놓는 서양인의 시선에 매몰됨으로써 오히려 식민지인의 위치에서 아이러니컬하게 해방된다. 서양인 앞에서 조선인은 일본인과의 타자적 동일성을 획득할 수 있기 때문이다. 이런 식으로 '미스터 김'은 일본인이 된다. 그리고 이 동일화의 욕망은 '내선일체'를 넘어 '대동아'로 확대된다. 이때 동양인은 일본을 통해 인종적으로 탄생하며 '근대의 초극'이라는 일본의 철학적 담론에 문화적으로 전유된다. 서양의 '황인종'을 넘어서는 일제의 '황인종'이 기획되는 것이다.

그러나 "동양인은 동양인끼리 의좋게 살 것"이라는 말은 공소하게 읽힌다. 왜냐하면 '미스터 김'은 미국인이 일본인과 중국인을 구별하지 못하고 똑같이 멸시한다는 사실에 불쾌함을 느끼기 때문이다. 이는 '대동아공영권'의 진정한 구조를 폭로한다. 이는 아시아에서 일본을 최상위의 중심에 놓는 근대적 위계질서 없이 '동양'은 있을 수 없다는 사실을 환기한다.

더 나아가 이는 일제의 '대동아공영'과는 또 다른 의미로 기능한 식민지인의 '대동아공영'을 암시한다. '대동아공영'을 통해 식민지인은 "대동아의 지도민족"으로 비약할 수 있었으며, 그 점에서 '대동아공영'은 식민지인에게 더욱 필요한 것이었을지도 모른다. 즉 대동아 내부의 위계질서 속에서, 조선인은 하나의 질곡이 되어 버린 민족국가의 이념으로부터 해탈할 수 있었다.

한편 임영빈의 소설은 백인 여성을 사랑하는 황인종 남자의 복잡한 심리적 드라마를 보이기도 한다. 그러나 그 소망적 사고는 역사적 거세의 공포와 함께 내부에서 검열된다. 더 나아가 이는 일본인과 조선인 사이의 사랑이라는 현실적인 문제에 대해서는 전혀 맹목이라는 점에서 철저히 식민화된 모습을 보인다.

◆ SUMMARY

Yellow skin, Yellow mask

Lee, Kyoung-Hoon

Yim Young−Bin's <Adventure of Love> and <A Christmas> try to establish the East and the Eastern insisted by Japan Empire through the experience of the colonial Chosun's students studying in America. They are ironically liberated by the Western point of view that determines the whole East as the other altogether. In this way, the colonial Chosun can be equalized with Japan and Mr. Kim can become a Japanese. This desire for identification is enlarged to 'Greater East Asia' beyond the slogan of 'Korea and Japan Are One'. At this moment the Eastern is racially born and culturally appropriated to the philosophical discourses of Japan named 'Overcoming Modernity'. It projects the Japan Empire's yellow race instead of the Western's yellow race.

But the 'Greater East Asia' is doubtful because Mr. Kim feels unpleasant to the fact that Americans can't distinguish Japanese people from Chinese people. It reveals the real structure of the 'Greater East Asian Co−Prosperity Sphere'. It speaks the fact that the East can't exist without the modern hierarchy which gives the top and center position to Japan.

Furthermore, it suggests the meaning of colonial Chosun's 'Greater East Asian Co−Prosperity' different from Japan Empire's 'Greater East Asian Co−Prosperity'. By this slogan, colonial Chosun's people can jump up from the savage to the leading nation of Asia. In this aspect, 'Greater East Asian Co—Prosperity' may be more necessary to colonial Chosun's people than to Japanese. So we could say that in the internal hierarchy of the 'Greater East Asian Co—Prosperity Sphere', colonial Chosun was emancipated from the idea of national state.

By the way, Yim Young—Bin's short story shows complex psychological drama taken place in mind of yellow males who love white females. But this wishful thinking of interracial love is internally censored with the fear of historical catastrophe. And it is blind to the real problem of love which is happened between Chosun's people and Japanese. In this meaning, we can say that it shows thoroughly colonized situation.

Keyword : colony, the yellow race, the white race, 'Korea and Japan Are One', 'Greater East Asian Co – Prosperity Sphere', 'Overcoming Modernity'

—이 논문은 2004년 12월 31일에 접수되어, 소정의 심사과정을 거쳐 2005년 1월 31일에 게재가 확정되었음.

자기의 서벌턴화와 코스모폴리탄이라는 이념형

−'전향'과 김남천의 소설

공 임 순*

1. '전향'을 둘러싼 문제들

이 논문은 전향 사회주의자들의 전향에 대한 논리의 일단을 살펴보는데 주안점을 둔다. 전향에 관해서는 많은 연구가 행해지고 있다.[1] 이에 따라 전향에 대한 검토는 기존의 연구 성과를 십분 활용하는 차원에서 이루어질 공산이 크다. 기존의 연구 성과를 계승함으로써 새로운 지

---

* 서강대 강사.

[1] 이 논문에서의 전향과 관련해서 주목할 만한 논의는 홍종욱, 「중일전쟁기(1937~1941) 사회주의자들의 전향과 그 논리」(서울대 석사학위논문, 2000)와 정종현, 「동양이라는 판타지−1930년 중·후반/일제 말 '동양 문화론' 연구」(문학 포럼 사이 발표논문, 2004) 그리고 차승기의 「'근대의 위기'와 시간−공간 정치학」(『한국근대문학연구』 8호, 2003) 등이 있다.

형을 탐색하는 것은 중요한 일임에 틀림없다. 이런 점을 십분 인정하면서도, 전향을 말한다는 것이 쉽지 않은 것은 전향이라는 단어에 함축된 다양한 질감 때문이다.

전향은 전향한 당사자만의 문제도 이미 지나간 과거의 문제만도 아니다. 오히려 전향과 관련해서 전향은 사회. 역사적 맥락에 따라 그 의미망을 달리해온 것이 사실이다. 누구나 전향을 말하면서 동시에 전향과 관련해서 서로 다른 의미를 부여해온 것이 사실이라면, 전향이라는 단어에는 전향을 둘러싼 현재까지의 모든 해석의 역사가 담겨 있다고 해도 과언이 아닐 것이다. 전향이라는 단어를 차용하면서도 굳이 인용부호를 붙일 수밖에 없는 이유가 여기에 있다. 현재 이 논문에서 사용하고 있는 '전향'은 보편적인 의미에서가 아닌 그야말로 특정한 해석과 시각을 전제로 한 '전향'임을 먼저 밝힌다.

'전향'에 관해 나카노 토시노의 "전향이라는 규문이 은폐하는 것"은 이런 점에서 주목을 요한다. 그는 '전향' 연구라는 주제 설정에는 전시 체제에 대해 물어야 할 중요한 문제를 은폐해버리는 커다란 함정이 있는 것은 아닐까라는 의문을 제기하고 있다.[2] 그는 주체의 주체성이란 권력에 맞서는 형태로 제출되는 것이 아니라 오히려 권력이 개인들의 자발성을 육성하고 또 그 개인들의 자발적 행위가 권력의 구성요소가 되기도 한다는 일견 자명한 명제를 그 근거로 든다. 한 개인의 주체성이란 제도화의 메커니즘을 통해 구성되고 재생산되는 구조의 산물이라는 점을 날카롭게 예시하고 있는 것이다. 이런 입장에서 (지배하는) 권력과 (저항하는) 개인이라는 이분법적 대립구도는 전시 사회를 '비합리적이고 전제적인 제국주의 파시즘의 시대'로 특수화시켜 전후 사회를 그로부터의 단절과 전환으로 파악하는 역사 인식을 초래하고 말았다는 것이 그의 주된 설명이다.[3]

---

2) 나가노 토시오, 「미키 키요시와 제국적 주체의 형성」, 『동아시아 지식인 회의 관련 자료집』(연구 공간 수유 너머, 2004. 5. 2~5. 4), 287쪽.

3) 여기에 대한 반박도 만만치 않다. 이준식은 일본의 戰前을 파시즘이나 군국주의로 보

이는 '전향'을 둘러싼 이 논문의 문제의식과도 맞물린다. 전전과 전후를 나누고 전후의 사회를 전전과 완전히 단절·전환된 것으로 파악하는 이런 역사 인식은 한국 전쟁과 전후 재건기를 관통하는 지속과 분리의 복합적인 상호 관계망을 차단하는데 어떤 식으로든 일조할 수 있다. 전전과 전후가 단지 단절된 것만이 아니라 그것이 지속적으로 영향을 미치면서 이후 한국 전쟁과 전후 재건기에 미친 영향력을 면밀하게 규명하는 것은 '전향'이 한 시대의 특수한 문제가 아니라 현재까지도 우리 삶의 형식을 결정짓는 제도화의 메커니즘이라는 점을 분명하게 인지하는 일로부터 시작되어야 한다. 그래서 '전향'이 한 시대만의 특수한 사례가 아니라는 점을 명확히 하는데 이 논문의 일차 목적이 있다.

'전향'에 함축된 (지배하는) 권력과 (저항하는) 개인이라는 이분법적 구도는 때로 지식인의 내면을 구제하려는 집요한 시도로 나타난다. 압제와 탄압으로 인해 어쩔 수 없이 전향해야 했다는 지식인의 내면 풍경은 "살고 싶었다. 살고 싶었다기보다 살아 견디고 싶었다"는 즉자적 심정의 논리를 수락하는 후대 연구자의 현재적 욕망을 고스란히 반영하고 있다. 즉자적 심정에 대한 이런 후대의 추수와 긍정은 원초적 심정의 저항성이라는 문학·문화사적 평가로까지 이어진다.[4] 지식인의 내면에 대한 구제가 그들에 대한 단순한 면죄부만이 아니라, 문학·문화사를 포함한 역사 인식과 긴밀하게 연동되는 현재 진행형의 사건임은 여기서 충분히 재확인된다.

는 것이 아니라 체제론적으로 이해하는 최근 일본 학계의 동향은 일본 제국주의의 침략전쟁에서 침략이라는 측면을 빼버린 채 일본의 발전만을 보려는 것이라는 아주 가혹한 평가를 내린다. 개인적으로 나는 전전과 전후의 연속성을 제대로 포착하지 않는 한, 현재 벌어지고 있는 이 다르지만 닮은꼴의 세계 진행 양상을 설명해내기가 상당히 어려울 것으로 생각한다. 이준식, 「파시즘기 국제 정세의 변화와 전쟁 인식」, 『일제하 지식인의 파시즘 체제 인식과 대응』(연세대 국학연구소 학술발표자료집, 2004), 37쪽.

4) 이 논의를 가장 전형적으로 보여주는 예가 김윤식의 『한국근대문예비평사연구』(일지사, 1976)일 것이다. 그는 원초적 심정의 거부라는 말로 『문장』파로 대변되는 전통주의자를 구제하려는 일면을 드러낸다. 이후 이 논의는 계속 재생산되면서 권력과 개인의 이분법을 변주하고 있다.

만주사변을 기화로 1937년 중일전쟁 그리고 1941년의 태평양전쟁의 지속적인 전개와 확산은 이미 일국가(혹은 일 민족)의 경계와 범주를 뛰어넘고 있었다. 전쟁은 기존 사회의 총체적인 모순과 갈등이 폭발적으로 분출된 것이긴 하지만, 전쟁이 실제 삶에 미치는 영향력은 애초의 상상력을 훨씬 뛰어넘는 미증유의 것이기 쉽다. 전쟁이 시작되면 전쟁은 의도하든 혹은 의도하지 않았든 전황의 격화와 더불어 그것을 어떤 식으로든 해결하고 극복하려는 노력을 배가시킨다. 더구나 현대전의 성격에 걸맞게 전쟁은 총력전의 형태를 띠어가게 된다. 총력전이라는 것은 법적 강제와 억압적 국가기구를 통한 물리적인 구속뿐만이 아니라 사유와 의식 구조에 미치는 광범위한 파급력을 의미하는 것이다. 이에 대한 연구는 활발히 진행되고 있는 만큼, 새삼 거론할 필요는 없을 듯하다. 그러나 적어도 전쟁이 본격적으로 제 궤도에 오르면서, 식민 본국인 일본과 식민지 조선간의 구분이라는 것은 상당부분 그 실효성을 상실하게 된다. 실제로 그랬다는 것이 아니라 제국으로의 급격한 공간적 편재는 아시아와 세계의 대면을 강제케 하는 제국 주체의 탄생을 도래시킨다. 아시아와 세계를 시야에 넣는 제국 주체의 탄생은 신─인류에 대한 요청과 함께, 아니 그 요청을 가능케 한 전쟁이라는 강제적인 세계 재편의 정세 속에서 거부할 수 없는 핵심적인 과제로 부상되기 시작한 것이다.

이런 상황의 변동을 어느 누구보다 민감하게 알아차린 사람이 식민지 조선의 지식인들이었다. 식민지 조선의 지식인들은 '전향'이라는 주어진 현실에 복종하기만 한 것은 아니다. 그들은 이 변화된 지형 속에서 스스로의 지위를 확보하고자 주어진 현실을 최대한도로 활용한 능동적 행위자였으며, 이런 그들의 능동성은 자발적 신민이기를 요구하는 제국의 정책과 긴밀하게 조응하고 있었다. '전향'을 말한다는 것은 이처럼 '전향'이라는 외적인 계기에 내포된 다면적인 반응들을 포함한 일련의 연쇄작용을 모두 고려하는 것이어야 한다. '전향'은 전향이라는 외적 조건과 상황에 기대어 그것을 변용하고 입안하는 세력 구축과 주체 형성을 동반한 적극적인 계기로 사고되어야 하는 것이다. 이는 '전향'이 당시의 상황에서 예외적이고 특수한 것만이 아닌 총력전 체제가 야기한 전체 지형 속에서 파악할 필요성을 단적으로 제기한다.

일제는 조선(朝鮮)과 조선인(朝鮮人) 대신 반도인(半島人) 내지 반도 동포라는 호명을 통해 차별이 아닌 적극적인 동화를 모색하게 된다.[5] 제국의 이런 파상적인 공세는 제국 일본이 설파한 제국의 지도 속에서 식민지 조선이 그려야 할 미래 전망과 직결되는 것이기도 했다. 식민지가 아닌 제국으로, 식민지인이 아닌 제국 주체로서 설 수 있는 이 변화된 지형은 과거와 미래의 상관성 하에서 현재를 자리매김해야 하는 어려운 과제를 부여한다. 그리고 여기에는 우위에 선 자가 자기보다 하위에 있는 자에게 선의의 손길을 내밀 때, 그에 대한 반응과 응답이라는 복잡한 심리의 착종을 함의하고 있다. 너와 나는 동등하고 우리는 한 동포라는 포용의 몸짓이 이미 헤게모니 쟁탈전에서의 차등화를 전제하고 있지만 이 헤게모니 쟁탈전에서 가능한 한 최대의 이익을 얻어내려는 소리 없는 싸움은 벌써 진행되고 있었기 때문이다. 차별과 지배의 주도권을 선점한 자는 지나간 과오에 대해 용서와 화해를 청한다. 너희들은 선인이나 조선인이 아닌 반도인이자 반도 동포라는 격상된 물질적 보상과 함께 지나간 과거를 청산하고 다가올 미래를 건설하자고 호소하는 것이다. 이 초청에 자의든 타의든 응대한 '전향'은 따라서 양심의 포기나 방기가 아닌 세계인, 이른바 코스모폴리탄이라는 이념형을 실현하는 절호의 기회로 다가온다.

이처럼 '전향'은 경제적인 측면뿐만 아니라 정치. 사상적인 측면에서 지속과 단절의 계기를 아우르고 있다. 동아신질서 건설이 대동아 공영권으로 변모하고 재편되는 과정에서, '전향' 사회주의자들의 발언 역시 미묘하게 변해가지만 이들이 가진 경제. 정치. 사상적인 복합성은 '전향'의 안·밖을 가로지르는 배제와 포섭의 내셔널한 정체성의 문제를 파생시키고 있었다. 경제적인 이익 못지 않게 '전향' 사회주의자들에게 이념

---

5) 오구마 에이지, 『日本人のの 경계』, 新曜社, 1998. 참조.

형의 실현이라는 목적론은 이 배제와 포섭의 내셔널한 정체성을 횡단하여 해방 후의 정신 구조와 이어지는 연속성과 차이의 쌍곡선을 그리게 된다. 이것을 '전향'과 코스모폴리탄이라는 키워드로 추적해보는 것이 다음 장에 이어질 내용이다.

2. 주변부 식민지 지식인과 코스모폴리탄이라는 이념형

'전향'은 내·외적 조건의 산물이기도 하다. 1931년 만주사변 이후 1941년 태평양(대동아) 전쟁까지 전쟁은 물리전뿐만 아니라 사상전의 형태를 띠면서 일상의 삶을 통제하게 된다. 이 사상전의 구체적 표현태가 바로 '전향'이다. '전향'이 사상전의 형태를 띠고 있음을 잘 보여주는 것은 현영섭, 인정식, 박치우, 신남철, 그리고 서인식에 이르는 '전향' 사회주의자들의 지속적인 담론 개입과 공격적인 의제 생산일 것이다. 이들을 추동하는 밑바탕에는 되고자 했지만 한번도 실현하지 못한 그래서 언제나 이들에게 미완의 과제로 남겨졌던 코스모폴리탄, 이른바 세계인의 욕망이 꿈틀대고 있었다. 코스모폴리탄으로 나아가는 가장 유효한 통로가 무엇이냐에 따라 이들은 각기 다른 대응 태도를 드러내지만, 코스모폴리탄이라는 궁극적인 지향점을 염두에 두지 않는 한 이들이 해방 후 곧바로 공산주의 운동에 가담한 것을 놓고 '위장전향'이라는 말로밖에 표현하지 못하는 언어의 빈곤을 자초하게 된다. 현영섭과 인정식이 서로 분리되는 지점은 이 보편성 혹은 세계성을 획득하는 속도의 조절과 완급에 있었을 뿐, 둘은 표면상의 대립만큼 그렇게 다르지 않았다.

왜 나는 철저일체형을 주장하는가. 반도지식계급의 대부분이 협화적 내선일체론자라고 나는 생각하는 까닭에 이 기회에 내선일체에 대한 소견을 간명히 발표하랴 한다. (중략) 세계통일의 이상은 공산주의와 일본황도사상뿐이다. 영국도 세계를 통일하랴고 하나 일본 때문에 독일 때문에 실패하였다.

공산주의의 오류를 해설한다는 것은 나의 논제에서 너머 떨어지므로 생략
한다.

지나 민족은 영원히 일본 민족과 동화할 수 없다고는 하지만 나는 그런
민족 정신을 감상적·봉건적 잔존물이라고 단정한다. 한족이나 반도인의 선
조의 피가 일본 민족에 多數混入하여 있는 것을 무엇으로 증명하려는가. 이
근소한 선례는 모든 예가 되고 만다. 반도인은 완전한 일본민족이 될 수 있
고 또 전세계의 민족이 일민족, 일국가를 형성할 수도 있다고 믿는다. 이것
은 현대의 공상이지만 인류가 神信仰을 철저히 할 때 반드시 실현되고 만다.
일대 가족으로서의 인류, genus humanum이 성립할 때가 있다. 八紘一宇의
神勅이 그것이다.6)

"내선일체와 조선인의 개성문제"에서 현영섭은 '八宏一宇'이라는 제
국의 언어를 빌어 코스모폴리탄을 꿈꾼다. 코스모폴리탄을 실현할 수 있
는 두 가지 길은 공산주의와 일본황도사상 뿐이다. 이 글에서는 공산주
의의 오류에 대해 기술하고 있지 않지만, 여하튼 그는 일본정신은 神중
심의 세계, 一家의 이상향을 건설하는 것이라고 말한다. 그는 이 이상향
의 건설이 각 민족이 협화하는 것이긴 하지만 여기에 머물지 않고 완전
히 일심동체가 되는 그것이야말로 인류가 바라고 바라는 길이라고 본다.

내선일체의 공적 포섭과 이에 맞서는 배제의 기제가 상호 충돌하는
지점에서, '전향' 지식인들의 '전향'은 그래서 언제나 사상적 곡예가 된
다. 코스모폴리탄이 되기 위해 제국이 내민 선의와 시혜에 응답하는 제
국 주체로의 탄생과 동시적으로 이들 '전향' 사회주의자들에게 내선일
체는 코스모폴리탄이라는 자신의 이념형을 완성하기 위해 반드시 거쳐
야 할 전(前) 단계로 위치지워진다. 이 전 단계가 지양. 통일됨으로써 세
계인이 된다고 하는 단계적 목적론의 관점에서 이들의 '전향'은 '전향'
이라는 매개를 통해 코스모폴리탄이라는 이념형을 확증하고 코스모폴리
탄이라는 이념형을 통해 '전향'을 정당화하는 논리의 폐쇄된 순환성에
스스로를 유폐시키는 결과를 가져온다.

---

6) 현영섭, 「내선일체와 조선인의 개성문제」, 『삼천리』, 1940. 3, 36-37쪽.

　세계를 통일한다고 하는 것은 세계정복이나 착취와는 다르다는 것이 이들의 공통된 주장이었던 만큼, 이 이념형은 한번도 회의와 의심의 대상이 된 적이 없다. 혹 의심을 했다손 치더라도 그것은 지젝의 말처럼 죽은 문자, 이해되지 않은 문자에 대한 '믿음'으로 봉쇄되어야 한다.[7] 따라서 이들에게 '전향'이란 세계사적 대사명을 자각하고 이를 실천하는 적극적인 행위자로의 선언문과도 같다. "바라건대 나의 공개장으로 하여금 제군과 나를 영원히 袂別케 하는 分岐의 道標가 되지 안케 하여 주소서 과거 십년 동안 피와 땀으로 쌓아온 자기의 全過去와 鐵窓에서 맺어진 同志的 友情을 蔽履와 같이 버린다는 것은 어떠한 愚夫에게 있었서도 결코 유쾌의 일은 안일 것이다. 그러나 쌓아놓은 과거의 업적이 오류에 찬 것이며 걸어온 과거의 노선이 민중을 글으치는 魔의 길이었다는 것을 명확히 자각하게 될 때에는 우리들이 적어도 한 개의 理想人인 한으로 태양을 응시하는 猛鷲와 같이 새로운 眞理와 信念을 향해서 용감하고 대담하게 邁進할 줄 알아야 한다. 요새 사람들은 이러한 신념상의 변화를 가리켜 소위 전향이라고 한다."고 인정식이 공개적인 전향 선언서를 발표할 때, 그는 일종의 참회와 기도의 예식을 차용해온다.[8] 이런 절절한 참회와 기도의 예식을 재연한 그의 공개 전향서에는 세계사적 대사명에 대한 자각과 이를 앞서 선취하겠다는 지식인의 긍지와 임무, 그리고 그가 전유하는 소위 理想人으로서의 코스모폴리탄적 위치가 서로 교직되고 있다.

　이것은 결별에 대한 그의 강력한 의지에도 불구하고 그의 '전향'이 이전의 사유와 연속성을 지닌다는 점을 보여준다. 맑스주의의 세계성이 지닌 식민주의에 대해서는 요네타니 마사후니의 선행 연구가 있거니와 세계성의 시각에서 침략. 식민지화라고 하는 악을 통해서 어떤 역사의 진로가 결과적으로 도출되어 간다는 점, 서구 자본주의는 사리사욕을

---

7) 슬라보예 지젝, 이수련 역, 『이데올로기라는 숭고한 대상』, 인간사랑, 2002, 75-76쪽.
8) 인정식, 「我等의 政治的 路線」, 『삼천리』, 1938. 11, 51-52쪽.

추구하면서도 무의식 속에서 '의도하지 않은 결과'로서 역사의 전개를 촉진해가는 것이라는 세계시장과 근대적 생산력에 대한 맑스주의의 신념은 결국 추구하는 절차와 방식만을 달리한 채 존속되고 있다.9) 인정식이 아시아적 정체성을 일관되게 주장한 것에서도 알 수 있듯이, 그는 후진적인 아시아적 정체성(퇴영성)을 세계시장과 근대적 생산력으로 확충. 발전시킴으로써 코스모폴리탄으로의 진입이라는 근대 기획의 최종점에 도달하고자 한다.10) 여기서 코스모폴리탄은 非자본 非공산의 근대 초극론과 결부되지만, 그는 오히려 아시아적 정체성에 대한 확고한 인식을 바탕으로 근대적 생산력의 필요성을 일관되게 주장한다는 점에서 근대(자본주의)의 보편성이 세계를 균질적으로 재조직해가는 가운데 결과적으로 이를 극복하고 초월하는 어떤 새로운 보편성이 창출된다고 하는 맑스주의의 사유틀에 기대어 대동아 공영권의 논리를 완성했다고 할 수 있다.11) 식민지 주변부 지식인들에게 이 코스모폴리탄에 대한 채워지지 않은 욕구는 근대의 딜레마에 이들이 이미 봉착해 있었다는 것, 코스모폴리탄에 대한 욕망의 크기만큼 이들이 내선일체의 충실한 대행자로서 복무했음을 일깨워주는 것이다. 그들이 운명과 숙명을 별개의 것인 양 나누고 '운명'을 내선일체의 지렛대로 삼아 일원화해 간 것에는 이런 코스모폴리탄이라는 이념형이 자리잡고 있었다. 3장에서는 이 운명의 논리가 발화된 것에서 발화하는 주체로 전이되는 과정에서, 어쩔 수 없이 솟구치는 동요와 길항을 김남천이라는 한 작가를 통해 점검해

---

9) 요네타니 마사후미, 「마르크스주의의 세계성과 콜로니얼리즘」; 「일본 맑스주의와 식민지주의」, 위의 자료집, 241-242쪽.

10) 인정식, 「亞細亞적 停滯性의 問題」, 『청색지』, 1939. 12; 「『대지』에 反映된 亞細亞적 사회」, 『문장』, 1939. 9; 「慶州地方의 農村生活－橘樸先生을 同伴하야」, 『조광』, 1942. 4. 등을 들 수 있다. 인정식과 관련된 자세한 상황은 이수일, 「日帝强占 解放期 인정식의 經濟思想 硏究」(연세대 석사학위논문, 1992)를 참조했다.

11) 아시아적 정체성이라는 측면에서 김남천이 인정식과 동일한 입장에 서 있었을 가능성에 대해서 채호석은 「김남천문학연구」(서울대 박사학위논문, 1999), 49쪽에서 지적하고 있다.

보려고 한다. 현영섭과 인정식과는 달리 김남천은 문학가로서 이들과 유사하지만 그럼에도 다른 발화의 징후들을 드러낸다. 전향 사회주의자들 내에서 김남천이 보여주는 지식인의 초상은 문학= 권력의 장(場) 안에서 '전향'을 어떻게 다른 방식으로 생산하는지를 고찰하는데 많은 시사점을 제시해 주리라고 본다.

3. 자기의 서벌턴화와 차등화된 여성의 물신화

현영섭이 "이광수의 一頁, 이기영의 一頁을 보고 곧 兩者의 문학적 개성을 말하기 어렵다. 물론 志賀, 有島, 이광수, 이기영은 개성을 가진 것이다. 思想的으로나 文章的으로나 개성을 가진 것은 사실이다. 그런데 여기에 문학이 무엇인지 모르는 사람에게 소설을 일킨다면, 그 소리가 그 소리지 무엇 색다른 것이 있나 할 것이다. 個性이란 이와 같이 薄弱한 것이다. 문학을 모르고도 넉넉이 생을 도모하고 사는 실업가가 있는 것은 이 세상에 얼마나 個性이 없고 생존 즉 성욕과 식욕을 만족시키는 유형적 존재가 많다는 것을 설명하고도 남는다. 문학, 예술, 이것이야말로 진실한 개성의 세계다. 이것의 존재가 얼마나 蔑視되어 있는 現 世界를 想像하야도 현대에 있어서 개성이 얼마나 박약한 존재인 것을 가히 想像할 수 있다."고 피력했을 때,[12] 그의 본뜻은 개성이 시대정신에 걸맞지 않는 만큼 개성에 집착하지 말고 내선일체의 대의를 구현하자는 것이었다.

그러나 그의 본의와는 상관없이 이 글의 기저를 관통하고 있는 것은 문학가에 대한 일정한 차별화와 거리두기이다. 여기에서 주목할 만한 부분은 문학가에 대한 차별화와 거리두기가 특정한 정체성을 구질서의 표상으로 만들어 신질서에 적합한 정체성들을 규정하는 것과 맞물려 돌

---

12) 현영섭, 위의 글, 36쪽.

아간다는 점이다. 문학가는 현영섭의 논지대로라면 구질성의 표상이다. 조그마한 개성을 고집하여 미래 세계를 창출하지 못하는 개성론자들은 참으로 피곤한 족속들일 뿐이다. 그가 "개성을 너무 차지면 피곤할 뿐이다"로 호명한 개성론자들의 대표적인 표상이 문학가라는 사실은 문학가가 처한 당시의 현실에 대한 일면의 진실을 드러낸다. 그들은 생의 활력과 열정으로부터 퇴각한 무기력한 시대의 열패자들이며, 이들의 자유주의적이고 개인주의적인 기질은 그야말로 구질서의 이데올로기인 개인주의와 자유주의를 대변하는 시대의 퇴행적인 징표로 낙인찍히게 된다. 이 개인주의와 자유주의가 어디와 접목되느냐에 따라 조금씩 함의를 달리하며 변주되긴 하지만, 어쨌든 자유주의적이고 개인주의적인 기질은 때로 자본주의의 병폐로 때론 서양문명의 질병으로 간주되어 제거되고 척결되어야 할 대상으로 소환되고 있다.

여기에는 구질서의 네거티브한 속성들을 가시화함으로써 신질서의 정체성을 확립하려는 파시즘의 동력이 존재한다. 파시즘은 아웃사이더를 유표화함으로써 정상성을 인지시킨다. 정상성이 아웃사이더라는 가시화된 타자를 준거로 삼는 한, 구질서는 신질서의 건설 일꾼과는 정확히 대척되는 바로 그 지점에 자리잡는다. 이것이 낭비와 소모의 도상학이다.13) 낭비와 소모의 도상학은 과도한 성적 방종과 퇴폐로 인해 에너지를 고갈해버린 무능력자를 검열하고 분류하는 여과 장치로 기능한다. 따라서 이런 에너지의 소모와 낭비의 도상학은 주변인을 낙인찍는 가장 편리한 분류화의 표지들로, 아웃사이더들에게 각인된 소모와 낭비의 도상학은 열등한 인종의 유표화된 외적 자질로 변환되고 이에 따라 구질서와 신질서간의 첨예한 차이화가 만들어진다.

문학가는 신질서에 매진하는 군인-노동자의 형상과는 달리 삶의 태

---

13) 조지 모스, 『내셔널리즘과 섹슈얼리티』(서강여성문학회 역, 소명출판, 2004)를 참조했다. 또한 여기에 대해서는 공임순, 「민족과 섹슈얼리티에 대한 단상」(단행본 예정)과 김예림의 "소진과 고갈의 미학"(「1930년대 후반 몰락/재생의 서사와 미의식 연구」, 연세대 박사학위논문, 2002)에서도 자세히 다루고 있다.

만과 피곤에 찌든 하릴없는 기생충 같은 존재로 손쉽게 대체된다. 권명아가 날카롭게 묘파하고 있는 것처럼, 신질서의 군인—노동자의 형상은 기존의 청년 담론을 전유하되 기존의 것과는 다른 변별점들을 강화함으로써 군인—노동자의 전형을 창출하고자 하기 때문이다.14) 적극적으로 '장려'된 새시대의 군인—노동자의 모습에서 특기할 만한 것은 군인과 노동자는 두말할 나위가 없거니와 실업가와 기술자(공학자)의 변화된 위상이다. 현영섭이 문학가와 대비되는 지점에 내세운 실업가와 더불어 기술자(공학자)는 전쟁의 가속화된 파괴와 건설의 시대적 사명을 반영하는 군인—노동자의 형상에서 중심적인 위치를 차지한다. 관료에 대한 뿌리깊은 선망 의식이 실제로 조선 사회의 저변을 장악하고 있었다고 하더라고 한 시대를 풍미한 실업가와 기술자(공학자)에 대한 열광적인 소비와 찬미는 뿌리치기 힘든 매력으로 시대를 압도한다.

　김남천은 이런 시대의 중압을 예증이나 하듯이, 건설 기술자와 실업가, 전향한 사회주의자와 문학가를 소설의 중심인물로 삼아 서사를 주조해 나간다. 김남천의 대표 연작인 「경영」과 「맥」에서부터 『사랑의 수족관』과 미완으로 끝난 『낭비』가 모두 그러하다. 1939~40년의 『사랑의 수족관』과 1940~41년의 『낭비』, 1940~41년의 「경영」과 「맥」은 태평양(대동아) 전쟁을 전후한 시기에 쓰여진 작품들이다. 여기서 거론된 작품들은 시대와의 접촉면에서 비교적 뚜렷한 내적 대화성을 드러내고 있다. 1940~41년에 집중적으로 쓰여진 작품들은 겹쳐 읽어도 무방할 만큼 다시—쓰기의 흔적이 짙다. 쓰고 난 글 위에 다시 써서 이전의 글을 보충하되 이전의 글과는 다른 차연의 흔적을 지닌 김남천의 세 작품들은 내면으로 침잠한 단편들과의 상호 관계성 속에서 다면적인 독해가 필요하다. 그러나 이 글은 김남천에 대한 본격적인 작품론과 작가론을 목적으로 삼지 않는다. 이 작업은 이후를 기약하며, 소위 코스모폴리탄과 '전

---

14) 권명아, 「전시동원 체제의 젠더 정치」(『일제 파시즘 지배 정책과 민중생활』, 혜안, 2004) 298쪽에서 인용한 부분이다.

향'이라는 키워드를 중심으로 이 작품들이 보이는 시대와의 내적 대화성과 자기를 타자화함으로써 결국 시대에 협력하면서도 어쩔 수 없이 균열되는 지점을 검토하고자 한다.

김남천의 『사랑의 수족관』15)은 토목 기술자(공학자) 이광호, 이신국 사장의 딸 이경희, 실업가 송현도 그리고 이경희의 계모와 여급 양자의 동생 현순이 주요 등장인물이다. 이들은 오해와 반목을 거듭하는 애정 서사의 구도를 충실하게 따른다. 이 다섯 명의 인물이 합주하는 애정 서사와 내적 대화성의 흔적을 담지하고 있는 인물이 바로 '전향' 사회주의자임을 짐작케 하는 광호의 형 광준이다. 기술자(공학자)인 광호에 의해 광준은 '생명의 낭비자'로 규정되고 있다. "생에 대한 애착이 없어진 것이 아니라 그 애착을 키워갈 만한 신념이 없어진"16) 그는 '생명의 낭비자'로 에너지를 소모하고 탕진한다. 그는 카페 여급인 양자와 '질서없고 비위생적인' 동거 생활을 함으로써 소모와 탕진의 전형적인 모습을 보여준다. 생산과 건설의 군인-노동자와 상반되는 지점에 서 있는 그는 타락한 도시의 공간을 떠도는 도시의 기생충과도 같다. 그러나 이 낭비와 소모의 도상이 타락한 도시의 병폐를 상징한다는 점에서는 시대적 분위기와 조응하는 측면이 있지만, '생명의 낭비자'로 지목된 카페 여급 양자와 광준이가 광호와 같은 주위 인물들에 의해 어느 정도 동정을 받는다는 점에서는 특기할 만한 일면이 있다. 광호가 신질서의 정체성에 어울리는 기술자(공학자)의 지위를 점하고 있음에도 불구하고 그가 그의 형 광준에게 보이는 동정의 시선은 꽤 복합적이다. 광호는 신질서의 정체성을 선점한 인물이지만, 그의 자기 긍정성은 자기 자신이 아닌 그의 동정의 대상인 광준으로부터 확보되기 때문이다.

시선과 동정을 쥔 자가 시선과 동정을 받는 자에게서 자기 긍정성을 확보한다는 이 자가당착은 타자 안에 내장된 주체구성의 메커니즘을 독

---

15) 김남천, 『사랑의 수족관』(대동출판사, 1940)을 주 텍스트로 삼는다.
16) 김남천, 위의 책, 70쪽.

파하지 않고는 설명 불가능하다. 신질서의 정체성은 앞에서도 말했듯이 구질서의 정체성과 대립되는 지점에서 구축된다. 구질서의 정체성과는 변별되는 신질서의 정체성은 구질서의 정체성을 거리화시켜 낯선 타자처럼 응시하는 데서 출발한다. 현재의 자신 혹은 자기가 바라는 미래의 자신은 과거의 자신을 타자화하여 구경거리로 전시하는, 이른바 레이 초우가 말한 원시적인 페티쉬(fetish)를 동반하는 것이다.[17] 사카이 나오키는 레이 초우의 원시적인 것이 시각 영역에서의 근대적 시간성의 한 변이로 나타난다는 점을 주목하고 있다. 원시적인 것은 문자 그대로 이국적인 것을 의미하며, 이 이국화에는 사회적으로 주어져 있는 것을 객관화하고 그래서 반성적으로 주체를 상정하며 그것을 아직 도래하지 않은 어떤 것으로 변형시키는 부정성의 운동이 작용한다. 사회적으로 주어져 있는 것을 원시적이라 여기는 것은 그것을 변형될 수 있는 것으로 보는, 사회 구성체를 자연적으로 주어진 것이 아니라 제조된 어떤 것으로 인식하기 위한 전제 조건이다. 따라서 원시적 열정이라는 개념은 그 시간성의 관점에서 자신의 현실을 원시적이라고 여기는, 이에 따라 자신과 함께 환경을 바꿈으로써 자신을 구성하는 주체형성의 기제와 불가분의 관계를 맺는다.[18]

레이 초우와 사카이 나오키의 견해를 이처럼 길게 서술한 것은 보편성과 특수성의 공모를 이 지점에서 읽어내는 재미있는 발상 때문이다. 코스모폴리탄이라는 보편적 이념형은 식민지 주변부에서는 특정한 특징 부여와 언제나 연관되어 있다. 제국과 식민지간의 관계가 식민지 내부로 돌려질 때, 코스모폴리탄과 나머지 대중을 나누고 그 각각에게 할당되는 특정한 특징 부여는 시대에 따라 조금씩 변모하지만 한 사람은 있

---

17) 레이 초우, 정재서 역, 『원시적 열정』, 이산, 2004, 43쪽. 이 책은 본 논문의 입론에 있어 기본적인 참조틀이 된다. 자기의 서벌턴화라는 용어 역시 레이 초우의 용어를 빌려 온 것이다.

18) 사카이 나오키, 「서구의 탈구와 인문과학의 지위」, 『흔적』 1호, 문화과학사, 2001, 153쪽. 이 글에서 사카이 나오키는 레이 초우의 견해를 빌어 원시적인 것을 서구와 비서구의 이항대립에 적용시킨다.

다고 여겨지는 것과 다른 사람은 결여되었다고 하는 '추정'된 대비가 만들어진다. 이것은 '추정'되고 '가상'된 것이기 때문에 어떤 식으로든 그 대비가 이전부터 실재했던 것처럼 가시화되어야 한다. 여기서 자기의 서벌턴화가 초래된다. 자기의 서벌턴화는 자기의 이국화와 등궤이며, 이국화된 자기를 구경거리로 하여 자기의 긍정성을 확증하는 이런 식의 관찰자적 시선은 보는 주체의 위치를 안정시키고 공고히 하는데 기여한다.

광호는 광준에게 결여된 특정한 특징을 소유하고 있다. 그는 불건강하고 지나치게 과민한 정신세계를 지닌 광준과는 다른 특정한 특징을 갖고 있다고 가시적으로 '보여진'다. 현순이가 첫째인 광준과 셋째인 광신을 저울질하며 광호에게 이끌리는 것은 '보여짐'의 문제에서 중심적이다. 첫째인 광준이 머리는 비대하나 불건강하고 비위생적인 반면 광순은 몸도 건강하고 두뇌도 형을 닮아 명석한 것 같으나 아직도 몸이나 생각이 틀이 잡혀있지 않아 평론할 여지가 없다고 현순이는 광호를 '보는' 순간 그렇게 판명한다. 현순이 광호를 '보는' 순간 각인되는 이런 보여짐의 순간적인 위계화는 광준의 형제가 갖는 얼굴의 특성이 가장 아름답게 나타나면서도 그것이 균형이 잡힌 몸집과 옷매무새와 어울리게 조화를 이루어서 현순이의 눈에 거의 완벽하게 비췬다는 광호의 특정한 자질을 실체화하는 것이다. 그의 완벽한 조화와 절제의 미는 신질서가 요구하는 정체성에 다름 아니다.

『사랑의 수족관』에서 광준의 죽음은 이런 점에서 여러 모로 해석의 여지를 남긴다. 광준이 구질서의 표상인 것은 앞에서도 말했거니와 광준의 죽음은 광준 한 개인의 죽음이 아닌 그의 죽음을 통해 구질서를 종식하려는 시대의 요구를 중층적으로 매개하고 있다. 광준의 죽음은 광호가 신질서의 정체성을 획득하기 위해 치러야 하는 일종의 희생 제의이다. 광호가 신질서의 모범적인 초상이 되기 위해서는 이미 구경거리로 전락한 과거의 자기를 죽이는 폭력적인 단절을 요구한다. 광준의 죽음이 있음으로 해서 광호는 레이 초우가 말한 제조와 건설의 단계로 진입하게 된다. 사회적으로 주어진 과거의 것이 원시적인 것으로 전시되고 관찰자의 눈앞에서 부정되어야 할 것으로 정리되는 청산과 건설은 광준의 죽음과 광호의 시선이 교차하는 가운데 이루어진다. 광호는 광준이 이미 거기 있었다는, 즉 사회적으로 주어졌던 과거의 자기를 구경거리로 응시하는 관찰자의 시선으로 광준의 죽음을 담담하게 받아들인다. 광준이 죽어 화장되는 마지막 이별의 순간에 광준의 곁을 지키고 있는 것은 광호와 현순뿐이다. 현순이가 도착했을 때, 모든 뒤처리는 광호의 손에 의해 마무리된다. 마지막까지 광준의 뒤처리를 광호가 도맡아서 한다는 것, 광준이 사회에서 격리되고 고립된 채 쓸쓸한 최후를 맞았다는 것을 증명이나 하듯이 광준의 마지막을 지켜본 사람은 과거 그의 동료도 그의 가족 전부도 아닌 그의 동생 광호 하나이다. 과거 광준의 친구들은 광준과는 다른 세상에서 산다. 그들이 "각각 직업들을 갖고 그리고 생활을 갖고 그리고 그만큼 자기의 가치를 새로이 발견한" 반면 광준은 "끗까지 신념을 찾지 못하고 돌아가신" 이제는 돌이킬 수 없이 멀어져 그 둘을 이어줄 수 있는 끈이란 어디에도 없다. 과거 친구들의 '전향'은 이처럼 과거의 동지였던 광준의 상실을 애도하는 애도의 능력마저 빼앗아간다.

애도의 능력은 과거와의 폭력적인 결별이 아니라 과거와의 대화적 상호성이다. 과거와의 대화적 상호성을 통해 현재는 과거와 미래를 잇는다. 다시 말해 과거를 애도하는 것은 과거 자체의 문제이기도 하지만 과거를 되돌아보는 현재의 문제라는 점에서, 현재와 어떻게 대면할 것인가라는 현재의 문제이기도 하다. 과거뿐만 아니라 현재를 대면하는 소통의 능력을 빼앗겼다는 것은 내면을 성찰할 능력을 잃어버렸다는 것과 일맥상통한다. 애도의 능력을 잃어버린 혹은 빼앗긴 자는 프로이드의 표현대로라면 멜랑콜리를 가속화하게 된다. 멜랑콜리는 상실한 대상이나 존재에 대해 말하는 듯이 보이는 그때조차도 실은 상실과 죽음에 대한 부인과 공격성을 상흔처럼 안고 있다.[19] 따라서 자기에 대한 불만은 상실한 대상에 대한 불만이며, 타인에 대한 학살로 위장된 죽음은 곧 자기에 대한 폭력적인 죽음의 공격성을 깔고 있는 것이다. 광준의 죽음이 간단하게 처리된 이 장면에서 제대로 애도할 능력을 갖춘 사람이 한 사람도 없다는 것은 현재 자기를 뒤돌아볼 성찰의 동학이 사라지고 없다는 것을 의미한다. 과거 한때를 함께 했던 사람들은 화장장에 오지 않으며, 그나마 유일하게 광준을 떠나보내는 광호는 그 죽음을 자기와는 별개의 세계에 유폐시킴으로써 스스로를 보존하고 있기 때문이다. 광준을 동정하긴 하지만 그와는 별개의 세계에 살았던 존재로 격리하는 광준을 바라보는 광호의 냉정한 시선은 상실한 대상을 떠나보내는 애도의 능력에 대한 부재 혹은 결핍의 증거이다. 그에게 광준으로 대표되는 과거는 이미 있다 하더라도 죽어버린 것에 불과하며, 이미 죽어버린 것을 떠나보내는 데서 어떤 고뇌와 통증도 경험하지 않는다. 그에게는 지금 현재 그의 삶만이 중요할 뿐이다. 그의 관심과 이해의 반경은 죽어버려 그의 것이 되기에는 너무나 거리가 멀다고 '믿는' 원시적인 구경거리인 광준이 아니라 사장의 딸 경회와의 당면한 애정 문제에 집중된다.

따라서 이 소설은 '전향자'들을 주인공으로 한 단편소설과는 다르게 '전향'을 정면으로 다루고 있지 않음에도 불구하고 '전향'의 내면 풍경에 관해 더 많은 것을 징후적으로 드러낸다. 신질서의 정체성이란 적어도 과거 자신을 구경거리로 바라보는 무감각한 신경 체계와 당면한 현재와 미래에 대해 몰입하는 특정한 자질을 특권화한다. 이들이 가졌다고 자부되는 특권화된 자질은 그러나 과거의 자신에 대한 애도의 능력을 잃어버린 결여의 이면에 다름 아니다. 과거를 애도하지 못하고 과거를 격리하고 유폐시켜 마치 현재의 자기와는 무관하다는 듯이 위장하는 변신술만이 '전향'이라는 이름으로 횡행한다. 현재의 자기는 과거와 철저하게 분절되었다는 것을 증명하는 자기 증명과 인정 투쟁은 기만에 찬 사기꾼들을 양산하는 제국의 식민주의적 패권화의 음화이자 거울쌍

---

19) 엘리자베스 라이트, 『페미니즘과 정신분석학 사전』(한신문화사, 1997)과 줄리아 크리스테바, 『우울증과 멜랑콜리』(김인환 역, 동문선, 2004)를 참조했다.

이다.[20] 김남천의 『낭비』[21] 역시 이런 점을 잘 보여준다.

　광준이 사라짐으로써 광호가 서사의 중심에 서는『사랑의 수족관』과는 대조적으로 김남천의 『낭비』는 군인-노동자형의 결정체라고 할 비행기 조정사 구웅걸(관덕의 약혼자)이 사라지고 대신 문학가(광범위한 의미에서) 관형과 관형을 둘러싼 연애 사건이 중추를 이룬다. 구질서의 표상인 광준과 신질서의 전형인 광호가 별개의 세계에 존재해야 하는 까닭에 광준이 원시적인 구경거리가 되어 사라져야만 하듯이, 김남천의 『낭비』에서 구웅걸은 이 몰락과 퇴폐의 구질서에 함께 몸담을 수 없다. 신질서의 총아인 그는 구질서의 데카당한 분위기와는 거리를 두어야 하기 때문이다. 나중에 「맥」에서 이관형의 회고에 의해 구웅걸은 비행기 사고로 죽은 것으로 처리되고 있는데, 이는 구질서의 표상인 광준의 죽음과 기묘하게 엇물리는 부분이 있다.[22] 구질서의 표상인 광준이 죽음으로써 광호를 구질서의 억압으로부터 자유롭게 만드는 것과 신질서의 총아인 구웅걸이 죽음으로써 관형 형제가 구질서의 나르시즘적인 폐쇄 회로에 자족하는 것은 서로 다르지만 닮은꼴이다. 이를 시대의 외압으로 독해하는 것은 충분히 타당하다. 구질서와 신질서의 차이화와 거리 두기를 통해 이 두 선택지 외에 다른 길을 봉쇄해버린 시대의 출구없는 압박이 한쪽의 죽음을 댓가로 다른 한쪽의 삶을 온존하는 기형적인 인물 군상들을 양산해낸다. 그러나 여기에는 몇 가지의 유보조항이 첨가되어야 한다. 『낭비』에서 관형으로 대변되는 구질서의 퇴폐와 낭비는

---

20) 여기에 대해서는 졸고, 「공익의 아우라와 부적자의 거세 공포」(『문학과 경계』, 2003년 가을호)에서 설명한 바 있다.

21) 김남천, 『낭비』, 『인문평론』, 1940. 2~1941. 2.

22) 김철은 피로와 권태에 절어 있는 이관형도 구웅걸에 호의적인 시선을 보인다는 점에 주목한다. 작중의 거의 모든 인물과 사건들에 대해 체념과 불만을 표시하는 이관형에게 이것은 특별한 경우라는 것이 그의 설명이고, 이것은 비행기와 같은 최첨단의 기계문명에 대한 어떤 애호와도 연관되었으리라는 것이 그의 추론이다. 김철, 「'근대의 초극', 『낭비』 그리고 베네치아-김남천과 근대초극론」, 『민족문학사연구』 18호, 민족문학사학회, 2001, 379쪽.

원시적인 것의 페티쉬를 자신의 하위에 두는 이중의 위계화를 정초하게 된다. 관형은 자신이 무기력하고 나태한 삶을 살아가고 있다는 것을 '안다'. 그의 이 앎이란 거리를 둔 관찰자의 시선에서 만들어진다. 구질서의 표상인 그가 관찰자의 시선을 유지할 수 있는 것은 그의 앎=권력이 원시적인 것의 페티쉬를 다른 대상에서 조달함으로써 가능하다. 그의 앎=권력을 지탱하는 원시적인 것의 페티쉬는 향락에 몸을 던지는 소위 도시의 타락한 신여성들이다. 문난주에 대한 감각적이고 관능적인 시선의 향유는 마치 그녀의 몸 전체가 사회적 욕망의 배출구인 양 묘사하고 있다.

> 매뉴큐어를 힌 긴 손가락으로 담배를 부비어 꽂고 그 팔로 머리를 고인다. 코도 아름답고 윤곽도 어울렸으나 입술과 눈가상에 깃드린 보랏빛의 그늘로 하여 그가 과거에 제의 정력을 적지 않게 향락했다는 것을 느끼게 한다. 어덴가 피로한 빛이 결코 육체에가 아니라 그의 표정에 나타나 있는 것이다. 누은 채 잡지를 보고 있다. 활자를 따르고 있는 그의 눈은 그러나 문짜(文字)에 대하여 그다지 매력을 느끼는 것 같지도 않다. 표정 한 구퉁이에 어덴가 비인 곳이 있는 것 같다. 그것이 무엇인지를 언뜻 알아마칠 수가 없을는지 모른다. 그러나 치밀한 관찰을 하는 사람은 그의 표정에서 결여된 것이 윤리적 신경임을 알아 마칠 수 있을 것이다. 대전 이후의 새로운 타잎으로 등장한 아름다움, 일찍이는 마리—네 딋드리히 구리고 최근에는 따니엘. 따류—로써 일층 세련된 백치미를 발휘하고 있는 그러한 아름다움이 문난주에게는 있었다.[23]

문난주의 신체를 훑듯이 지나가는 관찰자(=서술자)의 시선(이관형의 시선과 거의 구별되지 않는)은 관능적이지만 동시에 차갑다. 손가락에서부터 머리, 코, 입술과 눈가상에 깃드린 보랏빛까지 문난주의 신체 곳곳을 치환해가며, 도시의 타락하고 퇴폐적인 욕망을 서술자는 그녀의 신체에서 강박적으로 읽어낸다. 이 읽는 시선이 곧 앎의 시선이라는 점에서 문난주는 앎=시선을 위해 구경거리로 전시되어야 하는 원시적인 것

---

23) 김남천, 『낭비』, 『인문평론』, 1940. 2, 225쪽.

의 페티쉬가 된다. 그녀는 이관형이 탐구하는 헨리 제임스의 '부재의식'과 암암리에 상통한다. 이관형은 그가 연구하는 헨리 제임스를 넘어뜨리지 않고는 새로운 세계가 열리지 않는다고 믿는다. 아메리카의 헨리 제임스는 그가 기대고 서 있는 발판이나 또한 이것을 넘어서야만 새로운 세계로 진입할 수 있다는 것이 이관형의 판단이다. 이관형은 자신을 헨리 제임스와 동일시하고 있는데, 그가 부조한 헨리 제임스는 "인생으로부터 멀리 떠나서 그들의 일분자가 되지 아니하고 이것을 관찰하였다. 그는 주로 구라파에서 만나는 아메리카인을 통하여 아메리카를 알았다. 또한 그는 타곳에서 온 만유객으로서 구라파의 사회를 알았다. 그러므로 그는 진정한 의미에서는 아무 것에 대해서도 공감을 가지지 못"했다. 이관형이 헨리 제임스와 자신을 동일시하는 이유는 이 구절에 모두 함축되어 있다. 바로 관찰자적 시선을 갖는 것, 타곳에서 온 만유객처럼 구라파 사회를 바라보는 것, 때문에 아무 것에 대해서도 공감을 갖지 못한 헨리 제임스는 곧 이관형의 시선이다. 이관형은 헨리 제임스를 빌어 자신을 이야기한다. 이관형이 헨리 제임스에 집착하는 것은 헨리 제임슨 그 자체가 아니라 헨리 제임스를 빌어 이야기하는 이관형 자신이다. 그는 아무 것에도 공감을 가지지 않는 헨리 제임스의 시선으로 구질서의 정체성이라고 질타되는 자신의 일부를 타자화시킨다. 그는 노동과 행동의 세계로부터 격리되어 있다. 신질서에서 척결해야 할 구질서의 정체성은 이관형 그 자신이다.

그러나 이관형은 헨리 제임스의 연구에 몰두하는 것으로 시대와의 불화를 모면한다. 헨리 제임스를 넘어서야 새로운 세계로 진입할 수 있다는 자기 합리화가 그를 강제적인 균질화의 위험에서 가까스로 벗어나게 해준다. 구질서의 정체성을 보유한 그가 그 안에서 또 위계를 나눌 수 있다면 그것은 관찰자적 시선이 이관형에게 주어져 있기 때문이다. 그는 시선=앎을 소유함으로써 원시적인 것의 페티쉬를 다른 대상으로 이월시킨다. 여기에 동반되는 것이 여성의 물신화이다. 여성 특히 여성적인 것의 사회적 침투에 대한 공포와 두려움은 전쟁이 가속화될수록 더욱 기승을 부린다. 이를 가시화된 구경거리로 만들어 그가 시선의 우위를 유지하는 것은 나르시즘적인 폐쇄성에 그를 가두는 한 방식이다. 문난주와 같은 타락한 여성뿐만 아니라 연이와 같이 그가 사랑하는 여성을 구경거리로 삼아 끝까지 관찰자적 시선을 유지하는 그는 이 타락한 공간에 갇혀버린 자기를 연민에 찬 시선으로 바라본다. 이 타락한 자들과 동질적인 공간에 존재한다는 불만과 공격성이 타인들뿐만 아니라 자기 내부로 전이되어 그것이 더욱 자신을 자기 연민과 혐오로 몰아가는 형국이다. 그가 온갖 애욕이 들끓는 별장을 떠나 헨리 제임스의 연구에 전력하기 위해 다른 곳으로 떠나는 것은 이 동질화된 공간에서 자기를 분리시키는 것이지만, 자기가 사랑하던 연이가 "교양도 있어 보이고 인품도 좋은 것 같은" 실업가와 약혼했다는 소식은 그의 자존심에 치명타를 입힌다.

"연이는 장차 그의 가정생활에서 얼마던지 행복을 발견할 수 있을 것이다. 그의 안해가 된다거나 제수가 된다거나 하는 것보다 연의 행복이란 그런 곳에 있었을 런지도 알 수 없다. 아니 정녕 그럴 것이다. 그러나 아 여자의 결정이란 이대로 좋을 것일까 이관형이는 뼈아프게 제의 상처를 부더 안으며 여관으로 돌아왔다."[24] 이 장면에서 이관형이 결국 연이를 놓친 것은 그의 수동성과 연이의 순종적인 태도 탓이다. 그러나 그보다 더 핵심적인 것은 그가 신질서의 일꾼에게 밀려났다는 엄정한 현실이다. 현실에서 이미 경쟁력을 상실한 구질서의 표상인 그는 '연애의 대상'인 정결한 연이를 선택하지 않은 것이 아니라 선택하지 못한 것이며, 그에게는 '성욕의 대상'인 타락한 문난주만이 허락된다. 「맥」에서 그가 문난주의 원조에도 불구하고 문난주를 거부하는 이중성은 이로부터 말미암는다. "작년부터 약 일년 가까이 내 주위에는 참말 아무 짝에도 쓸모가 없는 사람들이 욱적거리고 있었습니다. 가령 문난주 같은 여자가 그 중의 한 사람입니다. 이 사람은 약 일년 전에 우연히 알게 된 사

---

24) 김남천, 『낭비』, 『인문평론』, 1940. 8, 187쪽.

92

람인데 처음부터 나는 이 여자를 데카당스의 상징처럼 느껴 왔습니다. 그 사람들이 들으면 노할는지 모르고 또 그 자신 그렇지 않은 사람인지도 모르나 나는 그를 볼 때마다 퇴폐적이고 불건강한 자의 대표자처럼 자꾸 느껴지게” 된다고 그는 최무경에게 토로하고 있다.[25] 정복욕에 사로잡힌 윤갑수와 문난주의 지기인 최옥엽과 최옥엽의 남편 백인영 등 아무 짝에도 쓸모없는 퇴폐적이고 불건강한 집단의 대표자가 문난주인 것이다.

그가 이런 퇴폐적인 분위기와 싸우면서 연구한 그의 유일한 성과물(헨리 제임스의 논문)은 교내의 파벌과 학벌 다툼에 의해 폐기처분되고 만다. 그렇다면 다른 사람과 구별되는 위치를 점할 수 있게 해주었던 최소한의 지지대마저 상실하고 말았다는 얘기가 된다. 위생적인 데도 더 이상 머물 수 없다고 그가 고백하는 장면은 그가 처한 현실의 심리적 반영이다. 그 역시 쓸모가 없기는 마찬가지라는 절박함과 위기감이 그를 짓누른다. 그는 연이와 결혼한 교양과 성품이 좋은 실업가가 될 수 없다. 신질서로부터 배척된 구질서의 딱지가 그를 옭아맨다. 구질서의 퇴폐와 문란의 집단들과는 함께 하지만 결코 똑같지 않다는 그의 자위에도 불구하고 그가 그들에게서 벗어날 방책은 보이지 않는다. 이 이중적인 몸짓은 문난주와 같은 원시적인 것의 페티쉬가 그를 위해 존재하고 있기 때문이다. 그녀가 실제로 그런 것이 아니라 그가 그녀를 ‘퇴폐적이고 불건강한 자의 대표자’로 보고자 하기 때문에 그녀는 그렇게 규정된다. 문난주를 물신화함으로써 그는 신질서의 정체성을 대변하는 자들과의 관계에서는 열등한 위치에 놓이지만, 문난주와 같은 여성을 하부에 배치함으로써 그는 그의 의지가 아니라 주위의 외적 환경에 의해 타락해버린 연민에 가득찬 자기애를 향유할 수 있다. 그의 이런 연민에 찬 자기애는 소위 위생적인 데에 속해 있는 ‘건강한’ 최무경에게 다시 한번 심문된다.

25) 김남천, 「맥」, 『한국해방문학전집』, 삼성출판사, 1988, 334쪽.

이처럼 복합적으로 착종된 김남천의 소설은 복수의 시선으로 인해 미묘한 동요가 감지되는 것이 사실이다. 그러나 복수의 시선이 곧 의미의 다중성을 생성한다고 보기는 힘들다. 그의 소설은 정확히 젠더의 위계화된 이분법에 입각해 있다. 젠더의 위계화는 분절된 공간의 위계화이자 그 분절된 공간은 다시 시간의 가치론적 위계로 수렴된다. 신질서의 정체성을 대표하는 자는 위생적인 데에 그렇지 않은 자는 비위생적이고 불건강한 데에 거주한다는 공간적 도상은 또한 현재와 미래를 선취하는 자와 과거에 안주하는 자와의 예리한 구분선을 작동시킨다. 문난주와 같은 원시적인 것의 페티쉬는 여성적인 자질의 부정성과 합치되어 이분법적 대립을 가시화한다. 전향의 자기 합리화가 젠더화된 육체의 지형학에 기초해 있다고 말하는 이유는 이 때문이다. 젠더화된 육체의 지형학은 전향의 자기 합리화가 여성적인 것을 페티쉬하는 그래서 사회적 약자의 형상을 전유하여 데카당스의 심미성에 스스로를 위치시킴으로써 자기 연민과 자기 도취의 양극단을 오간다. 외부의 환경에 의해 타락의 길로 빠져든 사회적 약자의 형상과 신질서의 제국 주체와의 사이에서 ‘전향’의 곡예는 계속된다. 자기에게 퍼부어진 오욕을 타자에게로 투사하고 그 타자에게 어쩔 수 없이 끌려 들어간 것처럼 상상된 사회적 약자로서의 ‘전향’은 과거의 자신과 대화적 소통의 관계를 구축하지 못하며, 또한 신질서의 제국 주체가 되고자 열망한 ‘전향’은 과거의 자기를 격리하고 유폐시켜 과거의 자기를 성찰할 통로를 빼앗아버린다.[26]

---

26) 물론 섣부른 판단은 금물이다. 시대의 일정한 억압이 존재했던 것은 사실이기 때문이다. 그의 소설 「등불」은 ‘전향’과 관련된 그의 신변에 대해 여러 가지를 알려준다. 그러나 "고정한 수입이 생겨서 생활의 계획을 세울 수 있는 것이 살림하는 안사람들에겐 즐거움인 것 같습니다. 지난 오륙년 동안 빈약한 붓 한 자루로 가족의 입에 풀칠을 한다고 모진 애를 썼으나 거기까지 가족을 이끌고 오기에도 나의 노력은 결코 평범치 않았습니다. (중략) 이제 내가 문학을 떠나 직업에 나섯을 때 가족에게 오랫동안 요구해 오든 희생의 높은 목표는 그림자를 감추었습니다. 나는 문학한다는 것을 떼어버린 그저 그것뿐인 한 가정의 남편이오 아버지입니다. 나는 그러한 관계의 변화를 명확히 깨달았습니다."와 "성인(成人)의 원숙하고 침착한 아름다움은 이런 종류의 것이 아닐까하고 생각해볼 때가 있습니다. 장사하는 회사에 단니는 이상 그 회사에서 영위되는 장사에 대

신질서의 제국 주체와 사회적 약자의 곡예에서 한번도 과거를 제대로 애도하지 못한 주변부 식민지 지식인들의 이런 과도한 자기애는 해방 후 기원에 대한 끝없는 갈증을 낳는다. 코스모폴리탄이라는 채워지지 않은 욕망과 사회적 약자로 심미화된 자기애는 그들이 뭔가를 박탈당했다는 공통의 경험과 정조를 인민에게 투여함으로써 새로운 기원에 대한 공동체적 귀속감으로 표출된다. 이것은 남. 북한 공히 새로운 기원, 즉 민족과 세계의 정통성을 전쟁이라는 극한의 무력을 통해서라도 확보해야 한다는 고착된 욕망으로 변형되어 되돌아온다. 이것은 애도의 능력을 빼앗기고 잃어버린 '전향'이 가져온 필연적인 결과일 지도 모를 일이다.

4. 코스모폴리탄의 이념형이 남긴 몇 가지 문제들

박치우는 새로운 시대의 이념을 '운명'이라고 정의한다. "운명의 동일성이라는 것을 매개로 한다면 피나 흙의 경우에서 우리가 經驗하는 여러 가지의 장벽을 비교적 용이하게 뛰어넘을 수 있다".27) 피나 흙이 '숙명'이라면 '운명'은 '숙명'과 동일하지 않다. 다같이 命이지만 운명은 숙명에 비해 가능성의 계열에 속한다는 것이 그의 해석이다. '운명'은

해서 한사람 몫의 지식과 수완을 가저야 하는 것은 당연한 일입니다. 주판도 잘 놓아야 하고 장부조직도 알아야 하고 자기 부서이든 아니든 언제 어느 때에 맡겨도 대차대조표나 결산보고서쯤 어렵지 않게 꾸며 발힐 실무적 수완을 가져야 되리라고 봅니다."에서 그가 하나를 버리는 것이 곧 하나를 구제하는 것이라는 인식을 갖고 있음은 분명하다. 그리고 노동과 직업의 세계를 성인의 원숙하고 침착한 아름다움으로 숭배하는 것은 노동과 문학간의 일정한 위계화를 깔고 있을 뿐만 아니라 미적인 것이 문학의 무가치함과 별개로 노동과 상호 결부되어 노동과 기술에 대한 무한 예찬으로 전화되는 양상을 드러낸다. 직업과 노동의 세계가 찬미되면 될수록, 문학은 이에 비례하여 무가치한 것으로 추락하는 반면 미적인 것의 이념은 일상화되는 특정 시기의 면모가 보인다. 김남천, 「등불」, 『인문평론』, 1942. 3(김남천 편, 『한국근대단편소설대계』, 태학사, 1988).
27) 박치우, 「동아협동체론의 일성찰」, 『인문평론』, 1940. 7, 18-19쪽.

인간의 노력 여하에 따라 뜯어고칠 수도 있는 그러한 가능성이자 언제나 획득되는 어떤 것이며, 운명의 시간성은 미래에 해당될 것이라는 박치우의 견해는 '전향'에 작동하는 논리의 핵심을 압축하고 있다. '전향'은 미래성과 가능성으로 개방되는 행위의 문제이고, 그는 이 중간 단계로 '사명'을 상정한다. '사명'은 숙명과 같은 과거적인 필연성을 자기의 것으로 負荷한 위에서 운명과 같은 미래적인 가능성을 현재에까지 끌어당기려는 강렬한 자극을 의미하는 것으로, 그에 따르면 '사명'은 가장 '현실적'인 命인 자각이자 가장 윤리적인 命이다. '숙명'과 '운명'을 매개하는 '사명'은 '전향'이 서 있는 위치와 관련해서 중요한 시사점을 던져주고 있다. '운명'은 미래성이자 가능성이고, '숙명'은 과거성이자 보수성이다. 숙명은 운명에 포섭된 일부일 뿐이지만, 운명이 성취되기 위해서는 그 중간 지대가 필요하다. 이것이 '사명'이라고 본 것인데, 이 사명은 곧 운명과 숙명을 매개하는 생활 감각이다.

생활의 감각이 코스모폴리탄과 비대칭적으로 결합될 때, 코스모폴리탄은 생활의 감각이라고 하는 정서의 공동체로 전위되고 만다. 다시 말해 정서의 공동체가 코스모폴리탄이 되는 기이한 전도가 발생하는 것이다. 한 제국 안에서 사는 정서의 공동체, 아시아인이라고 하는 공통 감각이 코스모폴리탄을 실현시키는 최적의 조건으로 내세워진다. 동양 정신의 본래성에 대한 강조, 공통된 정서의 공동체에 대한 귀속감은 뒤집어 말하면 제국에 속하느냐 안 하느냐의 국적에 대한 판가름이다. 국적이 코스모폴리탄의 자격을 결국 결정한다. 일본 제국의 국적을 가지느냐 아니냐가 코스모폴리탄의 자격 여부를 가늠하는 자격증이 된다. 주변부 식민지 지식인들은 코스모폴리탄의 공인된 자격증을 획득하기 위해 제국의 국적에 기꺼이 편입한다. 편입에 따르는 첫 출발의 불평등을 어떻게든 무징화하는 것이 그들에게는 지상 최대의 과제로 떠오른다. 주변부라는 표시를 내지 않는 것, 명시적으로 드러난 것을 말끔히 없애는 것만이 무징화를 완성하는 방법이다. 여기에서 '전향'의 길은 갈라진다. 무징화를 완벽하게 실천하고자 했던 자와 무징화의 완벽한 실천은 현실에서 아직 불가능하다고 여긴 자가 분리되는 것이다. 만약 이것이 외부와 내면의 갈등이라면 당연히 무징화가 아직 불가능하다고 여겼던 자가 해방 이후에 구제될 여지가 농후하다. 그것이 특히 대다수 민중의 궁핍한 현실에 기반한 것이라면 더욱 그러하다. 그러나 상황은 사후에 행해진 이 구제의 서사만큼 그리 간단치 않다.

그렇다면 문제는 누가 더 무징화의 실천에 적극적이었느냐의 여부가 아닐 수도 있다. 무징화에 내재된 차이를 없애려는 시도와는 전혀 별개의 차원에서, '전향'의 논리 구조는 철저하게 심문되어야 한다. '비'전향 자와 대다수 식민지 민중의 입장에서 이들의 '전향'은 곧 친일이었다. 이들의 친일을 누구나 그럴 수밖에 없었다는 원죄의식으로 포장하는 것은 지식인의 책임 회피에 불과하다. 인정식이 해방 후 "주관으로는 조국과 민족을 마음껏 사랑한다고 하면서 그 실제의 행동에 있어서는 도리어 나라를 망치고 민족을 팔아먹는 결과를 빚어내는 일이 대단히 많다"고 말하며, 이를 과학적 이론의 부재 탓으로 돌리는 것은 지식인의 책임을 면제하는 자기 합리화로 기능할 소지가 상당히 높다. 과학적 이론이 부재했기 때문이 아니라 이론이 있었음에도 불구하고 '전향'을 통한 친일이 가능했다고 한다면, 그들이 제출한 이론의 문제점을 치열하게 파고드는 엄정한 이론적 실천이 필요한 것이다.

따라서 문제는 무징화의 적고 많음 자체가 아니라 코스모폴리탄이 국제성=대화성의 상호 응답에서 멀어진 채 정서와 감각의 본래성에 호소하는 제국의 국적에 대한 문제로 수평 이동하는 데에 있다. 제국의 국적은 세계성의 외피를 뒤집어쓴 제국주의이다. 이 제국주의의 패권화가 그럼에도 코스모폴리탄의 실현이라고 믿었던 것에는 당시의 억압적인 시대 상황 못지 않게 제국의 국적과 코스모폴리탄간의 시소 게임이 작용하고 있었기 때문이다. 주변부와 코스모폴리탄은 서로를 되비추는 거울로 언제든 공모할 수 있다. 주변부 지식인들이 코스모폴리탄이 되고자 하는 것에는 한번도 코스모폴리탄이 되지 못했다는 과도한 상실감이 역으로 코스모폴리탄으로 인지받고 싶다는, 이 과정에서 침략과 식민지화라고 하는 악을 통해서라도 '의도하지 않은 결과'로서 역사의 전개를 촉진해갈 것이라는 믿음과 곁눈질이 제국주의와 코스모폴리탄의 공모를 가능하게 만들었다.

'전향'은 이를 압축적으로 보여주는 한 계기라는 것이 본 논문의 주안점이다. 본 논문은 '전향'에 교차하는 모든 복합적인 논리와 시선을 담아내지는 못했다. 다만 '전향'을 현재와 유비적으로 검토하는 좀더 열린 시각을 갖고자 노력했다. 보편성과 특수성 사이에서, 코스모폴리탄의 세계사적 이상과 제국의 실제적인 권력 사이에서 '전향'은 곡예를 거듭했다. '전향'이 코스모폴리탄이즘의 허구성에 대한 자기 승인과 폭로로 귀착되고 말았다고 하더라도, 그것은 사후의 해석일 뿐 '전향'에 내재된 코스모폴리탄의 이상 자체는 '전향'을 추동하는 원동력이었다. 코스모폴리탄의 이상이 제출되는 한편, 실제로 남은 것은 생활과 현재였다. 생활과 현재는 '전향'을 통해 직면한 현실 그 자체였다. '전향'과 현실의 밀접한 상관성은 이론의 형태로 제출된 전향의 논리보다는 김남천의 소설에 등장하는 여러 인간 군상을 통해 더 직접적으로 드러난다. 전향을 정면으로 다루고 있지 않지만, 배면에 흐르는 '전향'과 생활간의 첨예한 긴장 관계가 김남천의 소설을 관통하고 있다. 김남천의 소설을 통해 드러난 '전향'의 문제가 많은 연구와 검토를 필요로 하는 것은 이 때문이다. 이 직업이 함께 수행될 때, '전향'에 대한 총체적인 논의가 가능할 것이다.

주제어 : 전향 사회주의자들, 코스모폴리탄, 김남천의 소설들, 자기의 서벌턴화, 도시의 신여성

◆ 참고문헌

1. 일차자료
김남천, 『사랑의 수족관』, 대동출판사, 1940, 70쪽.
———, 『낭비』, 『인문평론』, 1940. 2~1941. 2, 187쪽.
———, 「맥」, 『한국해방문학전집』, 삼성출판사, 1988, 334쪽.
박치우, 「동아협동체론의 일성찰」, 『인문평론』, 1940. 7, 18-19쪽.
인정식, 「我等의 政治的 路線」, 『삼천리』, 1938. 11, 51-52쪽.
현영섭, 「내선일체와 조선인의 개성문제」 『삼천리』, 1940. 3, 36-37쪽.

2. 이차자료
권명아, 「전시동원 체제의 젠더 정치」, 『일제 파시즘 지배 정책과 민중생활』, 혜안,
     2004, 298쪽.
김예림, "소진과 고갈의 미학", 「1930년대 후반 몰락/재생의 서사와 미의식 연구」, 연
     세대 박사학위논문, 2002, 1-157쪽.
김윤식, 『한국근대문예비평사연구』, 일지사, 1976, 1-640쪽.
김 철, 「'근대의 초극', 『낭비』 그리고 베네치아―김남천과 근대초극론」, 『민족문학
     사연구』 18호, 민족문학사학회, 2001, 379쪽.
이준식, 「파시즘기 국제 정세의 변화와 전쟁 인식」, 『일제하 지식인의 파시즘 체제
     인식과 대응』, 연세대 국학연구소 학술발표자료집, 2004, 37쪽.
이수일, 「日帝強占 解放期 인정식의 經濟思想 硏究」, 연세대 석사학위논문, 1992, 1-
     160쪽.
차승기, 「'근대의 위기'와 시간―공간 정치학」, 『한국근대문학연구』 8호, 한국근대문
     학회, 2003, 240-269쪽.
채호석, 「김남천문학연구」, 서울대 박사학위논문, 1999, 49쪽.
정종현, 「동양이라는 판타지―1930년 중·후반/일제 말 '동양 문화론' 연구」, 문학 포
     럼 사이 발표논문, 2004.
홍종욱, 「중일전쟁기(1937~1941) 사회주의자들의 전향과 그 논리」, 서울대 석사학위
     논문, 2000, 1-71쪽.
나가노 토시오, 「미키 키요시와 제국적 주체의 형성」, 『동아시아 지식인 회의 관련
     자료집』, 연구 공간 수유 너머, 2004. 5. 2~5. 4, 287쪽.
요네타니 마사후미, 「마르크스주의의 세계성과 콜로니얼리즘」; 「일본 맑스주의와 식
     민지주의」, 위의 자료집, 241-242쪽.
사카이 나오키, 「서구의 탈구와 인문과학의 지위」, 『흔적』 1호, 문화과학사, 2001,

153쪽.
오구마 에이지, 『日本人の의 경계』, 新曜社, 1998, 420-421쪽.
레이 초우, 정재서 역, 『원시적 열정』, 이산, 2004, 43쪽.
슬라보예 지젝, 이수련 역, 『이데올로기라는 숭고한 대상』, 인간사랑, 2002, 75-76쪽.
조지 모스, 서강여성문학회 역, 『내셔널리즘과 섹슈얼리티』, 소명출판, 2004, 226-262쪽.

♦ **국문초록**

　이 논문은 전향 사회주의자들의 전향에 대한 논리의 일단을 살펴보는데 주안점을 둔다. 전향에 관해서는 많은 연구가 행해지고 있다. 그러나 전향은 전향한 당사자만의 문제도 이미 지나간 과거의 문제만도 아니다. 오히려 전향과 관련해서 전향은 사회. 역사적 맥락에 따라 그 의미를 달리해온 것이 사실이다. 이처럼 전향이 사회. 역사적 맥락에 따라 그 의미가 달라져온 것이 사실이라면, 이 논문에서 사용하는 전향은 보편적인 의미가 아닌 그야말로 특정한 시각과 해석을 전제로 한 '전향'임을 먼저 밝힌다.

　흔히 '전향'에 함축된 (지배하는) 권력과 (저항하는) 개인이라는 이분법적 구도는 일—국가적인 해석의 산물일 경우가 많다. 1937년 중일전쟁부터 급속하게 진행된 세계 질서의 강제적인 재편 속에서 식민지 조선 역시 아시아와 세계를 시야에 넣는 제국 주체로의 탄생을 피할 수 없었다. 이 상황의 변동을 어느 누구보다 민감하게 알아차린 사람이 식민지 조선의 지식인들이었다. 이들은 '전향'이라는 주어진 현실에 복종하기만 한 것은 아니다. 변화된 지형 속에서 스스로의 지위를 확보하고자 주어진 현실을 최대한도로 활용한 능동적 행위자였으며, 이런 그들의 능동성은 자발적인 신민이기를 요구하는 제국의 정책과 긴밀하게 조응하고 있었다. 경제적인 이익 못지않게 '전향' 사회주의자들에게 '전향'은 코스모폴리탄이라는 이념형을 실현하는 일 계기로 다가온다. 이를 잘 보여주는 것이 '전향' 사회주의자들의 지속적인 담론 개입과 공격적인 의제 생산일 것이다.

　현영섭은 내선일체를 통해 코스모폴리탄을 꿈꾼다. 내선일체에 적극적으로 복무함으로써 세계사적 이상을 실현한다는 현영섭의 견해가 극단적인 경우라면, 인정식은 과거의 업적이 오류에 찬 것이며 걸어온 노선이 잘못됐다는 말과 함께 새로운 진리와 신념을 향해 나아가는 이상인(理想人)을 요청하고 있다. 이런 시대적 압력은 문학 내에서 유사하지만 다른 발화의 징후를 드러낸다. 김남천의 소설이 그 한 예가 된다.

　김남천은 건설 기술자와 실업가, 전향한 사회주의자와 문학가를 소설의 중심인

100

물로 삼아 서사를 주조해나간다. 김남천의 소설들은 코스모폴리탄으로서의 자격을
갖춘 자와 그렇지 않은 자를 예리하게 변별하고 있다. 구질서의 표상인 '전향' 사
회주의자는 신질서의 전형인 건설 기술자로 대체된다. 이 둘은 전혀 별개의 세계
에 존재하는 다른 존재들인 것이다. 한 쪽의 죽음을 댓가로 다른 한 쪽의 삶을 온
존하는 기형적인 모습을 김남천의 소설들은 보여준다.

　또한 구질서의 한 표상인 남성−문학가가 등장하는 김남천의 소설『낭비』는 구
질서의 모든 퇴폐와 타락을 도시의 신여성들에게로 되돌리고 있다. 이 타락한 자
들과 동일한 공간에 존재한다는 불만과 공격성은 도시의 신여성을 한편으로 받아
들이면서 한편으로 거부하는 주된 이유가 된다. 그가 구질서의 표상으로 사회에서
완전히 배제/탈락되지 않을 수 있었던 이유는 이처럼 여성적인 자질의 부정성을
전유함으로써 가능하다. 이처럼 김남천의 소설에서 '전향'은 과거와 현재와의 치열
한 대결이 아니라 신질서의 제국 주체로 혹은 사회적 약자의 형상을 빌어 스스로
를 변명하는 모습으로 나타난다. 김남천의 많은 소설이 '전향'을 직접적으로 다루
고 있지 않음에도 불구하고, 흥미로운 이유가 바로 여기에 있다.

♦ SUMMARY

Self−subalternization and
The Type of Idea on Cosmopolitan
−'The Conversion' and Kim Nam Cheon's Novels

Kong, Im-Soon

　This thesis focuses on research for clues of the logic of the Socialist
writer's conversion. Today many investigators are working in the theme
of conversion, and a number of results are produced. We have not to
limit the matter of conversion to the person concerned or regard the
matter as the past remains. Though the matter of conversion is always
concerning the context of history. Thereby this matter which is used in
this thesis is not the general notion, but the specified notion. Of course
that supposes specific viewpoint and the way of interpretation.

　In general, the matter of conversion have been implied the dichotomy between the power that dominate over the individual and the individual who stands against the power. Maybe this is the result of the interpretation through the idea of one-country. A colony Chosun(식민지 조선) had a fate to become empire-subject who has the sight range from the Asia to the world since the reorganization of world order; specially after the war between China and Japan, 1937. The intelligentsia in Chosun early and sensitively had became aware of the situation and change. They did not only obey the given conditions, but also actively make possible effort to use the given conditions. They were active actor and wanted to the a subject according to the policy of the empire. The conversed socialist writer had the chance to make money and more to actualize the idea of cosmopolitan through the very conversion. This appeared the activity that conversed socialist writer produced continual intervention in social discourse and assaultive topic for discussion.

Hyeon Yeong Seob(현영섭) was dreaming of becoming a cosmopolitan through the Identification of Chosun and Japan(Naeseon Ilchae). His dream, hoping the actualize idea of the history of world, is an extreme case, on the other case is founded In Jeong Shik. He criticized false remains and called for the notion of an ideal man who works away pursuing the new truth and belief. These enforcement of that time showed the similar at the same time and different symptom of speech. As it were Kim Nam Cheon(김남천)'s novels.

Kim Nam Cheon(김남천) composed the novels focussing on the main character like as an architect and engineer, an businessman, and a conversed writer. His novels show the sharp difference between ideal cosmopolitan and not. Also the conversed socialist writer who standed the old and past order replaced with the ideal architect and engineer who standed the new order. His works has the deformed feature to build one part with killing other part.

And in his novel 『Waste(낭비)』, the hero, standing the old order, is corrupted by another fact. Writer takes hero's blame upon other women who are modern female in the city. Hero's corruption resulted from co-existence with that women, so in the novel there are lots of critic and attack for them. But those modern women is a dispensable fact, because their existence could explains the hero's corruption and hero, representation as the writer's own or male at that times, has a place of refuge. His novels common showed the fact that conversion is not result of competition with the real conditions of that world, but result of the vindication with the figuration an imperial subject in the new ordered world or a loser. It is interesting that his works are direct dealing with the theme of conversion, but indirect dealing with above that way of expression.

Keyword ：Socialist's conversion, cosmopolitan, Kim Nam Cheon's novels, self－subalternization, modern female in the city

－이 논문은 2004년 12월 31일에 접수되어, 소정의 심사과정을 거쳐 2005년 1월 31일에 게재가 확정되었음.

김수영 지우기
─탈식민주의 논의와 관련하여

허 윤 회*

목 차

1. 문제제기

이 글에서 다루고자 하는 것은 김수영과 탈식민주의 문학론의 관계이다. 김수영은 참 행복하다. 다른 어떤 시인보다도 그에 대한 논의는 풍성하다. 또한 그 지칠 줄 모르는 관심의 지평이 탈식민주의 문학론에까지 이어져 있다. 탈식민주의적 관점에서 김수영이 우선 떠올려지는 것은 단순하게 말하자면 '식민'이라는 단어에 있는지 모른다. 전혀 '시적'이지 않은 '식민'이라는 단어를 김수영은 그의 시에서 구사하고 있다. 혹시 그 '식민'에 대한 기억이 '탈' 식민의 기획을 의도한 것은 아니었을

---

* 성균관대 강사.

104

까 라는 일종의 의심이 김수영을 탈식민주의와 조우하게 한다.

탈식민주의 문학론을 통하여 김수영의 새로운 면모가 보여진다면 다행스러운 일이라고 할 수 있을 것이다. 탈식민주의 문학론의 관점에서 김수영을 보기 시작한 것은 최근의 일이다. 그런데 탈식민주의적 관점에서 김수영을 보려고 할 때 나타나는 특징 중의 하나는 '미국'이라는 표상이다. '미국'이라는 표상은 2차 세계 대전이후 세계의 패권을 장악해 온 하나의 제국 혹은 문명이다. 미국을 바라보는 김수영의 시적 표현은 제국과의 관련 속에서 신식민지의 지배를 감수해야 하는 처지에서 다루어지게 된다. 이러한 현실적 고려는 제국의 식민지배라는 관점에서 이를 어떻게 수용 혹은 극복하고 있는가에 초점이 맞추어지게 된다.[1]

김수영의 시세계를 탈식민주의 문학론과 관련하여 논의하는 것은 분명히 새로운 시도이다. 하지만 이를 통하여 김수영의 시가 내장하고 있는 진경(進境)에 접근할 수 있는가 하는 문제는 아직 미지수이다. 그러기 위해서는 다음과 같은 의문점에 대한 해답이 있어야 할 것이다. 첫째 김수영의 어떠한 점이 탈식민주의 문학론과의 관련성을 가능케 하였는가 하는 점이다. 둘째는 탈식민주의의 관점에서 김수영의 새로운 면모는 무엇이어야 하는가 하는 점이다. 셋째는 지금까지의 김수영에 대한 풍성한 논의를 좀 더 나은 쪽으로 진진시켜야 한다는 점이다. 이런 측면에서 보았을 때 기존의 탈식민주의 문학론을 빌어 김수영을 해석하려는 시도는 아직 단순해 보인다. 그 단순함이 뜻하는 바는 김수영을 1960년대 대표적인 참여시인으로 보았을 때 특징적으로 포착되는 양상들이 거의 그대로 재연된다. 김수영은 새로운 세기에도 참여와 저항의 대명사이어야 하는가하는 점은 일말의 회의를 낳게 한다. 적어도 김수영과 탈

---

1) 탈식민주의적 관점에서 김수영을 보려는 시도는 김승희의 「김수영의 시와 탈식민주의적 반언술」(『현대시 텍스트 읽기』, 태학사, 2001); 이영욱의 「옮긴이의 말」(릴라 간디, 『포스트식민주의란 무엇인가』, 현실문화연구, 2000); 손종업의 「캘리포니아에 저항하기」(『탈식민의 텍스트, 저항과 해방의 담론』, 문학과비평연구회편, 이회, 2003); 이경수의 「'국가'를 통해 본 김수영과 신동엽의 시」(한국근대문학회 제11회 학술대회 발표집, 2004) 등의 글에서 시도된 바 있다.

식민주의 문학론을 연결시킬 때 염두에 두어야 할 것은 그에 대한 기존의 성과를 온축하고 그 이상의 성과를 얻을 수 있는 것이어야 한다. 따라서 탈식민주의 문학론을 통한 김수영에 대한 접근은 그 가능성의 하나만으로도 매력적임은 분명하다.

필자는 최근의 김수영에 관한 논의들 가운데에서 김상환이 벌인 일련의 논의와 탈식민주의 문학론에 입각한 접근이 가장 주목할 만한 성과이고 경향이라고 생각한다. 이 두 가지의 방향은 기존의 김수영 문학에 대한 반성과 새로운 자극으로서 그 의미가 있다. 기존의 김수영론에 대한 과감한 수정이라는 측면에서 김수영 연구의 새로운 좌표와 시사점을 얻을 수 있기 때문이다. 물론 김상환의 논의를 탈식민주의 문학론의 관점에 포함시킬 수 있느냐의 문제는 남아있다. 하지만 탈식민주의 문학론의 논의 공간을 생성하기 위해서는 김상환의 논의가 필요했던 것이 아닌가라고 질문해 볼 수 있다. 이 양자의 성과와 문제점 그리고 가능성에 대한 논의를 통해 김수영 문학의 면모를 새롭게 조망할 수 있을 듯하다. 그 어름에서 탈식민주의 문학론에 대한 올바른 접근 태도와 방법에 대한 실마리가 제공되었으면 하는 것이 필자의 바램이다.

2. 사랑과 죽음, 혹은 해체론적 접근

변화의 조짐은 1998년 무렵이라고 생각한다. 김수영의 사후 30주년을 즈음하여 그에 대한 재조명이 다양하게 이루어졌다.[2] 대체적인 논의들은 『김수영 전집』 별권에 실린 평론들의 연장선상에 놓여져 있는 것이었으며 새로운 혁신을 보여주었다고 말하기는 어렵다. 그만큼 『김수영 전집』 별권의 논의 수준은 김수영 문학에 대한 대표성을 갖고 있다.

---

2)그 결과 다음과 같은 책들이 출간되었다. 김상환,『풍자와 해탈 혹은 사랑과 죽음』, 민음사, 2000; 김승희 편,『김수영 다시읽기』, 프레스 21. 2000; 김명인,『김수영, 근대를 향한 모험』, 소명출판, 2002; 황정산 편,『김수영』, 새미, 2002.

이점은 참 안타까운 일이지만 사실이다. 1970년대를 지나면서 김수영을 둘러싼 논의는 그만큼 치열하였으며 이를 통하여 '김수영 문학'이라는 하나의 담론이 형성된 것이다. 이 책에 수록되지 않은 김지하의 「풍자냐 자살이냐」까지를 포함한다면, 그 담론의 완결성은 한국현대시문학사의 축소판이라고 해도 과언이 아닐 것이다.

1968년 김수영은 불의의 윤화를 당하였다. 1981년에 이르러서 그의 문학 세계를 한눈에 조감할 수 있는 『김수영 전집』이 출간되었다. 『김수영 전집』은 그의 시와 산문을 각 권으로 묶고 별권을 함께 출간하였다. 별권은 '김수영의 문학'이라는 제목아래 그의 문학세계를 다룬 평론들을 간추려서 편집한 것이다. 김수영에 대하여 탐구하고자 하는 사람은 세 권으로 이루어진 『김수영 전집』을 일차 텍스트로 하여 연구를 진행시키게 된다. 그만큼 『김수영 전집』의 위상은 확고한 것이라고 할 수 있다.[3]

변화의 시작은 '밖'에서 이루어졌다. 김상환의 「스으라의 점묘화 : 김수영 시에서 데카르트의 백색존재론으로」(『철학연구』 30호, 1992. 봄)와 「김수영과 책의 죽음 : 모더니즘의 책과 저자 2」(『세계의 문학』 70호, 1993. 겨울)에서는 데카르트와 블랑쇼 그리고 데리다의 연관성이 김수영을 통하여 빛나고 있다. 정치한 철학적 언술들 속에서 김수영은 아직도 문학적 영향의 중심에 서 있다. 그리고 김상환은 김수영에 대한 일련의 글들을 묶어서 『풍자와 해탈 혹은 사랑과 죽음』을 출간하기에 이른다.

사실 필자는 이 책이 나왔을 때 읽지 않으려 했다. 상당수의 글들은 게재지에서 직접 읽었거나 어떤 글은 복사를 해서 밑줄을 쳐가며 학구열을 불태우기도 했었으니까. 그 결과 김수영을 설명하기에는 말로 설명할 수 없는 거리가 있는 것처럼 느껴졌다. 왜냐하면 김상환의 논의는 근대 합리주의의 서막을 알린 데카르트의 철학적 본질이 그의 철학적 자의식을 통하여 잘 이해될 수 있다는 데에 강조점이 놓여져 있는 것처

---

3) 『김수영 전집』(민음사, 1983)은 김수영 문학 연구의 주된 텍스트로 사용되고 있지만, 김수영의 시와 산문 가운데 누락된 부분도 없지 않다. 이 부분이 보완되어 최근 『김수영 전집』(민음사, 2003)은 새로 조판되어 출간되었다.

럼 보여졌기 때문이다. 근대적 개인의 자의식은 근대성 혹은 모더니티의 본질적 자장을 형성하고 있는 것이다. 바로 이 지점에서 김수영의「공자의 생활난」에서 보이는 명석과 판명은 근대인으로서의 데카르트와 연결된다. 인간으로서의 데카르트를 성찰하였을 때에야 비로소 시인으로서의 김수영이 보일 것이다. 하지만 김상환의 글에서 김수영의 시는 이것을 설명하는 도구처럼 혹은 여백처럼 다루어지곤 했다. 이점이 가장 김상환의 논의를 보면서 불편했던 점이다.

이번 기회에 김상환의『풍자와 해탈 혹은 사랑과 죽음』을 정독했다. 정독하면서 정말 그랬구나하는 생각이 들었다. 그는 머리말에서 "나는 유럽에서 가장 보수적인 학풍의 대학에서 문헌 고증을 중시하는 지도교수 아래 데카르트를 공부하고 있었다. 이 연구는 철학적이라기보다 고증학적이 성격이 강했는데, 조금 과장하자면 남이 한번 읽고 지나가는 곳을 골백번도 더 읽어야 하는 독서훈련을 하고 있었다."⁴⁾이라는 구절이 있다. 그는 이런 공부에 질력이 나서 김수영에게로 외출하여 탈출구를 찾았다고 한다. 이런 사사로운 구절을 인용하는 이유는 김상환은 『김수영 전집』도 이렇게 읽었겠구나라고 짐작되었기 때문이다. 꼼꼼히 읽는 것은 그의 공부방식이다.

김상환의 글을 읽으면서 고개를 끄덕이게 하는 부분들이 있었다. 첫째는「가장 아름다운 우리말 열 개」라는 김수영의 글에 포함되어 있는 다음의 말이다. "모든 언어는 과오다. 나는 시 속의 모든 과오인 언어를 사랑한다. 언어는 최고의 상상이다."⁵⁾ 이 말은 김수영이「거대한 뿌리」를 쓸 무렵 자신의 생각을 정리하는 과정에서 한 말이다. 이상하게 들리겠지만 김상환 이전에 이 글을 주목한 이는 거의 없다. 그는 이 글을 빌미로 그의 첫 번째 '김수영론'을 시도한다. 이를테면 이후의 작업이 이루어지기 위한 하나의 전략적인 교두보의 자리에「가장 아름다운 우리

---

4) 김상환,「머리말」, 앞의 책, 5쪽.
5) 김수영,「시작 노우트」④,『김수영 전집』2, 민음사, 1981, 294쪽.

108

말 열 개」라는 김수영의 글이 위치하고 있다.

두 번째 부분은 김상환이 인용하고 있는 정현종의 말이다. 정현종은 "김수영의 작품을 통독했다. 시에 관해서 말한 그의 산문들도 읽어보았다. 읽고 나서 받은 가장 강한 느낌은 그의 작품이 갖고 있는 속도이다. 이 속도감이 어느 정도냐 하면 속도 자체가 작품의 주요 내용이며 또한 형식을 결정하고 있는 것 같은 느낌이 들 정도이다." 정현종의 이 말에 대하여 김상환은 "나는 이보다 더 정확하고 통찰력 있는 평을 찾지 못했다."라고 적고 있다.6)김수영의 「풀」에 대한 정현종의 평가에 대하여 김상환은 적극 동의를 표하고 있다. 수많은 김수영론 가운데에서 정현종에 대한 이런 적극적인 동의 또한 발견하기 힘든 부분이다. 이 두 부분은 김수영에 대한 접근에 있어서 사각지대에 놓여져 있는 대목이다. 이러한 심연을 건너 김상환이 나아가고 있는 부분은 김수영의 시세계의 본질적인 부분이다. 그는 다음과 같이 정리하고 있다.

> 김수영에게서 이 접경적 사건은 최종적으로 사랑과 죽음 사이의 사건으로 요약된다. 시가 무한대의 혼돈으로의 접근이라는 공식은 사랑과 죽음 사이의 긴장을 그 내용으로 담고 있다. 무한대의 혼돈은 시로 하여금 죽음의 기술이기를 요구한다. 그러나 시는 그 혼돈에 접근한다는 의미에서, 혼돈에 발을 들여놓고 그 혼돈을 견딘다는 의미에서 접근의 기술, 사랑의 기술이다. 수동성에 빠지고, 변형을 겪는 이해, 그것이 사랑의 기술로서의 시쓰기이다. 김수영은 이런 시적 이행을 '온몸에 의한 온몸의 이행'이라 했다.7)

김수영의 후기시와 시론을 간명하게 요약하고 있다. 풍자이면서 해탈인 동시에 사랑이면서 죽음을 가리키는 시적 기투의 행위는 '현실 지향적인 동시에 역사적 개방성의 기원으로 향한 초월론적 사유여야 한다."8)라고 김상환은 말한다. 그가 말하고 있는 백색의 존재론이란 바로 이 초

---

6) 김상환, 「장마풍경」, 앞의 책, 267쪽.
7) 김상환, 「詩와 時」, 위의 책, 81쪽.
8) 김상환, 「시적 사유와 존재 사유」, 위의 책, 56쪽.

월론적 사유와 깊은 관련이 있다. 지금까지 김상환은 김수영을 통하여 초월론적 사유의 시적 가능성을 타진하고 있었던 것이다. 그리고 이것은 '김수영 문학의 담론'이 결여하고 있었던 대목이기도 하다.

김수영의 글들을 꼼꼼이 읽으면서 그 가능성을 타진했던 점, 그 가능성의 타진이란 김수영의 이미지를 훼손하는 것처럼 비쳐지기도 했다는 점, 이른바 해체론적 사유의 연장선상에서 김수영을 재검토하는 과정을 그의 글에서 발견할 수 있다. 하지만 이러한 양상을 통해서 도달하게 되는 것은 김수영 시의 본연의 모습이다.

> 요즘 詩論으로는 졸쥐 바타이유의 「文學과 惡」과 모리스 브랑쇼의 「불꽃의 문학」을 일본번역책으로 읽었는데, 너무 마음에 들어서 읽고나자마자 즉시 팔아버렸다. 너무 좋은 책은 집에 두어두고 싶지 않다. 집의 書架에는 古本屋에서도 사지 않는 책만 꽂아두면 된다. 이왕 속물근성을 발휘하려면 二流의 책이나 꽂아두라. (중략) 노상 느끼고 있는 일이지만 배우도 그렇고, 불란서놈들은 멋있는 놈들이다. 영국 사람들은 거기에 비하면 촌뜨기다. 바타이유를 보고 새삼스럽게 그것을 느낀다. 그러나 당분간은 英美의 시론을 좀 더 연구해보기로 한다.[9]

김수영의 초월론적 사유에 관심을 갖고 살펴보기를 원하는 사람이라면 놓치기 어려운 대목이다. 또한 '김수영 문학'의 담론에서는 잘 거론되지 않았던 대목이기도 하다. 김수영과 조르주 바타이유를 관련시켰을 때 나타나는 논의의 혼란은 분명한 것이다. 참여시인으로서의 김수영과 바타이유의 실존주의는 얼음과 불처럼 이질적인 것이다. 아니 이질적이다라는 일종의 선이해가 개입되어 있었다. 바타이유는 사르트르의 시에 대한 생각을, 적어도 보들레르의 경우에, '실존의 특권을 포기'하는 것이라고 비판한다. 동시에 시는 "사유를 통과한 사물들과 그 사물들을 사유하는 의식의 일치를, 즉 불가능을 원한다."라고 바타이유는 말한다. 그가

---

9) 김수영, 「시작 노우트」 [4], 『김수영 전집』 2, 294쪽.

110

이렇게 말하는 이유는 이것이 바로 사르트르와는 달리 '사물들의 그림자로 축소되지 않는 유일한 방법'이기 때문이다.10) 이것은 바타이유의 문학적 참여관이라고 할 수 있는데 그는 이것을 시적 관여(la participation poétique)라고 명명한다.11) 잘 알려진 바와 같이 바타이유는 『에로티시즘』의 저자이다. 그는 에로티시즘을 정의하여 '죽음을 파고드는 삶'이라고 정의하였다. 인간의 신성을 유한성과 비참의 위반에서 찾으려했던, 그의 글을 읽은 사람이라면 '<죽음과 사랑>의 對極은 詩의 本髓'라고 말했던 김수영과의 상동성에 놀라게 된다.

> 죽음과 사랑을 對極에 놓고 詩의 새로움이라는 것을 생각해 볼 때 시라는 것이 얼마만큼 새로운 것이고 얼마큼 낡은 것인가의 본질적인 墨契를 알 수 있다. 이렇게 말하는 것을 보고 필자의 말은 너무나 정통파적이고 고루하다고 반박할 사람이 있을지 모르지만, 사실은 필자의 갈망은 훨씬 미래의 편에 서 있다. 그리고 그러한 실험적인 미래의 詩의 관점에서 들여다 볼 때, 우리 시단의 작품들이 주는 환멸을 미연에 방지하기 위해서 자기도 모르게 소위 정통파적인 방어적 위장을 쓰고 있을는지는 모르지만 이것이 막상 고의적인 것이라 치더라도 그다지 유해한 것이 아니라는 것을 필자는 알고 있다.12)

죽음과 사랑의 대극은 '대극의 일치'라는 관점을 상기시키는데 이러한 일치는 연금술을 떠올리게 된다. 초월론적 사유와 연금술 그리고 신비주의는 새로운 시적 비전의 제시로서 읽힐 수 있다. 김수영의 시에 대한 본질주의적 접근은 그만큼 넓은 스펙트럼을 갖고 있는 것처럼 보이

---

10) 조르주 바타이유, 『문학과 악』, 민음사, 49쪽.
11) 이에 대한 바타이유의 정의를 살펴보면 다음과 같다. "관여를 정의하는 데는 예측, 기대하는 미래가 소용이 없다. (중략) 시적인 관여에 있어서 대상의 의미 역시 과거에 의해 정해지는 것이 아니다. 유용성과 시에서 똑같이 벗어나 있는 기억의 대상만이 순수한 과거의 소산일 것이다. 시가 일으키는 작용에 있어서 기억의 대상이 갖는 의미는, 주체에 의한 현행적 침식에 의해서 결정되는 것이다."(위의 책, 47-48쪽)
12) 김수영, 「<죽음과 사랑>의 對極은 詩의 本隨」, 『김수영 전집』 2, 407쪽.

기도 한다. 바타이유는 그렇다 치고 브랑쇼는 『문학의 공간』에서 삶과 죽음의 문제와 형상화에 대한 깊은 성찰을 보여주고 있다. 또한 '저자의 죽음'을 통하여 문학의 근대성이 갖고 있는 한 특징을 전면화 시키고 있다. 이미 김상환이 '책의 죽음'을 말하기 이전에 김수영은 브랑쇼를 통하여 '미래의 책'에 대한 준비를 하고 있었던 것처럼 보인다.

　　그런데 김수영은 바타이유와 브랑쇼의 책을 보고나서 팔아버렸다. 그의 말에 의하면 '너무 마음에 들어서 읽고나자마자 즉시 팔아버렸다.'는 것이다. 이 대목은 게름직하다. 그 좋은 책을 왜 버렸을까? 좋은 책이라면 애장하고 생각이 날 때마다 꺼내 보아야 할 일이 아닌가? 하지만 그는 좋은 책은 집에 두지 않고 헌책방에서도 사지 않을 책만 꽂아두면 된다라는 너스레를 떨고 있다. 그리고 인용문의 말미에서 프랑스사람은 멋쟁이이지만 영국사람들은 '촌뜨기'이며 바타이유를 한 번 더 추어올린다. 그리고 이내 자기의 자리로 돌아온다. '영미의 시론을 좀 더 연구'해 보겠다는 것이다.

3. 신비평과 탈식민
―테이트와 에머슨을 중심으로

　　김수영의 시에서는 번역으로 생계를 유지하는 자신의 처지를 다룬 시들이 여러 편 있다. 김수영에게 있어서 번역은 그의 노동임과 동시에 설움을 잊을 수 있는 시공간이기도 하다. 그의 문학적 전신자로서의 위치는 지금까지 소략하게 다루어져 왔다.[13] 김수영은 영미의 주요 시론서을 번역한 바 있는데 R. W 에머슨의 『문화·정치·예술』, 알렌 테이트의 『현대문학의 영역』, 프란시스 브라운의 『20세기 문학평론』 등이

---

13) 조현일의 「김수영의 모더니티관에 관한 연구―트릴링과의 영향관계를 중심으로」(『작가연구』 5호, 1998년 상반기)와 박지영의 「김수영 시 연구―시론의 영향 관계를 중심으로」(성균관대 박사학위논문, 2001)는 최근의 성과이다.

그것이다.14) 백철의 편역한 『비평의 이해』(민중서관, 1968)에는 알렌 테이트의 「현대비평의 직능」이 김수영의 번역으로 수록되어 있다. 백철, 김용권, 이창배와 함께 김수영은 신비평의 수용에 있어서 중요한 역할을 한 셈이다. 신비평의 이론가 테이트의 문학이론은 '긴장의 시론'으로 요약할 수 있다.15) 그가 말하고 있는 긴장(tension)은 '시에서 발견되는 모든 외연과 내포를 완전히 조직한 총체'를 의미한다. 그에 의하면 비유적 의미는 글자그대로의 기술적인 외연을 무효화하지 않으면서 동시에 은유의 복잡성을 한 단계씩 진전시켜 나아갈 수 있다. 그런데 각 단계에서 이해된 비유적 의미는 일관성을 유지한다.16) 테이트의 이러한 시각은 '긴장' 속의 기이한 공존관계를 상정한 것이다. 이 점은 리차즈가 외연을 포기하고 내포만을 문학적이라고 생각한 것과 다르고, 랜섬의 이론과도 차이가 있는 것이다. 랜섬은 작품의 틀structure과 결texture이 긴밀한 관계에 있으나 융합할 수 없다고 보았다.17) 그럼 면에서 테이트의 시각은 좀더 강한 문학적 보수성을 드러낸 측면이 있다.

> 이 시의 精妙한 直喩는 사랑의 행위와 죽음의 순간과의 類似를 몇 개의 단계로 陳述하고 있다. 그런데 만약 讀者가 혹 中世英語에서 十六世紀를 통하여 「죽는다」(die)라는 動詞가 第二義的 의미로서 「사랑의 행위를 行한다」라는 의미를 가지고 있었다는 것을 알고 있으면 이러한 類似는 새로운 意味의 테두리를 향해서 擴大하리라고 생각한다. 이 類似는 숨은 재치가 포함돼

---

14) R. W. 에머슨, 김수영 역, 『문화·정치·예술』, 중앙문화사, 1956; 알렌 테이트, 김수영 역·이상옥 역, 『현대문학의 영역』, 중앙문화사, 1962; 프란시스 브라운 편, 김수영·유정·소두영 역, 『20세기 문학평론』, 중앙문화사, 1970. 각 권의 원저명은 다음과 같다. Eduard C. Lindeman ed., EMERSON, The Basic Writings of America's Sage, The New American Library Of World Literature, INC, 1947; Allen Tate, COLLECTED ESSAYS, 1948, Francis Brown, HIGHLIGHTS OF MODERN LITERATURE, The New York Times Company, 1949(1954). 그 밖의 다른 번역의 서지에 대해서는 『김수영 전집』 2(민음사, 2003) 631-636쪽 참조.

15) 이에 대해서는 박지영, 위의 논문과 강웅식, 「김수영 시론연구」, 상허학보 11집, 2003, 174-178쪽. 참조.

16) 알렌 테이트, 「시에 있어서의 텐슌」, 『현대문학의 영역』, 100쪽.

17) 이상섭, 『복합성의 시학』, 민음사, 1987, 104쪽.

있다. 하지만 우리는 十六世紀 後期의 인간이 「죽는다」라는 말의 第二義的 의미를 알고 있었다는 사실을 증명하기 위해서 이 재치를 찾아내고 있는 것이 아니다. 우리가 이 一片의 지식을 사용하는 것은 다만 이 詩의 처음 八行에서 무엇이 일어나고 있는가에 대한 인식을 확대하기 위해서다. 단이 이와 같은 재치를 만드는 방법을 알고 있었다는 사실은 누구에게나 흥미 없는 것이다. 이 재치가 詩의 의미에 어떤 작용을 하는가를 알면 대단히 흥미가 있다.[18]

테이트가 「현대시의 이해」에서 단의 시를 해석하고 있는 대목이다. 중세 영어에는 죽음이라는 말에는 사랑의 뜻이 내포되어 있음을 밝히고 있다. 인간은 보편적으로 사랑과 죽음의 대극과 일치에 대한 상념을 갖고 있었던 듯 하다. 인간성에 대한 자각을 하면 할수록 풀릴 것 같지 않은 수수께끼처럼 던져지는 물음을 던은 '재치conceit'로 표현하고 있다. 김수영이 바타이유의 책을 읽고서 팔아버렸다면 바타이유의 메시지는 김수영이 충분히 수긍할 대목이 있어서가 아니었을까? 바타이유의 메시지는 투박하지만 이미 테이트와 이른바 신비평의 비평가들을 통하여 접했던 것이다. 한 발 더 나아가서 테이트는 그러한 인간의 모습을 언어적으로 표현하는 방식에 몰두하고 있었다. 단의 시적 표현이 엘리어트와 랜섬, 브룩스 등에 의하여 재발견되었는데 그러한 표현을 현대에서 찾는다면 그것은 무엇인가 하는 점이 주된 관심사가 된다.

白痴의 마지막 장면을 최후로 管見하면 미쉬낀과 로고친이 나타나지 않는 感을 우리들에게 준다. 나스타샤 필리뽀브나의 시체는 하얀 발가락을 드러내고 좁은 침대에 한없이 누워 있는 사이에 간간이 파리가 날아와 시체 위에 앉는 것이다. 죽음 여자와 파리는 「腐敗」 科程의 焦點이다. 그러나 물론 우리는 현대의 實證論者처럼 우리의 인간성에 의해서 우리 자신들을 상상할 수 없는 限, 이 焦點을 상상할 수 없다. 왜냐하면 그 장면을 想像한다는 것은 이 장면에 있다는 것이고 또 쉬트를 덮은 침대 앞에 있다는 것은 우

---

18) 알렌 테이트, 「현대시의 이해」, 앞의 책, 160-161쪽.

114

리들 자신의 관심을 맹렬히 끈 것이 되기 때문이다. 우리는 이것도 저것도 아니지만 文法的인 分析의 對象이 됨으로 해서 저 科程의 實在性보다 어떤 다른 實在性에 도달할 수 있는 傍觀者에 불과하다는 假設은 위대한 현대의 異端이다. 즉 우리는 순전한 傍觀者는 될 수 없다. 또한 만일 우리가 잠시라도 傍觀者가 될 수 있다면 우리들 중에서 小數만이 마디 다른 모든 것을 잡아 먹어버린 연못의 외로운 잉어처럼 한 사람이 남을 점도로 남게 될지도 모른다.[19]

도스토예프스키의 『백치』의 한 장면을 설명하고 있다. 나스타샤 필리뽀브나의 주검위로 파리가 한 마리 날아와 앉는다. 테이트는 '文法的인 分析의 對象이 됨으로 해서 저 科程의 實在性보다 어떤 다른 實在性에 도달할 수 있는 傍觀者'에 대하여 말하고 있다. 단순한 한 마리의 파리가 지시하는 것은 부패한 시신 위에 파리가 앉는다는 것뿐만이 아니라 나스타샤 필리뽀브나의 전 생애를 관통하는 '실재적인 의미'를 지시한다고 보아야 한다. 이를 테이트는 '시적인 것'으로 보고 있다. 플로베르의 산문 문장이 갖고 있는 의미도 '시적인 것'으로 보았는데 그것은 지시적인 의미의 언어적 표현이 가질 수 없는 보다 실재적인 것, 사실적인 것, 인간적인 것의 표현을 그가 주목하고 있기 때문이다.[20]

이런 의미에서 '시적인 것'은 '극적'인 것이다. 여기에서 말하는 '극'이란 인간 경험의 총체와 그 단면을 드러낸다는 의미로 사용된다. 테이트는 완전한 지식으로서의 시를 논한 바 있다. 그것은 경험의 세계에서의 인간의 지식, 인간적 목적과 가치의 차원에서 얻은 지식을 의미한다.[21] 다시 말하면 인간적 목적과 가치의 면에서 본 경험은 극적이라는 것이 또한 중요하다. 그것이 극적인 이유는 그것이 구체적이요 과정을 내포하며 갈등을 통하여 의미에 도달하고자 하는 인간적 노력을 구현하는 까닭이다. 한 발 더 나아가서 인간성의 본질을 단적으로 표현한다고

---

19) 알렌 테이트, 「비상하는 파리」, 앞의 책, 211쪽.
20) 알렌 테이트, 「소설의 기교」, 위의 책, 191쪽.
21) 이상섭, 앞의 책, 182쪽.

하였을 때 시적인 것의 표현은 극적인 인간성의 표현에 도달할 수 있다. 장르적인 대비의 관점에서 시와 극의 구별이 아닌 문학의 지향이라는 측면에서 시적인 것의 표현은 극적인 것을 추구해야 하는 것이다. 사랑과 죽음은 차이와 동일성은 인간의 가장 궁극적인 한계를 표현한다는 측면에서 시의 구경을 이룬다.

테이트에게 있어서 이러한 관점은 초월적인 주제, 이를테면 종교적인 차원으로 이월할 수 있는 문제이다. 하지만 여타의 신비평가들처럼 테이트는 이를 시의 문제로서 고찰하기를 원하였다. 이점은 다른 신비평 이론가들 가운데에서 그의 갖고 있는 독특한 측면이다. 시적 표현에 대하여 상징주의적인 해석이 가능할 수 있겠지만 이것을 가능케 하는 것은 시의 물질적인 표현을 통해서이다. 이러한 시적인 표현 문제가 주가 되어야 한다는 것이 테이트의 생각인 것이다. 표현과 표현의 상호충돌과 긴장을 통한 새로운 의미의 산출이라는 것은 그 기저에 시적인 표현을 간과하고서는 볼 수 없는 과정이다. 시인으로서 김수영은 이러한 언어의 서술뿐만이 아니라 언어의 작용에 대해서도 남다른 관심을 기울였다. 바로 이점이 김수영의 논의에서 알랜 테이트와의 관련성을 중시하는 가장 큰 이유이다.

우리에게 신비평은 유효한 문학 교육적 도구로서 사용되어 왔고, 상당한 수준의 문학적 교양을 쌓는데도 도움이 되어왔다는 사실을 부인을 할 수는 없다. 백철과 김용권 등에 의하여 본격적으로 수용된 신비평은 문학 연구와 비평에 있어 하나의 패러다임으로 상당기간 영향력을 행사해 왔다. 그럼에도 불구하고 신비평의 부정적인 평가가 전혀 없었던 것은 아니다. 다음의 지적은 지금까지 영향력을 행사하던 신비평이 우리에게 무슨 의미가 있는가라는 심각한 물음을 유도하기에 충분하다.

그들은 흙에 밀착한 전통적 남부지역 사회가 개인의 행복과 사회질서안정에 보다 바람직하다고 보는데 이것은 엘리어트의 기독교 사회의 이념이 흙에 밀착한 자족적 그루우프에 의해 달성된다는 견해와 그 내용을 같이하는 것이다. 이들이 흑인 차별을 분명히 긍정한다는 것, 혼자서 20세기에 남북전쟁을 하고 있다는 것 등등은 그들의 이상사회의 모델이 귀족적 봉건귀족과 결코 무관하지 않음을 단적으로 말해 주는 것이 된다.[22]

이러한 평가에 대하여 김수영은 어떠한 생각을 했을까? 김수영이 번역한 테이트이 『현대문학의 영역』에는 이러한 남부인의 질서의식을 보여주는 테이트의 글이 실려 있는데 「남부에서의 문필업」이 대표적인 글이다. 테이트는 「남부에서의 문필업」에서 노예제도에 대한 그의 생각을 표현하고 있다. 테이트는 이를 통하여 '독립된 정신'의 완성에 자신의 목표로 설정하고 있다. 만약에 김수영이 테이트에게 호감을 갖는다면 테이트의 이러한 '독립된 정신'의 고취에 동감했을 가능성이 크다. 테이트가 자주 사용하는 '반동'이라는 용어는 김수영에게서 '나는 이러한 무수한 반동이 좋다'라는 말로 변주 된다. 「거대한 뿌리」를 설명하면서 사용한 언어의 무수한 반동의 정신적 근거를 테이트의 글에서 발견할 수 있다는 것은 우연이 아니다. 주인과 노예의 관계에서 자신의 노예됨을 긍정하는 것은 일종의 반동이지만 이러한 노예 됨의 인정을 통하여 노예는 자신의 주인 됨을 이룰 수 있다는 역설을 김수영은 과감히 수용한다. 이러한 존재의 역설을 언어적으로 표현하고자 하는 것이 바로 「거대한 뿌리」가 지향한 시세계인 것이다.

그리하여 김수영론의 다양한 논의 가운데 넘기 어려운 하나의 벽에 대한 생각의 다름과 그 여지를 생각할 수 있다. 테이트는 헤겔과 달리 추상적인 인간상을 구체화시키려고 끊임없이 노력하였다. 구체적인 인간의 표현은 문학이 도달해야할 궁극적인 목표이다. 이때 문학적 표현이란 보편적인 인간성의 구현에 봉사하는 하나의 도구인 것이다. 이러한 보편적이고 본질적인 인간의 이해가 전체주의에 함몰될 수 있는 우려는 항상 있는 것이다. 하지만 이러한 논리적인 경계에서 반동의 모습을 마다하지 않는 것이 또한 김수영의 모습이기도 하다. 다시 말하면 김

---

22) 김윤식, 「한국문학 연구방법론」, 『근대한국문학연구』, 일지사, 1973, 478쪽.

수영은 설사 자신의 모습이 구태의연하게 보인다 하더라도 설사 그것이 반동적이라고 하더라도 현재의 관점에서 '정신의 독립'에 대한 강렬한 요구를 부정할 수는 없었던 것이다.

한편 김수영은 에머슨의 『문화·정치·예술』을 번역하였다. 남부인으로서 테이트가 노예 해방의 문제를 괄호에 넣고서 '정신의 독립'을 강조하였다면 에머슨은 이에 대하여 어떠한 생각을 갖고 있었는지를 알아보도록 한다.

나는 南部人들이 반드시 그들의 거만한 태도를 버리고 조용한 모습으로 음전하게 돌아 올 것이라고 믿는다. 그리고나서 부터는 좋은 感情의 時間이 계속될 것이다. 그것은 모진 暴風雨가 지난 후에 조용한 바람이 불듯이 溫和한 時間일 것이다. 그리고 南部에서도 진중한 人士가 나와서, 政府가 보다 더 適切하고 公平한 行政을 施行하도록, 반드시 熱烈한 努力을 애끼지 않을 것이고 北部人들은 어느 時期까지는 座席數에 있어서나 發言權에 있어서 過分한 分配를 받게 될 것이다. 그러나 이러한 狀態가 오래 繼續되지는 않을 것이다. ―그것은 지각 있는 南部人들에게 眞摯하고 善良한 意思가 缺乏되어 있기 때문이 아니라 奴隷制度가 다시 그들을 通하여 그의 激烈한 必要性을 發言하게 되기 때문이다. 이것은 不正한 方法으로 밖에는 살아나갈 수 없으며 世界의 어느 먼 곳에까지 가서라도 不當性과 暴惡性을 免치는 못할 것이다.

에머슨은 남부의 노예제도는 야만적인 제도이며 노예해방을 문명의 요구로 보고 있다. 지금은 북부와 남부가 노예제도를 둘러싸고 싸우고 있지만 적당한 시간이 지나면 북부와 남부는 공동의 이해를 위해서 서로 협력해야 할 협력자가 되어야 함을 강조하고 있다. 한편 에머슨은 노예제도가 폐지되지 않는다면 남부인의 진지하고 선량한 의사도 왜곡될 수밖에 없음을 강조하고 있다. 그것은 '부당성과 폭악성'이 횡행하는 시대를 의미한다. 뿐만 아니라 에머슨은 과거 미국을 식민지배한 영국에 대해서는 더욱 강렬한 어조로 비판하고 있다. 영국의 근본이 야만에 기초하여 오늘날의 번영을 이룩하였는데 자신의 성과를 강조하면서 식민지배를 일삼는 것은 올바른 처사가 아니라는 것이다. 이러한 역사적 배경 하에서 에머슨의 사상은 자연과 정신을 강조하고 있다.

> 未曾有의 物質的인 繁榮은 우리들을 「스토이크」學徒나, 基督教徒로 만드는 데에 조금도 도움이 되지 않았다. 그러나 宇宙를 組織한 法則은 모든 面에서 그 姿態를 再現하고 있으며, 또한 宇宙를 痛治하여 갈 것이다. 온갖 政治的인 戰爭의 目的은 모든 立法의 基礎로서 道德律을 確立하는 데 있다. 最終의 目標는 自由로운 制度도 아니고, 共和國도 아니고, 民主主義도 아니다. 최종의 目標란 있을 수 없다. 있는 것은 다만 그 方法뿐이다.[23]

이 대목에서 에머슨의 말은 '자연의 힘은 제 때가 오면 모든 장애물을 벗어버리고 그 본연의 면목을 발휘한다.'[24]는 그노시엔느로서의 그의 면모를 보여주기도 한다. 자유로운 제도, 공화국, 민주주의 등의 양식은 선한 선택일 수는 있어도 그것이 최고의 목표도 마지막의 목표를 그는 부정한다. 민족이나 국가라는 것은 인간이 만든 제도이며 인간의 합의에 따라서 앞으로 얼마든지 변화될 수 있는 것이다. 에머슨은 그 최고의 심급을 '자연'에 두고 있다. 김수영에게 있어서 언어가 최고의 상상이듯이, 에머슨은 그 자연의 시선아래에서 인간의 삶이란 환영임을 강조한다. 어떤 의미에서 에머슨과 테이트의 현실관은 상반되지만 '정신의 독립' 혹은 '독립적인 정신'이라는 측면에서는 상통하는 측면이 있는데 이 점을 밀고 나아갔던 것이 김수영의 문학적 항로의 특징이라고 말할 수 있다.

> 低俗한 樣式뿐이 아니라, 가장 低俗한 部類에 屬하는 單語는 辭論보다도 價値가 있다. 例를 들자면 拙丈夫, 엉터리 名人, 런던 사투리, 새침떼기, 할멈, 미련둥이, 개새기, 허영꾼 等— 그야말로 『「칵텔」下院』이다. 또한 어느 尊敬할 만한 牧師(「오스굳 博士」)가 靑年宣敎師의 說敎를 『파이 菓子』라고

---

23) 에머슨, 「미국의 문명」,『문화·정치·예술』, 14쪽.
24) 에머슨, 위의 글, 같은 쪽.

부르고 있었던 것을 나는 記憶한다. 「벨사이유」에서 佛蘭西 過激革命主義者
들은 「우리의 땅딸보 어머니 「미라보」에게 이야기를 해 달라고 하자!」하고
高喊을 쳤지만, 當時 그는 거리에서 지껄이는 揶揄나 戲弄이나 허튼소리가
얼마나 힘찬 것인가를 알지 못하고 있었다. 民衆들이 자기들의 멋대로 쓰고
있는 짧은 「색손」語의 單語는 羅典語 보다도 훨씬 낫다. 거리의 言語는 恒
常 强烈한 것이다. 少年들이 使用하고 있는 二重否定(구도도 없고 돈도 없고
없는 것도 없다)같은 것은 確實히 우리들의 文法上의 規則에는 違反되는 것
이지만, 나는 그 힘을 부러워한다. 따라서 줄줄 지꺼려대는 盟誓에서는 나는
나의 귀 속에 약간의 간지러움을 느낄 따름이라고 고백해 둔다.[25]

위의 인용문을 보면 김수영의 「거대한 뿌리」의 일절이 저절로 떠오
른다. 그는 "비숍 女士와 연애를 하고 있는 동안에는 進步主義者와/ 社
會主義者는 네메미 씹이다. 統一도 中立도 개좆이다/ (중략) 그러나/ 요
강, 망건, 장죽, 種苗商, 장전, 구리개, 약방, 신전,/ 피혁점, 곰보, 애꾸, 애
못 낳는 여자, 無識쟁이,/ 이 모든 無數한 反動이 좋다."라고 표현한 바
있다. 김수영은 에머슨을 번역하면서 그것이 의미하는 바에 대한 숙고
를 마다하지 않았을 것으로 생각된다.

김수영은 "복사씨가 사랑으로 만들어진 것이 아닌가/ 한번은 이렇게/
사랑에 미쳐 날뛸 날이 올 거다!"라는 예언적 서술을 「사랑의 변주곡」에
서 한 바 있다. 에머슨은 "세상의 먼지로 만들어진 人間은 쉽사리 自己
의 起源을 잊어버리지를 못한다. 따라서 오늘날까지는 아직 生命이 賦
與되지 않은 것도, 어느 날이든 이야기할 수 있고, 思考할 수 있는 날이
올 것이다. 숨어있는 自然도 앞으로 그의 全秘密을 이야기할 날이 올 것
이다.[26]라고 말한다. 적어도 이것은 에머슨의 생각에 대한 김수영의 적
극적 동의의 표현이다. 김수영은 에머슨의 말을 다음과 같이 번역하고
있다. '문화는 아무리 이것을 빨리 시작하여도, 너무 빠르다는 법이 없다
는 일이다." 또한 "오늘날 생장하고 있는 소년은 최상의 학자가 되기 위

---

25) 에머슨, 「예술과 비평」, 앞의 책, 180쪽.
26) 에머슨, 「위인의 효용」, 위의 책, 202쪽.

해서는, 단지 수년간만 뒤떨어져 있는 것이 아니라, 2. 3세대는 뒤늦어 있다고 인정한다." 이러한 표현은 김수영의 산문에서도 확인되는 바이다.[27] 테이트의 번역과는 달리 에머슨의 번역에서 김수영의 어법이 자주 나타나는 것은 김수영이 에머슨의 번역에 남다른 애착을 보인 결과이다. 에머슨의 번역에서, 뿌리를 박는다. 닻, 병풍, 점지한다 등 김수영의 시에서 산견되는 단어들이 동일하게 보이고 있는 점은 김수영과 에머슨의 세계가 친연성이 있음을 반증한다. 또한『문학・정치・예술』의 역자서문에서 "시대의 앞을 바라보고자 한 사람들은 '에머슨'을 알려고 하였다."라는 구절이 있는데 김수영은 에머슨을 통하여 미래에 자기를 투사하고 있었다. 김수영의 시세계에 대한 해석에 있어서 애매한 점이 남았다면 그것은 김수영의 전미래시제에 대한 해석의 범위를 어디까지로 한정할 것인가에 있다고 할 것이다.

4. 환유와 진공의 언어

다시 김수영의 문학세계로 돌아오고자 한다. 김수영의 시세계에서 특징적인 것 중에서 지금까지 잘 조명이 안 되었던 부분은 성의 문제이다. 그의 시에서는 개인의 성과 생활을 다룬 시편들이 다수 존재한다. 김수영의 시에서 성이 중요한 주제로 다루어지고 있는 것은 인간의 유한성에 대한 사실적인 제시에서 기인한다. 하지만 인간의 영원에 대한 자각을 어떤 하나의 개념으로 고정시키지 않으면서 그 과정을 묘사하고자 하였던 것 또한 간과할 수 없는 사실이다. 이때 김수영의 시적 수사

---

27) "시인의 스승은 현실이다. 나는 우리의 현실이 시대에 뒤떨어진 것을 부끄럽게 생각하지만, 그보다도 더 안타깝고 부끄러운 것은, 이 뒤떨어진 현실을 직시하지 못하는 시인의 태도이다. (중략) 이상한 역설같지만 오늘날의 우리의 현대적인 시인의 긍지는 <앞섰다>는 것이 아니라 <뒤떨어졌다>는 것을 확고하고 여유있게 의식하는 데 있다. 그가 <앞섰다>면 이 <뒤떨어졌다>는 것을 확고하고 여유있게 의식하는 점에서 <앞섰다>.(「모더니티의 문제」,『김수영전집』2, 350쪽)

에 대한 고찰이 필요해지며 그것을 환유적인 방법이라고 일컬을 수 있다. 다만 이 환유적인 방법이 단순한 언어의 유희적 차원에 떨어지지 않은 것은 김수영이 지향한 문학적 완성에 대한 기투에서 찾아야 할 것이다.[28]

존재의 쾌락과 운명의 자각은 묘한 상동성을 보여주고 있다. 프로이트는 이를 에로스와 타나토스로 명명한 바 있다. 라이오넬 트릴링은 「쾌락과 운명」에서 이를 통해 문학의 존재를 해명하고자 하였으며, 김수영은 이를 번역한다.[29] 이 과정에서 탄생한 것이 「병풍」이고 「폭포」이다. 김수영은 단어와 단어가 서로 충돌하면서 일으키는 효과에 대하여 많은 생각을 하였다. 이를 통하여 작품은 시인을 떠나 하나의 독립된 개체로 변화된다. 그것이 시인의 독립된 정신과 자기 균형에서 비롯된 것이라면 더욱 더 좋은 작품의 예가 될 것이다. 그런데 「병풍」이란 작품에는 '얼굴'이라는 시어가 나온다. 이 시어는 병풍을 사물뿐만이 아니라 인물로 의인화해서 해석할 수 있는 여지를 남겨두고 있다.[30]

실제 눈앞에 있는 사물로서의 병풍과 '병풍 같은' 어떤 인물이 중첩되어 표현되어 있는 것이다. 그 인물은 현재 앞에 누워있는 주검일 수도

---

28) 김수영의 환유에 대한 이해는 이론적으로도 분명했던 것으로 보인다. 그가 번역한 에머슨의 책에는 다음과 같은 부분이 있다. "저속한 문체와 압축의 법칙 다음에 서적이 하는 소위 환유는 수사학의 주요한 힘이 되고 있다. <u>환유의 의미는 갑의 단어 혹은 영상을 사용하여 을의 단어나 영상을 의미하는 것을 말한다.</u> 이것은 조속한 이상주의이다. 이상주의는 세례를 상징적으로 것으로 간과한다. 그리고 이와 같은 모든 상징과 형태는 무상하고 변전적인 표현을 갖게 되는 것이다. 시인의 힘은 이와 같은 상징을 지배하는데 있다. 즉 대자연 속에 있는 아무리 위대하고 간고한 사실일지라도, 이것들을 모두 유창한 상징으로서 사용하는데 있다. <u>그리고 자기의 기분에 따라서 제 사물에 그 빛깔을 부여할 수 있는 재능으로서 자기균형을 취하는데 있는 것이다 세계와 역사와 자연의 권력 등—이러한 모든 것을 빌려서 그는 자기가 하고 싶은 말을 할 수 있는 것이다.</u> 모든 문학이 그러하듯이, 모든 회화는 수사학의 쾌락 즉, 환유의 쾌락이라고 말할 수 있다고 생각한다.(에머슨, 「예술과 비평」, 앞의 책, 189쪽)
29) 라이오넬 트릴링, 김수영 역, 「쾌락의 운명—워즈워드에서 도스또에프스키까지」, 『현대문학』, 1965. 10~11.
30) 최두석, 「김수영의 시세계」, 『김수영 다시 읽기』, 프레스 21, 2000, 41쪽.

있으며, 전에 시인 자신을 숨 막히게 하던 그 인물일 수도 있다. 눈앞의 인장은 삶을 마감하는 종지부를 의미하지만 현실에서 자기를 살릴 수도 있고 죽일 수도 있는 경계의 상징이다. 그 병풍의 중의적 의미 앞에서 떨어뜨리는 눈물은 실로 사실적이다. '육칠옹해사'(六七翁海士)는 '육시(戮屍)할 자' 혹은 '육실헐 놈'의 파자(破字)일지도 모른다. 적어도 그렇게 파자하였을 때 김수영의 시는 상징을 뛰어넘어 상징을 갖고 유희를 하게 된다. 수사학의 쾌락 혹은 환유의 쾌락은 삶을 유예시키는 하나의 장치인 셈이다.

> 눈이 온 뒤에도 또 내린다.
> 생각하고 난 뒤에도 또 내린다.
> 응아 하고 운 뒤에도 또 내릴까
> 한꺼번에 생각하고 또 내린다.
> 한 줄 건너 두 줄 건너 또 내릴까
> 폐허에 폐허에 눈이 내릴까
>
> — 「눈」 전문

눈은 내리는 눈[雪]과 보는 눈[眼]의 의미를 갖고 있다. 「눈」에서 전면에 나타나는 의미는 '눈'은 분명 눈[雪]이지만 눈[眼]의 의미로서 읽힌다. 시작적인 대상으로서의 눈의 내림과 시인 자신의 감각적인 눈의 내림은 동일시되면서 시안에서 의미의 충돌 내지는 긴장을 연출한다. 시를 진술하는 '나'와 시인 자신의 '나'가 연출하는 이러한 장면은 자기참조적인 시의 대표적인 예라고 할 수 있을 것이다.

이밖에도 「미역국」, 「레이판탄」 등의 시에서 이러한 양상은 김수영 시의 한 특징으로 볼 수 있다. 이러한 동음이의어의 시적 표현은 동일성을 추구한 비유법으로서의 은유라기보다는 환유적으로 사용된다. 시인의 표현은 구체적인 지시 표현을 상호 의미 연관시키거나 충돌시킴으로 인하여 그 연관성의 '빛남'에 주목하고 있기 때문이다. 이때 환유적으로 해석되는 시적 표현들은 시인의 생각과 메시지를 전달하는 하나의 도구로서 작용하기도 한다. 이러한 도구적 시각에서의 시적 표현은 지금까지 다양한 해석의 켜들을 만들어왔던 것이 사실이지만, 그 연관의 본질적인 측면에서 보자면 의미의 충돌과 긴장을 야기시킬 수 있는 동음이의어의 환유적 사용에서 그 가치를 찾아야 할 것이다.[31] 필자가 보기에는 김수영 시의 의미론적 파악을 위해서는 동음이의어의 사용에 주목하여야 한다고 생각한다.

김수영과 이어령이 벌인 '불온시논쟁'이라는 것이 있다. 참여-순수 논쟁의 한 장면으로 다루어지기도 한다. 그런데 이 불온시 논쟁은 들여다보면 볼수록 애매하기 짝이 없다. 김수영과 이어령의 강조점이 확연히 분간되지 않기 때문이다. 여기에는 참여문학론을 대표하고 있다는 김수영에 대한 막연한 선입견이 개입되어 있는 것도 어느 정도는 사실이다. 김수영이 말한 불온시는 폭이 넓은 것이다.[32] 불온시란 실험적인 시와 정치 제도를 비판하는 시를 포함하여 문학 본연을 노래한 새로운 시와 그 가능성까지를 포괄하는 시에 대한 별칭인 것이다. 시대와 화해할 수 없기 때문에 늘 시대와 불화하게 되는 불완전의 모습 일체를 가리켜 김수영은 '불온시'라고 부르고 있다.

그런데 이 불온시는 가능성으로 존재하기 때문에 그 실체를 보여줄 수 없다. 그 가능성에 대한 기투가 가능하다고 해서 그 실체를 얻고 있지는 못하다. 이러한 이상주의에 대한 경사가 그의 「반시론」을 낳게 된다. 분명한 것은 그의 후기시론은 「반시론」과 「시여 침을 뱉어라」에서 하이데거의 영향을 많이 받고 있는 것은 사실이지만, 시와 산문의 관계

---

31) 졸고, 「시와 운명—김수영의 시를 중심으로」, 『반교어문연구』 10집, 반교어문학회, 1999, 387쪽.

32) 이에 대하여 오문석은 불온시의 개념을 다음과 같이 정리하고 있다. "불온성이라는 개념은 문학적 기준과 정치적 기준 사이의 선택의 문제를 넘어서 '기준' 자체를 의문에 부치는 것"이며 "양자의 모순을 충분히 인정하면서도 그것이 화해를 지향했을 때의 상태를 담고 있는, 말하자면 '새로움'을"내포하고 있다. 그는 이를 '극단의 대립을 통한 적대적 화해'라고 설명하고 있다(오문석, 「김수영 시론 연구」, 연세대 박사학위논문, 2002, 114-115쪽).

는 역전되어 있다는 것이다. 하이데거가 말한 대로 시는 은폐되어 있기 때문에 보여줄 수 없는 것이다. 그것이 시의 존재적 의미로서 다루어질 수 있다. 하지만 시인은 그러한 시의 존재를 언어로서 표현해야 한다. 김수영은 이 지점에서 멈칫한다. 시는 은폐되어 있어서, 보여줄 수 없다. 이 시의 은폐성을 제거하기 위해서는 반은 시가 되고 반은 산문이 되어야 한다. 반은 노래가 되어야 하고, 감추어져야 한다. 이러한 경계에서 이를 밀고 나가는 것은 시인의 힘이다. 김수영이 보여줄 수 있는 것은 시인 자신뿐이다. 시인 자신의 힘으로 이를 밀고 나갈 수 있지만 보여줄 수는 없다. 시인은 침묵한다. 은폐와 개진의 변증법적 길항에 대한 김수영 자신의 해석은 이미 한계를 갖고 있었던 것인지도 모른다.[33]

김수영은 번역을 하면서 느끼는 감정을 「번역자의 고독」이라는 글에서 다루고 있다. 번역이라는 것은 어려운 일이기도 하거니와 신중하기도 해야 하는데 자신은 그렇지 않았다는 것. 한때는 좋지 않은 글이라도 정성을 다해서 번역을 하였지만 언젠가부터 "틀려도 그만 안 틀려도 그만"의 심정이 되어서 "아니 오히려 틀리기를 바라고 잘못되기를 바라고 싶은 마음"이 생기게 까지 되었다고 말한다.[34] 벤야민은 번역가의 과제를 "낯선 말의 매력에 걸려 작품 속에 갇혀 있는 말을 그 작품의 재창조를 통해 해방시키는 것"이라고 정의한다.[35] 김수영은 벤야민이 말하고 있는 번역가의 과제를 의도적으로 방기하고 있는 셈인데 이 과정에서 번역자로서의 김수영은 고독감을 느끼게 된다.

---

33) "얼마 전에 내한한 프랑스의 앙띠로망의 작가인 뷔또르도 말했듯이, 모든 실험적인 문학은 필연적으로는 완전한 세계의 구현을 목표로 하는 진보의 편에 서지 않을 수 없게 되는 것이다. 모든 전위문학은 불온하다. 그리고 모든 살아있는 문화는 본질적으로 불온한 것이다. 그것은 두말할 것도 없이 분화의 본질이 꿈을 추구하는 것이고 불가능을 추구하는 것이기 때문이다. 그런데 「오늘의 한국문화를 위협하는 것」의 필자의 논지는 그것을 더듬어보자면 문학의 형식면에서만은 실험적인 것은 좋지만 정치사회적인 이데올로기의 평가는 안 된다는 것이다."(김수영, 『김수영 전집』 2, 159쪽)

34) 김수영, 「번역가의 고독」, 『김수영 전집』 2, 80쪽.

35) 벤야민, 반성완 역, 「번역가의 과제」, 『벤야민의 문학이론』, 민음사, 1983, 331쪽.

번역이란 '언어상호간의 친화성'을 전제해야 하는 것이다. 번역의 대상이 문학작품이라면 그 친화성의 정도는 더 많이 요구된다. 김수영은 언어의 기계적인 변환이 아닌 원문의 생명과 가치를 되살리는 것이 무엇보다 중요함을 잘 알고 있었을 것이다. 하지만 원문의 생명과 가치가 설사 번역을 통하여 재생되었다고 하여도 그것을 향유할 수 없다면, 그것은 번역의 무가치를 드러내는 것은 아닌가 하는, 일종의 비애를 그는 말하고 있다. 이것은 분명히 번역이전의 문제이다. 번역이전의 세계에서 진정한 번역을 갈구하는 형상이다.

하지만 김수영은 번역을 통하여 자신의 세계를 점차 확장시켰던 것도 사실이다. 그에게 있어 "가장 새로운 집념은 상이하게 되는 것이 아니라 동일하게 되는 것이다."[36] 동일성의 확보는 자신을 그 수준으로 끌어올리는 과정이 수반되어야 한다. 그렇지 않다면 그의 태업은 계속될 것이다. 모더니즘의 전파라는 관점에서 살펴보자면 "그것은 유럽—미국식 발전모델이(식민주의와 제국주의를 통해) 강제적으로 일반화되었기 때문만이 아니라 카스텔이 "흐름의 공간"이라고 부른 "실제적 가상성"(real virtuality) 속에 좀더 일반화된 번역 공간들이 개방된 때문이기도 하다."[37] 이 소용돌이의 외중에서 김수영은 번역가로서 시를 생각하면서 동시에 시인으로서 번역을 생각하는 것이다. 이중의 과정을 통하여 그가 수행하는 모습은 대단히 실험적면서도 동시에 전통적이고, 진보적이면서 반동적인 요소를 동시에 담고 있다.

빌 애쉬크로프트는 탈식민주의 문학론을 각 지역별로 설명하고 있는데 그 가운데에는 미국의 신비평을 탈식민주의 문학론의 관점에서 살펴보고 있다. 그에 의하면 "신비평은 포스트콜로니얼한 세계에서 생산된 개별 작품들을 강조하면서 매우 독특한 방식으로 그 작품들에 대해 '문학일반을 거부하는 가치'를 부여했다."고 말하면서 신비평은 "1960년대

---

36) 김수영, 「시작 노우트」 ⑥, 『김수영 전집』 2, 302쪽.
37) 피터 오스본, 「번역으로서의 모더니즘」, 『흔적』 1, 문화과학사, 2001, 400쪽.

까지 신선한 질료를 절실하게 필요로 하던 영국의 정전 속으로 너무 쉽게 편입되게 만들어버린 감이 없지 않다는 비난을 감수해야만 한다.”라고 지적하고 있다.[38] 이점은 김수영 뿐만이 아니라 현재의 문학관에도 신비평이 많은 영향을 미쳤다는 점을 감안한다면 이것의 극복은 어떻게 가능한가라는 관점에서 성찰이 이루어져야 할 것이다. 애쉬크로프트는 탈식민주의 소설의 ‘환유적’ 읽기를 강조하고 있다. 그에 의하면 탈식민주의 소설의 작가들이 표현하는 소설 속에서 제국과 식민의 연관성은 직접적으로 표현되기보다는 환유적으로 표현되기 때문이다. 이때 환유적으로 포착된 인물과 표상을 통하여 탈식민주의 문학의 가치를 이해할 수 있다.

앞에서 다루었던 것처럼 김수영의 시를 환유적으로 해석한다는 것은 표현의 표면에서 포착된 시어의 사용뿐만이 그러한 언어서술과 작용의 전체가 전제되지 않으면 김수영에 대한 탈식민주의적 접근은 모호해질 가능성이 크다. 이러한 간극의 이해는 언어의 실정성을 방기하는 것으로 나타나기도 하는데 그것이 바로 그가 말하는 ‘진공의 언어’이다. 지시—대상의 관계를 갖지 않는 기형적인 언어의 산출은 신기한 효과를 일으키기도 하지만 퇴영적인 요소를 갖고 있는 것이다. 이러한 모순은 온전히 김수영의 몫이다.

나는 번역에 지나치게 열중해 있다. 내 詩의 비밀은 내 번역을 보면 안다. 내 시가 번역 냄새가 나는 스타일이라고 말하지 말라. 비밀은 그런 천박한 것이 아니다. 그대는 웃을 것이다. 괜찮아. 나는 어떤 비밀이라도 모두 털어내 보겠다. 그대는 그것을 비밀일 거라고 생각할 것이다. 그것이 그대의 약점이다. 나의 진정한 비밀은 나의 생명밖에는 없다. 그리고 내가 참말로 꾀하고 있는 것은 침묵이다. 이 침묵을 지키기 위해서라면 어떤 희생을 치르어도 좋다. 그대의 박해를 감수하는 것도 물론 이 때문이다.[39]

---

38) 빌 애쉬크로프트, 이석호 역, 『포스트 콜로니얼 문학이론』, 민음사, 1996, 260쪽.
39) 김수영, 『김수영 전집』 2, 301쪽.

　　김수영 문학의 분명한 종착점은 언제나 「풀」이다. 김수영의 자기 시
의 비밀을 알려면 자기의 번역을 보라고 말한다. 그가 번역한 블랙머의
「제스츄어로서의 언어」를 보면 이런 대목이 있다. ‘육신은 풀이다.’40) 「햄
릿」 가운데 일절이다. 셰익스피어는 ‘육신’의 상징적 의미로서 ‘풀’을 사
용하고 있다. 신하 가운데 하나인 로즌크랜츠가 정신적 고통을 겪고 있
는 햄릿을 위로하면서 “왕자님을 임금님께서 덴마크 왕의 후계자로 천
거하신다고 친히 말씀하셨는데 말입니다.”라는 말에 햄릿은 “아, 그거야,
뭐, 하지만 ‘풀이 자라고 있는 동안에’ — 이 속담도 좀 곰팡이가 났는데.”
라고 자신의 속내를 간접적으로 드러낸다.41) 풀을 육신(몸)으로 해석한
다면 ‘그것도 내가 살아있다는 가정하의 일이지’ 정도의 뜻이 될 것이다.
하지만 김수영에게 있어서 ‘풀’은 진공의 언어이다. 왜냐하면 아직 그의
시는 텍스트에 포착되어 있기 때문이다. ‘풀’이라는 시어를 환유적으로
해석할 수 있다면 김수영의 고독에 좀 더 접근할 수 있을 것이다.

5. 맺음말

　　김수영은 「현대식교량」에서 “植民地의 昆蟲들이 二四시간을/ 자기의
다리처럼 건너다닌다”라고 말했다. 또 「가다오 나가다오」에서는 「서푼어
치값도 안되는 美·蘇人은…… 소리없이 가다오 나가다오」라고 말했다.
일제로부터 해방이 되었으나 남과 북으로 분단된 국가의 시인으로서 식
민지인의 자의식을 느끼고 표현하는 것은 당연한 일이다. 더욱이 자신
의 시에 이런 시어를 사용한 시인들을 찾기는 당시에 어려운 일이었다.
하지만 이러한 표현만으로 김수영의 탈식민적인 의식을 강조하기에는
무언가 부족하다. 김수영의 시선이 분단된 한쪽에만 머무르지 않고 분

---

40) R. P. 블랙머, 김수영 역, 「제스추어로서의 언어 — 언어의 기능에 대하여」, 『현대문학』,
　　1959. 5, 234쪽.
41) 셰익스피어, 이경식 해설·번역, 『셰익스피어 4대 비극』, 서울대 출판부, 1996, 232쪽.

단의 원인과 통일을 지향하는 모습은 분명히 탈식민적이다. 그럼에도 불구하고 김수영은 개인으로서의 주체가 집단에 함몰되는 것에도 분명한 경계를 표명하고 있다. 개인적인 고독과 침묵은 김수영의 벗이다.

오히려 탈식민주의 문학론의 관점에서 보았을 때 김수영의 매력적인 포인트는 그의 침묵에 놓여져 있다. 그는 시인으로서 시와 산문을 쓰면서, 번역을 하였다. 지금까지 소홀하게 다루어졌던 그의 번역을 살펴보면 문화와 교양으로서 독립된 정신에 대한 갈구가 얼마나 컸었던가하는 점을 확인할 수 있다. 그와 친연성이 있었던 것으로 보이는 에머슨과 테이트의 경우만 보더라도 정치적 사고와 문학적 지향이 반드시 일치하는 것만은 아니었다. 때로는 비현실적이면서 보수적인 정치관을 보여주기도 했다. 하지만 그들의 의식은 비타협적인 일관성을 보여주고 있다. 그 일관성을 이끌어줄 수 있는 강력한 문화적 자장은 김수영으로 하여금 선망의 대상이 된 것도 사실이다. 그리고 이것을 자신의 문학으로 '번역'하였다. 이러한 번역의 행위는 시인 자신을 타자로서 인식하는 행위이면서 동시에 선망의 대상에 대한 새로운 문자적 수정을 의미하기도 한다. 자신을 알몸으로 드러내는 행위는 고귀한 정신에 대한 반항적 행위이지만 이러한 행동을 통하여 문자적인 생명력을 얻는 것은 시인 자신이 아니라 시적 표현을 통해서이다. 그리하여 김수영에게 있어서 언어는 최종심급으로 각인된다. 언어라는 최고의 상상은 시인이 만들어낸 일종의 환영이다. 이 환영은 탈식민의 근거가 된다. 에머슨이 문화를 강조하고, 테이트가 정신을 강조하는 과정을 바라보면서 김수영은 언어를 탄생시켰다. 하지만 이 언어라는 환영은 시인 개인의 주관적인 영역에 머물기 때문에 그 전달의 과정에서 균열이 일어날 수밖에 없다. 그 균열은 물질적인 표현으로서 환유적이며 하이브리드적 이다. 김수영은 그 균열을 메우기 위하여 다른 환영을 만들어간다. 그 과정에서 환유는 자기 메카니즘을 갖게 된다. 이제 시인으로서의 김수영은 자신의 시와 거리를 갖게 되면서 시와 시인의 분리를 획득한다. 이제 시인은 보조자로서의 위치에서 시를 수선하는 위치에 남게 된다. 이제 시인은 침묵한다.

김수영의 시는 민족과 국가의 경계를 넘어 문화를 혼합하였을 때 나타나는 균열의 표상이다. 그렇다면 균열에 대한 탐색과 봉합을 위한 접근이 동시에 이루어져야 할 것이다. 그리고 침묵을 일깨우는 것은 이제 시인의 몫은 아니다.

주제어 : 탈식민주의, 환유, 번역, 신비평

◆ **참고문헌**

1. 기본자료

김수영,『김수영 전집』1・2・별권, 민음사, 1981.
─────,『김수영 전집』1・2, 민음사, 2003.
R. W. 에머슨, 김수영 역,『문화・정치・예술』, 중앙문화사, 1956, 1-273쪽.
알렌 테이트, 김수역 역,『현대문학의 영역』, 중앙문화사, 1962, 1-358쪽.

2. 단행본

김명인,『김수영, 근대를 향한 모험』, 소명출판, 2002, 1-360쪽.
김상환,『풍자와 해탈 혹은 사랑과 죽음』, 민음사, 2000, 1-317쪽.
김승희 편,『김수영 다시읽기』, 프레스 21. 2000, 1-431쪽.
김윤식,『근대한국문학연구』, 일지사, 1973, 1-529쪽.
문학과비평연구회 편,『탈식민의 텍스트, 저항과 해방의 담론』, 이회, 2003, 1-327쪽.
백철 편,『비평의 이해』, 민중서관, 1968, 1-341쪽.
이상섭,『복합성의 시학』, 민음사, 1987, 1-313쪽.
황정산 편,『김수영』, 새미, 2002, 1-308쪽.

3. 연구논문

강웅식,「김수영 시론연구」, 상허학보 11집, 2003, 163-197쪽.
김승희,「김수영의 시와 탈식민주의적 반언술」,『현대시 텍스트 읽기』, 태학사, 2001,
        165-201쪽.
박지영,「김수영 시 연구─시론의 영향관계를 중심으로』, 성균관대 박사학위논문,

2001, 1-225쪽.

오문석, 「김수영 시론 연구」, 연세대 박사학위논문, 2001, 1-145쪽.

이경수, 「'국가'를 통해 본 김수영과 신동엽의 시」, 한국근대문학회 제11회 학술대회
　　　발표집, 2004, 74-92쪽.

손종업, 「캘리포니아에 저항하기」, 『탈식민의 텍스트, 저항과 해방의 담론』, 문학과
　　　비평연구회 편, 이회, 2003, 15-40쪽.

조현일, 「김수영의 모더니티관에 관한 연구-트릴링의 영향관계를 중심으로」, 『작가
　　　연구』 5호, 1998, 97-129쪽.

허윤회 「시와 운명-김수영의 시를 중심으로」, 『반교어문연구』 10집, 반교어문학회,
　　　1999, 373-398쪽.

4. 번역서

셰익스피어, 이경식 해설·번역, 『셰익스피어 4대 비극』, 서울대 출판부, 1996, 1-724쪽.

벤야민, 반성완 역, 『벤야민의 문학이론』, 민음사, 1983, 1-395쪽.

빌 애쉬크로프트, 이석호 역, 『포스트 콜로니얼 문학이론』, 민음사, 1996, 1-316쪽.

릴라 간디, 이영욱 역, 『포스트식민주의란 무엇인가』, 현실문화연구, 2000, 1-246쪽.

바트 무어길버트, 이경원 역, 『탈식민주의!-저항에서 유희로』, 한길사, 2001, 1-466쪽.

피터 오스본, 「번역으로서의 모더니즘」, 『흔적』 1, 문화과학사, 2001, 387-401쪽.

◆ **국문초록**

　　최근 탈식민주의 문학론과 관련하여 김수영에 대한 관심이 늘고 있다. 많은 시
인들 가운데에서 유독 김수영이 주목받고 있는 이유는 그의 시세계가 갖고 있는
특이성 때문이라고 할 수 있다. 그 특이성이란 모더니즘에서 출발한 그의 시가
1960년을 전후하여 현실 참여적인 시세계로 전환되면서 동시에 시적 시선이 나라
밖으로 경계를 넘나들고 있기 때문이다. 그는 번역을 통하여 생계를 꾸려나간 시
인이기도 하였다. 번역을 통한 서구 문화의 수용 과정에서 나타나는 변용은 불가
피한 것이었다. 이때 그 변용의 과정을 주체화하려는 시인의 몸짓은 식민의 극복
과 탈식민의 가능성을 내포한 것이었다.

　　이 글에서는 김수영과 탈식민주의 문학론이 마주칠 때 나타나는 문제점을 다양
한 층위에서 다루고자 하였다. 우선 김상환의 논의는 해체론적 관점에서 접근하고
있다. 그를 통해서 김수영에 대한 해석학적 환원이 일어났다. 김수영의 시세계에
대한 본질적인 접근이 가능하게 되었다고 말할 수 있다. 하지만 김수영의 시를 바

라보는 초월론적 관점은 그의 문학론을 통해 좀더 구체화하여야 할 과제를 남기고 있다. 김수영은 영미 계열의 문학론을 번역하면서 상호 영향관계에 놓여 있었다. 특히 앨런 테이트와의 관련성은 분명한 것처럼 보인다.

뿐만 아니라 이 글에서는 김수영이 번역한 에머슨의 글에도 주목하고자 하였다. 에머슨은 미국의 초영주의를 이끈 대표적인 사상가이면서 문학가라고 할 수 있다. 김수영에게서 나타나는 초월론적 문학관은 에머슨에게서 발견된다. 아울러 김수영의 현실에 대한 인식은 에머슨에게서 보다 훨씬 밀접한 관련성을 갖고 있다. 에머슨은 문명론적 관점에서 어떻게 자신의 문화에 주인이 될 수 있는가에 대하여 깊은 관심을 보여주고 있다. 김수영이 행한 일련의 사회비판적인 글들은 에머슨의 글과 유사한 입장에서 쓰여지고 있으며, 그의 시에도 일정한 영향이 보인다.

에머슨은 "우리가 새로운 대상을 보았을 때, 우리는 우리의 친숙한 경험과는 다른 새로운 것으로 인식함과 동시에 이 새로운 병렬적 사항을 번역하는 수용의 과정이 일어난다."라고 말했다. 그는 이를 환유의 문화적 의미라고 보았는데 이러한 환유에 대한 인식은 김수영의 시에서도 발견된다. 다시 말하면 김수영의 시에서 채택된 환유라는 시적 표현 방법은 서구와 우리의 문학적 차이를 드러내면서 동시에 수용의 갈등을 날 것인 채 드러내는 방식이었다. 만약 김수영에 대한 탈식민주의적 논의가 깊어지려면 이러한 사항들에 대한 점검이 필수적이라고 판단된다.

◆ SUMMARY

The Erasing of Kim, Soo−Young, as Modern Poet in South Korea.
− on the Focus with Post-Colonialism

Heo, Yuhn-Hoi

Kim Soo Young is a brilliant poet in south korea as a influence of modernism. The Interest of Kim Soo Young are increased with focus on post−colonialism lastly. He has a peculiarity about his poem. This character is difference with other poet which is not concerned about post−colonialism. His poem is decline to participation of society and reality at the 1960's, started on modernism differently, at the same time his gaze look away to abroad over the boundary line. He contributed to living expense with translation part—time. This time variation is not avid with reception of cultural process. The enforcement of poet is involved overcome of colonization and post colonization as the possibility. Because of poet is subjected to process of variation at the mostly.

This article is would take a multiple level which the problem evoked when Kim's criticism met a post—colonialism. Kim Sang Whan's these is approached from the deconstruction. As a result, Kim's discourse is fronted at hermetical reduction. In the other word, Kim's poetic vision is could possible to naturalism approach. But Kim Sang Whan's these point of view of transcendental is leave a work which concreted by the Kim Soo Young's criticism. He's criticism is influenced from English—American Literary Criticism in the processed translation. He's criticism is referenced by Allen Tate's absolutely.

Also This article is focused to Emerson's criticism which translated by Kim Soo Young. Emerson is a represented philosopher and author who guided america's transcendentalism. Emerson's transcendentalism is re—presented in the Kim Soo Young's poem and criticism. Kim's point of view to the society is closed with Emerson. Emerson is concentrated whether he is climbed to master in the own's cultural area. This point influence to Kim's criticism directly. If we could emphasized to post—colonialism with Kim's, need a check various facts and influence.

Keyword : post – colonialism, metonomy, translation, new criticism

—이 논문은 2004년 12월 31일에 접수되어, 소정의 심사과정을 거쳐 2005년 1월 31일에 게재가 확정되었음.

신동엽 시의 서구 지배담론 거부와 대응

김 석 영*

목 차

1. 문제의 제기
2. 서구 기계문명의 거부와 대응
3. 아나키즘의 시정신과 도가(道家)적 상상력을 통한 근대성 비판
4. 맺음말

1. 문제의 제기

한국문학의 근대성은 근대문학 초창기부터 그 이면의 서구 추종주의가 끊임없이 문제되어 왔다. 문화 또는 문학의 식민성과 탈식민성은 단지 우리가 외세의 침략에 대항하여 표면적으로 어떤 대응을 취했으며, 그것의 성과가 어떤 것이었는가를 규명하는 것에만 머물러서는 안 될 것이다. 그 내면에 있는 의식적 무의식적 식민성과 그것에서 벗어나고자 하는 대항적 담론을 분석함으로써 궁극적으로 우리 문학의 탈식민화를 이루어야 할 것이다.

그러나 문학작품은 현실을 기계적으로 모사(模寫)하는 것이 아니라 문학적 담론 속에서 우회되고 은폐되어 있기 때문에 제국의 형성과 지

---

* 영남대 강사.

속에 공헌하는 문학의 힘을 간파하기란 쉬운 일이 아니다. 문화란 궁극적으로 민족문화와 외래문화의 혼혈이고, 비활동적인 것이 아니라 역동적이고 복합적인 것이어서 그 속에 들어있는 특정한 요소나 이데올로기를 우리가 쉽게 간파할 수 없기 때문이다.

그러므로 우리는 '보편성' 또는 '선진문화'라는 미명으로 받아들인 서구문화 속에 내재되어 있는 제국의 이데올로기를 해체하는 작업이 필요하다. 문화와 문학의 식민성을 벗어나기 위해서는 비단 식민지 시대뿐만 아니라 독립을 한 후에도 파괴적인 영향력을 행사하고 있는 식민주의의 잔재를 탐색하고 그것의 해체뿐만 아니라 더욱 교묘해진 문화적 제국주의의 가시적 비가시적인 손길에서 벗어나려는 치열한 노력이 필요한 것이다. 그것은 곧 에드워드 사이드(Edward Said)가 지적한 바 있는 서구 형이상학의 중심 개념인 절대적이고도 신성한 '근원'을 부정하고, 그에 반하는 상대적이고 세속적인 '시작'을 의미한다.[1] '근원'이란 서구 문화가 오랜 세월동안 정신적 문화적으로 절대적 중심이라는 부당한 우월주의를 해체하는 것을 의미한다. '세속적 시작'이란 서구 문화가 절대적이고 고정된 중심이라는 사고에서 벗어나 자신의 세계를 여는 것, 다시 말하면 주변과 중심이라는 이분법과 유럽 중심적인 문화적 담론에서 벗어나는 의식과 행동을 말한다.

신동엽은 우리 사회의 오랜 식민성이 단지 정치 경제적인 것에서만 연유하는 것이 아니라 우리의 사고방식과 문화를 형성하고 있는 훨씬 강대한 힘의 원천인 담론의 체계와 결부되어 있다는 것을 파악하고 있었다. 그래서 신동엽이 천착했던 문화적 영토의 회복과 우리 정신의 탈식민화는 그의 시대뿐만 아니라 지구촌 시대와 문화개방의 물결 속에서 살고 있는 지금 우리에게 더 절실한 문제이기도 하기에 본 연구의 의의가 있다고 생각된다. 본고에서는 정신적 문화적 식민성을 극복하고자

---

[1] 에드워드 사이드가 말하는 '세속'이란 의미는 문학의 현실관여성 내지는 혁명성에 대한 주장이며 동시에 당대의 지배적인 보수 세력에 대한 정치적 비판이기도 하다. Edward W. *Said, The Word, the Text, the Critic*, Cambridge: Harvard Univ. Press, 1983, 참고.

하는 신동엽 시의 서구 지배담론 거부와 그 대응을 살펴보기로 한다.

2. 서구 기계문명의 거부와 대응

신동엽 작품의 기저를 이루고 있는 것은 현대문명에 대한 비판과 거부이다. 그가 말하는 현대문명이란 우리가 근대화란 이름으로 받아들인 서구문명을 말하는 것으로, 물질적인 것과 그 속에 내재되어 있는 세계관 둘 다를 의미한다.

인간 중심적인 서양의 세계관은 자연정복과 개발을 가능하게 했다. 그래서 근대적 과학지식의 발달을 가져와 물질적으로 풍요한 사회를 건설할 수 있게 하였다. 이에 비해 우리의 동양적 세계관은 자연을 정복개발의 대상으로 보기보다는 자연친화론적인 목적적 자연관으로 서양에 비해 물질적으로 많이 뒤진 결과를 초래했다.

과학기술을 바탕으로 한 서양의 부(富)는 최근 몇 백 년의 세계사를 서양에 의한 제3세계의 지배과정으로 장식할 수 있었다. 또한 서양의 제3세계 지배는 정치적 경제적 지배뿐만 아니라 문화적 지배과정도 수반했다. 서양의 제3세계 지배는 정치적 경제적 부분에서는 무력에 의한 제국주의의 침입으로만 가능했지만, 문화에 있어서는 무력보다는 오히려 제 3세계 사람들의 자발적인 수용과 동화로 이루어질 수 있었다. 현대문학 초창기의 이식문학론과 전통단절론의 주장 속에는 서양문화의 '위대한 힘'에 대한 식민지 지식인의 경이감이 들어 있다고 볼 수 있다. 우리 사회가 서양의 산업문명을 따라가는 근대화를 추진함에 따라 우리의 세계관도 동양적 세계관에서 서양 세계관으로의 전환이 이루어졌다. 물질적인 것과 정신적인 것이 별개의 것이 아니기에 그것은 필연적인 결과로 볼 수 있다.

문제는 서양기술문화와 그 세계관이 우리의 문화와 세계관을 잠식하는 그 자체에 있는 것이 아니라 서양기술문화 속에 필연적으로 흐르고 있는 제국주의적 속성과 반(反)생명적 요소에 있다. 하이데거는 현대 기술문명의 바탕에는 기술주의적 사고방식이라는 것이 완강하게 버티고 있는데, 그 기술주의적 사고에는 본질적으로 타자를 자기의 의지 밑에 종속시키려는 지배와 권력의 의지가 내재되어 있다고 보았다.[2]

19세기에 서구 열강은 비서구 지역을 식민지화하는 제국주의 전성시대를 열게 되는데, 제국주의적 침략을 정당화하는 논리가 '진보'의 논리이다. 유럽의 비서구 지역 무단강점(武斷强占)에 대한 자기변명 내지 합리화의 근거가 바로 비서구 지역의 진보를 위한 구원자로서의 이데올로기이다. 19세기의 제국주의에 도덕성과 정당성을 부여했던 진보의 공식은 20세기에 들어와서는 '개발'이라는 이름의 이데올로기로 대체된다. 제2차 대전 종료와 더불어 표면적인 제국주의의 시대는 끝났다. 서구 국가들은 세계를 지배하기 위한 새로운 국제 질서가 필요했는데, 개발의 이데올로기가 바로 그것이다.[3]

진보와 개발의 신화는 개발과 저개발, 발전과 후진, 성장과 정체(停滯)라는 위계서열적 이분법으로 세계를 분류했다.[4] 그러므로 우리나라와 같은 소위 후진국에서는 물질적 정신적인 면에서 끊임없는 대체(代替)가 이어졌다. 1960년대는 개발신화의 절정기로 서구 산업화의 이면에 잠재되어 있는 부정적 요소는 미처 생각할 수도 없는 시기이기도 했다. 표면적으로는 개발이 물질적 번영을 가져다주는 것처럼 보였지만 그 이면에는 불균등한 분배의 문제와 더불어 새로운 형태의 제국주의 침략을 가능하게 하는 요소를 지니고 있었다. 이것이 1960년대 우리의 상황이다. 신동엽은 서구문명의 이런 속성을 예리하게 간파하고 있었다.

아스란 말일세. 平和한 남의 무덤을 파면 어떡해, 田園으로 가게, 田園 모자라면 저 숱한 山脈 파 내리게나.

---

2) 김종철, 「시의 마음과 생명공동체」, 『녹색평론』 제1호, 53쪽.
3) 도정일, 「문명의 야만성과 세계화 비전」, 『녹색평론』 제21호, 36쪽.
4) 도정일, 위의 책, 36쪽.

고요한 바다 나비도 날으잖는 봄날 노오란 共同墓地에 소시랑 곤두세우고 占領旗 디밀어 오면 고요로운 바다 나비도 날으잖는 꽃살 이부자리가 禮儀가 되겠는가 말일세.

아스란 말일세 잠자는 남의 등허릴 파면 어떡해. 논밭으로 가게 논밭 모자라면 저 숱한 山脈, 太白 티벹 파밀高原으로 기어 오르게나. 하늘 千萬개의 삽으로 퍽퍽 파헤쳐 보란 말일세.

아스란 말일세. 흰 젖가슴이 물결치는 거리, 소시랑 씨근대고 다니면, 불쌍한 機械야 景致가 되겠는가 말일세.
간밤 평화한 나의 조국에 기어들어와 사보뎅 심거놓고 간 자 나의 어깨 위에서 사보뎅 뽑아가란 말일세.

정배기에 소나무 꽂으고 行進하는 자 그대는 坮地인가?
새파란 나이야 풀씨 물고 숫제 草原으로 달아나 버리게.

그러기 아스란 말이시네. 경치가 아니시네. 엉덩이에 記念塔 심거지면 기껏, 그거냔 말일세.
무너져 버리게. 어제까지의 땅 삽으로 질러 바다 속 무너 느 버리고 숫제 바다로 쏟아져 버리게.

고요한 바다 나비도 날으잖는 봄날 共同墓地에 소시랑 곤두세우고 占領旗 디밀어 오면
다시는 그런 버르장머리, 다시는 분즐어놓고 말겠단 말일세.
— 「機械야」 전문5)

신동엽의 관심은 줄곧 우리의 인간다운 삶을 불가능하게 하는 근본 원인에 관심을 가지고 있었다. 그는 우리의 인간다운 삶을 불가능하게 하는 근본 원인으로 서구식 근대화가 가져온 부정적 요소와 문화적 식

---

5) 신동엽의 작품은 별도의 표시가 없는 한 모두 『신동엽 전집』(창작과비평사, 1993)에서 인용한다.

민주의를 들고 있다. 「껍데기는 가라」에서 '모든 쇠붙이'에 대조되는 것으로 '향그러운 흙가슴'을 설정하였듯이 이 작품에서는 개발이라는 이름으로 우리 국토를 유린하는 서구 기계문명을 '소시랑'으로, 서구문명이 휘젓고 가기 전의 건강하고 생명 있는 문화를 '젖가슴이 물결치는 거리'로 표현하고 있다. '젖가슴이 물결치는 거리'는 대지의 위대한 포용력 속에 모든 생명들이 조화롭고 평화로운 질서를 유지하며 사는 것을 상징한다. 이런 평화와 질서의 세계는 '소시랑이 씨근대'며 휘젓고 다님으로써 유린되고 만다.

시인은 개발의 이면에 있는 서구문명의 제국주의적 속성을 '점령기'와 '사보뎅'이라는 시어로 표현하고 있다. 서구적 개발의 손길은 '무덤'으로 상징되는 외진 곳 또는 우리의 '영성(靈性)'6)에까지 미치게 된다. 그래서 시인은 개발의 손길이 차라리 '논밭'으로 물러가든지 그것도 모자라면 '태백 티벹 파밀고원으로 기어 오르'라고 절규한다. 그러나 그것은 진심이 아니라 해볼테면 끝까지 해보라는 오기의 절규임이 드러나는데, 뒤이은 시행인 '하늘 천만개의 삽으로 퍽퍽 파헤쳐 보란' 진술에서 이를 알 수 있다. 신동엽은 서구식 산업 근대화가 주는 물질적 매혹의 이면에 있는 자본주의와 제국주의가 지니고 있는 야만성에 주목하고 있

---

6) 서구 생태론자들의 저서에서도 영성이란 단어를 쉽게 발견할 수 있다. 이들은 서구에서 근대 이후 진리 독점의 근거로 기여했던 인간 이성에 대한 비판과 이로 인해 희생된 영성 회복을 요구하고 있다. 이러한 요구는 자주 신비주의에로의 경도, 종교 파시즘의 부활 등에 대한 사회적 경고를 불러일으키기도 하였다. 이로부터 영성은 두 가지 의미로 사용되고 있다. 그 하나는 인간이 아닌 자연 그 자체에 인간과 동일한 사고 능력을 가진 그 어떤 정신적 힘이 있음을 인정하고, 이것과 개별 인간들의 정신적 교통 수단 능력을 의미한다. 다른 하나는 전체 사회에 대한 인식 속에서 개체들의 위상을 보는 것, 즉 전일적 사고능력을 의미한다. 김지하는 영성에 대한 두 가지의 의미에 대해, 영성을 어느 하나에 국집(局集)되는 능력이나 기능이 아니라고 본다. 전체 사회에 대한 인식 속에서 개체의 위치를 보는 전일적 사고능력으로서의 개인적 영성은 바로 그것 자체가 모든 개별 인간들 사이의 정신적인 상호 주관적 의사소통의 교호 수단을 가진 교호 기능으로서의 영성이며, 나아가 물질과 생명계 삼라만상 전체 안에 숨은 채로 생동하는 것으로 보았다(김지하, 『생명과 자치』, 솔, 1996, 219-220쪽).

는 것이다. 그 야만성 중에서도 생산의 극대화를 위해서는 반드시 자연을 파괴할 수밖에 없다는 속성과 개발이라는 용어 뒤에 도사리고 있는 제국주의적 배경에 천착하고 있다. 그러므로 '나의 어깨 위에서 사보뎅 뽑아가란'외침은 건강하고 생명력 있는 문화를 파괴하고 궁극적으로 제국주의적 성격을 지니는 서구 기계문명의 속성을 거부하는 것이다. 이처럼 신동엽은 개발과 진보의 신화가 근거하고 있는 서구적 세계관의 제국주의적이고 파멸적인 성격에 일찍이 주목해왔다.

제3세계에 있어서 근대화란 이름의 서구 산업 기술 이전의 과정은 문화적 침략의 모습을 띠며, 이것은 침략자의 현지 주둔을 수반하지 않기 때문에 식민주의나 신식민주의 보다 더욱 음험한 것이다. 따라서 제3세계에 대한 서구의 기술제국주의가 존재하는 한 서구 제국주의의 시대는 끝나지 않았다 볼 수 있다.

水雲이 말하기를,
하눌님은 콩밭과 가난
땀흘리는 사색 속에 자라리라
바다에서 조개 따는 소녀
비 개인 오후 미도파 앞 지나는
쓰레기 줍는 소년
아프리카 매 맞으며
노동하는 검둥이 아이,
오늘의 논밭 속에 심궈진
그대들의 눈동자여, 높고 높은
하눌님이어라.

– 「水雲이 말하기를」 부분

세계를 바라보는 신동엽의 시선은 지엽적이고 민족적인데 머물지 않고 근본적이고 세계적인 것으로 열려있다. 그의 세계 인식의 틀의 상당부분은 민족종교인 동학의 세계관에 영향을 받았음이 서사시 「금강」을 비롯한 작품 속에 드러나고 있다. 일찍이 수운은 노자의 '무위이화(無爲

而化)를 계승함으로써 서구 문명의 동점현상에서 초래된 조선의 위기상황을 극복하고자 하였다. 수운이 주장한 무위이화는 서구문명이 천도에 일치하지 않는 모순으로 가득 찬 것으로 인식하고 천도에 일치하는 문화를 회복함으로써 새로운 시대를 열 수 있다는 의미가 함축되어 있다. 수운의 무위이화가 1894년 동학농민혁명 정신인 반봉건 반외세 사상의 연원이 되었던 것처럼 동학의 정신은 신동엽에게 서구문명의 부정적 속성을 인식하게 하는 인식하게 하는 계기를 제공하였다. 신동엽은 서구 문화가 가져다 준 부정적인 요소가 우리 민족의 삶에만 영향을 끼치는 것이 아니라 제3세계 다른 민족에게도 그 영향이 미침을 인식하고, 전 세계의 소외받고 억압받는 계층에까지 연민의 눈길이 미치고 있다. 이런 시야의 확대는 우리 민족의 현실적 모순을 세계사적 맥락에서 바라보는 자세이다. 곧 우리 민족을 제 3세계의 일원으로 파악하고 동병상련의 감정으로 아프리카의 아이를 바라보는 것이다.

개발과 근대화가 가져다준 최대의 혜택이라 할 수 있는 물질적 번영은 제 3세계 모든 민중에게 고루 돌아가는 것은 아니었다. 오히려 우리의 경우, 급진적인 산업화는 노동자들의 희생 위에 구축될 수 있었다. 이러한 상황을 신동엽은 '미도파 앞 지나가는 쓰레기 줍는 소년'으로 표현하고 있다. '매 맞으며 노동하는 검둥이 아이'는 제3세계의 다른 나라 민중도 크게 다르지 않음을 말하는 것이다. 우리의 현실과 아프리카의 현실을 연결시키는 것은 제3세계 나라간의 연대의식의 강조라 볼 수 있다. 또한 이는 제3세계 문학의 문학적인 자각, 곧 자신의 민족적 현실에서 자기 나라의 민중을 통하여 이루어지는 문학이 아니면 안 되겠다는 자각의 표현이기도 하다. 그래서 시인은 전 세계 민중들이 '하눌님'이 될 수 있는 세상을 노래하고 있다.

> 봄이 가고 여름이 오면 부황 든 보리죽
> 툇마루 아래 빈 토끼집엔, 어린 동생
> 머리 쥐어 뜯으며

쓰러져 있었다.
善民들은 밀밭가에 쫓겨있는 土墳
祖國위를 쉬임없이 궂은비는 나리고

            (중략)

오늘도 光化門 앞 마당
高等食을 배불린 海外族의
마이크 演說.

蒙古에의 女貢도, 淸朝에의 大拜도
空港으로 集結된
새 時代의 封建領主.

여보세요 阿斯女.당신이나 나나 사랑할 수 있는 길은 가차운데 가리워져
있었어요.
    말해볼까요. 걷어치우는 거야요. 우리들의 포동 흰 알살을 덮은 두드러기
며 딱지며 면사포며 낙지발들은 面刀질해 버리는 거야요. 땅을 갈라놓고 색
칠하고 있은 건 전혀 그 吸盤族들뿐의 탓이에요, 面刀질해 버리는 거야요.
하고 濟州에서 豆滿까질 땅과 百 姓의 웃음으로 채워버리면 되요.
    누가 말리겠어요. 젊은 阿斯達들의 아름다운 피꽃으로 채워 버리는데요.
                                    ―「주린 땅의 指導原理」 부분

이 작품은 고향의 빈곤함을 노래하고 있는 전반부와 그 빈곤함으로
부터의 탈출을 희구하는 후반부 사이에 빈곤함의 원인을 분석하고 있는
중반부가 삽입되어 있는 액자구조로 이루어져 있다. 신동엽의 의식 속
에는 지리적인 고향이 아닌 육신의 안식처가 되는 고향은 상실된 상태
였다. 그래서 그의 시에는 잃어버린 고향을 그리워하고, 되찾고자 하는
갈망이 강하게 나타나고 있다. 신동엽 시에 나타나는 상실된 고향을 회
복하고자 하는 노력은 두 가지로 나타나고 있다. 근대문명에 의해 분업
화되고 파편화되기 전의 세계에 대한 그리움을 노래하고 있는 것과, 현

재의 곤궁한 삶의 원인이 어디에서부터 비롯되었는가에 대한 치열한 문제제기가 그것이다. 이 작품은 신동엽 작품세계의 이런 특성을 잘 보여주고 있다.

언제나 절대적 생존에 위협받는 것이 민초들의 삶이었다. 위정자들은 외세와 결탁하여 그들의 권력을 유지했다. 다만 그들이 기대고 있는 외세가 시대에 따라 '청조(淸朝)', '몽고', '미국' 등으로 달라졌을 뿐이다. 파농은 식민주의자들이 떠난 자리에 신생 독립국의 부르주아지와 전문화된 엘리트들이 오래된 식민지 구조를 새로운 용어로 복제하여 새로운 착취세력으로 등장함을 우려하고 있는데, 우리의 경우도 일제 시대의 관료조직과 그 구성원들이 해방된 후 고스란히 그들의 자리를 지키고 있었다. 또한 이들이 받은 식민지 교육은 그들을 의식적 무의식적으로 제국의 이데올로기를 답습하게 하여 해방 후에도 종속적인 추종자로 남게 하였다. 뿐만 아니라 미군정과 그 추종세력, 원조로 생성된 매판적 관료재벌 등도 전(前)식민주의자가 떠난 자리를 채우고 있는 새로운 정복자라 할 수 있다. 신동엽은 이들을 '高等食을 배불린 해외족'과 '흡반족'으로 표현하고 있다. 이들과 대조적으로 민중은 '부황 든 보리죽'을 먹으며 '쓰러져' 있고, '밀밭가에 쫓겨있는 토분'과 같은 존재이다. 봉건 잔재 식민지 잔재 청산 및 신식민주의의 파행성과 같은 누적된 문제점들이 4·19 혁명으로 발발하였는데 이 작품에는 이런 4·19 정신이 직접적으로 들어 있다. '젊은 아사달의 아름다운 피꽃'이 상징하는 4·19 혁명은 원래 그것이 제기한 근본문제들의 해결을 보지 못한 채 '모자'로 상징되는 몇몇 위정자의 추출로 끝났음을 시인은 안타까워하고 있다.

신동엽의 비판정신은 외세와 결탁하여 민중의 숨통을 조이고 있는 위정자들에 대한 직설적인 분노에만 머물고 있지는 않다. 좀 더 근본적인 것, 곧 그들이 의존하고 있는 서구 문명의 속성에 그의 관심이 집중되고 있다. 우리가 '개발'과 '근대화'의 명분으로 받아들인 서구 문명 속에 내재되어 있는 인간중심주의적 태도와 제국주의적 속성에 비판의 화살을 겨누고 있는 것이다.

미치고 싶었다.
四月이 오면
곰나루서 피 터진 東學의 함성,
光化門서 목 터진 四月의 勝利여.

강산을 덮어, 화창한
진달래는 피어나는데,
출렁이는 네 가슴만 남겨놓고, 갈아엎었으면
이 균스러운 부패와 享樂의 不夜城 갈아엎었으면
갈아엎은 漢江沿岸에다
보리를 뿌리면
비단처럼 물결칠, 아 푸른 보리밭.
　　　　　　　　　－「4月은 갈아엎는 달」 부분

　신동엽에게 있어서 사월이란 '껍데기'는 보내고 '알맹이'만의 새로운 생명을 잉태하는 달이다. 껍데기는 '균스러운 부패와 향락의 불야성'을 의미한다. 알맹이란 동학의 정신과 4·19의 정신을 의미한다. 신동엽은 동학혁명과 4·19 혁명을 동궤도의 것으로 보고 있다. 동학농민혁명의 주요 동인을 서구문명의 동점현상에서 초래된 조선의 위기상황에 대한 비판의식과 조선의 일련의 대외분쟁, 청의 지나친 종주국적인 태도에 대한 저항감과 대일반감(對日反感)의 민족의식으로 보고,7) 4·19 혁명을 그 정신의 계승으로 본 것이다. 시인은 꽃피우지 못하고 미완으로 끝난 두 혁명의 정신을 강산을 덮은 '진달래'와 대비시키고 있다. 그러므로 '보리를 뿌리'는 행위는 동학혁명과 4·19 정신 속에 흐르고 있는 민족 자주를 계승하는 의미가 들어 있다. 신동엽은 새로운 씨를 뿌리는 행위를 정치적인 의미로만 한정하지 않는다. 땅을 갈아엎어서 서구 기계문명에 의해 왜곡되고 훼손된 정신의 대지에다 새로운 문명의 씨를 뿌려 건강한 문명의 보리밭이 '비단처럼 물결칠' 그 날을 꿈꾸고 있는 것이다.

---

7) 신복룡, 『東學思想과 甲午農民戰爭』, 평민사, 1985, 208쪽.

3. 아나키즘의 시정신과 도가(道家)적 상상력을 통한 근대성 비판

　신동엽의 시정신의 뿌리는 동학과 도가(道家) 및 아나키즘에서 찾을 수 있다. 이 세 뿌리는 각기 독립적인 것으로 시인 신동엽에게 영향을 미쳤지만, 하나로 수렴되는 것이 있다. 당대의 정치적 사회적 문화적 억압에 대항하여 민족의 생명을 회복하고자 하는 저항정신의 원류가 바로 그것이다. 이 중 아나키즘의 시정신은 신동엽의 정치의식에 지대한 영향을 끼쳤다.

　아나키즘은 근대적 산물이자 근대성을 넘으려 하는 사상이다. 아나키즘 사상은 근대 자본주의 발달과 인간 이성의 믿음에 바탕을 둔 근대 자연권 사상과 서구 휴머니즘적 전통 및 유토피아적 전통과 맞물려 생성된 것[8]이라는 점에서는 근대적 산물이다. 아나키즘이 완전한 터전을 닦은 것은 19세기 후반 과학 부흥 이후의 일이고, 아나키즘은 자연과학의 귀납·연역방법에 의하여 얻어진 종합을 인간의 여러 가지 제도의 평가에 적용하려는 기도(企圖)이며 또 이 평가에 입각하면서 인간 사회의 각 단위에 대하여 최대량의 행복을 확보하기 위하여 자유, 평등, 우애로 향하여 나가는 인류의 걸음걸이를 전망하려고 하는 기도[9]라는 크로포트킨의 말은 아나키즘이 자연과학의 권위에 의존해서 대자연과 인간의 본성을 규명하는 근대성의 바탕 위에 있음을 말해준다.

　그러나 크로포트킨이 말하는 과학이란 도구주의적인 과학을 의미하는 것이 아니라 자연이 주는 공포와 과중한 노동의 공포로부터 인간을 해방시켜주는 과학의 긍정적인 측면을 말하는 것으로 건전한 이성[10]에

---

8) 방영준, 「아나키즘의 正義論에 관한 연구」, 서울대 박사학위논문, 1990, 61쪽.

9) 크로포트킨, 하기락 역, 『근대과학과 아나키즘』, 도서출판 신명, 1993, 137쪽.

10) 20세기의 생태 아나키스트인 머레이 북친은 오늘날 행해지고 있는 이성 비판에 대해 이렇게 지적한다. "우리는 이성은 도구·분석 이성만 존재한다는 오해를 하고 있는데, 이성은 이것 외에 유기적이고 비판적인 속성을 가지고 있는 이성이 있다. 이 유형의 이성은 분석적인 통찰력을 유지하고 있고, 윤리적이지만 현실과 접촉을 유지하고 있다." 북친은 이를 변증법적 이성이라 한다. 크로포트킨의 과학과 이성 긍정은 이런 의미에서

바탕을 둔 과학을 말하는 것이다. 크로포트킨은 과학의 방법으로 자본주의적 착취의 부당함을 설명하려 했고, 궁극적으로 이성과 과학의 발달로 인간사의 진보가 가능하다 믿었다. 또 그가 과학과 이성을 강조한 이면에는 당시의 형이상학적 철학에 대한 비판의식이 자리 잡고 있었던 것이다.

한편 크로포트킨은 정치 군사적인 권력으로서의 국가 및 근대정부의 사법과 교회 및 자본주의를 인민에 대한 지배 권력과 빈민의 착취를 각자가 보장하기 위한 서로 분리될 수 없는 제도로 보고 이것들을 부정한다. 단일국가 형성이 근대성의 특징 중 하나인데 이것의 부정은 곧 근대성의 부정을 말하는 것이다. 크로포트킨은 자연과학의 태도로 국가의 부당한 권위와 국가의 권위와 결합한 자본주의 경제의 착취가 얼마나 부당한가를 설명하고 있는데, 이는 근대성의 긍정 위에서의 근대성의 부정이라 할 수 있다.

그래서 크로포트킨은 국가를 부정하며, 가장 이상적인 사회는 자연법칙에 따른 사회구성이 되어야 함을 밝히고 있다. 자연의 법칙에 따르는 사회 구성체에는 남에게 자기의 의지를 강제하는 아무런 권력도 없고, 인간에 대한 인간의 통치도 없고, 생활에 있어서 일체의 정체도 없다. 거기에는 자연의 생활 자체에서 보여지는 바와 같은 어떤 때는 빠르게 또 어떤 때는 느리게 진행하는 끊임없는 전진이 있을 뿐[11]이라고 그는 본다. 그러한 자연법칙에 따르는 사회 구성체가 가능한 것은 인간 사회에 있어서는 도덕적 감정과 사회성의 습관을 필연적으로 버티어 주는 자연적인 힘이 뿌리박고 있기 때문인데, 이 힘은 어떤 종교나 입법자의 명령보다 강력하다[12]고 크로포트킨은 믿었다.

이를 통해 우리는 아나키스트들의 자연에 대한 절대적인 믿음과 아

의 이성을 말하는 것이다. 머레이 북친, 문순홍 역, 『사회생태론의 철학』, 솔, 1997, 33-34쪽 참조.
11) 크로포트킨, 앞의 책, 67쪽.
12) 크로포트킨, 위의 책, 38-39쪽.

나키즘 사상의 뿌리가 자연에 있음을 알 수 있다. 자연에 있어서의 가장 일반적인 법칙은 공정(公正)의 법칙으로, 그것은 균형과 조화의 원리이다. 그것은 나무나 인간의 육체나 우주 전체와 같이 한 잎의 잎사귀에서도 조화가 있는 기능적인 동시에 객관적으로 아름다운 법칙이다. 말하자면 공정의 법칙은 국가가 강제로 만든 법인 성문율과는 아무런 관계도 없고, 인간이 만든 법보다 우수한 정의의 원리 곧 우주의 자연적인 질서에 본래부터 갖추어져 있는 평등과 공명의 원리가 실재하고 있다는 것이다.[13] 자연 상태가 최고의 원리를 구현하고 있다는 아나키즘의 믿음은 도가철학[14]과 상당히 유사하다.

도가철학은 우주만물이 '도'라는 유기적 통일성 속에 근거해서 그 무엇에도 의존함이 없이 저절로 그러한 '자연'의 방식으로 운동하고 변화하는 것처럼, 인간사회의 공동체 질서도 '자연'의 방식으로 저절로 그러하게 드러낼 수 있다는 믿음을 가지고 있다. 우주만물의 자연질서, 즉 자연의 자연성에 대한 확고한 믿음이 인간의 자연성과 사회의 자연성에 대한 믿음으로 연속되고 있다. 따라서 도가의 이상 정치에 대한 믿음은 '자연'에 근거를 두고 있음이 틀림없다.[15] 『노자』 3장의 다음 단락은 아나키즘과 도가의 유사점을 극명하게 보여준다.

백성들이 자연 속에서 자연스럽게 살아가도록 맡겨 두고, 위정자의 욕심대로 인위적인 행위를 하지 말라. 그러면 백성은 다스려지지 않을 리가 없다.[16]

노자는 당대 사회의 혼란을 자연의 원칙을 저버리고 인위적인 방법을 추구한 데 있다고 본 것 같다. 사회의 병폐에 대한 노자의 진단은 그

---

13) 허버트 리드, 정진업 역, 『시와 아나키즘』, 형설출판사, 1983, 116-117쪽.
14) 여기서 말하는 도가철학은 우주만물의 자연질서에 근거해서 인간 세상의 사회질서를 정초하려고 시도했던, 그래서 현실에 대한 강한 부정과 초탈의 성격을 담고 있는 『노자』와 『장자』의 초기 도가를 말한다.
15) 원정근, 『도가철학의 사유방식』, 법인문화사, 1997, 308-309쪽.
16) 爲無爲則無不治(『노자』 3장 王弼本). 위 인용문은 김충열 교수의 번역이다.

러한 사회 병폐 자체가 병이 아니라, 그렇게 병이 나게 한 원인이 따로 있다는 것이다.[17] 사람이 자연의 질서를 어겨가면서 만든 문화가 바로 그 병의 근본 원인이다. 아나키스트들이 사회 병폐의 근본 원인을 인간의 자연스러운 본능을 억제하는 인위적인 지배수단인 국가에 두고 그것을 부정하는 것과 같은 맥락에 있는 것이다. 노자는 인위적인 제도로 나라를 다스림으로 생기는 폐해를 다음과 같이 지적한다.

> 올바름으로써 나라를 다스리고 기이한 술책으로써 군대를 운용한다고 하지만, 일 없음으로써 천하를 취한다. 내가 무엇으로써 그러함을 알리요? 이 때문이다. 천하에 꺼리는 것이 많으면 백성은 더욱 가난해지고, 백성에게 이로운 기구가 많으면 국가는 더욱 혼란스럽게 되며, 사람이 많은 기교를 지니고 있으면 기이한 물건이 더욱 불어나며, 법령이 세밀하면 도적이 더욱 많게 된다.[18]

노자의 눈에 비친 국가 조직은 정치, 문화, 법령 등을 통하여 백성에 대한 지배권력과 백성에 대한 착취를 정당화하여 백성을 농락하는 제도였다. 그래서 그가 제시한 해결방법은 일 없음으로써 천하를 취하는 방식이다. 곧 무위(無爲)의 정치이상을 제시하고 있다. 무위라는 개념은 노자 정치철학의 핵심 개념이다. 글자 그대로 본다면 '무위'는 '함이 없다'는 뜻이다. 그러나 '위(爲)'는 인간 생존에 해로운 '위'이지 인간 행위 전반을 가리키는 것은 아니다. 더욱 정확하게 말해서 노자가 부정하려는 '위'를 인위적인 지모와 욕망에 구사되어 일어나는 '거짓 행위'(僞)로 보면 크게 어긋나지 않을 것이다. 그러므로 '무위'는 인위를 거부하는 것, 인위가 없이 스스로 그러하여 그러한 자연의 섭리대로 한다는 뜻으로 이해할 수 있다.[19]

---

17) 김충열, 『노장철학강의』, 예문서원, 1995, 153쪽.
18) 『노자』 57장. "以正治國, 以奇用兵, 以無事取天下, 吾何以知其然哉? 以此 天下多忌諱, 而民彌貧; 民多利器, 國家滋昏; 人多技巧, 寄物滋起; 法令滋彰, 盜賊多有."
19) 김충열, 위의 책, 172-179쪽 참조.

이처럼 도가철학은 자연질서의 우주적 조화현상에 기초하여 인간 사회를 저 우주만물의 자연질서처럼 존재론적 차원으로 전환하려는 거대한 이상과 포부를 지니고 있다. 즉 자연질서의 원융무애(圓融無碍)한 화해에 근거하여 자연적 질서를 구축하고자 했던 것이다.[20] 도가의 이런 생각은 자연의 일반적인 법칙인 공정의 원리에는 인간이 만든 법보다 우수한 정의의 원리 곧 우주의 자연적인 질서에 본래부터 갖추어져 있는 평등과 공명의 원리가 실재하고 있다는 허버트 리드의 자연의 공정의 법칙과 상통하는 것이 있다.

아나키즘 사상과 도가철학의 자연의 법칙에 대한 신뢰는 정치적으로는 무정부적인 공동체를 지향하게 했고,[21] 인간중심주의적 세계관을 대치하는 생태학적 세계관의 기초를 제공하고 있다. 인간중심주의적 세계관은 인간의 물질적 번영을 위한 자연의 지배와 착취를, 더 나아가서는 인간에 의한 인간의 지배를 정당화하는 이데올로기를 낳았다. 아나키즘 사상과 도가철학이 제국주의에 대항하는 담론이 될 수가 있는 근거가 바로 여기에 있다.

해방 후 우리에게 식민지화의 문제는 정치적 경제적인 의미보다는 문화적 정신적 의미에서의 것이 더 문제시된다. 서구의 인간중심주의적 세계관이 낳은 도구적 자연관은 과학기술의 발달을 가져와 부를 축적할 수 있었고 그 부를 통해 최근 몇 백 년의 세계 역사를 서양에 의한 제3세계의 지배과정으로 장식할 수 있었다. 서양의 제3세계 지배는 정치적 경제적 지배뿐만 아니라 정신적 문화적 지배도 아울러 수반했다. 그래서 제3세계 국가들도 개발과 근대화의 명목으로 자연을 착취하고 물질을 위해 인간이 인간을 지배하는 인간중심주의적 사고방식이 극에 달하게 되었다. 이런 점에서 볼 때, 아나키즘 사상이 가지는 근대성의 비판과 생태주의적 세계관 그리고 도가철학의 반(反)인간중심주의는 넓은 의

---

20) 김충열, 앞의 책, 350쪽.
21) 노자의 小國寡民과 아나키즘의 자치공동체가 그것이다.

미에서의 반(反)제국주의 담론이 될 수 있는 것이다. 신동엽은 크로포트킨의 아나키즘 사상과 동양고전의 독서[22]를 통해 일찍이 우리 문화 속에 흐르고 있는 정신적 식민상태를 예리하게 주시하고 이를 비판 극복하려는 적극적 노력을 보여왔다.

그는 太虛를 인식하고 대지를 인식하고 인생을 인식할 뿐이며. 문명수 가지나무 위에 난만히 피어난 次數 世界性 空中建築같은 것은 그 시인의 발밑에 다만 기름진 토비로서 썩혀질 뿐일 것이다. 次數性世界가 건축해 놓은 기성관념을 철저히 파괴하는 정신혁명을 수행해 내지 않고서는 그의 이야기와 그의 정신이 대지 위에 깊숙이 기록될 순 없을 것이다.[23]

황량한 대지 위에 우리의 터전을 마련하고 우리의 우리스런 정신을 영위하기 위해선 모든 이미 이루어진 왕궁, 성주, 문명탑 등의 쏘아 붓는 습속적인 화살밭을 벗어나 우리의 어제까지의 의상, 선입견, 인습을 훌훌히 벗어던진 새빨간 알몸으로 돌아와 있을 수 있어야 하는 것이다.[24]

「시인정신론」에 나타난 생태학적 상상력과 근대성 비판의 뿌리는 바로 아나키즘과 도가철학 그리고 동학에 있다. 위의 인용문에 나타난 '차

---

22) 1948년 전주사범 졸업 후, 집안 형편상 곧 바로 상급학교에 진학하지 못한 신동엽에게 그의 부친은 자신이 배웠던 한학(漢學)을 권유하며 집에 당분간 머물 것을 당부했다 한다. 이 시절의 독서와 자신의 고향인 백제의 고도(古都) 부여가 갖는 의미에 대한 천착은 지금까지 서구적인 가치 질서에만 맴돌던 신동엽에게 동양의 정신과 만나게 되는 계기가 되게 하였다고 한다. 윤재걸, 「평전: 한반도의 민족시인」, 『신동엽』, 구중서 편, 온누리, 1983, 247쪽 참조.
  신동엽의 도가철학의 독서경험은 다음의 글에서 직접적으로 드러나고 있다. 『治大國, 若烹小鮮』老子 五千言 속에 있는 말이다. …… 나도 내 人生만은 조용히 다스려 보고 싶다. 큰소리로 떠든다고 정치가 잘 되는 것이 아니 듯이 바삐 서둔다고 내 人生에 큰 떡이 돌아오진 않을 것이다(「서둘고 싶지 않다」, 『동아일보』, 1962. 6. 5). 그 외에 「시인정신론」에 차수성 세계를 귀수성 세계로 전환하려는 노력을 한 성인으로 '千言의 五發言人'이라는 표현으로 노자를 지칭하는 구절이 있다(『신동엽전집』, 370쪽).
23) 신동엽, 「시인정신론」, 『신동엽전집』, 372-373쪽.
24) 신동엽, 위의 글, 363쪽.

수 세계성 공중건축'이란 '조직되고 맹종되고 전통화된' 근대 자본주의의 분업화가 만들어낸 문화를 말한다. 신동엽이 파악하고 있는 근대문명은 그 뿌리를 문명을 지속시킬 수 있는 자연 곧 대지에 두고 있지 않으므로 '분자가 확대되면 확대될수록 한정된 어머니 즉 일정한 대지로부터 양식을 빨아들이는 그들 공중기구는 기근을 모면할 수 없을 것이며 영양실조에 빠지게 될 것이며 종국에 가서는 생존경쟁의 광기성에 휘몰려 맹목적인 상쇄로써 불경기를 타개하려고 발악하고 발광하고 좌충우돌하기에 이를 것이다'25)라고 전망하고 있다. 그래서 이러한 문명을 전환시키고 기성관념을 파괴하는 정신혁명이 필요한 것이다. 기성관념이란 '왕궁, 성주, 문명탑' 등 곧 근대문화를 지탱하는 국가, 정치체계, 정치와 결탁한 부르주아 경제 등과 그러한 체제하에서 이루어진 문화를 가리키는 것이다. 문명의 전환이란 '어제까지의 의상, 선입견, 인습을 훌훌히 벗어 던진 새빨간 알몸으로 돌아'오는 것 곧 인간중심적 세계관에 근거한 도구적 자연관에서 자연에 내재되어 있는 공명의 원리와 도가철학의 자연의 원리로의 전환을 의미한다. 그러므로 오늘의 시인은 이런 문명의 전환과 기성관념의 타파에 선구자가 되어야함을 역설하고 있다.

> 벗이여 廣漠한 原始林
> 人間된 거죽 훌훌이 찢어 던지고
> 산돼지 되어 두더지처럼 살아갈 순 없단 말인가.
>
> (중략)
>
> 하면, 오늘 밤을 어떻게 할테란가.
> <博愛>로운 폭약이여, <正義>로운 侵略이여
>   — 「이야기하는 쟁기꾼의 대지」 제3화 부분

위에 인용된 첫째 연은 자칫 현실도피로 비춰지기가 쉽다. 그러나 오

---

25) 신동엽, 앞의 글, 367쪽.

늘의 인간 생존을 위협하는 '박애'로 포장된 '폭약'과 '정의'라는 명목의 침략행위와 대비되면서 그것은 현대문명에 대한 비판과 인간중심주의적 사고방식에 대한 비판을 내포하고 있다. 사실 많은 제국주의적 침탈과 각 지역의 분쟁이 늘 '박애'와 '정의'라는 명목으로 정당화되어 왔다. 신동엽은 그것을 근대문명이 가지는 부정적 요소로 파악하고, 그 부정적 요소의 탈피를 자연으로의 귀환을 통해 이루려고 한다. 그러나 자연으로의 귀환은 단순히 전원생활의 동경이나 원시에의 귀환을 의미하는 것이 아니다. 그것은 인간에 의한 인간의 지배와 인간의 자연 지배를 정당화하는 인간중심주의적 사고방식에서 벗어나 조화와 균형을 이루는 자연의 공명의 질서에 합치하려는 의지의 표현이다. 이처럼 신동엽 시의 아나키즘적인 요소는 인간중심주의적 사고방식의 탈피와 근대성에 대한 비판으로 나타나고 있다. 그 중에서도 자연의 질서에 위배될 뿐만 아니라 인간 착취의 먹이사슬로 이루어져 있다고 믿는 국가체제와 권위에 대한 부정이 더욱 두드러지게 나타난다.

王은,
百姓들의 가슴에 단
꽃.

군대는,
백성의 고요한
문지기

　(중략)

地主도 없었고
官吏도, 銀行主도,
특권층도 없었었다.

　(중략)

半島는,
평화한 두레와 평등한 分配의
無政府 마을
능력에 따라 일하고
필요에 따라 분배,
그 위에 靑春들의
祝祭가 자라났다.
우리들에게도 생활의 시대는 있었다.
- 「錦江」 제6장 부분

신동엽 작품의 아나키즘적 경향이 가장 직접적으로 드러난 부분이다. 재산이 약탈되고 개인의 행복이 유린되며 사회정의가 실종된 상태에서 사회적 조화와 개인의 행복을 이룬 상태로의 전환이 아나키스트들이 꿈꾸는 이상세계이다. 프루동에 의하면 사회는 본래 위로부터 강제되는 것이 아닌 스스로 성장하고 생동하는 자연발생적인 것이다. 그러므로 이를 강제로 통제하고 속박하는 것은 사회의 기능을 왜곡시키는 것이다.

근대사회의 불법과 불의는 법과 공권력의 약화에서 비롯된 것이 아니라, 인위적으로 제약을 가함으로써 야기된 결과이다. 따라서 정치도 군주도 존재하지 않는 상태가 사회적 질서와 조화를 이룬 최선의 상태가 되는 것이다. 그래서 개인의 자발적인 사고와 행동에 제약을 가하는 일체의 사회적 족쇄를 비판하면서 기존 사회의 근본적인 변혁을 요구한다. 국가와 그것에 의해 유지되는 각종 제도와 가치의 부정 곧 개인의 자유와 독립이 보장된 무정부 상태의 실현이 아나키스트들의 목표가 되는 것이다. 이런 의미로 볼 때, 아나키즘은 막연하게 권위와 권력의 배척을 주장하는 것이 아니라, 압제와 착취로부터 벗어나려는 해방정신의 적극적 표현이다.

신동엽 작품에 나타난 아나키즘적 요소도 이런 맥락에 닿아 있다. 신동엽에게 국가란 '중앙에 도사리고 있는 큰 마리 낙지/ 그 큰 마리 낙지 주위에/ 수십 수백의 새끼 낙지들이 꾸물거리'며 민중을 착취하는 체제의 총화이다. 그러므로 그의 작품에 나타난 무정부 마을은 이런 착취의 먹이사슬이 제거된 '평등한 노동과 평등한 분배'가 구현된 이상세계의 모습이다. 그러나 이러한 이상세계에 대한 시적 상상력은 현실에 대한 부정적 인식26)일 뿐이지, 역사적 현실 속에서 그 모순을 제거할 수 있는 직접적 무기는 될 수가 없다. 그래서 신동엽이 시 속에서 구현하고 있는 이상세계는 항상 부정적 근대성이 세계를 휩쓸고 가기 전의 과거의 모습으로 구현될 수밖에 없다.

「술을 많이 마시고 잔 어제밤은」에서는 분단의 현실을 극복하고자하는 염원을 꿈의 형식을 빌어서 표현하고 있다. 꿈을 빌어서 이야기하는 형식 역시 적극적인 현실개혁은 될 수 없다. 그러나 이런 점이 신동엽의 작품 세계가 회고주의적 복고적 성향 내지 이상주의에 고착됨을 의미하는 것은 아니다. 현실에 대한 비판의식과 이상세계에 대한 동경이 곧 현실개혁의 출발점이 될 수 있기 때문이다.

> 비로소, 허면 두 코리아의 主人은 우리가 될 거야요. 미워할 사람은 아무 데도 없었어요. 그들끼리 실컷 미워하면 되는 거야요. 아사녀와 아사달은 사랑하고 있었어요. 무슨 터도 무슨 堡壘도 掃除해 버리세요. 창칼은 구워서 호미나 만들고요. 담은 헐어서 土肥로나 뿌리세요.
> 비로소, 우리들은 萬邦에 宣言하려는 거야요. 아사달 아사녀의 나란 완충, 완충이노라고.
>
> ― 「주린 땅의 指導原理」 부분

「술을 많이 마시고 잔 어제 밤은」과 더불어 신동엽의 분단극복의 의지가 직접적으로 표출된 작품이다. 신동엽의 현실인식은 항상 정치적 모순의 해결에만 머무르지 않는다. 그는 넓은 시각으로 모순의 근본을 해결하고자 하는데, 근대문화의 특성 속에서 우리 문화와 정치의 현실을 진단하고, 처방하고자 하는 것이 그것이다. 신동엽 식의 표현으로 하

---

26) 서사시 「금강」 전반이 무정부적인 이상세계에 대한 동경에서만 그친다는 의미는 아니다. 이 시의 일부를 이루고 있는 6장만을 살펴볼 때 그렇다는 의미이다.

154

자면 차수성 세계를 귀수성 세계로 돌리자는 것이다. 차수성 세계는 부정적인 근대성이 문화를 지배하고 있는 시대, 곧 자본주의의 분업화와 불평등한 분배, 제국주의 침략, 인간중심주의적인 사고방식이 만들어낸 자연질서에 적대적인 문화가 지배하는 세계이다. 귀수성 세계는 아나키스트들이 주장하는 이상세계의 모습이 투영되어 있다. 이러한 문화의 전환에 대한 신동엽의 발상은 앞에서 이야기했듯이 아나키즘과 도가사상과 그 맥을 같이 하고 있는 것이다. 그러므로 그의 통일론도 궁극적으로 차수성 세계에서 귀수성 세계로의 전환 속에 있다.

분단조국의 민중을 상징하는 '아사달'과 '아사녀'의 이별을 '흡반족'에 의한 것, 곧 우리나라를 둘러싼 제국주의 국가와 그 추종자들에 의한 것이라는 믿음을 가지고 있다. 그러므로 아사달, 아사녀가 역사의 주인이 되면 '무슨 터도 무슨 보루도 소제해 버리'고 '창칼은 구워서 호미나 만들고' '담은 헐어서 토비로나 뿌리'는 무장해제의 상태가 되어 통일을 이룰 수 있다는 의미이다. 이렇게 볼 때 신동엽의 통일관은 상당히 안일하고 유치하기까지 하다. 신동엽 시의 가치는 구체적인 현실파악의 정확성과 날카로움에 있다기보다는 우리가 받아들이고 누리고 있는 근대문화가 가지는 속성과 한계를 극복하려는 혁명적인 인식의 전환에 있다. 따라서 '아사달 아사녀의 나라'는 정치적 통일뿐만 아니라 부정적인 근대성을 제거해 버린 문화를 이루는 상태가 궁극적인 목표가 되는 것이다. 그러므로 '완충'의 의미를 정치적인 의미로만 국한시켜 버리면 신동엽 시의 진정한 이해에 도달하기 어렵게 된다. 신동엽 시의 '완충'이나 '중립'의 의미는 다음 작품을 보면 더욱 명확해진다.

술을 많이 마시고 잔
어제밤은
자다가 재미난 꿈을 꾸었지.

나비를 타고
하늘을 날아가다가

발 아래 아시아의 반도
삼면에 흰 물거품 철썩이는
아름다운 반도를 보았지.

(중략)

그 중립 지대가
요술을 부리데.
너구리새끼 사람새끼 곰새끼 노루새끼들
발가벗고 뛰어노는 폭 십리의 중립지대가
점점 팽창되는데,
그 평화지대 양쪽에서
총부리 마주 겨누고 있던
탱크들이 일백팔십도 뒤로 돌데.

(중략)

꽃피는 반도는
남에서 북쪽 끝까지
완충지대,
그 모오든 쇠붙이는 말끔히 씻겨가고
사랑 뜨는 반도,
황금이삭 타작하는 순이네 마을 돌이네 마을마다
높이높이 중립의 분수는
나부끼데.
            ― 「술을 많이 마시고 잔 어제밤은」 부분

이 작품은 장자의 호접몽(胡蝶夢)을 연상시키는 표현으로 분단극복의
희망을 노래하고 있다. 신동엽은 이 작품 외에도 여러 작품에서 '중립'
과 '완충'이라는 표현을 쓰고 있다.27) 지금까지 여러 사람들이 이 표현

---

27) 「술을 많이 마시고 잔 어제밤은」 외에 이런 표현이 나온 작품으로는 「緩衝地帶」("緩衝

156

의 의미 규명에 관심을 보여왔는데, 중립과 완충의 의미가 실제 국제정
치적인 맥락을 넘어서는 것임은 대부분 동의하면서도, 이 개념이 얼마
나 현실성이 있으며, 실질적인 통일론의 의미를 가지는가에 관심을 가
져왔다.[28] 그런데 우리가 여기서 주목해야 할 것은 이런 표현이 쓰인 작
품은 한결같이 아나키즘적 요소가 강한 작품이라는 점이다.

따라서 자연상태가 최고의 원리를 구현하고 있다고 보는 아나키즘과
도가사상의 연장선상에서 중립의 의미를 찾아야 할 것이다. 중립을 '너
구리새끼 사람새끼 곰새끼 노루새끼들/ 발가벗고 뛰어노는' 곳으로 표현
하고 있는 데에서 중립의 의미가 분명히 드러나고 있다. 중립지대가 점
점 팽창되면 '총부리 마주 겨누고 있던/ 탱크들이 일백팔십도 뒤로 돌'
고 '바깥 하늘 향해/ 총칼들 내던져 버린'다는 시인의 시적 상상력은 현
실 정치의 의미로 파악하려 하면 「주린 땅의 지도원리」에 나타난 시인
의 통일관과 같이 안일하고 막연한 것에 불과한 것이 된다.

신동엽 시에 나타난 완충지대와 중립의 공간은 정치적 문화적 제국
주의와 결합하여 부정적인 근대성을 형성한 현실에 대한 유토피아이다.
신동엽이 작품 속에 유토피아를 구현하는 것은 현실로부터의 도피가 아
니라 이상세계와의 대비를 통해 우리 현실을 부정적으로 인식하는 것일
뿐만 아니라 더 나아가 현실을 변혁하고자 하는 혁명의 의지로 이어진
다. 아나키즘과 도가적 상상력을 통한 근대성의 부정은 우리의 근대성
이 정신적 식민성과 연결되는 점이 있기에 정신적 식민주의로부터 벗어
나고자 하는 의지이기도 하다.

地帶는,/ 바심하기 좋은 이슬 젖은 안 마당"), 「주린 땅의 지도원리」("阿斯達 阿斯女의
나란 緩衝 緩衝이노라고"), 「껍데기는 가라」("中立의 초례청 앞에 서서"), 「산문시」(1)
("그중립국에선") 등이 있다.
28) 중립과 완충의 의미가 실제 통일론의 의미가 있다는데 집착하는 논자가 김윤태이다.
김윤태는 신동엽 시의 중립의 의미를 4·19 혁명 후 한반도 통일방안의 일환으로 제기
되었던 한반도 중립화 통일론을 실제로 수용한 것으로 본다. 김윤태, 「신동엽 문학과
'중립'의 사상」, 『실천문학』, 1999. 봄호.

4. 맺음말

본고에서는 정신적 문화적 식민성을 극복하고자 하는 신동엽의 노력을 두 방향으로 살펴보았는데, 지금까지의 논의를 다음과 같이 정리해 볼 수 있다.

신동엽은 서구 기계문명의 제국주의적이고 파멸적인 성격에 일찍이 주목해 왔다. 제3세계에 있어서 근대화란 이름의 서구 산업기술 이전의 과정은 곧 문화적 침략의 모습을 띠며, 이것은 침략자의 현지 주둔을 수반하지 않기 때문에 더 위험한 것임을 지적하고 있다.

신동엽은 아나키즘의 수용과 도가적 상상력을 통하여 우리 문화가 가지는 식민주의를 극복하고자 한다. 아나키즘이 가지는 근대성의 비판과 생태주의적 세계관 도가철학의 반(反)인간중심주의를 제국주의에 대항하는 담론으로 활용하고 있는 것이다.

사회적 문화적 구조 속에 교묘히 숨어 있는 서구 지배 이데올로기의 언술을 해체시키며 새로운 대안을 제시하고자 하는 신동엽의 작품은 서구가 임의로 정해 놓은 가치관의 서열과 사고방식을 전복시키고, 우리 문학을 우리의 입장에서 재위치 시킨다는 점에서 그 문학사적 의의를 찾을 수 있을 것이다.

주제어 : 근대성, 도가철학, 생태주의 아나키즘, 인간중심주의, 제국주의, 탈식
　　　　민주의.

◆ 참고문헌

구중서 편, 『신동엽』, 온누리, 1983, 13-326쪽.
김경복, 『한국 아나키즘시와 생태학적 유토피아』, 다운샘, 1999, 41쪽.
김충열, 『노장철학강의』, 예문서원, 1995, 153-179쪽.

158

다니엘 게링, 하기락 역, 『현대 아나키즘』, 신명, 1993, 104-115쪽.
머레이 북친, 문순홍 역, 『사회 생태론의 철학』, 솔, 1997, 32-34쪽.
박이문, 『문명의 미래와 생태학적 세계관』, 당대, 1997, 93-104쪽,
신동엽, 『신동엽전집』(증보판), 창작과비평사, 1993, 2-442쪽.
에드워드 사이드, 박홍규 역, 『오리엔탈리즘』, 교보문고, 1991, 11-587쪽.
──────────, 김성곤·정정호 역, 『문화와 제국주의』, 도서출판 창, 1995, 11-566쪽.
원정근, 『도가철학의 사유방식』, 법인문화사, 1997, 308-309쪽.
크로포트킨, 하기락 역, 『근대과학과 아나키즘』, 도서출판 신명, 1993, 38-137쪽.
허버트 리드, 정진업 역, 『시와 아나키즘』, 형설출판사, 1983, 116-117쪽.

◆ 국문초록

지난 수세기 동안 세계를 지배해 온 서양 산업문명과 그에 따른 서양문명의 세계 지배는 우리를 비롯한 제 3세계인의 뇌리에 서구적 가치와 신념을 내면화시켜 놓았다. 이것에 대한 반성 없이는 제 3세계의 참다운 독립은 불가능하다. 서구적 감수성과 문화가치에서의 해방은 단지 제 3세계의 국수주의적이고 자기 방어적인 의미만을 가지는 것이 아니라 서양문명이 가지는 부정성의 확대 재생산을 방지함으로써 세계 전체의 장래를 생각하자는 의미가 내포되어 있다.

본고는 이런 의미를 가지고, 정신적 문화적 식민성을 극복하고자 하는 신동엽의 노력을 서구 기계문명의 거부와 아나키즘의 시정신과 도가적 상상력을 통한 탈식민화 두 방향에서 살펴보았다.

신동엽은 서양 기계문화 속에 흐르고 있는 제국주의적 속성과 반(反)생명적 요소를 간파하고 이를 비판하고 있다. 또 신동엽은 아나키즘의 수용과 도가(道家)적 상상력을 통해서 우리 의식의 탈식민화를 시도하고 있다. 아나키즘 사상이 가지는 근대성의 비판과 생태주의적 세계관, 그리고 도가철학의 반(反)인간중심주의는 넓은 의미에서의 반(反)제국주의적 담론이 될 수 있기 때문이다.

◆ SUMMARY

A Study on Rejection of Western Hegemonic Discourse in Shin, Dong–Yub's Poetry

Kim, Seok-Young

The age of direct imperialism has come to end. The problems of imperialism and colonialism, however, are not limited to the past but still exercise their power to make culture and ideology active in the reality of those who have experienced colonialism. Studies up to the present have chiefly been concerned with the violence and damage which imperialists inflicted, and with questions of casting off colonial leftovers.

The foundation of Sin, Dong–yub's poetry is criticism and rejection of 'modern civilization.' For him, since modern civilization is occidental, it necessarily has an imperialistic nature and contains anti–life elements.

There appears to be a rejection of the colonialistic nature of western culture and a criticism of the savagery and destructiveness of modern culture hidden behind the Western emphasis on progress and development.

His poetically expressed anarchy is derived from Taoism. He used the idea of anarchism as a method of criticising the ruling ideology, colonialism, and negative modernity. In a broad sense, anarchism will furnish material in the discourse against colonialism, because it not only criticizes modern civilization and culture, but also pursues an ecological world view and the Taoistic opposition to an exclusively human–centered society.

Keyword : anarchism, ecological world view, imperialism, post – colonization, taoism

—이 논문은 2004년 12월 31일에 접수되어, 소정의 심사과정을 거쳐 2005년 1월 31일에 게재가 확정되었음.

김남주 시의 담론 고찰

노 철*

목 차

---

1. 서론

김남주 시에 대한 평가는 시를 시인의 사회적 실천의 산물로서 정치적 운동과 대응시키는 경향이 주를 이룬다. 염무웅은 김남주 시의 특성을 첫째, 인류공동체의 염원을 추구하는 순결성. 둘째, 소시민적·소지식인적 잔재 청산. 셋째, 민족민주전선의 최전방의 전사. 넷째, 서구 민중시와 민족시의 전통을 창조적으로 계승한 선전선동 등으로 정리하고 있다.[1] 이러한 특성을 후대에 임환모나 하정일은 탈식민성으로 평가하

---

* 전남대 국어교육과 교수.

1) 염무웅, 「사회인식과 시적 표현의 변증법; 김남주 시집을 읽고」, 『김남주論』, 김준태·이강 외, 도서출판 광주, 1988, 99-111쪽. 이외에 같은 책에 실린 김준태의 「金南住論」,

162

고 있다.[2] 반면에 황정산은 김남주를 리얼리스트가 아닌 혁명적 낭만주의자로 평가한다.[3]

이러한 평가는 모두 당대의 정치적 정세에 따라 시를 측량한 것이지 문화적·문학적 가치를 평가한 것이라 할 수 없다. 물론 문학이 정치와 무관한 것은 아니다. 그러나 정치적 정세에 따른 평가는 정세가 변하면 그 의미를 상실하기가 쉽다. 오늘날 김남주의 시를 읽는 독자는 거의 없으며, 김남주의 시를 연구하는 논자도 거의 없다. 따라서 이 논문은 이러한 사태가 왜 발생하며, 그 이유가 무엇인지를 김남주의 시에서 찾아보려고 한다.

우선 당대의 평가가 과연 오늘날에도 유용한 가치인가 물을 수 있다. 첫째, 김남주의 시에 나타난 순결성의 정체가 무엇이며 순결성이 형성된 토대가 무엇인가를 물을 수 있다. 둘째, 김남주의 순결성은 민중혁명으로 외화되고 있는데, 과연 민중혁명이 현실적으로 인류공동체의 염원을 실현할 수 있느냐 물을 수 있다. 셋째, 소시민·소지식인의 잔재를 청산한 지식인의 이념과 실천이 현실적으로 민중을 주체로 존재하게 하는 이데올로기가 될 수 있느냐 물을 수 있다. 넷째, 민족민주운동의 선전·선동이 토착적인 국수주의를 넘어선 인류공동체의 염원을 실현 시

김진경의 「예언정신과 선언정신」, 위기철의 「단호함의 시정신」 등은 모두 민족사의 직시를 통해 민족의 미래에 대한 비전을 제시하는 민족민주운동의 성격을 강조하고 있다.

2) 임환모는 김남주가 시를 ① 혁명에 복무하는 무기, ② 유물론적·계급론적 관점의 실천, ③ 이지적 판단과 계산에 의한 선전·선동, ④ 제국주의 분단과 매판적 지배계급의 독재적 지배와 근로대중의 비타협적 투쟁을 위한 전위적 운동의 동참 등으로 보고, 이를 실천하였으며 촌철살인의 서정성을 보여주는 시인으로 평가하고 있으며(임환모, 「피로 씌어진 언어의 화살」, 『작가사회』, 2001년 겨울호, 153-174쪽), 하정일은 김남주는 민족해방과 계급해방을 하나의 총체로 이해한 진정한 탈식민적 가능성을 보여준다고 평가하고 있다(하정일, 「80년대 민족문학: 탈식민의 가능성과 좌절」, 『작가연구』, 2003년 상반기, 13-34쪽). 같은 맥락에서 유성호는 반외세·분단극복과 민주회복의 열망을 담은 시로 평가하고 있다(유성호, 「민중적 서정과 존재탐색의 공존과 통합: 1980년대의 시적 지평」, 『작가연구』, 2003년 상반기, 277-281쪽).

3) 황정산, 「칼과 불의 언어: 김남주의 시」, 『작가연구』, 2003년 상반기, 335-344쪽.

키는 대안이 될 수 있는가 물을 수 있다.

이러한 물음을 던지는 것은 다음과 같은 가설을 전제로 한다. 첫째, 김남주가 제기한 계급의 개념은 다원적인 사회계층이 존재하는 남한 사회의 사회구성체를 설명하기에는 둔탁하다. 둘째, 오늘날 국가권력보다는 신자유주의 권력이 강화되고 있으며, 이를 견제하는 새로운 세력으로 시민운동이 부각되고 있는 시대에 김남주의 국가 개념이 남한 사회의 성격을 설명하기에는 무력해 보인다. 셋째, 김남주가 제시한 민족해방의 프로그램이 제국주의로부터의 해방을 추구하는 현실적인 방안이 되기에는 위험하다.

따라서 이 논문은 위 가설을 토대로 김남주 시에 대한 기존의 평가인 '탈식민성'을 비판적으로 분석하여, 남한 사회의 '탈식민성'의 방향을 가늠하려는 데 목적이 있다.

2. 본론

1) 전위투쟁의 순결성과 해방 서사의 부재

김남주의 시는 1970·80년대 독재정권에 대한 불만과 분노를 가졌던 대중에게 공감을 주었다. 특히 그의 전위활동과 투쟁 의지는 군사독재의 폭압을 두려워하던 대중에게 용기를 주었다. 당시 김남주의 시는 역사적 진실을 설파하였으며 민주화 투쟁을 선전·선동하였던 것이다. 이러한 정치적 관점에서 김남주의 시는 민족민주운동과 동일화되었다.

많은 논자들이 시인을 민주전사로 칭송해왔으며, 대중은 무비판적으로 칭송을 수용하였다. 그 결과 김남주의 시는 민족민주운동의 방향과 가치라는 신화가 만들어졌다. 신화는 한 번 만들어지면 그 연원을 따지지 않듯이, 김남주 시의 민족민주운동론도 그대로 수용되었다. 따라서 먼저 김남주 시에 나타난 민족민주운동론이 어디에서 출발하였는지를 살펴볼 필요가 있다.

> 말하자면 나는 이런 사람과 함께 있고자 했다
> 해가 뜨나 해가 지나 근심걱정 잠 안 오고
> 춘하추동 사시장철 뼈빠지게 일을 해도
> 허리띠 느긋하게 한번 쉬어 보지 못하고
> 맘놓고 허리 풀어 한번 먹어 보지 못하고
> 평생을 한숨으로 지새는 사람들과 함께
> 읽을 줄도 쓸 줄도 모르고
> 나라로부터 받아본 것이라고는
> 납세고지서 징집영장밖에 없는
>
> — 「그러나 나는」 부분

위 시에서 국가는 열심히 노동한 사람에게 노동의 대가를 보장해 주지 않고 국가의 요구만을 강요하고 있다. 오늘날 "국가가 국민으로부터 추출하는 인적·물적 자원이 증대하였고, 사회 전체에 대한 침투력과 통제력이 강화되었다."[4]는 점에서 이러한 사태는 근대인의 운명이다.

근대는 뭐니뭐니해도 자본주의라는 특이한 역사적 체제와 결부시켜 생각하지 않으면 안 된다. 자본주의 세계체제는 보수가 불균등하게 배분되는 체계이고, 장기적으로 체제를 양극화하는 경향을 내재하고 있다. 이 같은 경제 체제 안에서 사람들은 유리한 지위를 차지하기 위해 정치적 투쟁을 벌이게 마련이다. 자신에게 유리한 방향으로 권력관계를 바꾸고, 여러 사회적 과정을 바꾸기 위해 정치를 하게 된다.[5]

김남주는 국가를 '경제체제 안에서 사람들이 유리한 지위를 차지하기 위해 정치적 투쟁'의 장으로 인식하고, 오늘날 국가는 "물질적 부를 장악하고 있는 계급이 정신적인 부를 지배"[6]하는 형국으로 파악하여 국

---

4) 이수훈, 『세계체제, 동북아, 한반도』, 아르케, 2004, 25쪽.
5) 이수훈, 위의 책, 25-26쪽.

가의 전복을 선전·선동하였다.[7] 그러나 김남주는 피지배층이 반드시 국가 권력의 속성을 정확하게 인식하고 민감하게 반응하는 것이 아니라는 것을 알고 있었다. 그는 피지배계층은 국가 권력에 대한 동경과 갈망이 강하다는 것[8]을 묘사한 것이 그 증거라 할 수 있다. 뿐만 아니라 피지배층의 허위의식이 국가권력의 헤게모니가 피지배층의 생활과 의식을 지배하기 때문에 발생한다는 것도 알고 있었다. 그는 피지배층이 지배층의 감정과 생각, 언어와 세계관에 따라 절망하고 희망을 갖도록 순치되고 있는 것[9]을 묘사한 것이 그 증거라 할 수 있다.

그러나 김남주의 이데올로기는 일상적으로 작동하는 메커니즘에 직접 대응하지 않는다. 그 까닭은 시인이 오랜 감옥 생활 때문에 일상적인 경험이 미약했기 때문이기도 하지만 더 근본적인 것은 김남주의 정치적 입장 때문이었다. 그는 일상적이고 무의식적인 권력에 일일이 대응하기보다는 당시 부도덕한 독재정권을 단죄할 투쟁을 중시하였다.

한 나라의 대통령이라는 자가

---

6) 김남주, 『시와 혁명』, 나루, 1991, 22쪽.

7) "감옥들은 부자들이 그들의 재산을 지키기 위해 만들어졌다/ 그리고 이들은 감옥을 채우기 위해 경찰과 검사를 만들었으며/ 그리고 이들은 감옥을 지키기 위해 간수를 만들어냈으며/ 그리고 이들은 이 모든 것을 감쪽같이 속이기 위해 법과 법관을 만들었다// 놈들로 하여금 이 벽을 허물도록 하자!"(「사실」 부분)

8) "그래 그는 머슴이었다/ 십년 이십년 남의 집 부자 집 머슴살이였다/ 나이 서른에 애꾸는 각시 하나 얻었으되/ 그것은 보리 서 말에 얹혀 떠맡긴 주인집 딸이었다// 그는 내가 커서 어서 어서 커서/ 면서기 군서기가 되어주기를 바랬다/ 손에 흙 안 묻히고 뺑돌이 의자에 앉아/ 펜대만 까딱까딱하는 그런 사람이 되어주기를 바랬다/ 그는 금판사가 되면 돈을 갈퀴질한다고 늘 부러워했다/ 끝내 고집을 꺽지 않고 금판사가 되면 골방에 금싸라기가 그득그득 쌓인다고 했다"(「아버지」 부분)

9) "놈들이 느낀대로 느껴야 해/ 놈들이 생각한 대로 생각해야 해/ 놈들이 웃으면 웃어야 하고 놈들이 찡그리면 찡그려야 해/ 웃을 때 운다든지 울 때 웃어선 안 돼/ 말을 하더라도 놈들의 입으로 해야 해/ 세상을 보더라도 놈들의 눈으로 보아야 해/ 놈들의 절망에 호소하면 절망을 절망해야 해/ 대망의 80년대 90년대 2천년대 하며 기적을 팔면 예수를 팔아서라도/ 그 기적을 믿어야 해"(「사실」 부분)

외적의 앞잡이이고 수천 동포의
학살자일 때 양심 있는 사람이
있어야 할 곳은
전선이다 무덤이다 감옥이다
도대체 형제의 살해 앞에서 저항하지 않고
누가 자유일 수 있단 말인가
동지여 제국주의를 반대하여 싸우지 않고
착취받고 억압당한 민중들을
옹호하여 싸우지 않는다면
도대체 혁명이란 무엇이란 말인가?

—「학살」전문

김남주는 당시 정권은 형제를 학살한 부도덕한 집단이자 제국주의와 부자의 이익을 위해 자유를 억압하는 세력으로 규정하고 있다. 따라서 그는 국가권력의 실체를 폭로함으로써 대중이 자신의 처지를 인식하고 행동하는 주체로 일어서는 혁명을 선동한다. 여기서 주목되는 것은 혁명에 대한 인식과 혁명의 모델이다. 그의 '민중혁명'은 서구의 민중혁명을 모델로 하고 있다.[10]

프로메테우스가 불을 달라 제우스에게 무릎 꿇고 구걸했던가
바스티유 감옥은 어떻게 열렸으며
센트 피터볼 요새는 누구에 의해서 접수되었는가
그리고 쿠바 민중의 몬까따 습격은 웃음거리로 끝났던가
그리고 프로메테우스의 고통은 고통으로 끝났던가
루이가 짜르가 바티스타가 무자비한 발톱의 전제군주들 스스로 제 둥지를 떠났던가
팔레비와 소모사와 이 아무개와 박 아무개가
지 스스로 물러났던가
묻노니 그들에게

---

10) 뿐만 아니라 그는 한국의 역사에서도 민중혁명을 묘사한다. 특히 '동학혁명'을 혁명의 전통으로 설정하고, 민중의 실천적인 행동을 추동한다.

어느 시대 어느 역사에서 투쟁 없이 자유가 쟁취된 적이 있었던가
도대체 자기 희생 없이 어떻게 이웃에게 봉사할 수 있단 말인가
－「나 자신을 노래한다」 부분

숱한 투쟁과 희생을 통해 독재자가 무너진다는 것은 누구나 알고 있다. 그런데도 세계 도처에서 발생했던 민중혁명을 엮어 놓고 있다. 이렇듯 민중혁명을 엮어 놓은 것은 역설적으로 당시 투쟁이 그만큼 어렵고 힘들다는 것을 말해준다. 투쟁을 위해서는 희생을 감수할 용기가 필요했으며, 끊임없이 미래에 대한 믿음과 투쟁 정신을 고취하지 않으면 안 되었던 것이다. 이런 점에서 김남주의 시는 대중에게 투쟁을 선전·선동하기도 하였지만 한편으로는 자신의 투쟁 의지를 다지기 위한 자기최면의 과정이기도 하였다. 여기서 김남주 시의 단호함과 순결성이 발생한다.

그런데 '단호함과 순결성'은 투쟁에서는 실천적인 힘을 줄지 모르지만 역설적이게도 미래의 전망을 과학적으로 인식하는 것을 오히려 어렵게 한 측면이 있다. 김남주의 시는 자신의 투쟁의지와 순결성을 타인에게 전이하려는 욕망이 강하다. 그러나 소시민이나 노동자는 일상적인 유혹에 노출되어 있을 뿐만 아니라 생계를 책임져야할 가족이 있다. 보통의 사람은 유혹에 흔들리고 가족에 대한 책임감을 느끼는 것이다. 이것을 소시민성이라 부르지만 민중은 본래 소시민성과 혁명성을 동시에 지니고 있다. 그것은 생존의 본능으로 억압에는 몸을 낮추지만 자신의 행동이 통할 것 같으면 언제든지 일어선다. 민중에게 단호함과 순결성을 요구할 수는 없다. 이런 점에서 몇몇 진보적인 지식인이나 노동자 정도가 김남주 시의 독자일 수밖에 없었다.

뿐만 아니라 민중혁명이 일어나면 해방의 서사가 완성되는 것이 아니다. 김남주도 그것을 알고 있었다. 그는 해방은 민중이 주인이 되어 스스로 국가를 건설하는 과정이라는 인식을 보여준다.

기다려요 기다리며 우리 배워가요
쇠사슬 달구어 칼을 벼르는 기술을
안팎으로 쑤셔 들쑤셔 증오의 벽 무너뜨리는 기술을
입술과 입술을 만나게 하고
가슴과 심장을 만나게 하고
형제와 누이와 아버지와 아들이
민중이 나라의 주인이 되게 하는 기술을
- 「사랑의 기술」 부분

위 시는 민중이 주인이 되는 나라를 건설할 수 있다는 낙관적 믿음이 바탕을 이루고 있다. 또한, 억압을 이겨내는 과정에서 내적·외적 고투를 이겨내면서 민중을 사랑하는 법을 터득하리라는 믿음도 보여주고 있다. 그러나 민중이 주인이 되는 세상에 대한 전망이 구호의 차원에 머물고 있다. 김남주 시에는 구체적인 민중이 없다. 현실의 어려움에 부딪치고, 좌절하고, 분노하고, 타개하려는 해방의 서사가 없다.[11] 그의 시는 민중을 감화시킬만한 미래의 전망을 보여주지 못한 것이다. 이런 점에서 김남주 시의 단호함과 순결성은 당대 정치적 투쟁에서 몇몇 사람을 감동시켰지만 오늘날의 독자에게 감동을 주기에는 역부족이다.

뿐만 아니라 정치투쟁에 집착한 김남주가 앞으로 전개될 남한 사회의 성격을 이해하기에는 역부족이었다. 세계사적 변화를 읽기에는 과학적 인식이 부족했던 것이다. 오늘날 남한의 시민운동은 민중혁명과 단절을 설정하면서 국가권력을 감시하고 대중의 이익을 위해 노력하는 세력으로 부각하고 있다. 시민운동세력은 실제로 국가의 법과 제도를 제정하는 데에 강력한 힘으로 작용하고 있다. 이러한 시민사회론의 입장에서 보면 김남주의 해방 서사는 급진적인 아나키즘이라 할 수도 있다.

---

11) 박노해의 『노동의 새벽』이 노동자의 생활과 조직화 과정을 반영으로 노동자가 노동해방 투쟁으로 나서는 과정을 그린 해방 서사라는 점(노철, 「박노해시의 리얼리즘적 성격과 의의」, 『작가연구』, 2003년 상반기, 313-333쪽 참조)과 비교하면 김남주의 특징이 더 잘 드러난다.

앞에서도 살폈지만 민중은 이익에 따라 움직인다. 폭압이 심화되어 생존이 심각한 위기에 처할 때야 민중은 혁명적이다. 그러므로 민중혁명은 국가 권력의 경직화가 심각할 때 발생한다. 하지만 남한의 국가권력은 심각한 위기를 자초할 정도로 경직되지 않았다. 남한의 국가는 내적 동력을 수용할 정도로 탄력적이다. 다만 남한의 국가 권력이 민중과 부딪칠 위기는 외적 규정에 의해서 발생할 가능성이 높다. 남한의 국가는 세계의 자본주의 체제로부터 자유롭지 못하기 때문이다. 그렇다고 세계체제로부터 이탈할 수는 없다. 남한의 민중은 자본주의 체제 속에서 자기 생존의 길을 모색할 수밖에 없는 운명을 인식하고 있다.

이러한 정치경제적 환경에서 김남주의 전략이 자본주의 체제를 부정하는 것이라면 무모한 아나키스트이거나 낭만주의자이며, 민족주의를 주창하면 서구의 '부르주아 시민사회'의 잔재를 반복할 위험이 커 보인다. 서구 부르주아 시민사회는 근본적으로 제국주의적이며, 제 3세계의 저항에 부딪치면 내적 균열을 일으킬 불안전한 자유와 복지를 유지하고 있기 때문이다. 이런 점에서 김남주의 탈식민 프로그램에서 민족 문제를 더 고찰할 필요가 있다.

2) 남·북한의 동질화와 관념적 민족주의

김남주의 탈식민 운동은 제국주의의 소극적인 해체와 적극적인 해체로 나타난다. 소극적인 해체는 '폭로의 원리'라 할 수 있으며, 적극적인 해체는 '혁명의 선전·선동'이라 할 수 있다. 폭로의 원리는 김수영이 피지배 민중과 지배 권력의 가치를 역전시키거나 재배열하던 전략을 계승한 것으로 보인다.

여러가지 점에서 김남주의 초기시에는 김수영의 낙인이 찍혀 있다. 언어와 운율에 대한 극히 세심한 배려, 이미지의 반복과 대조에 의한 점층적 효과, 반어법·대화체 등의 활용을 통한 소격효과 따위를 용의주도하게 사용할 줄 안다는 점에서 김남주는 김수영 문학의 현대성을 전수받고 있으며 '자유' '죽음' 같은 개념들도 김수영에게서 배운 것이다. 다만 김수영이 끝내 소시민 지식인의 한계 안에서 소시민성을 넘어서려 했다면 생활인으로서의 행보가 훨씬 가벼운 김남주는 자신의 사회적 존재 자체를 전환시킴으로써 그것을 시도했다는 점이 새로운 주목의 대상이다.[12]

염무웅의 지적에서 본질적인 것은 형식적인 장치가 아니라[13] 시인이 사회적 존재 자체의 전환을 시도한 점이다. 소시민적 지식인에서 혁명적인 민중운동가로 전환은 지식의 전환이 아니라 세계관의 전환으로 노동계급의 입장에서 세계를 인식하고 구성하는 '당파성'의 획득과 관련된다.

그런데 김남주에게서 당파성은 노동해방뿐만 아니라 민족해방과도 관련된다. 김남주는 외세에 종속된 국가권력은 외세의 이익을 대변하므로 민중의 이익을 빼앗는다는 인식을 보여준다.[14] 남한 사회의 모순을

---

12) 염무웅, 앞의 글, 105쪽.

13) 김남주에게 시의 형식적인 기교는 민중과 소통하는 방법이면 무엇이든 상관없었다. 김남주는 서구의 네루다, 마야코프스키, 하이네 등의 민중시와 우리나라의 김소월이나 정지용 등의 흔적까지 발견된다. "사랑하는 이여 그 누가 묻거들랑/ 당신 남편은 어디 가고 없냐고 묻거들랑/ 말해 주오 억압과 착취가 있는 곳에 갔다고// 사랑하는 이여 그 누가 묻거들랑/ 당신 남편은 어디 가서 무얼 하냐고 묻거들랑/ 말해 주오 총칼메고 싸움터 갔다고// 사랑하는 이여 그 누가 묻거들랑/ 당신 남편은 왜 아직 돌아오지 않느냐고 묻거들랑/ 말해 주오 지금 그는 감옥에 있다고/ 서슴없이 자랑스럽게 말해 주오/ 몸은 비록 갇혔어도 혁명정신은 살아 있나니."(「편지」 전문)이나 "압제자가 묶어 놓은 세상의 모든 매듭을 풀어/ 인간의 팔에서 날개가 되고 바람이 되기도 하는/ 새여 바람이여 자유여/ 부르다가 내가 죽을 이름이여."(「부르다가 내가 죽을 이름이여」 부분)에서 보듯이 김소월의 어조나 모티프의 차용 등을 적지 않게 볼 수 있으며, "감옥/ 문턱 위에/ 걸쳐 있는/ 다람쥐 꼬리만한 햇살/ 삭둑삭둑 가위질 하여 꼴깍꼴깍 삼키고 싶다/ 언 몸 봄 눈 녹듯 녹을 성싶다"(「장난」 전문)에서 보듯이 정지용의 이미지 조형 방법이나 정지용 시의 구절을 차용하는 등의 흔적을 여기저기서 발견할 수 있다. 뿐만 아니라 「아버지와 아들」의 구절 배치 방식에서는 마야코프스키나 하이네의 시의 흔적을, 시집 『학살』에서는 네루다 시의 흔적 등을 발견할 수 있다.

14) "장군들 이민족의 앞잡이들/ 압제와 폭정의 화신 자유의 사형집행자들/ 기다려라 기다려라 기다려라/ 나는 싸울 것이다 살아서 나가서 피투성이로/ 빼앗긴 내 조국의 깃발과 자유와 위대함을 되찾을 때까지/ 토지가 농민의 것이 되고/ 공장이 노동자의 것이 되고/

계급문제와 민족문제가 중첩된 것으로 인식하는 운동론인 것이다. 그러므로 김남주는 외세를 배격하고 민중이 주인이 되는 세상을 건설하려한다. 이것은 자본주의 체제에 대한 부정과 저항의 전략이다. 김남주의 궁극적 목표는 자본주의에서 분리되어 노동자·농민이 토지와 공장을 소유하고 국가를 운영하는 사회주의체제의 건설인 것이다.15)

그러므로 김남주의 시는 남한의 국가 권력, 제도, 이념 등을 해체하려든다. 사회주의의 관점에서 세계를 재구성하기 위해서 기존의 세계를 해체하는 것이 필수적이기 때문이다. 여기서 그의 구체적인 해체 전술을 살펴볼 필요가 있다. 그의 진술에 따르면 '지배계급의 허구적 이데올로기가 만든 역사적 사실의 날조와 이북에 대한 이데올로기적 편견의 불식'16)을 위해 시를 쓴다. 폭로와 풍자가 김남주 시의 한 특성을 이루는 것은 이런 까닭이다.

> 시는 분노가 아니나니 신의 입김이나니.
> 희망을 가지라 한다
> 선생은 학교에서 군자를 가르치면서
> 수신제가하야 치국평천하라고
> 희망을 가지라 한다.
> 목사는 교회에서 설교하면서
> 이를테면 이렇게 설교하면서
> 치마를 걷어올리거든 고쟁이까지 벗어줘라.
> 그러나 무슨 희망을 가져야 하나
> 살아 날뛰는 것은 사냥개뿐이고
> 살아 설치는 것은 총잡이 뿐이고
> 세상이 온통 도살장이 되어 버린 이 땅에서,
>
> — 「희망에 대하여·1」 부분

권력이 민중의 것이 될 때까지"(「권력의 담」 부분)

15) 이러한 운동론은 NL로 불리는 운동노선으로 혁명적인 대중조직을 건설하여 외세를 배격하고 민족해방을 이루려는 전략이다.

16) 김남주, 앞의 책, 22쪽 참조.

김남주는 '시는 분노가 아니라 신의 입김이다'는 민중이 주체적인 생각과 감정을 표현하는 것을 추한 것으로 교육하고 있고, '군자는 가족을 먼저 다스려라'는 가족의 안위만 걱정하는 소시민 의식을 유포하고 있으며, '빼앗으면 더 주라'는 저항하지 말라는 윤리를 강요하는 것으로 파악하고 있다. 다시 말해서 남한의 예술, 교육, 종교 등은 현재의 억압 구조를 합리화하는 지배 이데올로기를 전파하고 공고히 하는 담론이라는 것이다.

또한, 김남주는 지배 권력과 하수인을 '날뛰는 사냥개', '설치는 총잡이'로 풍자하고 있다. 자본주의 미학에서 보면 '날뛰는 사냥개', '설치는 총잡이'는 추한 언어일 수 있다. 왜냐하면 부르주아 미학은 현실의 모순을 은폐한 아름답고 고상한 이미지를 미적인 것으로 간주하기 때문이다.

이러한 폭로와 풍자는 분명 김수영의 시 쓰기 전략에 빚지고 있다. 그러나 개인의 내면보다는 현실의 묘사가 중심적 서술인 것은 김수영과 다르다. 여기서 김수영과 김남주의 미학이 구별된다. 김수영은 소시민의 지식인으로서 자신의 생활을 떠나지 못한다. 늘 세상에 대한 불만을 토로하지만 정면으로 세계와 맞서 싸우기보다는 한발 물러나 세상에 대해 냉소적인 조소를 퍼붓는다. 반면에 김남주는 생활인으로서 묶이지 않고 세상의 모순에 정면으로 덤벼든다. 철저하게 자본주의 체제에 저항하는 존재인 것이다.[17)

---

17) 김남주의 초기 시에서는 김수영의 흔적을 많이 발견할 수 있다. 사소한 것이나 비천한 것을 고상한 것 존귀한 것과 견주거나 가치를 역전시키는 방식은 유사하나 그 근저에 깔린 세계를 바라보는 시선과 지향은 이미 차이를 내재하고 있었다. 그 한 예로 "그들은 누구와 함께 자고 있는가/ 달과 함께 별처럼 자고 있는가/ 바람과 함께 문풍지처럼 자고 있는가/ 웃목에서 하품하는 요강과 함께 자고 있는가// (중략) 내가 그들을 본 것은 툇마루였다/ 툇마루에 놓인 밥상 위의 툭사발/ 속의 둥둥둥 떠오른 멸치/ 고기를 나꾸려고 가로세로 다투는/ 네 개의 젓가락// 아 그들은 누구와 함께 자고 있는가/ 디룩디룩 배불러 터진/ 거머리와 함께 자고 있는가/ 대창에 찔린 개구리/ 피와 함께 자고 있는가 고달프고/ 애절한 사랑과 함께 자고 있는가"(「그들은 누구와 함께 자고 있는가」 부분)에서 어조, 행걸침, 사소한 것의 열거 등은 김수영의 흔적을 볼 수 있다. 그러나 '멸치를 서로 먹으려 다투는 젓가락', '거머리와 개구리로 상징되는 착취와 분노'와 같은 표상은 김수

그러나 자본주의체제는 저항을 한량없이 허용하지 않는다. 자본주의 체제를 거부하는 자를 순치하려고 노력한다. 체제에 대한 도전한 자는 사회적인 생존이 쉽지 않다. 그러므로 소시민은 체제에 굴복하고 생존의 길을 택한다. 불만을 억누르며 체제에 순응하다가 순치되기 마련이다. 김남주는 이러한 순치를 치욕으로 여기고 거부한다.[18] 굶주리더라도 독립된 자유를 누리겠다는 시인의 의지가 단호하다. 여기에는 자본주의 체제에 대한 인식이 아니라 거부가 있다.

> 삼팔선은 삼팔선에만 있는 것은 아니다
> 당신이 걷다 넘어지고 마는
> 미팔군 병사의 군화에도 있고
> 당신이 가다 부닥치고야 마는
> 입산금지의 붉은 팻말에도 있다
> 가까이는 수상하면 다시 보고 의심나면
> 짖어대는 네 이웃집 강아지의 주둥이에도 있고
> 멀리는 그 입에 물려 보이지 않는 곳에서
> 죄 안 짓고 혼줄 나는 억울한 넋들에도 있다
> 삼팔선은 삼팔선에만 있는 것이 아니다
> 낮게는 새벽같이 일어나 일하면
> 일할수록 가난해지는 농부의
> 졸라 맨 허리에도 있고 제 노동을 팔아
> 한 몫의 인간이고자 일어나면
> 결정적으로 꺾이고 마는 노동자의
> 구부러진 허리에도 있다

영의 소시민성과 다르다. 김수영의 시가 개인의 소시민적인 속성에 대한 폭로와 반성이라면 김남주의 시는 이미 민중의 고달픔과 분노, 착취와 해방이라는 서사가 내포되어 있다. 비록 '애절한 사랑' 등과 같은 개인적인 문제들도 포함되어 있지만.

18) "벗이여 너와 나 치욕으로 살지 말자/ 식민지 종속국 배부른 노예로 살기를 거부하고/ 차라리 주린 창자 자유로 채우며/ 직립보행 독립의 나라로 일어서자// 칼에 얼굴이 긁히고/ 도끼에 뿌리가 찍히고 외제 총알로/ 몸뚱이가 온통 벌집투성이의 그러고도/ 삭풍에 의젓한 우리나라 상수리나무여"(「고개들어 조국의 하늘 아래」 부분)

> 높게는 그 허리 위에 巨財를 쌓아올려
> 도적도 얼씬 못하게 철저히 악랄한
> 부자들의 담벼락에도 있고 그들과 한패가 되어 심심찮게
> 그들과 한패가 되어
> 시기적절하게 벌이는 쇼 쇼 쇼
> 고관대작들의 평화통일 제의의 축제에도 있다
> — 「삼팔선은 삼팔선에만 있는 것이 아니다」 부분

위 시는 일상적이고 사소한 것이 모두 권력이 외화 된 형태라는 것을 폭로하고 있다. 발에 맞지 않는 미군의 군화 때문에 넘어지는 짜증, 산을 오르다가 갑자기 마주치는 '입산금지'라는 붉은 팻말의 답답함, '수상하면 다시 보고 의심나면 신고하자'는 반공 표어의 섬뜩함은 모두 사소한 것 같지만 권력이 만든 장치로 본 것이다. 바꾸어 말하면 지시하는 자와 지시받는 자의 분단이 있는 것이다.

분단은 여기서 그치지 않는다. 농부와 부자의 분단, 노동자와 부자의 분단, 고관대작의 평화통일 쇼와 농민·노동자의 통일 염원 사이의 분단이 있다. 지배와 피지배, 가난과 부자, 진실과 허위 사이에 삼팔선이 있는 것이다. 여기서 '삼팔선'은 분단의 상징이다. 시의 점층적인 전개가 평화통일의 문제를 가장 중대한 문제로 부각하고 있는 것을 보면 알 수 있다. 김남주의 분단 문제는 결국 민족의 문제로 귀결되고 있는 것이다.

이런 점에서 80년 광주를 바라보는 김남주의 시각은 민족문제에 대한 인식을 극명하게 보여준다. 김남주가 볼 때, 국가권력을 장악하기 위해 민중을 학살한 군인과 학살 군인이 국가권력을 찬탈하도록 항공모함까지 동원한 미국은 폭정의 화신이자 자유의 사형집행인이다.[19] 김남주

---

19) "장군들, 이민족의 앞잡이들/ 압제와 폭정의 화신 자유의 사형집행인들// 보아다오 보아다오 보아다오/ 살해된 처녀의 머리카락 그 하나하나는/ 밧줄이 되어 너희들의 목을 감을 것이며/ 학살된 아이들의 눈동자/ 그 하나하나는 총알이 되고/ 너희들이 저질러 놓은 범죄/ 그 하나하나에서는 탄환이 튀어나와/ 언제가 어느날엔가는/ 너희들의 심장에 닿을 것이다"(「학살·3」 부분)

의 이들을 향해 전쟁을 선포한다.

> 나에게는 원수가 있소 만난을 무릅쓰고 갚아야 할
> 노동이라곤 해본 적이 없어
> 비단결처럼 손바닥이 미끈한 자들
> 그 손으로 노동의 딸을 쾌락의 도구로 갖고 노는 자들
> 그 손으로 외적과 손을 잡고
> 제 민족 제 동포들 팔아먹는 자들
> 매판자본가들 매판관료들 매판군벌들
> 이들 매국노들을 민중의 불구대천의 원수들을
> 죽음을 불사하고 갚아야 할.
> — 「나에게는 갚아야 할 원수가 있소」 부분

위 시에서 전선은 일하지 않는 자, 매국노와 노동자, 민중의 대립이다. 여기에는 '일하지 않는 자가 외세와 손을 잡고 노동자와 민족을 팔아먹는다.'는 전제가 깔려 있다. 남한 사회의 가진 자는 모두 외세의 이익과 결탁되어 있다고 보는 시각이다. 이것은 계급의 문제도 결국 민족의 문제로 수렴될 수밖에 없다는 논리다. 이러한 논리는 남·북한을 동질의 것으로 설정할 때만 가능하다. 자본주의와 사회주의라는 체제의 차이를 무화시킬 수 있었던 것은 무엇일까. 김남주의 사회주의 지향 때문에 가능했다.

그러나 민중이 권력의 주인이 되는 사회주의 국가가 현실적으로 가능한 것인지 생각해 볼 필요가 있다. 자본주의 체제를 벗어난 사회주의 체제가 현재 지구상에 존재할 가능성은 거의 없다. 북한의 고통도 자본으로부터 고립과 무관하지 않다. 여기서 김남주의 민중혁명론의 관념성이 드러난다.

남한 자본주의는 김남주가 생각하는 것처럼 단순하지 않다. 현실적으로 남한에서 외세와 투쟁은 직접적인 대결보다는 국가권력과 투쟁으로 진행될 것이다. 그러나 국가는 끊임없이 지배 담론의 가치와 전제를

재생산하여 제도화하고 선전하면서 물적 토대를 확보해 갈 것이다. 현실적인 삶을 규정하는 제도와 정신적 가치와 투쟁하는 일은 북한의 민중은 생각지도 못할 것이다. 물론 전위적인 활동은 지배 담론의 가치와 전제를 재생산하는 것을 막는 역할을 수행할 수도 있을 것이다. 그러나 그것이 대중과 결합하지 못하면 어떤 역할도 할 수 없다.

여기서 우리는 김남주의 탈식민성을 다시 검토할 필요가 있다. 점점 자본의 헤게모니가 민중을 소리 없이 장악하는 시대에 김남주와 같은 '급진적인 강령'이 설득력을 가질 수 있는 범위는 어느 정도 일까. 혁명 세력을 구축하는 시 쓰기가 대중을 설득하기는 힘들 것이다. 김남주가 남한 사회의 독자적인 성격을 지나치게 무시하고 있기 때문이다. 뿐만 아니라 그의 사회주의 지향은 남한 내에 물적 토대를 확보하지 못하고 있으며, 오히려 북한의 물적 토대를 기반으로 한 관점이라는 혐의를 지울 수가 없다.

3) 사회주의적 주체와 지배담론의 역전

김남주 시의 주체는 지배계급과 외세에 비타협적이다. 이것은 김남주의 사회주의 지향과 연관된다. 대부분의 민중운동이나 시민운동이 자본주의 체제를 승인하면서 자신이 유리한 지위를 차지하려는 정치 투쟁이라는 점과 구별되는 것이다. 그의 눈에는 자본주의를 승인한 진보적인 운동은 환상적인 허구에 지나지 않았다. 그러므로 김남주의 시 쓰기 전략은 소시민적 자기비판보다 자신의 신념과 감정을 직설적으로 표현한다.

미군이 있으면
삼팔선이 든든하지요
삼팔선이 든든하면
부자들의 배가 든든하고요

— 「쓰다 만 시」 전문

> 미군이 없으면
> 삼팔선이 터지나요
> 삼팔선이 터지면
> 대창에 찔린 깨구락지처럼
> 든든하던 부자들의 배도 터지나요
>
> — 「다 쓴 시」 전문

　미군의 주둔과 휴전협정은 남한 사회의 성격을 규정하는 조건이다. 남한 민중의 뜻과 무관하게 미군이 국가 안보를 좌지우지 할 수 있다는 말이다. 미국은 자국의 안위와 이익을 위해서 세계 어느 곳에서든지 전쟁을 감행할 수 있는 나라이기 때문이다. 그러므로 미국의 속성을 아는 사람은 미국을 두려워한다. 그러나 위 시에서는 미군을 전혀 두려워하지 않는다. 오히려 미군은 부자의 이익을 보장하는 자본의 군대라는 성격을 폭로하고 있다.

　뿐만 아니라 삼팔선이 자본과 민중의 전선이라는 것을 암시하면서, 삼팔선이 터지는 것이 두렵지 않은 계급이 누구인가를 역설적으로 묻고 있다. 하지만 독자는 부자가 아닌 무산계급이라는 답을 쉽게 찾도록 되어 있다. 시인은 국가권력과 외세가 결합한 남한 사회는 신식민지적 성격을 지닌다는 인식을 가지고 있었던 것이다. 그러므로 남한의 국가는 민중의 이익을 철저히 말살하고 착취하는 권력이라는 생각을 부각시킨다.

> 전쟁이 터지자 나는
> 쌈터로 끌려갔다
> 앞장세워져 맨 앞 총알받이가 되었고
> 사람들은 나를 두고 나라국경 지키는 용사라 했다
>
> 쌈질이 끝나고 고향은 쑥밭이 되고
> 나는 건설대에 끌려갔다
> 소나 말이 되어 게거품을 흘렸고
> 사람들은 나를 두고 나라살림을 일으키는 역군이라 했다

겨울이 오고 한파가 밀어닥치자
굶주림과 추위 혹사에는 더는 못내 겨워
에헤라 가더라도 내일 삼수갑산 들고 일어섰다
그러자 이번에는 감옥으로 끌려갔고
사람들은 나를 두고
나라 팔아먹는 역적이라 했다
　　　－「읽을 줄도 쓸 줄도 모르는 어느 백성의 이야기」 전문

　　무산자의 백성이 국가가 시키는 대로 할 때는 영웅으로 추대되지만 국가의 말을 어기자마자 하루아침에 역적으로 내몰린 이야기다. 민중은 부자의 이익을 위한 정책의 희생자라는 사실을 폭로하기 위한 전략이다. 왜냐하면 민중은 의식화되지 않으면 부르주아의 전략에 따라 자신도 소부르주아 계층이 될 수 있다는 환상에 빠져들기 쉽기 때문이다. 이러한 전형을 「아버지」[20]에서 볼 수 있다. 아들이 커서 관리가 되기를 바라는 것은 여전히 오늘날 한국의 민중의식이다. 자신은 가난하고 힘들어도 자식만은 이 고생에서 벗어나게 하고 싶은 소시민적 갈망이다. 실제로 몇몇은 계급상승을 이룩하였다. 그러나 그 비율은 얼마나 되는가. 대부분은 계급상승에 실패한다. 그런데도 이러한 의식이 대물림되면서 소부르주아에 대한 환상을 철저히 믿는 민중이 양산되고 있다.

　　「공부나 합시다」[21]에서 보듯이 학생들은 사람 사는 이야기보다는 수학문제 하나를 더 풀어 일류대학에 들어가는 것이 목적이다. 김남주는

---

20) "그래 그는 머슴이었다/ 십년 이십년 남의 집 부자 집 머슴살이였다/ 나이 서른에 애꾸는 각시 하나 얻었으되/ 그것은 보리 서 말에 얹혀 떠맡긴 주인집 딸이었다// 그는 내가 커서 어서 어서 커서/ 면서기 군서기가 되어주기를 바랬다/ 손에 흙 안 묻히고 뺑돌이 의자에 앉아/ 펜대만 까딱까딱하는 그런 사람이 되어주기를 바랬다/ 그는 금판사가 되면 돈을 갈퀴질한다고 늘 부러워했다/ 끝내 고집을 꺽지 않고 금판사가 되면 골방에 금싸라기가 그득그득 쌓인다고 했다"(「아버지」 부분)

21) "바깥세상이 시끄러운지라/ 수학문제를 풀던 선생님이/ 잠시 분필을 놓으시고/ 사람 사는 이야기를 하려는데/ 학생 하나 벌떡 일어나 소리지른다/ ― 선생님 공부나 합시다 ―"(「공부나 합시다」 부분)

이런 학생이 나중에 높은 자리에 앉으면 "잡아 조지고,/ 때려 조지고/ 가둬 조지는" 사람이 될지 모른다고 걱정을 한다. 왜냐하면 계급 상승은 곧 자본의 권력에 편입하는 과정으로 자기 아버지와 적대적인 관계일 수밖에 없는 아이러니로 보기 때문이다. 여기에는 아무리 민중의 아들이라도 권력에 편입되면 민중과 권력 사이의 중간자로 존재할 수 없다는 입장이 깔려 있다. 이러한 중간자의 부정은 민중과 자본가의 전쟁을 선포한 김남주에게는 당연한 귀결이었다.

그런데 자본가와 민중의 전쟁은 김남주에게는 외세와 민족의 전쟁으로 쉽게 치환될 수 있다. 그에게 자본은 외세의 이익을 대변하는 매국노이고, 민중은 민족의 이익을 대변하는 애국자이기 때문이다. 심지어 보수와 진보, 우익과 좌익도 모두 매국과 애국의 전선으로 치환된다.[22] 여기서 김남주의 애국주의 편향을 볼 수 있다. 모든 문제를 애국이냐 매국이냐는 논리로 단순화하는 것은 남한 사회의 계급과 계층을 동질화 한 것이다. 이것은 남한의 다양한 계급과 계층의 차이를 하나의 정치투쟁으로 조직화하려는 의도를 보여준다.[23]

그러나 본질적으로 여기에는 남한 사회의 성격에 대한 관점의 문제가 개진되어 있음을 간과해서는 곤란하다. 남한 민중이 자신의 처지를 인식하고 스스로 주체로서는 과정이 애국으로 수렴된다는 논리는 민족주의의 혐의로부터 자유롭지 못하다. "독립된 주체는 행동과 인식과 존재를 생산하는 조건의 일치에서 가능하다."[24] 이런 점에서 김남주의 시에는 남한의 다양한 계층과 계급이 애국의 주체로 서가는 투쟁의 서사가 없다. 그러나 아직은 김남주의 민족주의를 종족주의라 속단하기보다는 물적 토대를 북한 민중에서 찾았다고 보는 것이 타당할 것 같다.

---

22) "지금 이 나라에서는/ 보수와 진보가 있는 게 아니어요/ 우익과 좌익이 있는 게 아니어요/ 매국노와 애국자가 있을 뿐이어요/ 그 중간은 없는 거예요 어머니"(「어머님께」 부분)

23) 하정일은 김남주의 민족해방과 계급해방을 하나의 총체로 이해한 것이 진정한 탈식민적 가능성을 보여준다고 평가하고 있다(하정일, 「80년대 민족문학: 탈식민의 가능성과 좌절」, 『작가연구』, 2003년 상반기, 27쪽).

24) Bart Moore-Gilbert, 이경원 역, 『탈식민주의! 저항에서 유희로』, 한길사, 2001, 216-217쪽.

“조국은 하나다”
이것이 나의 슬로건이다
꿈 속에서가 아니라 이제는 생시에
남 모르게가 아니라 이제는 공공연하게
“조국은 하나다”
양키 점령군의 총구 앞에서
자본가의 개들의 이빨 앞에서
“조국은 하나다”
이것이 나의 슬로건이다

ㅡ「조국은 하나다」 부분

위 시는 김남주의 슬로건을 압축적으로 보여준다. 실제로 이러한 슬로건은 자본과 민중의 대립 속에서 현실적인 슬로건이 되기도 하였다. 1980년대 반미운동의 양상은 생존권 투쟁과 이어지면서 제국주의 문제가 남한의 변혁운동의 전면에 등장하였다.[25] 그러나 민족해방 투쟁이 탈식민성을 보장해주지는 않는다.[26] 김남주의 민족주의는 제국의 지배에 저항하는 담론으로서 지배담론을 해체하려하지만 지배 담론을 역전하려는 것에 지나지 않는다.

세계 체제는 국가 간에 정해진 파이를 누가 더 차지하느냐는 경쟁을 하고 있기 때문에 중심 국가에 진입하고 싶어 하지만 중심부는 주변부의 중심 진입을 허용하지 않는다. 그러므로 주변부 국가가 중심부에 진입하려고 하면 할수록 상대적으로 열악한 주변부 국가의 민중에 가하는 폭력성이 증대될 뿐이다.

설혹 제국과 투쟁에서 승리하여 독립적인 권력을 획득한다 해도 모든 인간이 평등한 세상이 온다는 것은 환상이다. 그것은 낭만적이고 무모한 관념적 허구에 가깝다. 국가 간의 경쟁을 이탈할 수 없는 현실에서

---

25) 유성호, 앞의 글, 278쪽.

26) 1980년대 김남주가 보여준 탈식민적 가능성은 급진적인 민족문학론의 등장과 함께 국가 변혁이냐 통일이냐는 논리로 변하면서 자본주의 세계체제 문제가 방기되어 탈식민의 문제의식이 꺾이고 말았다는 주장도 있다(하정일, 앞의 글, 29쪽).

자본주의 체제를 전면 부정하는 사회주의 체제를 구축할 수도 없는 실정이다.

현실적으로 북한의 핵 문제를 이용한 미국 제국주의의 전쟁 위험 증가나 남한의 부를 마음대로 부리는 자본의 유통 앞에서 현 국가 권력은 속수무책이다. 이런 점에서 오늘날 세계 자본의 체제를 벗어난 타자의 세계가 존재할 수 있는 지 의문이다. 제국주의의 지배에 맞선 김남주의 민족주의는 북한 민중의 생활 조건에서 탄생한 사회주의적 주체로서 애국주의를 보여주지만, 자본주의를 해체하거나 전복하는 탈식민적 주체라고 보기는 어렵다. 그의 주체는 남한 민중의 생활 조건 속에서 탄생한 독립된 주체로서 지배담론을 해체하거나 탈식민의 서사를 확보하지 못했다고 할 수 있다. 다만 민중해방과 민족해방이 제3세계 민중의 연대를 통해 서구자본의 서사로부터 독립된 서사를 추구한다는 점에서 관념적이나마 탈식민의 싹을 보여준다 하겠다.

3. 결론

김남주의 시는 1970·80년대의 변혁운동과 관련해서 도덕성과 탈식민성을 높이 평가 받아왔다. 그러나 이 논문은 김남주 시의 이러한 특성이 오늘날에도 여전히 유효하게 작용할 수 있는가를 다시 질문하였다.

김남주 시의 주체는 민족민중해방을 추구하였다. 그러나 남북한의 사회를 동질화 한 민족주의는 남한의 현실에 기초한 민중의 탄생과 성장을 포착하는 '민중성'을 획득하지는 못하였다. 그의 담론은 남한에 기초하기보다는 북한에 기초하였다. 그의 시는 북한 민중의 사회주의적 전망과 투쟁의 서사를 보여주었던 것이다.

따라서 김남주의 시는 다음과 같이 평가할 수 있다. 첫째, 남·북한의 체제 차이를 무시하고 동질화 한 사회주의 지향은 남한 내에 물적 토대를 확보하지 못하고 있는 점에서 관념적이다. 둘째, 비타협적 애국투쟁은 남한 사회의 여러 계급과 계층을 동질화 한 것으로 민중이 애국의 주체로 나가는 구체적인 서사가 없는 선동에 그치고 있다.

그러므로 김남주의 민족주의는 제국의 지배에 저항하는 담론으로서 지배담론을 해체하려하지만 지배 담론을 역전하려는 것에 지나지 않는다. 남한 민중의 생활 조건 속에서 탄생한 독립된 주체로서 지배담론을 해체하는 탈식민의 서사를 확보하지 못했던 것이다.

주제어 : 김남주, 지배담론, 탈식민성, 제국주의, 계급성, 국가권력, 민족주의

◆ 참고문헌

1. 1차 자료
김남주, 고은・양성우 편,『나의 칼 나의 피』, 인동, 1987, 7-186쪽.
──────,『사랑의 무기』, 창작과비평사, 1989, 7-223쪽.
──────,『사상의 거처』, 창작과비평사, 1991, 8-161쪽.
──────,『솔직히 말하자』, 풀빛, 1989, 11-204쪽.
──────,『시와 혁명』, 나루, 1991, 15-235쪽.
──────, 백낙청・염무웅・황석영 편,『조국은 하나다』, 창작과비평사, 1989, 12-378쪽.
──────,『진혼가』, 연구사, 1994, 개정판, 13-157쪽.
──────,『편지』, 이룸, 1999, 14-315쪽.
──────,『학살』, 한마당, 1990, 13-154쪽.

2. 2차 자료
강대석,『김남주 평전』, 한얼미디어, 2004, 15-408쪽.
김준태・이강 외,『金南住論』, 도서출판 광주, 1988, 54-167쪽.
유성호,「민중적 서정과 존재탐색의 공존과 통합: 1980년대의 시적 지평」,『작가연구』, 2003년 상반기, 277-279쪽.
이수훈,『세계체제, 동북아, 한반도』, 아르케, 2004, 15-259쪽.
임환모,「피로 씌어진 언어의 화살」,『작가사회』, 2001년 겨울호, 153-174쪽.
하정일,「80년대 민족문학: 탈식민의 가능성과 좌절」,『작가연구』, 2003년 상반기,

27-29쪽.

황석영 외,『내가 만난 김남주』, 이룸, 2000, 11-252쪽.

황정산,「칼과 불의 언어: 김남주의 시」,『작가연구』, 2003년 상반기, 335-344쪽.

Fukuyama, Francis, 한종빈 역,『역사의 종언』, 사단법인 대한민국헌정회, 1989, 20-66쪽.

Huntington, Samuel, P, 이희재 역,『문명의 충돌』, 김영사, 1997, 17-442쪽.

Moore－Gilbert, Bart, 이경원 역,『탈식민주의! 저항에서 유희로』, 한길사, 2001, 37-450쪽.

◆ **국문초록**

이 논문은 1970·80년대 김남주 시의 담론이 오늘날에도 여전히 유효하게 작용할 수 있는가를 고찰하였다.

김남주 시의 주체는 민족민중해방을 추구하였다. 그러나 남북한의 사회를 동질화 한 민족주의는 남한의 현실에 기초한 민중의 탄생과 성장을 포착하는 '민중성'을 획득하지는 못하였다. 그의 담론은 남한에 기초하기보다는 북한에 기초하였다. 그의 시는 북한 민중의 사회주의적 전망과 투쟁의 서사를 보여주었던 것이다.

따라서 김남주의 시는 다음과 같이 평가할 수 있다. 첫째, 남·북한의 체제 차이를 무시하고 동질화 한 사회주의 지향은 남한 내에 물적 토대를 확보하지 못하고 있는 점에서 관념적이다. 둘째, 비타협적 애국투쟁은 남한 사회의 여러 계급과 계층을 동질화 한 것으로 민중이 애국의 주체로 나가는 구체적인 서사가 없는 선동에 그치고 있다.

그러므로 김남주의 민족주의는 제국의 지배에 저항하는 담론으로서 지배담론을 해체하려하지만 지배 담론을 역전하려는 것에 지나지 않는다. 남한 민중의 생활조건 속에서 탄생한 독립된 주체로서 지배담론을 해체하는 탈식민의 서사를 확보하지 못했던 것이다.

◆ SUMMARY

A Study of Poetic Discourses of Kim Nam Ju

No, Chul

This is a study on whether poetic discourses of Kim Nam Ju from

184

1970's and 1980's can still be put in practice.

The poetic subjects in the poems of Kim Nam Ju pursue the emancipation of the nation and the people. But a nationalism that identifies the North and the South Korean societies fails to incorporate the popularity that embodies the birth and growth of the people on the South Korean soil. Kim's discourses are grounded rather on the North than the South. His poems portray the Socialist prospects of the people of the North as well as the epics of their struggle.

In this respect the poetry of Kim Nam Ju can be viewed as follows: first of all, his Socialist inclination that led him to disregard the differences between the systems of the North and the South failed him to secure material ground in the South and thus resulted in his poetry being rather idealistic. Secondly, his intransigent patriotic struggle stops short as a demagogy without concrete epics of the people becoming patriotic subjects, as a result of identifying different social classes in the South Korean society.

The nationalism of Kim Nam Ju, therefore, is nothing more than an attempt to turn about the discourse of dominance despite that Kim ventures to deconstruct it by a discourse against the domination of Imperialism. Kim's nationalism fails to display the epic of post−colonialism deconstructing the discourse of dominance by independent subjects born out of the living conditions of the people of South Korea.

Keyword : Kim Nam Ju, The Discourse of Dominance, Post − Colonialism, Imperialism, Class Cosciousness, State Power, Nationalism

−이 논문은 2004년 12월 31일에 접수되어, 소정의 심사과정을 거쳐 2005년 1월 31일에 게재가 확정되었음.

II.
이태준 연구

이태준 기행문 연구

권 성 우*

목 차

1. 문제제기: 이태준 기행문 연구의 필요성

최근 한국 근대문학 연구는 시, 소설 등의 중심 장르에서 탈피하여, 기행문, 수필, 일기 등의 이른바 변두리(주변) 장르에 해당되는 다채로운 글쓰기에 대한 심화된 연구로 나아가고 있다.[1] 이러한 연구추세는 아직

---

* 숙명여대 인문학부 교수. 본 연구는 숙명여자대학교 2004년 교내특별연구비 지원에 의해 수행되었음.

1) 이러한 새로운 연구 추세 중에서 기행문을 연구대상으로 한 주요 성과는 다음과 같다.
   김현주, 「근대 초기 기행문의 전개 양상과 문학적 기행문의 기원」, 『현대문학의연구』, 16집, 2001.
   이동원, 「기행문학 연구—1910, 1920년대를 중심으로」, 연세대 석사학위논문, 2002.
   서영채, 「최남선과 이광수의 금강산 기행문에 대하여」, 『민족문학사연구』 24호, 2004. 3.
   김외곤, 「식민지 문학자의 만주체험—이태준의 '만주 기행'」, 『한국문학이론과비평』 24

188

도 완강하게 자리 잡고 있는 중심 장르 연구의 틈새를 돌파하여, 새로운 연구 성과를 확보하기 위한 방법론적 모색이라고 할 수 있다. 아울러 이러한 연구 경향은 한 작가의 문학세계에 대한 다면적, 총체적인 해석을 위해 다양한 산문 장르를 면밀하게 검토하고자 하는 학문적 수순이라고 판단된다. 또 다른 한편, 이러한 연구사적 흐름은 "최근 비ー허구 산문에 대한 폭넓은 관심은 '담론' 연구에 의해 촉발된 것이다"[2]라는 한 연구자의 적확한 지적과 같이 문학 텍스트를 담론 연구의 관점에서 수행하고자 하는 연구사적 욕망에서 발원된 것이라고 할 수 있다.

위에서 서술한 연구사적 문제의식을 고려해볼 때, 상허(尙虛) 이태준(李泰俊)은 여러 가지 측면에서 각별한 관심의 대상이 되는 근대문인이라고 생각된다. 이태준은 근대문학사에서 주로 소설가로 활동했지만, 동시에『무서록』으로 대표되는 탁월한 수필가이기도 했으며, 또한「만주기행」과『소련기행』을 비롯한 다수의 기행문들을 발표하기도 했다. 그가 희곡과 동화를 쓰기도 했다는 사실은 이제 널리 알려진 사실이다.

이 논문의 주된 관심사는 이태준의 기행문에 있다. 이태준은 인생의 고비, 정치적 과도기, 문학적 고비마다 만주, 소련, 중국 등의 문제적 공간을 여행하였으며, 그에 따른 충실한 기행문을 남겼다.「만주기행」(1938),『소련기행』(1947),『혁명절의 모쓰크바』(1950),『위대한 새 중국』[3](1952)

<hr>

집, 2004. 9.

차혜영,「식민지 근대의 심상지리ー1920년대의 해외기행문」,『한국근대문학의 형성과 문학 장의 재발견』, 소명출판, 2004. 11.

서경석,「만주국 기행문학 연구」,『어문학』86호, 2004. 12.

김진량,「근대 일본 유학생의 공간 체험과 표상ー유학생 기행문을 중심으로」,『우리말글』32호, 2004. 12.

2) 김현주,『한국 근대 산문의 계보학』, 소명출판, 2004, 34쪽.

3) 이 중에서 최근에 원광대 김재용 교수에 의해 미 국립문서보관소에 소장되어 있던『위대한 새 중국』이 발굴되어 그 주요 내용이 학술대회에서 공개되었다.(김재용,「한국 전쟁기의 이태준」,『상허 탄생 100주년 기념 학술대회 자료집』, 2004. 6;『상허학보』13집, 깊은샘, 2004. 8)『위대한 새 중국』은 조만간 단행본으로 출간될 예정이라고 한다. 한편 2차 소련기행문이라고 할 수 있는『혁명절의 모쓰크바』의 경우, 역시 김재용 교수가 미

등이 그것이다. 일제 말 중일전쟁으로 인해 파시즘이 노골화되기 시작하던 1938년 그는 만주를 돌아본 연후에 「만주기행」을 발표했다. 이 만주체험은 이태준 문학의 새로운 물꼬를 튼 계기로 작용한다. 해방 후, 급격하게 현실과 정치에 관심을 지니기 시작한 이태준은 1946년 8월 조소문화협회의 후원에 힘입어 '방소문화사절단'의 일원으로 소련의 여러 도시를 방문하였다. 이 방문은 이태준의 후반기 인생과 사상을 규정하는 일종의 원체험으로 작용하게 되는데, 1947년 5월 발간된『소련기행』은 이러한 소련 여행의 성과라고 할 수 있다. 그로부터 3년 뒤인 1949년 10월 이태준은 두 번째 소련 기행을 감행한다. 2차 소련기행은 이태준의 체제선택을 한층 공고하게 만든 중요한 동기로 작용했던 것으로 보인다. 1차 소련기행보다 한층 이념적 입장을 확고하게 보여준 2차 소련기행은 애초에『노동신문』에 <위대한 사회주의 10월 혁명 32주년 참관기>라는 제목으로 1949년 12월 11일부터 다섯 차례 연재되었다가 1950년 3월 문화전선사에서『혁명절의 모쓰크바』라는 제목으로 발간되었다. 그리고 한국전쟁 중인 1951년 9월 중화인민공화국 수립 2주년 기념 <아시아 작가회의> 참석차 이태준은 중국으로 향했다. 이렇게 중국을 여행하고서 남긴 중국 기행문『위대한 새 중국』이 1952년 3월 북한 국립출판사에서 출간된 바 있다.『위대한 새 중국』은 이태준 생애에 있어 마지막 저술이라고 평가되고 있다.4)

　이렇게 본다면 이태준은 약 27년에 이르는 공식적인 문필활동 기간 동안 네 차례에 걸쳐 문제적인 기행문을 남긴 셈이다. 또한 특히『소련기행』의 경우 당시 민감한 파장을 불러일으키며 문단과 지식사회의 커

국립문서보관소에 있는 원본을 발견하여, 그 전반적인 내용을 「냉전의식에 굴절된 민족주의」(『시사월간 WIN』, 1998년 1월호)에 개략적으로 소개한 바 있다. 그로부터 3년 후『혁명절의 모쓰크바』는 김재용 교수에 의해『한국근대문학연구』4호(2001. 10)와 5호(2002. 4) 두 차례에 걸쳐서 그 전문이 게재되었다. 이 자리를 빌려,『위대한 새 중국』복사본을 필자에게 제공하여 이 연구에 커다란 도움을 주신 원광대 국문과 김재용 교수에게 감사의 말씀을 전하고자 한다.

4) 김재용, 위의 글, 148쪽.

190

다란 관심을 끌었다는 점에서도 주목된다. 물론 이러한 주요 기행문 이외에도 '기행문' 범주에 귀속시킬 수 있는 이태준의 글들이 존재한다. 원산기행에 해당되는 「여정의 하루」(1934), 동해안 기행이라고 할 수 있는 「해촌일지」(1936), 해방을 앞둔 1944년 6월에 목포 조선소를 여행한 후에 남긴 「목포조선현지기행(木浦造船現地紀行)」 등을 들 수 있다. 이러한 글들은 앞에 소개한 본격적인 기행문보다는 분량이 짧고 주제의식이 뚜렷하게 드러나 있지 않지만, 이태준의 내면을 파악하고 이태준이 발표한 기행문 글쓰기의 변화과정과 담론의 구조를 인식하는 데 커다란 도움을 준다.

그렇다면 실제로 이태준은 기행문이라는 장르에 대해서 어떠한 관점을 지니고 있었을까. 식민지시대에 문학 활동을 수행한 여타 문인들에 비해서 수필, 기행문, 서간문 등의 주변 장르에 대해서 각별한 관심을 보였던 이태준의 문학적 태도는 그가 식민지시대에 출간된 대표적인 문장작법 개설서인『문장강화』와『서간문 강화』의 저자라는 사실과도 밀접하게 연관된다. 이태준이 서술한,『문장강화』의 제4강 「각종 문장의 요령」에는 일기, 서간문, 감상문, 서정문, 서사문, 기사문, 기행문, 추도문, 식사문, 논설문, 수필 등의 모두 11가지 글쓰기 유형에 대한 설명이 있는데, 이태준은 그 중에서도 기행문과 수필에 대하여 다른 항목보다 월등 자세하게 기술하고 있다. 기행문에 대한 이태준의 관심과 미학적 자의식이 드러나는 대목이다.

『문장강화』에서 이태준은 기행문에 대해서 "여행처럼 신선하고 여행처럼 다정다감한 생활은 없다. 보고 듣는 모든 것이 새것들이다. 새것들이니 호기심이 일어나고 호기심이 있어 보니 무슨 감상이고 떠오른다. 이 객지에서 얻은 감상을 쓰는 것이 기행문(紀行文)이다"[5]라고 언급하고 있다. 바로 이 호기심 때문에 그는 남보다 많은 곳을 떠돌았을 것이다. 이러한 소박한 견해에 덧붙여 이태준은『문장강화』에서 기행문이

---

5) 이태준,『문장강화』, 창작과비평사, 1988, 129쪽.

갖추어야 할 요건으로 1) 떠나는 즐거움이 있어야 한다, 2) 노정(路程)이 보여져야 한다, 3) 객창감(客窓感)과 지방색이 나와야 한다, 4) 그림이나 노래를 넣어도 좋다, 5) 고증을 일삼지 말 것이다 등의 다섯 가지 항목을 들고 있다. 그리고 아래의 예문은 이태준이 생각한 '기행문'의 실체에 대한 기본적인 정보를 보여주고 있다.

> 기행문은 나그네의 글이다. 글의 배경은 모두 산 설고 물 설은 객지다. 공연히 여수(旅愁)만을 하소연할 것은 아니로되, 그래도 객지에 나와 며칠이 지나면, 더욱 일행이 없이 혼자라면, 길손으로서의 애수가 없을 수 없다. 이 애수란 기행문만이 가질 수 있는 미(美)의 하나이다. 그리고 타관다운 눈에 설은 풍정이 전폭으로 풍겨져야 한다. 그러자면 기이한 것을 어느 점으로는 묘사해야 한다.6)

위의 언급을 통해, 이태준이 생각하는 기행문의 특성은 두 가지로 정리될 수 있다. 그것은 1) 애수(哀愁)를 지녀야 한다는 것, 2) 타관의 기이한 풍정이 묘사되어야 한다는 것 등이다. 기행문에 대한 이러한 견해는 해방 전에 씌어진 이태준의 기행문들에서는 대체로 유사하게 적용되었다고 할 수 있다. 그러나 해방 이후에 씌어진 『소련기행』을 위시한 기행문들과 이러한 이태준의 기행문에 대한 견해 사이에는 커다란 간극이 존재한다. 실제로 해방 이후에 이태준이 발표한 정치 편향의 기행문들에는 '낯선 곳에 대한 동경'이나 '애수'에 기반한 낭만적 정서보다는 현실 인식 및 문학적 프로퍼갠더에 가까운 계몽적 기능이 더욱 두드러지게 부각되어 있다.

지금까지 작가 이태준에게 있어서 기행문이라는 글쓰기가 지닌 중요성을 강조했거니와, 이러한 의미에서 이태준 문학을 총체적으로 연구하기 위해서는 그의 기행문에 대한 면밀한 연구가 요청된다고 생각된다. 최근의 이태준 연구 동향을 탐색해 보면, 소설이나 비평 중심에서 탈피

---

6) 이태준, 앞의 책, 135-136쪽.

하여 이태준의 수필, 문장론, 동화 등의 전방위적인 글쓰기에 대한 다각적인 검토가 이루어지고 있다는 사실을 알 수 있다. 그러나 아직까지 이태준의 기행문 전반을 본격적으로 탐구한 연구는 씌어 지지 않았다.[7) 이태준의 기행문 연구는 주로 『소련기행』을 중심으로 간헐적으로 이루어졌을 뿐이다. 그러므로 이태준의 문학적 여정을 유기적으로 이해하기 위해서는 그의 기행문 전반에 대한 분석 및 그 변화과정에 대한 합리적 해석이 요청된다고 하겠다. 그러했을 때, 소설에서는 충분하게 드러나지 않았던 이태준의 또 다른 의식과 내면, 미학적 감각에 대한 이해가 가능해질 것이다. 또한 주목해야 할 사실은 이태준의 기행문이 일제 말부터 해방, 그리고 한국전쟁에 이르는 문제적 시기 동안 그가 보여준 급격한 문학적 변모를 설명해 줄 수 있는 소중한 문학적 원천이라는 점이다.

이에 따라 이 논문은 이태준 기행문의 전개과정에 대한 통시적 탐구를 수행하고자 하는 의도와 이태준 문학의 급격한 변모가 지닌 역사·문화적 맥락을 '기행문'이라는 직접적인 글쓰기를 통해 탐색하고자 하는 목적에 의해 서술되었다. 이러한 취지에 따라 이 논문은 「여정의 하루」(1934)에서 『위대한 새 중국』(1952)에 이르는 이태준의 기행문들을 주체와 대상의 관계 및 타자에 대한 시선이라는 잣대로 검토하게 될 것이다.

2. 현실에 대한 환멸과 새로운 역사의식 사이: 해방 전의 기행문

이태준이 해방 전에 발표한 기행문은 「여정의 하루」, 「해촌일지」, 「만주기행」, 「목포 조선 현지기행」 등이다. 「여정의 하루」(1934)는 이태준이 발표한 최초의 기행문이라고 추정된다. 연극 「앵화원(櫻花園)」[8)을 보고

---

7) 박헌호의 연구서 『이태준과 한국 근대소설의 성격』(소명출판, 1999)의 3장 4절 「해방 이후의 이태준」과 깊은샘 출판사에서 간행된 『소련기행/농토/먼지』(2001)의 해설로 씌어진 같은 필자의 「역사의 변주, 왜곡의 증거─해방 이후의 이태준」이 비교적 『소련기행』에 대한 상세한 분석을 시도하고 있다.

난 후, 혼자 경성역으로 가서 아무런 계획도 없이 기차를 타고 원산을 하루에 둘러본 기록이 바로 「여정의 하루」이다. 이 짧은 기행문을 지배하는 주된 정서는 '애수'와 '환멸'이다. 여행은 "내가 탔으되, 어디서 내릴지 미정인 여행, 여러 날 전부터 계획이 없은 우연한 출발 이것은 비록 하루에 끝나야할 작은 여행이로되 이렇게 '길손'의 성격을 품어보는 유쾌는 본래에 드문 행복의 하나였다"[9]는 자유스러운 정서에 함께 시작된다. 원산의 밤거리를 산책하면서 이태준은 순간적으로 "고독감의 행복"을 느끼기도 한다. 그러나 이러한 감정도 잠시, 원산 바닷가 부두에서 마주친 풍경은 이태준으로 하여금 "나는 부두에서 최대의 환멸을 느꼈다"고 표현하게 만든다. 루카치식으로 말하자면, 환멸이라는 정서는 영혼(주체)과 현실(객체) 사이가 어쩔 수 없이 서로 일치하지 않을 때 발생하는 정서이다.[10] 그렇다면 그 풍경은 무엇인가?

> 부두는 군데군데 가 볼수록 신산辛酸만스럽다. 너무나 한그릇의 밥만이 절박한 듯 딱하리 만치 화장을 잊은 여인들은 갈쿠리처럼 굳어버린 손가락으로 죽지 않으려고 펄펄 뛰는 대구의 며가지를 땄고, 육지에는 너같은 여인밖에 없느냐는 듯이 아침에 상륙한 선인船人들은 절망한 눈으로 피녀彼女들을 조롱하고 있다. 물에 뜬 것은 생선 뼈다귀, 헤어진 지까다비짝, 길에는 썩은 고기 비늘과 고기 창자들, 그리고 그것을 주워먹으러 나왔다 구루마에 치인 듯, 참혹히 역살轢殺을 당한 쥐새끼…….[11]

비록 변두리 인생에 대한 남다른 애정을 지니고 있는 이태준이라고 해도, 청아한 고완미와 기품 있는 정서, 심미주의에 익숙한 입장에서, 하루 벌어 하루 먹는 고된 생활의 자취와 적나라한 거친 대화, 불결한 풍경들은 이태준에게 일종의 벽으로 다가왔을 것이다. 이러한 모습은 주

---

8) 안톤 체홉의 대표작, 흔히 「벗꽃나무 동산」으로 번역된다.
9) 이태준, 「여정의 하루」, 『무서록』, 깊은샘, 1994, 240쪽.
10) 게오르크 루카치, 반성완 역, 『소설의 이론』, 심설당, 1985, 125쪽.
11) 이태준, 『무서록』, 깊은샘, 1994, 244쪽.

체와 대상의 불화를 상징한다. "나의 다리는 피곤하였다. 어디를 걸어다 니며 이 날을 보내야 할지 막연하였다"는 구절은 대상(원산 부둣가)에 동화되지 못하는 주체의 불안과 환멸을 표현하고 있다. 요컨대 이태준 에게 원산 부두의 을씨년스러운 풍경은 도저히 범접할 수 없는 일종의 아득한 타자성으로 다가오는 것이다. 이러한 태도는 당시의 시대적, 사 회적 현실과 분명한 거리를 두면서 고아한 선비정신을 고수했던 이태준 의 정서와 심리적으로 동일한 선상에 있다.

「해촌일지海村日誌」(1936)는 이태준이 소설을 쓰기 위해 동해안 송전 바닷가에서 며칠 동안 기거한 체험을 묘사한 일기 형식의 기행문이다. 이 기행문에서도 바닷가의 을씨년스러운 풍경에 동화되지 못하는 화자 의 내면은 "첫눈에 정이 뚝 떨어진다", "정취는 눈곱만치도 없다"는 문 장으로 표현되어 있다. "새 한 마리 노래하지 않는 솔밭, 들창 하나 열리 지 않은 빈 별장들, 누구를 위해 달은 이처럼 밝아 있는가?"라는 표현은 자연과 인간 사이의 아득한 거리를 표상하고 있다. 바다로 이어진 길을 걸으며 화자는 "이 길처럼 정하고 고운 길을 나는 일찍이 걸어본 적이 없다"면서 자연에 대한 친화감을 회복한다.

「여정의 하루」와 「해촌일지」를 검토해 보면, 이태준의 경우 자신의 심미적 감식안을 충족시켜 주는 경우에만 풍경에 자연스럽게 동화되는 모습을 볼 수 있다. 반대로, 자신의 심미적 감식안과 어울리지 않는 풍 경과 정서에 대해서는 극도의 환멸과 이질감을 표출하곤 한다. 오직 아 름다운 풍경과 조화로운 인간관계에서만 이태준은 심리적 만족감을 느 끼는 것이다. 대신 그는 진흙탕 같은 현실과 세속적인 잡사에 대해 거리 감을 느꼈던 것이다. 거기에는 어떠한 계몽적 의지도 찾아볼 수 없다. 바로 이런 대목에서 당시의 복잡한 시대적 현실과 거리를 두면서 심미 주의와 고완미에 심취하는 처사(處士) 이태준이 풍모를 확인할 수 있는 것이다.

「만주기행」은 지금까지의 기행문이 보여주었던 정서와 일정한 차별 성을 보여주고 있다는 점에서 주목할 만한 텍스트라고 할 수 있다. 이태준이 만주지역을 여행한 후에, 「만주기행」을 발표한 1938년은 여러 가지로 문제적인 시기였다.12) 1937~1938년을 전후해서 동북아의 정세는 급변하고 있었다. 1936년 12월 <조선사상범보호관찰령>이 제정된다. 그리고 1937년 7월에는 이른바 중일전쟁의 발단이 된 <노구교> 사건이 발생하고, 1937년 12월에는 일본군의 난징대학살이 자행된다. 1937년 중일전쟁 이후 일본은 노동력의 국가적 통제 및 이들에 대한 사상적 공세인 황민화(皇民化)정책을 노골적으로 수행하였다.13) 이에 따라 1937년 10월에는 <황국신민의 서사>가 제정, 공포되었다. 또한 이듬해인 1938년 4월에는 <국가총동원법>이 제정되었으며, 1938년 7월에는 일본에 이어 <국민정신총동원 조선연맹>이 결성되었다. 이러한 국내, 국제적 정세의 변화는 이태준의 세계인식에도 커다란 영향을 준 것으로 파악된다.

이태준에게 있어서나 당시 조선을 둘러싼 국제적 정세에 있어서나 1937년에서 1938년에 이르는 시기는 대단히 중요한 과도기적인 연대라고 할 수 있다.14) 이태준은 이 무렵부터 고완미나 상고주의적 정서 대신에 현실에 눈을 돌리기 시작하게 된다.15) 7년 전에 있었던 만보산 사건

---

12) 「만주기행」의 원텍스트는 이태준이 1938년에 『조선일보』에 연재한 기행문 「이민부락견문기」(移民部落見聞記)이다. 이태준은 이 기행문을 1941년에 발간된 수필집 『무서록』에 「만주기행」이라는 이름으로 수록했다(김철, 「몰락하는 신생: ‘만주’의 꿈과 『농군』의 오독」, 『상허학보』 9집, 깊은샘, 2002, 138쪽 참조). 이 논문에서는 1994년 깊은샘에서 출간된 『무서록』에 수록된 「만주기행」을 텍스트로 연구를 진행하였다.

13) 역사학연구소 편, 「중일전쟁 뒤 일제정책과 민족해방운동」, 『함께 보는 한국근현대사』, 서해문집, 2004, 218-226쪽.

14) 이태준은 「참다운 예술가 노릇 이제부터 시작할 결심이다」(『조선일보』, 1938. 3. 1)라는 글을 이 무렵 발표하는데, 이는 새로운 변화를 마주한 이태준의 자기 갱신의 욕구로 해석될 수 있을 것이다.

15) 이러한 변모는 당시 이태준의 작품을 통해서도 엿볼 수 있다. 가령, 단편소설 「영월 영감」에서 이태준의 초상이라고 할 수 있는 주인공 성익의 변모를 주목해야 한다. 무리를 해서 고완품을 모아오던 성익은, “그런데 난 이런 처사취미엔 대반대다”라고 주장하면서 ‘금광’으로 상징되는 현실적 계획에 커다란 관심을 보이는 영월 영감을 이해하게 되는데, 이는 근본적으로 상고주의자인 성익의 자기 성찰을 유도하게 되는 것이다. “계획? 나 자신에겐 지금 무슨 계획이 있는가?”라는 성익의 자문은 정태적으로 살아가던 자신

을 취재하기 위해서 기획된 이태준의 만주행은 이러한 시대적 정황과 맞물려 있다.

「만주기행」에는 만주 지역의 조선 이주민들의 지난한 정착과정과 혹독한 시련의 모습이 사실적으로 묘사되어 있다. 이른바 만보산 사건을 취재하는 과정에서 씌어진 「만주기행」은 전반부와 후반부로 나뉜다. 전반부는 만보산 사건의 무대인 쟝쟈워후 마을에 이르는 여정에 있는 신경, 봉천 등의 타지 풍물에 대한 묘사가 주를 이루고 있다. 그리고 후반부는 쟝쟈워후 조선인 마을에 대한 관찰과 마을 사람들과의 대화가 주 내용을 구성하고 있다.

우선 전반부의 경우, 조국을 떠나 만주를 떠도는 동포와 빈민, 소외된 사람에 대한 이태준의 관심과 연민이 두드러진다. 가령, 신경을 가는 기차에서 만난 유곽에서 일한다고 짐작되는 조선 여자들과의 만남은 이태준으로 하여금 "이 눈썹을 그리며 미루꾸를 씹으며 무심하게 즐거이 험한 타국에 끌려가는 젊은 계집들, 나는 그들의 비린내 끼치는 살에나마 여기에선 새삼스런 골육감을 느끼지 않을 수 없었다"고 서술하게 만든다. 이같은 이태준의 태도는 기본적으로 타자에 대한 연민에서 우러나오는 것이다. 이러한 정서에서 보면, 이태준이 고아, 걸인, 빈민, 창기 등의 불우한 인생들을 수용하는 자선기관 '동선당'을 방문하는 대목도 자연스럽다. 고아한 고전미와 예술가적 자존에 익숙해 있던 이태준, 자신의 심미주의에 미달되는 정서에 대해 완고한 입장을 보이던 이태준의 마음이 차차 타자와 동포에 대한 연민과 이해로 나아가는 것이다.

물론 「만주기행」의 전반부에는 이태준이 기행문의 요건으로 제시했던 '애수'의 정서도 발견된다. 이와 연관하여, 이태준이 당시 러시아 사람들을 바라보는 태도는 흥미롭다. 예를 들어 "국적이 없는 백계 노인(露人)의 딸들, 향수조차 품을 곳 없이 단조한 평원만 내다보고 사는 가없은 처녀들, 그들이 가져오는 한 잔 커피는 술만 못지않은 독한 낭만을

에 대한 근본적 반성을 의미한다.

풍기었다",16) "하루 저녁 지키는 데 일 원 몇 십 전, 백계 노인(露人)들만
의 단골 직업이라 한다. 우울한 밤거리요 밤인생이었다"17) 등의 문장들
은 당시 이태준이 러시아 사람들을 바라보는 관점을 은연중에 드러낸다.
그것은 사회과학적 인식 이전의 '연민'과 '동정', '애수'에 가깝다. 이러
한 정서는 적어도 이때까지 이태준의 러시아 인식이 이념적 인식의 차
원으로까지 진전되지 않았다는 사실을 암시한다. 이 점은 『소련기행』에
서 이태준이 묘사하고 있는 러시아 사람들의 형상과 선명하게 대비된다.
즉 당시 이태준의 현실 인식은 이념적인 차원의 사회주의에 대한 친화
감이나 사회과학적 안목으로 정립되지 않은 상태였다고 할 수 있는 것
이다.

　「만주기행」의 후반부는 조국을 떠나 만주에서 토착민들의 방해 속에
서 어렵게 논농사를 지으며 지난한 삶을 영위하는 조선 사람들의 모습
과 만주의 토착민과 조선 이주민 사이의 갈등이 형상화되어 있다. 그 과
정에서 일종의 소작인에 해당되는 만주동포들에 대한 묘사는 이태준 문
학의 중대한 변화의 기미에 해당된다. 말하자면 자족적인 공동체를 이
루어, 만주의 열악한 환경을 이겨내는 조선 사람들의 지난한 투쟁에 대
한 묘사는 이전의 이태준 문학에서는 쉽게 찾아볼 수 없었던 정서라고
할 수 있는 것이다. 물론 이태준 소설의 중요한 소재 중의 하나는 변두
리 인생에 대한 우울한 비가라고 할 수 있다. 그러나 이러한 묘사는 단
지 소재나 우울한 정조와 환멸 차원에서 탈피하지 못했다고 평가된다.
이 점은 앞에서도 살펴보았듯이, 「만주기행」 이전의 기행문에서도 유사
하게 드러난다. 그러나, 「만주기행」에 이르러, 이태준은 현실의 어려움
을 능동적으로 극복하는 조선인들의 험난한 투쟁의 도정에 대한 마음
깊은 곳으로부터의 공감과 연민을 보여주기 시작하는 것이다. 이를 계
기로 이태준문학은 「토끼 이야기」, 「영월 영감」, 「농군」 등의 현실 비판

---

16) 이태준, 「만주기행」, 『무서록』, 깊은샘, 1994, 169쪽.
17) 이태준, 위의 글, 171쪽.

적인 방향 및 치열한 자기 성찰로 이동하는 것이다. 이전까지 상대적으로 문학적 기교를 강조했던 스타일리스트 작가 이태준이 만주 동포들의 치열한 삶을 소재로 기행문을 썼다는 것은, 설사 그 기행의 기원이 식민지 확충을 위한 국책사업이라는 맥락에서 자유롭지 않다 해도, 중요한 문학적 변화의 징조에 해당한다고 할 수 있다. 그러므로 「만주기행」에서 나타난 이러한 변화가 『소련기행』의 세계와 내적으로 이어져 있다는 점이 주목되어야 한다.

물론 이 작품은 『농군』과 마찬가지로 당시 일본 제국이 식민지 경영을 위해서 인위적으로 창출한 '만주 이데올로기'[18]에 나포되어 있다고 해석할 수 있는 대목이 간헐적으로 존재한다. 이러한 관점은 이태준의 삶과 글쓰기에 무의식적으로, 의식적으로 스며들어 있었던 당시 제국의 그림자와 신체제의 논리를 예리하게 확인시켜준 '해석의 진전'이라고 생각된다. 그러나 동시에 이러한 관점은 당시 이태준의 글쓰기가 보여준 미묘한 변화를 합리적으로 설명하지 못한다는 한계 역시 지니고 있다.[19] 아울러 이러한 사유구조는 망명이나 비합법투쟁을 선택하지 않는다면 식민지 시대에 이루어진 사소한 저항과 소극적인 비판마저 제국의 권력이 설정한 제도와 문화, 검열을 경유하여 이루어질 수밖에 없다는 사실을 충분히 고려하지 못하고 있다. 이러한 의미에서 이태준에게 나타난 식민권력에 대한 저항과 편승의 관계에 대한 섬세한 독법이 요구

---

18) 김철, 앞의 글, 139쪽.

19) 이태준의 글쓰기와 신체제의 관계를 둘러싼 논쟁에 있어서, 필자는 다음과 같은 한수영의 관점에 대체로 동의한다. "나는 이태준을 식민지배담론의 헤게모니에 투항하여 제국의 논리 안에서 지배자의 동일성을 전유함으로써 의사제국주의적 욕망을 드러내는 식민지적 무의식의 소유자로 읽는 것에 동의하지 않으며, 동시에 이태준을 그러한 포섭과 공모의 경계 바깥으로 건져내어 순연한 '저항'과 '비협력'의 영역에 위치지우는 해석 방식에도 동의하지 않는다"(한수영, 「이태준과 신체제」, 『이태준 문학의 재인식』, 소명출판, 2004. 12). 이태준 역시 「목포 조선 현지기행」에서 볼 수 있듯이, 식민제국이 내면화시킨 만주 이데올로기를 비롯한 지배 헤게모니로부터 결코 자유롭지 않았다. 그러나 동시에 이태준이 자신의 한계를 끊임없이 성찰하면서 조금씩 조금씩 현실과 역사에 대해 접근해 가기 시작했다는 점도 진실일 것이다.

된다고 하겠다. 실상 「만주기행」의 곳곳에는 타지에서 험난하게 생활하는 조선사람들에 대한 곡진한 연민의 정서가 스며들어 있다. 「만주기행」의 말미에서 이태준이 "나는 내일이나 모래면 산고수려山高秀麗하다 해서 고려란 나라 이름까지 생긴 내 고향 금수강산에 들어서려나 생각하니 황막한 벌판에 남는자들을 한번 더 돌아볼 염치가 없어졌다"[20]고 서술하는 대목은 「만주기행」을 둘러싼 이태준의 착잡한 정서를 잘 보여주고 있다. 이러한 진술은 당시 횡행하던 만주 유토피아니즘의 허구성을 이태준의 방식대로 드러내고 있는 것이 아닌가. 그러므로 「만주기행」에서 나타난 만주는 "피식민지인으로서의 조선인이 제국의 '일등국민'으로 도약할 수 있는 현실을 제공하는, 또는 그런 현실을 꿈꾸게 하는 공간"[21]보다는 생존을 위한 처절하고 지난한 고투의 공간에 가까운 것이 아닐까 싶다.

다만, 김철의 분석대로 소설 「농군」과 비할 때 기행문 「만주기행」이 당시 정황을 한층 핍진하게 묘사하고 있다는 점은 소설과 변별되는 기행문 장르의 특성으로 이해될 수 있을 것이다.

만주라는 이국땅에서 고생하는 동포들의 신산스런 삶에 대한 고통스러운 응시는 그 자체로 이태준이 리얼리스트로 다시 태어나기 위한 문학적 잠재력을 축적하는 과정이었다. 사실상 「만주기행」은 소설 「농군」(1939. 7)을 쓰기 위한 일종의 생생한 보고서 역할에 다름 아니라고 할 수 있다. 「농군」은 한 마디로 말해서, 「만주기행」의 후반부인 만보산 사건의 무대 쟝쟈워후 마을의 투쟁에 대한 소설적 형상화에 해당된다. 이러한 의미에서 「만주기행」과 소설 「농군」은 문학적 상동관계를 구성하고 있다는 사실, 근본적으로 이태준의 경우 기행문이 소설의 밑자리를 구성하고 있다는 사실을 인식할 수 있다.

해방되기 일 년 전에 발표된 「목포 조선 현지기행」(1944. 6)[22]은 이태

---

20) 이태준, 앞의 글, 180쪽.
21) 김철, 앞의 글, 128쪽.
22) 이 기행문은 소설화되어 「第一號船の揷話」(『國民總力』, 1944. 9. 1)라는 일문소설로 발

준 역시 친일 문제[23]에서 자유롭지 않음을 입증하는 텍스트라는 점에서, 아울러 주체와 풍경(대상)의 관계가 점차 시류에 입각한 무반성적인 동일화로 이행하는 징후를 보여준다는 점에서 문제적인 텍스트이다. "나는 이번 문인보국회의 일원으로서 총력연맹(總力聯盟)의 지시를 받아 이런 나무들이 환생하는 목포조선철공회사의 조선현지를 구경하게 된 것이다. 일행은 다만 운보 김기창 화백과 동반일 뿐"[24]이라는 구절에서 이 여행을 둘러싼 맥락을 간취할 수 있다. 이태준은 경성역에서 기차로 목포에 도착하여 선박 수리공장과 조선장(造船場)을 둘러본다. 군함을 만드는 장면을 유심히 살펴보던 이태준은 "내는 파도와 암초와 싸워야 하는 바다의 투우, 더구나 대동아해에 나가선 적탄과도 싸워내야 할 전선(戰船)이기도 한 것이다. 체력으로 억세지 않으면 안 되는 것이며 또 그러면서도 어디까지나 물리학적인 민감이 필요한 과학 형태에 우수해야 하는 것이었다. 시종이 여일하게 한 사람의 정신과 기술이 최대한도로 집중되지 않고는 절대로 탄생할 수 없는 일종 생물이었다"[25]고 전함에 대한 애정과 감탄을 표출한다. 태평양전쟁이 한창이던 상황에서 이러한 발언을 하는 이태준의 입지는 그대로 제국 일본의 시선에 닿아 있다. 다음의 예문은 이러한 이태준의 입지가 한층 명료하게 표출된 경우에 해당된다.

이날 밤 우리는 조선造船의 책임자들만 다섯 사람을 산하山下 감독의 집에서 만났다. 그들은 하나같이 시국에 대한 인식이 예리했고, 전사로 자임하

표되었다.

23) 이태준과 친일문제에 대해서는 다음과 같은 논문을 참조할 수 있다.
    정종현, 「제국/민족 담론의 경계와 식민지적 주체」, 『상허학보』 13집, 깊은샘, 2004. 8, 99-100쪽.
    하정일, 「친일의 기준을 어떻게 잡을 것인가―이태준을 중심으로」, 『이태준 문학의 재인식』, 소명출판, 2004.
24) 이태준, 「목포 조선 현지기행」, 『무서록』, 깊은샘, 1994, 295쪽.
25) 이태준, 위의 글, 299쪽.

는 기개氣槪들이었다. 금년도 제작중인 기획선이 평상시라면 1년 가까이 걸려야 진수될 것이나 90일이면 선체만은 일단락을 지을 수 있게 된 역량에는 어느 정도의 자긍을 보이었고 자료만 좀더 원활하게 대준다면 기간을 다시 더 단축시킬 여지가 있노라 하였다.26)

마치 국책보고서의 일절을 보는 듯하다. 그러나 이러한 대목을 곧바로 이태준을 친일문인으로 판단하는 증거로 활용하는 것은 '친일'의 범주를 지나치게 확대한 경우가 아닐까 싶다. 이 기행문 자체가 애초에 '문인보국회'의 일원 자격으로 씌어진 것이었기에 이태준이 이 기행문에서 대상과의 어떤 불화와 불편함을 보여주거나 비동일화에 근거한 담론적 실천을 실행하기에는 원천적인 한계가 존재했다고 할 수 있다. 그럼에도 불구하고, 1944년 6월이라는 당시의 정황에서 일본전함을 만드는 조선공장을 시종일관 호의적으로 바라보는 이태준의 시선은 근대문학사의 또 하나의 뼈아픈 상처로 다가온다. 적어도 당시 이태준이 제국 일본의 파시즘과 전쟁동원 논리에 편승하고 있었다는 사실은 인정되어야 할 것이다.

이 논문의 문제의식과 연관하여 위의 예문이 문제적인 것은, 이러한 발언이 주체와 대상이 무반성적인 동화의 단계로 이행하는 징후를 담론의 차원에서 드러내고 있다는 점에 있다. 이러한 동일화에 근거한 담론의 전략이 최대한도로 구현된 것이 바로 해방 이후에 발표된 『소련기행』을 위시한 일련의 기행문들이라고 할 수 있다. 단아한 선비의 입장에서, 전통을 숭상하는 고결한 선비의 입장에서 자신의 심미안과 문화적 감식안에 어긋나는 제반 문화적 현상에 대해 예리하게 지적하던 이태준의 면모는 이 시기에 와서 차차 실종되기 시작했던 것이다. 이렇게 볼 때, 「목포 조선 현지기행」과 『소련기행』의 세계는 그 내용의 판이함에도 불구하고, 대상에 접근하는 담론의 유형이라는 측면에서는 상당한 친연성이 있다고 생각된다. 그것은 주체가 타자의 논리에 자연스럽게

---

26) 이태준, 앞의 글, 299-300쪽.

동화되는 과정으로 정리될 수 있을 것이다. 이렇게 볼 때, 「목포 조선 현지기행」은 그 세계관의 편차에도 불구하고, 『소련기행』의 세계에 접맥되어 있는 '문학적 징후'라고 할 수 있다.

3. 「소련기행」과 급격한 사상 전환

1937년 무렵부터 서서히 이루어진 이태준 문학의 변모는 해방이라는 거대한 역사적 사건에 의해 근본적인 비약의 계기를 마련하게 된다. 1946년 발표된 단편소설 「해방 전후」는 해방 직전과 직후에 이태준이 어떠한 시선으로 당대의 현실을 바라보는가 하는 점을 잘 보여주는 작품이다. 김직원으로 상징되는 봉건적 인물과 완연히 대비되는 현의 존재는 바로 실제 이태준의 모습에 가깝다. 점차 사회주의에 대한 친화감을 넓혀가는 현의 모습은 "현공, 그간 많이 변허셨다구요?"라는 대목에서 볼 수 있듯이 『문장』과 구인회를 중심으로 전개된 해방 전의 이태준의 전반적인 문학활동을 인지하는 사람들에게는 충분히 납득할 수 없는 커다란 변화였다. 그러나 주인공 현이 좌익 데모에 대해 위화감을 느끼는 대목에서 목도할 수 있듯이, 「해방 전후」의 세계만 해도 이태준은 진보적인 이념과 좌익적인 주장에 대해서 흔쾌히 공감하지 못하는 상태에 놓여 있었다. 물론 '현'은 마침내 김직원으로 상징되는 봉건적 질서와 결별하면서 새로운 세상을 향한 발걸음을 뚜벅뚜벅 걸어가지만, 그 여정에는 확신이나 용기만큼이나 동시에 망설임과 번민이 존재하고 있었다.

이러한 이태준에게 또 한 번의 근본적인 변화의 계기를 가져다 준 것은 역시 여행이었다. 이태준은 1946년 10월 <평양 조소문화협회>의 초청으로 '방소문화사절단'의 일원으로 소련을 여행한 연후에 사회주의적 세계관에 대해서 모종의 확신을 지니게 되었던 것으로 판단된다. 1947년에 일부가 『문학』지에 연재되었다가 남에서 출간된 『소련기행』의 세계는 주로 소련 사회주의에 대한 찬탄과 감동, 신뢰의 표현 등으로 이루어져 있다. 그것은 주체와 대상의 완벽한 동일화가 달성되어 있는 세계에 근접한다.

이렇게 일련의 과정을 감안하면, 해방 후의 이태준 문학의 변모는 단일한 과정으로 파악되기에는 모종의 단층이 존재한다고 할 수 있다. 해방 후 이태준 문학의 변모는 1946년의 소련여행이라는 또 하나의 계기에 의해, 이전과는 분명한 편차를 보여주면서 진행되었던 것이다. 이태준은 자신이 관념적으로 상상한 소련을 직접 보고서야 이념적 선택의 문제를 확고하게 정리했다. 그러므로 이태준의 소련기행은 「해방전후」에 표출되어 있는 조심스러운 이념적 모색을 사회주의에 대한 적극적인 경도(傾倒)로 바꾸어 놓은 결정적인 계기로 작용한 것이다. 여행이 얼마나 한 인간의 삶과 문학적 향방을 근본적으로 변모시키는가 하는 점을 이태준을 통해 확인할 수 있는 것이다.

『소련기행』은 모스크바, 레닌그라드(현재의 상트 페테스부르크), 스탈린그라드 등의 당시 소련의 주요 도시와 아르메니아 공화국, 그루지아 공화국 등의 소연방 공화국 등을 방문하는 여정으로 이루어져 있다. 이태준은『소련기행』의 '서'에서 "나는 참으로 황홀한 수 개월이였다. 인간의 낡고 악한 모든 것은 사라졌고 새 사람들의 새 생활, 새 관습 새 문화의 새 세계였다. 그리고도 소련은 날로 새로운 것에도, 마치 영원한 안정체 바다로 향해 흐르는 대하(大河)처럼 끊임없이 나아가고 있었다"27) 면서 몇 개월 동안 소련을 둘러본 소감을 밝히고 있다. 이러한 이태준의 태도는 다음과 같은 소련으로 향하는 비행기 내에서의 발언과 자연스럽게 접맥된다.

아, 해방된 조선의 하늘! 이 아름다운 청자하늘을 우리는 지금 날으고 있는 것이다! 농민, 노동자, 학자, 정치가, 예술가, 이렇게 인민 각 층에서 모인 우리가 농중에서 나온 새의 실감으로 훨―훨 날으며 있는 것이다. 권력의 독점자(獨占者)들만이 날을 수 있던 이 하늘을 오늘 우리 인민이 날으는 것

---

27) 이태준, 『소련기행·농토·먼지』, 깊은샘, 2001, 12쪽.

204

은, 땅이 인민의 땅이 된 것처럼 하늘마저 우리 인민의 하늘이란, 새 선언이
기도 한 것이다.[28]

위의 목소리를 통해, 「소련기행」을 지배하고 있는 기본적 정서를 충
분히 짐작할 수 있다. 그것은 한 마디로 말해서, 식민지로부터 해방된
조선 사회도 소련처럼 되어야 한다는 소망이라고 할 수 있다. 그리하여,
『소련기행』에는 소련 사회주의에 대한 적극적인 옹호와 찬양이 넘쳐난
다. 대신 스탈린 집권 이후 불거졌던 새로운 관료주의를 비롯한 여러 가
지 모순에 대한 비판적인 시선은『소련기행』에서 도무지 발견할 수 없
다. 이러한 정황에서는 주체와 대상 사이에는 어떤 사소한 균열과 거리
도 존재하지 않는다. 주체와 대상의 불화와 환멸의 정서를 보여주었던
초기의 기행문과 비교하면『소련기행』의 내적 형식은 일치와 동화에 해
당된다.
　　이러한『소련기행』의 세계는 어떤 측면에서는 과도하다고 생각될 정
도로 균형감각을 상실하고 있다. 가령, 모스크바의 한 호텔에서 근무하
는 웨이터에 대한 다음과 같은 묘사를 보자.

　　식당에도 남자노인들인데 재빠르지 못한 것은 연령의 소치만도 아니다.
차를 가져오고도 앞에 놓인 설탕 그릇이 비었음을 이쪽에서 눈짓하기 전에
먼저 알어내는 적이 적다. 이쪽의 지적으로 알었어도 당황하지 않는다. 서서
히 무거운 걸음으로 가져온다. 미안했다는 것을 나타내려 덤빔으로써 도리
여 이쪽을 미안케 하는 일은 조곰도 없다. 손님의 비위를 맞추려 깝신거리
고 희뚝거리어 도덕적으로 위선에 이르는 것은 고사하고 심리적으로 객을
도리어 마음 못 놓게 하고 부담을 느끼게하는 것보담은, 차라리 이 사람들
의 진실하기만한 태도가 편하고 정이 든다.[29]

이러한 이태준의 관점은 사회주의의 모든 것을 긍정 일변도로 보는

<hr>

28) 이태준, 앞의 책, 15쪽.
29) 이태준, 위의 책, 62-63쪽.

동일자의 시선에 가깝다. 체제를 떠나서, 가장 기본적인 서비스의 문제를 이런 식으로 옹호하다 보면, 소련 사회는 어떤 문제점도 존재하지 않는 지상낙원에 해당되는 것이다. 실제로 이태준은『소련기행』에서 소련 사회를 지상낙원에 가깝게 묘사하고 있다. 그러다 보니,「해방전후」에서 보여준 예민한 균형감각이『소련기행』에는 완전히 실종되어 있다. 누구보다도 글쓰기와 문단에 대해서 민감한 비판적 촉수를 지니고 있던 이태준이 소련사회에 대해서는 이토록 극찬 일변도로 묘사하고 있는 것은 균형 잡힌 지성의 퇴행에 해당된다고 볼 수 있다.

그렇다면『소련기행』에 나타난 이태준의 이러한 변화는 어떻게 설명할 수 있을까? 좀 더 거시적으로 본다면 해방 전 주로 상고주의(尙古主義)적 세계관을 지니고 있었으며, 순문학 계열의 구인회 멤버이기도 했던 이태준의 이러한 극적인 변모는 어떻게 설명될 수 있을까? 평론가 김동석에 의해 "말을 골라 쓰기로는 지용(芝溶)을 따를 자 없겠지만, 그는 시인이라 이것이 당연하다 하겠지만 소설가가 말 한 마디, 한줄 글에도 조탁(彫琢)을 게을리 하지 않는다는 것은 그리 쉬운 일이 아니다. 그러기에 세상에서 상허(尙虛)의 글을 문장으로 치는 바이요, 누구나 그의 글을 아름답다 한다"라는 평가를 얻을 정도로 엄밀한 미학적 자의식과 예민한 감성을 지닌 작가 이태준이 과연 당시 러시아 사회나 문제점을 전혀 인식하지 못했다는 것이 가능할 수 있을까?

실제로 이태준의『소련기행』이 출간된 이후, 이에 대한 노골적인 비판들이 제기된 바 있다.30) 당시 이동봉(李東峰)은 "(이씨의) 기행에 나타나는 소련이 과연 소련의 전면인줄로 생각하는 사람이 있다면 그에 대하여 나는 경고하지 않을 수 없다. 이씨가 보고 온 소련이라는 것은 차라리 소련의 많은 면중의 가장 적은 면이고, 그것은 동시에 가장 좋은 면인 것을 알아야 한다"31)고 지적하고 있다. 또한 이태준의 절친한 문우

---

30) 황중엽,「시작(詩作)과 진실—Prelude, Andre Gide · contre · 이태준」.(「소련기행」을 읽고」,
  『시작과 진실—배신적 혁명』, 진성당, 1947, 27-60쪽)
  이동봉,「이상과 실체—상허의 소련기행을 읽고」,『경향신문』, 1947. 8. 10.

였던 정지용은 1950년 1월에 「소설가 이태준 군 조국의 <서울>로 돌아오라」라는 글에서 "자네 소련기행이 분수없이 일러버렸네", "자네 소련기행 때문에 자네가 親蘇派 소리 듣는 것이 마땅하고 민족문학의 左右鬪爭의 참담한 책임은 자네가 질만하지 않는가?"[32]라고 이태준의『소련기행』에 대해서 지적한 바 있다.

여기서 염두에 두어야 할 사항은 이태준의『소련기행』보다 이미 10년 전(1936)에 앙드레 지드의 '소련방문기'가 출간되어 당시의 지식인들에게 읽혔다는 사실이다. 실상 앙드레 지드의 '소련방문기'는 이태준의『소련기행』을 되비추는 반사경 역할을 한다. 앙드레 지드는 당시 소련사회의 문제점을 '소련 방문기', '소련방문 수정기' 등을 통해 예리하게 드러낸 바 있다.(앙드레, 정봉구 역,『소련방문기,』춘추사, 1994. 참조) 물론 당시 이태준도 앙드레 지드의 「소련기행」을 읽었음이『소련기행』에 나타나 있다.

이태준은 "지─드 같은 사람으로도 쏘비에트 사회의 물품들이 조야하고 일률적임에 실망했다고 한다. 1936년도 파리에 있다 와보면 으레 그랬을 것이다. 지금도 중공업만 힘써온 소련은 3등차가 그대로 있듯이 약간의 특수한 고급상품을 제하고는 모다 실질본위의 물품뿐이다. 소련은 이것을 모르지도 않거니와 자기결점으로도 알지 않을 것이다"라면서 소련을 옹호하고 있다. 이 대목은 이태준이 앙드레 지드의 소련방문기를 의식하고 있음을 드러내고 있다.

그렇다면 앙드레 지드의 「소련방문기」는 어떠한 내용으로 이루어져 있는가. 1936년 6월에 앙드레 지드가 러시아에서 행한 여러 연설내용이나 "사실 나는 소련처럼 그렇게 깊고 강렬한 휴머니티를 느끼게 하는 민중이 있는 나라는 어디서도 보지 못할 것이다. 비록 말이 통하지는 않았지만 그러한 느낌을 나는 아직 어느 곳에서도 느껴보지 못했다. 그와 같

---

31) 이동봉, 앞의 책.

32) 정지용, 「소설가 이태준 군 조국의 <서울>로 돌아오라」,『정지용 전집』2, 개정판 1쇄, 민음사, 2003, 537쪽.

은 것을 위해서라면 세계의 어떤 아름다운 풍경일지라도 다 내던져 버릴 수 있을 것이다"33)와 같은 표현에서 볼 수 있듯이 앙드레 지드는 소련방문기의 초반부에서 자신이 사회주의 소련에 대한 호감과 애정을 가지고 있다는 사실을 보여준다. 그러나 동시에 앙드레 지드는 "소련에서 모든 것이 지향하고 있는 듯한 이 몰개성화 경향을 우리는 진보라고 간주할 수가 있는 것일까? 나로서는 그렇다고 믿을 수가 없다",34) "나는 오늘날 그 어느 나라에서, 심지어 히틀러의 독일에서조차 인간 정신이 이렇게 부자유스럽고 짓눌리고 공포에 떨면서 종속되고 있을까 하는 의문을 갖게 되었다"35)라는 표현에서 볼 수 있듯이, 「소련 방문기」 전반을 통해 소련 사회주의의 문제점을 대단히 구체적이며 예리하게 갈파하고 있다. 이에 비할 때, 10년 후에 씌어진 이태준의 『소련기행』은 월등 단순한 관점에서 소련 사회를 조망하고 있는 것이다. 이러한 대목에서 드러나는 앙드레 지드와 이태준의 차이는 그들이 처한 역사, 사회적 맥락의 차이에서 발생하는 것일 터이다. 그 거리는 한 논자의 표현을 빌자면 "당대 유럽의 근대 지성과 갓 식민지에서 벗어난 조선의 지식인 사이의 차이"라고 할 수 있다.36) 앙드레 지드에 비해 이태준이 처한 상황은 월등 긴박하고 유동적이며 정치적이었다.

이러한 이태준의 변전(變轉)에 대해서는 여러 가지 해석이 가능할 것이다. 예를 들어, 『소련기행』을 이태준 자신의 새로운 선택을 합리화하기 위한 글쓰기의 책략으로 볼 수도 있다. 혹은 소련이나 중국 여행을 가능케 해준 조직(가령 <조소문화협회>)에 대한 정치적 배려가 작용했다고 볼 수도 있다. 또한 당시 해방 정국의 전망과 연관하여, 사회주의의 미래를 위해서 의도적으로 부정적인 점을 은폐한 전략적 글쓰기의 결과로 해석할 수도 있을 것이다. 그러나 필자는 이러한 견해가 이태준

---

33) 앙드레 지드, 정봉구 역, 『소련 방문기: 1936』, 춘추사, 1994, 28쪽.
34) 앙드레 지드, 위의 책, 40-42쪽.
35) 앙드레 지드, 위의 책, 58쪽.
36) 박헌호, 앞의 책, 271쪽.

의 선택에 무의식적으로 작용했으리라는 점을 인정하면서도 『소련기행』
에서 이태준이 보여준 소련 사회주의에 대한 찬사와 감격이 근본적으로
이태준 자신의 순수한 진심에서 우러난 글쓰기의 결과로 판단한다.

왜냐하면, 이태준이 일제말기부터 『소련기행』에 이르기까지 보여준
문학세계와 행적을 종합적으로 검토해 보면, 『소련기행』에서 보여준
이태준의 태도는 통념과는 달리 식민지시대부터 이어지는 내적인 흐름
속에 존재하기 때문이다. 그리하여, 「영월영감」에서 「농군」, 「해방 전
후」, 「농토」, 「먼지」로 이어지는 일련의 소설들, 또한 「만주기행」에서
「목포조선 현지기행」, 『소련기행』, 그 이후의 『혁명절의 모쓰크바』와
『위대한 새 중국』의 존재로 이어지는 기행문의 흐름들, 그리고 이태준
이 식민지시대부터 발표한 산문들을 면밀하게 검토해 보면, 그러한 일
련의 과정에는 그 나름의 내적 인과관계가 존재한다. 이러한 논점과 연
관하여, 유종호는 "일제 말기의 구차한 시절을 보낸 뒤에 뜻하지 않게
구경한 '놀라운 신세계'에 대한 감탄을 몇몇 특정인에게만 허용된 칙사
대접에 대한 답례라고 생각하는 것은 공정한 일은 아닐 것이다. 그것은
진심에서 나온 말일 것이다"[37]라고 언급하고 있다. 지금까지 발견된 자
료만으로 판단할 때, 이태준의 진심을 의심할만한 정황은 따로 존재하
지 않는다. 『소련기행』의 세계는 그 자체로 하나의 선택으로 존중받아
야 한다.

그러나 진심만으로 모든 변화를 합리적이라고 말할 수 있는 것은 아
닐 것이다. 진심과 합리적인 판단은 다른 층위에 서 있다. 여기서 일본
인으로서 한국근대문학을 연구하는 사에구사 도시카쓰(三枝壽勝)가 이
태준의 『소련기행』에 대해 "이 책에 나타나고 있는 것은 우선 소련에 대
한 이태준의 무식과 관찰력의 부족이다"라고 평가했다는 사실을 지적하
도록 하자.아울러, "이 기행문에 넘치고 있는 그의 순진성에는 아마도
미국 군정하에서 정치적 상황에 시달린 번민과 긴장에서 도망친 해방감

---

37) 유종호, 「이태준이 본 1946년 소련」, 『동아일보』, 2001. 8. 25.

이 작용하고 있는 것일까"[38]라는 사에구사 도시카쓰의 진단은 이태준의
『소련기행』을 관류하고 있는 찬탄과 감동의 세계가 놓여 있는 심리적
뿌리를 정확하게 짚어내고 있는 견해라고 생각된다.

　사에구사 도시카쓰의 관점이 지닌 일면적 타당성을 수용한다고 해
서 이태준의 『소련기행』을 사회주의에 무지한 한 문인의 헤프닝 정도
로 판단하는 것은 냉전적 사고에 간힌 또 하나의 편향일 것이다. 사회
주의와 소련에 대한 인식상의 한계에도 불구하고, 『소련기행』에는 이
태준이 그전에는 보여주지 못했던 여러 가지 인식상의 진전이 포함되
어 있다. 무엇보다도, 『소련기행』에서 보여준 이태준의 사회주의 사회
및 사회주의적 인간형에 대한 이해가 비교적 정확하다는 점을 그 근거
로 들 수 있다. 소련사회에 대한 호오와 관계없이, 사회주의 사회의 인
간형이나 사회주의 사회의 특수성을 이태준이 정확하게 인식하고 있다
고 여겨지는 대목이 『소련기행』에 산재해 있다. 가령, "자기들의 노동
에서 나오는 소득은 곧 자기들에게 그만치 혜택이 공동으로 미치는 것
이요 그것으로 어떤 특별한 사람들만이 놀고 먹는 것은 아니다. 저주하
려야 저주할 대상이 없는 내 일, 내가 하는 명랑한 노동인 것이다. 게다
가 노동이란 문화의 창조이지 노예적 복무라는 관념도 있을 수 없는 제
도이다"라는 이태준의 언급은 사회주의적 노동의 성격이 지니는 핵심
을 분명히 파악하고 있다고 판단된다. 이러한 이태준의 인식의 진전과
연관하여, "해방 이후, 식민지 시절 '카프'에 대척했던 '구인회'의 작가
들이 대거 親 社會主義的 성향으로 轉變하는 것은, 역설적이게도 식민
지시기에 형성된 사회주의에 대한 무지와 왜곡이 깨지는 과정과 궤를
같이 한다"[39]는 지적이 있는데. 이러한 관점은 비교적 해방 이후 이태
준이 보여준 이념적인 관심과 사회주의에 대한 애호의 동력을 효과적

---

38) 사에구사 도시카쓰(三枝壽勝), 「해방 후의 이태준」, 『이태준문학전집』 18권, 서음출판
　　사, 1988, 316-317쪽.
39) 박헌호, 「문화정치기 검열과 그 대응의 내적 논리」, 『식민지 검열체제의 역사적 성격』
　　(동아시아 학술원 주최 연례 학술회의 자료집), 2004. 11, 121쪽.

210

으로 설명하고 있다.

여기에서 중요한 것은 당시의 역사적 감각에서 보았을 때『소련기행』에서 피력된 이태준의 견해가 지니는 현실적 의미가 무엇인가 하는 점이다. 그것은 무엇보다도 당시 남한의 현실에 대한 준엄한 비판이자, 북한에 대한 긍정일 것이다. 이렇게 본다면, 이태준이 결국 끝끝내 북쪽을 택한 것은 순전히 자발적인 차원의 행위라고 판단된다. 결론적으로 말해서,『소련기행』은 이태준으로 하여금 북한을 기꺼이 선택하게 만든 결정적인 계기이자, 해방 후에 전개되었던 이태준 문학세계의 또 한 차례의 변모를 가져온 중대한 모티프였다고 할 수 있다.

그 후 이태준이 이른바 사회주의 리얼리즘의 세계에 가까운『농토』로 달려간 것은『소련기행』의 새로운 인식이 낳은 자연스러운 문학적 수순일 것이다. 이러한 맥락에서『소련기행』은 1948년에 출간된 장편소설『농토』의 세계와 미학적 상동관계를 맺고 있다.『농토』의 주제는 한마디로 당시 북한에서 전개된 토지개혁에 대한 예찬이다. 그 세계는 갈등과 고민이 실종된 선험적인 긍정적 세계에 가깝다. 이는『소련기행』의 내적 형식과 정확히 일치한다. "소련을 보시오. 여러분은 모르고 있으리다만 거기서는 땅은 모두 농사짓는 사람만 갖게 된 거요"40)라는 대화는『농토』의 현실인식이 이태준의 소련기행에서 얻은 정보와 밀접한 연관성이 있다는 사실을 암시하고 있다.『소련기행』을 관류하는 '감탄', '예찬'의 정서는『농토』를 지배하고 있는 '감격', '자신감', '벅찬 가슴' 등등의 긍정적 정서와 정확히 대응한다. 이러한『농토』의 정서는 무엇보다도 소련이라는 실존하는 사회주의 국가의 존재로 인해 역사 속에서 현실화될 수 있었던 것이다.

---

40) 이태준, 「농토」,『소련기행·농토·먼지』, 깊은샘, 2001, 255쪽.

4. 문학적 프로퍼갠더의 세계: 『혁명절의 모쓰크바』와 『위대한 새 중국』

1949년은 러시아에서 사회주의혁명이 발생한 지 32주년이 되는 해였다. 이에 따라 당시 북한에 있던 이태준은 최창익, 김순남 등과 함께 러시아 혁명 32주년 행사를 축하하기 위해서 1949년 10월 28일 평양비행장을 떠난다. 이태준은 하바로프스키, 찌따, 노보시비르스크, 스웰뜨르프스크 등을 경유하여 모스크바에 도착한다. 이곳에서 러시아 10혁명 32주년 기념보고대회에 조선대표로 참석하고, 모스크바를 중심으로 여러 가지 혁명유적과 박물관 등을 견학한다. 혁명박물관, 레닌박물관, 트레차코프스키 미술관, 모스크바 대극장, 지하철, 레닌의 저택, 소련작가동맹 등이 그가 둘러본 장소들이다.

이 기행문은 기본적인 기조는 1차 소련기행과 본질적인 차이가 없다. 『혁명절의 모쓰크바』를 관류하는 정서는 소련 사회주의에 대한 찬양과 감탄이라고 할 수 있다. 그러나 다음과 같은 몇 가지 측면은 1차 소련기행과 대비하여 분명한 차이를 보여주는 요소들이라고 생각된다. 우선 김재용에 의해 이미 지적되었듯이,[41] 『혁명절의 모쓰크바』에는 미국과 자본주의에 대한 비판이 명확하게 제시되어 있다는 점, 이태준이 미소대립에 근거한 냉전 이데올로기에 경사되기 시작했다는 점을 주목할 수 있다. 다음과 같은 대목은 이태준이 당시 미국과 소련을 어떠한 구도로 바라보고 있었는가 하는 점을 여실히 드러내고 있다.

> 원자탄 하나를 가지고 영구한 자기 독점물로 알고 오만무례하게 세계를 위협 공갈하던 나라도 한때는 있었으나 소련서는 원자력도 이미 평화적 토목공사에 쓰고 있는 사실이 세상에 알려진지 오래다.[42]

---

41) 김재용, 「소설가 이태준의 '2차 소련방문기': 냉전의식에 굴절된 민족주의」, 『시사월간 WIN』, 중앙일보사, 1998. 1.

42) 이태준, 「혁명절의 모쓰크바: 상」, 『한국근대문학연구』 4호, 태학사, 2001. 10, 312쪽.

1차 소련기행이 미국에 대한 별다른 언급이 없이 오로지 소련에 대한 찬탄과 동화의 정서로 일관하고 있다면, 『혁명절의 모쓰크바』에서는 당시 세계사적 정국에서 기행 대상(소련)의 반대편이라고 할 수 있는 미국과 자본주의에 대한 신랄한 비판을 통해 소련의 우월성을 상대적으로 부각시키고 있다. 이는 『소련기행』의 한계점으로 자본주의에 대한 인식이 없다고 비판했던 한 논자의 견해[43]가 나름대로 보완되는 지점에 『혁명절의 모쓰크바』가 자리 잡고 있음을 의미한다. 그리고 담론의 전략이라는 측면에서 보자면, 또 다른 타자(미국과 자본주의)에 대한 비판을 통해, 주체(이태준)와 대상(소련, 사회주의)은 행복한 일치의 단계로 진입하게 되는 것이다. 실제로 『혁명절의 모쓰크바』에는 주체의 어떠한 주저나 망설임, 불편함, 이질감, 번민도 발견되지 않는다. 이태준은 3년 전과 대비하여, "왕래하는 시민들의 의복이나 신발이 3년 전에 볼 때와는 월등히 우수해졌고 식료품 상점 앞에서도 배급을 타러 줄지어선 광경은 다시 볼 수 없는 옛말이 되고 말았다"고 언급하면서 소련의 발전상을 부각시키고 있다. 결국 『소련기행』에서 이태준이 표출했던 감탄과 긍정의 정서는 『혁명절의 모쓰크바』에 이르러 사회주의 소련에 대한 명확한 확신으로 진전되고 있다.

두 번째로 『혁명절의 모쓰크바』에는 레닌, 스탈린, 김일성 등의 혁명가에 대한 존경과 찬사의 언급이 기행문 중간에 간헐적으로 배치되어 있다. "우리 해방의 은인이신 스딸린대원수",[44] "김장군 초상 걸린 홀에서 음악대학생 오매운 동무의 노래를 들으며 밤 깊도록 놀았다"[45] 등의 구절들은 이태준의 관점이 개인 우상화의 징후를 보여주고 있음을 환기시킨다.

세 번째로, 『혁명절의 모쓰크바』를 통해서 당시 한반도를 둘러싼 정국을 조망하는 이태준의 시선을 확인할 수 있다. 가령 레닌박물관에서

---

43) 강진호, 「동경과 좌절의 미학: 이태준론」, 『한국근대문학 작가연구』, 깊은샘, 300쪽.
44) 이태준, 「혁명절의 모쓰크바」 하, 『한국근대문학연구』 5호, 태학사, 2002. 4, 354쪽.
45) 이태준, 위의 글, 367쪽.

레닌의 가족 초상화를 접한 이태준은 "우리는 오늘 우리조국에서 미제
국주의 침략자들과 이승만 매국도당들의 야수적 탄압 속에서 그 굴욕적
인 생애의 머리를 개연히 돌려 영용한 구국투쟁에 나서는 조선청년들의
어떤 엄숙한 순간들의 감히 이 그림 앞에서 연상되어 떠오르기 때문이
다"46)라고 마치 정치 팜플렛의 선동적 문구를 연상시키는 언급을 하고
있는데, 이 점은 이 시기에 이르러 이태준의 정치적 선택이 더할 나위
없이 확고해졌다는 사실을 보여주고 있다. 이러한 의미에서 이태준이
귀국한 후에 평양을 비롯한 각 지역의 보고대회에서 "이 10월의 불 속에
서 탄생한 소련은 인류사회에 이미 있었거나 아직 있는 어떤 국가형태
보다 우월하다는 것이 더욱 명확해졌다"47)고 확고한 명제적 진술로 선
언하는 장면은 『해방 전후』부터 시작되었던 이태준의 이념적 모색과 방
황이 분명하게 한 방향으로 정리되었음을 상징하는 대목이라 할 것이다.
　이러한 점은 비슷한 시기에 발표된 6·25직전의 남북 대치상황을 묘
사한 이태준의 단편소설 「먼지」가 남과 북 그 어느 곳도 일방적으로 미
화하거나 비하하지 않은 채, 역사적 균형감각을 확보하고 있다는 사실48)
과 대비된다. 바로 이 점이 소설과 기행문의 차이라고 볼 수 있을 것이
다. 즉, 글쓰는 주체의 입장을 가장 직접적으로 담고 있는 기행문 형식
은 미학적인 가공과정을 거친 소설과 비교하여 화자의 구체적인 입장을
월등 노골적으로 전달하게 되는 것이다. 아울러 이태준의『혁명절의 모
쓰크바』가 애초에 러시아혁명 32주년을 기념하기 위한 도구적인 차원에
서 씌어졌다는 점, 말하자면 이태준의 기행문을 규정하는 정치적 이데
올로기가 이미 선험적으로 존재하고 있었다는 점이 소설과 기행문의 차
이를 낳은 또 하나의 요인이라고 판단된다.

---

46) 이태준, 앞의 글, 353쪽.
47) 이태준, 위의 글, 368쪽.
48) 「먼지」의 균형감각과 문제적 성격에 대해서는 다음과 같은 논저를 참조할 수 있다.
　　김재용, 「월북 이후 이태준의 문학활동과 <먼지>의 문제성」, 『민족문학사연구』 10호,
　　1997; 박헌호, 『이태준과 한국 근대소설의 성격』, 소명출판, 1999, 289쪽.

2차 소련기행 이후 이 년여 만인 1951년 9월, 이태준은 '국경절 관례단'의 일원으로 중화인민공화국 수립 2주년 기념 <아시아 작가회의> 참석차 중국을 방문한다. 이태준을 포함한 여섯 명의 참석자는 미 공군의 폭격을 피해 '발바리'(지프차) 두 대에 나눠 타고 야밤에 평양을 출발하게 된다. 그 당시는 중국이 한국전쟁에 개입하여 치열한 영토 쟁탈전을 벌이던 시기였다. 그러므로 북한의 입장에서도 '중국'이 소련 못지않은 소중한 우방으로 대두되었던 것이다. 이태준이 아시아작가회의의 북한참석자로 결정되었다는 것은 그 당시까지만 해도 이태준이 북한의 대표작가로 예우 받고 있었다는 점을 입증한다.

『위대한 새 중국』의 목차에서도 확인할 수 있듯이 이태준은 북경, 만리장성, 황화, 상해, 항주, 남경, 천진, 석경산 제철소, 하얼빈 등 중국의 주요도시와 요지를 방문한다. 이 기행의 하이라이트는 북경에서 있었던 모택동 주석의 초대연회와 아시아작가회의라고 할 수 있다. 담론의 전개방식 면에서 보면, 『위대한 새 중국』은 『소련기행』이나 『혁명절의 모쓰크바』와 대동소이한 구조로 이루어져 있다. 즉 중화인민공화국의 문화와 역사에 대한 찬탄과 감격, 중국사회주의에 대한 신뢰와 자부심이 이 기행문을 관류하는 정서이다. 『위대한 새 중국』의 담론 구조는 주체가 대상에게 전적으로 동화되어 있다는 점에서, 『혁명절의 모쓰크바』와 정확하게 일치한다. 가령, "앞으로는 인류가 화약을 살인에 쓰지 않고 그 발명한 본래 중국에서처럼 건설과 경축오락으로만 쓰는 항구 평화세계를 위해 의의 깊은 전 인류적 승리인 것이다"[49]라는 이태준의 발언은 원자탄 사용과 연관하여 소련과 미국을 대비한 『혁명절의 모쓰크바』의 담론과 역시 동일한 구조를 띠고 있다. 그것은 적대적인 타자와 대상(중국)을 비교하는 방식을 통해 대상의 긍정성을 부각시키는 담론의 전략에 해당된다. 이렇게 볼 때 위의 예문을 유럽중심주의에서 벗어나고자 하는 이태준의 노력으로 해석한 김재용의 견해[50]는 좀 더 세심하게 재

---

49) 이태준, 『위대한 새 중국』, 국립출판사, 1952, 27쪽.

검토될 필요가 있다.『위대한 새 중국』을 유럽중심주의의 탈피와 아시아주의의 잣대로 해석하는 김재용의 관점은『소련기행』이나『혁명절의 모쓰크바』에서 보여준 이태준의 유사한 태도를 충분히 해명할 수 없다. 당시의 역사적 감각에서 보았을 때 소련은 당연히 유럽에 해당되는 것이다. 그러므로 위의 이태준의 발언은 미국의 폭력성과 제국주의적 속성을 부각시키는 과정에서 자연스럽게 도출된 비교의 논리라고 보아야 하지 않을까 싶다.

『혁명절의 모쓰크바』와 비교해 볼 때,『위대한 새 중국』의 경우, 모택동과 김일성의 위대함을 언급하는 횟수가 확연히 늘어났다는 것, 한국전쟁으로 인한 미국(미제)에 대한 적개심과 중국에 대한 우호의 감정이 한층 직접적으로 표출되어 있다는 점이 눈여겨볼 만한 차이라고 할 수 있다. 전자의 경우 특히 '수령'이라는 용어까지 등장하는 대목은 당시 이태준의 글쓰기가 사실상 우상화를 자연스럽게 내면화하는 문학적 프로퍼갠더 단계에 근접하고 있다는 사실을 의미한다. 물론 특정한 용어나 이미지, 사상(寫象)이 수용되는 시대와 사회, 문화에 따라 그 표상 작용이 달라질 수 있다.51) 예컨대, 민주주의가 현저하게 진전된 현재의 시점이 아니라, 식민지반봉건체제를 막 탈피해 나가던 당대의 시점에서 보면 수령이라는 용어도 자연스럽게 수용되었을 여지가 있다. 그러나 적어도 문학적인 견지에서 보자면 무반성적인 동일화에 근거한 이러한 정치 편향의 글쓰기는 이태준으로 하여금 문학적인 글쓰기를 더 이상 수행하지 못하게 만든 요인으로 작용했을 것이다.

『위대한 새 중국』에서 이태준이 중국의 역사와 문화를 언급하는 과정에서 중국과 조선의 밀접한 관계에 대한 언급이 자주 등장한다는 점도 주목해야할 요소이다. 이는 한국전쟁에 중국이 북한을 원조함에 따라 자연스럽게 형성된 중국과 북한 사이에 형성된 연대의 정서와 연관

---

50) 김재용,『한국전쟁기의 이태준』,『상허학보』13호, 2004. 8, 138-139쪽.
51) 이효덕, 박성관 역,『표상 공간의 근대』, 소명출판, 2002, 19쪽.

된다. 이른바 '항미원조 사과'는 당시 진보적 진영의 입장에서는 새로운 제국주의로 인식되던 미국에 대해 공동전선을 펼치고 있던 북한과 중국의 관계를 상징하고 있는 상징적 매개물이라고 생각된다.

칠레의 국민시인 파블로 네루다, 게오르그 루카치와 리얼리즘 논쟁을 벌였던 동독의 안나 제거스, 애청 등의 세계문학사의 저명한 문인들이 이태준과 교분을 나누었다는 점도 『위대한 새 중국』이 근대문학사에 남긴 기념비적인 대목이라고 할 수 있다. 특히 북경반점에서 개회된 아세아 작가들만의 좌담회에 네루다가 참여하여, "이 날 저녁 네루다선생은 새조선문학 이야기에 깊은 관심을 가지고 들었고 자기는 발언하지 않았다. (…중략…) 이 네루다의 중요시편들은 중국에서도 번역되었는데 이 좌담회가 있은 다음 날 네루다는 중국어판 자기 시집 한 권에 내 이름을 한문으로 그림 그리듯 써서 보내주었다"[52]고 언급되고 있는데, 이 대목은 한국근대문학과 네루다의 만남으로 기억되어야 할 것이다.[53]

전반적으로 볼 때, 『소련기행』을 위시한 해방 이후 이태준이 보여준 기행문의 현실 인식은 문학적 프로파갠더로 불릴만한 완고한 동일성의 세계로부터 자유롭지 않다. 그것은 부정성이 거세된 계몽미학의 극단화에 해당된다. 이는 사실 애초에 이태준이 생각했던 수필에 대한 관점과는 어긋난다. 이태준은 수필에 대해 "솔직하기 때문에 논문보다 오히려 찌름이 빠르고 날카롭고", "논설보다 오히려 찌름이 빠르다. 수필은 논문과 다름없이 늘 비평정신이 따르고 있는 것이다"[54] 등의 규정을 내린 바 있다. 또한 『소련기행』은 기행문의 요건으로 '애수'를 들었던 『문장강화』의 입장과도 거리가 있다. 기행문이 넓은 의미에서 수필에 포함된다면, 『소련기행』 이후 발표한 이태준의 기행문들은 이태준 스스로가 수필의 중요한 조건으로 생각했던 '비평정신'이 완전히 실종되어 있다

---

52) 이태준, 앞의 책, 59쪽.

53) 네루다와 이태준의 만남의 의미에 대해서는 김재용의 「한국전쟁기의 이태준」(『상허학보』 13집, 2004. 8)의 141-142쪽을 참조할 것.

54) 이태준, 『문장강화』, 창작과비평사, 1988, 165-178쪽.

는 점에서 제대로 된 수필에 미달되는 것이다.

환멸의 미학에서 극단적인 계몽미학으로 변전한 해방 이후 이태준의 기행문들은 특정한 문학 장르가 정치적인 이데올로기에 종속되었을 때 어떠한 담론의 구조를 띠게 되는지를 일종의 시금석과 같이 보여주고 있다고 하겠다.

5. 결론 및 남는 문제들

지금까지 이 글은 「여정의 하루」에서 『위대한 새 중국』에 이르는 약 18년 동안 이태준이 발표한 기행문들을 주체와 대상의 관계라는 잣대로 통시적으로 분석한 셈이다. 그 결과 이태준의 해방 전 기행문에서 주체와 대상 사이에 존재하던 불화가 해방 이후의 『소련기행』부터는 주체와 대상의 무반성적인 동일화 단계로 이행되었음을 확인할 수 있었다. 또한 이태준의 기행문은 동시기에 발표된 소설들과 상호텍스트 관계를 구성하고 있다는 사실을 인식할 수 있었다. 이태준 기행문의 통시적인 변화과정은 대상에 대한 환멸에서 연민, 공감의 세계를 거쳐 완고한 동일화로 나아가는 궤적이기도 했다. 그리고 해방 이후에 발표된 이태준의 기행문들을 통해서, 기행문 양식이 소설보다 정치적인 이데올로기에 한층 직접적인 방식으로 개입하고 있다는 사실을 인식할 수 있다. 해방 이후 씌어진 이태준의 기행문은 정치 그 자체였다. 이태준이 식민지 시대에 보여주던 단아한 선비정신과 비평정신은 사회주의라는 새로운 이념을 만나면서 실종된다. 이러한 대목은 한국근대문학사의 뜨거운 상징이면서 동시에 커다란 아쉬움이기도 하다. 이러한 지적은 이태준이 선택한 이념과 체제의 정당성 여부 차원에서 제기된 것이 아니다. 근본적으로 그 아쉬움은 해방 이후에 발표된 이태준의 기행문이 그 이후에 전개된 이태준의 인생과 문학을 규정했다는 점, 그에 따라 이태준은 1952년 이후 새로운 문학의 길을 전개할 수 없었다는 점을 의미하는 것이다.

한 연구자는 개화기 이후의 한국근대문학사에서 발표되었던 기행문을 "민족주의적 이념으로 무장한 탐색기, 근대화의 이념에 입각한 신문명 탐방기, 근대화의 산물로 야기된 여행의 대중화와 과거와 자연의 발견"55) 등의 세 가지 유형으로 구분하였다. 그러나 엄밀하게 말하면, 이태준의 기행문은 위의 어떤 유형에도 해당하지 않는다. 이태준의 기행문은 한국 근대사의 굴곡이 한 고결하고 단아한 문인에게 내린 거대한 시험(試驗)이자 전 인생을 건 일종의 놀이였다. 이태준은 그 시험에 그대로 빠져들어 갔고, 그 놀이에 자신의 모든 인생을 투신했다. 그 결과 이태준은 몇 년 후부터 영원히 글을 쓰지 못하는 형국에 처하게 되었다. 이러한 의미에서 보자면, 이태준의 기행문은 안타까움 그 자체라고 생각된다. 이태준의 기행문은 탁월한 스타일리스트도 거대한 역사적, 정치적 세계로부터 결코 자유로울 수 없었던 한국근대문학사의 상처와 굴곡을 그 자체로 보여주고 있다.

이태준 기행문 연구의 진전과 심화를 위해서는 다음과 같은 후속 연구가 진행되어야 할 것이다. 우선 이태준의 개별 기행문에 대한 면밀한 구조주의적 분석이 요청된다. 이러한 작업을 통해 이태준 기행문의 구조적 특성과 담론의 배치가 좀 더 명료하게 해명될 수 있을 것이다. 아울러 당시 백남운을 비롯하여 다른 사상가나 문인들의 소련기행문 및 일본 근대문인들의 만주기행문과 이태준의『소련기행』,「만주기행」을 면밀하게 비교·검토하는 작업이 요청된다. 그리고 당시 이태준이 읽었던 앙드레 지드의「소련방문기」와 이태준의『소련기행』을 세심하게 비교하는 것도 이태준의 기행문이 지닌 의미와 한계를 파악하는데 소중한 참조를 제공할 것으로 기대된다. 그리고 기행문이라는 문학텍스트의 배후에 작용하고 있는 역사적 정황에 대한 검토, 가령 해방직후에 이태준이 관여하고 있었던 정치적, 사회적 장(場)에 대한 심층적 탐색이 필요한 것으로 보인다. 예컨대 과연 누가 소련기행과 중국기행, 만주기행의 과정

---

55) 서경석,「만주국 기행문학 연구」,『어문학』86집, 2004. 12, 344쪽.

에서 이태준을 추천했는가? 여행비는 어디에서 지원했고 어떤 방식으로
조달했는가? 이태준이 관여하고 있던 정치적 단체는 무엇인가? 등등의
문제에 대한 좀 더 치밀한 탐색의 여지가 있다고 하겠다. 이러한 탐구는
기행문이 탄생하게 된 '정치적 기원'을 한층 투명하게 해명해 줄 수 있
을 것이다. 이러한 의미에서 이태준의 기행문에 대한 진정한 연구는 지
금부터라고 할 수 있다.

주제어: 기행문, 환멸, 프로퍼갠더, 장르, 동일성, 사상전환

◆ **참고문헌**

1. 기본자료
이태준, 『위대한 새 중국』, 국립출판사, 1952, 5-148쪽.
———, 『소련기행, 농토, 먼지』, 깊은샘, 2001, 11-180쪽.
———, 『무서록』, 깊은샘, 1994, 15-338쪽.
———, 『문장강화』, 창작과비평사, 1988, 3-317쪽.
———, 「혁명절의 모쓰크바」 상, 『한국근대문학연구』 4호, 태학사, 2001. 10, 291-
　　　316쪽.
———, 「혁명절의 모쓰크바」 하, 『한국근대문학연구』 5호, 태학사, 2002. 4, 348-369쪽.

2. 단행본
강진호, 『한국근대문학과 작가연구』, 깊은샘, 1996, 283-305쪽.
김현주, 『한국 근대 산문의 계보학』, 소명출판, 2004. 12, 13-296쪽.
민족문학사연구소 기초학문연구단 엮음 『한국근대문학의 형성과 문학 장의 재발견』,
　　　소명출판, 2004. 11, 3-433쪽.
문학과사상연구회, 『이태준 문학의 재인식』, 소명출판, 2004, 3-226쪽.
박헌호, 『이태준과 한국 근대소설의 성격』, 소명출판, 1999, 256-304쪽.
상허학회, 『이태준과 현대소설사』, 깊은샘, 2004, 13-428쪽.
역사학연구소 편, 「중일전쟁 뒤 일제정책과 민족해방운동」, 『함께 보는 한국근현대
　　　사』, 서해문집, 2004, 218-226쪽.

유종호,『나의 해방 전후』, 민음사, 2004, 11-297쪽.
이효덕, 박성관 역,『표상 공간의 근대』, 소명출판, 2002, 19쪽.
조영복,『월북예술가, 오래 잊혀진 그들』, 돌베개, 2002, 275-298쪽.
게오르그 루카치, 반성완 역,『소설의 이론』, 심설당, 1999, 125쪽.
앙드레 지드, 정봉구 역,『소련기행문』, 춘추사, 1994. 2, 21-221쪽.

3. 논문

권성우,「이태준의 수필 연구─문학론과 상고주의(尙古主義)에 대한 해석을 중심으로」,『한국문학이론과비평』 22집, 2004. 3, 11-32쪽.
김외곤,「식민지 문학자의 만주체험─이태준의 '만주 기행'」,『한국문학이론과비평』, 24집, 2004. 9, 301-321쪽.
김재용,「한국전쟁기의 이태준」,『상허학보』 13집, 깊은샘, 2004. 8, 131-148쪽.
──,「월북 이후 이태준의 문학활동과 <먼지>의 문제성」,『민족문학사연구』 10호, 1997, 324-344쪽.
──,「소설가 이태준의 '2차 소련방문기': 냉전의식에 굴절된 민족주의」,『시사월간 WIN』, 중앙일보사, 1998. 1, 285-291쪽.
김 철,「몰락하는 신생(新生); '만주'의 꿈과『농군』의 오독」,『상허학보』 9집, 깊은샘, 2002. 8, 123-158쪽.
박헌호,「문화정치기 검열과 그 대응의 내적 논리」,『식민지 검열체제의 역사적 성격』(동아시아 학술원 주최 연례 학술회의 자료집), 2004. 11, 85-128쪽.
서경석,「만주국 기행문학 연구」,『어문학』 86호, 2004. 12, 341-359쪽.
서영채,「최남선과 이광수의 금강산 기행문에 대하여」,『민족문학사연구』 24호, 2004, 243-279쪽.
유숙자,「만주 조선인 이민의 한 풍경」,『재일본 및 재만주 친일문학의 논리』, 역락, 2004, 185-206쪽.
정종현,「제국/민족 담론의 경계와 식민지적 주체」,『상허학보』 13집, 깊은샘, 2004. 8, 97-129쪽.
차혜영,「식민지 근대의 심상지리─1920년대의 해외기행문」,『한국근대문학의 형성과 문학 장의 재발견』, 소명출판, 2004. 11, 157-206쪽.
하정일,「1930년대 후반 이태준 문학과 내부 식민주의 성찰」,『배달말』 34호, 2004. 6, 169-195쪽.
한수영,「이태준과 신체제」,『이태준 문학의 재인식』, 소명출판, 2004. 12, 191-226쪽.
사에구사 도시카쓰(三枝壽勝),「해방후의 이태준」,『이태준문학전집』 18권, 서음출판사, 1988, 295-326쪽.

◆ 국문초록

이 논문은 이태준의 기행문 전반을 주체와 대상(타자)의 관계를 중심으로 고찰하기 위해서 씌어졌다. 이태준은 식민지시대의 어떤 다른 작가보다도 기행문 장르에 대한 자의식을 가지고 있었다. 이는 그가 아직까지도 글쓰기에 많은 영향을 미치고 있는『문장강화』의 저자라는 점과 연관된다. 이태준은 문학적 고비, 정치적 과도기 때 마다, 만주, 소련, 중국 등을 여행하여, 「만주기행」,『소련기행』,『혁명절의 모쓰크바』,『위대한 새 중국』등의 문제적인 기행문들을 남겼다. 이 기행문들은 당시 문단과 지식사회에서 커다란 화제와 논쟁의 대상이 되었다. 이러한 점을 고려한다면 이태준의 기행문 연구는 이태준 문학의 총체적인 이해를 위해서도 필수적으로 요청된다고 할 수 있다. 해방 전의 이태준의 기행문은 주체와 대상 사이의 불화를 보여준다. 그러다가 「만주기행」에 와서 만주 지역의 동포에 대한 연민과 이해를 통해 당시 현실에 대한 관심을 피력하게 된다. 아울러 이태준은 해방 직전, 목포 조선소를 방문하여, 당시 신체제의 논리에 동화되는 모습을 보여준다. 이러한 태도는 해방 이후 전개된 이태준의 기행문들과 인식론적 상관관계를 지니고 있다고 할 수 있다.

해방 후 이태준은『소련기행』,『혁명절의 모스크바』,『위대한 새 중국』등의 기행문들을 이삼년 간격을 두고 간행하는데, 이러한 기행문들을 관류하는 정서는 타자(대상)에 대한 감탄과 긍정이다. 이러한 기행문들에는 주체와 대상 사이의 어떠한 균열과 거리도 존재하지 않는다. 이러한 과정은 주체가 대상에 완벽하게 동화되는 현상에 다름 아니다. 해방 이후에 씌어진 기행문들의 담론구조는 사회주의에 경도되기 시작한 이태준의 세계관과 상동관계를 이룬다. 이태준의 정치 지향적인 기행문들은 그 문제적 성격에도 불구하고, 궁극적으로 이태준 글쓰기에서 비판정신과 고유한 문학성이 실종되는 과정을 여실히 보여준다고 할 수 있을 것이다.

◆ SUMMARY

A study on Lee, Taejun's travelogue

Kwon, Seong-Woo

This paper is an attempt to study Lee Taejun(李泰俊)'s travelogue synthetically. Lee Taejun left some important travelogue at the crucial

222

moments in the history. This proves that he had self−consciousness which is sensitive about the genre of travelogue. Lee Taejun's travelogue which were written in the colony era show 'disagreement of subject and object' clearly. New change is pursued in 'A Trip to Manchuria'. His compassion and sympathy for others and the interest in history and community appear in it.

While his world of literature before the Liberation of Korea is close to pure literature and modernism literature, the inclination for world of progressive ideology is shown from the one after the Liberation of Korea. This transfiguration appears dramatically in 'Trip to Soviet Union.' Lee Taejun shows admiration and affirmation for socialism of Soviet Union consistently. There isn't any gap between subject and object in the book. In 'Moscow on Revolution Day' and 'Great New China' which were published later, his ideological inclination goes more steeply. In these books, he criticizes the United States of America, praises Chinese socialism, and reveals some symptoms of deification of Stalin and Mao Ze−Dong(毛澤東), and Kim Ilseong(金日成) etc.

The fascination of Lee Taejun's literature is discontinued with those political accounts of trip, in the true sense of meaning.

Keyword : travelogue, disillusion, propaganda, genre, identity, conversion of ideology

−이 논문은 2004년 12월 31일에 접수되어, 소정의 심사과정을 거쳐 2005년 1월 31일에 게재가 확정되었음.

일제말기 이태준 단편소설의 '사소설' 양상

방 민 호*

목 차

---

1. 들어가는 말

이 논문의 목적은 신체제론이 본격적으로 대두하기 시작한 1940년경을 전후로 한 시기에 이태준에 의해 새롭게 시도된, 일본 사소설 전유를 통한 현실 대응 양상을 고찰하는데 있다.

여기서 전유appropriation라는 용어는 타자의 것을 자기화한다는 다소 넓은 의미로 사용된다. 포스트콜로니얼리즘의 맥락에서 이 말은 "모국어가 아닌 타자의 언어로 모국어의 정신을 전달하는 것"[1], 즉 "상호 이질적인 문화적 경험들을 다양한 방식으로 전달하기 위해서 언어를 하나

---

* 서울대 국어국문학과 조교수.
1) Bill Ashcroft etc., 이석호 역, 『포스트콜로니얼 문학이론』, 민음사, 1996, 66쪽.

의 도구로 차용 및 선용하는 방식을 의미한다."[2] 따라서 이 개념은 주로 제국의 언어를 차용하게 된 식민지의 문화적 양상을 설명하기 위해 사용된 용어이지만 보다 폭넓은 의미에서 제국의 문화적, 예술적 양식을 모방함과 동시에 차이를 추구하는 전략 일반을 의미하는 것으로 확장해 볼 수도 있을 것이다.

한편 이 논문은 일본 사소설과의 관련성을 전제로 삼고 있으므로 일본의 사소설 또는 심경소설의 개념에 관한 간략한 정리를 필요로 한다. 여기서는 일단 사소설을 통칭으로 보고 심경소설은 사소설의 변형, 진화된 형태로 파악한다. 일본 근대의 자연주의가 이룩한 자아의 개념 위에서 자기 이야기를 있는 그대로 숨김없이 쓰려는 작가적 모랄에 의해 지배되는 소설 양식이 사소설이라면 심경소설은 이러한 사소설의 자기 폭로적 경향에 따른 자아의 폐색 상태를 지양해 나간 것으로서 생활의 문제를 마음의 문제로 치환하면서 구도적인 예술의 경지를 열어간 것으로 보는 것이다.[3] 따라서 이 논문에서 심경소설은 사소설이라는 자기 고백적 양식의 연속선상에서, 그러나 자기 폭로적인 경향을 갖는 사소설 본래의 경향을 지양한 새로운 단계의 것으로 파악된다.

이 논문에서는 일본 사소설을 전유한 형태로서의 이태준의 소설들과 일본의 사소설을 구별하기 위해서 이태준의 소설들을 '사소설' 또는 '심경소설'로 표기하고자 한다. 또한 이태준의 '사소설'에 해당하는 작품들을 그 여러 변이형태에도 불구하고 앞으로 논의하게 될 작품들로 논의

---

2) 위의 책, 같은 쪽.

3) 히라노 켄의 다음과 같은 지적은 사소설과 심경소설의 차이를 잘 설명해 준다. "그러나 사소설과 심경소설은 역시 결정적인 상이점을 가지고 있다. 사소설을 멸망의 문학이라고 한다면, 심경소설은 구원의 문학이다. 사소설을 어쩔 수 없는 혼돈스러운 위기 자체의 표백이라고 한다면, 심경소설은 바로 헤쳐나온 위기 극복의 결여와 같다. 전자가 외계와 자아와의 위화감에 근거하고 있다면, 후자는 그것들의 조화를 이루려고 하고 있다. 인간 실존의 어쩔 수 없는 어리석음이나 깊은 죄의식에서 발생하는 생의 위기감과, 그런 위기감을 초극하는 데서 생기는 청명한 운명감과의 조화를."(平野謙, 유은경 역, 「사소설의 이율배반」, 『일본 사소설의 이해』, 소화, 1997, 188쪽).

를 한정하고자 하는 것은 이 논문의 주제를 분명하게 드러내기 위함이다.

이태준의 소설과 일본의 사소설 또는 심경소설의 관련 양상은 이미 많은 기존 비평과 연구에 의해 지목된 현상이다.4) 이를 전유라는 측면에서 보면 이태준의 자전적인 소설은 일본의 사소설 또는 심경소설을 두 단계에 걸쳐 상이한 방식으로 전유함으로써 새로운 형태의 '사소설' 또는 '심경소설'을 창출해 나간 것으로 해석된다.

그 첫 번째 단계가 「달밤」(『중앙』, 1933. 11) 「색시」(『조광』, 1935. 11) 「손거부」(『신동아』, 1935. 11) 등으로 대변되는 1930년대 중후반까지의 자전적 소설들이라면 그 두 번째 단계는 「패강랭」(『삼천리』, 1938. 1) 「토끼이야기」(『문장』, 1941. 2) 「무연」(『춘추』, 1942. 6) 「석양」(『국민문학』, 1942. 2) 등으로 대변되는 1940년 전후의 것이다. 이 논문은 이 가운데

---

4) 그럼에도 이태준 소설과 일본 사소설의 관련 양상을 구체적으로 논증한 논문은 거의 없어서 와다 토모미의 「외국문학으로서의 이태준 문학」(『근대문학과 이태준』, 깊은샘, 2000)이 현재로서는 독보적이다. 이 논문은, 이태준의 단편소설은 시가 나오야의 단편소설과, 장편소설은 기쿠치 칸의 그것과 관련성이 깊은 것으로 분석하고 있다. 그런데 이 논문은 "사소설이나 심경소설은 이태준의 단편소설들과 별로 상관이 없어 보인다"(90-91쪽)라고 하여 이태준을 사소설 작가로 간주하는 경향에 반대하는 맥락에서 시가 소설과 이태준 소설의 관련성을 논하고 있음을 볼 수 있다. 이러한 논지는 일본문학과 한국문학의 관련성을 논하면서, "영향을 받았다는 식의 일방적인 수용의 문제를 다루는 것"(92쪽)에 대한 논자의 거부감 때문인 것으로 해석되지만 시가가 사소설 작가이자 대표적인 사소설 작가 가운데 한 사람이라는 점을 부정하기는 어렵다. 최근에 한일문학연구회에 의해 번역된 스즈키 토미의 『이야기된 자기』(생각의 나무, 2004)는 다야마 가타이의 「이불」과 시가 나오야의 자전적 3부작을 사소설의 맥락에서 취급하면서, "근대문학사에서 다야마 가타이가 사소설의 창시자로 생각되고 있다면, 시가 나오야는 그 장르의 완성자 중 가장 성공한 실천자로서, 그 전통을 정점에까지 이르게 한 작가로 간주되어 왔다"(165쪽)라고 논평하고 있다. 이러한 맥락에서 이태준의 「색시」와 시가 나오야의 「流行感冒」에 관한, 「외국문학으로서의 이태준 문학」의 구체적인 비교 및 대조는 역설적으로 두 작가가 사소설적인 창작방법을 공유하고 있었음을 보여주는 하나의 사례로 파악된다. 이 논문 외에 이태준 소설과 일본 사소설 작가들과의 관련 양상에 대한 구체적 검토는 향후의 과제에 속한다. 이 논문의 주제 역시 그 구체적 논증보다는 1930년대 초반 이래 일본적인 소설 장르로서의 사소설에 대한 인식이 일반화되어 있었음을 전제로 논의를 전개하는 한계를 내포하고 있음을 미리 밝혀둔다.

특히 후자의 양상을 중심으로 그 의미를 분석해 보고자 한다.

이 시기에 박태원은 일련의 '자화상' 연작으로 신체제론의 이데올로기에 대한 비판을 시도했으며 채만식은 현실을 풍자적으로 비판하는 종래의 소설에서 '사소설'로 전향함으로써 소극적인 의미의 자기 방어를 시도했다. 연작 또는 연작적 성격이 강한 이들의 자전적 소설들은 이태준의 그것과 함께 하나의 현상으로 포괄하여 그 내적인 의미를 분석할 필요성을 제기한다.

일찍부터 일본의 사소설과 깊은 유사성을 보이는 자전적 소설을 발표해 왔던 이태준과 박태원은 물론 임화의 표현을 빌리면 "객관소설"[5]에 매달려온 채만식까지 사소설적 양상을 보여준 사실은 이 시기가 소설의 사소설화 현상을 추동하는 강력한 요인을 내장하고 있었음을 말해준다. 이들 일련의 자전적 소설은 어떤 시대적 대응 효과와 관련이 있음을 시사한다.

이 논문은 이태준, 박태원, 채만식 등의 자전적 소설에 나타난 동일성과 차이의 '변증법'을 염두에 두면서 사소설적 경향을 보이는 이태준의 소설을 중심으로 일본 사소설의 전유 양상을 살펴보고자 한다.

2. 문학사의 맥락에서 본 이태준의 '사소설'

임화의 「단편소설의 조선적 특성」(『인문평론』, 1939. 10)은 창작평의 형식을 빌리고 있지만 카프 해산 후 임화가 축적해온 문학사적 인식의 깊이를 헤아리게 한다. 여기서 그는 이광수의 단편소설 「육장기」(『문장』, 1939. 9)를 가리켜 심경소설이기는 하지만 "불투명성"과 "사건의 구성을 동경하는 경향"이 있어 "투명하고 맑고 깨끗"한 일본 작가들의 심경소설과는 대조된다고 하였다. 임화는 그 원인을 이광수 자신이 수립

---

5) 임화, 「단편소설의 조선적 특징」, 『인문평론』, 1939. 10, 130쪽.

한 조선 근대문학의 정론성에서 찾는다.

  궁국에 있언 심경소설인 춘원의 최근 단편이 이러한 제 특이성을 가짐은
춘원의 작가적 특이성에 유래함이요 또한 조선소설의 특성에 기인하기도
한다. 그것은 교훈성 정론성의 결과로, 춘원이 수립한 조선소설의 이 특성은
오늘날까지 조선소설에서 제거되지 않고 은연한 경향으로 전승되고 있는
것이 사실이다.6)

  그런데 그는 같은 글에서 이태준의 소설을 한국적인 사소설의 전형
으로 파악하는 시각을 보여준다.

  이태준 씨는 사소설적 내지 심경적인 의미에서 조선 단편소설의 일방의
전형이고, 이효석 씨는 「포―」나 「모팟상」과 비슷한 서구적인 의미에서 한
전형이다.
  거월의 「농군」과 같은 작품은 이태준 씨의 이러한 한계를 넘어 객관소설
에 접근하는 일형태이나, 그의 모든 작품은 역시 사소설적, 심경적인 성질의
작품들이다. 그의 단편의 기초에는 자연주의문학의 순수한 졸업이 전제되어
있는 것으로, 이것은 씨가 아마 경향문학 왕성기에 오래인 칩거에서 세풍을
불관하고 체득한 소산일 것이다.7)

  홍미로운 것은 일본 사소설과 이태준의 소설을 유추적으로 이해하는
임화의 시각이다. 일본의 사소설이 자연주의 작가들이 수립했던 자아의
원리를 바탕으로 성립했다고 보는 것은 지금 일반적인 정설이지만,8) 임

---

6) 임화, 위의 글, 130-131쪽.
7) 임화, 위의 글, 같은 쪽.
8) 中村光夫에 의하면 일본의 사소설은 일본 자연파를 모태로 나타난 소설 장르다. 그런
   데 이 일본 자연파는 서구의 자연주의를 수용하면서도 졸라나 플로베르와는 달리 광범
   위한 사회적 전형에서 자연, 곧 인간을 발견하는 대신에, 자기 또는 자아의 대명사로서
   자연이라는 개념을 차용했고 바로 여기서 자기를 있는 그대로 그린다는 사소설의 이념
   이 출현하게 되었다고 한다(中村光夫, 유은경 역, 「풍속소설론」, 『일본 사소설의 이해』,
   소화, 1997, 105-126쪽 참조).

228

화의 시대에도 이 점은 널리 공인되고 있었던 것으로 보인다. 이러한 맥락에서 그는 이태준의 소설을 자아의 원리에 기초한 것으로 파악하면서 동시에 여기에 일본 사소설의 약점으로 평가되곤 하는 사상 또는 현실인식의 결핍이라는 문제를 부가한다. 그에 의하면 이태준의 소설에서 자아의 원리와, 사상 또는 현실인식은 서로 배타적인 요소로 작용한다. 김동인과 염상섭으로 대변되는 빈약한 자연주의적 전통 탓에 이태준이 독자적으로 "자연주의 문학"을 졸업하기 위해서는 "경향문학 왕성기"에 "세풍을 불관"하면서 "칩거"하는 과정이 필요했는데 이것이 곧 사상 또는 현실인식의 결핍이라는 부정적 양상을 배태했다는 것이다. 임화의 평론에서 이태준 소설에 대한 이러한 비판은 지속적이다.

> 이씨의 「스켓취」풍의 단편은 제쳐놓고 그래도 조선사회, 조선청년남녀라는 것을 취급한 『화관』 등을 보면 실로 한 개 감상가로서밖겐 사상가로서의 작가의 「모랄」이란 것을 발견할 수는 없다.9)

이태준의 소설에서 "감상가"적인 작가를 발견할 수밖에 없으며 "사상가로서의 작가의 「모랄」"을 발견할 수 없다는 임화의 평가는 상당히 냉정한 것이다. 그러나 이태준 자신도 이러한 측면을 외면할 수 없었음은 그가 자기의 소설을 반성하면서 사상적이자 예술적인 소설을 쓰겠노라고 다짐한 평문들을 통해 확인된다.10)

---

9) 임화, 「방황하는 시대정신」, 『문학의 논리』, 학예사, 1940, 248쪽.
10) 일례로 다음과 같은 대목을 참조해 볼 수 있을 것이다. "나는 아직 작가 생활이 아니엇다. 실제적으로 습작을 해왔다. 내 취미에 맞는 인물을 붓들어가지고 스켓취나 공부하면서 창작생활을 할수잇는 시간을 기다려왔다. 그래 不遇先生 황수건이(달밤의 主人公) 안영감(아담의 後裔의 主人公) 색시 孫巨富 福德房영감들 따위 思想的 思考라거나 현실기구와 관련한 구성이라거나 그런 것을 기할수 엇(없-인용자)는 이미 운명이 결정된 인물을 擇해 거이 詩를 쓰는 卽興氣分으로 쓴 것이다. 나의 작품에 애수는 잇고 사상이 업다는 것은 가장 쉽고 또 正確한 指摘들이다. 그러나 이 작가는 이런 範圍내에서만 完成할 수 있다는 것은 速斷이다."(이태준, 「참다운 예술가 노릇 이제부터 시작할 결심이다」, 『조선일보』, 1938. 3. 1).

그 자신이 카프문학의 주도자였고 여러 평문이 보여주듯이 카프의 문학사적 의의를 강조했던 평론가였으므로 임화가 이태준의 '심경소설'을 사상성 또는 현실인식의 부재를 들어 평가절하한 것은 자연스럽다. 또한 임화가 주장했듯이 일제하 한국근대문학사가 이광수로부터 발원한 정론성을 큰 흐름으로 하고 있음은 분명하다. 그러나 이처럼 조선 근대문학의 정론적 특질을 정당화하는 입장에서만 보면 이태준의 소설의 문학사적 의의는 충분히 규명될 수 없다. 이를 위해서는 조선문학의 주류적 흐름으로서 정론성이라는 임화의 견해를 일부 승인하면서도 이태준 소설의 성격을 보다 적극적으로 설명할 수 있는 다른 해석 방식이 필요하다.

임화를 따라 이광수로 돌아가 보면, 그는 한글로 된 문학만이 조선문학이라는 급진적인 주장으로 소설문학의 한글전용을 이끌어냈고 문학인을 문사로 규정하면서 민족과 단단히 결합시켜 도덕적인 예술, 인생을 위한 예술 주창함으로써 현실주의적이이자 동시에 이상주의적인 특성과 체질을 갖는 문학적 경향을 선도해 나갔다. 그는 각종 언론, 단체 활동을 정력적으로 벌여나가면서 다방면에 걸쳐 지속적인 창작 활동 및 신인 발굴을 통해 자신의 주장을 실체화해 나갔던 바, 식민지적 현실은 많은 논란에도 불구하고 그의 도덕주의적 견해에 강력한 설득력을 부여했다.11)

1920년대 후반 이후에 카프는 이광수의 문학을 부르조아 문학으로 간주하여 비판, 부정하고자 하였으나 앞에서 간략히 설명한, 현실주의적이자 동시에 이상주의적인 특성과 체질이라는 측면에서 보면 오히려 이광수의 문학을 전면적으로 계승한 것으로 판단된다. 사회 체계 내에서의 개인의 위치와 의미를 분석적으로 파악하는 도구를 마련하지 못했던 당대의 박래품 맑시즘을 전면적으로 수용해 나갔던 까닭에 카프에 이르

---

11) 이광수, 『문학과 평론』, 영창서관, 1940, 1-81쪽. 「예술과 인생」 「조선문학의 개념」 「문사와 수양」 「우리 문예의 향방」 등은 이광수의 문학사상을 잘 표현해 주는 평론들이다.

230

러 이러한 정론성은 정치우위론이라는 형태로 가일층 심화되었다. 그들에 있어 문학은 독립적인 존립 가치를 가진 예술이 아니라 사회적 투쟁의 수단이었고, 이러한 문학에서 개인은 계급의 일부 또는 대표라는 위치를 할당받았다.

이로써 근대문학의 가장 중요한 요건 가운데 하나로 간주되는 개인의 진정한 발견은 연기되고 1930년대 초반까지의 한국근대문학은 개인을 민족 또는 사회의 직접적인 일부로 파악하는 '반(半)근대적인' 패러다임의 한계 내에 머물러 있게 되었다.[12] 이러한 패러다임 속에서 개인은 민족이라는 유기체의 일부나 대표 또는 계급의 일부나 대표로 간주되며 이러한 대타자로부터 독립적인 자족적 실체로는 파악되지 않는다.

이러한 상황에서 구인회의 출현은 위에서 언급해 온 한국근대문학의 주류적 정론성에 대한 문학적 대응물이라는 측면에서 잘 설명될 수 있는 것으로 보인다. 그들은 문학을 사회적 투쟁을 위한 수단으로 간주했던 카프에 맞서 사회에 대한 문학의 자립적 가치를 옹호하고자 했으며 언어에 대한 관심과 사소설적인 창작은 이것을 위한 실천적 방법론이었다.

여기서 이 논문의 주제와 관련하여 문제적인 것은 후자다. 그들은 민족 또는 계급의 범주로부터 직접 연역되지 않는, 또는 이들 개념과는 단

---

12) 논자는 염상섭이나 현진건의 소설도 이러한 패러다임으로부터 자유롭지 않았던 것으로 파악한다. 또한 나도향의 소설적 진화과정은 정염을 가진 독자적 실체로 파악된 개인에 기초한 소설의 패러다임이 중단되고 사회적 개인에 기초한 소설적 패러다임이 우세를 점하게 되는 과정으로 파악한다. 이러한 패러다임과는 다른 패러다임을 구상한 소설사적 시도로는 김동인의 '자연주의'나 임노월 및 김명순 등에 의해 시도된 '퇴폐주의'를 상기해 볼 수 있다. 그러나 이처럼 소설내적 인물에 대한 작가의 권능성에서 개인의 자립성을 확인하거나(김동인) 도덕적인 가치를 추구하는 인물과는 달리 사랑과 욕망을 추구하는 인물을 그림으로써 개인의 자율적 가치를 강조하는(임노월, 김명순) 흐름들은 이광수류의 문학이 주류화되는 시대적 방향을 돌릴 수 없었던 것으로 보인다. 이광수는 스스로 자기 고백적인 소설 창작 경향에서 멀어지면서 임노월이나 김명순 등과 같은 악마주의적 경향을 강하게 비난한 바 있다(이광수, 「우리 문예의 향방」, 위의 책, 73-81쪽 참조).

지 매개적으로 연결될 뿐인 자립적인 개인들을 창조해내고자 했으나 식민지 자본주의의 반봉건적 전통과 관습의 영향은 사회의 여타 영역에서 그러한 개인을 실체로서 발견하기 어렵게 했다. 따라서 그들은 그들 자신을 묘사해야 했다.

이태준의 「달밤」 「색시」 「손거부」 연작, 박태원의 「수염」(『신생』, 1930. 10), 「적멸」(『동아일보』, 1930. 2. 5~3. 1), 「소설가 구보 씨의 일일」(『조선중앙일보』, 1934. 8. 1~9. 19), 이상의 「종생기」(『조광』, 1937. 5) 「실화」(『문장』, 1939. 3) 등을 비롯한 많은 소설들은 그 중요한 예다. 이들 작품은 일본 사소설의 방법론을 차용하여 그들 자신을 주인공으로 묘사한 새로운 타입의 소설이다.

이들 작품을 통상적인 자전적 소설이나 신변소설 범주와 뚜렷하게 구별해 주는 것은 텍스트 내부의 주인공과 텍스트 외부의 작가를 동일한 인물로 인식할 수 있게 해주는 여러 장치들이다. 이들 작품은 주인공과 작가가 같은 존재임을 드러내는 언술들, 실명이나 상징적인 이름의 빈번한 사용, 인용 및 패로디와 같은 상호텍스트적인 기법을 통한 환원적 상호 보증, 반복, 변주, 연작을 통한 작품들 상호간의 연속성 확보 등에 걸쳐 실로 다양한 기법들을 보여준다.

그들이 이처럼 작중 주인공이 작가 자신임을 두드러지게 드러내는 여러 장치를 의도적이고 적극적으로 활용한 것은 사소설의 전통이 일본처럼 확고하게 수립되지 않았던 데 원인이 있었을 것이다. 작가가 자기 이야기를 고백하고 독자가 그것을 작가 자신의 이야기로 해독하는 사소설적 코드라는 것이 확립되어 있지 않은 상황에서 구인회 그룹은 의도적이고 적극적으로 사소설적인 독법을 발생시켜 나갔던 셈이다.[13]

---

13) 스즈키 토미에 따르면 사소설이란 대상 지시적, 주제적, 형식적 특성과 같은 객관적인 지표에 의해 정의될 수 있는 것이 아니라 독자가 해당 텍스트의 작중 인물과 화자 그리고 작가의 동일성을 기대하고 믿는 것이 궁극적으로 그 텍스트를 사소설로 만든다. 이 점에서 그는 사소설이란 읽기 모드로 정의하는 것이 가장 타당하다고 하였다(스즈키 토미, 한일문학연구회 역, 『이야기된 자기』, 생각의 나무, 2004, 31쪽).

이들의 작품에 부조된 내면성을 갖춘 개별자의 형상은 구인회 그룹이 장악한 저널리즘 및 저널리즘 비평을 통해 빠른 시간 내에 문단적 영향력을 확보하기에 이르렀으니,14) 이러한 일련의 한국적인 '사소설'의 적극적인 의미는 무엇보다 내면성을 갖춘 자립적인 개인의 형상을 제시한 데서 찾을 수 있을 것이다. 요컨대, 일본 사소설의 차용은 문학사적으로 지연된, 진정한 개인의 발견을 이루어 내기 위한 구인회 그룹 공통의 방법론이었다.

그러나 여기서 중요한 것은 그들이 발견한 개인이라는 것이 카프의 계급 중심적 정치우위론과는 첨예하게 대립하면서도 이광수류의 도덕우위론에 바탕한 문사의식과는 내밀한 연락관계를 유지하는 불완전하고 절충적인 형태의 것이었다는 점이다.15)

그들은 카프의 정론성과 사상성을 부정하되 이광수의 맥락을 따라 문사라는 말로 요약되는 사회적 책임의식을 약화된 형태로 공유하는, 절충적인 자아의 원리를 바탕으로 그들 자신을 문체, 기법 및 스타일상의 개성으로 요약되는 문학에 투영시켜 가는 길을 모색해 나갔다. 따라서 그들의 소설적 방법론의 근저에는 내면성을 갖춘 완전한 개별자로서의 개인이라는 개념과 민족의 일부 또는 대표로서의 개인이라는 개념이 혼재, 착종되어 있었다.

이러한 방법론적 불완전함 또는 절충성을 잘 보여주는 것이 이태준 소설의 전체적인 면모다. 그는 한편으로는 일본적 사소설의 진화 형태

---

14) 사소설은 저널리즘 비평과 밀접한 관련을 맺으면서 주도적인 문학적 범주로서 성장해 나갔다(위의 책, 34쪽).

15) 이태준이나 박태원이 이광수와 모종의 연락관계를 맺고 있었음을 보여주는 자료들이 있다. 예를 들어 이태준은 이광수의 장편소설 『사랑』을 다음과 같이 고평한다. "우리 文壇에서 이 先輩만치 長篇을 꾸준히 써온이업다. 이분만치 人間의愛慾問題를 累累이取扱해온이도업다. 이분만치 人生苦樂을 深刻히 體得한이도드믈것이요 이분만한 暢達한 文章力을 가진이도 드물 것이다."(이태준, 「이광수 씨의 전작 『사랑』을 추천함」, 『조선일보』, 1938. 11. 14). 이는 카프 문학인들이 이광수에 대해 인간적인 면에서나 문학적인 면에서나 혐오에 가까운 감정을 품고 있었던 것과는 대조된다.

인 심경소설에 버금가는 특징을 갖는 일련의 '심경소설'의 세계를 구축
해 나가는 한편으로 계몽적 이상주의를 특징으로 하는 일련의 장편소설
들을 발표해 나갔다. 이태준의 비교적 초기 장편소설에 해당하는 『제2
의 운명』(『조선중앙일보』, 1933. 8. 25~1934. 3. 23)『불멸의 함성』(『조선
중앙일보』, 1934. 5. 15~1935. 3. 30)『성모』(『조선중앙일보』, 1935. 5. 26
~1936. 1. 20) 등은 이러한 면모를 집중적으로 보여주는 장편소설들이다.

이들 장편소설에 표백된 계몽적 이상주의는 지금까지는 주로 단편소
설과 장편소설에 대한 작가적 인식 차이로, 나아가 장편소설에 대한 작
가의 저급한 이해를 반영하는 것으로 설명되어 왔다. 그러나 이것은 오
랜 시간에 걸쳐 하나의 유형을 이루면서 지속적인 흐름을 보인 그의 장
편소설의 의미를 내재적으로 설명해 주지는 못하는 듯하다. 이들 장편
소설의 추상적 계몽성은 그 반대편에 놓인 일련의 '심경소설'에 실현된
자아의 원리와 함께 짝을 이루는 것으로서 이태준의 소설사적 의미를
분석하는 데 있어 중요한 의미를 담고 있는 것으로 판단된다.16)

다시 말해 이태준의 소설적 자아는 한편으로는 자아의 원리 위에 일
련의 '심경소설'을 창조해 냈으나 다른 한편으로는 이광수류의 문사의
식에 바탕한 계몽적 이상주의를 '졸업'하지 못한 불완전성과 절충성을
내포하고 있었던 까닭에 그 내부에 일련의 계몽적 이상주의로 귀결되는
장편소설적 경향을 배태하고 있었다. 이 점에서 그의 '심경소설'은 단단

---

16) 단편소설과 장편소설로 표상되는 이태준 소설의 양면성에 대해서는 지금까지 미적 근
대성과 사회적 근대성의 문제로 설명하고자 하는 시도가 있어왔다. 이러한 연구 경향과
관련하여 박진숙의 평가는 특기할 만하다. "특히 최근 박헌호의 논문은 서영채의 「두
개의 근대성과 처사의식」으로부터 두 개의 근대성, 즉 미적 근대성과 사회적 근대성 논
의를 이어받아 이태준의 전텍스트에 걸쳐 자세한 논의를 하고 있다. 하지만 두 가지가
어떻게 공존할 수 있는지는 해명하지 못한 채 단편소설과 장편소설에서 보여주는 근대
성의 차이를 확인하고 있을 뿐이다. 서영채의 「두 개의 근대성과 처사의식」은 미적 근
대성과 사회적 근대성의 논의를 예술가 의식과 처사의식으로 설명함으로써 설득력을
갖고 있지만 예술가 의식과 처사의식이 공존하는 이태준의 정신세계를 설명해내지는
못한다."(박진숙, 「이태준문학연구: 텍스트와 내포독자를 중심으로」, 서울대 박사학위논
문, 2003, 13쪽).

한 자아의 절대성을 기반으로 성립했던 일본의 그것과는 상당히 다른 성격을 지닌 것으로서, 조선적인 문학사의 흐름 위에서 배태된 특수한 것이라고 할 수 있다.

구체적으로 「달밤」 「색시」 「손거부」 등의 작품 속으로 들어가 보면 이들의 공간적 배경은 모두 작가 이태준이 공들여 마련한 성북동 초당 이다.17) 「달밤」은 그 집에 신문 보조배달원을 한 '황수건'이라는 반편 인물을, 「색시」는 역시 그 집에 식모살이를 하다 떠나버린 불행한 여인 을, 「손거부」 역시 성북동에서 일정한 직업도 없이 자식들을 거느리고 살아가는 사람을 그린 것이다.

그런데 이들을 바라보는 작중의 '나'는 자아라는 단단한 기초 위에서 인생의 구경적 의미를 통찰해 가는 사람이라기보다는 예술과 생활을 균 형적으로 펼쳐 나가면서 주변 인물에 대해 동정과 연민을 품고 있는 사 람일뿐이다.

물론 이들을 바라보는 '나'의 시선은 유랑과 고학으로 점철된 인생 역정을 겪으면서 오늘의 작가적 위치에 이른 이태준의 실제 성격처럼

---

17) 이태준이 이곳에서 얼마나 평온한 삶을 살았는가를 보여주는 기록은 많다. 예를 들어
다음과 같은 기록이 이를 말해 준다. "성북동 미륵암 가는 길에서 멀지 않은 곳에 씨의
집이 있다. 초가 7간과 새로 지은 초당이 있다. 본가는 날가서 매우 퇴락하였으나 서재
용의 초당은 소위 씨의 동양 취미를 가하여 지으니만치 매우 아담하다. 집은 삼가 초옥
일망정 기둥은 껍질두 벗기지 않은 무푸레나무를 쓰고 주초돌두 우이동에서 괴석을 주
어다놓아서 매우 특색이 있다. 첨아끝에는 조고마한 붕어 풍경이 울고 적지 아니한 뜰
에는 여러 가지 화초가 있어서 매우 풍치가 좋다. 씨의 가택지는 남향한 아담한 곳으로
근 백오십평 가량이나 있어서 삼사천 원의 가치가 된다 하니 씨도 상당히 활약한 사람
으로 문인중에서 부급에 속할 사람이다. 씨의 생각은 형편만 돌면 본가를 헐어버리고
문화식 주택을 짓고 싶은 모양이나 아직 사정이 허락지 않는 모양이다. 운명의 신은 좀
우리 문인들에게 행복을 퍼부어줌이 어떠한가?"(일기자, 「문인들의 주택 순례」, 『신인문
학』, 1936. 10, 74쪽). 이태준은 1935년 6월경에 신문사를 퇴직하였으나 장편소설 『성모』
등을 쓰는 한편으로 이화여전 작문강사, 중앙일보 객원 기자 등을 역임하면서 여름에는
원산, 송전 등지로 피서겸 창작 여행을 다니는 등 생활고와는 거리가 먼 생활을 하였다
(일기자, 「이태준씨 가정 방문기」 및 「문단신문」, 『조선문단』, 4권 4호, 1935. 8, 74-75쪽;
일기자, 「잡담실」, 『신인문학』, 1936. 10, 82쪽 등 참조).

따뜻하면서도 여유롭다. 그러한 '나'는 성북동 초당이라는 관람석에서 '황수건'이나 '색시'나 '손거부' 같은 초라한 존재들의 삶을 안타까운 마음으로 내려다본다. 그러나 이러한 관람자의 위치는 곧 '나'의 한계를 이루기도 한다. '나'는 그들 '황수건'이나 '색시'나 '손거부'의 삶이 펼쳐지는 현실에 대한 치열한 고민을 보여주지도 않으며 그들의 생활상으로부터 조선의 현실에 대한 깊이 있는 통찰에 도달하지도 않는다. '나'는 사상가가 아니라 다만 동정과 연민을 가진 한 사람의 생활자다. 평론가 김환태가 이태준의 첫 창작집 『달밤』(한성도서, 1934)에서 발견한 것도 바로 이러한 동정과 연민이다.

> 상허는 누구보다도 인생에 대한 열렬한 사랑을 가지고 있다. 그리하야 그는 괴로운 사람들과 같이 괴로워하고 슬픈 사람들과 갚이 울로 외로운 사람들과 같이 서그푼 우슴을 우섰다. 우리를 울린 것이 그의 이깊은 동정심이다. 상허가 우는 것을 보고 우리도 따라울었다.[18]

김환태는 이러한 상찬 아래서 이태준 소설의 약점으로서 사상성의 부재를 부기하고 있는데, 이러한 생활자적 양상은 다른 형태로이지만 박태원은 물론이고 외견상으로 보면 자아의 원리에 극단적으로 치우쳐 있는 것으로 보이는 이상에게서도 나타난다. 그들은 인생을 탐구하고자 하면서도 생활에 이끌렸고, 그들의 텍스트는 자아의 원리를 실현하려고 하면서도 사회적 관계에 이끌리는 균열상을 보여주었다.

　따라서 「달밤」 「색시」 「손거부」 등으로 대변되는 이태준의 '심경소설'들은 임화가 지적했듯이 일제하 한국소설사가 보여주는 가장 맑고 순수한 형태의 심경적 상태를 보여주지만 이것이 이광수의 「육장기」가 노정한 "불투명성" 및 "사건의 동경을 구성하는 경향"과 질적으로 완전히 구별될 수 있는가 하는 문제는 남아 있었다고 할 수 있다.

---

18) 김환태, 「상허의 작품과 예술관」, 『개벽』, 1934. 12, 473-474쪽.

3. 신체제론 대두를 전후로 한 이태준 장편소설의 성격

한편 1930년대 말경을 전후로 한 정세 변화는 이처럼 불완전한 개인의 개념에 바탕을 둔 이태준의 소설적 자아를 시험대 위에 올려놓는 기능을 했던 것으로 판단된다. 신체제론을 비롯한 일제 말기의 정치적 문학 담론은 카프의 정치우위론과는 유형이 다르지만 권력을 담지하고 있다는 점에서 그보다 더욱 강력한 정치적 직접성의 원리를 의미한다.[19] 그리고 여기서 일련의 장편소설과 '사소설'로 분기되는 이태준의 불완전한 자아의 원리가 과연 천황제 파시즘이라는 정치 우위론을 얼마나 감당할 수 있는가 하는 문제가 발생한다.

이러한 상황에서 이태준의 장편소설은 체제협력에 기울어 나가는 가운데 다른 한편으로는 그것과 확연히 거리를 두는 새로운 형태의 '사소설'을 시도하는 양상을 보이게 된다.

『사상의 월야』(『매일신보』, 1941. 3. 4~7. 5)『별은 창마다』(『신시대』, 1942. 1~1943. 6)『왕자 호동』(『매일신보』, 1942. 12. 22~1943. 6. 16) 등 세 편의 장편소설을 통해서 전자의 흐름을 확연하게 감지할 수 있다면, 후자를 대표하는 것은 '현', '한', '매헌' 등의 이름을 가진 작가의 분신이 등장하는 새로운 형태의 '사소설'이다.

이 논문의 논점 가운데 하나는 이 두 개의 현상이 서로 별개의 것이 아니며 오히려 상호 의존적이라는 것이다. 이 점을 분명히 확인하기 위해서는 일련의 새로운 '사소설'을 분석하기에 앞서 장편소설의 성격에 대한 분석이 필요할 것이다.

---

19) 신체제론은 정치, 경제, 문화, 국제정치 등 다방면에 걸쳐 근본적인 이념 전환과 그에 부합하는 구체적인 실천 요강을 제시한 이론으로서 단 기간 내에 일본과 식민지 조선 사회에 일대 주도적인 이론으로 군림했다. 논자가 신체제론에 대한 검토를 위해 참조한 谷口吉彦의 『新體制論の理論』(千倉書房, 1940)은 도쿄에서 간행된지 열흘만에 10판을, 20여 일만에 65판을 발행하고 있었다. 이것은 신체제론에 대한 대중적인 관심과 열기를 보여주는 것으로서 독자라는 이름의 대중을 기반으로 삼고 있는 작가들의 고민의 크기를 짐작하게 한다.

먼저『사상의 월야』는 작가 자신의 성장사를 소설화함으로써 체제협력 문제를 우회하고자 한 의도가 드러나는 작품이다. 현재를 헤쳐 나갈 수 있는 길이 보이지 않을 때 과거로 회귀함으로써 체제협력을 주제화하지 않을 수 있는 가능성을 확보하고자 한 것이 바로『사상의 월야』였다. 그러나『사상의 월야』는 과거사를 그렸음에도 작가 자신이 예기치 못했던 상황에 직면하면서 중단되고 만다.

　　이 소설에 나오는 시대가 대단 복잡햇섯고 이야기가 사실을 존중햇던만치 주인공의 이아프로의 모든 것은 좀더 신중히 생각할 여유가 필요하게 되엿습니다. 독자와 신문사에 미안합니다만 우선 상편만으로 쉬이겟습니다.[20]

위에 인용된 「근고」는 이태준이『사상의 월야』를 써나간 원리가 가능한 한 "사실"에 가깝게 쓰는데 있었다는 것과 그가 연재를 그만둔 이유는 이러한 이야기가 마침내 도달하게 된 "시대"에 있었다는 것을 말해준다.

『매일신보』연재본과 해방 후 단행본 사이에 커다란 차이가 있음은 이미 잘 알려진 사실이다. 연재본『사상의 월야』는 주인공인 '송빈'이 일본유학에 나아가 서양인 '삐닝호프'의 도움으로 와세다 대학에 입학한 후 조선인 유학생에 대한 견해 차이로 그와 결별하게 되는 대목까지 전개되다가 중단되기에 이른다. 만약 여기서 이태준이 연재를 계속 밀고 나간다면 이야기는 바야흐로 필시 '송빈'에 의해 대변되는 청년기의 이태준 자신의 저항적 민족주의를 묘사해야만 했을 것이다. '송빈'이 조선 청년들에 대한 '삐닝호프'의 차별적인 편견과 싸우게 된다면 그것은 그가 '삐닝호프'를 만나던 1926년경을 전후로 한 시기에 품고 있던, 지사적인 민족의식을 드러내는 것으로 귀결될 것이기 때문이다.[21] 이른바

---

20) 이태준,『사상의 월야』,『매일신보』, 1941. 7. 5.
21) 휘문고보 중퇴 후 일본 유학으로 나아가 上智大學 입학할 당시 이태준의 지사지향적 성격과 민족주의적 성향에 대해서는 신순철, 「해방 전의 이태준의 문학적 전기 고찰」,

“사실”의 원리를 따르는 한 그러할 수밖에 없다. 그러나 신체제론이 문학 외부로부터 맹렬한 압박을 가해 오던 1941년의 시점에서 이것은 불가능하다. 이태준은 그 자신의 문화적 조선주의에도 불구하고 결국은 작가이고 한 사람의 생활인인 때문이다.

이러한 상황은 그보다 약 1년 뒤에 같은『매일신보』지면에, 그와 유사한 논리 위에서, 자전적 성격이 가미된 주인공을 내세워 연재해 나간 채만식의 장편소설『아름다운 새벽』(『매일신보』, 1942. 2. 10~7. 10)과 비교해 볼 필요가 있다. 두 작품 모두 자전적인 성격이 있지만 그 정도에는 큰 차이가 있다.『아름다운 새벽』의 경우에는 작가 자신을 일부 연상시키는 인물을 내세워 현재를 그리되 허구의 연애담으로 내달려 체제 문제와 별다른 관련이 없는 에피소드로 시종하다가 결말 부분에 이르러서야 신체제론에 동조하겠다는 것인지 불교적인 허무주의에 귀의하겠다는 것이지 불분명한 메시지를 남기는 것으로 작품을 매듭짓고 있다. 이것은 채만식 자신이 연재를 시작하면서 표방했던 신체제론의 실험[22]과는 거리가 먼 양상인데, 이처럼 채만식은 겉으로 표방한 것과 다른 이야기를 씀으로써 파국을 회피할 수 있었다. 이에 반해『사상의 월야』는 과거를 그리면서도 “사실”의 원리를 따름으로써 체제가 요구하는 태도와는 거리가 먼 신념을 포지했던 자기를 묘사해야 하는 상황에 너무 이르게 노출된 결과 중단될 수밖에 없는 운명에 빠지고 만다.

이것은 1940년을 전후로 한 시대에 작가가 자기를 “사실” 그대로 그린다는 것이 얼마나 어려운 일인가를 알려준다. 이와 같은 “사실” 묘사의 어려움은 앞으로 설명하게 될 일련의 ‘사소설’의 성격과 관련하여 시사하는 바가 크다.

경주전문대학논문집, 1991, 7-11쪽 참조.

22) “…‘새벽’이란 새로운 출발, 새로운 생명을 의미하는 거이믄 설명을 필요치 아니하리라. 그리고 그 새로운 출발이 오늘날의 큰 시대적인 의욕이어야 할 것이믄 물론이다. 문학상으로는 일로써 국민문학의 시험이고저 작자는 뜻하는 바이나 아직 정성이 미흡하고 재조 쏘한 무듸어 얼마만씩의 효과를 거두게 될른지는 자못 다짐키를 주저치 아니지 못한다.…”(채만식, 「신간소설 아름다운 새벽─작자의 인사」, 『매일신보』, 1942. 2. 2).

한편『별은 창마다』는 신체제론의 문화논리를 수용하는 남녀 주인공을 적극적으로 묘사하고 있다는 점에서 소위 국책에 협력한 것으로 해석하는 것이 가능하다. 이 작품에서 이태준은 삼각관계 연애 이야기에 계몽적 이상주의를 결합시키는 그의 장편소설 특유의 반복적 구도 속에 신체제론의 문화 논리를 자연스럽게 배치해 내는 고차원적 솜씨를 발휘한다.23) 중일전쟁, 히틀러 부상, 통제 경제 시행 등과 같은 시국적인 상황을 배경으로 도쿄와 경성을 오가면서 전개되는 이야기는 두 주인공인 '한정은'과 '어하영'이 사랑 대신에 동지애를 선택하여 새로운 시대에 걸맞는 새로운 도시와 주택을 건설하기 위해 함께 일하게 된다는 것으로 귀결된다.

이러한 결말을 위해서 중요한 매개 역할을 하는 것은 남성 주인공 '어하영'의 새로운 문화적 이상이다. 이것은 "가장 국가적이요, 가장 생산적이요, 가장 실제적이면서 아름다운 집"24)이라는 건축미학으로 압축, 요약된다. 또한 이것은 작품 후반부에서 '한정은'의 "아름답고 튼튼하고 능률적인 새동리 운동"25)라는 이상으로 갈무리됨을 볼 수 있다. 기능성과 심미성의 융합을 미적인 이상으로 삼는 '어하영'의 건축론은 '한정은'의 복장론과 일맥상통하는 것이기도 하다.

정은은 유쾌한 새 신을 신고 다시 은좌를 걸었다. 신에 취미가 달라지자 의복에도 입던 것에 싫증이 생긴다. 가만히 진열창 유리에 자기 양복을 비추어 볼 때, 단추들이나 포켓들이나 모두가 너무나 장식적이었다. 정은은 길에서 문득, 히틀러의 사진을 생각해 보았다. 그 위엄, 그 활동적인 것, 얼굴의 기상뿐으로만 아니었다. 굵직굵직한 단추가 띄엄띄엄 자리를 잡고 켱겨

---

23) 이 작품은 이태준의 장편소설 가운데『딸삼형제』및『왕자 호동』과 더불어 구성 면에서 가장 완성도가 높다. 구성상의 완미함이 곧 체제협력적인 태도가 공고함을 의미하지는 않으나 독자들에게 미치는 파장은 완성도가 떨어지는 작품에 비해 더욱 클 것이라는 점에 유의할 필요가 있다.
24) 이태준,『별은 창마다』, 깊은샘, 2000, 212쪽. 이 판본은 1945년에 박문서관에서 출간된 단행본을 현대역한 것으로서 이 논문은 이 판본을 참고하였다.
25) 이태준, 위의 책, 260쪽.

달린 것은 가슴의 건강과 면적을 얼마나 확대시키는 것이며, 선을 강조시켜 불룩 올려솟는 큼직한 포켓들은 또 얼마나 기능과 함축을 강화시켜 보이는 것인가? 정은은 더 주저할 것 없이 양장점으로 뛰어들어가 복장에 대한 자기의 포부를 설파하였다.[26]

히틀러의 복장에서 기능성과 진취적 미학이 결합된 이상을 엿보는 '한정은'의 시각은 앞에서 간략히 살펴본 '어하영'의 시각과 마찬가지로 신체제론의 문화논리에 충실하다. 『별은 창마다』는 서양적인 미와 조선적인 미를 동시에 부정하면서 전혀 새로운 미학적 가치를 창조하고자 하는 이들의 논리가 일종의 자기 부정에 바탕한 것임을 드러낸다. "조선 동네들이란, 조선의 가옥들이란 이다지나 비문화적이었든가 하는 환멸",[27] "동경에 공부와서부터 방학에 돌아올 때마다 철도 연변의 조선집들 부락이란, 외국인이 부끄러워 내다보기 싫었다"[28]라는 '어하영'의 회상은 이를 단적으로 표현해 준다.

나아가 『별은 창마다』는 이른바 심상 지리의 측면에서도 신체제론의 논리를 적극적으로 수용한 작품으로 해석하는 것이 가능하다. 현해탄을 자유롭게 넘나들면서 도쿄의 거리와 공원을 경성만큼이나 자연스럽게 활보하는 '한정은'과 만주 신경의 도시계획과에 취직이 되어 부임하게 되는 '어하영'은 "시책에 순응하는 인간"[29]일뿐만 아니라 신체제론의 심상 지리를 보여주는 인물들이다. 이들을 통해서 도쿄와 경성과 신경은 하나의 생활공간으로 통합되고 이들 도시가 표상하는 일본과 조선과 만주는 언어와 전통의 차별성을 넘어 하나의 정치적, 문화적 공간으로 새롭게 출현하기에 이른다. 『별은 창마다』는 이태준의 장편소설에 내재해 있던 식민지 지식인으로서의 자학적 공간학을 신체제론이 제공한 새로운 계몽적 이상주의로 봉합하면서 제국주의적 지배 논리를 암묵적으로

---

26) 이태준, 앞의 책, 148쪽.
27) 이태준, 위의 책, 208쪽.
28) 이태준, 위의 책, 210쪽.
29) 안남연, 『이태준 장편소설 연구』, 대영현대문화사, 1993, 188쪽.

인준하는 새로운 공간학을 추구한 문제적인 소설이다.30)

마지막으로『왕자 호동』은『별은 창마다』가 신체제론을 인준하면서 적극적인 체제협력의 포즈를 보였던 것과는 또 다른 양상을 보여준다. 이 작품에 이르러 체제 협력에 관한 이태준의 태도는 다시 한 번 변모하면서 역사소설이라는 양식의 간접화 기능을 활용함으로써 신체제론이 주도하는 현실에 대한 태도를 새롭게 조정하게 된다.『왕자 호동』의 이러한 의미를 분명하게 보여주는 것은 역설적으로 주제의 불투명성이다.

작중의 '호동'은『삼국사기』의 기록31)과는 달리 친어머니가 왕비의 하수인인 '강차'라는 인물에게 암살을 당한 것으로 나타난다. 낙랑 정벌

---

30) 이태준의 장편소설에 반복적으로 나타난 도쿄와 경성의 대비적 구도와 이러한 대립을 초월하는 공간적 이상에 관한 논의를 보여주는 것으로는 김택호,『이태준의 정신적 문화주의』, 월인출판사, 2003, 163-181쪽 참조. 김택호의 연구는 이태준의 장편소설 14편을 전개과정보다는 "문화적 정신주의"의 발현 양상으로 개괄하는 형식을 취하면서 최근에 이르는 이태준 문학 연구의 성과를 성공적으로 요약하면서 자신의 논의를 전개하고 있다. 한편으로 이 연구는 이태준의 사상적 거점을 그의 부친으로 요약되는 구한말 개화파 지식인의 그것에서 찾고 그 의미와 한계를 중심으로 이태준의 "정신적 문화주의"에 대한 분석을 행하면서 1930년대 중반 이후 이태준의 사상적 변모 과정과 이러한 변모가 장편소설에 미친 결과들에 대한 분석을 생략하고 있다는 점을 지적해 둘 수 있을 것이다. 같은 맥락에서 이 연구는『별은 창마다』가 이태준 자신의 공간학을 어떤 형태로 변질시켰는가에 대한 고찰은 행하지 않는다. 이것은 이태준의 "문화적 정신주의"를 근대성 문제와 관련시켜 고찰하면서 식민적 체제의 변화 과정에 관련하여 섬세하게 다루지 접근하지 않은 결과인 것으로 판단된다.

31) 본래 호동은『삼국사기』제14권 고구려본기에 등장하는 실존인물로서 대무신왕의 서자다. 기록에 따르면 그는 옥저를 유람하다 낙랑왕 최리와 만나 낙랑공주와 결혼하게 된다. 고구려로 환국한 후에 그는 비밀리에 공주에게 사람을 보내 북과 뿔피리를 파괴하도록 한 후 낙랑국을 정벌하게 된다. 이 과정에서 낙랑 공주는 사태의 전말을 알게 된 낙랑왕의 손에 죽음을 당하고 만다. 그러나 호동의 운명도 역시 비극적이다. 호동에게 왕위 계승권을 빼앗길 수도 있다는 불안을 품은 왕비가 왕에게 호동이 자신에게 음행을 저지르려 한다고 참언을 하자 자살하고 말았던 것이다. 이때 누군가 그에게 애써 변명하려 하지 않은 이유를 묻자 호동은 "내가 만약 변명을 하면 이것은 어머니의 악함을 드러내어 왕께 근심을 끼치는 것이니 이것을 어떻게 효도라고 할 수 있겠습니까?"라고 대답했다고 한다(한국정신문화원 편,『CD-Rom 역주 삼국사기』, 동방미디어, 1999. 참조).

242

에 성공하고 귀환하는 도중에 친어머니와 함께 도주한 것으로 알려졌던 '강차'의 입을 통해 어머니의 억울한 죽음에 관한 자초지종을 을 접하게 된다. 이에 '호동'은 '고구려! 고구려가 이러코도 조국인가?'[32] 하는 의문 끝에, '그렇다? 고구려는 내가 밧들 나라는 아니었다!'[33]라는 결론에 다다라, 병사를 일으켜 어머니의 원수를 갚고자 한다. 그러나 '호동'의 생각은 행동으로 옮겨지지 못한다. 사분때문에 고구려의 안위라는 대의를 저버릴 수 없다는 것이 그 이유다. 결국 '강차'만을 베고 국내성으로 돌아온 '호동'은 왕비의 모함에 걸리게 되어 죽음의 위기로 내몰리지만 끝내 변명하지 않고 자결한다. '호동'은 그를 따르는 여인 '소읍별'에게 그 자신의 결단의 논리를 다음과 같이 토로한다.

> 너는 왕비만을 생각하는 때문이다. 왕비가 산다고 천년을 살것 아니다. 그냥 둔댓자 한명(限命)이 있는 인생이다. 그 한사람을 두고 없새고하는게 내 안중에 있는 건아니다. 내가 생각하는건 지존하신 임금과 만년대업의 나라다. 임금께선 나에게 이미 노염을 가지셨다. 내가 입만여는 날엔 다시 왕비를 위해 새 노염을 가지셔야할것이요 한분밖에 보지않으신 마마님을 자기 손으로 죽이셔야 하는 비극의 주인공이 되실 것이다. 나는 나 하나만 떠나면 그만이다. 그러나 왕비는 왕비뒤에 태자가 있다. 왕비를 죽이는 날엔 뒷날 태자가 그냥 있지도 않을것이요 아버님께서도 태자를 보실때마다 두고 두고 불쾌한 생각이 일어나실 것이다. 임금께서 비극의 주인공이 되시는건 그 왕실은 물론, 나라를 위해서도 얼마나 염려스러운 일이냐? 이 호동은 나라와 아버님을 위해 그 비극의 주인공을 대신 되어드리는 것이다! 내 침묵의 뜻은 그것이다. 얼마나 영광스러운 죽엄이겠느냐?[34]

위의 인용문을 통해서 볼 수 있게 되는 것은 죽음을 통해 충효의 화신으로 새롭게 탄생하는 '호동'의 면모다. 여기서 문제는 이러한 충효의 논리를 어떻게 평가할 것인가다. 이것은 『왕자 호동』의 주제를 묻는 것

---

32) 이태준, 『왕자 호동』, 남창서관, 1943, 459쪽.
33) 이태준, 위의 책, 460쪽.
34) 이태준, 위의 책, 502-503쪽.

이기도 하다.

　일례로 1999년에 출간된 깊은샘 출판사 판『왕자 호동』해설자에 따르면 "한(韓)민족의 재발견과 민족성 회복이라는 심정적 민족주의와 충의라는 기본 논리는 바로 이태준이 붓을 꺽고 낙향할 수밖에 없었던 내면의식의 핵심"35)을 이룬다. 그러나 이러한 적극적인 분석은 일제말기 이태준의 몇몇 대일협력 행적과 일문소설「第一號船舶の挿話」(『국민총력』, 1944. 9) 등으로 인해 설득력이 약화된다.

　더 중요한 사항은 '호동'을 통해 구현된 충효의 논리가 신체제 담론과 공모적인 관계를 맺고 있다는 점이다. 이러한 맥락에서 최근의 한 연구는『왕자 호동』의 주인공인 '호동'을 "'국민국가'가 요구하는 가장 이상적인 '국민'의 특징을 고루 갖춘 인물"36)로 규정하면서 그가 서자라는 사실로부터 유추적으로 해석하여 "이 텍스트는 제국 안에서의 이등국민으로서의 '조선인'의 갈등과 고뇌를 형상화하는 작품으로 해석될 수 있다"37)고 보았다.

　반면에 이러한 해석은 역으로『왕자 호동』에서 식민지 내셔널리즘과 친일의 등가성을 보는데 치우친 나머지 텍스트 내부의 균열을 간과한 듯한 인상을 남긴다. 외면적으로 보면 '호동'은 신체제론의 논리에 충실한 신민으로 나타나지만 다른 한편으로 보면 그는 이러한 신체제적 충효의 논리와는 양립하기 어려운 허무주의적 면모를 보여준다.

　위기에 처한 '호동'의 생각에 깊은 영향을 주는 것은 '낙랑공주'의 죽음이다. 그녀의 죽음을 통해서 '호동'은 인생의 깊은 허무를 깨닫게 된다. 물론 그는 그런 중에도 "인생은 허무하다! 그러나 분별이 있시 살고 분별이 있시 죽어야한다! 사분을 위해 어찌 대의를 흐릴가보냐!"38)라는 말에서 볼 수 있듯이 고구려라는 국체를 위한 멸사봉공의 태도를 가다

---

35) 이명희,「역사적 사실과 이야기적 요소의 만남」,『왕자호동』, 깊은샘, 1999, 309쪽.
36) 정종현,「제국/민족 담론의 경계와 식민지적 주체」,『상허학보』13집, 2004, 105쪽.
37) 정종현, 위의 글, 106쪽.
38) 이태준,『왕자 호동』, 472쪽.

듬고 있다. 그러나 이것은 깊은 허무주의에 의해 뒷받침되고 있다는 점에서 '호동'의 충효의 논리에는 균열과 단층이 있다고 할 수 있다.

뿐만 아니라 그로 하여금 허무주의적 사상을 배태하도록 하는 '낙랑공주'는 '호동'의 분부대로 자명고를 찢은 후 "밤중에도 천긔(天機)는 쉬지않고 운행하는거다! 나라고 사람이고 모다 그 배후엔 쉬지 않고 돌아가는 운명의 바퀴가 있을 게다! 모두가 운명이다"[39]라고 탄식한다. 그런데 이것은 이 시기에 씌어진 이태준의 단편소설 「무연」에 등장하는 주인공의 허무주의적 사상과 문맥이 아주 유사하다.

> 한 사조의 밑에 잠겨 산다는것도 한 물 밑에 사는 넋일것이었다. 상전벽해(桑田碧海)라 일러는오나 모든게 따로 대세의 운행이 있을뿐, 처음부터 자갈을 날러 메꾸듯할수는 없을 것이다.[40]

이와 같은 운명론적 포즈는 불가항력적인 시대의 흐름에 대한 씁쓸한 수리(受理)를 의미한다는 점에서 '호동'의 죽음으로 표상되는 국가사상과는 그 거리가 현저하다.

뿐만 아니라 『왕자 호동』이 한민족의 국운이 융성했던 고구려사를 그리면서 민족사에 대한 관심을 환기시키고 있다는 사실을 완전히 도외시하는 것도 용이한 일은 아니다. 최재서의 「民族の結婚」(『국민문학』, 1945. 2)의 존재는 민족사를 취재한 소설이 반드시 민족적 정체성을 강조하는 쪽으로 나아가지 않음을 말해준다. 그러나 『왕자 호동』은 역사소설이라는 측면에서 보면 『황진이』(『조선중앙일보』, 1936. 6. 2~6. 30)로 거슬러 올라가는 맥락을 보여주는 문화적 조선주의의 유적에 해당한다.

---

39) 이태준, 앞의 글, 426쪽.

40) 이태준, 『돌다리』, 박문서관, 1943. 12, 21쪽. 이 인용 대목은 「무연」이 원래 실려 있던 『춘추』 1942년 6월판에서는 찾아볼 수 없다. 즉 작가가 작품의 주제를 명확히 하기 위해 나중에 가필해 넣은 부분으로서 이 작품의 주제를 파악하는데 중요한 기능을 한다고 할 수 있다.

결국『왕자 호동』의 주제는 어느 한 방향으로 요약되지 않으며 오히려 이처럼 단순하게 요약되지 않는다는 점을 적극적으로 부각시켜볼 필요가 있다.『왕자 호동』의 주제는 표면상으로는 신체제론의 논리를 전면적으로 수용하고 있는 것처럼 보이지만 그 이면에는 허무주의와 조선주의의 단층이 가로놓여 있는 문제작이다. 이처럼 이질적인 여러 요소들이 천황제 파시즘의 국가사상을 수리하는 신체제론의 논리 아래 조화롭게 위계화되어 있다고 보는데는 무리가 따른다.

이태준의 일제 말기 장편소설에 관한 이 장의 논의를 간략히 요약해보면, 신체제론이 주도하는 정세에 처한 이태준은 전반적으로 체제 협력적인 창작 쪽으로 경사되어 갔으나 그런 중에도 협력을 회피할 수 있는 방법을 찾아내기 위해 고심했으며, 나아가 협력적인 포즈를 내세운 소설 속에서도 텍스트 상의 균열상을 통해 작가 자신의 복합적인 심리를 표현했던 것이 된다.

4. 일제말기 이태준의 '사소설'의 새로운 양상과 그 의미

그럼에도『별은 창마다』와『왕자 호동』은 결과적으로 각기 신체제론의 문화론 및 충효 논리에 부합하는 인간상을 그린 작품으로 기능할 수밖에 없을 것이다. 이것은 일제 말기의 이태준이 적어도 장편소설의 영역에서는 체제협력에 근접해 있었다는 평가를 가능케 한다. 이것은 그의 추상적 계몽주의가 정치적 직접성의 원리 하에 포섭되는 양상을 보여준다는 점에서 이태준의 소설적 방법에 내포된 불완전성 및 절충성이 그 뚜렷한 한계를 내보인 것으로 이해된다. 이태준이 장편소설과는 방향 면에서 뚜렷이 구별되는 '사소설'을 발표해 나가야 했던 이유를 바로 여기에서 찾을 수 있다.

즉「패강랭」「토끼 이야기」「무연」「석양」등으로 대변되는 이태준의 새로운 '사소설'은 그의 장편소설과는 달리「달밤」「색시」「손거부」

246

등으로 대변되는 '심경소설'에서 벗어나 작가 자신의 사상성을 부각시키는 인물을 부조해 나감으로써 장편소설의 체제협력적인 포즈를 보상하면서 그 자신의 문사적 책임의식을 감당하려 한 것으로 해석된다. 여기서 문제적인 것은 이러한 새로운 '사소설'이 자기 이야기를 있는 그대로 쓴다는 자기 진실성 원리의 경계를 교묘하게 넘나드는 기법을 구사하고 있다는 점이다.

일제 말기에 이태준이 발표해 나간 「패강랭」「토끼 이야기」「무연」「석양」등의 단편소설이 「달밤」「색시」「손거부」 연작과 구별되는 가장 큰 특징은 '현', '한', '매헌' 등의 상징적인 이름을 가진 주인공으로 나타난다는 점이다.

이들 이름은 '현', '한', '매헌' 등에 해당되리라고 판단되는 한자에 내포된 의미들,[41] 특히 '현'이라는 이름이 여러 작품에서 반복적으로 사용된 것, '매헌'이라는 이름이 이태준의 부친의 호이기도 했다는 점[42] 등을 생각할 때 매우 상징성이 강하다.

「달밤」「색시」「손거부」 등의 소설을 간략히 분석하면서 볼 수 있었던 것과 마찬가지로 이들 작품에서도 이태준은 작중 인물이 작가 자신과 같은 인물임을 시사해 주는 여러 장치들을 활용함으로써 사소설적인 해석의 코드를 발생시키고 강화시킨다.

예를 들어 「패강랭」과 「토끼 이야기」는 '현'이라는 상징적 이름을 통해 두 작품의 주인공이 동일인이라는 지시성을 창출해 낸다. 그런데 이들 작중 주인공의 직업은 모두 작가로서 「패강랭」의 '현'은 이태준의 문화주의적 면모를 떠올리게 하고 「토끼 이야기」의 '현'은 연재소설가로서의 이태준의 면모를 떠올리게 한다. 따라서 이들 작품은 작중 이야기가 작가 자신의 이야기 그대로라는 사소설적 독법을 형성시킨다. 실제

---

41) 작품과 관련지어 볼 때 '현'은 '玄'을, '한'은 '寒', '恨', '韓' 등을, '매헌'은 '梅軒' 등을 상기시킨다.

42) 민충환, 『이태준 소설의 이해』, 백산출판사, 1992(박진숙, 「이태준 소설 연구」, 서울대 박사학위논문, 2003, 119-120쪽에서 재참조).

로 이들 작품에 대한 연구들 역시 이러한 관점을 취하고 있는 경우가 대부분이다. 그러나 작중의 '현'과 이태준이 과연 완전한 동일인물인가 하는 점은 의문의 여지가 많다.

예를 들어 「토끼 이야기」를 보면, '현'은 중외일보에서 최서해와 함께 기자로 재직한 바 있고 이 신문이 폐간된 후 결혼하여 동아일보로 자리를 옮겼던 전력을 가지고 있다. 또한 그와 결혼한 아내는 M여전의 문과 출신으로서 이 M여전은 '현'의 집에서 고개 하나를 넘으면 되는 곳에 위치해 있다. 이러한 '현'의 면모는 이태준의 이력이나 가족관계에 비추어 사실에 부합하지 않음이 드러난다. 알려진 대로 이태준은 1929년에 『개벽』사에 입사하여 1930년경에는 중외일보 기자로 근무하다가 이 신문이 폐간된 후『조선중앙일보』의 기자로 1935년경까지 근무한 것으로 되어 있다. 또한 그의 아내는 이화여전 음악과 출신의 이순옥으로서 M여전이라는 이니셜과 부합하지 않는다. 나아가 이화여전은 성북동과는 상당한 거리가 있으므로 작중인물인 '현'의 집이 이태준의 집 그대로 성북동에 있다면 "이들 집에서 고개 하나 넘어 있는"43) 학교라는 표현과는 어울리지 못한다.

이러한 사실 불합치성은 해방 후에 발표된 또 하나의 '현'의 소설에 해당하는 「해방 전후」(『문학』, 1946. 8)를 통해서도 확인된다. 최근의 한 연구는 일제말기의 이태준에 관한 기존 연구들을 토대로 「해방전후」에 나타난 '현'의 면모가 실제의 이태준과 여러 모로 부합하지 않는다는 점을 지적한 바 있다.

그러나 "구린 일본어를 배설해야 될 것을 깨"닫고, '문인궐기대회'장을 벗어나왔다고 서술하고 있는 텍스트의 이면에는 이태준이 감추고 싶은 행적이 존재한다. 「해방 전후」의 텍스트상에서는 생략되어 있는 기간인 1944년 4월 20일에 이태준은 문인보국회의 증산제일선 파견이라는 '문예동원'의 일환으로 운보 김기창과 함께 목포의 조선창을 방문한다. 이 방문은 「목포조

---

43) 이태준, 「토끼 이야기」, 『문장』, 1941. 2, 453쪽.

선현지기행」이라는 보고기로 『신시대』에 실렸고, 이후 작품화되어 『국민총력』지에 「第一號船舶の揷話」라는 일문소설로 게재된다. 이러한 저간의 사정은 "시대물이나 일문에이 전향이라면 차라리 붓을 꺽어버리려는" '현'의 결의와는 양립하기 힘든 상황이고 행보이다.44)

「해방 전후」가 자기 진실성의 원리를 액면 그대로 따라가지 않았음을 보여주는 대목이라고 하겠다. 그런데 '현'이 등장하는 다른 작품들 역시 그러하다는 점을 감안하면 이처럼 작중의 '현'이 실제의 이태준과 일치하지 않음은 도덕적 비난 대상이라기보다는 그 내포적 의미를 해석해야 할 성질의 것이 되어버린다.45)

다시 말해 이태준의 새로운 '사소설'의 주인공 '현'은 자기를 있는 그대로 표현한다는 일본적인 사소설의 작가적 모랄을 조선적 현실의 조건 속에서 재논리화한 인물이다. 따라서 주목해 보아야 할 것은 이태준의 삶과 작중인물 '현'의 일치성이 아니라 이처럼 작중인물로부터 작가 자신을 연상시키도록 하는 기법 아래 허구적인 요소를 도입한 의도 쪽이다.46) 여기서, 일본 사소설의 전개 과정 역시 이와 같은 사실과 허구의 경계 넘나들기를 통해 사소설 양식을 재활성화했다는 스즈키 토미의 분석을 참조해 볼 필요가 있음을 부기해 두어야 하겠다.47) 따라서 일본 사소설의 흐름과 일제 말기 이태준 '사소설'의 중요한 차이는 작가와 작품 내 주인공의 일치성 여부에 있는 것이 아니라, 작가로 하여금 이러한 일

---

44) 정종현, 앞의 글, 100쪽.

45) 이태준의 「해방전후」에 대해 작가적 사실과의 일치성을 들어 일본사소설과 관련하여 논의한 예로서는 윤순영, 「<해방전후>의 사소설적 성격 연구」, 『한민족문화연구』, 1997, 6-10쪽 참조.

46) '현'을 주인공으로 내세운 이태준의 소설을 일본적인 사소설로 파악해 온 선행 연구들은 이러한 차이를 간과하거나 소홀히 다루어 왔다.

47) 스즈키 토미, 한일문학연구회 역, 『이야기된 자기』, 생각의 나무, 2004, 229쪽 참조. 『이야기된 자기』의 저자에 따르면 나가이 가후와 다니자키 준이치로는 이러한 사실대로 그리고자 하지만 그대로 재현하는 것은 불가능하다는 사소설의 역설을 의식하면서 이를 작품 속에 자의식화, 구조화하여 드러낸 예에 해당한다.

치와 불일치의 경계 넘나들기를 강제한 요건이 무엇이냐에 있다고 보아야 할 것이다.

구체적으로 작품 속으로 들어가 보면, 「패강랭」은 주인공의 사상적 면모가 뚜렷하게 부각되는 적극적인 유형의 작품이다. 여기서 '현'은 미나미 지로[南次郞]가 이끄는 조선총독부의 조선어 말살 정책을 배경으로 평양을 방문하게 된다. 작가는 그의 시선을 따라가면서 현실의 달라진 모습을 부각시킨다. '현'이 만난 친구 '박'은 고등보통학교에서 조선어와 한문을 가리키는 선생인데 학제가 개편되는 바람에 시간이 반으로 줄어버렸다. 이것은 1937년 4월 이후 중학교와 고등보통학교에서 조선어 교육이 폐지된 현실을 보여준다. 또한 시내를 구경하는 '현'의 눈에 가장 인상 깊게 다가오는 것은 새로 축조한 경찰서 건물이다.

> 오면서 자동차에서 시가도 가끔 내다보았다. 전에 본 기억이 없는 새 삘딩이 꽤 많이 들어섰다. 그중에 한가지 인상이 깊은것은 어느 큰거리 한뿌닥이에 벽돌공장도 아닐테오 감옥도 아닐 터인데 시뻘건 벽돌만으로, 무슨 큰 분묘(墳墓)와 같이된 건축이 웅크리고 있는 것이다. 현은 운전수에게 물어보니, 경찰서라고 했다.[48]

또한 평양 특유의 풍속이라고 할 수 있는 여인들의 흰 머리 수건이 사라져 버렸다. 이야기가 전개되면서 밝혀지지만 이것은 부의회 의원을 하고 있는 '김'이라는 인물로 표상되는 "경세가"[49]들이 비용 절약을 명분 삼아 금지령을 내린 까닭이다. 경찰국가적인 통제 속에서 조선어 교육이 폐지되고 고유한 풍속의 금지되는 상황은 '현'으로 하여금 울분을 느끼게 한다. 결국 '현'은 '김'과 싸우게 되고, 대동강을 바라보면서 "履霜堅氷至",[50] 즉 "서리를 밟거던 그뒤에 어름이 올것을 각오하란"[51] 뜻

---

48) 이태준, 「패강랭」, 『삼천리』, 1938. 1, 22-23쪽.
49) 이태준, 위의 글, 26쪽.
50) 이태준, 위의 글, 30쪽.
51) 이태준, 위의 글, 같은 쪽.

을 되새기게 된다.

한편 「토끼 이야기」는 동아일보와 조선일보가 동시에 폐간된 전후의 시국상황을 직접적인 시공간적 배경으로 삼고 있다는 점에서 특기할 만하다. 물론 「토끼 이야기」의 '현'은 「패강랭」의 '현'에 비하면 사상가라기보다는 생활자적인 면모가 두드러진다. 신문연재소설 작가로서 예술과 생활 사이에서 갈등하고 있는 작가적 면모가 상세하게 드러나기 때문이다. 그럼에도 다음의 인용문은 이 작가의 고민이 시국상황에 근거를 두고 있음을 분명하게 보여준다.

> '그러나 나도 소위 불혹지년이란게 낼모레가 아닌가! 밤낮 이짓만 허다 까브러질건가? 눈 뜨면 사로 가고 사에 가선 통신 번역이나 허고…… 고작 애를 써야 신문소설이나 되고……'
> 현의 비장한 결심이 그렇지 않아도 굳어질 무렵인데 『동아』가 『조선』과 함께 고시란히 폐간이 되는것이였다.
> "명랑하라" "진실하라" 시대는 확성기로 웨친다. 현은 얼덜덜하여 정신을 수습할수 없는데다 메칠저녁채 술이 취해 돌아왔던것이다.[52]

이러한 상황에서 '현'이 택한 길이 바로 토끼를 치는 일이다. 토끼를 치는 한편으로 이 기회에 신문소설을 청산하고 본격소설을 쓰자는 것이 '현'의 심산이다. 그러나 토끼는 금방 불어나는데 토끼 먹일 사료는 좋지 못한 경제 사정 탓에 조달이 어려워진다. 결국 '현'은 토끼를 처분하려고 좌고우면하지만 차마 제 손으로 처분하지 못하고 있는 차에 임신 중인 아내가 토끼를 처치하고 만다.

「토끼 이야기」는 급변하는 시국상황 속에서 과연 소설을 쓸 수 있는가? 쓴다면 어떤 소설을 써야 하는가? 과연 이러한 시국상황은 얼마나 오래 갈 것인가? 하는 고민을 겪고 있는 주인공의 모습을 그려내 보여준다. 「패강랭」에서와 마찬가지로 「토끼 이야기」에서도 작품을 어둡게 만

---

52) 이태준, 「토끼 이야기」, 『문장』, 1941. 2, 454쪽.

들고 있는 것은 시국상황의 문제다. 여기서 '현'이 온갖 사조의 무상한 변천을 떠올리는 장면은 의미심장하다.

　　많지는 못한 장서(藏書)나마 현은 한가히 책장을 쳐다볼때마다 감개무량하기도 하였다. 일목천고(一目千古)의 감을 느끼는것이다. 새책은 날마다 나온다. 또 새책은 날마다 헌책이 된다. 한때는 인류사상의 최고봉인듯이 그 앞에는 불법(佛法)도 성전(聖典)도 무색하던것이 이제는 그 책의 뚝껑빛보다도 내용이 앞서 퇴색해버리고 말았다. 그뒤에 오는 다른 새것, 또 그뒤를 딿른 새것들, 책장 한층에만도 사조는 두시대, 세시대가 가즈런히 꼽혀 있는것이다.
　　「지나가버린 낡은 사조의 유물들! 희생된것은 저 책들뿐인가? 저 저자들뿐인가? 저 책들과 저 저자들뿐이라면 인류는 이미 얼마나『화평한 이웃사람들』뿐이였으랴만은, 인류는 언제나 보다 나은 새질서를 갈망해 헤매지 않으면 안되였었다.」
　　새 사조가 지나갈때마다 많으나 적으나, 또 그전것을 위해서나 새것을 위해서나 반드시 히생자는 났다. 그 사조가 거대한것이면 거대한 그만치 넓은 발자취로 인류의 일부를 짓밟고 지나갔다. 생각하면 물질문명은 사상의 문명이기도 하다. 한 사상의 신속한 선전은 또 한사상의 신속한 종국을 가져오기도 한다. 예전사람들은 일생에 한번이나 겪을지 말지한 사상의 날리를 현대인은 일생동안 얼마나 자조 겪어야하는가. 청(淸)나라 시인 이초(二樵)의 시론(時論)에 일신수생사(一身數生死)라 했음은, 「정히 현대의 우리를 가리킴이라」현은 몇번이나 책장을 바라보며 가슴아프게 느끼는바다.
　　「일신수생사! 사상은 짧고 인생은 길고……」[53]

「토끼 이야기」는 결국 자기 손으로 토끼를 처지하지 못하는 것으로 귀결되고 있다는 점에서 작가의 향후의 허무주의적인 태도를 암시하고 있지만 위에서 인용한 대목은 신체제론이 주류화된 시대를 바라보는 작가의 비판적인 시각을 여실히 느낄 수 있게 해준다.

　　이처럼 이태준은 사소설적 독법 속에 허구적 요소를 수입해 들이는

---

53) 이태준, 위의 글, 457쪽.

기법을 통해서 작중 인물인 '현'과 이태준 자신의 등가적 원리를 사실상 위배함으로써 시대적 현실에 포섭되어가던 이태준 자신의 실제상과는 달리 그 자신의 사상적 지향성을 부각시킬 수 있는 가능성을 확보하고자 했다.[54)]

한편 작가 자신이 '한'과 '매헌'의 이름을 가지고 작중에 등장하게 되는 「사냥」과 「석양」 등의 작품에서 두드러지는 것은 허무주의적 태도다. 시대적 압박이 점점 강화된 나머지 저항 또는 비판이 불가능한 상황이 전개되면서 이태준의 현실비판적인 태도는 허무주의 쪽으로 옮겨가는 양상을 보여준다. 그리고 여기서 「사냥」과 「석양」의 허무주의를 어떻게 해석할 것인가 하는 문제가 발생한다.

먼저 「사냥」을 검토해 볼 때 두드러진 것은 이 작품이 「패강랭」과 플롯상의 유사성을 보여준다는 점이다. 「패강랭」의 '현'이 중학교에서 조선어 교육이 폐지된 상황을 배경으로 평양으로 여행을 갔다면 「사냥」의 '한'은 글을 쓰지 못하게 된 상황에 심란해 하는 가운데 경원선 상에 놓인 월정리로 사냥 여행을 간다. 「패강랭」의 '현'은 영락해 가는 조선어 선생인 '박'을 만나는데 「사냥」의 '한'은 그곳에서 대서업자로 일하고 있는 '윤'을 만난다. 대서업자인 '윤'은 「패강랭」의 '박'과는 또 다른 차

---

54) 이태준의 소설에서 '현'이라는 이름이 작품의 성격과 관련하여 어떤 기능을 하는가를 보여주는 참고적인 작품으로 「순정」(『사해공론』, 1935. 11)이라는 작품을 상기해 볼 수 있다. 일제말기의 위기가 도래하기 전에 씌어진 이 작품은 주인공의 이름이 '현'이라는 점, 직업이 신문기자라는 점 등에서 작가의 자전적인 요소가 조금은 가미되어 있으나 전반적으로 볼 때 허구성이 강한 작품이다. '현'이 신문사의 불합리한 관행에 대해 불만을 품고 비판을 시도하는 대목은 그런대로 젊은 날의 이태준의 강직한 면모를 드러내 보여준 것으로 평가할 수도 있지만 그가 물질적인 행복을 바라는 애인에게 거짓말을 하고 또 그 말에 넘어간 애인에게 결별을 선언하는 이야기는 조작적인 측면이 강하다. 따라서 이 작품에서 '현'은 작가를 닮은 인물이라기보다는 현실과 대결하는 사상적 풍모를 가진 허구적 인물로서의 성격이 강하다. 바로 이 때문에 이 작품은 이태준의 소설적 주인공인 '현'의 기능이 현실과 대결하는 인간상을 부조하는데 있음을 보여준다. 「패강랭」 「토끼 이야기」 「해방 전후」 등은 바로 이러한 기능을 사소설적인 독법 속에 각인한 작품들이다.

원에서 시대적 현실에 대한 '한'의 깨침을 매개해 준다. 두 사람은 포수들과 몰이꾼을 데리고 사냥에 나서는데 사냥판에서는 일행이 밤에 잡은 맷돼지를 동네 젊은이 하나가 훼손해 버리는 상황이 벌어진다. 이 젊은이는 손해 배상하라고 마련해준 돈까지 가지고 도망을 가버린다. 이러한 사건을 겪고 집으로 돌아오는 '한'의 심경은 이렇게 그려진다.

> 차가 창동을 지나니 자리가 수선해지는 바람에 한은 깜박 들었던 잠을 깨였다. 집이 있는 서울이 가까워오나 조곰도 반갑지 않었다. 또돈 삼십원으로 다라날 수 있는 그 양복조끼에게는 세상이 얼마나 넓으랴! 싶었다.[55]

자기를 둘러싼 시국 상황을 벗어날 수 없는 것으로 여긴다는 점에서 '한'은 「패강랭」에서 '현'이 "서리를 밟거던 그뒤에 어름이 올것을 각오하란" 뜻을 되새기던 상태에서 좌절 또는 체념 쪽으로 성큼 다가선 인물형에 해당한다. 또한 '한'은 저항이나 비판은커녕 탈출조차 불가능하다고 생각하는 단계에 접어들어선 상태를 보여준다는 점에서 무기력감에 사로잡혀 있던 「토끼 이야기」의 '현'의 상태에 비추어 보아도 상당한 낙차를 보여준다.

그러나 이것은 동시에 현실에서 달아날 수만 있다면 달아나고 싶다는 욕망을 표현하고 있다는 점에서 현실에 대한 비판적인 의미가 함축되어 있다. 이 점에서 '한'은 '현'과 마찬가지로 사상성이 현저한 인물이다.

「석양」의 '매헌' 역시 같은 맥락에서 이해된다. 「사냥」에서 '한'이 월정리로 사냥 여행을 떠났다면 이번에는 '매헌'이라는 인물이 경주로 여행을 떠난다. 경성을 벗어난다는 모티프는 주인공의 일관된 탈출 욕망을 상징한다.

경주를 탈출과 회귀의 반환점으로 삼고 있는 이 이야기는 '타옥'이라는 여인과의 만남과 헤어짐이 주요한 스토리 전개 수단이다. 이 여인과

---

55) 이태준, 「사냥」, 『춘추』, 1942. 2, 162쪽.

254

'매헌'의 만남은 세 번에 걸쳐 이루어진다. 처음에 그가 경주를 방문했을 때 그녀는 '매헌'이 펴낸 수필집을 읽고 있던 고완품점의 처녀였다. 그 후로 두 번을 더 만나는 사이에 그녀의 이미지는 '매헌'의 심경을 따라 변모해 간다. 처음에 그와 그녀를 연결해 준 것은 이른바 "니힐"56)에 대한 감각의 공유였다. 다음에 만났을 때 그녀는 어떤 숭고미의 소유자로 나타난다. 마지막으로 만났을 때 그녀는 '매헌'과 달리 만발해 있었고 약혼을 한 상태였다. '매헌'과 '타옥'의 만남과 헤어짐은 석양을 배경으로 한 남자의 노쇠와 한 여인의 생명력을 대비시키는 형국을 취하면서 니힐리즘 쪽으로 완연히 경사된 주제의식을 보여준다. 이 작품의 마지막 장면은 다음과 같다.

> 석양은 해변에서도 아름다웠다. 그러나 각각으로 변하였다. 너머나 속히 황혼이 되여버리는 것이었다.57)

그런데 이러한 이야기의 심부로 접근하기 위한 흥미로운 단서 가운데 하나는 '타옥'이라는 여인이 읽고 있었다는 '매헌'의 수필집이다. 「석양」을 순수한 일본적 사소설이라고 간주한다면 이 수필집은 이태준의 수필집 『무서록』으로 읽히는 것이 마땅하다. 그러나 실제로 작중에서 "바로 지난봄에 낸 자기의 수필집"이라고 표현된 것과는 달리 『무서록』은 1941년 9월에 박문서관에서 간행되었음이 확인된다. 「석양」은 1942년 2월에 『국민문학』에 발표된 작품이므로 이태준이 바로 한 해 전에 낸 수필집의 계절을 기억하지 못했을 리는 없다. 그리고 이보다 더 중요한 것은 이태준이 '현'이 등장하는 소설에서 이와 같은 사실과 허구의 미묘한 변주를 시도했다는 사실이다.

결국 이태준은 「석양」의 '매헌'을 그리면서도 역시 사소설적 독법 아래 미묘한 사실 불합치를 통한 허구의 효과를 창출하려 했음이 분명하

---

56) 이태준, 「석양」, 『국민문학』, 1942. 2, 83쪽.
57) 이태준, 위의 글, 103쪽.

다. 또 이러한 맥락에 설 때 작중의 '타옥'이라는 여인과의 기묘한 만남과 헤어짐이라는 플롯이 지닌 허구성도 분명하게 인식되기에 이른다. 논자가 보기에 '타옥'이라는 여인은 작가가 경험한 실존 인물 그대로가 아니라 이태준이 허무주의적 태도를 드러내기 위해 상당한 변형을 가한 인물일 가능성이 크다.

이태준은 왜 이처럼 허구를 사실이라는 의장 아래 기법적으로 수용하고자 했던 것일까? 이것은 생활자적인 태도로 체제협력에 경사된 문필행위를 하고 있는 이태준 자신의 상태가 자기를 있는 그대로 그린다는 일본 사소설의 윤리 감각을 감당할 수 없다고 생각했기 때문일 것이다. 이러한 한계의식 속에서 이태준은 한편으로는 자신의 생활자적 면모를 '삭제'하고 사상적 지향성을 강화하는 형태로 '첨가'함으로써 새로운 유형의 '사소설'을 창출해 냈던 것으로 해석된다. 이태준의 새로운 '사소설'은 작가 자신과 주인공의 일치라는 일본식 사소설의 독법을 차용하면서도 이러한 개념으로 설명될 수 없는 새로운 유형의 '사소설'을 통해서 시대적 현실에 맞서고자 하는, 또는 그러한 현실에서 벗어나고자 하는 작가 자신의 사상적 태도를 담아내고자 했던 것이다.

5. 맺음말

이상의 논의를 간략히 요약한다면, 일제말기의 이태준은 「패강랭」「토끼이야기」의 '현', 「사냥」과 「석양」의 '한'과 '매헌' 등의 인물을 통해 작가의 사상적 면모를 부각시키는 새로운 유형의 '사소설'을 발표해 나감으로써 시대적 현실과의 긴장을 유지함으로써 체제 협력적인 주제로 기울어져 가는 장편소설의 경향에 대한 심리적 보상을 꾀한 것이 된다.

그런데 이러한 창작 과정의 근저에는 이광수로부터 발원하여 카프에 이르러 첨예화된 조선문학의 정론적 특성에 반발하면서 새로운 자아의 원리에 바탕한 새로운 문학을 구축하고자 했던 이태준의 소설적 자아의

256

모순성이 내재해 있었던 것으로 보인다.

1930년대 중후반까지 그는 한편으로는 이들 정론적인 문학 사조와는 거리를 둔 위치에서 「달밤」「색시」「손거부」 등 일련의 '심경소설'의 세계를 창조해 냈지만 다른 한편으로는 계몽적인 이상주의에 현저히 경사된 일련의 장편소설들을 발표해 나가는 양상을 보여준다. 그런데 이러한 이원성은 카프의 정치우위론과는 심각한 대립 양상을 보이면서도 다른 한편으로는 이광수류의 문사의식과 내밀하게 연결된 이태준의 소설적 방법의 불완전성을 표현해 준다.

1930년대 말경을 전후로 하여 이태준의 소설은 커다란 변모 양상을 보여주게 된다. 한편으로는 「패강냉」「토끼 이야기」「사냥」「석양」 등으로 이어지는 새로운 '사소설'에 매달리는 한편으로 그는 일련의 체제 협력적인 장편소설을 발표해 나간다.

이 논문은 이러한 두 개의 상반된 경향을 상호 보상적인 것으로 파악하면서, 1930년대 중후반까지 전개된 '심경소설'과, 계몽적 이상주의에 기운 장편소설의 관계가 새로운 양상으로 전개된 것으로 간주하고자 하였다.

이러한 맥락에서 보면 이태준은 일본의 사소설 또는 심경소설을 한국 근대 소설의 내적 필요성에 따라 매우 독특한 방식으로 전유해 나간 것으로 판단된다. 이 논문은 그 전개 과정이 일반적인 경우와는 달리 '심경소설'에서 '사소설'로 나아가는 형국을 취하고 있음을 은근히 드러내고자 하였다. 이것은 그의 '심경소설'과 '사소설'에 일종의 '조선적' 특수성이 각인되어 있음을 의미한다.

한편 이처럼 일제말기에 나타난 이태준의 일본 사소설 전유 양상은 식민지 시기 한국 문단에서 사소설적 창작과 해석의 메카니즘이 창출되었다는 것, 신체제론의 대두를 전후로 일제 말기에 이태준, 채만식, 박태원 등을 위시한 여러 작가들이 이러한 독법을 독자적이면서도 능동적으로 활용했다는 것 등을 시사해 준다. 이러한 접근법은 이 시대에 이들 작가가 보여준 일련의 공통적 현상에 대한 새로운 문학사적 접근을 가능케 해 줄 것이라고 기대해 본다.

주제어 : 이태준, '사소설', '심경소설', 전유, 일제말기

◆ **참고문헌**

1. 기본자료

이태준, 『가마귀』, 한성도서주식회사, 1937, 1-238쪽.

―――, 『돌다리』, 박문서관, 1943. 12, 1-228쪽.

―――, 『이태준 단편집』, 학예사, 1941, 1-623쪽.

―――, 『별은 창마다』, 깊은샘, 2000, 1-292쪽.

―――, 「사냥」, 『춘추』, 1942. 2, 76-103쪽.

―――, 『사상의 월야』, 『매일신보』, 1941. 3. 4~7. 5.

―――, 「석양」, 『국민문학』, 1942. 2, 83쪽.

―――, 『왕자 호동』, 남창서관, 1943, 1-508쪽.

―――, 「이광수 씨의 전작 '사랑'을 추천함」, 『조선일보』, 1938. 11. 14.

―――, 「참다운 예술가 노릇 이제부터 시작할 결심이다」, 『조선일보』, 1938. 3. 1.

―――, 「패강랭」, 『삼천리』, 1938. 1, 22-23쪽.

―――, 「토끼 이야기」, 『문장』, 1941. 2, 452-461쪽.

일기자, 「문인들의 주택 순례」, 『신인문학』, 1936. 10, 74쪽.

―――, 「이태준씨 가정 방문기」 및 「문단신문」, 『조선문단』, 4권4호, 1935. 8, 74-75쪽.

―――, 「잡담실」, 『신인문학』, 1936. 10, 82쪽.

김환태, 「상허의 작품과 예술관」, 『개벽』, 1934. 12, 473-474쪽.

이광수, 『문학과 평론』, 영창서관, 1940, 1-358쪽.

임 화, 「단편소설의 조선적 특징」, 『인문평론』, 1939. 10, 127-137쪽.

―――, 「방황하는 시대정신」, 『문학의 논리』, 학예사, 1940, 239-256쪽.

채만식, 「신간소설 아름다운 새벽―작자의 인사」, 『매일신보』, 1942. 2. 2.

2. 연구논문

박진숙, 「이태준문학연구: 텍스트와 내포독자를 중심으로」, 서울대 박사학위논문, 2003, 1-174쪽.

258

박헌호, 상허문학회 편, 「구인회를 어떻게 볼 것인가」, 『근대문학과 구인회』, 깊은샘,
        1996, 13-46쪽.
신순철, 「해방 전의 이태준의 문학적 전기 고찰」, 경주전문대학논문집, 1991, 7-11쪽.
와다 토모미, 「외국문학으로서의 이태준 문학」, 『근대문학과 이태준』, 깊은샘, 2000,
        83-115쪽.
윤순영, 「'해방전후'의 사소설적 성격 연구」, 『한민족문화연구』, 1997, 6-10쪽.
이명희, 「역사적 사실과 이야기적 요소의 만남」, 『왕자호동』, 깊은샘, 1999, 299-311쪽.
정종현, 「제국/민족 담론의 경계와 식민지적 주체」, 『상허학보』 13집, 2004, 100쪽 및
        105쪽.

3. 단행본
김택호, 『이태준의 정신적 문화주의』, 월인, 2003, 163-181쪽.
박헌호, 『이태준과 한국 근대소설의 성격』, 소명출판, 1999, 1-336쪽.
안남연, 『이태준 장편소설 연구』, 대영현대문화사, 1993, 1-303쪽.
Bill Ashcroft etc., 이석호 역, 『포스트콜로니얼 문학이론』, 민음사, 1996, 66쪽.
스즈키 토미, 한일문학연구회 역, 『이야기된 자기』, 생각의 나무, 2004, 1-397쪽.
이토 세이 외, 유은경 역, 『일본 사소설의 이해』, 소화, 1997, 1-317쪽.
谷口吉彦, 『新體制論の理論』, 千倉書房, 1940, 1-352쪽.
한국정신문화원 편, 『CD-Rom　역주 삼국사기』, 동방미디어, 1999.

◆ **국문초록**

　이 논문은 1940년경을 전후로 하여 이태준에 의해 시도된 일본 사소설의 전유양
상 및 그 의미를 살펴보고자 하는 의도를 담고 있다.
　이태준의 자전적 소설은 일본의 사소설 또는 심경소설을 두 단계에 걸쳐 상이
한 방식으로 전유함으로써 새로운 형태의 '사소설' 또는 '심경소설'을 창출해 나간
것으로 해석된다.
　그 첫 번째 단계가 「달밤」, 「색시」, 「손거부」 등으로 대변되는 1930년대 중후반
까지의 자전적 소설들이라면 두 번째 단계는 「패강랭」, 「토끼이야기」, 「무연」, 「석
양」 등으로 대변되는 1940년 전후의 것이다.
　이 논문에서 논자는 자전적 소설, 사소설, 심경소설 등의 개념으로 파악해온 이
태준 단편소설의 단계적 변화과정을 밝히고 나아가 그의 단편소설과 장편소설 사
이의 내적 관련성을 파악하고자 했다.

　이태준은 이광수에서 KAPF로 이어지는 정론적 문학 흐름에 대해 문학의 자립적 가치를 옹호하고자 했던 구인회의 일원이었다. 그러나 이태준 소설의 바탕을 이루는 개인은 카프의 계급 중심적 정치우위론과는 첨예하게 대립하면서도 이광수류의 도덕우위론에 바탕한 문사의식과는 내밀한 연락관계를 유지하는 불완전하고 절충적인 형태의 것이었다. 이러한 절충적인 자아의 원리는 이념적인 장편소설과 사소설적인 단편소설로의 공존 양상을 야기했다.

　일제말기 이태준의 '사소설'은 작가 자신의 사상성을 부각시키는 인물을 부조함으로써 정치적 직접성의 한 표현으로서 체제 협력에 기운 일련의 장편소설들과 긴장을 유지하면서 그 자신의 문사적 책임의식을 감당하려 한 것으로 해석된다.

◆ SUMMARY

Aspects of "I" stories reflected in Lee Taejun's short stories around the end of Japanese imperialism

Bang, Min-Ho

This study intends to consider appropriation of Japanese private life novels attempted by Lee Taejun around the 1940s and intention of the attempts.

Lee Taejun appropriated Japanese "I" stories or novels based on the author's personal life in his autobiographical novels in two steps, thus creating a new form of "I" novels or novels based on the author's personal life.

The first step is represented by his autobiographical novels written until the mid-1930s, such as A Moonlit Night, *Saeksi* (A Bride) and Millionaire Son, and the second step by novels written around the 1940s, such as *Paegangraeng*, A Rabbit Story, *Muyeon* and The Sunset.

This study analyzed short stories of Lee Taejun which have been classified as autobiographical novels, "I" novels or private life novels, to identify variations by steps and find inner relationship between his short stories and novels.

Although Lee Taejun was a member of the Association of Nine Writers that advocated the autonomous value of literature in opposition to the mainstream of Korean literature which had run from Lee Gwangsu through KAPF, the main characters in his novels showed incomplete and eclectic personality, fiercely antagonistic to the class—conscious doctrine of predominance of politics while keeping private relationship with professionalism of literary men based on the theory of moral ascendency asserted by another group of writers including Lee Gwangsu. Owing to this aspect of eclectic characters, his works include short stories with the style of "I" stories as well as ideological novels.

It deems that Lee Taejun's "I" stories written around the end of the rule of Japanese imperialism in Korea highlighted characters that represent the ideology of the writer himself as an expression of political activities, thus keeping strained relations with novels that cooperated with the status quo in a way, in an effort to assume the responsibility as a literary man.

Keyword : Lee Taejun, "I" story, private life novel, appropriation, the end of Japanese imperialism

－이 논문은 2004년 12월 31일에 접수되어, 소정의 심사과정을 거쳐 2005년 1월 31일 에 게재가 확정되었음.

III.
일반논문

노블, 청년, 제국
－한국 근대소설의 통국가간(通國家間) 시작

황 종 연*

목　차

1. 노블의 전지구적 현존
2. 소설의 예술, 리얼리즘, 개인주의
3. 청년 또는 근대소설의 주체
4. 서양식 소설과 제국주의

1. 노블의 전지구적 현존

영어의 노블이나 불어의 로망은 한국어로 보통, 소설 또는 장편소설
이라고 번역하지만 노블이나 로망의 개념과 소설의 개념은 유사성 못지

---

* 동국대 국어국문학과 교수.

** 이 글은 2003년 9월부터 2004년 8월까지 동국대학교 연구년 지원을 받아 작성되었음.
이 글의 일부는 한국소설학회 학술회의(2002. 4), 비판과 연대를 위한 역사포럼 일본회의
(2003. 4) 컬럼비아대 국제학술회의(2004. 3), 시카고대 동아시아언어문명과 워크샵(2004.
5)에서 발표되었다. 한국소설학회의 이재선 선생, 역사포럼의 김철, 윤해동, 박유하 선
생, 컬럼비아대 폴 앤더러(Paul Anderer), 스즈키 토미(鈴木登美), 가라타니 고오진(柄谷行
人) 교수, 뉴욕대 해리 하루투니언(Harry Harootunian), 박현옥, 자네트 풀(Janet Poole) 교
수, 시카고대 최경희 교수에게 감사한다.

않게 많은 차이점이 있다. 알다시피 소설은 노블이나 로망의 역어(譯語)이기 이전에 한자문화 속에서 일정한 의미와 관용적 용법을 가진 단어였다. 한국의 경우 그 용어는『한서(漢書)』「예문지(藝文志)」의 소설가에 관한 기록 등을 전거로 오랜 세월에 걸쳐 사용되었으며, 패설(稗說), 전기(傳奇), 연의(演義), 잡기(雜記) 같은 용어들과 종종 혼용되었다. 소설이라는 용어는 항상 명확한 문학 장르 개념으로 쓰인 것은 아니었다 할지라도 19세기의 어느 시점에서는 국문과 한문 양쪽의 허구적 서사물을 일반적으로 가리키게 되었다고 추정된다. 더욱이 조선시대를 통틀어 허구의 가치를 인정하는 데에 인색한 유교적 관행이 워낙 우세했기 때문에 소설이라는 용어는 '황당무계(荒唐無稽)'니 '가허착공(架虛鑿空)'이니 하는 소설론의 숙어들이 예시하는 바와 같은 경멸적인 연상에서 좀처럼 자유롭지 못했다. 그러므로 노블이라는 문화적 이방(異邦)의 문학을 소설이라고 말하는 것은 소설 개념 자체의 수정을 동반하지 않는다면 노블의 이해를 방해하기 쉬웠을 어법이다. 물론, 역사의 우연에 의해 노블은 소설로 번역되었고, 노블 개념은 소설 개념으로 번안되었지만 노블과 소설의 차이는 적어도 노블을 경험한 한국 최초의 세대에게는 서양화와 동양화의 차이, 양의학와 한의학의 차이만큼이나 명백한 것이었다. 그래서 노블을 기준으로 삼아 소설의 신흥을 꾀하려던 작가들은 우선 소설에 대한 항간의 통념이 잘못되었다는 주장부터 해야 했다.「문학이란 하오」에서 서양의 근대적 문학 개념의 번안을 시도한 이광수는 '문학의 종류' 항목에서 "조선에서 '재담'이나 '이야기'를 소설이라 하고 此를 善히 하는 자를 소설가라 칭하는 자가 有하나니 此는 무식한 소치다. 소설은 이렇게 簡易한, 輕한, 무가치한 것이 아니니라"라는 말로 소설에 관한 설명을 시작했다. 그런가 하면 김동인은 소설이 얼마나 귀중하고 유익한 것인가를 이야기하기에 앞서서 "조선 사람의 소설관? (그것)은 몇 백 년 전 서부 유럽 그대로요, 즉 대단한 시대지(時代遲)의 소설관이요"라고 극히 모멸적인 어투로 소설에 대한 통념을 비난했다.[1]

따지고 보면 노블은 소설 같은 친근한 용어로 옮긴다고 해서 한국인들의 생활 속으로 들여놓고 길들이기가 수월치 않은 이질적인 문화의 소산이다. 그것은 음악에서 소나타 형식, 회화에서 원근법과 마찬가지로 근대 유럽문화의 가장 생기 있고 복합적인 표현 중 하나이다. 이언 와트의 표준적인 설명에 따르면 노블의 발흥은 중세 유럽의 통일된 세계상을 그와는 아주 다른 또 하나의 세계상으로 대체시켜간 르네상스 이후 유럽문화의 대전환의 맥락 속에 위치한다. 이 또 하나의 세계상이란 "특수한 시간과 특수한 장소에서 특수한 경험을 하는 특수한 개인들이 모여서 이루는, 전개되고 있으나 계획되진 않은 집합"으로서의 세계상이다.[2] 이 근대적 세계상의 기초가 되는 믿음, 즉 '개인적 경험의 제일의성(第一義性)'에 대한 믿음은 노블형 서술에서 기존의 공인된 문학 모델이 권위를 가지지 못하는 반면 자서전적 비망록과 같은 패턴이 우세하게 나타나는 이유가 된다. 유럽 노블의 발흥은 또한 그 복합적인 역사적 연관 중에서도 출판 자본주의의 발전과 특히 중요한 관계가 있다. 노블은 우선 영국과 프랑스의 부르주아 식자층의 독서를 위해 출판되기 시작하여 종래에 가정용 서적의 주종이었던 신앙서를 대체했으며, 이어 유럽 문학 시장 전체를 누비는 국제적 상품이 되었다. 영국 및 프랑스 노블의 범유럽적 유행과 함께 19세기 유럽에는 런던과 파리를 확고부동한 중심으로 하는 공통의 문학 시장이 형성되었고, 그 결과 노블은 역사상으로 유례없는 유럽문학의 통일화를 가져왔다. 프랑코 모레티는 노블 지리(地理)의 특이성을 이렇게 정리한다. "노블은 유럽문학을 밖으로부터 어떤 영향도 받지 못하게 닫아버린다. 유럽문학의 유럽성을 강화하고 게다가 확립하기까지 하는지도 모르는 것이다. 하지만 그렇게 하고 나서 이 가장 유럽적인 형식은 대부분의 유럽에서 모든 창조적 자율성을 빼앗게 된다. 두 도시, 런던과 파리가 모든 유럽소설의 절반을 (절반

---

1) 이광수, 「문학이란 하오」, 『이광수전집』 1, 삼중당, 1966(중판), 513쪽; 김동인, 「소설에 대한 조선 사람의 사상을」, 『김동인전집』 16, 조선일보사, 1988, 138쪽.

2) Ian Watt, *The Rise of the Novel: Studies in Defoe, Richardson, and Fielding*, University of California Press: Berkeley, 1957, p.31.

이상은 아니라고 치더라도) 출판하면서 한 세기에 걸쳐 유럽 대륙 전역에 군림하는 것이다. 이것은 무자비한, 전례 없는 유럽문학의 중앙집중화이다."[3]

노블, 런던산 및 파리산 독과점 상품, 가장 유럽적인 형식. 하지만 노블을 위한 문학 시장은 유럽의 지리적 경계 내에 한정되지 않았다. 노블은 유럽 제국주의의 팽창에 따라 다른 유럽산 상품들과 함께 유럽 대륙의 바깥으로 퍼져나갔다. 유럽 또는 서양의 헤게모니 아래 있는 라틴 아메리카, 아프리카, 이슬람, 아시아 지역에서 노블은 대체로 부르주아 계급의 후원과 출판 자본의 지원을 받아 출현했으며, 노블의 실험은 그 지역의 정치에서 민족국가 건설에 상응하는 의의를 문화에서 가지고 있었다. 19세기 후반 그리스인들에게 이국적인 것이었던 노블은 오스만제국의 몰락 이후 유럽으로부터 귀환한 부르주아 이산민(離散民)들에 의해 도입되기 시작했으며 그리스 노블의 발흥과 유럽식 민족국가 건설운동은 밀접한 관계가 있었다. 아랍어권에서 노블은 프랑스에 의한 점령에 이어 영국에 의한 점령을 당한 이집트에 처음으로 도입되었고, 그 영향으로 발생한 이집트 노블은 아랍 세계에서 '재생'이라고 불린 정치, 문화 개혁의 정신에 관여했다.[4] 유럽 노블을 모델로 하는 소설 창작은 비유럽지역 국가들의 근대소설의 역사에서, 적어도 그 초창기에는, 혁신적인 활동으로 간주되었다. 브라질처럼 자국의 노블이 출현하기 이전에 유럽 노블이 유통된 라틴 아메리카 국가들에서는 작가들이 대중 독자 사이에 이미 형성된 노블 취향들에 부응하는 방식으로 창작에 착수했으며[5] 20세기 초에 유럽 노블을 발견한 중국의 작가와 비평가들은 그 형식에 대한 긴장된 의식 속에서 중국소설의 개량을 추구했다.[6] 물론, 노블은 유

---

3) Franco Moretti, *Atlas of the Modern European Novel, 1800～1900*, Verso: London, 1998, p.186.

4) Mary N. Layoun, *Travels of a Genre: The Modern Novel and Ideology*, Princeton University Press: Princeton, 1990, pp.21-32; 56-62.

5) Roberto Schwarz, "The Importing of the Novel to Brazil", *Misplaced Ideas*, Verso: London, 1992. 참조.

6) 이보경, 『문과 노벨의 결혼』, 문학과지성사, 2002, 303-345쪽 참조.

럽과 다른 문화 전통을 가진 국가들에서 흡수하기가 쉽지 않았다. 인도의 작가들을 괴롭힌 난제 중 하나는 영국소설을 읽음으로써 획득한 가치와 자국의 생활에 존재하는 가치들을 화해시키는 문제였으며,[7] 유럽소설에 미달했다는 비판은 일본의 비평가들이 자국의 소설에 대해 내린, 때로는 가장 준엄하고 때로는 가장 심오한 판결에 해당했다.[8] 19세기와 20세기 비유럽세계의 문학에서 유럽소설 형식의 활용은 유럽의 문화적 헤게모니에 예속되는 위험에도 불구하고 역사상 획기적인 의의를 가지고 있었다. 과감하게 말해서 그것은 비유럽세계의 문학이 전지구적 근대화의 과정에 적응하며 추진한 자기변형을 대표하고 있었던 것이다.

한국 근대소설은 다양한 역사적 원천을 가지고 있다. 그 중에는 한문학의 사전(史傳)과 야담(野談), 가정소설을 비롯한 국문소설의 여러 장르, 판소리 사설과 기타 민간 구비 전승 등이 있다. 한국근대소설의 형성기에는 그 재래의 장르들과 스타일들이 동시대의 국민 계몽을 위한 저술에 활용되어 소설에 있어서의 근대를 향한 복잡다기한 움직임에 관여하고 있었음을 보여준다. 그것들의 흔적은 서사적 논설, 역사인물전기, 신소설 같은, 일반적으로 전근대소설과 근대소설 사이의 과도기적 단계의 소설로 간주되는 서사 장르의 작품들 속에서 널리 발견된다. 지난 30년간 한국 근대소설사 연구에서 가장 주목할 만한 진전의 하나는 바로 한국 근대소설의 원천을 그것에 선행한 한국의 산문 서사의 주제상, 형식상의 관례 내에서 찾아내 한국소설의 역사적 연속성을 입증하는 방향에서 이루어졌다. 그러나 소설에서의 근대는 문화에서의 근대와 마찬가지로 한 국가의 경계 내에서 독자적으로 성립하지 않는다. 그것은 오히려 국가들 사이의 경계를 넘어서는 문학 및 문화 교환의 과정에서 형성된

---

7) Meenakshi Mukerjee, *Realism and Reality: The Novel and Society in India*, Oxford University Press: Dehli, 1985, p.7.

8) 이러한 판결의 대표적 사례는 고바야시 히데오의 사소설 비판(「私小說論」(1935), 『小林秀雄全集』 3, 新潮社, 1968)과 나카무라 미츠오의 풍속소설 비판(中村光夫, 「風俗小說論」(1950), 『日本の近代』, 文藝春秋, 1968) 같은 근대 일본 비평의 유명한 문장들에서 찾을 수 있다.

다. 영국과 프랑스의 노블만 해도 그것은, 노블의 국제적 발명이라는 가설을 제출한 비평가들의 주장에 따르면, 그 국가 각각의 변별적인 민족적 전통에서 생겨난 것이 아니라 그 양국의 국경을 넘어선 문학적, 문화적 접점들에서 출현한 것이다.9) 그러므로 한국 근대소설을 올바로 이해하려면, 그것의 진정 근대적인 성격을 올바로 이해하려면 그것의 형성에 개입한 통국가간(transnational) 장르, 관념, 실천, 제도에 유념해야 한다. 한국 근대소설 연구가 한국문학에 내재하는 형식적 원천을 탐색하는 작업에 치중해왔음을 감안하면 노블이라는 이방의 장르가 한국소설의 근대화를 위한 작업에 유입되어 담당한 역할에 보다 많은 주의를 기울일 필요가 있다. 노블이라는 장르를 경이롭게 느꼈을 법한 연배의 문학가들은 한국소설에 수용된 노블의 존재를 명확하게 감지하고 있었고 그것이 중대한 변화의 증표임도 알아보고 있었다. 김태준은 범박하게나마 노블을 기준으로 소설을 정의하는 데서 시작한 『조선소설사』에서 동시대 소설의 추세를 말하는 가운데 "춘원일파(春園一派)가 순서양식(純西洋式)으로 소설을 짓기 시작하였"다고 쓰고 있다.10) 이것은 한국 근대소설의 새로운 역사적 이해를 위해 회복할 가치가 있는 분별이다.

2. 소설의 예술, 리얼리즘, 개인주의

식민지 한국의 작가들은 서양문화의 모든 주제에 대해서 그렇듯이 서양 노블에 대해서도 일본인들의 번역과 저술에 주로 의존하여 지식을 얻었다. 식민지 작가들의 노블 인식과 창작에 가장 먼저 영향을 미쳤으리라 생각되는 일본어 서적 중에서 우치다 로앙(內田魯庵)에 의한 톨스토이 장편소설 번역과 함께 중요한 것은 쓰보우치 쇼오요오(坪內逍遙)의

---

9) Margaret Cohen and Carolyn Dever, ed. *The Literary Channel: The International Invention of the Novel*, Princeton University Press: Princeton, 2002, pp.1-34 참조.
10) 김태준, 『조선소설사』, 청진서관, 1931, 206쪽.

『소설신수(小說神髓)』(1885. 9~1886. 4)이다. 적어도 이광수와 김동인만큼은 그 본문을 읽었거나 아니면 그 대강을 알았을 것으로 추정되는 이 일본 최초의 본격적인 소설론은 무엇보다도 소설을, 그 자체를 목적으로 하는 예술(쇼오요오가 사용한 용어로는 '미술')로 정의하고 있는 데서 근대적 성격을 뚜렷하게 드러낸다.[11] 쇼오요오는 서양 근대미학의 개요를 소개한 페놀로사의 강연록 「미술진설(美術眞說)」을 참조하여 "미술은 사람의 마음과 눈(心目)을 기쁘게 하고 또한 그 기와 격(氣格)을 고상하게 하는 것"이라는 정의를 내리고 마음에 호소하는 '무형(無形)의 미술' 중에 음악, 시가, 희곡과 함께 소설을 포함시키고 있다.[12] 예술로서의 소설이라는 이러한 정의는 소설을 '권선징악'의 규범에 고착된 전통적인 소설관으로부터 분리시키고, 나아가 로맨스에서 진화된 노블로 그 개념을 재구성하는 데에 기초가 된다. 쇼오요오는 "노블(ノベル) 즉 참된 소설(眞成の小說)"이라는 관점에서 노블의 일반적 특징에 의거하여 "소설이 취지로 삼는 바는 오로지 인정세태(人情世態)에 있다"고 선언하고 있다.[13] 이광수가 단지 '재담'이나 '이야기'가 아니라고 주장한 소설은 쇼오요오적 개념에서의 소설에 가깝다. 그의 「문학이란 하오」의 주제는 물론 문학 일반이고 소설 장르가 아니지만 그 문학론은 '권선징악'의 규범을 폐기하고 '인정세태' 묘사의 원칙을 제정한 쇼오요오의 소설예술

---

11) 소설은 예술이라는 쇼오요오의 발언은 동시대 서양의 소설 이론의 추이를 감안하더라도 상당히 선진적인 것이다. 소설은 음악, 시, 회화, 건축과 함께 예술의 하나라는, 소설에 관한 영어권의 통론으로 보면 상당히 혁신적인 주장을 담고 있는 헨리 제임스의 유명한 에세이("The Art of Fiction", 1884)와 일 년 가량의 시차밖에 없는 주장이다. 쇼오요오의 미술이라는 단어는 어니스트 페놀로사의 강연록 『美術眞說』(1882)이 나온 이후 외젠 베롱의 『維氏美學』(1883~1884) 등에 쓰인 예술과 경합하며 아트 또는 파인 아트의 역어로 한동안 일본에서 통용되었다. 미술이 일본어에서와 같은 방식으로 한국어에서 사용된 용례가 1910년대 신문과 잡지에서 회소하게나마 발견된다. 미술, 예술이라는 용어에 관해서는 佐藤道信, 『<日本美術> の誕生』, 講談社, 1996, 32-66쪽; 권보드래, 『한국 근대소설의 기원』, 소명출판, 2000, 53-75쪽. 참조.
12) 坪內逍遙, 「小說神髓」, 『日本近代文學大系 3: 坪內逍遙集』, 角川書店, 1974, 45쪽; 48쪽.
13) 坪內逍遙, 위의 책, 61쪽; 48쪽.

론과 부분적으로 통한다. 이광수는 문학을 예술의 일종으로 정의하여 도덕과 분리시키는 가운데 "모종 특정한 도덕을 고취하기 위하여, 又는 권선징악의 효과를 위하여 문학을 作하지 말고, 일체의 도덕 規矩準繩 을 不用하고 실재한 사상과 감정과 생활을 여실하게 만인의 眼前에 再 現케 함이라"고 쓰고 있다. 게다가 문학은 "인생을 묘사한 자이므로 문 학을 讀하는 자는 소위 世態人情의 기미를 窺할지라"고 주장함으로써 그는 '인정세태'를 묘사하는 소설의 예술을 사실상 문학 일반의 예술로 까지 확대하고 있다.[14]

　『소설신수』에 제출된 진정한, 노블적인, 근대적인 소설의 핵심은 거 칠게 말해서 리얼리즘이다. 그것은 살아 있는 현실의 세계('活世界')에 존재하는 다종다양한 인정세태를 사실적으로 그려내고, 그럼으로써 '인 생의 인과(因果)의 비밀'을 드러내는 것이다.[15] 리얼리즘의 달성을 위해 서 쇼오요오는 특히 인정세태 자체에 대한 공정한 관찰과 충실한 묘사 를 지지하고 반대로 작가가 자기 의지대로 이야기를 조작하고 통제하는 행위를 배격하고 있다. 작가의 전지전능성 혹은 군주적(君主的) 주체성 에 대한 이러한 경계는 권선징악의 규범이 재래의 일본소설에 가져온 폐해에 대한 온당한 비판과 맞물려 있다. 하지만 서양 노블의 기준에 비 추어보면 작가적 주체성의 축소를 위한 주장은 그의 소설론의 약점이 다.[16] 리얼리즘은 노블의 주요 양상임에 틀림없지만 그것은 단지 재현

---

14) 이광수, 「문학이란 하오」, 위의 책, 511-512쪽. 「무정」의 『매일신보』 연재에 때를 맞추
　　어 나온 글(菊如, 「춘원의 소설을 환영하노라」, 『매일신보』, 1916. 12. 28)에서 양건식은
　　흥미롭게도 "소설은 즉 미술의 일부"라고 발언하며 그 이광수의 신작에 대한 기대를 표
　　시하고 있다. 1910년대 한국의 문인들이 마련하기 시작한 근대소설론의 어휘와 개념이
　　『소설신수』의 영향 아래 있었음을 알려주는 예의 하나이다.
15) 坪內逍遙, 「小說神髓」, 위의 책, 75쪽.
16) 『소설신수』론의 지평을 넓힌 새로운 연구에서 가메이 히데오는 이 작가적 주체성에
　　대한 저항에 주목하여 쇼오요오의 이론은 "작자의 자기표현을 중시하는 '근대적 문학
　　관'과 근본적으로 다른 것"이며, 또한 "작자의 독어(獨語)"에 대한 경계를 동반한다는
　　점에서 근대소설론 가운데 "독특한 위치를 점한다"고 평하고 있다(龜井秀雄, 『「小說」論:
　　「小說神髓」と近代』, 岩波書店, 1999, 137-138쪽). 하지만 허구 창작 주체의 전능함을 비

하고자 하는 대상에 작가 자신을 방치한 결과는 아니기 때문이다. 노블 형식의 핵심은 오히려 주어진 세계에 대한 즉물적인 충실을 넘어서 그 것과는 다른, 혹은 그것보다 우월한 세계를 허구상으로 구축하려는 작가 개인의 주체적 의지이다. 노블의 근저에 깔린 저 '개인 경험의 제일 의성'에 대한 믿음은, 넓게 보면, 인간이 어떤 선험적으로 결정된 부동의 질서 속에 살고 있는 것이 아니라 인간 스스로 만들어낸, 그런 만큼 변경이 가능한 질서 속에 살고 있는 것이라는 인식과 연관되어 있다. 주어진 사물의 질서에 대한 회의, 인간 세계의 인위성에 대한 이해, 그에 따른 개인의 작위적 또는 창조적 주체성에 대한 존중은 유럽에서 노블 형식을 융성하게 만든 중요한 문화적 조건이다. 실제의 세계와 방불한, 그 나름의 세력, 법칙, 패턴을 가지고 움직이는 허구적 세계를 제시하기에 주력하는 노블 형식은, 에드워드 사이드가 말했듯이, 시작을 향한 욕망, 즉 주어진 세계의 실재성을 변경시키고 어떤 새로운 세계를 창조하고자 하는 욕망을 표현한다. 노블의 저자는 그 저자(author)와 권위(authority)이 라는 말이 함축하고 있는 의미들, 그 중에서도 시작하는 능력이라는 의 미를 모범적으로 구현하고 있는 창조적 주체이다.[17]

판한 쇼오요오의 발언은 주체성에 대한 탈근대적 불신이라는 맥락보다는 노블형 허구 의 이해를 제약한 일본 자체의 서사적, 문화적 전통의 맥락에서 검토하는 편이 옳지 않 나 한다. 일찍이 마루야마 마사오는 서양 근대의 근본을 이루는, 인간 현실의 매개된, 지어진, 작위적인 성질에 대한 관념, 한마디로 "픽션"의 관념이 근대 일본인들의 정치 적, 사회적, 문학적 관행 속에 자리잡지 못했다는 시사적인 발언을 했다(김석근 역, 「육 체정치에서 육체문학까지」, 『현대정치의 사상과 행동』, 한길사, 1997, 427-447쪽). 허구 주체의 개념이 허약한 리얼리즘은 서양 노블과 같은 형식의 달성을 아무래도 어렵게 만든다. 미국의 한 일본소설 연구자는 마루야마가 말한 픽션 의식의 결핍과 연관하여 근대 일본 소설의 주류가 사소설로 흐른 주된 이유 중의 하나를 설명하고 있다(Edward Fowler, *The Rhetoric of Confession: Shishosetsu in Early Twentieth—Century Japanese Fiction*, University of California Press: Berkeley, 1988, pp.3-27). 이 허구 주체의 취약성 문제는 한국 근대소설 형식론에도 시사하는 바가 적지 않다고 생각한다.

17) Edward W. Said, *Beginnings: Intention and Method*, Basic Books: New York, 1975, pp.81-83. 권 위는 사이드가 논의하고 있는 노블 원리의 전부는 아니다. 그는 여기에 그가 '침해(mo-lestation)'라고 부른, 권위의 허약성, 허위성, 환상성을 드러내는 작용을 추가한다. 아이

허구 창작의 주체성 주장이라는 점에서 보면 이광수가 쇼오요오를 능가한다. 쇼오요오보다 한 세대 늦게 태어나 서양 노블과 그 이론에 접할 기회가 훨씬 많았던 덕택이겠지만 이광수는 작가의 상상적, 허구적 행위에 중점을 두어 소설을 인식하고 있다. "소설이라 함은 인생의 一方面을 正하게, 精하게 묘사하여 독자의 眼前에 작자의 想像內에 在한 世界를 여실하게, 역력하게 開展하여 독자로 하여금 其世界內에 재하여 實見하는 듯하는 감을 起케 하는 자를 謂함"이다. "인생의 一方面"과 "작자의 想像內에 在한 세계"[18] 양쪽 모두 소설의 대상으로 나타나 있지만, 강세는 후자 쪽에 있음이 분명하다. 이광수에게는 실제의 세계 그 자체보다 그것에 대응되는 작가의 상상적 세계가 더욱 중요한 문제이다. 따라서, 박진감 있는 허구이어야 한다는 전제 하에서, 허구 창조의 능력, 즉 허구상의 인물, 사건, 상황을 만들고 부리는 작가의 권위를 인정할 여지가 많아진다. 작가를 창조의 권위자로 이해하는 발상의 일면은 "사람들이 조물의 생각을 흉내 내어, 또는 조물의 생각을 도적질하여 만들어놓은 문학이라든지 예술이라든지"라는 『무정』의 한 구절에도 보인다.[19] 이 조물(造物) 또는 신은 알다시피 창조적 주체성에 대한 고전적인 비유의 하나이다. 김동인은 소설가의 권능과 사명을 이야기한 글에서 이 신의 비유를 표나게 사용하여 "소설가 즉 예술가요 (…) 神人合一을 수행할 자"이며, "참 문학적 작품은 신의 囁이오"라고 선언한 예가 있다. 그는 소설가에게 주저 없이 신적 권위를 부여했을 뿐만 아니라 천지 창조와 소설 창작의 유비(類比)에 매혹을 느끼고 있었다. 그에게 소설가는 "하느님이 지어 놓은 세계에 만족치 아니하고" 자기 나름으로 세계를 지어내는 "인생의 위대한 창조성"의 화신이다.[20] 소설가의 창조적

러니를 비롯한 노블 형식의 심오한 문제들은 이 권위와 그 침해의 변증법에서 비롯된다. 하지만 이것은 본고의 논의와 관련이 없기에 생략한다.

18) 이광수, 「문학이란 하오」, 위의 책, 513쪽.

19) 이광수, 『무정』, 김철 교주, 문학동네, 2003, 668쪽. 현대표기법에 따라 원문을 고쳐 인용한다.

20) 김동인, 「소설에 대한 조선 사람의 사상을」, 위의 책, 139쪽.

권위에 대한 김동인의 믿음은 소설가를 인형조종사에 견준 발언에서도 확인된다. 쇼오요오는 『소설신수』에서 '기관인형(機關人形)' 즉 인형놀이를 예로 들어 소설가가 자기 작품 속의 세계를 임의대로 조종하는 데서 오는 예술상의 실패를 지적한 반면, 김동인은 똑같은 비유를 들어 소설가가 행하는 '위대한 예술'의 진수를 설명하고 있다.[21]

소설가는 신이라는 김동인의 비유는 한국 작가들 사이에 노블의 경험과 이해를 통해 형성되기 시작한 소설 창작의 지극한 의의에 대한 새로운 각성을 나타낸다. 소설은 실제적, 경험적 세계가 소설가 자신의 요구—인식적인, 도덕적인 또는 심미적인 요구를 충족시키지 못한다는 인식에서 발원하며, 세계의 이치를 설명하는 재래의 모든 종교적, 철학적, 과학적 모델이 아무래도 불완전하다는 지각을 함축한다. 그래서 소설을 창작하는 일은 소설가 개인의 합리적 이해와 의지에 합치되는 어떤 상상의 세계를 건설하려는 시도가 된다. 김동인이 신격화한 소설가는 많은 비평가들이 루카치의 계보를 이어 노블 형식의 철학적 기반으로 주목한 데카르트적 자아와 상통하는 면이 있다. 소설가의 자아는 진실을 추구하는 가운데 전통적인 권위에 승복하지 않으며 그 자신을 다른 모든 진실의 모델에 선행하는 것으로, 그 모델보다 우월한 것으로 간주한다. 이광수와 김동인이 말한 소설은 유럽 노블과 마찬가지로 그 형식 속에 개인주의 이데올로기를 가지고 있다. 이렇다는 것은 소설이란 결국 소설가 개인의 자서전에 불과하다는 말은 아니다. 유럽 노블과 한국의 노블의 일반적인 사례들에서 소설가의 자아는 특정 인물의 형태로 출현하기보다 오히려 다수의 인물을 고안하고 배치하고 관계시키는 행위 속에 암시된다. 소설가의 자아는 다수의 인물의 다수의 의식을 서사적으로 통합하여 사회적으로 공유가 가능한 세계의 표상을 만들어냄으로써 그 선험적 권위를 실현한다. 소설에서 개인주의의 아이러니는 레이먼드 윌리엄즈가 "인식할 만한 공동체"라고 부른 것을 개인적 경험에 제일의

---

21) 김동인, 「자기의 창조한 세계」, 위의 책, 150-153쪽; 坪內逍遙, 「小說神髓」, 위의 책, 70쪽.

성을 부여함으로써 창출한다는 것이다.[22] 소설 창작과 원근법 회화를 두고 가끔 행해지곤 하는 유추는 여기서도 도움이 된다. 파노프스키는 회화에서의 원근법이 예술 현상을 수학적으로 엄밀한 규칙들에 종속시키는 측면과 함께 예술 현상을 개인에게 달려 있게 만드는 측면이 있음을 지적한 적이 있다. 그 규칙들은 시각적 인상의 심리적, 물리적 조건들을 지시하고 있으며 그 규칙들이 효과를 내는 방식은 한 주체적인 시점의 자유롭게 선택된 위치에 의해 결정되기 때문이다. 따라서 원근법은 "외부 세계의 공고화와 체계화인 만큼은 자아의 영역 확장이기도 하다."[23] 이러한 의미에서 자아의 영역 확장은 김동인이 신격화한 그 소설의 선험적 주체와 관련해서도 마찬가지로 가능한 생각이다.

노블은 실제 세계를 정의함에 있어서 자아의 권위에 의지하는 만큼 기존의 문학적 모델에 대해 비판적이고 심지어는 적대적이다. 노블의 출현은 일반적으로 기존 장르의 정복 또는 합병을 수반한다. 이집트에서는 오랫동안 문학 전통을 지배한 운문이나 민담 형식들이 노블의 재료로 전락했으며[24] 일본에서는 근대적 의미의 소설 장르의 성립과 함께 기존 장르들의 소멸이 일어났다.[25] 기존 장르를 합병하거나 소멸시키는 노블의 '식민주의'는 한국에서 노블형 소설이 발흥하는 장면에서도 엄연한 역사적 사실이다. 예컨대『무정』의 영채 이야기를 보자. 이 이야기는 조선후기 이래 유행한, 기생이 주역을 맡는 염정소설(艷情小說)과 연관이 있다. 기방문화의 고장인 평양 기생이라는 인물 설정, 규수에서 기생으로 전락한 동기가 효심에 있다는 플롯, 기생임에도 정혼한 남자에게 정절을 바치는 행동 등에서 영채의 이야기는『채봉감별곡』과 특히 비슷하다. 그러나『무정』이『채봉감별곡』의 염정소설 관례를 '계승'했다

---

22) Raymond Williams, *The English Novel from Dickens to Lawrence*, Oxford University Press: Oxford, 1974, p.73.

23) Erwin Panofsky, *Perspective as Symbolic Form*, trans. Christopher. S. Wood, Zone Books: New York, 1997, pp.67-68.

24) Mary N. Layoun, 앞의 책, pp.60-62.

25) 柄谷行人,「漱石とジャンル」,『漱石論集成』, 第三文明社, 1992, 215쪽; 230쪽.

고 여기는 것은 소박한 생각이다. 그『채봉감별곡』과의 연관은 인유(引
喩)라고 불리는 기존 텍스트 참조에 해당하며,『무정』에서 그 참조의 목
적은 단지 문화적 핍진성을 확보하는 것이 아니라 그 참조된 이야기가
구현한 인간 세계의 모델을 의심하는 것이다. 채봉의 이야기가 궁극적
으로 '효열지심(孝烈之心)'26)이 승리하는 부동의 도덕적 질서를 확인하
고 있다면 영채의 이야기는 바로 그러한 질서의 불가능성을 의미한다.
『무정』은 효심과 절개가 있는 기생의 이야기를 흡수하여 그것이 구현하
고 있는, 자연적 도덕('天心')의 이치가 지배하는 세계라는 유교적 모델
이 한낱 환상에 불과함을 드러낸다.『무정』에서 효열지심은 패러디의
재료일 뿐이다.『무정』은 염정소설의 관례를 계승했다기보다 오히려 그
종언을 선고했다.『무정』이후 도덕적인 기생의 계보는 한국소설에서 자
취를 감추고 만다. 기생은 영채 이후에도 가끔 소설에 등장하지만 그들
은 더 이상 윤리의 화신이 아니다. 김동인의 금패는 향락을 구가하는 인
생에 도사린 무상함의 비극을 증언하며, 나도향의 설화는 사랑의 광란
과 병든 미인이라는 데카당스의 테마에 관여한다.
　　『무정』이『채봉감별곡』을 가지고 연출한 바와 같은 패러디는 노블의
역사에서 전혀 희한한 사건이 아니다. 인간 현실을 인식하는 방식을 결
정한 종래의 유력한 이야기를 전유하여 그 이야기에 의해 정의되는 현
실이 환상에 불과함을 폭로하는 서사 행위는『돈키호테』이래 인간 현
실의 재현에 활용된 노블의 고전적 방법 중의 하나이다. 고전적 노블의
특징을 이루는 리얼리즘은 바로 그 환상을 교정하려는 합리적, 세속적
노력에서 생겨난다. 보르헤스는『돈키호테』의 리얼리즘에 대해 말하는
가운데 "세르반테스는『아마디스』의 광대하고 희미한 세계에 카스티유
의 먼지 풀풀 나는 길과 더러운 골목 여관을 대립시킨다. 패러디를 목적
으로 주유소에 주의를 집중하는 우리 시대의 소설가를 상상해보라"고

---

26) 동국대학교 한국학연구소 편, 「채봉감별곡」,『활자본 고전소설전집』 10, 아세아문화사,
　　1977, 523쪽.

276

말한 적이 있다.[27] 쇼오요오의 어휘로 말하자면 '인정세태'는 그것의 객체성에 충실한 묘사 덕택에 소설에 재생된다기보다 그것을 인식하는 방식에 변경을 가함으로써 출현한다. 많은 경우 리얼리즘은 기존 문학에 우세한 서사 플롯, 상징 체계, 인물 형상 등의 환상적 성격을 저절로 드러나게 만드는 새로운 세속의 현실을 지시함으로써 달성된다.『무정』을 보면, 효열지심이 승리하는 유교적 도덕의 세계는 그것이 이미 복구가 불가능한 과거임을 알려주는 새로운 세계와 대립되어 있다. 그 새로운 세계는『채봉감별곡』에 그려진 양반 가정 중심의 사회보다 훨씬 광역화한 사회이다. 그것은 위로는 김장로, 김현수 같은 상층계급에 이르며 아래로는 형식의 경성 하숙집의 노파, 평양 기방의 퇴기와 삼랑진 마을 사람들 같은 하층계급에 미친다.『무정』의 사회는 또한 실업과 교육의 도시 경성, 전통과 유흥의 도시 평양, 가족의 전원시가 있는 시골 황주, 낙동강변의 궁벽한 포구 삼랑진 같은 서로 다른 지리 공간을 포괄하고 있다. 그러나 그곳에 거주하는 인물들은 그 계급적, 지리적 경계를 넘어 접촉한다. 서북 변방 출신의 고아인 형식이 경성의 거부 김장로의 사위가 되듯이, 평양 기생 영채가 경성 기방에 취직하고 황주의 농촌에서 예술가로 재생하듯이, 그들은 활발한 이동의 에너지에 의해 지배되어 삶

---

27) Jorge Luis Borges, *Labyrinths: Selected Stories and Other Writings*, New Directions: New York, 1964, p.193. 환상의 교정이라는 측면에서 리얼리즘을 설명하는 가장 유력한 방법은 물론 러시아 형식주의자들이 제출했다. Roman Jacobson "On Realism in Art" Ladislav Matejka and Krystyna Pomorska, ed., *Readings in Russian Poetics*, Michigan Slavic Publications: Ann Arbor, Michigan, 1978, pp.38-46. 참조. 프레드릭 제임슨은 들뢰즈와 가타리의 기호학적 용어를 빌려 리얼리즘을 "탈코드 decoding"로 정의하면서 야콥슨의 설명과 근본적으로 다르지 않은 설명을 하고 있다. "우선 탈코드화한 흐름(decoded flux)은 바로 그 형식주의자들의—예컨대, 리얼리즘에 관한 야콥슨-트니야노프의 테제에 나오는—암시, 즉 리얼리즘 각각은 그에 앞서 존재하는 어떤 이상이나 환상의 탈신비화에 해당한다는 암시를 내실 있게 만들어주는 것으로 보인다. 그러한 패러다임의 원형이 세르반테스의『돈키호테』임은 명백하지만, 리얼리즘은 탈코드하기라는 생각은 그렇게 취소된 코드들의 성질 바로 그것에 좀더 집중해서 주목하게 하는 경향이 있는 것으로 보인다." Fredric Jameson, "Beyond the Cave: Demystifying the Ideology of Modernism" *The Ideologies of Theories: Essays 1971 ~ 1986*, vol. 2, University of Minnesota Press: Minneapolis, 1988, p.128.

을 살고 있다. 더욱이 그들의 이력과 기획 속에 출현하는 일본과 미국이라는 존재가 말해주듯이 그들의 이동하는 삶은 한국의 문화적, 영토적 경계 역시 넘어선다. 『무정』의 인물들의 주요 행로마다 기차가 등장하는 것은 실로 암시적이다. 근대 교통과 문명의 상징인 그 기차는 한국인들이 유교 사회로부터 탈각되어 나와 지구적 근대의 파장 속에서 새로운 공동체를 형성중임을 알려준다. 민족이라는 근대적, 세속적 현실이 노블의 발명이라는 것은 한국소설과 관련해서도 진실이다.[28]

3. 청년 또는 근대소설의 주체

한국에서 노블의 학습은 19세기 말과 20세기 초 한국의 지식인들 사이에 일어난 서양 추수의 일환으로 시작되었다. 서양문명이 인류의 보편적 발전을 대표한다는 생각이 한국 사회에 널리 확산되는 동시에 서양을 모델로 하는, 일본의 선례에 따른, 한국의 '신문명' 건설을 위한 캠페인이 출현함에 따라 서양적 형식들의 승인과 모방은 정치, 경제의 영역만이 아니라 문화의 영역에서도 나타났다. 1910년 이광수는 서양의 문학 개념을 기준으로 문학의 보편을 새롭게 정립하고 문학의 가치를 설명하는 가운데 서양인들의 문명을 진보시킨 동력은 문학에서 나왔다고 주장하고 있다.[29] 서양에서 문학이 문명의 근원을 이루었다고 한다면 노블과 같은 서양문학 형식의 탐구는 당연히 한국의 신문명을 위한 학습의 한 과정이 된다. 그런 점에서 노블에 접한 최초의 한국인이 근대 서양을 배우기 위해 중국이나 일본에 유학한 젊은이들이었다는 사실은

---

28) Benedict Anderson, *Imagined Communities: Reflections on the Origin and Spread of Nationalism*, Verso: London, 1983, pp.28-40. 앤더슨의 주장에 화답하여 프랑코 모레티는 노블이야말로 민족이라는 근대적 현실을 재현할 수 있었던 유일한 상징적 형식이라고 말하고 있다. Franco Moretti, "Modern European Literature: a Geographical Sketch", New Left Review, 1994, August/September, p.97; *Atlas of the European Novel, 1800~1900*, pp.12-29.

29) 이광수, 「문학의 가치」, 『대한흥학보』 11, 1910. 3.

조금 강조될 필요가 있다. 필자가 아는 한, 서양 노블을 접한 한국인 최초의 기록은 윤치호의 일기에 나온다. 한 미국인 감리교 선교사가 중국 상해에 설립한 미션스쿨 중서서원(中西書院)에 1885년 1월부터 3년 6개월간 유학하던 시절, 윤치호는『걸리버여행기』,『아라비안 나이트』,『천로역정』등과 함께 대니얼 디포우의『로빈슨 크루소』, 월터 스코트의 소설 등을 읽었다고 적고 있다.[30] 하지만 윤치호의 영국소설 읽기는 영어학습을 위한 독서라는 성격이 짙다. 한국 근대소설 형성과 좀더 관련이 있는 한국인의 서양 노블 체험은 이보다 훨씬 뒤에 도오쿄오 유학생 사이에서 나타난다. 1907년부터 3년 간 도오쿄오의 다이세이중학에 재학하고 있던 시기에 문학서적에 심취했던 홍명희는 나츠메 소오세키와 일본 자연주의 작가들의 작품 외에도 번역본 서양소설, 특히 도스토예프스키와 톨스토이의 소설을 탐독했다.[31] 톨스토이의 소설에 대한 깊은 관심은 홍명희와 같은 시기에 도오쿄오 소재 메이지학원에 재학하는 동안 홍명희와 친분을 쌓은 이광수 역시 가지고 있었다. 한국인의 서양 소설 수용에서 1900년대 후반 및 1910년대의 일본유학생들이 담당한 역할은 가히 획기적이다. 홍명희, 최남선, 이광수 등은 주로 일본어 번역으로 한정된 범위의 서양 소설을 읽었을지라도 노블 형식의 위대함을 이해하고 있었으며, 나아가 번역, 번안, 창작 등을 통해 노블 형식의 한국화를 위한 새로운 기반을 만들기 시작했다. 일본에서 수학한 젊은이들의 활동 덕택에 한국에 '신문명'의 서광이 비치기 시작했다는 이광수의 주장은 적어도 소설에 있어서는 일본유학 엘리트의 자화자찬만은 아니다.[32]

　　일본유학생이 한국 신문명의 선구자라는 생각은 비단 이광수만 하고

---

30) "朝往英書肆, 購껄니벌스遊歷, 로빈손구루소, 亞羅比安御宴[十錢]而歸, 看書"(1886. 9. 14), "今年夏暇, 間讀스고투之小說五卷[內 Kenilworth, The Heart of Midlothian 極好], 디곤小說一卷, 天路歷程"(1997. 9. 7) 국사편찬위원회 편,『윤치호일기』1, 탐구당, 1973, 223쪽; 277쪽. 인용문중 "디곤"은 찰스 디킨즈를 가리키는 듯하나 확실치 않다.

31) 홍명희, 임형택・강영주 편,「대(大)톨스토이의 인물과 작품」,『벽초 홍명희와「임꺽정」의 연구자료』, 사계절, 1996, 83-85쪽.

32) 이광수,「부활의 서광」,『청춘』12, 1918. 3.

있었던 것이 아니라 그와 비슷한 시기에 일본에 유학한 한국의 젊은이들이 일반적으로 하고 있었던 것이다. 1900년대 후반 이후 한국에서는 재래의 정치적, 도덕적 권위가 몰락하고 유교식 교육이 낡아빠진 구습으로 취급되고 있었던 반면, 서양 학문이 개인의 입신과 국가의 보전 양쪽 모두에 긴요하다는 믿음이 시세를 얻고 있었다. 그런 만큼, 일본의 근대적 교육기관에서 서양식 교과를 이수하는 중이던 한국인 유학생들은 자신들의 특권적인 위치를 기민하게 의식하고 있었다. 그들은 자신들의 수학(修學)이 조국이 필요로 하는 지식과 기술 개발의 선봉을 이룬다고 생각했으며 조국을 혁신시키고 부강하게 만들 책임을 그들 자신에게 기꺼이 부여했다. 그들이 학회를 조직하여 발행한 학보들은 지식과 발견을 교환하는 자리일 뿐만 아니라 그들이 짊어진 막중한 사명을 확인하고 그 사명에 걸맞은 자기 기율을 권고하는 자리이기도 했다. 예컨대, 대한흥학회의 한 회원은 문명의 역사상 활약한 서양 및 일본 청년들을 예로 들어 문명의 담당자가 바로 '청년'임을 주장하면서 "청년제군아 청년제군이여! 제군의 금일 한국에 在한 위치와 한국의 금일 세계에 處한 위치를 심사숙고할지어다. 금일 한국은 타인의 한국이 아니라 즉 청년 우리의 한국이니 한국 청년의 名價를 세계역사상에 褒揚케 할 자도 우리오, 汚濊케 할 자도 우리"라고 선언하고 있다.[33] 또한, 조선유학생학우회의 한 회원은 한국 "사회의 지위는 이십세기에 처하였으나 이십세기의 문명을 이루지 못하고 遂히 사회의 조직이 동요되어 암흑시대에 추락하였"다고 진단한 다음, "우리 반도청년은 도도히 흘러가는 암흑의 사회를 구제하고 신문명을 개발하여 此를 유지하며 此를 전진케 하여야 할지니 우리 청년의 책임은 진실로 산하보다도 일층 중대하"다고 경고하고 있으며,[34] 같은 학우회의 또 다른 회원은 "반도강산을 黑暗洞天이라 할진대 이 강산의 新光明이 제군청년이 아니고 其人이 誰며, 조선 全

---

33) 이승근, 「열국청년과및 한국청년담」, 『대한흥학보』, 1909. 10.
34) 김이준, 「반도청년의 각오」, 『학지광』 4, 1915. 2.

사회를 荊棘의 叢中이라 할진대 이 사회의 新開拓을 제군청년이 아니고 其人이 何有하리오. 아아 제군은 조선무대의 독점자요 반도사회는 제군의 전유물이로다. 분발하고 면려하라”고 촉구하고 있다.[35]

1900년대 후반 및 1910년대 일본유학생들의 담론에서 청년이라는 단어는 젊은 세대(특히 젊은 남자) 이상의 의미를 가지고 있다. 그것은 위의 단락에 인용한 구절에서 보듯이 인종과 국가의 차이를 넘어서 통하는 문명이라는 관념, 한국이 ‘암흑’의 상태에 처해 있다는 진단, 한국의 신문명 개발에서의 리더십 주장 등과 얽혀 있는 어떤 진보적이고 창조적인 인간 행위자에 대한 명칭이다. 청년 관념은 유럽의 계몽사상 속에서 태어난 문명 관념과 불가분의 관계에 있으며, 문명 관념은 다시 근대 서양 및 유럽을 풍미한 진보 관념과 긴밀하게 결합되어 있다. 청년을 정의하는 실천이자 사명인 문명화는 야만, 반개(半開), 문명 삼단계를 상정한 후쿠자와 유키치나 그것을 모방하여 미개, 반개, 개화 삼등급을 상정한 유길준의 예가 말해주듯이 하나의 보편적인 진보의 역사를 이룬다. 세계의 모든 민족이 다투어 참여하고 있는 문명화의 단선적 과정에서 자기 동족이 낙후한 상태에 있음을 인식하고 서양사회가 도달했다고 믿어지는 가장 ‘선미(善美)’한 문명의 단계로 자기 동족의 물질적, 정신적 삶을 향상시킬 사업을 주도함으로써 청년은 성립한다. 20세기 초반 한국의 청년들이 문명화의 서사를 통해 이해한 자기 민족은 ‘암흑’의 현재를 살고 있지만 동시에, 그 청년들이 출현했기에, ‘광명’의 미래를 가지고 있다. 그들이 처한 현재(‘금일’)은 자기 민족의 문명에서 어떤 획기적인 진보 또는 혁신의 가능성이 살아 있는 순간이며 따라서 그들의 행위는 그 현재에 대한 고양된 의식이라는 특징을 띤다. 청년의 현재 의식, 과거와의 결별과 미래에의 투신을 수반하는 그 독특한 역사 경험 방식, 한마디로 현대주의(modernism)는, 예컨대, “우리는 선조도 없는 사람, 부모도 없는 사람(어떤 의미로는)으로 今日今時에 天上으로부터 품土에 강

---

35) 신석우, 「귀로에 임하야」, 『학지광』 6, 1915. 7.

림한 新種族으로 자처하여야 한다"는 같은 이광수의 발언에 웅변적으로 표현되어 있다.36) 청년은 문명의 진보를 향한 현재의 움직임과 일치된 삶을 살고 있는 존재라고 스스로를 인식하고 있는 만큼 "금일 한국은 타인의 한국이 아니라 즉 청년 우리의 한국이"라거나 "제군은 조선무대의 독점자요 반도사회는 제군의 전유물이로다"라는 구절에서처럼 한국의 청년이 바로 한국의 주인이라는 주장이 나오는 것은 어쩌면 당연한 일이다.

이처럼 문명의 진보사관을 기반으로 청년에게 정치적, 문화적 리더십을 인정하고 있는 청년론은 서양이나 일본에서 공식적으로 수학하며 쌓은 이력과 연줄이 개인의 계층 이동에 유용한 자원이 되기 시작한 20세기 초반 한국의 사정을 상기시킨다. 1905년 한국이 일본의 '보호국'이 되자 국내에 결성된 대한자강회, 대한협회로부터 일본에서 발족된 태극학회, 대한흥학회에 이르는 수많은 단체들은 민족주의적 결사라는 성격과 함께 입신출세를 꿈꾸는 젊은 엘리트들의 연합이라는 성격을 지니고 있었다. 그 단체의 회원들 중에는 전통적으로 정치적 특권에서 소외된 신분(예컨대 중인 계층)과 지역(예컨대 서북지방) 출신으로 주로 일본 유학 경력을 자산으로 삼아 권력의 상층부로 나아가는 이력을 쌓아온 젊은이들이 종종 발견된다.37) 그 단체들의 회보를 통해 널리 알려진 책 중의 하나가 일본에서 『서국입지편(西國立志篇)』으로 번역되어 입신출세주의의 바이블이 되었던 스마일즈의 『자조론(自助論)』이라는 사실은 그 단체들의 성격에 대하여 시사하는 바가 많다. 『자조론』의 일부를 『소년』에 번역하여 소개한 중인 출신의 일본유학생이자 청년학우회의 총무였던 최남선은 신분적, 도덕적 제약에서 벗어나 스스로를 새롭게 창조하고자 하는 젊은이를 위한 비전을 특히 열성적으로 전파했다. 그는 신분차별이 사라진 지금 사회에서는 귀천과 영욕이 모두 개인 자신의 '실력'

---

36) 이광수, 「자녀중심론」, 『청춘』 15, 1918. 9.
37) 박찬승, 『한국근대정치사상사연구』, 역사비평사, 1992, 42-43쪽; 47-56쪽 참조.

282

에 달려 있다고 하면서 실력을 양성하여 부귀와 영화에 대한 '인생의 본
망(本望)'을 달성하라고 권유했다.[38] 당시 한국의 청년들에게 열려 있는
계층 이동은 특히 근대적 국민성(nationhood)을 위한 새로운 문화 자본의
축적이 "실력"으로 공인되기 시작한 사태를 조건으로 한다. 청년의 과업
으로 여겨진 분과 학문 연마, 토론, 연설, 출판 등의 문화 활동, 국민 도
덕을 내면화하는 자아 수양 등은 개인이 스스로를 국가 엘리트로 형성
하는 행위와 다를 바가 없다. 근대 일본의 청년론에 관한 유익한 역사적
연구에서 기무라 나오에는 청년이 자유민권운동의 존재 양식인 '장사(壯
士)'와 대립하면서 그 특유의 실천 체계를 발전시켰고, 청년적 실천이
결국 장사적 실천에 승리를 거두어 메이지 20년대(1887~1896) 젊은이들
사이에 "비정치적인 국민"의 생성을 가져왔다는 것을 상세하게 밝혀주
고 있다. 한국 청년은 일본 청년보다 정치적 주체성의 성격이 강했다고
할지라도 국민적 정체성의 획득을 향한 개인의 자기형성이라는 면에서
일본 청년과 뚜렷한 유사성을 가지고 있다.[39]

사실, 20세기 초반 한국인 유학생들의 학보에 나타난 청년론은 1880
년대 후반 이후 일본에서 유행한 청년론의 여운을 암암리에 느끼게 한
다. 청년이라는 한자어 자체가 메이지시대 일본인들에 의해 만들어진
것이다. 그것은 1880년 젊은 목사들이 중심이 되어 도오코오기독교청년

---

38) "我ㅣ 自來로 貴치 못하든 자에게 고하노니 希榮圖貴는 인간의 通情이오 또한 열렬한
향상심의 필연한 표현이라 今에 숙명적 계급이 제군을 枷囚하여 천분과 양능도 소용이
固無하든 冰天雪地는 이미 평등적 慈日에 융화되고 萬姓一體, 裸身赤手로 성패를 爭하
고 웅자를 決하니 取榮取辱이 都是 自己오 爲己爲賤이 都是 實力이라 금일의 패는 실
력의 열패이니 그 賤이 眞辱이오 금일의 승은 실력의 우승이니 그 貴가 眞榮임을 思하
여 마땅히 體를 練하고 智를 磨하고 지조를 훈련하고 수완을 양성하여 有爲有功으로서
시대의 승자가 되고 新意의 귀족이 되고 그리함으로써 허구한 抑鬱을 暢叙하고 인생의
本望을 충족하기에 전력을 集注하여 新機會의 총아가 될 것이라 하노라."(「귀천론」, 『청
춘』 12, 1918. 3).
39) 木村直惠, 『靑年の誕生』, 新曜社, 1998. 참조. 기무라 나오에의 저작에 의거하여 20세기
초반 한국의 청년론을 검토한 예로 이경훈, 「오빠의 탄생─식민지시대 청년의 궤적」
(『오빠의 탄생』, 문학과지성사, 2004)이 있다.

회가 결성되면서 그 단체명(Young Men's Christian Association) 중 영멘의
역어로 처음 등장했으며[40] 1885년에 출간된 도쿠토미 소호오의 『신일본
의 청년』이 대성공을 거둠에 따라 상용어가 되었다. 소호오의 청년론은
소호오 그 자신과 마찬가지로 메이지유신 이후 서양식 교육을 받으며
성장하여 자신을 새롭고도 우월한 세대라고 느끼고 있었던 일본의 젊은
이들에게 그들의 처지와 역할을 설명하고 그들 자신을 정의하는 새로운
방법을 제공했다. 소호오의 청년론의 바탕에는 일본 사회의 변화를 보
편적 발전의 관점에서 이해하고 추진하는 역사관이 깔려 있다. 허버트
스펜서의 사회진화론으로부터 깊은 영향을 받고 있었던 그는 당시의 일
본이 군사적, 귀족적 단계의 사회에서 산업적, 민주적 단계의 사회로 나
아가는 중이라고 생각하고 그러한 이행을 성공적으로 완수할 일본 국민
의 각성과 실천을 촉구했다. 소호오가 말하는 청년은 바로 그러한 각성
과 실천의 주역이다. 소호오는 보편적 사회 발전의 관념에 입각하여 '동
양'과 '서양' '구일본'과 '신일본' '노인'과 '청년'의 이분법을 일관되게
구사했으며, 서양을 모델로 하는 신일본 건설의 과업을 담당한 청년의
막중한 사명을 역설했다. "메이지청년의 운명은 메이지세계의 운명이다"
고 그는 쓰고 있다.[41] 특히 그는 메이지청년이 출현할 새로운 조건을 자
유의 이상을 추구하는 학문 제도의 확립에서 찾고 있다. 『신일본의 청
년』의 상당 부분을 차지하는 교육론에는 노인과 청년의 대립에 상관된

---

40) 木村直惠, 위의 책, 330쪽.

41 德富蘇峰, 「新日本之靑年」(1867), 『明治文學全集 34: 德富蘇峰集』, 筑摩書房, 1974, 122
   쪽. 소호오의 사회진화론과 청년론의 관계에 대한 보다 자세한 설명을 보려면 Kenneth
   B. Pyle, *The New Generation in Meiji Japan: Problems of Cultural Identity, 1885∼1895*, Stanford
   University Press: Stanford, 1969, pp.36-52 참조. 청년을 국가적 갱생의 역군으로 간주하는
   것은 실은 일본에 앞서 유럽에서 유행한 발상이다. 1830년대와 1840년대 유럽에서는
   '청년 유럽' '청년 이탈리아', '청년 독일', '청년 아일랜드' 등으로 불린 운동이 잇따라
   일어났다. 프랑스혁명 이후 유럽 전역에 걸쳐 일종의 묵시록적 감각이 고조되어 있었던
   당시에 청년 세대는 세상에 신생(新生)을 가져올 영웅처럼 여겨졌다. J. W. Burrow, *The
   Crisis of Reason: European Thought, 1848∼1914*, Yale University Press: New Haven, 2000, pp.8-9
   참조.

284

대립 중 하나로 '전제명령적(專制命令的)' 학문과 '자유심문적(自由審問的)' 학문의 대립이 등장한다. 동양의 유교주의로 대표되는 전자가 순종하는 신민을 만드는 것을 목적으로 하는 반면, 서양의 자유주의로 대표되는 후자는 불기독립(不羈獨立)한 자유인을 만드는 것을 목적으로 한다고 주장되고 있다. 소호오는 학문과 교육의 혁신을 위한 방안으로 이성('道理')의 세계라는 진보의 목적을 위한 지식인들의 노력, 새로운 사상으로 조직한 사립학교 설립과 함께 개인의 선천적인 인식적, 도덕적 능력의 자유로운 개발을 제안하고 있다.[42]

소호오의 청년론이 일본에 유학한 한국인들 사이에 얼마나 읽혔는지는 불분명하지만 그들의 청년론에서 그 반향을 감지하기란 그리 어렵지 않은 일이다. 이광수의 청년론에서 특히 그러하다. 『蘇峰文選』을 신문명의 필독서 중 하나로 꼽을 만큼 그의 문장과 사상을 숭배하고 있었던[43] 이광수는 소호오의 청년론과 유사한 논법으로 청년론을 썼다. 예를 들면, 소호오가 텐보 노인(天保の老人)과 메이지의 청년(明治の靑年)을 대립시킨 것과 비슷하게 노인과 청년을 대척시켰고, 소호오가 '신일본' 혁명의 동력을 청년에게서 찾았듯이 '신대한(新大韓)' 건설의 책임을 청년에게 위임했다. 이광수에게 노인과 청년의 대립은 민족의 신문명을 위한 사업에서 무위(無爲)와 유위(有爲)의 대립이다. 동시대 한국 청년의 특수성을 강조하는 이광수는 "타국이나 타시대의 청년으로 말하면 그들은 그들의 선조가 이미 하여 놓은 것을 계승하여 이를 보지하고 발전하면 그만이언마는 금일의 대한청년 우리들은 不然하여 아무 것도 없는 空空漠漠한 곳에 온갖 것을 건설하여야 하겠도다. 창조하여야 하겠도다"고 선언하고 있다.[44] 이광수의 청년론은 또한 자주적으로 인식하고

---

42) 德富蘇峰, 「新日本之靑年」, 위의 책, 138-139쪽; 146-151쪽.

43) 「동경잡신」, 『이광수전집』 10, 324쪽. 『蘇峰文選』은 소호오의 『國民新報』 창간 25주년 기념으로 1915년 12월에 출간된 책. 한일병합 직후 초대 통감 데라우치 마사타케(寺內正毅)의 의뢰로 『京城日報』 감독을 맡은 까닭에 한국을 자주 드나들던 소호오는 1916년 3월 한국을 여행하다 부산 방문중 이광수를 만났다. 「동경잡신」은 1916년 9월 27일부터 11월 9일까지 『매일신보』에 연재되었다.

행동하는 청년이라는 소호오의 주제에 대한 변주를 들려준다. 자유의 관념은 국민 각자의 "자주독행"이 국가의 흥망을 좌우한다고 천명한 논설에서부터 "자유의사의 자각"을 시작으로 삶의 법칙을 발견해야 한다고 주장한 논설에 이르기까지 한국인 유학생들의 학보에서 종종 눈에 띄지만[45] 이광수는 그것을 더욱 극단화하여 한국의 청년들은 그들을 교도할 부로(父老)를 가지지 못했으며 따라서 각자 "자수자양(自修自養)"해야 한다고 주장하고 있다.[46] 이 자수자양의 주장은 전통적인 권위에 대한 심각한 의심과 함께 개인의 자유라는 가치에 대한 고조된 의식을 나타낸다. 이광수가 발견한 '신대한'의 자원은 청년 각자의 천부적인 능력 속에 들어 있으며, '신대한'을 위한 사업은 그러한 능력을 육성하려는 개인 각자의 분발과 함께 시작된다. 이광수가 청년에게 요구한 자각은 그 청년 각자에게 잠재된 창조적인, 자유로운 주체성에 대한 각성과 동일하다. 이렇게 보면, 일본에 유학한 한국의 청년들이 노블이라는 근대적 주체성의 문학 형식을 이해한 최초의 세대인 것, 그들 중 이광수가 노블 형식의 한국 소설을 창작한 최초의 작가인 것은 전혀 이상한 일이 아니다.

1910년대의 청년론은 한국 최초의 노블형 소설의 주요 재료이기도 하다. 『무정』에 제시된 청춘 남녀의 이야기는 그 자주독행적, 애국애족적 청년이라는 이데올로기에 대한 예술적 추인이자 가공이라는 성격이 뚜렷하다. 청년의 영웅화는 예컨대 작중에서 이례적인 경의(敬意)의 어조로 그려진 인물인 기생 월화의 일화를 통해 명백하게 나타난다. 자신에게 몰려드는 평양의 일류명사 중에 "사람 같은 사람"이 없음에 실망한 나머지 중국 성당시인(盛唐詩人)의 세계를 동경하며 정절을 지키고 있는 월화는 영채와 함께 청류벽 아래를 산보하다 우연히 패성중학 학

---

44) 孤舟(이광수), 「조선ㅅ사람인 청년들에게」, 『소년』 제3년 제8권, 1910. 8.

45) 牧丹山人, 「自主獨行의 정신」, 『태극학보』 제21호, 1908. 5; 최승구, 「너를 혁명하라」, 『학지광』 5, 1915. 5.

46) 孤舟(이광수), 「조선ㅅ사람인 청년들에게」, 위의 책, 참조.

286

생들이 부르는 노래를 엿듣는 장면에서 진정한 인간을 만난 감격을 이
야기한다. "청류벽에 걸어 앉어/ 가는 물아 말을 들어/ 청춘의 더운 피를/
네게 부쳐 보내고저"라는 노래를 듣고 월화는 그 학생들 속에 "참 시인"
이 있다고 말한다. 또한 패성학교 연설회에서 평양을 세운 조상으로부
터 웅장한 정신을 이어받아 새로운 평양을 건설하자는 함교장의 웅변을
듣고 깊은 감명을 받은 월화는 그 청년의 수장(首長)이 평양의 신사 중
유일하게 "깨어 일어난" 사람이라고 여긴다.[47] 함교장은 『무정』의 주변
인물에 불과하지만 그의 존재는 그 소설이 그려진 청춘남녀의 자기형성
의 행로에 짙은 그늘을 드리우고 있다. 이형식이 자아 각성의 과정을 거
쳐 특출한 선각자의 풍모를 구비하는 대목에서 그는 명시적으로 함교장
의 분신처럼 취급되고 있을 정도이다. 『무정』이 그 교양소설의 형식 속
에서 보여주는 것은 청년이라는 이름으로 출현한 새로운 자아의 구체적
가능성에 대한 탐구이다. 그것은 특히 청년의 이데올로기에 내재하는
모순, 즉 자유로운 개인의 관념과 국민적 정체성에 대한 충성 사이에 존
재하는 모순을 서툴게나마 해소하는 한 방식을 개척하고 있다. 주인공
형식의 자아 각성은 재래의 도덕적 속박에서 벗어나 자기 내부의 욕망
을 긍정하는 계기와 함께 자기 동족의 구원을 위한 수양이라는 요구에
따라 욕망을 자율적으로 통제하는 계기를 포함한다.[48] 형식의 행위를
근원적으로 결정하고 있는 '정'의 만족을 향한 충동은 감각적으로 유쾌
하고 안락한 삶을 향한 그것이면서 사랑이라고 불리는, 개인들 사이의
정신적 융합을 향한 그것이다. 형식은 은인의 딸에 대한 도덕적 의무를
저버리고 서울 대부호의 딸과 혼인한다는 점에서는 '무정한' 인간이지
만 사랑에 대한 자신의 본래적인 욕망의 충족을 추구하는 동시에 동족

---

47) 이광수, 『무정』, 위의 책, 204-227쪽.
48) 형식에게 나타는 자아 해방과 통제의 이중적인 움직임과 그 의미에 관해서는 이철호,
「『무정』과 낭만적 자아」(동국대 석사학위논문, 1999) 참조. 형식의 그 자신과의 관계, 특
히 그 자신의 욕망과의 관계를 강박신경증적 주체성의 측면에서 설명한 차미령, 「『무
정』에 나타난 '사랑'과 '주체'의 문제」(『한국학보』 110, 2002)도 참조.

을 무지와 가난으로부터 구제할 사명에 따라 새로운 인생을 시작한다는 점에서는 '유정한' 인간이다. 청년론의 입신출세주의는 형식의 이야기를 통해 전례 없는 합리화에 도달한 셈이다.

4. 서양식 소설과 제국주의

한국에서 노블형 소설의 발흥은 서양 및 일본 제국주의의 충격이 한국에 일으킨 문화 변동의 한 결과에 해당한다. 『무정』은 한국이 일본의 식민지화로부터 칠 년 가량 지난 시점에 『매일신보』에 연재되기 시작했다. 당시 그 총독부 기관지는 일본의 식민 지배를 공고히 하기 위한 선무공작을 지속적으로 벌이는 한편 한국 내에 일본의 문화적 헤게모니를 정착시키고 있었다. 한국의 문학계에서 재래의 서사 장르들이 일본으로부터 유입된 새로운 서사 형식에 밀려나기 시작한 주요 계기는 바로 『매일신보』의 지면에서 이루어졌다. 그 신문에 연재된 번안소설들, 「두견성(杜鵑聲)」(1912, 도쿠토미 로카(德富蘆花)의 「不如歸」의 번안) 「쌍옥루(雙玉淚)」(1912~1913, 기쿠치 유우호오(菊池幽芳)의 「己之罪」의 번안), 「장한몽(長恨夢)」(1913, 1915, 오자키 고오요오(尾岐紅葉)의 「金色夜叉」의 번안) 등은 홍루(紅淚) 취향이라고 부를 만한 것을 한국 독자층에 성립시키며 소설에 대한 대중의 기대를 크게 바꾸어 놓았다. 『매일신보』 지상의 번안소설들이 한국소설의 근대적 변형에 상당한 영향을 미쳤다는 것은 진작부터 인지되어서 임화는 "이광수의 무정이 연재될 때까지 조선사람이 서양 소설 맛을 보고 현대소설 형태에 접해본 것은 이 번안소설에서였다"고 말한 적도 있다.49) 따라서 『무정』은 서양소설에 심취한 한국 최초의 세대 중 한 사람이 특출한 문학적 재능으로 그 형식을

---

49) 임화, 「조선소설에 관한 보고」, 홍구 편, 『건설기의 조선문학』, 백양당, 1947, 57쪽. 1910년대 번안소설에 대한 개괄적 논의는 유문선, 『한국근대소설사연구』(국학자료원, 1994), 105-122쪽에 실려 있다.

288

모방한 결과라고 말할 수만은 없다. 그것은 일본 식민 당국이 『매일신보』를 수단으로 도모하고 있었던 한국문화에 대한 지배력 확장과 관련하여 이해해야 한다. 이광수의 술회에 따르면 『무정』이 현재와 같은 모양으로 출현하는 데는 『매일신보』의 편집자들의 역할이 컸다. 편집국장 나카무라 겐타로오(中村健太郎)와 그 밖의 한국인 근무자들은 한국인 작가에 의한 창작 소설 연재를 계획하고, 전에 「동경잡신」과 「농촌계발」 두 편의 논설을 그 신문에 기고하여 일본의 식민 지배와 부합되는 한국 사회 개량론을 펼친 적이 있는 이광수에게 연재를 의뢰했으며, 당시 일본유학 중이었던 이광수는 마침 쓰고 있던 작품을 고쳐 약 70회분의 연재 원고를 미리 보내 편집자들의 허락을 얻음으로써 비로소 『무정』 연재가 성사되었다.[50]

사실, 『무정』을 읽으면서 일본 식민주의에 동조하는 목소리를 듣지 못하기란 불가능한 일이다. 형식을 비롯한 청춘남녀들이 모두 유학을 떠나는 것으로 이야기를 마친 다음 한국사회의 모든 영역에 '장족의 진보'가 이루어지고 있음을 찬송하는 서술자의 발언은 동시대 한국인들이 일본의 지배 아래 겪고 있었던 수탈과 탄압을 몰각한 것일 뿐만 아니라 식민 통치를 영구화하려는 목적에서 펼쳐지고 있었던 선무공작 캠페인에 화답한 것이라고 해석할 소지가 많다. 『무정』에 서술된 모든 행동에 설명과 판단의 기준이 되어 있는 문명의 관념은 빈번하게 지적되었듯이 근대 제국의 질서를 자연스러운 것으로 인정하게 하는 역할을 한다. 근대 제국주의의 역사는 문명의 혜택을 인류 사회에 보편화한다는 구실로 제국주의의 팽창주의적 정책이 합리화되었음을 알려주고 있다. 문명의 사명이라는 관념은 특히 일본의 한국 지배를 정당화하는 데에 기초가 되었다. 일본인과 한국인 사이에는 인종적, 문화적 차이가 존재하지 않는다는 것이 통설이었기 때문에 일본인들은 한국인들을 그 낙후한 습관

---

50) 이광수, 「다난한 반생의 도정」, 『이광수전집』 14, 삼중당, 1966, 399-400쪽. 『무정』 연재를 놓고 『매일신보』 편집국과 이광수 사이에 이루어진 타협은 전에도 주목된 적이 있다. 김영민, 『한국근대소설사』, 솔, 1997, 442-445쪽 참조.

과 풍속에서 해방시켜 문명의 도정에 올려놓는다는 신념에 의지하여 한
국인들을 지배하는 이유를 설명할 수밖에 없었다.51) 『무정』은 한국의
피식민 상태를 불가피한 사태로 인정하도록 만드는 효과가 충분하다.
낡은 도덕의 구속에서 벗어나 새로운 문명의 세계로 진입하는 청년들의
서사는 식민주의를 뒷받침하는 문명화의 논리, 바로 그것의 승리를 선
언하고 경축한다. 『무정』은 신구도덕의 갈등을 테마화하는 가운데 한국
사회를, 근대화의 범세계적 동질화 과정에 편입되어 근본적으로 변화를
겪고 있는 상태에 두고 묘사하고 있으며 그런 점에서 근대 전지구 소설
이라고 불릴 만한 세계문학의 한 유형에 근접한다. 하지만 그 유형의 범
례적 작품들, 예컨대 토머스 하디의 『캐스터브릿지 시장』이나 치누아
아체베의 『모든 것이 조각나서 흩어진다』와 달리 근대화에 내재한 비극
에 별로 주의를 기울이지 않고 있다.52) 양립이 불가능한 두 가치 또는
두 문화 사이의 충돌에서 발생하는 헤겔적 의미에서의 비극은 『무정』에
존재하지 않는다. 전통 윤리의 화신인 까닭에 근대화의 비극을 체현하
기에 알맞았을 인물인 영채는 그 역사의 냉혹한 진전과 대결하여 그 장
려한 죽음을 죽지 못하고 오히려 근대의 축복을 예시(豫示)하며 제2의
인생을 시작한다. 이 비극을 모르는 근대화의 서사는 『무정』이 식민주
의와 타협하고 있음을 그 작품 내부의 다른 어떤 요소보다도 뚜렷하게
입증하는 것으로 보인다.53)

　　앞에서 『무정』의 리얼리즘을 논하는 중에 그것이 민족이라는 근대적,
세속적 세계를 발명한 공적을 지적했지만 이제 조금 고쳐 말할 필요가

---

51) Peter Duus, *The Abacus and the Sword: The Japanese Penetration of Korea, 1895~1910*, University
　　of California Press: Berkeley, 1995, pp.412-413.

52) 근대 전지구적 소설(the modern global novel)에 대한 보다 자세한 논의를 보려면 Michael
　　Valdez Moses, *The Novel and the Globalization of Culture*, Oxford University Press: Oxford, 1995.
　　참조.

53) 『무정』에 나타난 근대화에 대한 반응을 필자와 다르게 이해하고 있지만 『무정』의 역
　　사철학적 해석을 시도한 매력적인 논문으로 서영채, 「『무정』 연구」(서울대 석사논문,
　　1992)가 있다.

있다. 그 민족의 상상 지리는 어디까지나 일본 제국주의가 궁극적으로 한국인의 삶을 규정하고 있음을 승인하는 관점에서 만들어진 것이다. 『무정』의 작중인물들은 모두 한국인이며 그들의 행위는 한국사회를 배경으로 하고 있지만 그들의 존재가 일본 제국의 판도 속에 있음을 알려주는 지시는 적지 않다. 형식이나 우선 같은 청년 지식인 사이에서 특권적 방언처럼 사용되고 있는 일본어, 경성학교 교주의 아들 김현수가 가지고 있는 남작이라는 작위, 한국에 대해서는 일본이 문명국의 모델이라는 형식의 생각, 한국인들이 가난과 무지의 상태에 머물러 있으면 북해도의 아이누와 같은 운명을 살게 될지 모른다는 서술자의 발언 등이 그것에 해당한다. 특히 흥미로운 지시는 형식 일행이 부산행 열차를 타고 가던 중 삼랑진역에 이르러 낙동강의 범람으로 인해 재해를 입은 한국인들의 참상을 목격하게 되자 그들을 구제하기 위해 자선음악회를 여는 장면에 들어 있다. 거기서 일본인 경찰서장이 형식 일행에게 베푸는 친절하고 신속한 행정적 협조, 그리고 작품상으로 명시되어 있지 않으나 모집된 자선금의 대부분을 냈을 것임에 틀림없는 경부선 이등간의 일본인 승객은 일본의 강력하고 자비로운 존재를 암암리에 가리키고 있다.54) 게다가 『무정』에서 한국사회가 진보하기 시작했다는 증거로 강조되고 있는 신문명은 한국인들 자신의 생활상의 요구와 어떤 연관이 있는지 모호한 채로 한국인들의 풍속에 출현하고 있다. 그것은 형식이 어린 시절 평양 시내에 처음 들어갔을 때 '이상히' 여기며 구경한 대동문 거리의 '일본 상점'이나 대동강의 '화륜선'과 마찬가지로55) 한국인의 생활에 대하여 명백하게 외래적인 것, 한국이 일본 제국에 복속된 결과로 생겨난 것이다. 『무정』은 자기 민족을 계몽하고 부강하게 만들려는 청춘남녀의 의지를 전달하고 있지만 그러한 사업에 필요한 새로운 지식과

---

54) 삼랑진 자선음악회 장면에 은폐된 일본인의 존재에 대한 추론이 波田野節子, 「ヨンチ
    エ・ソニヨン・三浪津—『無情』の研究(下)—」(『朝鮮學報』 57, 1995. 10), 122-124쪽에 나
    온다.
55) 이광수, 앞의 책, 348쪽.

기술은 자기 민족의 집합적 기억 및 경험과 유기적 연관을 가지고 있지 않으며 오히려 그들이 유학을 떠나는 일본, 미국, 독일처럼 자기 민족 외부에 그 근원을 두고 있다.『무정』에 제시된 한국 민족의 근대적 표상은 작품내에서 일본인이 '내지인(內地人)'이라고 불리고 있다는 사실이 암시하는 바와 같이 한국이 일본 제국의 변방이라는 현실을 수락함으로써, 제국을 둘러싼 열강들의 경쟁 하에 일어나는 문화상의 전지구화에 승복함으로써 성립한 것이다.

에드워드 사이드는 영국 소설의 대작들이 제국주의 기획과 공모하는 미묘하고 복합적인 방식을 밝혀낸 그의 연구에서 19세기 영국 소설에서 전지구적, 제국적 비전의 지속을 가능하게 만든 '태도와 지시의 구조들'을 상술하는 가운데 소설이 수행하는 '권위의 공고화'에 대해 언급하고 있다. 저자의 권위, 서술자의 권위, 공동체, 특정한 향토, 구체적인 역사적 순간의 권위 등으로 중층적인 층위를 이루는 그 권위는 서사의 과정에서 규범적이고 절대적인 것, 저절로 타당한 것으로 나타나게 된다.[56] 앞에서 우리는 서양소설에 매혹된 한국작가들이 저자의 권위에 대한 믿음을 습득했음을 살펴보았지만 그것은 엄정하게 말하면 저자 개인의 범위를 넘어서는 권위와도 은밀하게 결합되어 있다.『무정』의 경우 저자의 권위는 명백하게 제국의 권위와 유착되어 있다. 한국의 민족주의적 비평가들이『무정』이 달성한 문학적 혁신을 인정하는 데에 대개 인색한 것도 따라서 일리가 있는 일이다. 그러나 제국의 질서 속에 동시대 한국 사회를 위치시켜 재현하는 것은 한국인들이 정치적 주권을 잃어버리고 문화상 탈구(脫臼)를 겪고 있던 당시에는 비록 한정된 계급과 지역의 경험에 시야를 제한한 약점이 있을지라도 삶의 현재성에 대해 예민한 리얼리즘의 경지를 열어놓은 것이다. 한국 근대문학에서 리얼리즘의 발전은『무정』의 노블형 서사를 폐기하는 방식이 아니라 그 저자적, 제국적 권위가 의심을 사도록 노블형 서사를 세련시키는 방식으로 이루어졌다.

---

56) Edward W. Said, *Culture and Imperialism*, Norton: New York, 1993, p.77.

이광수 이후 한국 리얼리즘 소설의 대가인 염상섭의 작품만 보더라도 그렇다. 『무정』에서 한국을 문명화시킬 새로운 지식과 기술의 통로로 출현하는 기차 이등간은 『만세전』에서 식민지 한국에 대해 비통한 환멸을 느끼게 하는 기차 삼등간으로 대체되며, 『무정』에서 신문명의 발흥을 알리는 활력 있는 거래의 장소로 묘사된 도시 경성은 『사랑과 죄』에서 모든 사람이 속절없이 돈의 주술에 걸려 있는 탐욕과 허영의 소굴로 그려진다. 이 패러디적 대체는 식민지 한국을 재현하는 문학 스타일 가운데 노블적인 것이 깊이 착근되기 시작했음을 말해준다. 20세기 초반 서양식 한국소설의 발생은 일본 제국주의 하에서 한국인들이 겪은 문화적 자율성의 상실을 반영하는 것임에 틀림없다. 그러나 다른 한편으로 그것은 한국인들이 제국적, 전지구적 근대성의 문화에 적응하여 그들 자신을 정의하고 그들의 운명을 결정하는 허구 창작의 기술을 그들의 문학 장르 내에 보유하기 시작했다는 증표이기도 하다.

주제어 : 노블, 소설, 주체, 청년, 문명, 민족, 개인주의, 식민주의, 제국주의.

◆ 참고문헌

1. 일차 자료
『태극학보』『대한흥학보』『학지광』『소년』『청춘』『매일신보』.
동국대학교 한국학연구소 편, 『활자본 고전소설전집』 10, 아세아문화사, 1977, 523쪽.
김동인, 『김동인전집』 16, 조선일보사, 1988, 138-153쪽.
김태준, 『조선소설사』, 청진서관, 1931, 206쪽.
윤치호, 『윤치호일기』 1, 탐구당, 1973, 27쪽.
이광수, 『이광수전집』 1, 삼중당, 1966(중판), 511-513쪽.
───, 『이광수전집』 10, 삼중당, 1966(중판), 324쪽.
───, 『이광수전집』 14, 삼중당, 1966(중판), 399-400쪽.
───, 『무정』, 김철 교주, 문학동네, 2003, 204-227쪽, 348쪽, 668쪽.

임 화, 「조선소설에 관한 보고」, 홍구 편, 『건설기의 조선문학』, 백양당, 1947, 57쪽.
임형택·강영주 편, 『벽초 홍명희와 「임꺽정」의 연구자료』, 사계절, 1996, 83-85쪽.
坪內逍遙, 「小說神髓」, 『日本近代文學大系 3: 坪內逍遙集』, 角川書店, 1974, 45-75쪽.
德富蘇峰, 「新日本之靑年」, 『明治文學全集 34: 德富蘇峰集』, 筑摩書房, 1974, 122-151쪽.

2. 이차 자료
권보드래, 『한국 근대소설의 기원』, 소명출판, 2000, 53-75쪽.
김영민, 『한국근대소설사』, 솔, 1997, 442-445쪽.
박찬승, 『한국근대정치사상사연구』, 역사비평사, 1992, 47-56쪽.
서영채, 「『무정』 연구」, 서울대 석사학위논문, 1992.
유문선, 『한국근대소설사연구』, 국학자료원, 1994, 105-122쪽
이경훈, 「오빠의 탄생—식민지시대 청년의 궤적」, 『오빠의 탄생』, 문학과지성사, 2004.
이보경, 『문과 노벨의 결혼』, 문학과지성사, 2002, 303-345쪽
이철호, 「『무정』과 낭만적 자아」, 동국대 석사학위논문, 1999.
차미령, 「『무정』에 나타난 '사랑'과 '주체'의 문제」, 『한국학보』 110, 2002.
龜井秀雄, 『「小說」論: 「小說神髓」と近代』, 岩波書店, 1999, 137-138쪽.
柄谷行人, 「漱石とジヤンル」, 『漱石論集成』, 第三文明社, 1992, 215-230쪽.
木村直惠, 『靑年の誕生』, 新曜社, 1998, 330쪽.
小林秀雄, 「私小說論」, 『小林秀雄全集』 3, 新潮社, 1968.
佐藤道信, 『<日本美術> の誕生』, 講談社, 1996, 32-66쪽.
中村光夫, 「風俗小說論」(1950), 『日本の近代』, 文藝春秋, 1968.
波田野節子, 「ヨンチエ・ソニヨン・三浪津—『無情』の研究(下)—」, 『朝鮮學報』 57, 1995.
    10, 122-124쪽.
Borges, Jorge Luis. *Labyrinths: Selected Stories and Other Writings*, New York: New Directions,
    1964, p.193.
Burrow, J. W. *The Crisis of Reason: European Thought, 1848~1914*, New Haven: Yale Uni-
    versity Press, 2000, pp.8-9.
Cohen, Margaret and Carolyn Dever, ed. *The Literary Channel: The International Invention of the
    Novel*, Princeton: Princeton University Press, 2002, pp.1-34.
Duus, Peter. *The Abacus and the Sword: The Japanese Penetration of Korea, 1895~1910*, Berkeley:
    University of California Press, 1995, pp.412-413.
Fowler, Edward. *The Rhetoric of Confession: Shishosetsu in Early Twentieth—Century Japanese Fiction*,
    Berkeley: University of California Press, 1988, pp.3-27.
Jacobson, Roman. "On Realism in Art" Ladislav Matejka and Krystyna Pomorska, ed., *Readings*

in Russian Poetics, Ann Arbor, Michigan: Michigan Slavic Publications, 1978, pp.38-46.

Jameson, Fredric. "Beyond the Cave: Demystifying the Ideology of Modernism", *The Ideologies of Theories: Essays 1971 ~1986*, vol. 2. Minneapolis: University of Minnesota Press, 1988, p.128.

Layoun, Mary N. *Travels of a Genre: The Modern Novel and Ideology*, Princeton: Princeton University Press, 1990, pp. 21-32, pp.56-62.

Moretti, Franco, *Atlas of the Modern European Novel, 1800 ~1900*, London: Verso, 1998, pp.12 -29; p.186.

——————, "Modern European Literature: a Geographical Sketch", *New Left Review*, August /September, 1994, p.97.

Moses, Michael Valdez. *The Novel and the Globalization of Culture*, Oxford: Oxford University Press, 1995.

Mukerjee, Meenakshi. *Realism and Reality: The Novel and Society in India*, Dehli: Oxford University Press, 1985. p.7.

Panofsky, Erwin. *Perspective as Symbolic Form*, trans, Christopher. S. Wood. New York: Zone Books, 1997, pp.67-68.

Pyle, Kenneth B. *The New Generation in Meiji Japan: Problems of Cultural Identity, 1885 ~1895*, Stanford: Stanford University Press, 1969, pp.36-52.

Schwarz, Roberto. "The Importing of the Novel to Brazil", *Misplaced Ideas*, London: Verso, 1992.

Said, Edward W. *Beginnings: Intention and Method*, New York: Basic Books, 1975, pp.81-83.

——————, *Culture and Imperialism*, New York: Norton, 1993, p.77.

Watt, Ian. *The Rise of the Novel: Studies in Defoe, Richardson, and Fielding*, Berkeley: University of California Press, 1957, p.31

Williams, Raymond. *The English Novel from Dickens to Lawrence*, Oxford: Oxford University Press, 1974, p.73.

◆ 국문초록

노블은 근대 유럽 문화의 가장 생기 있고 복합적인 표현의 하나였지만 유럽 대륙의 경계 내에 존재하지는 않았다. 유럽 제국이 팽창함에 따라 그것은 다른 많은 유럽산 상품들과 함께 세계 전역으로 전파되었다. 비유럽 세계에서 산문 픽션의 근대적 변형을 촉진시킨 것은 바로 유럽 노블이었다. 한국의 경우 재래의 서사 장르들이 근대소설 형성의 원천이 되었던 것은 사실이지만 그 어느 것도 이른바 서양식 소설만큼 결정적인 역할을 하지는 못했다. 진정한 의미에서의 근대소설은 통국가간 실천들의 산물, 즉 국가적 차이의 경계를 넘어서는 언어, 장르, 사상, 제도들 사이의 교류와 접합의 산물임을 상기할 필요가 있다. 20세기 전반 이광수와 그 밖의 한국작가들은 대개 일본어 번역과 설명을 통해서 서양 노블 작품에 접했다. 노블에 대한 그들의 이해는 특히 일본 최초의 본격적인 소설론으로 간주되는 쓰보우치 쇼오요오의 『소설신수』에 의존했다. 한국 최초의 서양식 소설인 이광수의 「무정」은 노블 장르의 특징인 리얼리즘 양식을 그 동시대 한국사회 묘사에서 드러내고 있다. 이러한 한국의 노블 도입은 20세기 전반 일본의 한국인 유학생들에 의해 이루어진 서양문화 수용의 일부이다. 그들 자신을 청년이라고 지칭한 그 일본 유학생들은 자신들의 새로운 지식과 기술을 수단으로 조국을 문명화시킬 주체라고 자처했다. 그들의 청년 이상은 같은 단어로 메이지 일본을 갱신시킬 새로운 세대를 지칭했던 도쿠토미 소호오의 자유주의와 국민주의의 반향을 담고 있는 것으로 보인다. 「무정」은 한국 청년의 영웅주의를 서사상으로 보증하는 가운데 자유주의적 개인 관념과 국민적 정체성에 대한 충성 사이에 존재하는 모순을 해결하려 했던 시도라고 간주될 만하다. 역사적으로 보면 한국에서 노블형 소설의 발생은 서양 및 일본 제국주의의 충격 아래 한국에서 일어난 급진적인 문화 변동의 한 결과에 해당한다. 그 이광수의 장편에 제시된 한국의 상상 지리는 한국인의 삶이 궁극적으로 일본인의 힘에 의해 규정된다는 것을 승인하고 있다. 보다 면밀하게 그 작품을 읽으면 그 저자가 일본 제국의 존재에 의존하여 권위를 얻고 있다는 것이 드러난다. 20세기 초반 서양식 한국소설의 발생은 일본의 통치 아래 한국인들이 겪은 문화적 자율성의 상실을 반영하는 것임에 틀림없다. 그러나 다른 한편으로 그것은 한국인들이 제국적, 전지구적 근대성의 문화에 적응하여 그들 자신을 정의하고 그들의 운명을 결정하는 허구 창작의 기술을 그들의 문학 장르 내에 보유하기 시작했다는 증표이기도 하다.

296

◆ SUMMARY

The Novel, the Youth, and Empire:
The Transnational Beginnings of the Modern Korean Novel

Hwang, Jong-Yon

The novel was one of the vital and complex expressions of modern European culture, but it did not find its existence within the boundary of the continent alone. As European empires expanded it spread into all the corners of the world, together with other European products. As widely recognized, it was European novels that incited modern transformation of prose fiction in non‑European societies. No doubt that traditional narrative genres provided sources of modern Korean fiction, but none of them played as decisive a role as the western‑style sosŏl in its formation. It needs to be recalled that the modern novel, in the genuine sense of the term, is a product of transnational practices, of interactions and intersections between languages, genres, ideologies, institutions across the boundary of national difference. Yi Kwangsu and other Korean writers of the early twentieth century got access to western novels generally by way of the translations and commentaries in Japanese. For their understanding of the novel they had recourse, in particular, to Tsubouchi Shōyō's Shōsetsu shinzui (*The Essence of the Novel*), the first full‑fledged critical discussion by a Japanese of the genre. Yi's *The Heartless*, the first Korean novel in western style, displays a mode of realism characteristic of the genre of the novel in its depiction of contemporary Korean society. The introduction of the western novel into Korean literature was part of the adoption of western culture by Koreans, studying abroad in Japan in the early decades of twentieth century. Those Korean students, who had preferred to call themselves ch'ŏngnyŏn (youth), claimed to be a civilizing agency of their fatherland with their new form of knowledge and technologies. Their ideals of the youth seem to have been reverberations of liberalism and nationalism found in Tokutomi Sohō, who had designated a new generation of Japanese responsible for the regeneration of Meiji society by the same term. *The Heartless* can be considered an attempt to resolve the contradiction that existed between the liberal idea of individual and the loyalty to national identity in its narrative endorsement of the heroism of the Korean youth. Historically, the rise of the modern sosŏl in the form of the western novel was consequent upon the radical cultural change occurred in Korea under the impact of Japanese imperialism. The imaginary geography of Korean nation in *The Heartless* acknowledges that life of Koreans is ultimately determined by Japanese power. A closer reading of the work reveals that the author relies on the existence of Japanese empire for his authority. Indeed, the emergence of western‑style Korean novels reflects the loss of cultural autonomy suffered by Koreans under Japanese rule. However, on the other hand, it indicates that they began to have among their literary genres the art of fiction which would enable them to define themselves and determine their fate in accommodation to the culture of imperial and global modernity.

Keyword : the novel, fiction, subjectivity, the youth, civilization, nation, individualism, colonialism, imperialism.

─이 논문은 2004년 12월 31일에 접수되어, 소정의 심사과정을 거쳐 2005년 1월 31일에 게재가 확정되었음.

신채호의 '역사' 이념과 서사적 재현 양식의 연관성에 대한 연구

김 현 주*

목 차

1. 1920년대 신채호의 역사 담론과 서사의 문제

최근 들어 역사학계와 문학계를 중심으로 1920년대 신채호(申采浩, 호는 丹齋, 1880~1936)의 삶과 사고에 대한 재평가가 활발히 이루어지고 있다.[1] 아나키즘을 포함하여, 역사와 인간, 민족과 국가, 정치와 법, 학문과 예술, 도덕과 문화, 혁명과 폭력 등 다양한 주제에 대한 신채호의 언술에서 근대성과 국민－국가·민족주의 프로젝트로 동일화되지 않

---

* 포항공대 인문사회학부 대우전임 강사. 이 논문은 2002년도 한국학술진흥재단의 지원에 의하여 연구되었음(KRF-2002-037-A00076).

1) 최근 발간된 단행본으로는 대전대학교 지역협력연구소 편, 『단재 신채호의 현대적 조명』, 다운샘, 2003; 신용하, 『증보 신채호의 사회사상 연구』, 나남출판, 2004. 등이 있다.

는 이질적, 분산적 요소들을 찾아내어 강조하는 연구들이 특히 두드러
진다.2) 이들 연구에 의해 1920년대 신채호의 "식민국가와도 민족주의와
도 사회주의와도 동떨어진 삶, 다른 차원에서의 사고"가 새롭게 조명되
고 있다.3)

'신채호' 다시 읽기는, 그를 민족주의자 혹은 혁명적 민족주의자로
규정해 온 해방 이후 한국 학계에 대한 문제제기를 포함하고 있다. 한국
에서 주류 역사학은 근대성과 국민—국가의 이데올로기적 주장에 도전
하고 그것을 침식, 해체하는 신채호의 이론적, 실천적 작업들을 억압하
거나 무시해왔다.4) 식민지시기에 만들어져 전해진, 고개를 빳빳이 든 채
세수를 했다는 유명한 일화가 보여주는 것처럼, 대중적 역사서와 교과
서에서 신채호의 삶과 사상은 '절개' 같은 도덕적 용기에 대한 교훈이나
'비타협성' 같은 기질로 상징화되어 있다.5) 신채호의 1920년대 글쓰기에

---

2) 이러한 관점에서 이루어진 연구로는 조관자, 「'반' 제국주의의 폭력과 멸죄(滅罪)의 힘
—중국망명기의 신채호와 동시대의 폭력비판론」, 『문화과학』 24, 2000; 김성진, 「단재
신채호의 문자행위연구—사상과 글쓰기의 대응 양상을 중심으로」, 『선청어문』, 서울대
국어교육과, 2000; 김영범, 「신채호의 '조선혁명'의 길」, 『한국근현대사연구』 18, 한국근
현대사학회, 2001; 최원식, 「단재 신채호의 「용과 용의 대격전」」, 『한국계몽주의문학사
론』, 소명출판, 2002; 이호룡, 「신채호의 아나키즘」, 『역사학보』 177, 역사학회, 2003.을
참조할 수 있다. 아울러, 넓게 볼 때 근대 기획과 민족주의의 연장선상에서 '신채호'를
읽은 최근 논문으로는 김재용, 「국민과 민족—신채호를 중심으로」(학술대회 발표문), 연
세대 근대한국학연구소, 2004; 하정일, 「급진적 근대기획과 탈식민 문학의 기원」(학술대
회 발표문), 민족문학사연구소 기초학문연구단, 2004. 5. 등이 있다.
3) 박지향, 임지현·이성시 편, 「역사에서 벗겨내야 할 '신화들'」, 『국사의 신화를 넘어
서』, 휴머니스트, 2004, 401쪽.
4) 신채호에 대한 비—민족주의적non—nationalist 독해는 맨 먼저 Henry H. Em, *Nationalist
Discourse In Modern Korea: Minjok As A Democratic Imaginary*, Illinois: Chicago, 1995, pp.1-47를 참
조할 수 있다. 이 책에서 저자는 신채호의 역사서를 탈식민주의 역사의 선구로 읽는다.
그에 따르면, 전후 한국에서 대부분의 역사 연구자들은 서구에서 기원한 근대성을 보편
적 선으로 간주하고 국민—국가의 필연적이고 통일적인 발전이라는 환상을 자연스럽고
일반적인 것으로 여겼기 때문에 '근대적 민족 사학'에 비판적으로 접근할 수 없었고 신
채호를 '혁명적 민족주의자'로 자리매김하는 데 그쳤다. 한국의 주류 역사학이, 1920년
대에 신채호의 내셔널리즘과의 결별이 가지는 의미를 억압하고 제거한 과정과 이유에
대해서는 Henry H. Em, Ibid., pp.17-25 참조.

대한 관심이 비교적 최근에 일고 있다는 사실이 보여주듯이, 문학 영역
에서의 연구 경향도 이와 크게 다르지 않았다. 지금도 학계에는 근대성
과 국민—국가·민족주의에 대한 신채호의 비판을 거론하지 않거나 폄
하하는 경향이 강하다.6) 탈식민주의 연구 방법을 수용한 신채호 연구는
이와 같은 상황에 대한 반성과 비판에 바탕을 두고 있다.

　최근 연구의 관점과 성과를 수용하면서, 본 연구는 1920년대 신채호
의 역사 이념과 역사의 서사화 방식에 접근하고자 한다. 다시 말해 본고
는, 신채호가 근대성과 근대의 헤게모니적 정치 형식인 국민—국가를
반박하고자 했을 때, 역사에 대한 그의 생각은 어떤 것이었는지, 그리고
어떤 역사가 씌어질 수 있었는지를 확인하고자 한다. ‘근대화’의 역사
이외에 어떤 다른 역사가 가능했을까. 그리고 지구적 규모에서 헤게모
니적 담론으로 작용하는 ‘국민—국가’의 일관되고 통일된 서사를 침식
할 프로그램은 무엇이었을까. 1920년대에 세계 체제의 주변부이자 식민
지인 한국에서 어떤 새로운 역사 서술이 가능했는가라는 점이 이 연구
의 근본적인 문제의식이다.

　역사의 서사 방식에 착목한 이 연구는, 역사 연구가 언어, 좀 더 구체
적으로는 서사에 관심을 가져야 한다는 인식에서 출발한다. 1920년대의

---

5) 예컨대 이광수는 1936년 『조광』에 발표한 「탈출 도중의 단재 인상」에서 특이한 ‘세수
　하는 버릇’을 비롯한 여러 일화를 통해 신채호의 삶과 사상을 ‘절개’ 같은 도덕적 덕목
　이나 ‘비타협성’ 같은 기질로 탈역사화, 탈정치화했다(『단재 신채호 전집』 下, 단재 신
　채호선생 기념사업회, 형설출판사, 1977, 470-471쪽).

6) 신용하는 최근에 펴낸 『증보 신채호의 사회사상연구』에서, 신채호의 ‘민중직접혁명’론
　이 비록 무정부주의에서 개념을 빌려온 것이지만 본질적으로 ‘민족혁명’과 ‘민족독립운
　동’의 연장선상에 있었다고 보았던 과거의 견해를 수정했다. 또 그는 역사학자들이
　1920년대에 신채호의 무정부주의로의 전환을 인정해야 한다고 강조했다. 그렇지만 다
　른 한편에서 그는, 구한말부터 3·1운동 직후까지 한국의 대표적 민족주의자의 한 사람
　으로 학문과 사상과 운동에서 모두 거대한 업적을 내었던 신채호가 만년에 민족주의를
　더욱 심화, 발전시키지 않고 무정부주의로 전환한 것은 “애석”하고 “이해하기 어려운
　일”이라고 말하고 있다. 신용하, 「신채호의 민족독립운동론의 특징」, 『신채호의 사상과
　민족독립운동』, 단재 신채호선생 기념사업회, 형설출판사, 1986, 289-296쪽; 『증보 신채
　호의 사회사상연구』, 나남출판, 2004, 374쪽 참조

신채호를 연구할 때, 역사 이해와 실천은 다른 어떤 주제보다 먼저, 그리고 자세히 검토되어야 한다. 여기서 주목하고 싶은 것은 '서사'의 차원이다. 역사를 하나의 담론형식이라고 한다면, 서사는 역사가가 과거의 사건들에 연관관계와 질서를 부여하는 장치, 즉 사료들을 재구성하는 장치라고 할 수 있다. 역사 연구는 역사의 서사적 차원, 좀 더 구체적으로 말해 서사를 구성하는 데 동원되는 어휘(개념), 수사법, 시대 구분 등의 상징능력에 주목할 필요가 있다. 왜냐 하면 사료들은 특정한 플롯 안에서 비로소 의미를 만들기 때문이다. 이것이, 역사 연구가 서사의 구조화 방식에 관심을 기울여야 하는 이유이다.[7]

논의의 배경으로 우선 2절에서는 식민지 이전 시기 한국에서 근대성과 국민−국가, 그리고 역사의 상호 관련성을 포괄적으로 살펴보았다. 이어서 3절에서는 1920년대 신채호의 역사관과 역사 연구 방법론을 알아보기 위해 『朝鮮上古史』의 「總論」을, 4절에서는 그 실제 적용을 알아보기 위해 「朝鮮歷史上 一千 年來 第一 大事件」 등 주요한 역사비평들을 검토하였다.[8] 3, 4절에서 논의의 초점은 신채호의 역사 이해와 서사의 관련성 및 그 특징이다. 이 논의는, 주로 짧은 에세이에 대한 분석에 한정되어 있는 1920년대 신채호에 대한 최근 연구를 한 걸음 진척시키는 데 기여할 수 있을 것이다. 아울러 신채호의 역사 서사의 특징에 대한 탐구는 1920년대 말에 「龍과 龍의 大激戰」 같은 기이한 '허구 서사'

---

7) 역사 연구에서 서사와 그 정치학의 중요성에 대해서는 프라센지트 두아라, 문명기·최승희 역, 『민족으로부터 역사를 구출하기』, 삼인, 2004, 43-87쪽 참조.

8) 『조선상고사』의 「총론」은 1924~25년 사이에 씌어진 것으로 추정되는데, 이에 비해 본문은 1921년 경 완성되었다고 한다. 「조선역사상 일천 년래 제일 대사건」은, 이후에 『朝鮮史硏究草』로 묶인 다른 글들과 마찬가지로 1924년경 씌어졌다. 이렇게 볼 때, 「총론」의 역사관과 역사 연구 방법론은 『조선상고사』의 본문보다 「조선역사상 일천 년래 제일 대사건」과 연관하여 논의하는 것이 더 적절하다. 1920년대 신채호의 역사 저작의 집필 연대에 대해서는 이만열, 『단재 신채호의 역사학 연구』, 문학과지성사, 1990, 44-45쪽 참조. 아래에서 『단재 신채호 전집』(단재 신채호선생 기념사업회, 형설출판사, 1977)에서 인용한 신채호의 글에 대해서는 출처를 간단히 '「글 제목」, 『단재 신채호 전집』 ○, ○쪽'으로 표시하였음을 밝혀둔다.

가 등장하게 된 배경을 좀 더 분명하게 이해하기 위한 것이기도 하다.

2. 근대, 국민 - 국가, 역사

『서유견문(西遊見聞)』(1895)에서 유길준은 (문명)개화의 특징을 '진보'와 '국민'으로 설명했다.9) 이에 따르면, 우선 '개화'는 새롭게 하는 일, 앞으로 나아가는 일을 가리킨다. 이는 간단히 '진보'에 대한 기대로 요약될 수 있다. 진보란 시간이 지날수록 점차로 좋아지리라는 기대를 표현하는 관념으로서, 진보 관념의 배후에는 시간에 대한 가치 평가의 전도와 역사의식의 대두 등과 아울러, 새로운 시간 논리가 자리 잡고 있다. 한편 '개화'는 사람을 대하는 적절한 태도, 이를테면 예의범절과도 관련된다. 주목할 점은, '개화'가 지위의 귀천과 세력의 강약에 따라 차별적으로 적용되는 예절이 아니라 그러한 경계와 구별을 지움으로써 '국인(國人)'을 형성할 예절을 요구한다는 사실이다. 국민(국가) 관념의 배후에는 공간에 대한 가치 평가의 전도와 국가의식의 대두 등과 아울러, 새로운 지정학적 논리가 자리 잡고 있다.

『서유견문』의 개화론은 '진보'와 '국민-국가' 기획 사이의 연계성을 분명하게 보여주고 있다. 유길준은 근대적 시간논리와 문명의 단계적 진보 이념을 받아들였다. 미개(未開)→반개(半開)→개화라는 간단하고도 명료한 역사주의적 도식은 『서유견문』의 서사를 지탱하는 뼈대였다. 그리고 근대 서양에서 성립한 지리학과 정치학의 세계 표상인 '세계지도'와 '만국공법'을 받아들임으로써, 유길준은 국가주의를 내면화하게 되었다. 근대주의와 역사주의, 그리고 국가주의야말로 19세기 말 조선이 일본으로부터 들여온 문명 이념의 핵심이었다. 역사학에 대해서는 특별한 관심을 보이지 않았지만, 유길준에게 역사는 '국가'라는 보편적 이념과

____

9) 유길준, 『유길준 전서』 1, 일조각, 1971, 396쪽.

‘진보’라는 규칙적 양식을 따라 점차 ‘개화’하는 모습으로 상상되고 있었다.[10)]

이렇듯 국민―국가와 단선적이고 진화론적인 계몽주의 양식의 역사는 긴밀한 연관이 있다. 먼저, 계몽주의 양식의 서사는 역사를 단선적이고 목적론적인 형식으로 표상한다. 단수(單數)적 역사와 단수(單數)적 진보 개념에 근거함으로써 전체 역사는 통일적으로 정리된다. 둘째, 단선적이고 목적론적인 역사는 ‘주체’라는 응집력 있는 장치를 필요로 한다. ‘민족’은, 마치 ‘역사’가 민족의 존재양식이자 기초로 등장한 것과 마찬가지로 역사의 주체로서 등장한 것이다. 이런 점에서 ‘역사’와 ‘근대 민족(국가)’은 분리될 수 없다. “근대사회의 역사의식은 국민국가(nation―state)라는 틀에 갇혀 규정되어 있다.”[11)]

1900년대 후반 신채호의 역사 이해와 실천은 주체의 ‘창조’와 ‘회복’이라는, 계몽주의적 역사의 역설적 프로젝트를 구체화하고 있다.[12)] 신채호는, “민족을 捨하면 역사가 無할지며, 역사를 捨하면 민족의 其 국가에 대한 관념이 不大할” 것이므로 우승열패의 갈림길에 처하여 “一線尙存의 國脈을 保有코자 할진대 역사를 捨하고는 他術이 無하다”고 천명했다.[13)] 이러한 판단에 의거하여 한편에서 신채호는 ‘민족’이 근대적인 ‘국민―국가’의 형태로 스스로를 실현해야 한다고 주장했다. 역사의 궁극적 목적은 조선 민족이 자유와 권리를 자각한 근대적 주체로서 “국민적 국가”를 수립하는 것이었다.[14)] 다른 한편 신채호는 역사의 찬란한 정점

---

10)『서유견문』의 이데올로기에 대한 더 자세한 논의는 김현주,『이광수와 문화의 기획』, 태학사, 2005, 39-84쪽 참조 바람.

11) 프라센지트 두아라는『민족으로부터 역사를 구출하기』의 머리글을 이 문장으로 시작했다. 이 책의 주장은, 민족사(national history)에 의해 민족이라는 논쟁적이고 우연적인 개념이 시대를 거쳐 진화해 온 동일한 민족적 주체(subject)라는 허위의 실체로 되어버렸다는 것이다. 프라센지트 두아라, 앞의 책, 21-23쪽; 55-58쪽 참조.

12) 계몽주의 양식의 역사는 근대성으로 진화해가는 민족적 주체를 창조하려는 프로젝트와 관련이 있는 동시에, 원초적 주체의 회복과 본질화 전략을 통해 현재를 과거와 재결합시키는 역방향의 프로젝트와도 관련이 있다. 프라센지트 두아라, 앞의 책, 59-60쪽 참조.

13) 신채호, 「讀史新論」,『단재 신채호 전집』上, 471-472쪽.

을 확인하기 위해 고대 동아시아에서 가장 강대했던 부여족을 중심종족으로 하여 단군시대부터 고구려와 발해에 이르는 고대사를 탐색했다.[15] 1900년대 후반에 신채호는 근대적이고 자각적인 주체(국민-국가)를 역사의 목적(telos)으로서 제도화하고자 한 동시에 역사 안에 '늘 있었던' 주체(민족)를 회복하고, 본질화하고자 했다. 「李舜臣傳」, 「乙支文德」, 「崔都統傳」 등 전기 서사는 위와 같은 역설적 프로젝트를 통합적으로 구현한 것이었다.[16]

앞서 살펴보았듯이, 문명/야만의 이원구도에 입각한 근대에 대한 열망과 국가간 체제의 위계성에 대한 인정이 결합하여 만들어진, (문명)개화와 이를 통한 근대 국가 수립이라는 목표는 진화론적 역사와 상호보완의 논리적 순환 고리를 형성하고 있다.[17] 그런데 진화론적 역사는 우등인종의 진보의 기록이었으며, 그 기준에 따라 정체되고 열등한 인종들을 역사가 없고 따라서 민족도 없는 것으로 치부하는, 역사와 민족과 인종에 대한 매우 폐쇄적이고 상호규정적인 담론이었다.[18] 그러므로 보편적이고 객관적인 것(유럽과 일본에서 유래한 근대성)에 가까우면서도 조선에 유용한(민족적 주체를 구성하는) 역사 서술은 자기모순을 안고 있었다. 모순은 "유럽 중심적 모더니티, 일본의 오리엔탈리즘, 그리고 반(反)제국주의적 내셔널리즘 사이의 모순적이고 때때로 놀라운 연계성 속에, 신채호와 같은 역사가들의 바로 그 상상과 열망 속에 있었다."[19] 여

---

14) 신채호, 「20세기 신국민」, 『단재 신채호 전집』 별집, 210쪽.

15) 신채호, 「독사신론」, 『단재 신채호 전집』 上, 478-513쪽.

16) 1900년대 후반에 '국민'을 주권을 가진 인민으로 이해되었다. 이에 대비하여 '민족'은 지리, 혈통, 언어, 문자, 종교, 풍속의 공통성을 통해 정의되었다. 유길준은 국민과 족민을 구분했으며, 『대한매일신보』에서도 민족은 자연발생적인 종족 공동체로 규정된 반면 국민에 대해서는 정신, 이해, 행동의 동일성이 강조되었다. 김동택, 「『국민수지(國民須知)』를 통해 본 근대 '국민'」, 『근대계몽기 지식 개념의 수용과 그 변용』, 소명출판, 2004, 198쪽; 박노자, 「개화기의 국민 담론과 그 속의 타자들」, 위의 책, 245쪽 참조.

17) 윤해동, 임지현·이성시 편, 「식민지 근대와 대중사회의 등장」, 『국사의 신화를 넘어서』, 휴머니스트, 2004, 250쪽 참조.

18) 프라센지트 두아라, 앞의 책, 49쪽 참조.

기가 바로 식민 제국의 역사와 피식민 민족의 역사가 '보이지 않는 연대'를 드러내는 지점이었다.

3. 주체, 진보, 승리의 서사에 빗금을 긋는 역사 이해

1920년대 신채호의 역사 이해는, 앞서 살펴본 근대성과 국민—국가, 그리고 진화론적 역사의 상호보완적 순환 고리를 끊을 가능성에 대한 탐색으로 특징지어진다. 이절에서는 신채호의 역사학적 도전을 『조선상고사』「총론」을 중심으로 논의하고자 한다.

「총론」은 근대적인 역사관과 역사 연구 방법론을 본격적으로 개진한 글로서 근대 역사학의 출발점이라는 평가를 받고 있다. 19세기에 이르러 랑케에 의해 성립된 서양의 근대사학은 '사실 그대로의 역사'를 지향했으며 치밀한 사료 비판, 엄밀한 고증, 인과관계의 사실적, 체계적 설명 등을 방법론으로 확립했다. 「총론」에 나타나 있는 신채호의 역사 이해는 근대사학의 위와 같은 가정과 방법론의 많은 부분을 공유하고 있다. 그도 역사의 객관성을 강조했으며 연구 방법론을 쓰면서 사료의 수집과 비판, 고증, 그리고 서술의 문제 등을 두루 다루었다.[20]

그런데 「총론」에는 서양의 근대사학을 수용한 역사서술에 대해 어떤 불만을 드러낸 부분이 있다.

역사재료에 대하여 그 亡을 補하며 缺을 充하며 僞를 去하며 誣를 辨하여 완비를 구하는 방법의 대략을 이미 말하였거니와, 編纂하며 정리하는 절차

---

19) Henry H. Em, op. cit., p.40.

20) 『조선상고사』「총론」의 목차는 다음과 같다. 1. 사(史)의 정의와 조선 역사의 범위, 2. 사의 3대 원소와 조선 구사(舊史)의 결점, 3. 구사의 종류와 그 득실의 약평(略評), 4. 사료의 수집과 선택에 대한 상각(商榷), 5. 사의 개조(改造)에 대한 우견(愚見). 「총론」의 역사 이론과 연구 방법론의 근대적 성격에 대해서는 신일철, 『신채호의 역사사상연구』, 고려대 출판부, 1981, 94-152쪽; 이만열, 앞의 책, 101-160쪽 참조.

에 至하여도 舊史의 투를 고치지 않으면 안 될 것이다. 근일에 왕왕 新史의 體로 史를 만들었다는 一, 二종의 新著가 없지 않으나, 다만 「신라사」라 「고려사」라 하던 王朝斷으로의 式을 고치어 「上世」, 「中世」, 「近世代」라 하며, 「卷之一」이라 「卷之二」라 하던 『痛鑑』 分編의 名을 고치어 「第一編」, 「第二編」이라 하며, 그 내용을 보면 「才技」와 「異端」이라 하던 것을 「예술」이라 「학술」이라 하여 그 귀천의 위치가 바뀔 뿐이요, 「勤王」이라 「捍外」라 하던 것을 ‘애국’이라 ‘민족적 자각’이라 하여 그 新舊의 名詞가 다를 뿐이니, 털어놓고 말하자면 韓裝冊을 洋裝冊으로 고침에 불과한 것이다.[21]

윗글은 「총론」의 마지막 절 “史의 改造에 對한 愚見”의 맨 앞부분이다. 이에 따르면 ‘신사학(新史學)’의 영향을 받은 역사가들은 서구 역사학의 개념과 서술 방식을 차용하여 조선의 역사를 다시 썼다. 이를테면 그들은 조선사를 서술하면서 ‘예술’이나 ‘학술’ 같은 근대적 문화 이념의 술어들을 차용했고, ‘애국’이나 ‘민족적 자각’ 같은 근대적 국가(또는 민족) 이념의 술어들을 차용했다. 그리고 그들은 ‘상세-중세-근세’라는 서구 역사학의 시대구분을 적용하여 조선의 역사를 재구성했다.

그런데 신채호는, 새로 씌어진 역사서가 가치 평가의 귀/천과 이름의 신/구에 차이가 있을 뿐 과거의 역사서에 비해 새로운 점이 없다고 말하고 있다. 구사(舊史)가 그러한 것처럼, 신사(新史) 역시 사료의 편찬과 정리에 뭔가 문제가 있다는 말인 듯한데, 무엇이 잘못되었다는 것인가? 직접적이지는 않지만, 신채호는 신사학을 수용한 역사가들이 조선의 과거를 이야기할 때 사용하는 표상수단, 좀 더 구체적으로는 어휘(개념)와 시대구분에 대해 문제의식을 표하고 있다.

앞서 말했듯이 신채호는 역사의 객관적 재구성이라는 이상을 받아들였다. 예컨대 그는 역사가를 초상화가에 비유하면서 역사는 “객관적으로 사회의 流動상태와 거기서 발생한 사실을 그대로 적은 것”이므로 “저작자의 목적을 따라 그 사실을 좌우하거나 添附 或 變改”[22]해서는

---

21) 신채호, 「총론」, 『신채호전집』 上, 61쪽.
22) 신채호, 위의 글, 33쪽.

안 된다고 말했다. 이는 사실을 있는 그대로 기록해야 한다는 뜻으로 읽히는데, 여기서 그는 역사 서술의 객관성과 정확성을 확신하는 것 같다. 하지만 다른 한편에서 신채호는 서술의 '체(體)', 즉 형태에 관심을 기울였다. 그는 사료의 비판, 선택, 수집 이외에 사료를 '상징화하는' 언어, 더 구체적으로는 서사의 차원을 중요시했다. 사료들 간에 관련성을 부여하는 작업으로서 서사는 사료들을 해석하고 판단하는 작업이며, 나아가 의미를 구성하는 작업이라고 할 수 있다. 왜냐 하면 사실들은 오로지 특정한 플롯 안에서만 의미를 형성하기 때문이다. 결론적으로 말해, 신채호는 서사, 혹은 서사를 구성하는 데 동원되는 개념과 시대구분 등이 발휘하는 상징능력에 주목하고 있었다.

역사에서 서사적 구조화의 핵심 요소인 '주체'와 '시대구분'을 중심으로, 신채호의 역사 이해가 계몽주의 역사 이론으로부터 빗금을 그으며 떨어져 나오는 양상을 좀 더 자세히 살펴보자.

> 역사란 무엇이뇨. 인류사회의 「我」와 「非我」의 투쟁이 시간부터 발전하며 공간부터 확대하는 心的 활동의 상태의 기록이니, 세계사란 하면 세계 인류의 그리 되어 온 상태의 기록이며, 조선사라 하면 조선 민족의 그리 되어 온 상태의 기록이니라.
>
> 무엇을 「아」라 하며, 무엇을 「비아」라 하느냐, 깊이 팔 것 없이 얕게 말하자면, 무릇 주관적 위치에 선 자를 「아」라 하고, 그 외에는 「비아」라 하나니, 이를테면 조선인은 조선을 아라 하고, 英, 美, 法, 露…… 등을 비아라 하지만, 영, 미, 법, 로…… 등은 각기 제 나라를 아라 하고, 조선은 비아라 하며……(중략: 인용자)…… 이뿐 아니라 학문에나 기술에나 직업에나 의견에나 그밖에 무엇에든지, 반드시 본위인 아가 있으면, 따라서 아와 對峙한 비아가 있고, 아의 중에 아와 비아가 있으면 비아 중에도 또 아와 비아가 있어, 그리하여 아에 대한 비아의 접촉이 煩劇할수록 비아에 대한 아의 분투가 더욱 맹렬하여, 인류사회의 활동이 휴식될 사이가 없으며 역사의 前途가 완결될 날이 없나니, 그러므로 역사는 아와 비아의 투쟁의 기록이니라.[23]

---

23) 신채호, 위의 글, 31쪽.

신채호의 '아와 비아의 투쟁사관'에는 "중심화된 주체"가 없다. 조선사는 조선민족을 '아'의 단위로 삼는다고 규정하고 있지만, Henry H. Em이 지적한 대로, 위 텍스트는 '아'/'비아'의 대립에서 미끄러짐의 순간을 드러낸다.[24] "역사의 원동력"에 대해 논하면서 신채호는, 개인과 사회에 원초적 아이덴티티("自性")가 있는 것이 아니라 "환경과 시대를 따라서" 각각의 아이덴티티("自性")가 형성, 변환되는 것이라고 주장했다.[25] 이로써 '아'는 원초적 자아가 아니라 여러 관련된 표상에 의해 만들어지는 주관적인 위치를 지칭하는 용어가 된다. 다시 말해 '아'는 "원초적으로 또는 단일하게 구성되는 것이 아니라 변화하고, 때로는 충돌되는 표상들의 네트워크이다."[26] 신채호는 유동하는 표상들의 네트워크를 통해 '아', 즉 민족적 아이덴티티의 우연성과 개방성을 바라보았다. 따라서 그의 '역사'에서는 "'아'의 자기동일적 완성이 언제나 분쇄되고 '비아'라는 타자는 결코 '아'의 담론 속에서 해소되는 일이 없다."[27]

한편 신채호의 역사 이해는 '진보사관'과도 거리를 두고 있다.[28] '아'와 '비아'의 투쟁사에는 '발전'과 '목표'의 관념이 없으며 시대구분을 위한 방법론적 전제도 나타나 있지 않다. 「총론」은 양계초의 『중국역사연구법』(1922)에서 역사 서술의 목표, 원리, 개념, 구성 등을 차용, 변용하여 씌어진 것으로 알려져 있다. 양계초와 마찬가지로 신채호는, 왕조와 정권에 근거한 전통 역사학의 시대구분이 민족(국민)의 역사를 무시했다고 비판했다.[29] 그렇지만 그는, 양계초와는 달리, 역사가 '3단계 시대구

---

24) Henry. H. Em, op. cit., pp.39-40 참조.

25) 신채호, 앞의 글, 70쪽.

26) 프라센지트 두아라, 앞의 책, 27-28쪽 참조.

27) 조관자, 앞의 글, 174-175쪽 참조.

28) 1920년대 신채호의 역사관을 사회진화론의 연장으로 파악하는 논자로는 신용하, 김성진, 하정일 등이 있다. 신용하, 앞의 책, 397쪽; 김성진, 앞의 글, 494쪽; 하정일, 앞의 글, 256-261쪽 참조. 이에 반해 이호룡, 조관자, 김영범, 김기승은 신채호가 1920년대에는 사회진화론과 거리를 두었다고 본다. 이호룡, 앞의 글, 99쪽; 조관자, 앞의 글, 174-175쪽; 김영범, 앞의 글, 40-44; 김기승, 대전대학교 지역협력연구소 편, 「신채호의 진화사관과 혁명사관의 대치」, 『단재 신채호의 현대적 조명』, 다운샘, 2003, 153-156쪽 참조.

분에 따라 진보한다.'고는 쓰지 않았다. 뒤에서 더 자세히 살펴보겠지만, 신채호는 고려 인종 13년(1135)에 있었던 서경(西京)전투를 분기점으로 하여 조선사를 자주(독립자존)의 시기와 사대(사대모화)의 시기로 나누었다.30) 신채호는 계몽주의적 역사의 시대 구분, 즉 고대→중세→근대라는 진화론적이고 단선론적인 시대구분을 받아들이지 않았다.31)

신채호의 역사 이론에서 또 하나 매우 중요한 지점은 '승리사관' 비판이다.32) 신채호가 보기에, 구사(舊史)와 신사(新史)는 '승리자'의 입장에서 씌어진 이야기라는 점에서는 다를 바가 없었다.

성공이 難하냐 실패가 난하냐 하면, 누구든지 성공이 난하다 대답한다.
성공한 자가 위인이냐 실패한 자가 위인이냐 하면, 또 누구든지 성공한 자가 위인이라 한다.
俗間의 愚夫가 이런 의견을 가졌다면 또한 怪이 여길 것이 없지마는, 이제 고금의 인류의 눈이라 하는 시인·소설가·역사가 등의 의견이 모두 이

---

29) 신채호, 앞의 글, 44쪽; 65쪽.

30) 신일철이 맑시즘의 유물사관과 헤겔의 관념사관에 공통적으로 내재한 '발전' 개념과 비교하면서 정확하게 짚었듯이, 신채호의 아와 비아의 투쟁사관에서는 고대−중세−근세라는 시대구분의 기준을 도출할 수 없다. 신일철은, 신채호가 '계몽' 사관을 역사해석의 원리로 고려하지 않았기 때문에 세계사와 관련성을 가진 한국사의 시대구분 기준을 마련하지 못했다고 평가했다. 신일철, 앞의 책, 137쪽, 164-166쪽 참조. 본고의 논지에서 볼 때, 신일철은 근대성과 계몽주의, 그리고 진보사관에 대한 신채호의 '비판'을 '결여'로 평가하고 있는 셈이다.

31) 양계초는 계몽주의 양식으로 중국의 역사를 쓴 최초의 인물이다. 우선, 양계초는 중국의 전통 역사학을 부정했다. 그는, 왕조의 교체와 같은 정통론이나 정권사 중심의 당대사를 탈피하고자 했다. 특히 그는 전통 역사학이 민족(국민)의 역사를 무시했다고 비판했다. 그리고 그는 역사가 과거 사실의 나열이 아니라 사료를 선택, 평가, 해석함으로써 인과적 설명에 도달해야 한다고 보았다. 또 그는 유럽 역사의 3단계를 적용하여 단선론적, 진보적 중국 역사를 개발했다. 20세기 초 양계초의 역사학에 대해서는 프라센지트 두아라, 앞의 책, 65-68쪽; 양계초의 『중국역사연구법』과 신채호의 「총론」의 비교분석은 신일철, 앞의 책, 101-112쪽 참조.

32) '승리사관 비판'이라는 개념은 발터 벤야민의 역사철학에 대한 연구논문에서 빌려온 것이다. 이에 대한 더 자세한 논의는 최성철, 「파국과 구원의 변증법−발터 벤야민의 탈역사주의적 정치철학」, 『서양사론』 79, 한국서양사학회, 2003, 62-67쪽 참조.

와 같아, 오직 성공자를 노래하며 절하며 기리며 찬미하나니. 아으, 실패자
보다도 시인·소설가·역사가 등이 더 可弔할만 하도다.
　……(중략)……
　이제 史冊을 뒤적이면 그 讚歎한 인물이 대개 乙(一步의 물을 건너뛰어
성공한 인물: 인용자)의 類요 배척한 인물은 대개 甲(百步의 물을 건너뛰다
실패한 인물: 인용자)의 類더라.[33]

　화가, 소설가, 시인, 역사가가 '실패자를 비웃고 성공자를 찬양'하는
양상은 과거나 지금이나 다르지 않다. 특히 역사가 성공한 자를 찬미해
왔다는 사실에 대한 신채호의 비판은 매우 신랄하다. 그에 따르면, "소
위 역사는 成者는 君主를 맨들고 敗者는 盜賊을 맨들어 利鈍으로 是非
를 삼은 굴엉"[34]이었다. 역사서에서 "제왕이라 역적이라 함은 成敗의 別
名일 뿐"인 것이다.[35] 신채호가 비판한 것은, 역사가 실패한 자를 배척
하고 성공한 자, 승리한 자만을 숭배해왔으며 지금도 그렇게 하고 있다
는 점이었다.

　김부식의 <삼국사기>는 一部 노예성의 산출물이다. 그 인물관이 더욱 창
피하여 영웅인 애국자─곧 동서 萬古에도 그 比類가 많지 안할 扶餘 福信을
傳記에 빼고, 백제사 말엽에 一二句뿐 附錄함이 벌써 그에 대한 侮蔑인데,
게다가 또 사실을 誣하여 면목을 汚損하였으며, 연개소문이 비록 야심가이
나 정치사상의 가치로는 또한 千載 稀有의 奇物이거늘, 다만 그 二世만에
멸망하였으므로 오직 <新·舊唐書>를 초록하여 蓋蘇文傳이라 칭할 뿐이
요, 본국의 전설과 기록으로 쓴 것은 한 자를 볼 수 없을뿐더러 또 그를 凶
頑하다 指斥하였으며, 궁예와 견훤이 비록 중도에 패망하였으나 또한 신라
의 昏君을 抗하고, 義旗를 擧하여 수십 년을 一方에 覇하였거늘, 이제 草莽
의 小醜라 罵辱하였으며, 정치계의 인물뿐 아니라 학술이나 문예에도 곧 이
러한 논법으로 인물을 취사하여, 독립적 창조적 薛原, 永郎, 元曉 등은 一筆

---

33) 신채호, 「실패」, 『단재 신채호 전집』 下, 381쪽.
34) 신채호, 김병민 편, 「단아잡감록」, 『신채호문학유고선집』, 연변대학 출판사, 1993, 164쪽.
35) 신채호, 「총론」, 『단재 신채호 전집』 上, 68쪽.

로 塗抹하고, 오직 지나사상의 노예인 최치원을 코가 깨어지도록, 이마가 터지도록, 손이 발이 되도록 절하며, 기리며, 뛰며, 노래하면서 기리였다.36)

위 인용문에서 김부식과 그의 『삼국사기』는 풍자와 조롱의 대상이 되어 있다. 그런데 김부식과 『삼국사기』에 대한 신채호의 비판은 단지 유교주의와 사대주의라는 이데올로기만을 향해 있지 않다.37) 『삼국사기』의 문제는, 그것이 단명한 왕조나 중도에서 패망한 자들, 즉 복신, 연개소문, 궁예, 견훤 등 '실패자들'을 무시하고 모욕하고 배척한 역사라는 점에 있었다. 정치계뿐 아니라 학술이나 문화계에 대해서도 『삼국사기』는 실패자들을 억압하고 지워 없앴다. 여기서 신채호는 김부식의 역사 이론과 관련된 역사학적 오류로서, '실패자를 비웃는' 승리사의 관점을 비판하고 있는 것이다.

신채호에게, 오늘날까지 남아있는 전승된 역사와 서구의 신사학을 수용하여 씌어지고 있는 새로운 역사는 모두 패배한 자와 억눌린 자를 딛고 일어선 승리자와 지배자의 이야기였다. 고대의 많은 역사서들 가운데 『삼국사기』와 『삼국유사』만이 전해진 것은 그것들이 우수해서가 아니라 유교사상이 승리했고 사대사상만이 살아남았기 때문이다.38) 비단 역사뿐 아니라 "종교·윤리·문학·미술·풍속·습관" 등 전래하는 "문화사상(文化思想)"의 모든 산물도 결국은 승리한 자의 '전리품'에 지나지 않는다.39) 마지막에 가서 신채호는, 발터 벤야민과 비슷하게, "문화

---

36) 신채호, 「실패자의 神聖」, 『단재 신채호 전집』下, 125쪽.

37) 신일철은 김부식과 『삼국사기』에 대한 신채호의 비판을 '민족사적 역사연구 방법'에 의거한 것으로 보았다. 그는 신채호가 김부식의 사료 선택, 평가, 해석에 대한 비판을 통해 민족주의적 역사의 성립 근거를 제시했다고 평가했다. 신일철, 앞의 책, 142-145쪽 참조.

38) 신채호, 「총론」, 『단재 신채호 전집』上, 40쪽.

39) "遺來하던 문화사상의 종교·윤리·문학·미술·풍속·습관 그 어느 무엇이 强者가 제조하여 강자를 옹호하던 것이 아니더냐? 강자의 오락에 공급하던 諸具가 아니더냐? 일반민중을 노예화케 하던 마취제가 아니더냐? 소수계급은 강자가 되고 다수 민중은 도리어 약자가 되어 불의의 압제를 반항치 못함은 전혀 노예적 문화사상의 속박을 받

속에 내재된 야만" 또는 "야만의 외화로서의 문화"라는 독특한 테제에 이르게 된다.40)

이 절의 맨 앞에서 제기한 문제로 되돌아가 보면, 조선의 역사를 서술하면서 '예술'이나 '학술' 같은 근대적 문화 이념의 어휘들을 차용하는 것, '애국'이나 '민족적 자각' 같은 근대적 국가(민족) 이념의 어휘들을 차용하는 것, 그리고 '상세-중세-근세'라는 서구 역사학의 시대구분을 적용하는 것은 매우 위험한 일이라고 할 수 있다. 왜냐 하면 서구의 역사 서사에 동원된 어휘와 시대 구분을 매개로 조선의 과거를 상기하는 일은 결국 민족(국가), 진보, 승리의 사관이나 정당화하고 말 위험을 늘 안고 있기 때문이다. 1920년대의 신채호는 계몽주의적 역사의 언어적 차원, 좀 더 구체적으로는 주체, 진보, 승리의 '서사'에 의문을 제기하고 그것으로부터 떨어져 나오려 했다는 점에서, 앞 시기의 자신과 달랐고 같은 시기 최남선 같은 학자들과도 달랐다.41)

4. 계보학으로서의 역사42)

그렇다면, '진보사'도 아니고 '승리사'도 아니고 그렇다고 '희생사(犧

은 까닭이니, 만일 민중적 문화를 提倡하여 그 속박의 철쇄를 끊지 아니하면, 일반민중은 권리사상이 박약하며 자유향상의 흥미가 결핍하여 노예의 운명 속에서 윤회할 뿐이라." 신채호, 「조선혁명선언」, 『단재 신채호 전집』下, 44-45쪽.

40) "문화의 기록 자체가 야만성에서 벗어나지 못하는 것처럼 이 사람 손에서 저 사람 손으로 넘어가는 전승의 과정 또한 이와 조금도 다를 바가 없다." 발터 벤야민, 반성완 편역, 「역사철학테제」, 『발터 벤야민의 문예이론』, 문예출판사, 1995, 346-347쪽. 벤야민의 '문화' 테제에 대해서는 최성철, 앞의 글, 62-64쪽 참조.

41) 1920년대 최남선의 '문화사' 연구에 대해서는 김현주, 「문화, 문화과학, 문화공동체로서의 '민족'—최남선의 '단군학'을 중심으로」, 『대동문화연구』 47, 성균관대 대동문화연구원, 2004, 221-247쪽 참조 바람.

42) 신채호의 역사 서술의 특징을 설명하는 데 발터 벤야민의 역사관과 프라센지트 두아라의 노신 해석에서 많은 도움을 받았다. 벤야민의 역사 이해에 대해서는 발터 벤야민,

314

牲史)'43)도 아닌 역사는 어떤 방식으로 씌어질 수 있었는가. 이 절에서
는 신채호의 주요 역사비평을 대상으로 그가 과거를 상기한 방식의 특
징을 살펴보고자 한다.

  동시대 역사학자들과 신채호의 차이는 계보학으로서의 역사 실천이
었다. 역사가 유교적 규범을 창조하기 위해 자행했던 수많은 억압에 대
해 신채호만큼 비판적이었던 학자는 찾아보기 힘들다. 그에 따르면, 유
교적 정통주의는 역사와 문화 속의 수많은 대안적이거나 반항적인 경향
과 전통을 억압해왔으며, 유교의 제도화는 위축과 쇠퇴를 초래했을 뿐
이다. 따라서 신채호의 역사 다시쓰기의 목표는 전통적인 유교적 역사
서술에서 자격이 박탈된 사건들과 의미가 폐쇄된 서사들, 즉 과거에 있
었을지도 모르는 무수한 저항 지점들을 구속 상태에서 풀어내어 다시
활성화하는 것이었다. 계보학자로서 신채호는 과거를 상기하고 전승하
는 행위가 사건들과 서사들을 전유, 억압, 은폐하려는 순간과 그 과정을
추적했다.44)

앞의 글; 요네야마 리사, 코모리 요우이치·타카하시 테츠야 편, 이규수 역, 「기억의 미
래화에 대해서」,『내셔널 히스토리를 넘어서』, 삼인, 2000; 최성철, 앞의 글 참조. 노신
해석은 프라센지트 두아라, 앞의 책, 78-83쪽 참조. "계보학으로서의 역사"라는 표현은
이 책의 82쪽에서 빌려온 것이다.

43) '희생자' 담론의 문제점은 가해자와 피해자의 이분법과, "가해자로서 주체화된 사람들
    속에 잠재되어 있는 살해당할 위험성과 피해자로서 주체화된 사람들이 가진 저항의 가
    능성을 봉인한다"는 데 있다. 이에 대해서는 도미야마 이치로, 임성모 역,『전장의 기
    억』, 이산, 2002, 150쪽 참조.
     여기서는 자세히 논증할 여유가 없지만, 1920년대 신채호의 역사 이해는 희생사관과의
    단절이라는 측면에서도 조명될 수 있다. 이 시기 신채호의 글에 빈번하게 등장하는 메
    타포로서 '노예', '부랑자', '절도자'는 결코 '희생자'를 가리키지 않는다. 이들은 '주인',
    '경찰'과 동등한 폭력의 주체였다. 마지막에 신채호는 '폭력'에서 식민사회를 해체할 가
    능성을 찾아내고자 했다.

44) 푸코에 따르면, '계보학'은 과학적 담론의 기능과 제도화에 관련된 중앙집중적 권력의
    효과에 대항하는 '봉기'이다. 다시 말해 계보학은 역사적 앎들을 예속상태에서 해방시
    켜 자유롭게 만들기 위한, 그것들이 통일적이고 형식적이며 과학적인 이론적 담론의 강
    제성에 대항하여 투쟁하고 반대할 수 있도록 하기 위한 과업이다. 미셸 푸코, 박정자
    역,『사회를 보호해야 한다』, 동문선, 1998, 26-28쪽 참조.

신채호가 「총론」의 역사 이론과 연구 방법론을 적용한 대표적인 역사 비평은 「조선역사상 일천 년래 제일 대사건」이다. 그는 「총론」 맨 마지막 절 "사의 개조에 대한 우견"에서 역사를 다시 쓸 때 적용해야 할 방법으로 (1) 계통(系統)을 구(求)할 것, (2) 회통(會通)을 구(求)할 것, (3) 심습(心習)을 거(去)할 것, (4) 본색(本色)을 존(存)할 것을 제시했다. 먼저, '계통'을 구하는 일은 단편적이고 개별적인 듯한 사실을 시간 순서에 따라 통일적으로 연결하거나 체계화시키는 작업으로 인과관계를 규명하는 데 기본적이고도 중요한 과정이다. 둘째, "전후 피차의 관계를 類聚"하는 '회통'은 위와 같은 단순한 인과분석이나 실증사학의 미시적 인과분석과는 구별되는 거시적 인과관계 분석에 해당한다.45) 신채호는 회통의 방법을 설명하면서 그 예로 고려 중엽의 서경전투를 분석했는데, 「조선역사상 일천 년래 제일 대사건」은 이를 심화, 확대한 글이다. 이 글은 '회통적' 분석과 해석으로 과거의 역사서술을 뒤엎은, 역사 다시쓰기의 대표적인 예이다.

조선 근세에 종교나 학술이나 정치나 풍속이 사대주의의 노예가 됨이 무슨 사건에 원인함인가. 어찌하여 효하며 어찌하여 忠하라 하는가. 어찌하여 공자를 높이며 어찌하여 이단을 배척하라 하는가. 어찌하여 태극이 兩儀를 낳고 양의가 八卦를 낳는다 하는가. 어찌하여 修身 연후에 家齊요, 가제 연후에 國治인가 ……(중략: 인용자)…… 先聖의 말이면 그대로 좇고 先代의 일이면 그대로 행하여 一世를 몰아 殘弱, 衰退, 부자유의 길로 들어감이 무엇에 원인함인가. 왕건의 창업인가 위화도의 회군인가, 임진의 왜란인가, 병자의 호란인가, 사색의 당파인가, 반상의 계급인가, 文貴武賤의 폐인가, 程朱學說의 遺毒인가. 무슨 사건이 前述한 종교·학술·정치·풍속 각 방면에 노예성을 산출하였는가. 나는 一言으로 회답하여 가로되, 고려 인종 십삼년 西京戰役 즉 묘청이 김부식에게 패함이 그 원인이라 한다.46)

---

45) 신일철, 앞의 책, 146-147쪽 참조.
46) 신채호, 「조선역사상 일천 년래 제일 대사건」, 『단재 신채호 전집』 中, 103쪽.

신채호는 조선에서 종교, 학술, 정치, 풍속 등 모든 방면이 사대성을 띠게 된 계기로 서경전투를 들었다. 역대 사가들은 서경전투를 다만 "왕사(王師)"인 김부식이 "반적(叛敵)"인 묘청일파를 친 사건으로 기록했다. 그런데 신채호에 따르면, 이는 "근시안의 관찰"이다. 서경전투는 "낭(郎)·불(佛) 양가(兩家) 대(對) 유가(儒家)의 싸움이며, 국풍파 대 한학파의 싸움이며, 독립당 대 사대당의 싸움이며, 진취사상 대 보수사상의 싸움"이었다. 묘청은 전자의 대표였고 김부식은 후자의 대표였다. 신채호는, 김부식이 묘청을 정벌한 이 사건을 조선 사회에 사대 관념과 유교적 역사의식이 부식된 기점이라고 보았다.

비교적 소규모였고 단기간에 마무리 된 서경전투를 1, 2천 년 동안 있었던 사건들 가운데 가장 큰 사건이라고 본 데 드러나듯이, '회통'의 특징은 무엇보다 연대기적 시간이나, 바로 앞에 일어난 일이 원인이 되는 식의 사물화된 인과관계로 구성되는 역사의 연속성을 거부한다는 점이다. '회통적' 역사 해석에서는 설사 천 년 전에 있었던 일일지라도 오늘날을 특징짓는 현상과 직접적 또는 상징적으로 연관되어 있으면, 그 사건은 영원히 현장성을 가진다. '회통적' 역사 해석에서는 시간의 근접 정도나 표피적 인과관계는 중요하지 않다.

또 하나 주목할 점은, 신채호가 과거로부터 '있었던 일'이 아니라 '일어날 수 있었던 일'을 집어내고 있다는 사실이다. 있었던 일의 결과만 이야기하는 역사는 지배자와 승리자의 역사를 벗어날 수 없다. 벤야민의 표현대로 "결을 거슬러서 역사를 솔질하는" 일, 즉 억눌리고 패배한 자의 입장에서 역사를 서술하는 일은 결과가 아니라 결과에 선행한 대립들과 투쟁들을 보여주는 것이며, 나아가 그 지나간 대립들, 투쟁들을 현재에 지속시키는 것이다. 따라서 문제는, '과거에 본래 어떠했는가'가 아니라 '그것이 어떠할 수 있었을까' 또는 '그것이 어떠해야 했을까'이다.

이 戰役에 묘청 등이 패하고 김부식이 승하였으므로 조선사가 사대적 보수적 속박적 사상─유교사상에 정복되고 말았거니와, 만일 이와 반대로 김부식이 패하고 묘청 등이 승하였더라면 조선사가 독립적 진취적 방면으로 진전하였을 것이니, 이 전역을 어찌 一(二)千 年來 第一 大 事件이라 하지 아니하랴.[47]

위에서 신채호는 '만일 김부식이 패하고 묘청이 이겼더라면 조선사가 독립적, 진취적 방면으로 나아갔을 것'이라고 추측하고 있다. 그는 「총론」에서도 비슷한 방식으로 고려 우왕과 이성계, 궁예와 왕건에 새로운 접근을 시도했다. 그에 따르면, 우왕과 이성계를 역사적으로 평가하기 위해서는 명나라에 대해 전쟁을 선포하고 요동의 옛 땅을 회복하려 했던 우왕의 계획이 성공할 일인가 실패할 일인가, 성패간(成敗間) 그 결과가 이로울 것인가 해로울 것인가를 고려해야 한다. 또 왕건과 궁예를 평가하기 위해서도 신라 이래 숭상해온 불교를 개혁하여 새로운 불교를 세우려했던 궁예의 계획이 성취될 수 있었을까, 성취되었다면 그 결과가 어떠했을까를 생각해보아야 한다.[48] 일어나지 않은 사건을 역사적 평가의 기준으로 삼는, 이런 식의 접근은 객관성과 사실성을 목표로 하는 근대 실증사학의 설명 원리와는 전혀 다른 것이다.[49]

신채호가 역사를 다시 쓰면서 모아들인 것은 '아직 역사가 되지 못한' 단편들이었다. 그는, 현재와는 다른 상태로 역사를 이끌었을지도 모르는 과거의 위기적(critical) 순간, 즉 과거에 '일어날 수 있었을지도 모르는 일', '일어날 수 있었던 가능성'을 더듬어 집어내고자["摸捉"] 했다. 이는, 과거에서 현재로 현재에서 미래로, 마치 자동적으로 시간이 전개되어 가는 것처럼 전제하는 역사에서는 결코 발견된 적이 없는 과거였다. 신채호는 과거와 현재를 잇는 진화론적, 선형적, 자동적인 연속성을 방해하고 이에 개입하는 식의, 새로운 역사 이해 방식을 제시하고 있다.

---

47) 신채호, 앞의 글, 104쪽.

48) 신채호, 「총론」, 『단재 신채호 전집』上, 68쪽.

49) 신채호식 접근은, 실증사학의 관점에서는 '객관적 법칙으로서의 자격이 없다'는 비판을 받게 된다. 이러한 비판에 대해서는 신일철, 앞의 책, 162-164쪽 참조.

신채호의 역사 다시쓰기 작업에 지침이 된 것은 현재의 변혁가능성이었다. 과거를 아는 것이 현재를 적극적으로 변혁해 가는 비판적인 역사적 상상력을 기르는 일이 되도록 하기 위해서는 상기된 기억에 '미래지향성'이 부여되어야 한다. 예컨대 「용과 용의 대격전」은 바로 이러한 '기억의 미래화' 작용에 의해 가능해진 역사적 상상력의 산물이라고 할 수 있다. 「용과 용의 대격전」에서 "드래곤"은, 지배자들과 승리자들이 억압하거나 속이고 복종시키고 저항을 소멸하기 위해 사용해 온 모든 제도, 기관, 수단을 "파괴"하는 "혁명"을 촉발하고 추동한 "叛黨과 亂賊"으로서, 복신, 연개소문, 궁예, 견훤, 묘청, 정여립 같은 역사 속의 "반역자", "혁명자"들과의 "교유"를 통해 성장한 존재이다.50) 신채호의 역사에서 과거의 상기는 현재를 결정하는 힘이 아니라 현재를 변혁하고 미래를 상상케 하는 힘으로 기능한다.

그런데 새로운 미래를 상상하는 데 빠뜨릴 수 없는 과정은 퇴적된 역사의 중압에 의해 식민화된 의식을 해방시키는 일이었다. 신채호는 역사 다시쓰기의 네 가지 방법 가운데 맨 마지막으로 "시대의 本色"을 그릴 것을 들었다.51) 이는 실증사학이 주장하는 '사실 그대로의 역사 서술', 즉 객관적 인식을 강조한 언술이 아니다.52) 시대의 '본색'이란 지배자의 이야기가 아니라 억눌린 자의 이야기, 기록된 전통이 아니라 기록되지 못한 전통을 가리킨다. 따라서 "본색을 存"한 역사를 쓰기 위해서는 지배자의 이야기, 기록된 전통을 철저히 검증하고 비판하는 작업이 선행되어야 한다. 그래야 숨겨진 사건들과 억압된 서사들이 자신의 진정한 모습을 드러내 보일 수 있기 때문이다.

이성계가 고려末王 禑의 목을 베이고 그 자리를 빼앗을 때, 後人이 「以臣

---

50) 신채호, 「용과 용의 대격전」, 『단재 신채호 전집』 별집, 275-298쪽.
51) 신채호, 「총론」, 『단재 신채호 전집』 上, 64-65쪽.
52) 이만열은 '본색'을 '사실 그대로의 역사 서술', 즉 객관적 인식을 강조하는 개념으로 보았다. 이만열, 앞의 책, 156-157쪽 참조.

弒君」의 죄를 加할까 하여, 백방으로 「禍는 원래 王氏의 왕통을 잇지 못할 妖僧 辛旽의 賤妾 般若의 所出」이라 하여 ……(중략: 인용자)…… 아무쪼록 禍의 辛氏임을 巧證하였다. ……(중략: 인용자)……

그러나 왕건이 궁예의 諸將으로 궁예의 은총을 받아 大兵을 맡게 되매, 드디어 궁예를 쫓아 客死케 하고, 또한 「以臣弒君」의 죄를 싫어하여, 全力으로 集中하여 궁예의 可誅할 죄를 구할 새, 「궁예는 신라 憲安王의 자식으로서, 왕이 그의 五月 五日 生함을 미워하여 棄하였더니, 궁예가 이를 怨하여 起兵 討賊하여 신라를 滅하려 하여 某寺에서 벽에 그린 헌안왕의 像까지 칼로 쳤다」고 하였다. ……(하략: 인용자)……53)

위 인용문의 핵심은 지배자의 이야기, 기록된 전통에 대한 비판과 도전이다. 전통적 역사서들에는 고려의 우왕이 왕 씨의 혈통이 아니라 승려 신돈의 자식이라고 기록되어 있고, 궁예는 신라 헌안왕의 아들로 기록되어 있다. 그런데 신채호에 따르면 이러한 기록은 믿을 만한 것이 못 된다. 역사서들이 우왕을 미천한 출신으로 만들고 궁예를 고귀한 신분으로 만든 이유는, 우왕을 죽이고 왕위에 오른 이성계와, 궁예를 축출하고 왕위에 오른 왕건에 대한, '이신시군'이라는 도덕적 비판을 회피하기 위해서였다. 예컨대 신라의 왕자인 궁예가 아버지인 헌안왕에 불효하고 신라에 불충(不忠)했다는 이야기는, 자신에게 은총을 베푼 궁예를 내쫓고 왕위를 차지한 왕건의 행위를 합리화하기 위한 구실에 불과하다. 역사서가 한낱 걸승(乞僧)이었던 궁예를 신라의 왕자로 승격시킨 것은, 궁예를 "죽어도 죄가 남을" 부도덕한 존재로 만들기 위해서였다는 얘기다. 여기서 신채호는 기록된 전통을 조롱하고 승리자의 이야기를 해체하며 유교적 윤리관에 도전하고 있다.

신채호는 전통적인 유교적 역사서술에서 무시당하고 모욕당하고 배척된, 그래서 "그 영향이 거의 零度"가 된 인물들을 활성화하고자 했다.54) 그는 주자학적 이데올로기에 기반한 존왕적 왕조사관에 반대한

---

53) 신채호, 앞의 글, 66쪽.
54) 역사서술에서 억압되어온 '창조적', '혁명적' 인물들의 회귀를 시도한 신채호의 '기억

정여립 같은 "突飛的, 혁명적 학자"[55]를 되살려 놓고자 했다. 또 그는 "괴이한 도적[妖賊]" 혹은 "미친 자[瘋狂者]"로 기록되어 있는 묘청을 진취적이고 독립적인 사상의 소유자로 다시 평가했다. 신채호가 정여립이나 묘청 등에게서 신선하고 매력적이라고 생각했던 점은 '독립성', '창조성', '혁명성'이었다.[56] '실패한' 역사적 인물들에 대한 신채호의 재평가 작업은 유교적 역사서술의 "협애한 윤리관"[57]을 해체하고 잠식하며 낯설게 하고 있다.[58] 이것이 1900년대에 그가 「독사신론」 같은 역사 서사와 「을지문덕」 같은 전기 서사에서 인물을 선택하고 평가했던 방식과 크게 다른 점이다.

5. 계보학적 역사는 '민족'에 속하지 않는가?

지금까지 역사 담론과 서사의 상징능력이라는 문제를 중심으로 1920년대 신채호의 역사학적 도전과 그 실천을 살펴보았다. 1920년대 신채호의 역사학적 목표는 근대성과 국민－국가·민족주의, 그리고 진화론

의 정치'가 가지는 의미에 대해서는 김영범, 앞의 글, 57-58쪽 참조.

55) 신채호, 「총론」, 『단재 신채호 전집』 上, 72쪽.

56) 신채호, 「실패자의 神聖」, 『단재 신채호 전집』 下, 125쪽; 「총론」, 『단재 신채호 전집』 上, 73쪽.

57) 신채호, 「총론」, 『단재 신채호 전집』 上, 67쪽.

58) 신채호는 역사비평들뿐 아니라 「도덕」, 「이해」, 「인도주의 可哀」 등 여러 에세이에서 '윤리' 혹은 '도덕'의 문제에 집중했는데, 그의 '도덕'론은 당시 이광수 등에 의해 유포되던 도덕 담론과 중요한 상호텍스트적 관계를 맺고 있었다. 예컨대 신채호는 「도덕」에서 "或者가 우리나라 멸망이 도덕 없는 데서 원인되었다 하면, 나는 이 말을 매양 痛罵하며 배척하여, 아니라 아니라, 하였노라. 그러나 나는 도덕을 배척함이 아니라, 그의 말하는 도덕이 편벽한 도덕이며 迂妄한 도덕이라, 興復케 할 도덕이 아니라 멸망에서 더 멸망케 할 도덕인고로, 이를 배척함이라."고 말하고 있다.(『단재 신채호 전집』 下, 137쪽) 위 글에서 비판의 표적은 바로 이광수와 그의 '민족개조론'이다. 여기서 자세히 논의할 수는 없지만, 역사비평을 통한 유교적 윤리의 해체는 당시의 정치, 사회적 상황과 직접적으로 연관되어 있었다고 볼 수 있다. 이에 대해서는 더 상세한 검토가 필요하다.

적 역사의 상호보완적 순환 고리를 끊는 것이었다. 신채호는 서양 근대 역사학의 이론과 연구 방법론을 수용하는 한편, 그것에 의해 제공된 주체(민족), 진보, 승리의 서사에 의문을 제기하고 그로부터 떨어져 나오려 했다. 이는 계보학적 역사로 구체화되었다. 신채호는 전통적인 유교적 역사 서술에 의해 억압되고 무시당한 사건들과 서사들을 활성화시켰다. 또 그는 정통적인 유교적 역사서에 의해 억눌리고 버림받은 인물들에 대한 수정주의적 해석을 내놓았다. 신채호는 계보학적 역사를 통해 진화론적, 선형적, 자동적인 역사의 연속성을 방해하고 이에 개입하는 식의 역사를 실천했다.

그런데, 푸코가 경계했던 것처럼, 계보학적 단편들을 끄집어내어 부각시키고 유통시킨 순간부터 이 단편들이 통합적 담론들에 의해 다시 코드화되고, 다시 식민 상태로 떨어질 위험은 없을까? 혹은 계보학적 단편들에 의해 새로운 통합적 담론이 구축될 위험은 없을까?59) 「조선역사상 일천 년래 제일 대사건」에서 신채호는 서경전투를 낭가・불가/유가, 독립/사대, 국풍/한학, 진취/보수의 대결로 보고, 그 이전을 자주 시기, 그 이후를 사대 시기로 나누었다. 여기서 자주/사대는 조선사의 시대를 구분하는 기준이 된다. 역사서술에서 시대구분이 발휘하는 상징능력을 고려했을 때, 신채호가 자주/사대로 시기를 묶어버림으로써 민족적 주체의 순수성을 상징화하고 있다는 혐의를 부인할 수 없다. 신채호는 상세─중세─근세의 시대구분 전략에 참여하지 않음으로써 근대의 계몽주의적 역사 담론에 연루되지 않을 수 있었지만, 다른 한편에서 그는 유사한 통합적 담론을 만들어내고 있었던 것이다. 그렇다면, 그가 되살려낸 이런저런 계보학적 단편들이 이 통합적 담론에 의해 다시 식민화될 위험은 없을까? 신채호의 역사 실천이 '민족'이나 다른 어떤 것으로 회수될 위험은 없을까?

아래와 같은 이유에서 위 질문에 대한 대답은 과제로 남기고자 한다.

---

59) 미셸 푸코, 앞의 책, 29쪽 참조.

식민사회를 해체할 가능성을 계속 사고했던 신채호는 궁극에서는 도덕도, 문화도, 역사도 아닌 '테러' 즉 폭력으로 나아갔던 것으로 보인다. 그가 「선언문」, 「금전·철포·저주」, 「용과 용의 대격전」 같은 최후의 글들에서 폭력을 생각하고 서술해 나간 과정은 계몽주의적 역사에 대한 더 강력한 거부를 보여주는 것일까? 아니면 역사 서술 자체에 대한 절대적인 절망을 드러내는 것일까? 그것도 아니라면, 앞서 짧게 언급한 대로 신채호가 해방시키고 활성화시킨 바로 그 계보학적 단편들이 현재를 변혁하고 새로운 미래를 여는 힘(폭력)으로 작동하는 것일까? 신채호의 계보학으로서의 역사 실천이 어떻게 기능했는가를 좀 더 분명히 이해하기 위해서는 그가 폭력에서 어떤 가능성을 발견했고 그것을 어떻게 서술해 나갔는가를 고찰해야 한다.

주제어 : 역사, 서사의 상징능력, 국민 – 국가, 민족주의, 계몽주의적 역사, 전통적인 유교적 역사, 주체사관, 진보사관, 승리사관, 계보학으로서의 역사

◆ 참고문헌

1. 자료
신채호,『단재 단재 신채호 전집』상·중·하·별집, 형설출판사, 1977.
──── , 김병민 편,『신채호 문학 유고선집』, 연변대학출판사, 1993.
유길준,『유길준 전서』1, 일조각, 1971.

2. 단행본
강만길,『신채호』, 고려대 출판부, 1990, 200-250쪽.
김영민,『한국근대소설사』, 솔, 1997, 83-119쪽.
김현주,『이광수와 문화의 기획』, 태학사, 2005, 39-84쪽.
신용하,『증보 신채호의 사회사상 연구』, 나남출판, 2004, 300-470쪽.
신일철,『신채호의 역사사상연구』, 고려대 출판부, 1981, 94-162쪽.

이만열, 『단재 신채호의 역사학연구』, 문학과지성사, 1990, 44-160쪽.

최원식, 『한국계몽주의문학사론』, 소명출판, 2002, 312-324쪽.

Henry H. Em, *Nationalist Discourse In Modern Korea: Minjok As A Democratic Imaginary*, Illinois: Chicago, 1995, pp.1-47.

Michael Foucault, 박정자 역, 『사회를 보호해야 한다』, 동문선, 1998, 17-40쪽.

Prasenjit Duara, 문명기·손승희 역, 『민족으로부터 역사를 구출하기』, 삼인, 2004, 21-87쪽.

Walter Benjamin, 반성완 편역, 『발터 벤야민의 문예이론』, 문예출판사, 1995, 343-356쪽.

도미야마 이치로, 임성모 역, 『전장의 기억』, 이산, 2002, 148-179쪽.

3. 논문

김기승, 대전대학교 지역협력연구소 편, 「신채호의 진화사관과 혁명사관의 대치」, 『단재 신채호의 현대적 조명』, 다운샘, 2003, 153-156쪽.

김성진, 「단재 신채호의 문자행위연구-사상과 글쓰기의 대응 양상을 중심으로」, 『선청어문』, 서울대 국어교육과, 2000, 487-500쪽.

김영범, 「신채호의 '조선혁명'의 길」, 『한국근현대사연구』 18, 한국근현대사학회, 2001, 39-67쪽.

김동택, 「『국민수지(國民須知)』를 통해 본 근대 '국민'」, 『근대계몽기 지식 개념의 수용과 그 변용』, 소명출판, 2004, 193-221쪽.

김재용, 「국민과 민족-신채호를 중심으로」(학술대회 발표문), 연세대 근대한국학연구소, 2004, 1-9쪽.

김현주, 「문화, 문화과학, 문화공동체로서의 '민족'-최남선의 '단군학'을 중심으로」, 『대동문화연구』 47, 성균관대 대동문화연구원, 2004, 221-247쪽.

박노자, 「개화기의 국민 담론과 그 속의 타자들」, 『근대계몽기 지식 개념의 수용과 그 변용』, 소명출판, 2004, 223-256쪽.

박지향, 임지현·이성시 편, 「역사에서 벗겨내야 할 '신화들'」, 『국사의 신화를 넘어서』, 휴머니스트, 2004, 393-405쪽.

신용하, 「신채호의 민족독립운동론의 특징」, 『신채호의 사상과 민족독립운동』, 단재 신채호선생 기념사업회, 형설출판사, 1986, 289-296쪽.

윤해동, 임지현·이성시 편, 「식민지 근대와 대중사회의 등장」, 『국사의 신화를 넘어서』, 휴머니스트, 2004, 235-263쪽.

이호룡, 「신채호의 아나키즘」, 『역사학보』 177, 역사학회, 2003, 67-104쪽.

조관자, 「'반' 제국주의의 폭력과 멸죄(滅罪)의 힘-중국망명기의 신채호와 동시대의 폭력비판론」, 『문화과학』 24, 2000, 169-187쪽.

최성철, 「파국과 구원의 변증법－발터 벤야민의 탈역사주의적 정치철학」, 『서양사
　　　론』 79, 한국서양사학회, 2003, 55-85쪽.
하정일, 「급진적 근대기획과 탈식민 문학의 기원」(학술대회 발표문), 민족문학사연구
　　　소 기초학문연구단, 2004. 5, 251-267쪽.
요네야마 리사, 코모리 요우이치·타카하시 테츠야 편, 이규수 역, 「기억의 미래화에
　　　대해서」, 『내셔널 히스토리를 넘어서』, 삼인, 2000, 278-296쪽.

◆ 국문초록

　이 논문의 목적은 1920년대 신채호의 역사학적 도전과 그 실천이 가진 의미를
논의하는 것이다. 좀 더 구체적으로 말해, 본고는 1920년대에 신채호가 근대성과
근대의 헤게모니적 정치 형식인 국민－국가를 반박하고자 했을 때, 역사에 대한
그의 생각은 어떤 것이었는지, 그리고 어떤 역사가 씌어질 수 있었는지를 확인하
고자 했다. 이를 위해 본 연구자는 신채호의 역사 이론과 연구방법론이 집약된 『朝
鮮上古史』 「總論」과, 「朝鮮歷史上 一千 年來 第一 大事件」 등 주요 역사비평을 대
상으로 역사 담론의 서사적 차원, 즉 서사를 구성하는 데 동원되는 어휘(개념), 수
사법, 시대 구분에 대한 사유와 그 실천을 검토했다. 이에 아래의 결론을 얻었다.
1920년대 신채호의 역사학적 목표는 근대성과 국민－국가·민족주의, 그리고 진화
론적 역사의 상호보완적 순환 고리를 끊는 것이었다. 신채호는 서양 근대 역사학
의 이론과 연구 방법론을 수용하는 한편, 그것에 의해 제공된 주체(민족), 진보, 승
리의 서사에 의문을 제기하고 그로부터 떨어져 나오려 했다. 이러한 지향에 의해
신채호의 역사는 계보학의 성격을 띠게 되었다. 그는 전통적인 유교적 역사 서술
에 의해 억압되고 무시당한 사건들과 서사들을 활성화시켰다. 또 그는 정통적인
유교적 역사서에 의해 억눌리고 버림받은 인물들에 대한 수정주의적 해석을 내놓
았다. 신채호는 계보학적 역사를 통해 진화론적, 선형적, 자동적인 역사 서사를 방
해하고 이에 개입하는 식의 역사를 실천했다.

◆ SUMMARY

A study on the relation of 'History' to the mode of narrative in Shin, Chae−ho's works

Kim, Hyun-Ju

The aim of this thesis is to discuss Shin, Chae−Ho's historical challenge and the practice in 1920's. Concretely, I tried to ascertain what was his idea of history and which history could be written as he was going to repute modernity and nation−state in 1920's. I examined the narrative dimension of historical discourse, namely symbolic ability of term (concept), rhetoric, and period division mobilized to narrative formation in 『朝鮮上古史』「總論」 and 「朝鮮歷史上 一千 年來 第一 大事件」 etc. The result is as follows. The goal of Shin, Chae−Ho's history was to break through the circulation of modernity, nation−state · nationalism, and the progressive history. On the one hand he accepted western historic theory and methods. But on the other hand, he had a doubt about the subjective, progressive, and victor's view of history which were offered by western modern history. And he tried to become independent of it. This intention is realized through a history as genealogy. His genealogy released and revitalized the bygone occurrences and narratives oppressed and disregarded by traditional Confucian history. And he presented revisionist interpretations of historic characters pressed and thrown away by traditional Confucian history. Shin, Chae−Ho's ‘history’ obstructed and interfered with progressive, linear, automatic history.

Keyword : history, symbolic ability of narrative, nation − state, nationalism, history of enlightenment, traditional Confucian history, subjective view of history, progressive view of history, victor's view of history, history as genealogy

−이 논문은 2004년 12월 31일에 접수되어, 소정의 심사과정을 거쳐 2005년 1월 31일에 게재가 확정되었음.

태평양 전쟁기 남방 종족지와 제국의 판타지

권 명 아*

목 차

1. 재현의 스펙타클, 관객과 연기자 – 파시즘과 ‘최소한의 도덕’

영화의 주간 뉴스: 마리아나 제도를 침공한 일, 특히 괌도를 침공한 일을 보도하는 주간 뉴스에서 인상 깊은 점은 전쟁에 관한 것이 아니라 대단한 열정으로 착수된 기계적인 거리 노동과 폭파 노동이며, 또한 ‘연기나 가스로 병충을 제거하는 것’, 즉 텔루륨에 의한 해충 제거 실험이었다. 이 실험은 풀이 자라지 않을 정도로 실행되었다. 적군이 환자와 시체로 되었다. 파시즘하의 유대인처럼 적군들은 기술적, 행정적 조처의 대상 역할을 담당했고, 만약 적군이 저항할 경우 그 대응 조처도 똑같은 성격을 지녔다. 아주 끔찍한 것은 바로 옛날 방식의 전쟁에서보다 더 많은 이니셔티브가 어떤 식으로든 요

* 연세대 국학연구원 연구교수. 이 논문은 2002년도 한국학술진흥재단의 지원에 의하여 연구되었음(KRF-2002-073-AM1008).

328

청된다는 것이며, 또한 주체의 말살을 도입하기 위해 주체의 에너지가 요구된다는 것이다. 완성된 비인간성이란 결국 에드워드 그레이[1]가 인간적으로 꿈꾼 것, 즉 증오 없는 전쟁의 실현인 것이다.(1944년 가을)[2]

二月 十五日 日曜 晴

종일 집에 눕다. 겨울 동안의 怠惰는 불건당의 탓이니 나는 이것을 깊이 허물하지 않고 한가한 시간에는 반다시 몸의 온도를 도모하기로 하고 있다. 음력 초하로라 쓸쓸히 지나기도 멋해 저녁 호텔에서 S와 晚餐을 같이하다. 食卓의 접시가 얼마 前보다 한가지 줄고 사과쨈물도 버석버석한 것이 도모지 범절이 검박하기 짝없다. 흰 식탁보와 꽃묵음만이 변치않고 호사스럽다. 시간이 조금 느졌으나 東寶에서 조선영화 『豊年歌』[3]를 보기로하다. 또하 나의 駄作, 지금까지의 조선영화다, 거개 그러했듯이 한편의 민속적인 풍속도에 지나지 않는다. 이제는 발서 영화다운 영화를 맨들어도 조흘때가 아닌가. 웨그리 想像力이 貧困하고 構成이 설필까. 영화인들의 一段의 奮發을 바라마지 않는다. 金信哉의 演技는 個性的이여서 그것으로서 좋은 것이나 좀 더 線을 정리했으면 한다. 가량 쓸데없는 몸신융이라든지 번거로운 表情같은 것은 애낌없이 버리고 可及的簡潔한 表現을 가지기를 바란다. 影寫의 도중에서 畵幅이 끈허지고 사舘內에 불이켜지드니 라우드 스피커가 싱가폴 陷落의 特別『뉴우스』를 일너준다. 아나운서의 聲道로 觀衆이 萬歲를 和唱하다. 거리에 나서니 어린지 없이 騷然한 氣色이 떠돌며 祝賀의

---

1) Edward Grey(1862~1933): 영국의 국회의원, 외무장관 시절에는 세계 여러 지역에서 일어난 강대국간의 마찰을 중재하려고 노력하였다.
2) 테오도르 아도르노, 최문규 역, 『한줌의 도덕―상처 입은 삶에서 나온 성찰』, 솔, 1995, 83쪽.
3) 영화 『풍년가』는 고려영화사의 작품으로 1942년 1월 14일 개봉하였다.(『매일신보』, 1942년 1월 14일자에 따르면 개봉 극장은 약초극장으로 되어 있다) 이창용 기획·제작, 연출은 방한준(『한강』과 『성황당』의 연출가이다)이 맡고 있다. 『조광』 1941년 10월호 화보에 따르면 고려 영화사의 스타들이 올캐스트되었고, 맥추기(麥秋期)의 농촌을 배경으로 극과 르포르타쥬를 겸한 이색편이라고 한다. 이효석의 평에서도 보이듯이 조선적 색채의 '민속적' 영화의 한 예라 할 수 있다. 『조광』의 일어판 광고에서는 "순정, 소박, 쾌활하면서도 향기가 높은 영화", "현역스타 총동원, 엑스트라 천오백명", "역사적인 대로케이션을 감행한 서정물" "약진 고려영화가 내놓은 16년도 超大作"이라고 되어 있다. 당시로서는 상당히 스케일이 큰 영화였다는 것을 알 수 있다.

裝飾等이 발서 눈에 띄인다.

　S와 헤여져 바로 집으로 향하다. 찬바람을 쏘인 까닭인지 몸이 좀 거북하다. 밤이 지나면 다시 회복될 몸이언만.[4]

　1942년 일본이 남방을 정복함으로써 일미전은 본격화되었다. 독일 파시즘의 핍박을 피해 미국 망명에 오른 아도르노는 남방에 대한 미군의 반격을 보며, 아니 정확하게는 남방에 대한 미군의 반격을 '보여주는' 영화의 주간 뉴스 속에서 당시 전쟁의 진실을 발견한다. 그것은 다름 아닌 주체의 말살을 위해 더 큰 주체의 에너지가 요구되는 전쟁, 전쟁의 실감 대신 실험과 기계적 반복이 자리 잡은 비인간성의 완전한 실현, 즉 증오 없는 전쟁이라는 파시즘 전쟁의 귀결점이었다. 망명한 지식인 아도르노에게 파시즘과 파시즘 전쟁은 특히 문화 선전과 같은 재현 체계와 분리 될 수 없었다. 추방된 망명 지식인의 파시즘 비판의 가장 예리한 형식이라 할 수 있는『한줌의 도덕』은 다름 아닌 재현의 정치학에 대한 비판과 분리될 수 없었다. 이는 파시즘 정치가 재현의 스펙타클과 분리되기 어렵다는 것을 의미한다. 그런 점에서 파시즘 비판은 "사건들이 물화되어 경직된 채 주조되어 쏟아지는 현상이 사건 자체를 대체하고 있는" 그런 재현의 스펙타클에 대한 비판이기도 하다. 아도르노에 따르면 파시즘은 인간을 "괴물기록영화의 연기자들로 전락"시키는 체제에 다름 아니다.

　1940년대 남방을 둘러싼 일본과 미국의 각축전과 이를 재현하는 "영화의 주간 뉴스"를 바라보는 망명 지식인 아도르노와 식민지 지식인 이효석의 시선을 대조해보는 것은 어쩌면 식민지 지식인들에게는 부당하거나 혹은 가혹한 처사인지도 모른다. 파시즘의 폭력으로부터 일정한

---

4) 이효석, 「<풍년가> 보든날 밤」(전문), 『대동아』, 1942. 5. 남방 정복을 기념한 <戰時作家日記> 특집 글 중 하나이다. 여기에는 채만식의 「嬰兒는 나다」, 정비석의 「어떤 날의 정열」, 김팔봉의 「<新世界史 첫 章 쓰든날」, 계용묵의 「벼락편지 받든날」 등이 수록되어 있다.

거리를 취할 수도 정당한 비판적 의견을 표할 수도 없었던 식민지 지식인들에게서 태평양전쟁에 대해 망명지의 지식인과 같은 시선을 찾아낼 수는 없을 것이다. 그러나 적어도 인간을 괴물 기록 영화의 연기자들로 전락시켜서 전쟁이라는 끔찍한 현실을 '단순한 선전'으로 내보이려는 파시즘 정서에 대해, 또 이를 통해 전쟁의 전율이 이의 없이 실행되도록 만든 파시즘 체제에 식민지 조선의 지식인들이 어떤 반응을 보이고 있는가에 대해 질문할 수는 있을 것이다.

일기 형식으로 기술된 이효석의 글에서 싱가폴 점령일로 축하된 2월 15일의 의미는 버석거리는 사과잼의 맛이나, 범박하기 짝이 없는 식탁이나, 변치않고 호사스러운 흰 식탁보처럼 일상의 사소한 변화와 구별되지 않는다. 싱가폴 점령에 대한 선전이 상연되는 '극장'에 대한 이효석의 실감이란 김신재의 연기와 조선영화의 수준에 대한 불만과 영화인들의 분발을 촉구하는 변으로 드러날 뿐이다. 물론 이런 표면의 진술을 통해 당시 지식인들의 내면을 정확하게 판단하기는 어려울 것이다. 그러나 진술의 방식이 아니라 이런 식으로 전쟁을 실감하는 방식에는 오히려 당대 지식인들이 남방 정복에 대해 취했던 태도의 일단이 드러나 있다고도 할 수 있다. 남방 정복을 알리는(선전하고 재현하는) '극장' 안에 놓인 조선의 지식인들은 '괴물기록영화'(남방 편 괴물 기록영화는 '종족지'라는 새로운 버전을 만들었다)의 관객이자 연기자였다. 그리고 가능하면 '주인공'이나 비중 있는 배역을 맡고자 하는 연기자들이기도 하였다.

조선의 지식인들에게 남방 정복이란 전쟁의 실감보다는 경제의 실감으로 다가왔으며, 본질적으로는 정글의 법칙, 더 나아가서는 정글 탐험의 이미지로 실감되었다. 일본의 남방 정복이 정글의 법칙이나 정글 탐험으로 실감되었다는 것은 단지 비유의 차원을 의미하는 것은 아니다. 조선에서 생산된 남방에 대한 수많은 담론에서 '남방'은 서구 제국주의와 동양 맹주 일본 제국이 마지막 세를 겨루는 장이며, 이 역사적 장은 약육강식의 정글의 법칙의 한 형태였다. 또 남방 열도를 정복하는 일본군의 이미지는 마치 남방을 탐험하는 열혈 탐험가처럼 그려졌다. 아니 오히려 남방 정복에 있어서 '전투'의 이미지는 탐험의 이미지로 전환되 었다고 하는 것이 더욱 정확할 것이다.

　　손에손을 이어잡으십시오/발로 박자 맞춰 춤을 춥시다/토토타무타무/타무 타무토토타무

　　시빌의 젊은이들이여/자바의 아가씨들이여/손에손을 잡으면 새 날이 밝아 온다/아시아에 아침이 온다/토토타 무타무/타무타무토토타무

　　우랄에 깃발꽂고/바이칼에 푸울을 만듭시다/손에손을 맞잡으면 새날이 밝 아오는/태평양의 아침해가 솟아오릅 니다/토토타무타무/타무타무토토타무

　　박자를 맞춥시다 박자를 맞춥시다/인도의 코끼리 아저씨 앞에서/고비사막 의 기다란 목을 가진 낙타군 앞에 서/바다 표범씨가 보낸 편집니다요 캥거 루씨 앞으로/토토타무타무타무/타무타무토토타무

　　말레이해에 봉화가 오르면/캄카차에서 마라톤이 시작된다/손에손을 이어 잡고/발로 박자를 잘 맞춰서/삼단도 기술을 발휘합시다

　　아시아가 밝아오면/세계도 밝아진다/토토타무타무타무/타무타무토토타무[5]

이런 재현의 스펙타클 속에서 조선의 지식인들은 때로는 약육강식의 쟁탈전 속에서 약자도 강자도 아닌 조선의 '몫'에 대해 고민하고, 때로 는 하이에나의 생존술을 빌어 강자들의 전투의 결과물로 얻어낼 지분에

---

5) 주요한, 「손에 손을」, 『국민문학』, 1941. 11. 이런 식으로 남방을 정글 탐험의 이미지로 만드는 작업은 풍습과 문화를 소개하는 글들과 남방시(南方詩)에서 주로 이루어졌다. 특히 시 장르는 이처럼 남방을 뜨거운 열대 정글과 검둥이 토인의 이미지로 만드는데 중요한 역할을 담당하였다. 그러나 이는 단지 문학이라는 장르 자체의 특성에서 기인하 는 것이라 하기 어렵다. 이는 파시즘 정치의 미학화의 문제와 관련되는 것이다. 당시 남 방시, 남방 선전 문학은 엄청나게 생산된다. 대표적 작품만 골라도 백 여 편에 달한다.

대해 골몰하며, 또 일부 지식인들은 즐거운 탐험가가 되어 남방 열대를 탐험하는 몽상에 열을 올리기도 하였다. 그리고 이 모든 즐거운, 그러나 불안한 남방 모험의 기저에 놓인 것은 "더 많은 지분"에 대한 욕망이었고 이 욕망을 정당화하는 것은 자기 정체성과 '지위'에 대한 불안감이다. 그런 점에서 본고에서 남방 정복을 둘러싼 재현의 스펙타클과 그 기저에 놓인 식민지 지식인의 욕망의 구조를 고찰하면서 생각해보고자 하는 문제는 파시즘 체제의 욕망과 폭력으로부터 벗어날 수 없는 제한된 상황에서, 그 폐쇄된 상황에서도 적어도 자신을 파시즘적 폭력과 동일시하지 않을 수 있는 최소한의 도덕은 없는가라는 질문이다. 그리고 이 질문은 단지 식민지 조선 지식인의 생존술과 파시즘 인식에 대한 것만이 아니라 여전히 파시즘적 폭력과 욕망의 구조에서 자유로울 수 없는 우리 자신을 향한 것이기도 할 것이다.

2. 잉여로서의 남방 담론과 과잉된 응답의 역설

남방의 존재가 식민지 조선의 담론 공간에 등장하기 시작한 것은 1939년 말엽부터이다. 남방에 대한 열광은 1941년 12월 8일 일본이 싱가폴을 점령하면서 극에 이른다.

일제 말기에 대한 기존 연구에서 남방에 관한 담론들은 별도의 독립적 위치로 연구되지 못했다. 이는 1940년대에 대한 연구가 총력동원과 조선에 대한 '수탈'의 가속화, 태평양전쟁 동원을 위한 이데올로기, 황민화 정책 등 몇 가지 주요 사안에 집중되어 있었기 때문이다. 남방에 관한 담론들은 태평양전쟁 담론 일반으로 다루어지면서 그 변별적 성격에 대해 규명되지 못한 것이다. 또한 태평양전쟁과 관련된 논점 역시 학병 권유, 대동아성전에 대한 찬양 등 몇 가지 사안에 초점이 맞춰져왔다. 이는 물론 여전히 일제 말기의 실상을 파악하는데 주요한 논점이지만 이러한 논의의 편중은 태평양 전쟁기 식민지 조선에서 생산된 담론 구조를 단순화하고 일면화한 측면이 있다고 할 수 있다. 즉 1940년대 조선에 대한 논의가 주로 일제의 지배 정책과 그것과의 길항 관계에 놓인 조선인들의 반응, 협력 등을 중심으로 이루어지다 보니 주로 정책과 그 반응이라는 일대일의 구조로 논의가 협소해진 문제가 있다고 할 것이다. 물론 1940년대 조선에서 일제와 총독부의 정책 바깥에 놓여질 만한 담론 구조가 생산될 수 있는가하는 근본적인 의문이 제기될 수 있다. 문제는 이 '바깥'의 담론이 꼭 저항의 의미만을 내포하지는 않는다는 점이다.

일례로 남방 담론의 경우 제국과 총독부의 정책을 선전하고 그에 부응하는 찬동의 담론이 주류를 이루지만 총독부의 정책이나 관료의 입장들을 초과하는 과잉된 열기가 조성된다. 이 과잉된 열기는 실상 총독부와 제국의 이념과 상응하지 않는 잉여의 부분, 그 바깥이기도 하였다. 그러나 이 잉여의 담론, 남방에 대한 과잉된 열기는 제국의 정책이나 총독부의 노선에 대한 저항도, 부정도 아닌 오히려 역으로 총독부나 제국의 노선을 초과한 잉여의, 과잉된 식민주의의 반영이라 할 수 있다. 또한 남방열이라 불린 남방에 대한 조선 지식인들의 과잉된 열광은 내선일체와 대동아 공영권이라는 이데올로기를 통해 일본 제국의 신민으로 호출하는 제국의 호명 체제에 대한 식민지 조선 지식인들의 과잉된 응답의 한 형식이라 할 수 있다. 비슷한 시기에 진행된 징병제나 내선일체론에 대한 일부 지식인들의 열렬한 응답 역시 이런 연장에 놓여있다고 할 수 있다. 그러나 징병제, 참정권 논의 등 일제의 황민화 정책에 대한 열렬한 응답이 일종의 '권리 획득'이라는 차원의 실익과 관련된 사항이었다면 남방에 대한 열기는 남방 정복에 따른 경제적 이해관계의 변화라는 실익의 차원을 넘어서 일종의 '환영'을 향한 열광이었다고 할 수 있다. 그런 점에서 남방 담론은 조선의 지식인에게 대동아 공영권의 한 주체로서, 일본 제국의 신민으로서 자신을 구성케하는 제국의 판타지를 형성했다고 할 수 있다. 그러나 남방 열기를 둘러싸고 조선의 본래 위치, 적절한 위치에 대한 경계의 담론이 늘어날 수밖에 없었듯이 이러한 과잉된 응답은 한편으로는 제국의 호명 체제와 일치하지 않는 어긋남을 구성하는 것이었다. 그런 점에서 남방에 대한 조선 지식인들의 과잉된 응답은 제국의 부름에 열렬히 응답함으로써 오히려 제국의 호명체제와 어긋나는 피식민 주체의 현실적 위치를 더욱 선명하게 보여주는 것이다. 이런 어긋남은 남방 담론과 남방 열기의 기저에 조선의 위치에 대한 불안감이 중요하게 자리 잡고 있었다는 점에서도 확인된다.

그런 점에서 남방 담론은 이른바 대동아 공영의 이념이나 내선일체 등 황민화의 이데올로기가 피 식민자인 조선인들에게 일으킨 현실화 효과를 살펴보는데 있어서 중요한 고리라 할 수 있다. 대동아 공영의 이념이나 황민화 이데올로기가 조선에 있어서 실제로 어떤 현실적 귀결로 나타났는가 하는 점은 여전히 중요한 논점이다. 그러나 이데올로기 분석에 있어서 간과할 수 없는 것은 이데올로기의 현실화 효과이다. 또한 이데올로기와 그 현실화 효과는 일대일 상동 구조나 직접적 인과 관계와 같은 형태로 나타나는 것만은 아니다. 기존의 황민화 정책에 대한 연구나 대동아 공영의 이념이 식민지 조선인의 의식에 미친 결과에 대한 연구들은 이러한 정책과 이데올로기가 '실제로' 어떻게 일대일의 귀결점을 나타냈는가 하는 점에 초점이 맞추어져 왔다. 또한 그 결과 황민화 정책과 대동아 공영의 이념은 도래하지 않는 현실적 결과물에 대한 공허한 '선전'의 의미로 평가되어 왔다. 그러나 이데올로기의 중요한 작동 방식은 바로 도래하지 않는 현실을 현실로 인지하도록 하는(혹은 피억압 집단이 스스로 현실로 만들도록 하는) 현실화 효과이다. 그런 점에서 이데올로기 분석에 있어서 이데올로기, 현실, 현실 효과와 이른바 허상과 환영에 대한 욕망의 분석은 매우 중요한 논점이다. 따라서 조선의 현실과 매우 유리된 남방 열도(列島)에 대한 열도(熱度)는 이러한 대동아 공영의 이데올로기가 조선에 미친 현실화 효과를 규명하는데 매우 중요한 지점이라 할 것이다.

남방에 대한 과잉된 열기는 무진장한 남방 자원에 대한 착취를 통한 식민지 경제의 발전 가능성에 대한 적나라한 욕망의 표시이기도 하였다. 또한 남방 담론이 주로 원주민 표상을 통해 남방을 이미지로 전유하는

것은 인종주의의 복합적 관련성에서 비롯되며 이러한 인종주의의 교차
는 근본에 있어서 남방 정복을 철저하게 경제적 이해관계(식민주의적
착취)의 관점에서 전유하는 조선 지식인들의 적나라한 욕망의 표출과
관련된다. 그리고 이러한 착취의 관점은 동시에 조선 지식인들이 스스
로에게 남방 원주민보다 우월한 지위를 부여함으로써 제국 내에서의 우
월한 위치를 점하고자 하는 욕망을 적나라하게 표출한 것이기도 하다.
그런 점에서 남방에 대한 과잉된 열기는 착취 경제에 의해 식민지들 사
이에서 우월한 지위를 점하고자 하는 피 식민주체의 내면화된 식민주의
의 선명한 반영이며 경쟁과 착취의 논리가 인종주의적 담론으로 전환하
는 전형적 방식을 보여주는 것이다.

　　또한 남방 담론은 신체제 하에서 전쟁 수행과 내선 일체라는 내외적
지형 속에서 식민지 조선인들의 서양과 아시아에 대한 인식이 어떻게
변모되어 가는가를 보여주는 중요한 고리이기도 하다. 남방 담론은 시
기적으로 독일의 대영, 대불 전쟁 수행 과정에서 유럽의 '약소 민족 국
가'들이 독일의 영토로 접수되는 과정에 대한 관심과 동시적으로 등장
한다. 또 남방 담론은 근본적으로 중국에서의 영국과 일본의 대립과 밀
접하게 관련되어 촉발되면서 유럽 제국, 독일, 아시아의 관계에 대한 인
식의 지형도가 재구성되는 와중에 생산된다. 남방 담론은 직접적으로는
대동아 공영권 하의 조선인들의 동남, 서남 아시아에 대한 인식에 큰 영
향을 미쳤으며 더 포괄적으로는 유럽, 독일, 아시아에 대한 인식에 영향
을 미쳤다. 물론 이 과정에는 일본의 대동아 공영의 이념이 발 딛고 서
있는 서양과 아시아의 이항 대립적 구조화6)라는 인식틀이 영향을 미치

---

6) 사카이 나오키는 이러한 서양과 아시아의 이항대립적 구조화를 총력전 체제로부터 글
　로벌라이제이션의 기제에 이르는 차원까지 검토하고 있다. 사카이 나오키는 이런 고찰
　을 통해 아시아라는 개념이 본질적으로 아시아(라는 개념)라는 이름은 아시아의 외부에
　기원을 두고 있으며 이러한 타율적인 기원은 아시아라는 개념 그 자체에 각인되어 있
　다고 평가한다. 사카이 나오키, 「あなた方アシア人－西洋/アシアの 이항대립의 역사적
　역할에 대하여」, 『總力戰体制からグローバリゼーツョンへ From total War System to Global-
　ization』, Yasushi Yamanouch(山之內 靖)・Naoki Sakai(酒井直樹), 平凡社, 2003.

게 된다. 그러나 실상 남방 담론에서 볼 수 있는 것은 식민지 조선에서 대동아 공영의 이데올로기가 표면적으로는 서양과 아시아라는 이항 대립 구조를 강화하였지만, 그 기저에서는 보다 세분화된 인식의 지형도를 그려내게 된다는 점이다. 이는 제국 일본과는 다른 식민지 조선의 특성이라고 할 수 있을 것이다. 특히 남방 담론과 밀접한 관련이 있는 유럽의 약소민족 국가의 향배에 대한 관심은 대동아 공영 이념의 근간을 이루는 서양과 아시아라는 이항대립적 구조를 비집고 들어오는 균열점, 파열점이기도 하였다.

3. 남방이 주는 실감의 두 차원

내 남양에 대한 위임 통치의 역사를 지닌 일본과 달리 조선에서 남방은 새로운 미지의 영토였다.[7] 또한 총동원 체제 이후 줄곧 선만 일여를

그러나 조선의 경우 적어도 남방 담론에 한정해서 보자면 식민지 조선에서 대동아 공영의 이념의 근간이 되는 서양과 아시아의 이항대립적 구조는 남방과 유럽의 약소민족 국가들(정말, 낙위, 백이기 등)에 대한 인식을 통해 균열적으로, 혹은 분열적으로만 관철되었다고 할 수 있다. 남방 담론과 유럽 약소민족 국가의 향배에 대한 조선 담론 공간상의 관심에 대해서는 권명아, 「대동아 공영의 이념과 가족국가주의—전시동원체제하의 남방 인식의 변화를 중심으로」, 『동방학지』, 2003. 4. 참조.

7) 물론 도미야마 이치로가 지적하듯이 내 남양에 대한 식민지 경영에 있어서 오끼나와인이나 조선인에 대한 노무 동원이 존재했던 것이 사실이다. 그러나 이러한 노동력 동원이 산발적으로 진행되었어도 당시 지식인들에게 남방에 대한 지식과 정보는 일천한 것이었다. 일례로 남방 정복이후 남방에 대한 정보를 소개하는 대담에는 30년 전에 잠시 호주에 유학을 갔던 인물들까지 동원될 정도로 남방에 대한 정보를 담지할 만한 지식인 집단은 절대적으로 부족했다.(좌담회, 「남방공영권의 풍속문화를 말함」, 『조광』, 1942. 4) 이 좌담회는 남방에 다녀온 적이 있는 인사들을 모아서 이야기를 듣는 형식이다. 여기에는 삼십 년 전에 잠시 다녀온 사람까지 불려나왔다. 참가자로는 최정익, 김창집, 오영섭, 이여식, 손광선자 등이다. 이 좌담회에서도 참석자들이 교회관계 일로 호주에 다녀온 손광선자를 제외하고는 남방에 대한 정보가 극히 부족한 점을 보여준다. 좌담회의 내용은 주로 남방 원주민에 대한 관심과 그들의 열등한 지적 상태에 대한 관심으로 채워져있다.

기치로 북방 건설의 기지인 "대륙 병참기지"로서의 역할이 부여된 조선에 있어서 신생 식민지인 만주국이 지닌 의미와 또 달리 신생 식민지인 남방이 지닌 의미는 동일한 양태로 구성되기 어려웠다. 지리적으로나 역사적으로 교류의 역사가 깊은 '만주'와 달리 남방은 지리적으로도 역사적으로도 교류의 맥락이 부재하였으며 남방에 대한 정보와 지식을 생산할만한 주체적인 담지자(지식 집단)역시 거의 존재하지 않았다. 따라서 1939년을 전후해서 생산된 남방에 대한 담론은 남방 열도의 역사와 민족 구성, 자원에 대한 초보적 정보를 소개하는 수준이었다.[8] 따라서 남방이라는 지역에 대해 조선인들이 가지는 실감은 떨어질 수밖에 없었다. 또한 남방 정복을 기점으로 남방 지역에 대한 조선인 노무 동원은 증가하지만 지식인들의 경우(만주국과 달리) 남방에 대한 노무 동원이 급속하게 이루어지고 있는 실정에도 불구하고 남방에 관한 실제적인 지식과 정보가 현격하게 부족하였다.[9]

---

8) 이에 대해서는 권명아, 앞의 책, 참조.

9) 1939년 이후 남양 지역에 대한 조선인 노무 동원은 급격하게 증가한다. 특히 계획적인 노무 동원은 1941, 1942, 1943년에 걸쳐 이루어졌고 이 시기는 남방 담론이 가열되는 시점과도 일치한다. 1939년에서 1945년까지 일본, 사할린, 남양에 대한 노무 동원 현황에 대해서는 이상의, 「1930~40년대 일제의 조선인 노동력 동원 체제 연구」, 연세대 박사 학위논문, 2002. 참조. 1941년 남양에 대한 노무 동원 계획은 사할린을 훨씬 초과하는 것이었으나 1942년에 이르면 동원 계획은 대폭 축소된다. 이는 남양에 대한 조선 동원의 애초 계획이 전쟁 상황에 따라 변화되었다는 것을 반증하는 것이다.

   또한 남방 정복 이후 국민 징용령에 의한 동원이 조선에서도 본격적으로 시행된다. 강정숙과 서현주의 논의에 따르면 1939년 조선에서도 공포된 국민 징용령은 1941년까지는 조선에서 전면적으로 시행되지 않았다. 그러나 1941년 이후로 군에 징용되는 사례가 등장한다. 징용 혹은 알선에 의한 군용원에 대한 적용 내역과 그 수에 대해 제 85호 제국의회 설명 자료에서는 다음과 같이 정리하고 있다.

   1941년 9월 이후 해군의 요구에 의해 남방의 긴급 토목 작업에 종사시키기 위하여 해군 작업 애국단 32,248명을 알선 송출한 것이 가장 많다. 육군의 요구에 의한 주된 것으로는 북부군 경리요원 7,061명, 미영 포로 감시요원 3,223명, 운수부 요원 1,320명 등으로 조선내, 만주 중국, 남방 방면으로 다수의 요원을 알선 송출하였다(조선사료연구회, 『조선근대사료연구집성』 제4호, 155-156쪽). 강정숙·서현주, 한국정신대연구회 편, 「일제 말기노동력 수탈 정책」, 『한일간의 미 청산 과제』, 아세아문화사, 1996. 참조.

그러나 남방 정복의 와중에서 조선에서 남방이 지니는 실감은 이와는 다른 차원에서 제기된 것이라고 볼 수 있다. 1942년을 전후하여 조선에서는 남방에 대한 들끓는 관심이 팽배하는 데 이는 총독부의 입장에서 우려와 경계를 표명하는 수준에까지 이르게 된다. 다음과 같은 남방 정복과 조선의 위치에 대한 총독부의 입장 표명은 당시 조선에서 남방이 주는 실감의 차원이 무엇이었는가에 대해 중요한 논점을 제공한다.

내선은 본시 하나로서 지도자 일본의 대 主柱이다. 따라서 황도선포의 전진기지로서, 또 대륙 작전의 병참기지로서, 조선은 지금 굳센 행보를 거듭하고 있다. 제국이 부하(負荷ふか)한 대동아공영권 확립의 위업은 이미 30여 년 전 그 일보를 조선에 내딛었다. 금후 건설 활동에 있어서 조선이 앞장을 서서 개척해야하는 것이 이러한 광영된 선각자들에 대한 당연한 책무이다. 戰史 驚倒의 놀라운 대 전과에 의해 대동아 공영권의 의의도 굉장히 확대되어서 특히 광대한 대 남양권의 포함은 그 개발 건설이 전적으로 제국의 지도에 달려있고 권민 일억의 분기와 노력을 대망하는 바가 역시 크다.
사명중대, 전도양양
이리하여 제국의 전도에는 일층 명랑한 多事多忙을 예측할 수 있지만 그 중에는 남방신자원에 대한 기대가 너무 과대해서 조선에 대해 극단적으로 비관적인 판단을 내리고 또는 앞으로의 조선은 이제 어떻게 되어도 상관이 없다는 관측을 하는 사람도 없지 않다. 물론 그러한 인식은 대단히 독단적이고 엉뚱한 사고이다. 제국에 있어서 조선이란 증자(增資)로 확장된 본점의 일부이다. 아무리 많은 지점이나 출장소가 증설되었다고 해서 그 때문에 본점의 위신이 실추하고 혹은 없어야 되는 존재가 된다는 식은 결코 있을 수 없다.
오히려 지점이나 출장소가 증가하면 할수록 본점, 특히 그 본점의 안에서도 신기구의 부분은 더욱 할 일이 많아지는 것이 도리이니 조선의 경우도 우수한 출점에 비유할 수 있는 남방공영권의 확대는 이 병참기지적 성격 상에 일층더 중요성을 부가하는 것이다.[10]

---

10) 「남방 개발과 조선」, 『전진하는 조선』, 총독부 정보과, 1942.

남방 정복의 의의를 서두로 한 이 글은 주로 남방 정복에 따라 조선에 팽배한 "비관적 판단"을 경계하고 조선의 중요함을 재삼, 거듭 강조하고 있다. 특히 남방 정복에 따른 "비관적 판단"은 "남방 신자원에 대한 기대가 너무 과도한" 것, 즉 남방 신자원에 대한 과도한 관심과 그로 인해 "조선은 이제 어떻게 되어도 상관이 없다는" 비관이 상호 결합하여 형성된 것이라고 지적되고 있다. 남방 공영권이 확대됨에 따라 조선이 여전히 중요하고 새로운 임무를 맡게 될 것이라는 낙관적 견지를 갖도록 촉구하는 이러한 논의는 한편으로는 남방 신자원에 대한 과도한 기대와 남방의 화려함에 대한 과도한 열기를 경계하는데 집중되어 있는 것이다.

이는 남방 정복과 관련하여 조선에서 형성된 열기의 이중적 기원을 보여준다고 생각된다. 즉 남방에 대한 열기는 한편으로는 남방의 신자원에 대한 지대한 관심(경제적 이해 관계에 대한 민감한 관심)과 남방의 화려함에 대한 현혹이라고 표현되는 남방 정복에 대한 과도한 열기와 함께 이에 동반되는 조선의 위치에 대한 극히 비관적인 불안감이 매우 모순적이지만 결합된 결과물이라는 점이다.

또한 조선의 위치에 대한 불안감과 남방에 대한 과잉된 열기는 조선의 위치를 새로이 지정함으로써 해소되어야 하는 것이다. 남방 공영권의 확대에 따른 조선의 새로운 위치는 특히 경제적 의미로서 강조된다. 일본 제국과 조선, 남방 공영권의 관계를 본점, 지점, 출장소 등의 용어로 설명하는 이 글의 논지는 상당히 흥미롭다. 즉 조선은 이미 제국의 증자로 개설된 본점의 일부이며 남방은 하나의 출점(매우 화려한)이라는 점이다. 따라서 "아무리 많은 지점이나 출장소가 증설되었다고 해서 그 때문에 본점의 위신이 실추하고 혹은 없어야 되는 존재가" 되는 것은 아니라고 거듭 강조되고 있다. 여기서 제국의 증자로 이미 삼십여년 전에 개설된 조선의 위치는 남방 공영권 건설에 있어 남방의 무진장한 자원을 가공하는 "남방 자원 개발의 최후의 마무리 지역"이라고 지정된다. 이 새로운 역할은 "만주나 소련에 접경한 북변방비의 중책을 담당하고 대륙의 근접한 병참기지로서의 대임무를 완수하고 나아가 뛰어난 공업력으로써 남방 자원 개발의 최후의 마무리 지역으로서의 요청에 답하"는 것이라고 규정된다.[11]

　　남방의 자원은 무진장이라고 한다. 이 무진장한 자원은 세계 총산액의 97%를 점한다고 하는 고무나, 또 75%를 점하는 주석이나 철, 석유, 석탄 등이 언제라도 사용할 수 있는 상태로 있는 것은 아니다. 즉 어떤 방법도 필요하지 않은 정제품으로 존재하는 것이 아니다. 원료의 채취부터 시작해서 그것이 제품이 되어, 우리들의 일상용품이나 기계기구로서 그 나름의 성능을 지니고 나오기까지 무수한 노력과 공정을 거쳐야만 할 것이다. 따라서 풍부한 전력을 보유하고 있고 가장 뛰어난 공업입지조건을 갖고 있는 조선은 이런 점에서 장차 새로운 남방 자원 공업화의 요청에 답하는 호적의 무대라 아니할 수 없다. 최근에 있어서의 각종 공업의 급속한 발전은 금일의 남방 자원의 개발에 있어 이미 만반의 준비를 마친 상태라고 할 수 있다. 더구나 대동아전 하의 노무의 급원지적 성격에 대해서는 말할 필요가 없다. 즉 비관적인은커녕 이런 점에서 보명 조선의 사명은 점점더 중해지고 조선의 전도는 점점더 양양해진다. 조선은 삼십년의 준비기를 마치고 그 진가, 본령을 발휘할 절대적 호기,—정신적으로도 산업경제의 분야에 있어서도—를 맞게 되었다고 볼 수 있다.

　　남방은 물론 말할 것도 없이 중요하다. 그러나 금일 만주나 소련에 접경한 북변방비의 중책을 담당하고 대륙의 근접한 병참기지로서의 대임무를 완수하고 나아가 뛰어난 공업력으로써 남방 자원 개발의 최후의 마무리 지역으로서의 요청에 답하여 약진 일본에 함께하는 반도의 의의와 사명은 실

---

11) 남방의 무진장한 자원(원자료)의 채취에서부터 가공에 이르는 역할을 공업화에 근거해서 조선이 담당한다는 이러한 기술은 한편으로는 남방 개발에 따른 조선인 노동력의 동원(자원 채취)의 문제와 관련된다. 또 후자의 문제는 기존에 농공병진 정책에 근거한 대륙 병참기지로서 조선의 역할과 관련된다. 즉 선만일여를 통한 조선의 대륙병참기지로서의 역할은 일본을 정공업지대로 조선을 조공업 지대로 만주를 농업지대, 원료지대로 규정한 기존의 역할 규정과 산업 개발 정책의 연장에 놓여있다고 할 것이다(이에 대해서는 방기중, 「1930년대 조선 농공병진 정책과 경제 통제」, 『동방학지』, 2003. 6. 참조). 그러나 여기서 남방 개발과 조선의 새로운 역할이 선만일여를 근간으로 하는 농공병진 정책의 동일한 재판인지는 별도의 고찰이 필요할 것이다.

로 최대로 중요하다 할 것이다. 쓸데없이 남방의 화려함에 현혹되지 말아야 한다. 아무리 훌륭한 지점, 豪奢한 별점이 만들어졌다해도 이에 따라 본점, 본댁이 한각되어서도 된다는 것이 아니다.[12]

이 글은 남방 개발과 관련된 조선인의 태도에 대해 "쓸데없이 남방의 화려함에 현혹되지 말아야 한다. 아무리 훌륭한 지점, 豪奢한 별점이 만들어졌다 해도 이에 따라 본점, 본댁이 한각되어서도" 안 된다는 경계를 다짐하는 것으로 마무리된다.

일본의 남방 정복과 개발이 조선인들에게 주는 실감의 차원은 이런 점에서 무진장한 남방 자원에 대한 기대감과 이에 수반된 조선의 역할(제국 내에서 조선의 정체성과 위치)에 대한 비관과 혼란이라 할 수 있다. 즉 이 글에서도 경계하고 있듯이 남방에 대한 열기는 남방 자체에 대한 정보나 실제적 영향 관계에 대한 면에 있다기보다 남방 정복과 개발로 인한 기대와 혼란, 극단적으로는 경제적 이해득실에 대한 열광과 조선의 위치에 대한 비관이 혼재하는 복합적 감정의 형태(complex)였다고 할 수 있다. 이러한 선망과 공포, 기대심과 불안의 공존이야말로 프로이트적 의미의 콤플렉스라 할 것이다. 그런 점에서 남방에 대한 과열된 열기는 남방에 대한 구 식민지 조선의 일종의 콤플렉스의 반영이라 할 것이다. 또 이 콤플렉스가 조선인을 더욱더 굳건한 황민으로서의 위치로 지정하고자 하는 보상 심리의 기저가 된다고 볼 수 있다. 이러한 콤플렉스와 보상 심리는 남방을 조선에 비해 열등한 지위로 고정하고자 하는 반복된 욕망으로 발현되는 것이다. 이러한 구조가 반영되는 것이 서사에 있어서 남방을 원주민과 토속성의 이미지로 강박적으로 재현하는 방식이라 할 수 있다. 물론 이런 욕망의 구조 차원에서만이 아니라 남방이 원시성과 원주민의 표상으로 이미지화되는 과정에는 여러 가지 요인들이 작용한다.

남방의 화려함에 현혹되지도, 조선의 위치를 비관하지도 말라는 경

---

12) 「남방 개발과 조선」, 『전진하는 조선』, 총독부 정보과, 1942.

계에도 불구하고 남방에 대한 열기는 한동안 지속된다. 그런 점에서 이 시기 매체들에서 나타나는 남방에 관한 담론들은 물론 제국과 총독부의 정책에 부응하는 선전 담론의 성격을 지니는 것이 기본적이지만 오히려 총독부와 일제의 기본 방침을 초과하는 과잉된 열기로 드러난다고 볼 수 있을 것이다. 이러한 과잉된 열기에 대한 경계는 빈번하게 제기되고 남방 열기에 대한 경계는 조선의 북방 기지로서의 중요한 위치를 환기하는 것으로 귀결된다.

일례로 남방 담론이 한창 무성하게 진행되는 와중이던 1942년 4월 당국의 방침의 스피커라 할 권두언을 통해 『조광』에서는 남방에 대한 과잉된 열기를 경계하는 논의를 펼친다. 여기서는 "조선은 남방 진출의 거점이 아니다"라고 분명하게 천명된다. 그러나 당시 매체에서는 조선이 남방 건설의 거점이라기보다 북방 기지로서의 역할을 맡아야 한다는 분명한 태도 표명이 담긴 글 뿐 아니라 북방 기지로서의 중요성을 강조하면서도 남방과 북방이 모두 중요하다거나, 해양과 대륙을 모두 조선이 위임받아야 한다는 식의 이중적 논의 구조가 분명하게 발견된다. 또 매체의 글 편집 방식에서도 한편으로는 북방 기지로서의 조선의 중요성을 강조하는 논의를 게재하면서 동시에 남방에 관한 글이 여전히 쏟아지는 이중 구조를 보여준다.

> 지금 전국민의 감격속에서 남방공영권 건설의 대사업은 착착 진행되고 있다. 신가파를 위시하여 蘭貢, 스카트라, 안다만도, 쟈바, 비율빈이 이미 함락되었고 코레히들마저 황군의 수중으로 드러올 것은 다만 시간문제로 남었스며 (중략)
> **현하의 국민의 심리동향을 살피면 남방에 대한 관심이 너무 지나치지 아니하는가하는 염려가 없지 아니하다.** 더구나 조선이라는 지리적 관계를 고려에 넣으면 실상 조선은 남방 공영권의 기지라기보다도 대륙 즉 북방공영권건설의 거점이 아니면 안된다. 조선의 임무는 군사, 정치, 산업 모든 방면에 있어서 실로 이 점이 특히 강조되어야할 것이다. 물론 제국으로서는 이런 점 저런 점 모다를 고려에 너코 만반의 대책을 다세우고 있는바이지만

**국민으로서 너무 남방열에 불탈것이 아니고 북방에 대한 관심을 한층 더
깊게하기를 催促하는 바**이다.[13]

즉 "남방열"과 이를 둘러싼 여러 논란은 결과적으로 조선의 정체성
에 대한 불안과 의문을 반영하는 것이다. 즉 남방은 이런 식으로 지리적,
경제적 실감으로서가 아니라 조선의 제국 내에서의 위치와 정체성에 대
한 불안과 기대라는 모순된 감정의 형식으로 실감된 것이다.

4. 남방 선전의 특성과 식민 지(知)로서 종족지(種族誌)

1930년 이후 조선에서 생산된 남방 담론은 주로 무진장한 남방 자원
에 대한 경제적 관심과 역사상 처음으로 대면하는 남방 인종(특히 남방
원주민)에 대한 관심이 주종을 이룬다. 이와 같은 담론상의 주된 초점은
앞서 살펴본 바와 같이 남방에 대한 조선 자체의 고유한 관심과 관련된
다. 그러나 이런 담론 구조들의 원자료는 한편으로는 일본에서 수행된
남방에 대한 문화 선전 담론에서 차용된 것이다. 흥미로운 것은 동시대
일본에서 생산된 남방 담론과 조선에서 생산된 남방 담론에는 엉성한
유사성만이 발견된다는 점이다. 즉 조선에서 생산된 남방 담론은 일본
에서 생산된 남방 담론과는 매우 엉성한 유사성을 보여주면서 그 열도
에서는 뒤처지지 않는 특이한 형태를 보여준다. 물론 남방 담론의 경우
남방 정책 수행 상 중요 거점이 대만 총독부였다는 점,[14] 조선이 남방

---

13) 「북방을 수호하자—권두언」, 『조광』, 1942. 4.

14) 그런 점에서 대동아 공영의 이념을 식민지 주민에게 내면화하는 과정에 대한 고찰은 당
시 남방 정책의 전진 기지였던 대만과 북방 기지였던 조선 사이의 비교 고찰을 통해 보
다 완전한 상이 그려질 것이다. 이 작업은 현재로서는 필자의 능력으로는 감당하기 어
려운 지점이다. 일본의 남방 정복과 이에 따른 남방의 아시아 인식의 문제를 식민주의
와 그에 대한 민족주의적 응답이라는 차원으로 접근한 최근의 주요 논저로는 Ken'ichi
Goto, *'RETURNING to ASIA': Japan—Indonesia Relation, 1930~1942*, Ryukei Shyosha: Tokyo,

344

전략에서 중요한 거점이 아니었다는 점 등이 이러한 엉성한 유사성이 형성되는 데 매우 중요한 요인으로 작용하는 것이 사실이다. 그런 점에서 조선에서 생산된 남방 담론이 일본에서 생산된 남방에 관한 담론에서 어떤 담론소를 선택적으로 차용하여 재현하는지를 검토할 필요가 있다.15) 일본의 경우 남방에 대한 담론이 대량으로 생산되는 시점은 1939년에서 1942년까지이다. 즉 일본에서도 역시 남방 담론은 태평양전쟁 수행 과정에서 급격하게 대량생산된다. 물론 이미 1914년 이후 남양 군도를 위임통치하고 있었으며 남양청의 설립 이후 지속적으로 남양에 대한 조사 작업이 이루어져왔기 때문이 이미 이른바 내(內)남양에 대한 자료들은 축적된 상태이다. 여기서는 이전 시기 내 남양에 대한 담론 구조와 태평양 전쟁기 남방 정복기에 생산된 남방 담론의 차별성을 고찰하기는 어렵다. 따라서 주로 1943~1944년을 기점으로 생산된 남방 담론에 초점을 맞추어 논의를 전개하기로 한다.16)

1943년 일본 척식협회가 발행한『남방 문헌 목록』17)에 따르면 당시 일본은 남방에 대한 정보를 수집하기 위해 내지와 해외의 척식문헌을 총망라하여 일원화하는 작업을 시도하였다. 여기에서도 양적으로 1942

1997. 참조.

15) 일본에서 남방 담론 생산 기제와 남방에 대한 문화 선전의 전체상을 그리는 것은 필자의 능력 바깥의 일이다. 여기서는 조선에서 생산된 남방 담론의 특성을 살피기 위해 남방에 관한 특정한 담화소가 형성되는 맥락만을 살펴보고자 한다.

16) 내 남양의 경영과 여기서 오키나와인이 차지하는 의미에 대해서는 도미야마 이치로, 임성모 역,『전장의 기억』, 이산, 2002년 참조. 여기서 도미야마 이치로는 오키나와인들이 남양 군도의 선주민인 카나카와 스스로를 구별하기 위해, 그들에 대한 우월한 지위를 위해 자발적인 생활 개선을 펼친 점에 대해 자발적인 '제국의식'의 양성이라는 점에서 고찰하고 있다. 이러한 지점은 당시 내 남양에 있던 조선인들에게도 유사하게 적용될 수 있을 것이다. 도미야마의 문제의식은 남양 지역에서의 선주민, 이주한 일본 식민지 주민과 일본인 사이의 서열적 위계화와 이 과정에서 이루어지는 피식민자의 제국의식의 문제라고 할 것이다. 본고에서 다루는 문제는 이와는 다른 선상에서 실제로 남방 경영에 참여 지분이 거의 없던 조선인들이 품었던 남방에 대한 판타지를 규명하고자 하는 것이다.

17)『남방 문헌 목록』, 재단법인 일본척식협회 발행, 1942.

년 이후 생산된 남방 관련 서적이 주종을 이루며 이전 시기 자료들은 주로 내 남양에 관한 문헌들이다. 이 목록 집에서는 지역별 분류와 각 지역 내 사항 분류라는 두 개의 분류 기준을 두고 남방에 관한 정보를 정리하고 있다.[18] "각 지역 내 사항 분류" 항목은 식민지에 대한 정보 수집과 식민지에 대한 지(知)를 구성하는 일반적 체계를 따르고 있는 것처럼 보인다. 먼저 이러한 분류법은 남방에 관한 담론의 일반적 성격과 특성을 보여준다. 즉 "1. 目錄, 年鑑, 人名錄 2. 一般事情, 旅行記 3. 地理 4. 歷史 5. 民族, 文化, 敎育, 宗敎 6. 政治, 外交, 法規, 軍事 7. 社會, 勞動, 衛生 8. 拓植 9. 日本과의 관계 10. 화교 11. 산업, 경제 12. 농업 임업, 수산업 기타 13. 광업 14. 공업 15. 금융, 투자 16. 외국무역, 국내 상업 17. 대일무역 18. 교통, 통신"이라는 분류 항목은 남방 담론의 주요 관심사를 그대로 투영하고 있다. 그러나 이러한 분류법에도 몇 가지 흥미로운

---

18) 지역별 분류는 다음과 같다. 1. 남방권 일반 2. 해남도 3. 비율빈 4. 불영인도지나 5. 泰國 6. 구 영령 마레, 구 해협 식민지 7. 북 보루네오, 사라우크(サラウク), 부루네이 8. 동인도, 附葡領 티모르 9. 호주 10. 뉴질란드, 뉴기니아, 뉴칼레도니아 기타 11. 布哇 등이다. 지명 표기 원칙에 대해서는 1940년 대만총독부의 조사 작업으로 일단의 통일이 이루어진다. 臺灣 總督 官房 外務部內, 남지남양발행소 편의 『南洋地名歐華對照』(1939. 8)는 남방 열도 각지의 지명을 영어, 한자, 일어(가타카나) 표기로 대조하여 정리하고 있다. 그러나 『南洋地名歐華對照』에서 정리된 표기 원칙과 『남방 문헌 목록』에서 사용된 표기 원칙은 동일하지 않다. 『남방 문헌 목록』이 좀더 정리된 표기법을 보여준다고 할 수 있다.
　『남방 문헌 목록』에서 지역별 사정에 따른 분류 항목은 다음과 같다. 1. 目錄, 年鑑, 人名錄 2. 一般事情, 旅行記 3. 地理 4. 歷史 5. 民族, 文化, 敎育, 宗敎 6. 政治, 外交, 法規, 軍事 7. 社會, 勞動, 衛生 8. 拓植 9. 日本과의 관계 10. 화교 11. 산업, 경제 12. 농업 임업, 수산업 기타 13. 광업 14. 공업 15. 금융, 투자 16. 외국무역, 국내 상업 17. 대일무역 18. 교통, 통신 등이다.
　남방 열도의 각 지명, 언어, 지리에 대해서는 1940년을 전후로해서 총체적인 정리가 이루어진 것으로 볼 수 있다. 『南洋地名歐華對照』,(臺灣總督官房外務部內 南支南洋 發行所, 1939. 8);『南アズア 政治交通圖』, 附 地名索引, 南亞細亞文化硏究所 著 및 발행, 1943. 3. 15(동경)(총천연색 지도) 등을 볼 때 남방의 지리, 언어에 대한 정리도 1930년대 후반에서 비로소 시작된 것이고 전쟁 수행 과정에서 급격하게 정보가 수집되고 있다는 것을 알 수 있다.

항목이 있는데 그것은 여행기와 화교에 관한 분류이다. 여행기는 이후 3, 4, 5항을 이루는 지리, 역사, 민족, 문화, 교육, 종교 등을 아우르는 항목이라 할 수 있는데, 이러한 항목에 대한 조사는 방대하게 이루어졌으며 조사 결과의 대중화는 주로 여행기와 같은 형태로 출간된 것으로 보인다.[19]

『남방 문헌 목록』[20]을 통해서도 알 수 있듯이 남방에 대한 관심은 경제적 관심, 특히 남방 자원에 대한 관심과, 지리, 역사, 민족, 문화, 교육, 종교에 대한 관심으로 크게 대별할 수 있다. 후자의 항목들은 일종의 종족지(種族誌)의 형태라고 평가할 수 있다고 보인다. 즉 후자의 항목들은 주로 남방 제 종족의 상태를 고찰하면서 원주민에 대한 종족지를 그려나가는데 초점이 맞춰진다. 이처럼 남방 담론이 식민지에 대한 지가 형성되는 일반적 분류 체계를 따르면서도 특정한 종족지의 형태를 취하게 되는 것은 남방에 대한 문화 선전 정책의 특성과도 관련된다고 보인다.[21]

中野 聰에 따르면 남방에 대한 문화 선전은 다른 식민지의 경우와 구별되는 특성을 보인다. 中野 聰은 필리핀에 대한 선전 공작을 중심으로 남방 선전 공작의 이중구조적 특징을 지적하고 있다. 이러한 이중 구조

---

19) 대표적으로는 다음과 같은 것을 볼 수 있다. 宮武辰夫, 『東印度 原住民の土俗と藝術』, 春陽堂, 1943; 宮武辰夫, 『フイリピン 原住民の土俗と藝術』, 羽田書店, 1943; 三吉朋十, 『比律賓 蠻族の實生活』, 於南洋協會講演速記, 1935. 7. 10; 三吉朋十, 『比律賓の土俗』, 丸善株式會社, 1942. 8. 25.

20) 『남방 문헌 목록』은 일차분이 1942년에 작성되었으며 1943년에 개정 증보판이 발간되었다. 개정 증보판 역시 분류 방식에서는 동일하며 서지 사항이 더 추가되었다.

21) 남방 정복기의 원주민에 대한 선전 담론은 물론 이전 시기 남양 군도에서 취해진 선주민에 대한 선전 담론과 이데올로기적 연장선에 있다고 볼 수 있다. 그러나 이는 실제 남방 정복 과정의 군사적 맥락을 고려하지 않는 한 추상적인 '인종주의 담론' 일반으로 환원될 우려가 있다. 그런 점에서 본고에서는 이미 일본에서 내 남양에 대해 이루어진 선주민에 대한 인종적 사명의 문제를 고려하면서도 주로 남방 정복기의 역사적 특성에 제한해서 논의를 전개하고자 한다. 남방 정복과 관련하여 남진론의 맥락과 일본에서의 동아시아 인식의 변화에 대해서는 後藤乾一, 『近代日本と東南アジア－南進の'衝撃'と'遺産'』, 岩波書店, 1995. 참조.

적 특징은 필리핀뿐 아니라 남방 전반에 대한 선전 공작의 이중 구조적 특성과 관련된다. 「南方占領地行政實施要領」(1941. 11. 20)에서는 점령군정의 기본 목적으로서 "점령지역의 치안회복, 국방자원의 급속 획득, 작전군 현지 자활(現地 自活)"의 3대 원칙을 제시하였다. 동월 25일 대본영 육군부에서 결정된 「남방작전에 따른 점령지 통치 요강」의 「통치요강 제8항 선전」에서는 군 선전의 지침에 대하여 "원주민족에 대해서는 우선 황군에 대한 신의(信倚)관념을 조장케 하는 것에 역점을 두고 점차로 동아 해방의 眞義를 철저히 하는 우리의 작전시책에 협력케 하여 자원의 확보 적성 백인 세력의 구축(驅逐) 등에 이용할 것을 고려한다"고 밝히고 있다.22) 이러한 남방 작전, 점령에 관한 군 선전의 특징에 근거하여 필리핀에서의 군 선전은 지방에서는 치안회복에 중점을 둔 종래형의 군 선전이 실시되고 교화선전은 주로 수도 마닐라와 그 주변 지역에 대해 실시하였다는 이중구조적 특징을 보인다고 中野 聰은 평가하고 있다.23)

---

22) 이러한 지침에 기초하여 실시된 군 선전에는 두 단계가 상정되어 있는 것이다. 즉 먼저 작전을 지원하는 대적(對敵) 선전, 군기 엄정을 철저히 하기 위한 군내(軍內)선전, 점령지의 치안회복, 민심 안정, 일본군에 대한 신뢰감의 획득을 목적으로 하는 선무(宣撫) 선전 공작을 행한다. 바꿔 말하면 이는 황군에 대한 신의감을 조장케 하는 전쟁 초기나 점령초기의 단계이다. 다음으로 치안회복을 달성한 지역에서는 점령지 민중을 일본의 군사적 목적에 맞게 통합 동원하기 위해 대동아 해방의 眞義를 철저케 하는, 다시 말하면 교화선전을 행한다. 이러한 교화선전은 정치선전, 문화선전뿐만 아니라 일본적인 집단의 규율, 근로의 윤리와 같은 동원을 의식한 사회 규범 면에 관한 교화선전이 포함된다. 전자는 종래형의 구선전이며 후자는 남방 작전, 점령에서 처음으로 시도된 새로운 형태의 선전 공작이다. 中野 聰, 「南方作戰, 占領における軍 宣伝の基本的性格」, 『南方 軍政關係史料 13－第十四軍 軍宣伝班 宣伝工作史料集』 제1권, 渡集団報道部 編, 龍溪書舍(東京), 1996.

23) 이것은 필리핀 점령의 특수성과 전국의 추이에 군사전의 방침이 제약당한 결과였다. 먼저 필린핀은 전전에 미국에 의해 1946년 독립을 약속받은 자치식민지였다. 독립을 준비하기 위해 미국의 지도하에 정비되었던 육군이 1941년 7월 미극동군(USAFFE)에 통합되어 米比軍으로서 일본군과 대치하였다. 재비 미군이 항복한 이후에도 투항을 거부한 미비군(米比軍) 장병이 각지에 게릴라화하여 1943년까지도 미 남서태평양 사령부, 즉 맥아더와의 연락을 회복하여 정규군 게릴라(즉 USAFFE 게릴라)로서 재편되어 저항활동을 계속하였다. 그외에도 중부 루친 지방에서는 전전의 농민운동을 배경으로 항일인민

이러한 남방 선전 공작의 특수성으로 인해 한편으로는 남방 선전에서 동원된 일본 선전 전문가들은 주로 미디어 관련 집단(문학자와 인문학자를 대거 포함하는)이 되었으며 미디어를 이용한 선전 담론(신문, 잡지뿐 아니라 영상물까지 포함하는)이 대량 생산된다. 또 한편으로 중요한 것은 어느 지역에서도 볼 수 없었던 강한 대일무장투쟁에 직면하여 지방의 치안유지를 위해 원주민에 대한 개황 조사 및 실태 조사가 매우 중요한 사안이 된다는 점이다. 이는 남방 담론에서 원주민 표상이 매우 중요한 담론소로 등장하는 중요한 군사적 맥락이다.

또한 남방 정복 초기 선무 공작의 담당층 역시 남방 선전을 종족지적 형태로 구성하게 된 중요한 요인 중 하나이다. 일본군의 마레 군도 진출이 본격화된 1942년까지도 일본 국내에서 마레어와 마레의 지리에 정통

군(Hukbo ng Bayan Laban sa Hapon)이 독자적인 항일운동을 전개함으로써 일본군은 다른 곳과 비교할 수 없을 정도의 버거운 항일운동에 직면할 수밖에 없게 되었다. 그러나 한편 수도 마닐라는 전쟁 초기에 무혈점령되었다. 마닐라와 같은 도시부분에는 치안회복과 점령통치의 확립이 비교적 조기에 실현되었다. 또한 당시의 필리핀에는 신문, 방송, 영화, 연극, 출판 등의 미디어의 발달과 보급, 식자율, 고등교육 수혜자층이 두터워서 동남아시아에서도 최고로 높은 수준에 달하여있었다. 따라서 마닐라와 같은 대도시에서는 교화선전의 수단으로서 미디어를 담당하는 인재들이 수두룩하게 많았다. 이 결과 필리핀에 대한 군선전의 주요한 관심은 지방에는 치안의 회복, 유지에 관한 것이었으며 치안이 비교적 안정된 마닐라와 같은 도시에 대해서는 적극적으로 "대미의존심을 타파하고 신생 비도 건설의 의의를 철저히 하도록" 하는 교화선전을 시도하게 되었다. 이를 中野 聰은 "남방 선전 공작의 이중 구조적 특징"이라고 규정하고 있다. 즉 "지방에는 치안의 회복과 유지에 대해 강조하는 일방 치안이 비교적 안정되어있던 도시에 대해서는 적극적으로 대미의존심을 타파하고 신생 비도 건설의 의의를 철저히 하도록 교화선전을 시도하는 것"으로 평가한다.

中野 聰, 「南方作戰, 占領における軍 宣伝の基本的性格」, 『南方軍政關係史料13－第十四軍軍宣伝班 宣伝工作史料集』 제1권, 渡集団報道部 編, 龍溪書舍(東京), 1996, 5-6쪽 참조. 물론 이 자료들은 남방 공작에 관한 극비문서에 해당되는 것이었기 때문에 실제로 생산된 남방 선전 담론과 일대일 대응 관계를 이룬다고 할 수 없다. 또 남방 열도에서 점령지 내부에 대한 선전과 일본에서 생산된 선전 담론이 동일한 구조를 취하는지에 대해서도 필자로서는 단언하기 어렵다. 다만 여기서는 일본에서 생산된 선전 담론의 양상에서 원주민의 표상이 지니는 맥락을 파악하기 위해 당시 남방 점령지에 대한 선전 방침의 구조를 참조하고자 한다.

한 일본인은 단 한 명뿐이었다. 그는 德川義親 侯爵(1886~1976)이었다. 그는 남방 선무반의 일원이 될 것을 자원하였고 육군성은 그를 육군성 촉탁 최고군정고문에 임명하였다. 동경제대에서 사학과 생물학을 전공한 그의 이력은 남방에 관한 종족지를 구성하는 데 매우 중요한 영향을 미치게 된다. 1944년 동경에서 출간된 마레 여행기 『자카타르(자카르타) 기행』은 코끼리와 호랑이 사냥을 생생하게 그려 보임으로써 이 섬에 대한 기행을 흥미진진하게 만들고 있다.[24]

이러한 군사 작전의 맥락에서 도출된 남방에 대한 미디어 선전과 원주민 표상의 대두는 남방 선전과 관련된 담론을 종족지적 형태로 형성하는 중요한 요인이 되는 것으로 보인다.[25] 특히 문화 선전의 결과로 생산된 남방 담론에서 원주민 표상은 군사적 맥락과는 또 다르게 아시아에 대한 문명 개화의 사명감을 일본에 부여하는 중요한 담론소로 구성된다. 이러한 과정은 남방 작전이 종래형의 선전과 새로운 형식의 교화 선전(미디어의 대거 이용을 통한)이 결합됨으로써 한편으로 남방 열도의 원주민에 대해서는 '선주민'을 몽매한 원주민, 열등한 식민지 토인으로 그려내는 종래형의 선전 방식이 전유되고 이런 전유가 미디어를 통해 대량생산되는 방식으로 이어진다고 보인다. 조선에서 생산된 남방 담론과의 관련성에 국한해서 보자면 조선에서 남방 담론이 성행하는 데에는 이러한 원주민 표상을 담은 종족지의 대량 생산의 영향이 중요하다고 보인다.

또 교화선전은 주로 남방 내부에 대한 선전 담론이면서도 기존의 남방 원주민에 대해 단지 열등한 원주민이 아니라 '제국'의 일원으로 거듭

---

24) 荒保宏, 『大東亞科學綺譚』, ちくま文庫, 1996. 참조. 德川義親 군정 고문으로서 필리핀에서 박물관 관장과 식물원원장에 취임하였다. 이후 남방에는 일본 점령 기간 동안 다양한 박물관, 식물원 등 연구기관들이 설립된다.

25) 이러한 종족지의 구성에 대해서는 별도의 고찰이 필요하다고 보인다. 즉 남방 선전에 참여한 제 집단의 성격, 남방의 지리, 역사, 풍속, 언어에 대한 정보 수집과 지(知)가 형성되는 과정, 또 남방 종족과 일본 상고사의 관련성을 구성하려는 시도 등이 이러한 종족지 형성에 중요한 요인이 된다고 보인다.

날 수 있는 '황민'으로서의 정체성을 부여하는 이중적 표상을 구성하게 되는 한 요인이라고 보인다. 이는 조선에서 생산된 남방 담론에서 원주민 표상이 한편으로는 무지몽매한 원주민이자 '황민'으로 거듭나도록 교화될 존재로 그려지는 지점과도 관련된다고 보인다.

일본의 경우 이런 식의 원주민 표상은 종래 남양 군도에 대해 행해졌던 조사 보고의 한 결과로서 문화인류학적 종족지의 형태로 생산된다. 또 이전 시기 축적된 남양 원주민에 대한 인류학적 보고들이 '대동아의 이념'에 걸맞게 재편성되어서 출간된다. 또한 남방에 대한 조사를 위해 설립된 기관, 연구소 등이 이러한 종족지 구성에 중요한 역할을 했다고 보인다. 특히 남방 선무 공작의 주요 담당층이 생물학자이자 인류학자로 구성되었다는 점은 남방 선전 담론과 선무 공작상 종족지가 차지하는 중요한 의미를 드러내준다.

그런 점에서 남방 담론의 형성에서 '종족지'의 형태로 생산되는 인종, 민족에 대한 인종주의적이며 식민주의적인 담론 구조는 일본에서 군사, 정치, 경제, 식민지학과 미디어 선전 등 여러 요인이 복합적으로 결합되면서 대량생산된다고 보인다.[26]

---

26) 당시 일본에서는 남방 경영과 관련하여 우익단체들이 속속 구성되었고 이들 단체의 강령에는 "남방 열도의 정치, 경제, 민족에 대한 조사 연구" 작업이 중요 사업으로 규정되어 있다. 우익 단체인 南鵬會는 1941년 대일본인의 남방에로의 민족이주를 위한 건설이 필요하다는 인식하에 동경 긴자에 사무소와 법률 사무소를 개설하고 남방 경영에 관한 연구를 시행하였다. 이 남붕회의 강령은 남방에로의 일본 민족의 대 이주를 위해 남방 민족과의 융화 제휴의 필요성이 강조되고 이를 위해 남방 민족, 문화, 정치, 경제에 대한 조사 연구를 목적으로 하는 연구소를 건립한다고 밝히고 있다. 이외에도 南方會는 대일본 적성회와 신일본 동지회를 중심으로 남진을 주장하는 횡단적 단체로 1941년 결성되었다. 堀 辛雄, 『右翼辭典』, 三嶺書房(東京), 1991. 참조.

이외에도 臺北帝國大學 부설 남방토속학회와 같이 식민지학으로서 문화 인류학을 통해 남방 원주민에 대한 연구 작업을 시행한 단체들은 『남방 민족』, 『남방 토속』과 같은 잡지를 발간하여서 남방 경영의 요구에 부응하는 식민지학으로서 남방 담론 생산을 담당하고 있었다. 또 남방 정복이후 일본은 남방 열도 각지에 자원, 종족, 생태 연구를 위한 각종 연구소를 개설하였고 사설 연구소도 대폭 증가하였다. 이러한 식민지학의 연구기관은 식물원이나 박물관의 형식을 취하였다. 『대동아 과학기담』, 앞의 책, 참조.

　　대동아 이념에 의해 재조정된 이런 문화인류학적 종족지들에서 남방의 원주민은 한편으로는 서구의 '지배'에 의해 오지로 밀려난 가장 극단적인 피해를 입은 집단으로 규정되고, 또 남방 열도 내부의 지배 집단(서구의 기독교에 '오염된' 집단)에 의해 문명화와 문화의 혜택을 받지 못한 남방 내부의 식민지로 그려진다. 또한 가장 박해받은 집단인 이 원주민은 역설적으로 가장 남방적인 민족성을 내포한 '순수한' 종족성의 표상으로 그려진다. 이러한 형식의 원주민 표상은 1943~1944년경 일본에서 출간된 남방 관련 서적(이러한 서적들은 기행문, 종족지, 남방 토속 연구서와 같은 문화 인류학적 서적이 주종을 이룬다)들에서 흔하게 살펴볼 수 있는 특성이다.[27]

　　또한 태평양 전쟁기 생산된 남방 종족지들에는 남방을 둘러싼 일본의 오리엔탈리즘이 집대성되어 재현된다. 남방을 열대, 밀림 지대로서 아프리카나 인도, 남미와도 등질화시키고 남방을 토인, 야만인으로서 아프리카나 여타 지역의 '야만인'과 동일하게 재현하는 방식은 일본에서 이미 근대 초기부터 생산된 남양 지역을 무대로 한 대중적 작품들에서도 발견된다. 그러나 이러한 무국적적 오리엔탈리즘은 태평양 전쟁기를 즈음하여 그 정점에 이른다.[28] 특히 일본에서 남방에 대한 선무 공작은

---

27) 일례로 三吉朋十의 작업을 예에서도 이런 면모는 확인된다. 대표적으로는 『比律賓の土俗』(丸善株式會社, 1943. 8. 25) 이미 1905년경 몇 명의 박물학자들과 함께 필리핀 열도의 종족 조사를 다녀온 바 있는 三吉朋十는 이런 경험을 토대로 비율빈에 관한 일련의 저서와 사전 작업을 내놓았다. 남방에 관한 三吉朋十의 담론 구조는 당시 인문학자로서의 문화 선전 전문가 집단의 담론 구조의 성격을 보여준다고 할 수 있을 것이다. 三吉朋十는 이러한 남방에 대한 종족 조사의 경험을 토대로 이미 남방과 관련된 여러 형태의 활동을 지속하고 있었다. 『比律賓 蠻族の實生活』(南洋協會講演速記, 1935. 7. 10)는 남방 관련 조사 작업의 하나로 이루어졌다. 또 필리핀 종족지 조사 결과로 『大南洋地名事典 比律賓篇』을 집필하기도 하였다(丸善株式會社, 1943. 2).

28) 일례로 1933년에서 1939년까지 『소년구락부』에 연재된 아동만화 『모험단키치』는 이런 무국적적 오리엔탈리즘의 전형을 보여준다. 즉 이 작품은 태평양 전쟁기 일본인이 지니고 있던 남양, 열대, 남방에 대한 이미지를 전형적으로 보여준다. 이 작품에서 남방은 열대 밀림 지역으로 검둥이, 미개인, 야만인의 이미지로 재현되었다. 또 이는 아프리카 동남 아시아의 실태와는 무관하게 **공상이나 환상으로 그려낸 남방에 대한 이미지라**

여행기, 자원 경제학, 박물학, 종족지들이 결합된 형태로 생산되며 이러한 선전 담론은 조선에서 생산된 남방 담론의 특성을 이해하는 데 매우 중요한 요인이라 할 것이다.

5. 남방 종족지와 제국의 판타지

남방에 대한 담론은 1939년 이후 남방의 자원, 경제, 습속에 대한 정보를 소개하던 차원에서 1941년 남방 정복을 기점으로 급격하게 인종화된 담론 체제로 전환한다.[29] 물론 이런 재현의 스펙타클은 남방에 대한 일제의 선전 논리와도 무관하지 않다. 그러나 남방을 집요하게 원주민 표상과 종족지적 서사로 재현하는 데에는 남방을 조선인들이 실감하는 방식과 밀접한 관련이 있다. 앞서 논한 바와 같이 남방이 조선의 지식인들에게 주는 실감은 무진장한 자원에 대한 경제적 실감과 이를 둘러싼 조선의 위치에 대한 불안과 기대라는 복합감정의 차원에서 이루어졌다. 이처럼 남방이 주는 실감이란 주로 조선의 위치와 정체성의 문제로 실감되었으며 불안과 열망으로 얼룩진 정체성에 대한 위기감이 남방을 정글 탐험의 종족지로 재현하는 내적 요인을 이룬다고 할 수 있다. 특히 자원 경제학이나 박물학, 종족지의 형식으로 생산된 남방 담론은 조선에서도 남방을 원주민, 야만인, 야자수 그늘 아래의 '깜둥이'로 이미지화하는 데 중요한 영향을 미쳤다. 그러나 조선에서는 남방에 대한 정보를 종족지와 같은 인류학적 보고서나 자원 경제학과 같은 전문화된 담론으로 재생산할 담당층이 존재하지 않았다. 역설적으로 이러한 담당층의

는 점에서 오히려 남방에 대한 일본인의 오리엔탈리즘을 전형적으로 보여준다. 이에 대해서는 川村湊, 「대중 오리엔탈리즘과 아시아 인식」, 『근대 일본과 식민지 7—문화 속의 식민지』, 岩波書店, 1993. 참조.

29) 이에 대해서는 권명아의 「대동아 공영의 이념과 가족 국가주의—총동원 체제하의 남방 인식의 변화를 중심으로」에서 개략적으로 다룬 바 있다. 여기서는 이러한 개관을 근거로 남방 담론에서 원주민 표상이 주요하게 대두되는 내적 요인을 다루고자 한다.

부재와 정보 처리의 미숙함은 남방을 원주민의 이미지로 수월하게 재생산하는 동력이 되었다.

조선에서 생산된 남방 종족지는 주로 역사, 자원, 풍습, 인종에 대한 정보 소개의 차원에서 생산된다. 남방 지리에 대한 관심은 전선의 변화와 추이에 대한 관심의 표명에 그치는 것이 아니라 남방 정복을 새로운 지리상의 발견으로 간주하는 것이기도 하였다. 특히 서구인의 탐험으로 '발견'된 남방을 일본이 다시 '탐험'함으로써 남방은 '동양'(대동아 공영권이라는 이름의)으로 다시 발견된다. 이런 시선 속에서 조선의 지식인은 남방 지도를 펼쳐놓고 새로운 '지리상의 발견'을 수행하는 일본군 '탐험대'의 대열에 합류한다.

일본의 경우 남방 열도의 여러 도서 지역의 지명을 일본어식으로 표기 정리하는 작업은 남방 정복의 첫 작업이기도 하였다.30) 조선의 경우 이러한 지리상의 위치와 지명 표기, 역사에 대한 관심은 매우 중요한 요소가 되었는데 이는 남방이 미지의 영토로서 지니는 의미가 더욱 강하였기 때문이다. 또한 조선에서 지도상에 남방 열도의 지명을 하나하나 짚어가는 과정은 일본 제국의 팽창하는 지도를 그려가면서 그 속에서 조선의 위치를 되새겨보는 과정이자 남방의 열도를 새롭게 '발견'하는 지리상의 발견과 같은 것이었다. 이러한 지리상의 발견은 대동아 공영의 이념으로 표방된 서구 열강 제국에 의한 근대의 지리상의 발견을 넘어선 대동아 제국의 지리상의 발견을 의미하는 것이기도 하였다.

동방 솔로몬 군도는 一五六七 年 西 探險家의 손에서 發見된 것인데 그들

---

30) 臺灣總督官房外務部內, 남지남양발행소 편의 『南洋地 歐華對照』(1939. 8)는 일차적으로 남방 정복 이전에 대만 총독부를 통해 남방 지명 표기 원칙을 통일한 작업이다. 또 1943년에는 『南アジア 政治交通圖』가 남아세아문화연구소에서 발행된다. 여기에는 지명색인이 별도로 수록되어 있으며 이 책의 주요 목적은 남아시아에 대한 전체 지도의 완성이다. 총천연색으로 제작된 지도는 남방에 대한 지리상의 발견의 첫 번째 작업이었다고 할 수 있다. 이와 달리 조선에서 제작된 남방 지도는 열악한 방식의 수제지도로 소개되었다. 이런 정보 생산의 차이는 당연히 남방에 대한 인식 수준을 보여주는 것이기도 하다.

354

의 海岸에 寄港하였을때 當地 土人들은 黃金을 海客에게 膳賜하였다. 金銀
財寶를 目的하고 探險에 從事하는 그들은 반가워할 것은 想像도 할 수 있다.
探險家들은 이곳에 金産地가 응당 많으리라 생각하고 古代西史 유다야 王
솔로몬의 富貴榮華를 連想하고 將來를 꿈꾸며 이같이 命名하였다. 島의 南
東 뉴 헤브리데스 島는 東西北方 헤브리데스 群島에서 나온바. 그 語根은
希語로 頭腦 不足하여 學業未完成한 學生을 意味한 것으로 天産이 豊富치
못한 것을 말한 것 같다. 뉴 칼레도니아 群島는 前者와 같이 英 스코틀랜드
地方 칼레도니아에서 地形類似한 것에서 새로운 天地인 것을 指示한 것이
다. (중략) 멜라네시아는 黑人島의 義니 大島 뉴 귀네아는 此地住民이 西阿
귀네아 灣頭에 사는 土人들과 酷似하다하여 稱名하였고 一名 파푸아는 蠻
毛로 土人의 頭髮이 곱실한 것을 불은 것이다.
　　以上이 太平洋探險과 地名記錄의 大要다. 探險된 이바닥가의 物産이 豊富
함과 人種이 雜多하여 現在 各種의 問題卽所謂 太平洋問題를 일으키고 있
다. 世界 列强의 自由開發의 結果 物質文明은 極點에 達하여 原料不足이 생
기고 한편은 生産過多, 資本過剩, 人口 增加의 現象이 날로 深刻해 가매 이
解決할 곳이라고는 아직도 미개발의 太平洋岸이다. (중략) 太平洋 問題는 實
로 東西兩 文明을 合一하여 窮極的 文化를 創造코저 하는 最後의 爭覇戰이
라고 볼 수 있다. 太平洋 覇權을 쥘 者는 참으로 누가 될지 太平洋一方에 雄
國으로 東亞新秩序의 共榮圈樹立에 邁進하는 我國이 이것을 질 것은 當然
한 일로 我國의 世界的地位가 如何히 重要한가를 이 事實을 通이하여 알수
있다.[31]

　　물론 남방 지도를 펼쳐놓고 그리는 꿈은 단일하지 않다. 남방의 지도
를 그리는 일은 미지의 영토를 발견하는 일이며 인종적 호기심을 충족
하는 일이기도 하였다. 서구의 남방 탐험에 대비하여 일본의 남방 정복
을 새로운 지리상의 발견으로 재현하는 것과는 조금 다른 지점에서 남
방은 소박한 이국주의나 단순한 인종적 관심의 대상으로 발견되기도 하
였다.[32] 그런 의미에서 남방열은 이런 인종적 관심과도 무관하지 않다

---

31) 김찬용, 「태평양 탐험사」, 『조광』, 1941. 12, 52쪽.
32) 이용악, 「지도를 펴놓고」, (<남방에 보내는 꿈> 특집 중 한 편; 『대동아』, 1942. 5)는
　　남방에 대한 '지리상의 발견'이 소박한 이국주의적 관심으로도 표명되고 있음을 보여주

고 보인다. 이러한 인종적 관심과 남방 종족지에서 무엇보다 가장 큰 관심은 남방의 원주민에 대한 것이었다. 이는 남방 원주민을 열등한 존재로 집요하게 재현함으로써 조선의 위치를 우월하게 점하고자 하는 일종의 콤플렉스의 발현이라고도 할 수 있다. 물론 이 콤플렉스는 조선 지식인들이 남방에 대해 문명 개화의 사명과 '개발'의 임무를 스스로에게 부여하고자 하는 제국의 판타지의 근거가 된 것이기도 하다.

선전문에 비해 남방 원주민에 대한 당시 조선인의 의식을 선명하게 보여주는 목소리에서는 오히려 원주민에 대한 적나라한 표현이 더 분명하게 드러난다.[33]

> 記 : 比律賓에 朝鮮 사람은 얼마나 가 있습니까.
>
> 吳 : 약 사십명 있다던가요. 금광 技師가 한사람 그러고는 人蔘 장사하는 사람도 있는 모양예요.
>
> 催 : 내갔을때도 고려상점이란 간판을 붙인 집이 있었지요. 조선부인이 베치마를 입고 빙수를 팔 고 있드군요.
>
> 記 : 사는 정도는 어때요.
>
> 吳 : 점잖게하고 삽니다. 내지인이 압섯고 그다음에 조선사람, 중국 사람들은 상권을 쥐어 세력이 있다지만 사는 꼴은 늘 그양, 조선사람만 깨끗지 못합니다.
>
> 李 : 그런데 반도인은 오래있어야 사년, 돈만 없애고 왔다갔다 할 뿐이지 영주할 생각은 못먹어요.
>
> 吳 : 조선인삼이라면 거기서도 영약으로치는 것이라 수입이 훌륭한데 그 수입을 가지고 전업을 해 서 고정해 있으면 상당한 地盤을 가지고 살 수 있지요. 어재건 조선서 농사짓는 노력을 드려 사년만 저기서 농사를 짓는다면 부자가 될 줄 압니다. 저곳 원주민들은 자연의 혜택을 너무 많이 입어서 그럿치가 못해요. (중략)
>
> 記 : 황군 치하에 들게 됐으니 많이들 진출할 일이로군요.

는 글이다.

33) 좌담, 「남방의 풍속과 문화」, 『조광』, 1942. 4(참가자—최정익, 이여식, 손광선자, 오영섭, 김창집, 내용중 記로 표시된 것은 『조광』측 기자이다).

吳 : 일본인에 대해서는 그렇게 호감인데 미국에 대한 반감은 누구나 갖
  이고 있지요. 樂土라면 樂 土라고도 할까 먹을것이 풍부해서 생존경
  쟁이라곤 없는데로 보입니다. 뭣한 말로 마음이 울쩍 한 때는 예라!
  그리로가서 야자 나무밑에 누워 편이 잠이나 자고 낚시질이나 하면
  서 한평생사 랐으면 하는 생각도 듭니다. (중략)

金 : 쬬흘 洲에 가면 大概는 고무園인데 고무園에서 마레인들에게 월급을
  줄테니 잠자지 말고 일 을 해달라고하면 월급도 싫고 잠을 자게 해
  달라고 한대요.(씨에스타에 대한 이야기다: 인용자) (一同 笑) 음식먹
  을때는 식기 한개 없습니다. 한두그릇놓고 저까락도 없이 세 손가락
  으로 집어 먹으면서 옆에다 물을 떠놓고 때때로 손을 씻습니다. 左手
  는 絶對로 쓰지 않어요. 더러운데 쓴 다는군요. (중략) 마래 원주민들
  은 얼골이 밉드군요. (중략) 마래인은 대개 회교고 지나인은 불 교.
  인도인은 힌쓰 敎죠. 힌쓰 敎徒의 禮式을 구경했는데요. 참 비참하드
  군오. 자기 몸을 여간 학대하는 것이 아닙니다. 소를 대단히 숭상하
  고 소똥도 신성시합니다. 소똥을 먼저 온몸에 바른 다음에 꼬챙이를
  가지고 코도 뚫고 혀도 뚫고 온몸을 뚫음니다. 이상한 것은 그래도
  피가 나오지 않드군요. (一同 笑)

　남방의 제 종족을 미개하고, 게으르고, 더럽고. 머리가 나쁘며. 기이
한 존재들로 희화화하는 이런 논리는 좌담의 면면에서도 드러나듯이 남
방 개발에서 일본인 다음가는 우선권을 정당화하는 중요한 논리이다.
　또한 남방 종족지들은 남방의 역사를 온갖 도래인들의 정복과 침탈
의 역사로 기술한다. 이는 한편으로는 남방에 '원래의 주인'은 없었으며
강한 도래인이 선주민을 정복하고 개발하는 것이 남방 본연의 역사였다
는 전형적인 식민주의적 역사 기술의 방식을 따른다. 또 이런 역사 기술
이면에는 남방의 역사가 서구의 이종족 통치의 오염된 역사에서 비로소
동양 종족에 의한 동종족 통치로 전환되었다는 동아공영권의 특이한 논
리가 내재된 것이기도 하였다.

6. 마치며 – 다시 최소한의 도덕에 대해

태평양 전쟁기 식민지 조선에서 생산된 남방 담론이 과연 어떤 의미를 지니는 것인가. 식민지 지식인이 남방에 대해 지녔던 환상과 인종적 편견과 착취를 통한 발전의 욕망은 식민지였던 역사적 상황의 어쩔 수 없는 귀결점인가. 가혹한 제국의 폭력 하에 제국의 논리와 동일화되지 않을 수 있는 가능성은 과연 없었을까. 태평양 전쟁기 식민지 조선 지식인들이 남방에 대해 지녔던 열기는 단지 식민지라는 제한된 상황의 결과이며 실제의 내면과 다른 공허한 선전담론의 되풀이였는가.

태평양 전쟁기 조선에서 생산된 남방 종족지에 나타나는 남방 원주민에 대한 이미지는 현재 한국에서 횡횡하는 동남아시아 인들에 대한 편견과 '정보'와 매우 유사한 것을 알 수 있다. 그리고 남방 자원에 대한 열망과 '제국'을 향한 환상, 인종적 편견과 착취를 통한 '자본주의' 발전의 욕망은 현재 한국 사회에 팽배한 욕망과 폭력의 구조와 너무도 닮아 있다. 종족지에 기술된 더럽고 게으르고 무식한 남방 원주민은 바로 "나도 사람이예요"를 외치는 현재 이곳의 동남 아시아 노동자의 기원이기도 한 것이다. 그리고 그것은 단지 기원이 아니라 바로 현재이다. 결국 남방에 대한 환상과 열망을 통해 더 나은 삶, 더 발전된 경제. 더 나은 지분을 원하는 식민지 조선 지식인들의 제국의 판타지는 오늘 이곳의 '제국의 판타지'와 이른바 자본주의적 발전의 논리와 그리 먼 곳에 있지 않은 것이다. 그리고 식민지 지식인의 제국의 판타지가 생존과 자기 보존이라는 명분 하에 정당화되듯이 오늘 여기서 '제국의 판타지'와 파시즘적 욕망 역시 생존과 자기 보존의 논리로 정당화된다. 그러나 식민지 지식인이 결코 절멸에 직면하여, 절멸에 대한 위기감의 결과로 제국의 판타지와 파시즘적 폭력을 승인한 것이 아니듯이 오늘날의 제국의 판타지와 파시즘적 욕망 역시 동일한 생존술을 발휘하고 있다.

남방의 주민들이 게으르고 머리 나쁜 열대 야자수 그늘 아래의 기이한 존재로 재현되는 괴물기록영화에 식민지 지식인들이 스스로 '중요한'

배역을 도맡고자 한 그 열망의 근저에는 결코 절멸에 대항한 투쟁이 아니라 더 나은 삶, 더 많은 몫에 대한 제어할 수 없는 욕망이 있었다고 할 수 있다. 현재 한국인들이 바로 그 이유로 동남 아시아 주민들을 괴물기록영화로 재현하듯이 말이다. 그런 점에서 끝없이 괴물 기록영화를 생산하고 모두를 괴물기록영화의 연기자로 전락시키는 이 파시즘의 유산과 적어도 최소한의 거리를 둘 수 있는 바로, 그 최소한의 도덕은 어쩌면 자기 안의 무한 증식하는 욕망을 제어할 수 있는 최소한의 생존, 그것인지도 모른다.

주제어 : 제국의 판타지, 종족지, 지리지, 남방, 선망, 과잉된 식민주의, 잉여의 담론, 인종주의, 원주민, 최소한의 도덕

◆ **참고문헌**

강정숙·서현주, 한국정신대연구 회 편, 「일제 말기노동력 수탈 정책」,『한일간의 미청산 과제』, 아세아문화사, 1996, 155-161쪽.
이상의, 「1930−40년대 일제의 조선인 노동력 동원 체제 연구」, 연세대 박사학위논문, 2002.
조선 사료 연구회,『조선근대사료연구집성』제4호, 155-156쪽.
테오도르 아도르노, 최문규 역,『한줌의 도덕−상처입은 삶에서 나온 성찰』, 솔, 1995, 79-85쪽.
酒井直樹, 「あなた方アシア人−西洋/アシアの 이항대립의 역사적 역할에 대하여」,『總力戰体制からグローバリゼーツョンへ From total War System to Globalization』, Yasushi Yamanouch(山之內 靖)·Naoki Sakai(酒井直樹), 平凡社, 2003, 236-271쪽.
荒保宏,『大東亞科學綺譚』, ちくま文庫, 1996, 214-430쪽.
財團法人 日本拓植協會 발행,『南方文獻目錄』, 1942, 21-67쪽.
臺灣總督官房 外務部內,『南洋地名歐華對照』, 남지남양발행소 편, 1939. 8, 1-15쪽.
南亞細亞文化研究所 著 및 발행,『南アズア 政治交通圖』, 附 地名索引, 1943. 3. 15, 2-3쪽.

宮武辰夫,『東印度 原住民の土俗と藝術』, 春陽堂, 1943, 25-68쪽.

―――,『フイリピン 原住民の土俗と藝術』, 羽田書店, 1943, 44-135쪽.

三吉朋十,『比律賓 蠻族の實生活』, 於南洋協會講演速記, 1935, 23-70쪽.

―――,『比律賓の土俗』, 丸善株式會社, 1942, 15-25쪽.

後藤乾一,『近代日本と東南アジア―南進の‘衝撃’と‘遺産’』, 岩波書店, 1995, 181-208쪽.

中野 聰,「南方作戰, 占領における軍 宣伝の基本的性格」,『南方軍政關係史料 13: 第
　　　十四軍軍宣伝班 宣伝工作史料集』제1권, 渡集団報道部 編, 龍溪書舍(東京),
　　　1996, 3-41쪽.

堀 辛雄,『右翼辭典』, 三嶺書房(東京), 1991, 457쪽.

川村湊,「대중 오리엔탈리즘과 아시아 인식」,『근대 일본과 식민지 7―문화 속의 식
　　　민지』, 岩波書店, 1993, 107-136쪽.

Ken'ichi Goto, *'RETURNING to ASIA': Japan ―Indonesia Relation, 1930~1942*, Ryukei Shyosha:
　　　Tokyo, 1997, 132-190쪽.

◆ 국문초록

　태평양 전쟁기 조선에서 생산된 남방 종족지에 나타나는 남방 원주민에 대한 이미지는 현재 한국에서 횡횡하는 동남아시아 인들에 대한 편견과 ‘정보’와 매우 유사한 것을 알 수 있다. 그리고 남방 자원에 대한 열망과 ‘제국’을 향한 환상, 인종적 편견과 착취를 통한 ‘자본주의’ 발전의 욕망은 현재 한국 사회에 팽배한 욕망과 폭력의 구조와 너무도 닮아 있다.

　태평양 전쟁기 조선의 지식인들에게 남방 정복이란 전쟁의 실감보다는 경제의 실감으로 다가왔으며, 본질적으로는 정글의 법칙, 더 나아가서는 정글 탐험의 이미지로 실감되었다. 일본의 남방 정복이 정글의 법칙이나 정글 탐험으로 실감되었다는 것은 단지 비유의 차원을 의미하는 것은 아니다. 조선에서 생산된 남방에 대한 수많은 담론에서 ‘남방’은 서구 제국주의와 동양 맹주 일본 제국이 마지막 세를 겨루는 장이며, 이 역사적 장은 약육강식의 정글의 법칙의 한 형태였다.

　남방 담론의 경우 제국과 총독부의 정책을 선전하고 그에 부응하는 찬동의 담론이 주류를 이루지만 총독부의 정책이나 관료의 입장들을 초과하는 과잉된 열기가 조성된다. 이 과잉된 열기는 실상 총독부와 제국의 이념과 상응하지 않는 잉여의 부분, 그 바깥이기도 하였다. 그러나 이 잉여의 담론, 남방에 대한 과잉된 열기는 제국의 정책이나 총독부의 노선에 대한 저항도, 부정도 아닌 오히려 역으로 총독부나 제국의 노선을 초과한 잉여의, 과잉된 식민주의의 반영이라 할 수 있다.

360

♦ SUMMARY

Fantasy of empire and ethnography of "Nambang(southeast Asia)"
−The narrative of "Nambang(southeast Asia)" produced in Korea during Pacific war

Kwon, Myung-A

Through the dynamics of the rivalry for control of the Southeast Asian region(hereafter referred to as Nam bang, 南方) by England, the United States of America, and Japan there was an encounter with Korea. The position of Korean intellectuals regarding Nam bang, including aspects such as their attitude, point of view, and emotions was that of students of the mutual translations of English and Japanese literature as well as careful readers of such literature. In addition, as a people without their own stories they were rendered spectators of these translated novels. Therefore, the view of Nam bang held by Korean intellectuals was a complicated mixture of the passion and curiosity of the learner, the activeness of the engaged reader, and the passivity of the spectator.

As the main areas of academic interest of this researcher are fascism and gender, this subject ultimately must be researched as a subjectified, compounded historical formula which existed under a system of violence. The main theme of this research derives from the expectation that an observation of the complex perceptions and emotions of Korean intellectuals regarding Nam bang during the war years will be an important vantage point for observing the subjectivity of the colonialized. Just as a sea voyage to Nam bang would be a long journey, researching the subjectivity of the colonialized will also be an arduous voyage. This paper intends to give a brief introduction of the progress of this journey to date.

Keyword : fantasy of empire, ethnography, geography, southeast Asia

(Nambang), envy, excessive colonialism, surplus narrative, racism, aboriginal, minima moralia

－이 논문은 2004년 12월 31일에 접수되어, 소정의 심사과정을 거쳐 2005년 1월 31일에 게재가 확정되었음.

식민시대 문학검열에 의한
복자(覆字)의 복원에 대하여

한 만 수*

1. 들어가며

식민시기 한국문학은 검열에 의해 매우 큰 굴절을 겪었다. 예컨대 김동인은 자기 작품의 3분의 1쯤이 검열에 의해 삭제되었다고 술회한다. 검열에서 지적을 받으면 고쳐서 다시 검열에 넣는 일이 다반사였으며, 심지어는 검열관이 고친 대로 출판된 작품도 적지 않다는 것이다.[1] 그렇다면 작품의 어디까지를 그 작가가 쓴 것인지, 어디부터가 검열관에 의해 왜곡된 것인지조차 불확실하다. 원본확정조차 하지 않은 채, 검열을

---

[1] 김동인, 「지난 시절의 출판물 검열」, 『해동공론』, 1946. 12(김치홍 편, 『김동인 평론선집』, 삼영사, 1984, 554쪽 참조).

거친 작품이 마치 원본인 것처럼 널리 읽고 있는 것이다. 검열을 통과하면서 작품이 이리저리 굴절되는 과정과 결과에 대해서 잘 알지 못한다면, 식민시기 우리 문학에 대한 연구는 이러한 한계를 벗어나기 어렵다.

그러나 검열과정에서 작품이 어떤 변화를 겪게 되었는가를 추적하는 일은 결코 쉽지 않다. 가장 직접적인 증거라면 검열을 거치기 전후의 육필원고가 될 터이지만, 잘 알다시피 육필원고는 매우 희귀하다. 게다가 육필원고가 남아있다고 해도 모든 문제가 해결되는 것은 아니다. 검열을 의식해서 미리 작가가 작품의 내용을 조정한 경우를 상정해야 하기 때문이다.

하지만 연구가 불가능할 정도로 자료가 없는 것은 아니다. 작가의 육필원고에 검열관이 삭제지시를 내린 자료도 드물지만 남아있으며, 검열당국에서는 삭제지시를 내렸지만 실제로는 삭제되지 않아서 그 원래의 모습을 찾아볼 수 있는 자료도 있다. 게다가 복자들 중에는 원래의 글자를 추정하거나 과학적으로 입증해낼 수 있는 것들도 없지 않다. 이런 기본자료들에, 일제의 검열지침 등 수집 가능한 자료들을 가능한대로 많이 모아서 나란히 놓고 본다면, 물론 아직 먼 뒷날의 일이겠지만, 작가가 검열을 의식해서 미리 변형시킨 경우까지를 추정하는 일도 불가능하지만은 않으리라고 본다.

이 논문에서 필자는 검열에 의하여 발생한 **복자의 복원을 위한 여러 방법을 모색하고자** 한다. 지금까지 복자 복원작업은 개별 작가론이나 작품론에서 그 작가의 복자들을 문맥에 의해 추정해보는 정도에만 그쳐 왔다. 이 방식은 비교적 쉽긴 하지만 아무래도 객관적 증거를 제시할 수 없는 추정에 불과하다. 하지만, 이 논문을 통해 입증해 보이겠지만, 복자 중에서 일부는 객관적인 방식에 의해 복원해낼 수 있다. 특히 과학적 처리를 통한 복원 방식을 처음으로 시도하여 보았던 바, 이 방식을 적용할 수 있는 '붓질 복자'들은, 비록 그 수량이 한정되어 있긴 하지만, 거의 원본에 가깝게 복원할 수 있었다.

2. 복자의 복원 방법과 사례

일반적으로 복자란, 활자가 뒤집혀 있어서 그 뜻을 알 수 없는 것을 말하므로 인쇄과정의 실수 때문에 발생하게 마련이다. 하지만 일제 식민시기의 복자란 거의 예외 없이 검열 때문에 발생하게 된다. 따라서 이 글에서 복자란 검열에 의해 발생한 것으로 한정한다.

복자는 집필단계의 것, 편집단계의 것, 인쇄단계의 것으로 나눠 생각할 수 있는데,[2] 이 세 유형의 복자 중에서 가장 복원의 가능성이 높은 것은 인쇄단계의 복자, 즉, 붓질에 의한 복자와 '따 붙이기'에 의한 복자이다. 기계적인 것이 아니라 인간의 손으로 덧칠하거나 덧붙인 것이기 때문에 아무래도 완벽한 글자 삭제가 어렵다는 점, 원래의 글자가 어떤 형태로건 남아있기 때문에 과학적 재처리 과정을 거쳐 복원을 시도할 수 있다는 점 때문이다. 이에 대해서는 뒤(2-3)에 자세히 살피기로 한다.

2-1. 복자복원의 다섯 가지 방식

복자를 복원하는 방식은 다섯 가지로 나눠 생각할 수 있다. 문맥에 의한 방식, 육필원고에 의한 방식, 검열본 교정쇄(또는 납본)에 의한 방식, 판본 대조에 의한 방식, 과학적 재처리 방식이다. 그 하나하나에 대해 자세히 살펴보기로 하자.

2-1-1. 문맥에 의한 방식

문맥에 의한 방식은 주로 한두 단어에 그치는 복자의 경우에 적용할 수 있는 복원방식이다. 예컨대 일제시대 작품에서 한 글자의 복자는 놈, 적(敵), 왜(倭) 등이고 두 글자의 복자는 계급, 투쟁, 민족, 혁명, 조국, 해

---

2) 한만수, 「식민시대 문학검열로 나타난 복자의 유형에 대하여」, 『국어국문학』 136호, 국어국문학회, 2004. 5, 415-441쪽 참조.

방 등이 가장 많은 빈도수를 차지할 터이다. 이 방식은 지금까지 복자복원을 위해 연구자들이 주로 의존해온 방식으로서 비교적 쉽게 원래의 글자를 추정할 수 있는데다가 모든 유형의 복자에 적용 가능하다는 점이 장점이다. 하지만, 아무래도 어절이 많아질수록 정확도가 떨어지게 마련인데다가, 객관적 증거를 제시할 수는 없으므로 원본확정을 하기는 불가능하다. 요컨대 추정의 차원에 머물 뿐, 확증은 불가능하다는 점이 약점이다.

2-1-2. 육필원고에 의한 방식

사전검열제를 적용받았던 단행본이나 대부분의 잡지는 검열당국에 2부의 원고를 제출해야 했는데 검열당국은 검열을 마친 뒤에 한 부는 보관하고 한 부는 되돌려준다. 검열당국의 보관본은 나중에 출판된 책이 검열결과를 충실히 반영했는가를 점검하기 위한 것이었으며, 영구보존문서는 아니었을 터이니 지금 남아있기를 기대하기는 어렵다. 되돌려 받은 원고 가 그나마 현전 가능성이 높은 편이지만, 그 원고를 이용해서 출판을 하게 되면 육필원고는 사라지게 된다. 활판인쇄를 위해 필수적이었던 문선(文選)과정에서 원고를 이리저리 찢게 되기 때문이다. 따라서 당시에 실제로 출판된, 그리하여 우리가 현재 읽을 수 있는 작품들은 대부분 검열의 흔적을 추적할 수 없게 된다.

예외도 있었다. 그 대표적인 보기라면 심훈의 시집 『그날이 오면』[3]을 들 수 있다. 심훈은 검열에서 '부분삭제' 판정을 받고 되돌려 받은 원고에 너무 많은 삭제지시가 있자, 고민 끝에 출판을 포기하였다. 그 결과 원고가 유족에게 남아 있었다. 출판을 포기함으로써, 아이러니컬하게도 원본확정의 가능성이 훨씬 높은[4] 작품을 후세에 전할 수 있게 된 것

---

3) 심훈, 『그 날이 오면』, 차림출판사, 2000(영인본), 참조.
4) 육필원고가 남아있음에도 완전히 원본확정을 할 수는 없다고 판단하는 까닭은, 무엇보다도 심훈이 그 되돌려 받은 원고를 이리저리 개작하고 있기 때문이다. 그 개작은 재검열에 넣기 위해 표현을 완화한 것도 있고, 반대로 복자를 원래의 글자로 되살려 놓은

이다.

이 원고에는 심훈의 검열청원 원고, 검열관의 삭제지시, 그 이후 심훈의 추가 퇴고, 편집자의 가감필적 등이 혼재되어 있다. 심훈의 추가 퇴고과정에서 일부 복자를 원래의 글자로 되돌려 놓고 있으므로, 이런 경우는 비교적 쉽게 복자를 복원할 수 있다. 이렇게 객관적인 자료가 남아있는 경우를 광범위하게 수집하여 종합한다면, 그 결과를 토대로 삼아 자료가 남아있지 않은 복자들에 대한 추정적 복원도 점차 가능해지리라고 본다. 하지만, 검열본 육필원고가 남아있는 몇몇 경우조차[5] 본격적인 연구는 나오지 않은 형편이다.

2-1-3. 납본 및 교정쇄 검열본 발굴에 의한 방식

검열당국은 육필원고뿐만 아니라 납본 또는 교정쇄로도 검열을 행하였으므로,[6] 검열흔적이 남아있는 납본이나 교정쇄를 찾아내면 복자를 복원할 수 있다.[7] 인쇄된 상태에서 붉은 색 잉크로 삭제지시를 하였으

부분도 있다. 서로 모순되는 개작이 이뤄진 까닭은 아마도, 심훈이 처음에는 재검열을 받기 위해 노력하다가 중도에 포기하였기 때문인 듯하다. 즉 검열이 없어지는 날 출판하겠다는 생각으로 작품을 다시 원래대로 되돌려놓는 작업을 병행하였던 것이다. 그러나 두 방향의 개작이 모두 완결되지 않은 상태이다. 게다가 심훈의 필적이 아닌 글씨들도 여기저기 남아있다. 이 검열본 육필원고에 대해서는 신덕룡의 논문이 있긴 하지만(「심훈, 맞섬과 반역의 정신─시의 복원과 시정신을 중심으로」, 『문학과 진실의 아름다움』, 새미, 1998, 206-229쪽 참조), 기존의 판본(1949년 한성도서출판 본)과의 개략적 대조에 그칠 뿐, 이런 세세한 문제에 대해서는 언급하지 않고 있다. 따라서, 이 시집의 원본확정은 좀더 세밀한 검토를 거쳐야 할 것이다.

5) 현재 남아있는 검열본 육필원고라면 심훈 시집 『그날이 오면』(앞의 책); 『총독부 검열본 매천전집』(전주대 호남학연구소, 1984); 오장환 장시집 『전쟁』(『한길문학』, 1990. 7); 『농산(農山)선생문집』(박경연, 「일제하 출판검열에 관한 사례연구」, 『서지학연구』 23집, 서지학회, 2002. 6. 참조) 등을 들 수 있다.

6) 일제시대 검열은 흔히 출판법에 의해 허가받은 출판물에 적용되는 사전검열(원고 검열)과 신문지법에 의해 허가받은 출판물에 적용되는 사후검열(납본 검열)로 나누는 것이 일반적이다. 하지만 이 둘의 절충적인 형식인 교정쇄 검열 또한 시행되었다. 필자는 이 문제에 대해 별도의 논문을 준비중에 있다.

7) 검열을 거친 납본이면 사후검열에 해당하며 판본비교에 의한 방식으로 분류해야 할

니 원래의 글자를 완전히 확인할 수 있는 것이다. 이 경우는 삭제지시가 실제로 이행되었음을(즉 그 부분이 복자임을) 확인하기만 한다면 복원은 자동적으로 이뤄진다. 실제 유통본에서 삭제지시가 이행되었는지를 확인하는 작업만 거치면 복원되는 것이다.

하지만 알다시피 현전하는 당대 자료들은 그리 풍부한 편이 못된다는 점이 문제이다. 유통본이 남아있지 않아 확증할 수 없는 경우라 하더라도 대체로 삭제지시를 받은 부분은 복자로 간주할 수 있다고 본다. 삭제지시를 받은 것은 분명하며 실제로 삭제되었을 가능성이 매우 높기 때문이다. 결국 납본이나 교정쇄 검열본에서 삭제지시를 받은 부분들은 모두 복자로 간주할 수 있으며, 또한 복원이 가능하다고 필자는 판단한다.

뒤에 자세히 보겠지만 국립중앙도서관에는 납본 또는 교정쇄 검열본들이 다수 남아있다.8) 검열의 흔적이 그대로 남아있는 자료인데다가 육필원고보다는 훨씬 많이 보존되어 있으므로 중요한 연구자료이다.

2-1-4. 판본 대조에 의한 방식

검열의 흔적이 있는 육필원고나 교정쇄, 납본 등 직접적인 증거가 현재 남아있지 않은 경우에는 판본 대조 방식을 활용할 수 있다. 현재 남아있는 여러 판본을 가능한대로 널리 구하여 대조하면서 복자를 복원해내는 작업이다. 이 방식은, 삭제지시 불이행의 경우(제도적 요인에 의한

것이다. 한편 검열본 교정쇄이면 사전검열에 해당하며 별도의 방식으로 분류해야 할 것이다. 현재 중앙도서관에 비교적 풍부하게 남아있는 검열본 잡지자료들이 납본인지 교정쇄인지는 아직 불확실한데다가(납본 도장이나 육필 표기가 없는 경우라 해서 모두 교정쇄라고 보기는 어렵다) 꽤 많은 자료들이 발굴될 수 있다는 중요성도 인정할 수 있으므로 판본대조와는 따로 분류하여 살피기로 한다.

8) 국립중앙도서관은 총독부 도서관의 장서를 그대로 이어받았다. 납본 및 교정쇄 검열본 자료들 역시 총독부도서관 장서인과 국립중앙도서관의 장서인이 함께 찍혀있다. 이 자료들의 원출처는 물론 총독부 경무국 도서과였을 터이다. 이로 미루어 총독부 도서과에서 검열한 뒤에 실제 출판물과 대조를 마친 자료들 중에서 육필원고는 소정의 기간이 지나면 폐기하고, 납본이나 교정쇄 등 인쇄물의 경우는 총독부 도서관으로 넘겼을 것으로 추정한다.

복원 가능성), 법역(法域)이 다른 경우(공간적 요인), 출판연대가 다른 경우(시간적 요인), 서로 삭제결과가 다른 경우(인간적 요인) 등 네 가지로 나누어 생각할 수 있다. 처음 경우는 삭제지시와 인쇄 결과를 비교하는 방식이며, 다른 세 경우는 인쇄된 판본들을 대조하는 방식이다. 각각에 대해 간략하게 살펴보기로 하자.

먼저 삭제지시 불이행의 경우를 살펴보자. 총독부에서는 조선의 담론상황들을 정리하여 통치에 참고하기 위해서 '불온'하다고 판단한 각종 문서들을 대상으로 다양한 분석자료들을 출판했다. 그런데 그 자료에는 삭제지시를 내린 것으로 되어 있지만 실제로는 삭제하지 않은 채로 시중에 유포되거나 신문사 등에 보관되어있던 판본이 적지 않다.[9] 따라서 일제에서 삭제 지시를 내린 문건들을 토대로, 실제 출판물에서 그 지시가 이행되지 아니한 부분을 찾아내면 그 부분에 대한 복원은 가능하다. 삭제지시가 실제로 이행되지 아니한 분량은 생각보다 많다. 정진석의 노작『일제시대 압수기사모음』은 이런 과정을 통해서 삭제된 것들을 복원해낸 대표적인 작업이다.[10]

다음으로 공간적 요인. 법역이 다른 곳에서는 검열기준이 달랐기 때문에 복자도 달라졌다. 따라서 동일한 출판물이 법역에 따라 어떻게 다른 삭제결과로 나타나는가를 대조하는 일을 통해서 복자를 복원해낼 수 있게 된다. 예컨대 조선과는 법역이 다른 일본, 만주 등에서 출판하여 국내에 반입하는 과정에서 복자들이 발생하게 되므로, 조선 유통본과 타 지역 유통본의 대조를 통해 복원할 수 있다. 뒤에 자세히 살필『조선

---

9) 삭제하지 않은 채로 상당한 부수를 인쇄하고 나중에 납본할 때는 삭제한 판본을 검열 당국에 들여보내는 방식이다. 따라서 삭제지시는 부분적으로만 이행되었지만, 이렇게 삭제지시를 받은 경우 역시 복자라고 보아야 할 것이다. 물론 '불온'의 정도가 심한 것은 바로 차압 지시를 내려 경찰력을 통해 인쇄물을 압수하는 등 좀더 강력한 제재를 가했다. 삭제지시는 행정적 지침에 불과하므로 이런 정도의 위반은 눈감아 주어도 된다고 판단한 듯하다. 따라서 이 경우는 제도적 요인에 의한 복원 가능성이라고 분류할 수 있다.
10) 정진석,『일제시대 민족지 압수기사모음』1·2권, LG 상남언론재단, 1998년. 이 책에는 문학작품도 적지 않지만, 국문학계에서는 별 관심을 보이지 않고 있다.

의 언론과 세상』의 경우가 대표적이다. 대체로 조선의 검열이 일본이나 만주보다 더 엄격했으므로, 그쪽의 복본들을 광범위하게 수집, 대조하는 일이 필요하다.

세 번째, 시간적 요인. 검열기준이 시간의 경과에 따라서 변화했으므로 복자도 바뀌었다. 정치사회적 분위기의 변화에 따라서 삭제했던 것을 완화하기도 했지만, 훨씬 더 많은 경우는 그냥 두었던 것을 추가로 삭제했으므로, 대체로 앞서 발행된 판본이 복자가 적은 편이다. 단행본의 경우 초판본들을 가능한대로 많이 구해서 재판이나 3판에서 복자로 되어 있는 부분들을 꼼꼼이 대조해보면, 원래의 글자를 복원해낼 수 있게 되는 것이다. 이 작업을 통해서 단지 복자만 복원할 수 있는 것은 아니며, 정치적 상황의 변화에 따라서 검열 수위와 방향이 어떻게 변화했는지를 실증적으로 점검해볼 수 있게 된다.

마지막으로 법역과 시기가 같은 출판물이라도 인간적 요인에 의해 복자가 달라지기도 했다. 이 글의 주제와 관련지어 말한다면 붓질 복자의 경우가 대표적이다.11) 아무래도 사람의 손으로 붓질하여 지우는 과정에서 그 먹칠자국이 서로 다르기 때문에 기대할 수 있는 복원 가능성이다. 이에 대해서는 뒤(2-2)에 자세히 살피기로 한다.

판본대조는 발품을 열심히 팔면 상당한 성과를 기대할 수 있다. 하지만 남아있는 판본 자체가 그리 많지 않으므로 복본이나 중판본 또한 풍부하지 못하다는 점, 또한 여러 군데에 소장된 귀중본을 열람하기가 현실적으로 어렵다는 점 등이 한계이다. 이 방식에 의한 복자복원이 거의 없는 까닭 역시 이런 현실적인 제한 때문이기도 할 터이다. 물론 이런 한계 속에서라도 가능한 작업은 결코 적지 않으며, 다음 절에서 보겠지만 이 논문을 통해 시도했던 사례연구는 적지 않은 가능성이 있음을 보여준다.

---

11) 인간적 요인에 의해 삭제지시가 불충실하게 이행되는 사례는 이밖에도 여러 경우를 들 수 있다. 이에 대해서는 한만수, 「식민시대 문학의 검열 대응방식에 대하여」(『현대문학이론연구』 15집, 2001, 343-366쪽) 참조.

2-1-5. 과학적 처리 방식

과학적 처리방식은 확증을 얻을 수 있다는 것이 무엇보다도 큰 장점이지만 적용범위가 넓지 못하다. 즉 붓질복자(인쇄 이후에 먹으로 붓질을 하여 만든 복자)의 경우에만 적용할 수 있다는 점이다. 인쇄하는 과정에서 연판에 종이가 눌리게 되므로, 그 눌린 흔적을 첨단과학에 의해 추적하면 먹으로 지운 글씨가 원래 무슨 글자였는지를 상당부분 알아낼 수 있는 것이다. 그러나 아직까지는 먹이 진하게 묻은 경우는 해독률이 만족스럽지 못하며 더 발전시켜야 한다.

필자는 과학적 방식으로 복자를 복원할 수 있는 가능성을 시험하고자 국립과학수사연구소에 의뢰하여 일정한 성과를 거두었다. 이에 대해서는 다음 절에 자세히 적는다.

2-1-6. 소결

이같이 다양한 방식으로 복자 복원이 가능한 것은 주로 복자의 발생과정이 복잡했기(검열이 여러 계기로 여러 단계에 걸쳐서 실시되었기) 때문이다. 즉 사전 검열, 교정지 검열, 출판후 검열(추가삭제 지시나 판매금지 등)로 삼중의 제재장치를 마련했으며, 재판(再版)을 낼 적에도 동일한 절차를 밟아 검열을 하였고, 재판 발행 등 출판요소에 의한 계기가 없더라도 정치적 상황에 따라서 수시로 판매금지를 내리곤 했으므로 그때마다 복자가 발생할 수밖에 없었던 것이다. 또한 법역의 차이, 매체의 차이, 시대상황의 차이 등에 따라서도 검열의 기준과 실제는 달라졌다. 물론 이렇게 여러 단계에 걸쳐 검열하고, 또 한번 검열이 끝났다고 해서 방치하지 않고 수시로 검열을 실시한 것은 검열의 효율성을 높이기 위한 제도이다. 철저한 담론통제를 위해서는 중복적 검열이나 사안별 검열, 시대와 지역별 검열수위 조정, 사후 재검열 등으로 체계화, 항상화하는 일이 필요했던 것이다. 하지만 아이러니컬하게도 이런 복잡한 체계 덕분에 우리는 복자를 복원할 가능성도 얻게 된다. 예컨대 끝없이 변화하는 검열기준 덕분에 우리는 어떤 작품의 어떤 표현이 언제는 통과되었다가 언제는 삭제지시를 받는가를 추적할 수 있다. 또한 법역이나 매체나 위반사안의 경중 등에 따라서 검열 결과가 달라진 덕분에, 그 편차를 이용한 복자 복원도 시도할 수 있게 된다.

위에서 필자는 복자복원의 방식을 다섯 가지로 제시했다. 뒤에 자세히 보겠지만, 이런 방식들은 각각 독립적으로도 사용할 수 있지만, 경우에 따라서 몇 가지를 조합하여 사용한다면 복원 성공률을 더 높일 수 있을 것이다. 또한 이렇게 객관적으로 복원 가능한 것들을 가능한대로 많이 모은 뒤, 거기에 검열당국에서 마련한 다양한 검열기준들을 겹쳐 살핀다면 복자 형성 및 복원의 일반적 이론을 추출하는 데까지 나아갈 수 있을 것으로 기대한다.

2-2. '붓질 복자'와 복원시도

2-2-1. 붓질복자의 발생

붓질방식에 의한 복자는 앞서 잠깐 살폈듯이 인쇄를 마친 뒤에 삭제지시를 받은 경우에 발생한다. 물론 인쇄를 마친 뒤에 삭제지시를 받았을 경우라면, 원칙적으로는 재인쇄를 하거나 지면에서 해당 부분을 찾아 일일이 고쳐야 한다. 그러나 재인쇄에 붙이는 경우는 경비가 많이 들기 때문에 영세한 당시 출판자본으로서는 가능하면 회피하고 싶었을 터이다. 따라서 사람의 손으로 수정하는 방식을 주로 이용했을 터인데, 그 방식은 주로 붓질이었다.[12]

---

12) 붓질 말고도 따붙이기 방식도 일부 활용했던 것으로 보인다. 『개벽』(2주년 기념호)에는 별도의 종이에 인쇄해서 따붙인 부분이 있다. 또한 『신생활』 5호에도 역시 4개 부분에 걸쳐서 따붙이기의 흔적이 발견된다. 좀더 많은 보기를 찾아내고 원래의 글자를 해독한다면 확증할 수 있을 것이다. 따붙이기는 뒷면을 밝은 불에 비쳐보면 손쉽게 원래의 글자를 확인할 수 있다. 굳이 붓질을 하지 않고 따붙이기를 선택한 것은, 삭제가 아닌 수정지시를 받았을 경우, 또는 표현의 수위를 다소 조정하더라도 그 부분을 꼭 활자화하고 싶어서 재검열을 받아 고쳤을 경우 등을 상정할 수 있을 것이다. 이 따붙이기 복자는 동국대학교 석사과정 이종호군이 발견한 것이다. 책을 눈으로만 읽지 않고 손으로

　신문에서는 이 같은 붓질이 실제로는 이뤄지지 않은 경우가 많았으리라는 점은 살펴본 바와 같거니와, 잡지의 경우는 신문보다 충실하게 붓질을 했던 것 같다. 신문지법에 의해 허가되어 사후검열을 적용 받은 『개벽』, 『조선지광』, 『신천지』, 『신생활』, 『동명』, 『신민』, 『현대평론』[13] 등은 인쇄 후에 삭제지시를 받게 되므로, 대부분 붓질을 통해 삭제하였을 터이다.[14] 출판법에 의해 허가를 받아 사전검열을 받아야 했던 다른 잡지들의 경우도 인쇄 뒤에 재차 검열을 받아야 했으니, 이 과정에서 새로 삭제지시를 받게 되면 붓질을 하거나 재인쇄할 수밖에 없다. 상식적으로 생각한다면 사전검열을 마친 원고가 인쇄에 재검열에서 삭제지시를 받는 일은 많지 않을 것이며, 따라서 출판법 잡지들은 붓질이 거의 없을 것이라고 추정할 수 있다. 하지만 출판법잡지들은 검열에 넣기 전에 미리 인쇄를 마치는 경우가 적지 않았다고 하니,[15] 속단하기는 어렵다.

쓰다듬어 본 뒤에 읽는 그의 독특한 버릇 덕분에 이 유형의 복자를 발견한 것이다. 물론 영인본만을 보아서는 따붙이기 복자는 확인할 수 없다. 구체적인 내용은 그의 석사 학위논문을 통해 밝혀질 것이다.

13) 김근수, 『한국잡지사연구』, 한국학연구소, 1992, 106-107쪽.

14) 그러나 실제로 이런 잡지들에는 붓질이 생각보다 많지 않다. 그 까닭은 아직 자세히 알수 없지만, 아마도 납본 검열 이전에 다른 방식으로 검열당국의 의견을 반영하였기 때문일 터이라고 추정한다. 예컨대 편집단계에서의 자체검열, 교정쇄검열, 간담회 등을 상정할 수 있다.

15) "잡지가 불온하다고 하면 한 달을 잡아 두는 버르장이는 보통이다. 이에 잡지사에서도 꾀를 내어 두 벌을 작성하여 한 벌은 검열에 제출하고 한 벌은 인쇄소에 보내어 인쇄를 시키게 되니, 검열이 나온 그 이튿날 잡지가 나오는 데는 저들도 깜짝 놀라는 일이 많았다. (중략) 「일부 삭제」가 될 때는 잡지를 꺼내 놓고 일일이 묵으로 지우거나 다시 인쇄를 하여 복자로 만들거나 하지 않으면 안 되었다."(홍효민, 「한국문단측면사」; 김동인 외, 『한국문단이면사』, 깊은샘, 1983, 39쪽) 원래 출판법에 의해 허가를 받은 잡지나 단행본은 원고검열, 출판 후 판매 전 검열, 판매 이후 검열 등 3중의 검열을 받아야 했다. 하지만 홍효민에 따르면 원고검열조차 끝나기 이전에 인쇄공정을 거의 전부 진행시킨 셈이 된다.

2-2-2. 붓질 복자의 복원 가능성

붓질 방식의 복자는, 복원 가능성이 꽤 높다. 이미 인쇄가 끝난 상태에서 붓질을 하게 되므로, 이런저런 이유로 인해 붓질이 없는 인쇄물이 유통될 가능성이 항상 남아있는 데다가, 과학적 방식에 의해 복원할 수 있는 것이다. 붓질을 해야 하지만 실제로는 제대로 되지 않은 것들이 남아있게 되는 까닭을 유형화해서 살피면 다음의 몇 가지가 된다.

2-2-2-1. 붓질 없이 유통시킨 경우

『개벽』은 신문지법에 의한 잡지이므로 사후검열제를 적용 받았다. 그런데『개벽』의 경우는 인쇄본을 납본한 뒤 검열 결과가 나오기 전에 잡지를 외부로 발송하는 일이 잦았다고 한다.16) 삭제지시를 받은 작품들을 우리가 손상 없이 읽을 수 있게 되는 것은 이런 검열우회 노력 덕분이다. 그 대표적인 보기는 이상화의「빼앗긴 들에도 봄은 오는가」이다.17)

이런 방식으로 널리 유포된 작품들의 경우는, 그것이 검열삭제 지시를 받았던 작품이라는 사실을 인식하기 어렵게 된다. 이런 경우라면 복자 복원보다는, 오히려 복자임을 확인하는 작업이 필요하다. 검열을 통해 삭제지시를 받은, 그러나 실제로는 삭제되지 않은 채 유통되었던 작품들을 조사, 정리하는 작업 또한 필요하다.

2-2-2-2. 의도적으로 붓질을 누락한 경우

의도적으로 붓질을 누락하거나 엉성하게 했을 가능성도 적지 않다. 그 좋은 보기로 앞의 <소금>에서 붓질 자국을 들 수 있다. 『신가정』

---

16) 이에 대해서는 한만수,「식민시대 문학의 검열 대응방식에 대하여」,『현대문학이론연구』15집, 현대문학이론학회, 2001, 343-366쪽 참조.

17) 이 작품은『개벽』70호에 발표되었으나 전문 압수를 당했다. 하지만 검열결과가 나오기 전에 독자들에게 우송한 덕분에 아무 손상 없이 살아남아서 널리 읽히고 있다. 검열을 회피하기 위해 당시 문인이나 출판인들이 시도했던 다양한 대응에 대한 이해 없이는, "일제의 엄혹한 검열"이라는 상식과 이런 작품의 현존이라는 모순을 설명할 수 없다. 검열연구가 의미 있는 또 하나의 이유이다.

1934년 10월호에 실린 이 작품은 10행 정도를 붓으로 먹칠했다. 그러나 그 중에서 40자는 붓질 자국 사이로 알아볼 수 있으며, 『강경애전집』의 편자는 실제로 이 40자를 복원했다.[18] 약 500자 정도 되는 삭제지시 중에서 40자에 불과하지만, 결코 작다고만은 할 수 없는 규모이다. 『조선의 언론과 세상』에 남아있는(아마도 총독부 관료가 했을) 붓질이 매우 치밀해서 한 글자도 보이지 않는 것과는 매우 대조적이다. 붓질을 다소 허술하게 하더라도 검열당국에서 일일이 검증하기는 거의 불가능하다는 점, 혹시 발각되더라도 수작업이니 부정확성이 있을 수밖에 없다는 식으로 변명할 수 있다는 점 등을 고려해볼 때, <소금>의 붓질은 아마도 검열지시에 대한 '태업'적 성격을 띤 것이었으리라고 추정한다.

『개벽』의 사전발송이 적극적인 검열 회피 노력이고 <소금>이 의도적 누락이라면, 우연히 붓질 없는 인쇄물이 남게 되는 경우도 상정할 수 있다. 사람의 손으로 하는 일이니까 아무래도 실수가 생길 수 있으리라는 추정이다. 엉뚱한 곳에 붓질을 할 수도 있고, 붓질이 엉성해서 활자의 일부가 보일 수도 있으며, 더러는 붓질해야 할 곳을 놓치는 경우도 있겠지만, 아직 그 증거는 찾아내지 못했다.

2-2-2-3. 행정적 요인 때문에 붓질이 없는 경우

위의 두 경우가 다분히 검열회피 노력 때문에 생기는 붓질누락이라면, 행정적 요인 때문에 생기는 붓질의 차이도 있다. 예컨대 총독부가 조선통치에 참고로 삼기 위해 조사자료 21집으로 펴낸 『조선의 언론과 세상』 초판(1927년)의 경우는 붓질을 3~4군데 했고, 압수된 기사임을 표시하는 푸른색 '압(押)'자 도장이 40여 곳에 찍혀 있다.[19] 이 책의 초판

---

18) 강경애, 이상경 편, 『강경애 전집』, 앞의 책, 537쪽.

19) 『조선의 언론과 세상』은 서문에서 밝히고 있는 대로 "신문 잡지나 기타 인쇄물에 실린 (중략) 현실생활에 직면한" 문건들을 유형화하고 예시하여 "조선의 실상을 이해하는 참고자료"로 삼기 위해 관방문서과 조사계에서 펴낸 것이었다. 검열 주무부서인 도서과의 협조를 받았을 것이며, 책의 성격상 시중에 판매하지는 않고 각급 행정관서에 보급하면서 일부를 도서관에 보관용으로 배부했을 터이다. 출판 이후에 여러 문제점을 발견하게

본은 현재 국내에 두 권이 남아있는 듯하다.[20] 동국대 중앙도서관 소장본과 서울대 법과대 도서관 소장본. 이 두 권은 같은 초판이지만, 동국대본에는 붓질이 세 군데인데 서울대본은 네 군데이다. '간을 빼어 먹는 사람 등'이라는 제하의 기사는 동국대본에는 '압'자가 찍혔지만 붓질은 없는데, 서울대본은 '압'자가 없는 대신 글의 출처를 밝힌 서지사항에 붓질만 되어 있는 것이다.[21] 따라서 서울대본에서 볼 수 없는 한 군데의 글씨를 동국대본에서는 아무 어려움이 없이 읽어 낼 수 있다. 이런 차이가 발생한 까닭은 무엇일까. 아마도 두 곳 중 한 곳의 담당자가 착오를 일으켰을 가능성을 가장 먼저 상정할 수 있지만, 그 가능성은 희박하다.[22]

『조선의 언론과 세상』은 해방 뒤 일본에서 영인 출판되었는데[23] 이

되자 사후에 따로 공문을 내어 각급 도서관에 붓질로 삭제하고 '압'자 도장을 찍도록 지시를 내렸을 것이다. 구체적으로 무슨 문제가 있었을까. 이 책은 "조선인이 조선문으로 발표하거나 발표하려고 했던 것을 수집"한 것이지만, 책의 체재는 '발표한 것'과 '발표하려고 했던 것' (즉 압수된 것)을 구분하지 않고 있다. 따라서 이 책을 받아본 일선 기관에서는 구체적으로 어떤 기사가 압수된 것인지를 확인하고 싶었을 터이고 그 요구를 반영하여 추후에 공문을 보내서 '압'자 도장을 찍도록 하였을 터이다.

또한 아예 붓질로 삭제하도록 한 것은 3~4곳인데, 삭제이유를 밝히는 곳이 1곳이고 나머지는 주소와 함께 병기한 인명이었다. 다른 인명들은 실명으로 그대로 두면서 주소까지 밝힌 곳만 삭제한 것으로 미루어 명예훼손 등의 이유 때문이 아니었을까 추정하나 분명치 않다.

20) 국내도서관에 대한 인터넷 검색 결과에 따르면 2권뿐이다. 하지만 아직 목록화와 전산화가 이뤄지지 않은 곳에 소장되어 있을 가능성은 물론 있다.
21) 『조선의 언론과 세상』, 위의 책, 254쪽. 먹칠된 내용은 "신인간 제2권 제6호 소화 2년 6일 경성 이학인"이다.
22) 정근식 교수는 일본지역의 초판본 7권을 대상으로 판본대조를 하였다고 한다.(2004. 9. 16; 개인면담) 이 중에서 교토대본은 4군데 큐슈대본은 3군데 붓질이 되어 있었는데 교토대에 추가된 붓질은 역시 서울대본과 마찬가지로 254쪽에 있었다고 한다. 우연한 실수가 이토록 공교롭게 일치하기는 어려우므로 실수라기보다는 뭔가 다른 요인으로 설명해야 할 것이다. 좀더 광범위한 판본검토가 필수적이다.
23) 참고삼아 영인본의 서지사항을 밝혀둔다. 『朝鮮의 言論과 世相(조사자료 21집)』, 소화2년 10월 5일 1쇄; 소화44년 7월 20일 2쇄; 소화47년 2월 15일 3쇄, 정가 2,000엔, 편집 조선총독부, 발행자 西塚定雄,, 발행소 千代田區神田神保町 2-2, (有)嚴南堂書店, 인쇄소 (株)山西印刷.

영인본에는 붓질이 전혀 없다. 따라서 동국대본과 서울대본에 공통된 3곳의 붓질 복자를 복원할 수 있게 된다.

그렇다면 어째서 조선에 남아있는 초판본들은 한결같이 붓질과 압수 도장이 남아있는데 비해서 일본에는 깨끗한 초판 영인본이 남아있던 것일까. 필자는 이 부분에 대해서는 아직 명쾌한 답변을 얻지 못했지만, 아마도 법역이 다르기 때문이거나 행정적 시스템이 다르기 때문이었으리라고 추정한다.24) 아직 좀더 많은 문서에서 다른 문서들에서도 이런 흔적들을 발견할 수 있다면, 이를 이용해서 한국 도서의 검열에 의한 복자를 복원하는 중요한 방법으로 활용할 수 있을 것으로 기대한다.

특히 법역의 차이는 주목할만하다. 법역 때문에 검열의 수준이 달리 적용되지만 도서유통은 가능했으므로, 검열의 실제 효과는 약화된다. 또한 문인들은 이를 이용하여 일본이나 만주 등에서 인쇄하여 국내에 반입하기도 했다. 이런 현상에 대해 일본 검열당국은 많은 고심을 했고 또한 유이입물(유이입물) 검열을 통해 해결하고자 노력하기도 했다.25) 따라서 법역이 다른 곳에 남아있는 판본들을 입수하여 국내 판본과 비교한다면 상당수의 복자를 복원할 수 있을 것으로 기대한다.

이밖에도 실수에 의해서 붓질이 제대로 되지 않았을 경우도 상정할 수 있는데,26) 이 경우 판본을 비교한다면 복원할 수 있다. 결국 붓질복

---

24) 일본 초판 영인본에 붓질이나 압수 도장이 없음은, 그 저본이 된 (아마도 일본에 소장되어 있을) 초판본에는 붓질이 없었다는 뜻이 될 터이다. 필자 또한 영인본을 펴낸 암남당출판사를 통해 영인본의 저본을 추적하였지만 확인할 수 없었다. 붓질이 없는 영인본의 저본을 찾게 된다면, 왜 이런 붓질의 있고 없음이 생겨났는지를 추정할 수 있게 될 것이다. 단지, 정근식 교수에 따르면 일본의 판본에 따라 붓질과 압자 도장은 조금씩 편차를 보이고 있다고 하는 바, 이는 붓질복자는 인간적 요인에 의해 실제 삭제여부가 많이 달라졌다는 또 하나의 증거가 된다.

25) 예컨대 <만세전>에서 이인화는 일본에서 귀국하면서 네 차례에 걸쳐 형사들에게 검문 검색을 받는데, 그 중 두 번(시모노세키와 부산)은 유이입물 검열이었다. 유이입물 검열은 도서 중 일부를 삭제하거나 아예 압수하는 식으로 이뤄졌다. 유이입물 검열에 대해서는 한만수, 「근대적 문학검열제도에 대하여」, 『한국어문학연구』 39집, 한국어문학연구학회, 2002, 29-46쪽 참조.

자는 그 발생부터가 상당한 복원가능성을 지니고 있는 방식이라고 할 수 있다.

2-2-2-4. 붓질이 있지만 과학적 분석이 가능한 경우

행정지시대로 충실하게 먹칠이 된다 하더라도, 물리적인 이유 때문에 복원가능성이 남아있다. 인쇄할 때 종이에는 연판에 눌려 자국이 생기는데, 그 위에 먹칠을 하더라도 그 눌린 자국(壓痕)은 과학적으로 추적이 가능해지는 것이다. 또한 사람 손으로 하는 작업이다 보니 먹이 좀 흐리게 묻은 경우도 있다. 필자는 국립과학수사연구소의 도움을 받아서 이 부분에 대한 복원을 시도해서 적지 않은 성과를 거두었다. 이에 대해서는 좀더 자세히 이야기해야 할 필요가 있으므로 절을 달리해서 살피기로 한다.

2-2-3. 붓질복자의 과학적 복원

필자는 『조선의 언론과 세상』에 있는 붓질 복자 3곳을 표본으로 채택하여 국립과학수사연구소(이하 국과수)에 의뢰하였다. 이 복자를 표본으로 확정한 까닭은 다음과 같은 몇 가지이다. 첫째, 판본비교에 의해서 원래의 글자가 무엇인지를 정확하게 알고 있는 표본이므로 과학적 방식에 의한 복원의 정확성 여부를 검증할 수 있다. 둘째, 먹칠의 짙고 옅음이 골고루 분포되어 있어서 붓질복자의 과학적 복원가능성을 가늠하기 위한 표본으로서 대표성이 있다. 셋째, 원래의 글자가 대부분 주소라든가 널리 알려지지 않은 사람이름이어서, 문맥에 의존하지 않고 온전히 과학적인 판단에만 의존하는 경우의 해독 가능성을 짐작할 수 있다.

2004년 2월 12일 국과수를 방문하여 의뢰하였고, 11일 뒤인 2월 23일에 역시 국과수를 방문하여 결과를 통보 받았다. 그 결과 세 곳에 대해

---

26) 아직 실수에 의해 붓질이 달라진 경우는 찾지 못했다. 단지 앞의 『조선의 언론과 세상』에서 '압'자 도장은 판본에 따라서 조금씩 다른데, 이는 실수 때문이 아닌가 추정하며, 이로 미루어 붓질복자도 실수에 의해 달라졌을 경우를 상정할 수 있다.

다음과 같은 해독결과를 보였다.

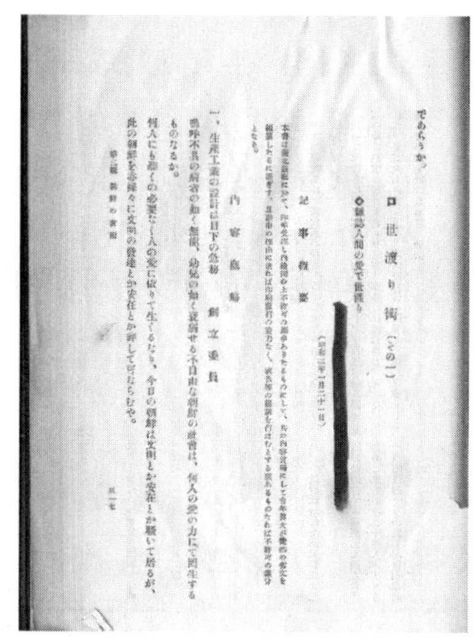 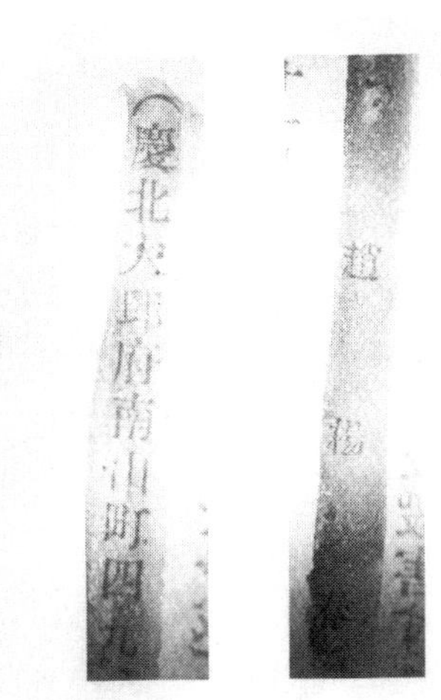

사진1) 『조선의 언론과 세상』 317쪽의 먹칠부분　　사진2) 317쪽 국과수 해독

국과수 해독 결과=慶北大邱府南山町四九 趙 楊 春
일본 영인본의 글자=慶北大邱府南山町四九 趙 楊 春

13자를 모두 정확하게 해독하였으므로 해독률(국과수에서 해독결과를 제시한 비율), 정확도(국과수 해독 결과가 원본과 일치하는 비율), 해독성공률(전체 붓질복자 중에서 정확하게 해독해낸 비율) 모두 100%였다. 먹칠이 다소 약하게 된 부분의 경우라면, 과학적 방식에 의해 완전히 해독할 수 있음을 확증할 수 있었다.

계속해서 318쪽의 먹칠부분에 대해서도 다음과 같은 해독결과를 얻었다. 지면관계로 사진은 생략한다.

국과수 해독결과=東(또는 束)成 三河(?)洞(?) 一三五 鄭土 (흙土에焦)
………(1행은 해독 불가)………

      일본 영인본의 글자=京城府 三淸洞一三五 鄭士 (흙土에焦)
                              茶屋町九八 李覺鍾[27]

이 부분은 총 20자인데 11글자를 해독했으므로 해독률은 55%였다. 그 11자 중에서 8글자만이 정확하므로 정확도는 73%였다. 전체 복자 중에서 정확하게 해독해낸 해독성공률은 40%였다. 주소나 사람이름이었으므로 문맥에 의한 복원을 보충적으로 시행할 여지는 거의 없었다. 붓질이 진하게 된 경우는 과학적 방식으로도 복원에는 한계가 있음을 알 수 있다.

마지막으로 역시 진하게 먹칠이 된 393쪽에 대해서는 다음과 같은 해독결과를 얻었다.

      국과수 해독결과=右內鮮○和お坊○する小(또는 は) 託(또는 證)○言(?)す
      일본 영인본의 글자=右內鮮融和お 坊害する 小說と 認め 削除す

18글자 중에서 12글자를 해독했으며(해독률 66.7%), 12자 중에서 9자만 정확했으므로 정확도는 75%, 전체 복자 중 해독성공률은 50%였다. 역시 붓질이 진한 경우이므로 해독성공률도 낮아졌다. 그러나 과학적 방식만으로는 해독이 불가능했던 '坊○する'에서 '○'의 경우는 문맥적 해독을 곁들일 경우는 손쉽게 "坊害する"였음을 복원할 수 있을 것이다.

---

27) 이각종은 잡지 『신민』의 발행인이었으며 단행본 『장릉사보(莊陵史補)』가 문제가 되었다. 일제는 『장릉사보』란 단종의 억울한 죽음과 복권을 다룬 책이라고 소개하고 있다. 그런데 319쪽에 짤막하게 부기된 일제의 유의사항을 주목할만하다. 이각종이 이런 책을 펴낸 속셈은 충신열사의 자손을 가장하여 무리하게 큰 돈을 갈취하고자 하는 데 있으며, 사회에 폐해와 분쟁을 일으킬 우려가 많다고 지적하고 있는 것이다. 조선민중의 폭넓은 심정적 동정과 지지를 받고 있던 단종이라는 인물을 둘러싸고 이를 식민통치에 유비시키려는 이각종의 의도와 그것을 금전편취로 몰아가려는 총독부의 의도가 맞서있는 형국이다. 봉건적 관념을 동원해서라도 민중적 반제 감정을 자극하고자 하는 시도와 근대/자본주의적 가치관에 의해 이를 억압하려는 시도의 충돌이라는 점에서 유의할만하다.

또한 앞에 게재된 작품이 소설임을 감안한다면 '小○' 역시 '小說'임을, 그리고 삭제 사유를 적고 있는 문장임을 아는 사람이라면 그리 어렵지 않게 "認め"와 "削除す" 역시 해독해낼 수 있을 것이라고 판단한다. 결국 문맥적 해독을 병행할 수 있었다면 이 부분에 대한 해독성공률은 100%가 될 것이다.

세 경우를 합산하면 결국 전체 51자 중에서 36자를 해독할 수 있었는데, 해독결과가 정확했던 것은 30자였다. 70.6%의 해독률에 83.3%의 정확도, 해독성공률은 59%로 집계되었다. 물론 앞서 살폈듯이 이 경우는 판본대조를 통하여 이미 복원에 성공한 복자를 과학적 방식에 따라 시험적으로 복원해 본 것이므로, 복원 결과 자체만으로는 별 의미를 인정할 수 없다. 하지만 과학적 복자복원 방식의 가능성과 정확도를 추정해낼 수 있었다. 모집단이 적은 편이라는 한계는 있지만, 첫 시도에서 59%의 복자를 과학적 방식에만 의존해서 복원한 것이니만큼 이런 시도를 해볼 가치는 충분하다고 판단한다.

2-2-4. 과학적 복원 시도의 의미와 한계

국과수 문서감식실장 양후열씨는 해독작업을 마친 뒤 필자와 가진 면담에서 다음과 같은 의견을 밝혔다.

1) 인쇄 잉크와 덧씌운 필기구의 잉크의 화학적 성분이 서로 다른 경우는 간단한 조작을 통해 완벽하게 원래의 글씨를 해독할 수 있다. 실제로 이런 방식을 통해 범인을 검거한 보기도 있다. 그러나 이번 경우는 인쇄 잉크와 덧씌운 먹이 모두 카본 블랙(carbon black)으로 화학적 성분이 매우 유사하여 분석에 어려움이 있었다. 이번에 많은 시행착오를 통해 처리방식을 개발했으므로 앞으로의 작업은 비교적 용이할 것이다.

2) 이번 해독시도는 비화학적 방식, 즉 적외선과 자외선을 사용하는 방식으로, 종이에 남아있는 연판의 압흔(壓痕)을 추적하는 방식으로 실시하였다. 그 결과 먹칠이 옅은 경우는 완벽하게, 그리고 덧칠이 진한

경우는 부분적으로 해독에 성공했다.

3) 화학적 처리를 할 경우 분석이 좀더 용이하며 또 정확해질 것이지만 귀중본을 훼손할 우려가 있어 시도하지 않았다.

양후열씨는 또한, 과학적 방식만으로는 판정내리기 어려운 경우라 하더라도 과학적인 안목을 지닌 인력과 문맥적 안목을 지닌 인력이 공동작업을 한다면, 해독정확도는 상당히 높아질 수 있으리라는 필자의 판단에 전적으로 동의했다. 앞으로 해독정확도가 높아질 수 있다고 기대하는 것은 구체적으로 다음과 같은 몇 가지 근거 때문이다.

1) 이번 샘플은 본문이 아니라 부기문이었으므로 활자가 작아서 해독에 어려움이 더 큰 편이라는 점을 감안해야할 것이다. 그런데 대부분의 복자는 본문활자를 사용하고 있으므로 해독가능성은 더 높다.

2) 이번 표본은 거의 전부가 한자이며 부분적으로 일본어가 섞여 있었다. 한자의 경우 획이 많기 때문에 해독이 어려운 편이다. 게다가 일본어나 한문 전문 인력의 도움 없이 자연과학 전공인력만의 힘으로 진행했다는 한계 속에서 거둔 성과라는 점이다. 따라서 전문가들의 협업이 이뤄진다면 더 큰 성과를 기대할 수 있다.

3) 문맥적 방법을 제외한 채 순전히 과학적 방식에 의한 해독만을 시도한 결과라는 점이다. 더욱이 주소와 널리 알려지지 않은 사람이름이 대부분이니만큼 문맥에 의존하기는 매우 어려웠을 것이다. 그러나 다른 방식을 복합적으로 사용할 경우 해독정확도는 크게 높아질 것이다. 실제로 앞의 3개의 보기 중에서 문맥적 방식을 적용할 수 있었던 3번 표본의 경우 문맥 해독방식을 함께 적용한다면 해독정확도가 50%에서 100%로 높아지며, 이에 따라서 전체 복자에 대한 해독정확도는 84.3%로 높아졌음은 매우 시사적이다.

4) 판본대조에 의하여 확증할 수 있는 복자의 복원 작업이 진행된다면, 문맥에 의한 해독 성공률은 더욱 높아질 것이며, 따라서 종합적인 해독작업의 정확성도 높아질 것이다. 한마디로 복자 해독의 가능성은 여러 방식들을 복합적으로 적용하고 인력의 숙련도가 높아질수록 상

호 상승작용을 이루면서 증대될 것으로 판단한다.

국립과학수사연구소의 복원시도란, 현 단계로서는 국내에서 시도할 수 있는 최첨단의 과학적인 방식일 터이다. 그럼에도 해독정확도 59%란 아무래도 기대에는 못 미치는 것이었다. 그렇지만 이 작업은 계속 시도할만한 가치가 충분하다. 이 정도의 해독정확도 만으로도 결코 의미 없는 것이 아니며, 앞으로 더 향상될 것으로 볼 수 있다는 점이다.

지금까지 살핀 바와 같이 이번 복자복원 시도는 순수하게 과학적 방식에만 의존할 경우의 가능성을 측정하기 위해 매우 제한된 방식을 통해 이뤄진 것이었다. 게다가, 양후열 실장의 견해 등을 참조해볼 때 앞으로 해독률 및 정확성 향상의 기대는 더욱 높아질 수 있다.

3. 나오며

이 글은 복자 복원의 가능성을 모색한 조사연구이다. 그 결과 복원의 방식을 다섯 가지로 유형화하여 제시하였다. 과학적 복원을 제외한 다른 네 방식은 물론 서지학의 기본적 방법들이지만, 실제로 식민시기 문학연구에는 본격적으로 적용되지 않아 왔고, 또한 검열문제와 연관지어서 구체적으로 살핀 작업은 없었다. 특히 이 논문에서 처음 시도한 것은 과학적 복원의 방식이다. 하나의 복자 표본을 선정하여 국과수에 의뢰, 59~84%의 복원 성공이라는 성과를 거두었다. 앞으로 붓질방식에 의한 복자들의 목록을 작성하고, 이 모든 복자들에 대해 문맥에 의한 방식, 판본 대조에 의한 방식, 과학적 복원방식 등 세 가지 방식을 병행한다면 적지 않은 성과를 올릴 수 있으리라고 기대한다.

붓질 유형의 복자는 복자의 여러 유형 중에서 하나일 뿐이다. 또한 이번 사례연구를 통하여 실제로 복원할 수 있었던 복자의 숫자란 매우 한정적이다. 하지만 같은 방식에 의존한다면, 복자들 중에서 적지 않은 것들을 복원해낼 수 있음을 확인했다. 따라서, 이 논문의 가치는 단지 실제로 복원해낸 복자의 숫자에만 그치는 것은 결코 아니다. 게다가 다섯 가지 방식을 종합적으로 사용한다면 복자 복원의 가능성은 더욱 높아질 것이다. 나아가 이런 방식에 의해 충분한 복자복원의 사례를 확보한다면, 식민시대 복자 복원을 위한 컴퓨터 프로그램의 개발에까지 나아갈 수도 있으리라고 기대한다. 결정적인 자료가 대량으로 발굴되지 않는다면, 불완전한대로 이런 방식에 의해서라도 복원작업을 해나가야 할 것이다.

일제 식민시기 총독부가 삭제해버린 복자들이 해방 60년이 다되도록 아직 그대로 남아있는 것, 그리고 복원작업이 불가능하지 않음에도 불구하고 체계적으로 시도되지 않는다는 점은 매우 아쉬운 일이다. 이 논문을 통하여 복자 복원이 일부분이라도 가능함을 밝힐 수 있었으니, 앞으로 이 작업에 좀더 본격적인 노력을 기울여 나가고자 한다.

주제어 : 검열, 복자, 복자 복원, 식민시대 한국문학

◆ 참고문헌

1. 자료
『개벽 창간호 영인본』, 오성사, 1981.
강경애, 이상경 편, 『강경애 전집』, 소명출판사, 1999, 1-823쪽.
김근수, 『「개벽」 압수 원본 선집』, 영신아카데미, 1973.
──, 『한국잡지사연구』, 한국학연구소, 1992, 106-107쪽.
김동인, 「지난 시절의 출판물 검열」, 『해동공론』, 1946. 12; 김치홍 편, 『김동인 평론
　　　　선집』, 삼영사, 1984, 553-562쪽.
── 외, 『한국문단이면사』, 깊은샘, 1983, 39쪽.
단국대 출판부, 『빼앗긴 책—1930년대 무명 항일시선집』, 1981, 1-359쪽.
독립운동사 편찬위원회, 『독립운동사 자료집』 12집, 1977.
문학사상 편집실, 「30년대 무명 저항시 89선집」, 『문학사상』, 1980. 3, 205-237쪽.

심　훈,『그날이 오면』영인본, 차림출판사, 2000, 1-185쪽.
정진석,『일제시대 민족지 압수기사모음』1권, LG 상남언론재단, 1998, 1-762쪽.
――――,『일제시대 민족지 압수기사모음』2권, LG 상남언론재단, 1998, 1-749쪽.
조선총독부 경무국 도서과,『조선출판경찰개요』, 1939, 1-153쪽.
―――――――――――――,『조선에 있어서 출판물개요』, 1930, 1-217쪽.
조선총독부,『언문신문의 시가』(총독부 조사자료 20집), 1930, 1-149쪽.
――――――,『조선의 언론과 세상』(총독부 조사자료 21집), 1927, 1-393쪽.
――――――,『경무휘보』, 1930~1932.
『총독부 검열본 매천 전집』, 전주대 호남학연구소, 1984, 1-567쪽.
『신생활』,『신천지』등 식민시대 잡지.
『매일신보』,『동아일보』등 식민시대 신문.

2. 논문

김홍기,「채만식의 숨겨진 필명과 작품고」,『선청어문』18집, 선청어문학회, 1989,
　　　423-444쪽.
나송주,「세르반테스 소설과 종교재판소의 검열」,『서어서문연구』14호, 한국서어서
　　　문학회, 1999. 6, 347-362쪽.
박경연,「일제하 출판검열에 관한 사례연구」,『서지학연구』23집, 서지학회, 2002. 6,
　　　191-208쪽.
신덕룡,「심훈, 맞섬과 반역의 정신－시의 복원과 시정신을 중심으로」,『문학과 진실
　　　의 아름다움』, 새미, 1998, 206-229쪽.
이명재,「일제의 검열이 신문학에 끼친 영향」, 어문교육연구회,『어문연구』7·8 합
　　　병호, 1975, 250-268쪽.
한만수,「근대적 문학검열제도에 대하여」,『한국어문학연구』39집, 한국어문학연구
　　　학회, 2002, 29-46쪽.
――――,「식민시대 문학검열로 나타난 복자의 유형에 대하여」,『국어국문학』136호,
　　　국어국문학회, 2004. 5, 416-441쪽.
――――,「식민시대 문학의 검열 대응방식에 대하여」,『현대문학이론연구』15집, 2001,
　　　343-366쪽.
――――,「식민지시대 출판자본을 통한 문학검열에 대하여」,『국어국문학』131호, 국
　　　어국문학회, 2002. 9, 343-366쪽.
――――,「일제시대 문학검열 연구를 위하여」,『배달말』27호, 배달말학회, 2000. 12,
　　　79-96쪽

3. 저서
계훈모, 『한국언론연표(1881~1945)』, 관훈클럽 신영연구기금, 1979.
김근수, 『한국잡지사연구』, 한국학연구소, 1992, 1-354쪽.
조용만, 『30년대의 문화예술인들』, 범양사출판부, 1988, 1-331쪽.
최 준, 『한국신문사』, 일조각, 1960, 1-399쪽.

♦ SUMMARY

A Study on Restoration of the 'Bokja(Fuseji)' in Korean Literature Generated by Censorship of Japanese Colonial Period

Han, Man-Soo

In this article, I grope method to reconstructBokja(覆字,Fuseji; a piece of printing type that is set wrong end to) of korean literature generated by censorship of an Office of Governor－General(총독부) during a period of Japanese imperialism and attempted restoration actually. In result, I present five method of restoration and can restore some Bokja by each method.

Method by context, method by manuscript in one's own handwriting, method by excavation of proof sheet, method by contrast of edition, and method by scientific treatment are the five method of restoration. It is method by context that investigators depend on mainly now among this. There is advantages that this method can apply conveniently and widely, but it is shortcoming that can not prove positively. While, other four method is troublesome and wide application is narrow, but there is advantage that positive prove is possible. If use this five method mutually complementally, possibility of restoration may rise.

Especially, method by scientific treatment is worth observing as that attempt by first in this article. I choose three sample of Bokja, commit to the National Scientific Criminal & Investigation Laboratory(국립과학 수사연구소), and succeeded in restoration. Result that verify through method by contrast of edition, the rate of success of the method by scientific treatment was 59%, in case of use mixedly other method, increased by 84%. Therefore, in my judgment, if use this five methods by mixedly to more data, we can reconstruct a large part of Bokja.

Keyword : censorship, bokja(fuseji), restoration of bokja, Korean literature in Japanese colonial period

－이 논문은 2004년 12월 31일에 접수되어, 소정의 심사과정을 거쳐 2005년 1월 31일에 게재가 확정되었음.

김수영 시의 '몸'과 그 의미

여 태 천*

목 차

1. 서론
2. 몸의 증상과 그 의미
3. 몸의 소모와 저항성
4. 아픔의 이중성과 타자의 발견
5. 몸: 근원적 존재양식
6. 결론

1. 서론

몸은 우리가 가장 친밀하게 알고 있는 구체적인 세계의 한 부분이다. 그것은 세계를 경험하기 위한 조건일 뿐만 아니라 우리가 가장 쉽게 접근할 수 있는 대상이다. 그러나 몸은 오랜 문명화 과정에서 정신과 의식에 의해 소외되고 타자화되었다. 서구의 오랜 로고스 중심주의에서 몸은 정신의 부속물에 불과했다. 몸의 억압은 서양뿐 아니라 동양에서도 비슷한 양상을 보인다.[1] 유가에서는 마음이 몸의 주인이니 욕망과 관련

---

* 한양여대 강사.

1) 동양과 서양의 오랜 철학적 전통에서 바라본 육체에 관한 연구로 유초하의 「동서의 철학적 전통에서 본 육체—주희와 데카르트를 중심으로」(『문화과학』 4호, 1993, 114-135

390

된 몸을 닦아야 한다는 수신의 철학이 특히 강조되어 왔다. 이는 극기복
례(克己復禮)의 미학과 천리를 보존하고 인욕을 없애라(存天理 去人慾)
라는 욕망의 절제 미학으로 구체화된다. 이러한 생각들은 氣보다 理를
文보다 道를, 人慾보다 天理를 우선시하는 이성주의적 사고에 바탕을
둔 것이라 할 수 있다.[2]

김수영은 육체를 타자화하는 동양적 엄숙주의가 철저히 지켜지는 문
화적 환경에서 자라고 성장했다. 그런 면에서 김수영이 '몸'에 대한 깊이
있는 사유를 보여주었다는 사실은 매우 중요한 사건이다. 김수영이 몸
(육체)에 대해 언급한 글들은 모더니티(현대성)와 많은 연관성을 지닌다.

①

詩의 모더니티란 외부로부터 부과하는 감각이 아니라 내면에서 우러나오
는 지성의 火焰이며, 따라서 그것은 시인이－육체로서－추구할 것이지 詩가
－기술면으로－추구할 것이 아니다.(「모더니티의 문제－시월평」, 1964. 4)

②

이 시에 나타나있는 현대성은 육체에서 나오고 있는 것이다. 그것은 시를
쓰기 전에 준비되어있는 것이다. 우리 시단에서 가장 아쉬운 것이 이것이다.
진정한 현대성은 생활과 육체 속에 자각되어있는 것이고, 그 때문에 그 가
치는 현대를 넘어선 영원과 접한다.(「진정한 현대성의 지향－박태진의 시세
계」, 1965. 2)

김수영은 시의 모더니티를 말하는 자리에서 다른 무엇보다도 육체의
문제를 전면에 내세웠다. ①에서 김수영은 시의 모더니티가 시인이 육
체로 추구할 것이라고 강조한다. 이러한 비판 뒤에는 뒤떨어진 현실을

쪽)를 참고할 만하다.

2) 조민환, 「유가미학에서 바라 본 몸」, 『동양철학연구』 18집, 1998, 432쪽. 陽明學, 특히
陽明左派의 경우 예외적으로 '몸을 편안하게 하라(安身)'는 안신의 철학을 주창하기도
했다. 양명학의 몸철학에 대해서는 김세서리아의 글(「양명학에서의 몸 담론과 그것의
현대적 의미」, 『양명학』 10호, 2003)이 도움이 된다.

직시하지 못하는 시인들의 태도에 대한 불만이 숨어 있다. 무엇보다 현대시의 양심과 작업은 "뒤떨어진 현실에 대한 자각"이 모체가 되어야 함을 역설한다. 현실은 그것을 지금 살고 있는 몸으로 읽어야 한다는 것이 김수영의 생각이었다. ②의 글에서도 김수영은 현대성(모더니티)이 육체에서 나오는 것임을 피력한다. 박태진의 「역사가 알 리 없는…」이라는 시를 평하면서 김수영은 그의 시가 지니는 현대성을 높이 사고 있다. 그 이유를 그의 시에는 생활과 육체 속에서의 자각이 드러나기 때문이라고 적고 있다. 두 글에서의 강조점은 역시 <육체>에 있다. 김수영이 시의 현대성을 언급하는 자리에서 굳이 육체의 문제를 강조했던 까닭을 면밀히 살펴볼 필요가 있다. 김수영 시에서 몸과 관련된 시어는 36편에서 총 59회 사용된다. '몸뚱어리' '몸짓' '몸부림' '몸서리치다' '몸집' '몸차림' 등의 활용 예가 있으나 대부분 몸이라는 단일어로 사용된다. 재미있는 사실은 몸이 그것의 상태를 의미하는 '아프다' '피로'와 함께 자주 쓰인다는 것이다. 김수영이 몸의 이상을 통해 몸의 현재적 상태와 자신의 내면을 매우 섬세하게 표현했음을 알 수 있다.3)

인간이 몸을 통해 세계를 경험하고 이해한다는 점에서 몸은 세계를 인식하는 가장 근원적인 장소다. 몸은 세계와의 관계를 통해 어떤 사건을 만들며 그 과정이 몸 전체를 규정한다. 특히 김수영은 존재를 자각하고 세계에 편입되는 과정을, 그 과정에서의 불화를, 더 나아가 세계와의 소통을 모색하는 다양한 방식을 몸의 증상으로 보여주었다.

2. 몸의 증상과 그 의미

그동안 김수영 시의 '몸'에 대한 연구는 활발하지 않았다.4) 오히려

---

3) '아프다'라는 시어는 '아픔'이라는 명사를 포함해 15회나 사용된다. 이와 함께 '피곤'이 8회, '피로'가 14회 사용되었다는 사실 역시 몸과 관련해서 눈여겨보아야 할 대목이다.
4) 김수영 시의 몸의 특징과 관련하여 이 글에서 주목하는 논문은 김유중의 「김수영 시의

그의 문학에서 몸에 관한 사유는 시론과 연관하여 논의되어 왔다. 김수영이 그의 대표적인 시론인 「詩여 침을 뱉어라: 힘으로서의 詩의 存在」(1968)에서 강조한 온몸으로서의 시학은 몸에 관한 그의 특별한 관심을 보여주었으며 그의 시를 해명하는데 중요한 단서를 제공해왔다. 김수영의 생각은 몸과 언어의 문제, 글쓰기 주체의 의식과 실천의 문제 등을 함께 아우르고 있다.

> 詩作은 <머리>로 하는 것이 아니고, <심장>으로 하는 것도 아니고, <몸>으로 하는 것이다. <온몸>으로 밀고나가는 것이다. 정확하게 말하자면, 온몸으로 동시에 밀고 나가는 것이다.(「詩여, 침을 뱉어라」, 1968. 4)

지금까지 연구자들은 김수영의 유명한 이 말에서 "<온몸>"이라는 단어에 특별히 주목했고, 그것이 "동시에"라는 한정어와 함께 있다는 사실을 무엇보다 강조했다. 다른 모더니즘 시인들과 달리 김수영은 언어보다 그 이전의 모든 행위가 지니는 중요성을 역설한 것이다. 김수영 시에서 몸은 은유의 장소가 아니라 실재의 장소다.

김수영 시에서 몸과 관련된 시어는 "다리밑에 물이 마르고/ 나의 몸도 없어지고/ 나의 그림자도 달아난다"(「愛情遲鈍」, 1953)라는 구절에서 처음 나타난다. 이 구절에서 몸이 생활의 기본 조건임을 엿볼 수 있다. 초기 김수영 시에 나타난 몸은 대부분 생활인의 실상을 매우 소상하게 보여주는 데 어느 정도 기여한다. 김수영 시의 몸은 "나는 쉴사이없이 가야 하는 몸이기에/ 구슬픈 肉體여."(「구슬픈 육체」, 1954)에서처럼 구체적 현실 속에 있다. 현실의 몸이 구슬픈 까닭은 단지 육체적 노동 탓만이 아니다. 그것은 현실적 삶의 조건이 정상적이지 않음을 뜻한다. 현

모더니티 1」(『국어국문학』 119집, 1997), 노철의 「김수영 시에 나타난 정신과 육체의 갈등 양상 연구」(『어문논집』 36집, 1997), 그리고 전상기의 「김수영의 육체성과 현대성」(조건상 편, 『한국국어문학연구』, 국학자료원, 2001), 박지영의 「김수영 시에 나타난 '자연'과 '몸'에 관한 사유」(『민족문학사연구』 20호, 2002), 남기택의 「김수영 시의 '몸'에 관한 연구」(『한국언어문학』 49집, 2002) 등이다.

실을 힘들게 살아가고 있는 몸을 비유적으로 보여주고 있는 다음 구절
들을 통해서 그 이유를 확인할 수 있다.

都會에서 태어나서 都會에서 죽어가는 사람들은
젊은 몸으로 죽어가는 前線의 戰士에 못지않게 불쌍하다고 생각하며
그러한 생각을 함으로써 하로하로 都會의 때가 묻어가는 나의 몸을 분하
다고 한탄한다
— 「未熟한 盜賊」(1953~1954 사이) 제1연 일부

화자는 도회의 때가 묻어가는 몸을 못마땅하게 여긴다. 도회에서 태
어나 도회에서 죽어가는 평범한 사람들이지만 그들 역시 전선에서 목숨
을 걸고 싸우는 전사 못지않게 생활의 전선에서 힘들게 살아간다. 그런
데, 정작 화자는 그 정도의 열정도 없다. 오히려 무료하고 나태하게 도
회라는 삶 속에 묻혀만 가는 스스로를 분해하고 한탄한다. "하로하로 도
회의 때가 묻어가는 나의 몸"은 시인의 현재적 삶을 예각적으로 보여준
다. 여기서의 몸은 윤리적이다. 전통 유가에서 강조하는 수신의 대상으
로서의 몸에 가깝다. 인간성의 완성을 지식의 습득이 아닌 윤리성에 있
다고 본 전통 문화 속에서 '때'는 양심과 윤리의 정반대 자리에 있다. 청
렴한 삶을 살지 못하고 몸에 때가 묻어가는 것은 용서할 수 없는 사건이
다. 김수영 시에 사용된 신체어 중에서 '얼굴'(28편 56회)과 '머리'(27편
37회)가 다른 신체어보다 훨씬 많이 사용된다는 사실은 체면을 중시했
던 김수영의 반속주의를 보여준다. 특별히 유가에서는 몸은 곧 마음의
거울과 같아서 마음의 모든 것이 몸으로 드러난다고 생각했다. 눈빛, 낯
빛, 몸짓 등과 같이 사람의 마음이 잘 드러나는 몸은 윤리적인 의미가
해석되는 곳이다.5) 그러니 함부로 몸을 놀려서는 안 되었다. 이 시에서
몸과 마음 역시 분리되지 않는다.6) 그러나 현실의 속도를 따라 잡기 위

---

5) 이승환, 「'몸'의 기호학적 고찰―유가적 전통을 중심으로」, 『기호학연구』 3, 1997, 42-
   75쪽 참조.
6) 몸에 대한 두 가지 관점은 몸을 밖에서 관찰하는 객체로 보는 것과 몸을 주체로 보는

394

해 몸은 이 모든 운명을 수락해야만 한다. 이러한 사정을 통해 볼 때 김수영은 몸에 대해 전통적인 태도를 유지하면서도 몸의 근대적 의미를 이해하고 있었다고 볼 수 있다. 그러므로 "술에서 깨어난 무거운 몸"(「봄밤」, 1957)의 소유자인 시인이 "너의 모습과 너의 몸짓은/ 어쩌면 이렇게 자연스러우냐"(「하루살이」, 1957)라고 무수한 반복 속에서도 자연스럽게 살아가는 '하루살이'에 대해 감탄하는 것은 어쩌면 당연하다. 몸이 닦아야 할 대상임을 모르지 않았던 시인에게 바쁘게 돌아가는 현실은 어울리지 않았다. 김수영에게 몸(육체)은 기본적인 생활의 조건이면서 시가 발 딛고 있어야 하는 가장 중요한 대상이었다. 정작 윤리와 양심 때문에 그는 쉽게 생활에 적응하지 못했지만 오히려 적극적으로 자신의 몸을 구현하는 이들보다 못한 자신의 몸을 비판했다.

자신의 몸의 상태를 몸의 주체가 느끼는 것은 어떤 이성적 사고의 과정을 거쳐 일어나는 사건이 아니다. 몸에 한해서 심리적 사건과 물리적 사건은 동시적이다. 몸은 하나의 주체로서 의식의 매개 없이 스스로 감지한다. 몸을 마당[場]으로 하는 심리작용과 생리작용은 언제든 전체적인 동시동조적 관계에서 일어난다.[7] 몸이 보이는 증상 중에서 쉽게 관찰되는 것은 '피로'다. 피로의 증상은 몸에 이상이 있음을 뜻한다. 김수영은 몸의 피로가 "순환의 원리" 때문이라고 했다.

> 너무나 잘 아는
> 循環의 原理를 위하여
> 나는 疲勞하였고
> 또 나는
> 永遠히 疲勞할 것이기에
> 구태여 옛날을 돌아보지 않아도

것이다. 전자가 근대의학에서 몸을 보는 눈이라면, 후자는 동양에서 몸을 보는 오랜 전통에 해당한다(유아사 야스오(湯淺泰雄), 이정배·이한영 역, 『몸과 우주』, 지식산업사, 2004, 96-98쪽 참조).
7) 유아사 야스오(湯淺泰雄), 앞의 책, 105쪽 참조.

설움과 아름다움을 대신하여있는 나의 긍지
오늘은 필경 긍지의 날인가보다
— 「긍지의 날」(1955. 2) 제1연

김수영은 생활을 유지하기 위해서는 일상이 지니는 "순환의 원리"를
버릴 수 없음을 깨달았다. "순환의 원리"를 위해 피로하였다는 말이 이
를 증명한다. 피로는 외부적 시선에 의한 관찰이 아닌 내적 관찰을 통해
발견된다. 그것은 몸이 보여주는 솔직한 표현이다. 생활 속에서 순환의
원리를 피할 수 없다면 그것을 받아들이는 것도 하나의 방법이 된다. 그
런데 순환의 원리를 위해 몸의 피로를 감내했다고는 하지만 시인에게
여전히 그 일은 설운 일이다. 김수영은 순환의 원리를 받아들이는 일을
"조고마한 세상의 지혜"(「조고마한 세상의 지혜」, 1959)를 배우는 일에
다 비유했으며, 그 일이 설운 것임을 고백했다. 그 말은 몸이 순환의 원
리를 위해 피로할 것임을 알고 있는 화자가 하는 말이다. 몸의 피로에
대해 마음이 보여주는 감정 표현이 바로 설움이다. 이처럼 몸의 증상과
마음의 감정은 분리되지 않는다. 김수영 시에서 자주 등장하는 아픔은
예민한 몸이 보여주는 직접적이며 강렬한 자기표현이다. 몸의 아픔, 즉
고통은 인간의 신체성을 가장 구체적으로 부각시킨다.

내 몸은 아파서
태양에 비틀거린다
내몸은 아파서
태양에 비틀거린다
    (…)
그러나 이 눈망울을 휘덮는 싯퍼런 灼熱의 意味가 밝혀지기까지는
나는 여기에 있겠다

햇빛에는 겨울보리에 싹이 트고
강아지는 낑낑거리고
골짜기들은 平和롭지 않으냐—

平和의 意志를 말하고 있지 않으냐

울고 간 새와
울러 올 새의
寂寞 사이에서

— 「동맥」(1958) 일부

이 시에서 몸의 아픔은 중요한 사건이다. 태양의 빛 때문에 아프다는 것은 일상적인 아픔과는 다르다. 그것은 아주 예민한 감각으로 미세한 세계의 흐름을 보여준다는 점에서 특별하다. "내 몸은 아파서"라고 시인은 두 번씩이나 자신의 몸이 아픔을 강조한다. 몸의 아픔과 몸의 비틀거림은 거의 동시적 사건이다. 화자가 비틀거리는 이곳은 "겨울보리에 싹이 트고" 햇빛을 받는 강아지는 낑낑거리고 골짜기는 평화롭다. 자연의 모든 순리가 지켜지고 있다. 그런데 화자는 아프다. '겨울보리'와 '나' 사이의 차별성은 태양(햇빛) 아래에서 드러난다. 겨울보리는 햇빛을 받아 싹이 트지만, 내 몸은 아파서 태양의 햇빛을 받으면서도 비틀거린다. 그 시간은 "울고 간 새와/ 울러 올 새의/ 적막 사이"의 시간이다. 분명 그것은 바쁘게 살아가야 하는 일상의 시간이 아니다. 몸은 이성이 감지할 수 없는 특별한 시간을 아픔으로 보여준다. 몸은 스스로 아픔의 장소가 된다. "이 눈망울을 휘덮는 싯퍼런 작열의 의미"를 밝히기 위해 "여기"에 있겠다는 화자의 의지가 몸의 아픔과 비틀거림으로 나타난 것이다. 이 시는 생활에 대한 열정이 단순한 자연으로의 도피가 아니라 현실 속에서 새로운 돌파구를 찾는 일임을, 그리고 그때 시인의 몸이 아플 수밖에 없음을 보여준다. 그러므로 "여기"란 외부에 의해 규정된 위치를 가리키는 것이 아니라, 지금 현재 아픈 몸의 상태를 가리킨다. 이 아픔을 이겨내고 "겨울보리"가 자연 속에서 싹을 틔우며 "평화의 의지"를 말하듯 화자는 일상의 의미를 몸으로 터득하려고 한다. 이 아픔을 이겨내지 못할 때 김수영 시의 몸은 다른 것들보다 훨씬 나약하거나 쉽게 타락하는 것으로 그려진다.

金星라디오 A 504를 맑게 개인 가을날
일수로 사들여온 것처럼
500원인가를 깎아서 일수로 사들여온 것처럼
그만큼 손쉽게
내 몸과 내 노래는 타락했다
　　　　　　　　　— 「금성라디오」(1966. 9. 15) 제1연

　　500원인가를 깎아서 라디오를 일수로 사들여온 것과 몸의 타락 사이
에는 생활이라는 무거운 의미가 겹쳐져 있다. 문명의 새로운 기기가 화
자의 집에 들어온 순간 화자의 몸(삶)과 노래(시)는 타락해간다. 몸의 타
락은 점점 더 편안한 생활에 익숙해지는 일이다. 몸의 타락과 함께 화자
의 설움도 커진다. 몸의 피로와 설움, 그리고 아픔은 현실을 살아가는
시인이 현실의 상태를 가장 예민하게 받아들였을 때 일어나는 증상이다.
그것은 단순한 신체적 증상이 아니다. 여기에는 심리적 사회적 의미가
들어있다. 김수영은 몸의 피로와 설움을 통해 세상 살기의 지난함과 세
상에 물들어 가는 자신에 대한 반성과 비판을 보여주었다. 몸의 아픔은
가장 극단적인 예에 해당한다. 몸이 아프다는 것은 그만큼 몸의 주체와
현실이 어울리지 않는다는 사실을 보여주는 것이며, 이러한 몸의 아픔
을 통해서만 몸의 주체는 그 사실을 알게 된다. 몸은 바로 이러한 모든
사건이 일어나는 장소다.

3. 몸의 소모와 저항성

　　일상생활 속에서 몸이 보여주는 피로와 설움이 수동적인 증상이라면
현실에 대한 몸의 의도적인 저항은 육체를 죽음으로까지 몰고 가는 소
모 행위를 통해 드러난다. 의도적으로 몸을 소모하거나 혹사하는 일은
몸의 피로와 설움, 그리고 아픔이 뜻하는 의미를 적극적으로 받아들이
고 해석하는 행위라고 볼 수 있다.

내가 으스러지게 설움에 몸을 태우는 것은 내가 바라는 것이 있기 때문
이다.

그러나 나는 그 으스러진 설움의 풍경마저 싫어진다.

나는 너무나 자주 설움과 입을 맞추었기 때문에
가을바람에 늙어가는 거미처럼 몸이 까맣게 타버렸다.
— 「거미」(1954. 10. 5) 전문

화자는 으스러지게 설움에 몸을 태운다. 무언가 바라는 것이 있기 때
문인데, 그 이유는 텍스트에 직접 드러나지 않는다. 대신 2연에서 화자
는 "그러나 나는 그 으스러진 설움의 풍경마저 싫어진다"라는 모순된
발언을 하고 있다. 몸을 태우는 행위와 그 행위의 결과로 생기는 으스러
진 풍경 사이에 어떤 사건이 끼여 있다. 그것은 "너무나 자주 설움과 입
을 맞추"는 일이다. 이로 말미암아 화자의 몸은 거미처럼 까맣게 타고
말았다. 입을 맞추는 행위는 대상과의 만남이나 타자의 수용을 뜻한다.
그런데 그 결과가 몸을 태우는 것으로 끝난다. 몸의 소모라는 모순된 결
과는 화자의 적극적인 행위 탓이다. 말하자면 화자가 너무 오래 설움에
침윤된 탓에 스스로 그 설움을 벗어나기 위해 자신의 몸을 태우는 극단
적인 방법을 사용한 것이다. 화자의 설움이 까맣게 타버린 몸으로 명징
하게 형상화된다. 시인은 의도적으로 몸을 태움으로써 설움으로부터 벗
어나려고 했다. 여기에서 우리는 몸을 통해 현실을 뚫고 나가고자 했던
김수영의 태도를 발견하게 된다. 김수영은 때로 몸의 의도적인 소비와
혹사를 통해 지루한 일상의 때를 벗으려 했음을 매우 솔직하게 기록해
두었다.

이런 때를 나는 至日로 정하고 있다. 지일에는 겨울이면 죽을 쑤어 먹듯
이 나는 술을 마시고 창녀를 산다. 아니면 어머니가 계신 농장으로 나간다.
창녀와 자는 날은 그 이튿날 새벽에 사람 없는 고요한 거리를 걸어나오는
맛이 희한하고, 계집보다도 새벽의 산책이 몇 백 배나 더 좋다. 해방 후 한

번도 외국이라곤 가본 일이 없는 20 여년의 답답한 세월은 훌륭한 일종의 감금생활이다. 누가 예술가의 가난을 자발적 가난이라고 부른 것을 기억하고 있는데, 나의 경우라면 자발적 감금생활, 혹은 적극적 감금생활이라고 할 수 있을 것 같다.(「반시론」, 1968)

술을 마시고 몸과 마음의 일시적 일체화를 통해 시를 쓰는 행위라든가 인용문에서처럼 "至日"을 정해놓고 술을 마시고 창녀를 사는 행위는 육체의 남은 힘을 탕진함으로써 얻는 정화의 경지를 보여준다. 예술가의 가난을 "자발적 가난"이라고 부른 것을 떠올리며 김수영은 자신의 육체적 소모를 일종의 "자발적 감금생활"에 비유했다. 이러한 일련의 행위는 육체성을 적극적으로 인식함으로써 가능하다. 김수영에게 "지일"은 현대를 살아가는 도시인의 고독한 축제의 날이다.[8] 이 축제가 축제일 수 있는 것은 억압으로부터 자유로울 수 있는 기회이기 때문이다. 몸의 적극적인 감금생활이 자신을 파멸에 이르게 하는 게 아니라 "새벽의 산책"이 주는 말할 수 없는 감동을 낳았다.[9]

몸의 아픔은 몸의 상태를 가장 적극적으로 표현한 예다. 몸의 아픔은 몸에 가해지는 강제와 억압을 가장 예민하게 보여준다. 과잉억압의 사회는 언어와 표상들이 갈등을 교묘히 피하면서, 이 갈등들을 표현하지 않고 모순들을 무디게 하거나 그것을 배제하기까지 한다. 강제들은 감지되지 않고 체험되지도 않는다. 강제들은 수락되고 정당화된다.[10] 권력은 알게 모르게 우리의 몸속에 그 흔적을 새겨 넣어왔다. 「하…… 그림자가 없다」는 그러한 강제가 실체 없는 그림자로 우리 주위에 가까이 있음을 잘 보여준다.

---

8) 전상기, 앞의 글, 680-682쪽 참조.

9) 르페브르에 따르면 몸을 통한 놀이, 투쟁, 예술, 축제, 섹슈얼리티, 사랑 등과 같은 것은 에로스가 살아있는 존재의 필수조건이자 잠재력임을 알 수 있다(H. Lefebvre, *The Production of Space*, Donald N. Smith, trans., Oxford: Blackwell, 1991, p.195).

10) H. Lefebvre, 박정자 역, 『현대세계의 일상성』, 세계일보사, 1990, 206-207쪽 참조.

우리들의 敵은 늠름하지 않다
　　　　(…)
그들은 말하자면 우리들의 곁에 있다

우리들의 戰線은 눈에 보이지 않는다
그것이 우리들의 싸움을 이다지도 어려운 것으로 만든다
　　　　(…)
우리들의 싸움은 하늘과 땅 사이에 가득 차 있다
民主主義의 싸움이니까 싸우는 방법도 民主主義式으로 싸워야 한다
하늘에 그림자가 없듯이 民主主義의 싸움에도 그림자가 없다
하…… 그림자가 없다
　　　　　　　　－ 「하…… 그림자가 없다」(1960. 4. 3) 일부

　　이 시에는 '몸'이라는 시어가 직접 드러나지 않는다. 그러나 시의 제
목인 '하…… 그림자가 없다'에서 그림자가 보이지 않는 적의 '몸'을 비
유하고 있음을 충분히 알 수 있다. 적은 보이지 않는 권력을 비유한다.
"그림자"라는 실체 없는 대상인 적은 '우리'라는 복수형 화자의 관심을
집중시키는 외부의 대상이다. 동시에 그것은 핑계와 구실이 된다. 주체
가 자기 안에 꿈틀대는 힘을 끌어내는 것을 용이하게 해준다. 적이 분명
할 때 우리는 집중하고 감정은 고양된다. 다분히 적과 대상 덕분이다.
문제는 생활 전체로 전선이 넓어질 때 적과 대상은 모호해지고 그 구분
이 희미해진다는 점이다. 해방 후, 말하자면 식민독재시절이 끝난 후 명
목상의 독재자는 사라졌다. 그러나 생활 속에 우리의 눈에 보이지 않게
적은 어느새 침투해 들어와 있었다. 김수영 시에 나타나는 적의 몸은
"그림자"로 비유되어 무정형의 권력의 속성을 잘 보여준다. 권력이란 실
체도, 속성도, 본질도 아니다. 그것은 누군가에 의해 무엇인가에 의해 소
유될 수 있는 것도 아니다. 권력은 사물에 있는 것이 아니라 사물들을
서로 관계 맺게 하는 어떤 힘의 기능이다. 집단적 위치들의 집단적인 효
과가 바로 권력이다. 그것은 기의로 존재하지 않는다. 말하자면 권력이
란 일정한 장소에 존재하는 어떤 것이 아니라 장소의 체계들을 변화시

키는 힘들의 운동이자 효과가 된다. 그러므로 국가는 가장 강력한 전략
적 효과의 집합체인 것이다. 권력은 그 스스로 형태를 가질 수 없기 때
문에 반드시 작용점을 필요로 한다. 인간의 신체는 지식과 더불어 권력
의 작용점으로 존재해왔다. 위의 시에서 적의 보이지 않는 몸, 그림자는
그 작용점인 셈이다.

놀랍게도 김수영은 몸의 소모를 통해 권력의 작용점으로서의 몸을
파괴하고자 했다. 김수영이 보여주었던 몸의 적극적인 소모는 죽음으로
몰고 감으로써 몸의 새로운 의의를 찾아가는 행위가 된다. 오직 몸은 그
것을 알고 아픔으로 그 사실을 증명한다. 김수영은 근대 자본주의 사회
가 지니는 이러한 모순성과 몸의 중요성을 어느 누구보다 예민하게 간
파하였다.

아픈 몸이
아프지 않을 때까지 가자
골목을 돌아서
베레帽는 썼지만
또 골목을 돌아서
신이 찢어지고
온 몸에서 피는
빠르지도 더디지도 않게 흐르는데
또 골목을 돌아서
추위에 온몸이
돌같이 감각을 잃어도
또 골목을 돌아서

아픔이
아프지 않을 때는
그 무수한 골목이 없어질 때

(이제부터는
즐거운 골목

그 골목이
나를 돌리라
— 아니 돌다 말리라)

아픈 몸이
아프지 않을 때까지 가자
나의 발은 絶望의 소리
저 말(馬)도 絶望의 소리
病院 냄새에 休息을 얻는
소년의 흰 볼처럼
敎會여
이제는 나의 이 늙지도 젊지도 않은 몸에
해묵은
1,961개의
곰팡내를 풍겨 넣어라
오 썩어가는 塔
나의 年齡
혹은
4,294알의
구슬이라도 된다

아픈 몸이
아프지 않을 때까지 가자
온갖 식구와 온갖 친구와
온갖 敵들과 함께
敵들의 敵들과 함께
무한한 연습과 함께

— 「아픈 몸이」(1961) 전문

　몸의 아픔을 적극적으로 형상화한 첫 구절 "아픈 몸이/ 아프지 않을 때까지 가자"라는 진술에는 두 개의 사건이 존재한다. 그것은 일어난 사건인 <몸이 아프다: 사건a>와 곧 다가올 사건이지만 아직 일어나지 않은 사건인 <몸이 아프지 않다: 사건b>이다. 사건a와 사건b 사이에는 시간이 흐름이 있다. 시간뿐만 아니라 "온갖 식구"와 "온갖 친구"와 "온갖 적들"과 "무한한 연습"이 필요하다. 이 두 사건은 몸을 장소로 하는 사건 1이 된다. 그런데 사건 1이 "아픈 몸이/ 아프지 않"게 되는 기이한 사건 2가 되기 위해선 "골목"이라는 또 다른 장소를 필요로 한다. 화자는 사건a가 사건b가 될 때까지 가자고 스스로에게 종용한다. 가는 지향점은 텍스트에 없지만 그곳에 가면 몸이 아프지 않고 "무수한 골목이 없어"질 것이라고 말한다. 시인은 목적지를 알려주는 대신 그 과정이 무한히 반복되는 골목임을 밝히고 있다. 화자는 "온갖 식구와 온갖 친구와/ 온갖 적들"과 "무한한 연습과 함께" 그 길을 간다. 화자의 길가기는 끊임없이 세계 속에 자신을 기투시키며 새로운 정위를 이루려는 고행의 한 방법이다. 가는 행위는 애초부터 승산이 없는 내기와 같아서 화자의 발에서는 "절망의 소리"가 아픔의 소리처럼 들리게 된다. 이 시는 심적 상태와 몸의 상태가 구별되지 않는 일종의 극한체험을 보여준다.

화자는 연을 바꾸면서 "아픈 몸이/ 아프지 않을 때까지 가자"(이 구절은 1, 4, 5연에서 반복된다)라고 말했다. 이 문장은 원래 '몸이 아플 때까지 가자'로 발화되어야 맞다. 그런데 시인은 "아픈 몸이/ 아프지 않을 때까지 가자"로 틀리게 말했다. 말의 역전에는 저항의 의지가 담겨있다. 김수영에게 있어서 육체는 수동적인 대상에만 머무는 것이 아니다. 몸은 기존 권력에 대한 개체적 저항의 시발점으로서의 성격을 강하게 지닌다. 시인은 "신이 찢어지고/ 온 몸에서 피"가 나도 "추위에 온 몸이/ 돌같이 감각을 잃어도" 길을 갈 것이다. 의도적인 말의 바꿈이 사태를 역전시킨다. 몸의 완전한 소모가 오히려 몸의 아픔을 극복하는 기이한 사태와 사건이 된다. "아픈 몸이/ 아프지 않을 때까지"가 바로 그 사실을 증명한다. 흥미로운 사실은 화자의 아픈 몸이 단지 그의 몸으로 제한되지 않는다는 것이다. 화자의 몸은 긴 세월을 체화하고 있는 역사적인 몸이다. "1961개의/ 곰팡내"와 "4294알의/ 구슬"은 화자의 "늙지도 젊지도 않은 몸"이다. 그 몸은 다시 지금까지 살아온 온갖 몸을 제유한다.

　권력이란 어떤 개인이나 집단이 소유한 것이 아니다. 그것은 집단들 사이에서 발생하는 효과이다. 권력은 중심이 없으며 안과 밖이 없다. 그 것은 잘 보이지 않는다. 이러한 권력과의 싸움 때문에 몸은 아프다. 몸 의 아픔은 그러므로 현실의 상황과 몸의 상태를 일러주는 중요한 사건 이 된다. 김수영은 몸의 아픔을 통해 뒤떨어진 현실을 보여주었다. 혁명 의 결과에 대한 실망에서 헤어나지 못하고 있을 때, 시인은 어느 지방에 서 일어난 쌀난리를 통해 혁명이 아직도 살아있음에 대해 기뻐한 적이 있다.

> 百姓들이 머리가 있어 산다든가
> 그처럼 나도
> 머리가 다 비어도
> 인제는 산단다
> 오히려 더
> 착실하게
> 온 몸으로 살지
> 발톱 끝부터로의
> 下剋上이란다
>
> — 「쌀난리」(1961. 1. 28) 제3연

　시인이 "이만하면 아직도/ 혁명은/ 살아있는 셈이지"라고 스스로 만 족감을 표시한 것은 혁명이 머리나 지식으로 이어지지 않고 몸으로 다 시 재현되고 있음을 알아챘기 때문이다. 민중의 건강성은 머리에도 있 지만 몸에도 있다. 시인도 백성들처럼 이제 "머리가 다 비어도" 살 수 있다고 말한다. 패배의식에 젖어 있는 지식인들과는 다르게 몸으로 살 고 있는 백성들처럼 "착실하게/ 온 몸으로" 살아야겠다고 다짐한다. "발 톱 끝부터로의/ 하극상"이란 바로 몸으로 혁명을 이어가고 있는 백성들 에 대한 더없는 찬사다. 몸의 중요성을 알아챈 김수영은 의도적인 몸의 소모를 통해 보이지 않는 권력과 싸웠으며, 권력의 작용점으로서의 몸을 파괴하고자 했다. 이러한 사실을 통해 볼 때 김수영은 정신과 의식에 의해 소외되고 타자화된 몸을 구현하는 것으로 몸의 중요성을 강조했다고 하겠다.

4. 아픔의 이중성과 타자의 발견

몸의 아픔의 근본적인 원인은 헛됨과 폭압적인 현실이다. 현실의 모순이 전경화될 때 몸의 아픔은 두드러진다. 동시에 주목해야 할 것은 이 아픔이야말로 가장 친근한 것 사이를 이어주는 데 있어 필수불가결한 상처의 흔적이라는 사실이다. 몸의 아픔이 없다면 친근과 소원의 차이가 성립하지 않는다. 몸은 주체와 타자의 관계를 생산적인 측면에서 새롭게 보게 한다. 몸의 아픔이 보여주는 이중적 성격은 현실과 다른 영역의 일이 아니다. 몸은 하나의 공간으로 외적인 공간의 준거점이 된다. 몸 공간은 몸 자신에 의해 설립되는 것으로서 외적인 공간에서 나타나는 모든 모양들의 지평이 된다.[11] 몸이 차지하고 있는 '여기'와 이를 중심으로 확장되어 펼쳐지는 '지평'의 공간을 몸이 스스로 보여준다.

> 먼 곳에서부터
> 먼 곳으로
> 다시 몸이 아프다
>
> 조용한 봄에서부터
> 조용한 봄으로
> 다시 내 몸이 아프다
>
> 여자에게서부터
> 여자에게로

---

11) 조광제, 『몸의 세계, 세계의 몸』, 이학사, 2004, 143쪽 참조.

406

능금꽃으로부터
능금꽃으로……

나도 모르는 사이에
내 몸이 아프다
— 「먼 곳에서부터」(1961. 9. 30) 전문

새봄이 돌아와도, 새로운 여자를 만나도, 능금꽃이 다시 피어도 화자인 '나'는 즐겁지 않다. 다만 몸이 아플 뿐이다. 몸을 통한 경험적 고통은 내가 모르는 사이에 진행된다. 화자의 아픔이 "아프다"라는 말을 제외하곤 구체적으로 나타나지 않지만 몸의 아픔은 진실하게 느껴진다. 아픔이 이성적 사고를 통해 확인된 사건이 아니라 몸을 통해 드러난 사태이기 때문이다. 그러므로 정신의 자각이 아니라 몸이 자각한다는 것은 매우 중요하다. "나도 모르는 사이에/ 내 몸이 아프다"라는 이 뒤늦은 자각은 의식이 기억하지 못하는 사건이 그 이전에 있었음을 뜻한다. 1연과 2연에서 보이는 "다시"라는 부사어가 이를 증명한다. 이전의 아픔은 뒤이은 아픔을 통해 더 큰 아픔으로 느껴진다. 심리적 경험과 인상, 그리고 무엇보다 기억의 흔적은 이후의 심리적 사건에 의해서 끊임없이 재조직되고 재기록된다. 하나의 심리적 사태는 그 자체로 어떤 완결된 의미현상이 아니다. 그것은 미래의 다른 사건과 짝을 맺는 방식에 따라 끊임없이 새로운 의미를 획득한다. 나중에 오는 사건이 먼저 있은 사건에 사후적으로 영향을 미치고, 그 의미를 변형시키는 것이다.[12] 사후의 아픔이 그 이전의 아픔을 소생시킨다. 그것은 몸이 가지는 새로운 의미를 발생시키고 정신적 효과를 불러온다. 몸은 이성보다 먼저 생각하고 먼저 느끼는 주체의 위치에 선다. 따라서 몸은 비합리적인 사건을 경험

---

12) 프로이트에 의하면 어떤 사건의 '사후성'(Nachträglichkeit)은 <사후적으로> 드러나는 시간의 전진적 흐름인 <지연된 행위>와 과거로의 <소급적 행위>로 설명된다. 사후성 논리는 프로이트의 현대성을 말해 주는 대표적인 개념이다(박찬부, 「정신분석학과 '근원'의 문제: 사후성의 논리를 찾아서」, 『현대정신분석비평』, 민음사, 1996, 278-303쪽 참조).

하는 근원적 장소인 셈이다.

시인은 몸의 아픔을 통해 현실적인 고통을 가장 먼저 감지하는 것이 몸이었음을, 몸이 의식보다 먼저 있음을 보여주고 있다. 몸의 아픔이 보여주는 것은 그것만이 아니다. <~에서부터 ~으로>라는 움직임은 몸의 아픔이 지니는 적극적인 의미를 알려준다. 몸의 아픔이 주위와의 관계 속에서 규명된다. 보이는 것을 통해 보이지 않는 것을 이해하고, 가까이 있는 것을 통해 멀리 있는 것을 이해할 수 있는 것도 몸 때문이다. 몸은 "먼 곳에서부터/ 먼곳으로" 걸쳐있는 미지의 넓은 공간을 지나왔으며, "조용한 봄에서부터/ 조용한 봄으로" 이어지는 시간 속에 있다. 그 과정 속에서 몸은 "여자에게서부터/ 여자에게로" 수많은 사람을 만나고 겪는다. 이러한 만남을 통해 몸은 "능금꽃으로부터/ 능금꽃으로⋯⋯" 새로운 생명의 개화를 발견하게 된다. 이 모든 현상이 몸의 아픔으로 드러난다. 새로운 사태의 발생에는 반드시 아픔이 동반된다. 몸은 공간과 시간, 그리고 구체적이며 추상적인 대상을 거치면서 아픔을 느낀다. 차이가 없는 가까움은 화합과 일치를 통한 평화를 일시적으로 보장하지만 결국 불화와 증오로 인한 싸움이 생기기 마련이다. 가까움 없는 거리두기는 존재자들 간의 무간섭과 무관심에 따른 고요하고 불안한 평화를 가져오지만 그것은 차갑고 냉정한 상호 단절을 야기한다. <~에서부터 ~으로>는 차이에 따른 거리가 둘 사이에 이미 필연적으로 내재하고 있음을 말한다. 몸의 아픔에서 아픔이라는 낱말의 의미는 그 낱말이 지시하는 몸의 아픔을 매우 사적인 심리상태로 규정하는 것이 아니다. 그것이 아픔이라는 낱말을 통해 그것만의 특별한 용법을 보여주고 있음을 확인할 수 있다.

특이한 것은 여기에서 몸의 아픔이 리듬으로 나타난다는 사실이다. 리듬은 반복에 의해 완성된다.[13] 일상의 반복과 시의 리듬은 매우 유사

---

13) 장석원은 이 시의 리듬이 운동에서 나옴을 강조했다(장석원, 「김수영 시의 수사적 특성 연구」, 고려대 박사학위논문, 2004, 184-185쪽).

408

하다. 몸은 일상과 시를 매개한다. 몸은 시대의 역사적 흐름을 감지할 뿐만 아니라 시적인 창조를 동시에 수행한다. 몸은 소리 없이 자신의 아픔을 말한다. 아픔만이 아니라 스스로를 말한다. 시인은 몸으로 보고 몸으로 생각하며, 자신의 온몸을 이유 없는 자발성에 맡김으로써 시라는 또 하나의 몸을 세계 안에 탄생시킨다. 세계를 지각하는 주체는 더 이상 내가 아니라 몸이다.[14) 김수영은 자신의 몸의 아픔을 통해 남의 아픔을 깨달았다.

> 실제 자기가 아파보지 않고는 남의 아픈 것은 모른다. 이 너무나도 평범한 진리를 나는 요즈음 치질을 앓으면서 다시한번 생생히 체득했다.(「소록도 사죄기」, 1961)

자신의 몸을 통해 타자의 몸을 보고, 타자의 몸의 아픔을 보고 나의 몸의 아픔을 느낀다. 시인은 치질을 앓으면서 평범하지만 의미심장한 진리를 체득했다고 적고 있다. 머리로 이해한 것이 아니라 김수영은 "생생히 체득했다"고 했다. 자신의 몸과 타자의 몸이 아픔을 통해 서로 관계하고 세계를 만든다.[15) 우리의 몸과 다른 사람의 몸이 세계 안에서 함께 살 때 정신은 하나의 '관계성'을 갖는다. 몸은 존재에게 사회성을 부여한다. 그 관계를 끊을 수 없다는 점에서 몸은 아픔(비극)의 출발점이지만 이를 통해서 진정한 소통과 개방의 장으로 나갈 수 있다는 점에서 존재의 출발점이 되는 것이다. 위의 시가 보여주는 것처럼 몸은 존재에로 개방되어 있는 통로이자 장소다. 그러므로 몸은 완성된 고정불변체가 아니라 유동적이다.

몸은 세계와 관계를 맺는다. 이 과정에서 몸은 지각의 수단이면서 동시에 지각되는 객체로서의 이중 역할을 한다. 몸의 적극적인 주체는 사적 세계에 갇혀 있지 않고 타자와 공유된 세계에 있다. 타자를 만나거나

---

14) 김인환, 「글쓰기의 지형학」, 『상상력과 원근법』, 문학과지성사, 1993, 389쪽.
15) 정화열, 박현모 역, 『몸의 정치』, 민음사, 1999, 187쪽 참조.

보는 것은 그를 내적으로 재현하는 것이 아니라 그와 함께 있는 것이다.
지각은 외부세계에 대한 내적 재현이 아니라, 실천적인 육체적 구현이
다. 김수영은 매우 사적인 체험인 아내와의 섹스를 통해 주체화된 아내
의 몸에 비해 자신의 몸이 적극적인 주체로서의 역할을 제대로 수행하
지 못함을 고백했다.

    그것하고 하고 와서 첫번째로 여편네와
    하던 날은 바로 그 이튿날 밤은
    아니 바로 그 첫날 밤은 반시간도 넘어 했는데도
    여편네가 만족하지 않는다
    그년하고 하듯이 혓바닥이 떨어져나가게
    물어제끼지는 않았지만 그래도
    어지간히 다부지게 해줬는데도
    여편네가 만족하지 않는다

    이게 아무래도 내가 저의 섹스를 槪觀하고
    있는 것을 아는 모양이다
    똑똑히는 몰라도 어렴풋이 느껴지는
    모양이다

    나는 섬찍해서 그전의 둔감한 내 자신으로
    다시 돌아간다
    憐憫의 순간이다 恍惚의 순간이 아니라
    속아 사는 憐憫의 순간이다

    나는 이것이 쏟고 난 뒤에도 보통때보다
    완연히 한참 더 오래 끌다가 쏟았다
    한번 더 고비를 넘을 수도 있었는데 그만큼
    지독하게 속이면 내가 곧 속고 만다
― 「성」(1968. 1. 19) 전문

시인은 "나"와 아내의 성관계를 통해 속고 속이는 현실의 관계를 비유했다. 그러므로 "도저히 메꿀 수 없는 타자와의 근본적인 괴리감을 증명하는 것"16)이라는 해석은 일면 타당하다. 이 해석은 전면에 드러난 몸을 통해 그 배후에 있는 극복할 수 없는 관계의 문제를 읽은 것이다. 여기에는 관계의 불구성만이 아니라 몸의 적극적인 주체화라는 중요하고 긴요한 의미가 담겨있다.

외도를 하고 난 뒤 아내와의 섹스에 화자는 충실했지만 반시간이 넘게 이어진 섹스에도 "여편네"가 만족하지 않는다. 아내의 불만족은 시간 때문이 아니다. 그 날의 섹스가 화자의 어떤 의도적인 행위에 불과함을 아내가 간파한 것이다. 애초부터 이들의 섹스는 "황홀"함을 기대할 만한 것은 아니었지만 화자는 "황홀"은 고사하고 속아 사는 "연민"을 느끼게 된다. 문제는 아내에게도 "나"에게도 있었다. 아내는 자신의 몸에 너무 솔직했고, 화자는 자신의 몸을 거짓되게 사용했다. 아내의 솔직함은 상대방의 포즈를 간파했기 때문에 일어난 것이며, 화자의 거짓된 행위는 몸을 정신의 지배를 받는 도구로 사용했기 때문에 생긴 것이다. 육체에 대해 화자가 보여주는 태도와 아내의 솔직한 태도는 다르다. 화자의 지연된 사정은 화자의 정신과 육체가 서로 다름을 뜻하며, 아내의 '실성증'17)에 가까운 몸은 자신의 삶의 은폐물에 가깝다. 이 둘의 관계 속에서 남성적 육체의 우월성이 초라하게 전락하고 만다. "지독하게 속이면 내가 곧 속고 만다"는 화자의 발언은 그 미묘한 순간을 보여준다.

화자는 아내의 몸을 동등한 주체의 입장에서 보는 게 아니라 관찰되는 객체로 보았다. 관찰하는 화자는 지배적이며 관찰되는 객체의 주체인 아내는 종속적으로 규정된다. 아내를 "여편네"라고 호명하는 것은 아내보다 우월한 위치를 점하고 있는 남성이 행하는 언어적 폭력의 한 예

---

16) 문혜원, 「아내와 가족, 내 안의 적과의 싸움」, 『작가연구』 5호, 1998, 233쪽.

17) 메를로 퐁티는 성이 몸의 실존을 표현한다는 측면에서 '실성증'에 걸린 환자의 몸은 '삶의 은폐물'이라고 했다(M. Merleau-Ponty, 류의근 역, 『지각의 현상학』, 문학과지성사, 2002, 258-261쪽 참조).

다. 몸을 파는 여자를 "그것"이라고 부르는 호칭에서뿐 아니라 성행위의 상대인 아내에게 보이는 화자의 일방적 태도에서도 이와 같은 남성주의적 우월성이 드러난다. 아내와 화자 사이의 육체적 어긋남은 육체를 하나의 주체로 보지 않고 도구로 인식하려고 했던 "나"의 의도적인 행위에서 온다. 그러나 화자는 "한번 더 고비를 넘을 수도 있었는데"도 불구하고 행위를 멈춘다. 이 순간 화자는 몸에 대해 새로운 인식을 갖게 된다.

이성과 정신에 대해 성은 하나의 틈으로 존재한다. 김수영은 성을 통해 이성과 정신이 지배해온 몸의 역사에 균열을 냈다. 육체에 대한 김수영의 인식은 실존적 차원의 육체에 대한 것이다. 김수영이 원죄를 통해 육체의 문제를 매우 현대적으로 해석하였다는 것은 매우 놀라운 사실이다.

> 육체가 곧 辱이고 罪라는, 아득하게 시대에 뒤떨어진 생각을 한다. (…) 그런데 며칠전에 아내와 그 일을 하던 것을 생각하다가 우연히 육체가 욕이고 죄라는 생각을 하면서 희열에 쌓였다. (…) 하지만 나의 새로운 발견이 새로운 연유는, 인간의 타락설도 아니고 원죄론의 긍정도 아니고, 한 사람의 육체를 맑은 눈으로 보고 느꼈다는 사실이다. 그것도 20여 년을 같이 지내온 사람의 육체를 (그리고 정신까지도 합해서) 비로소 완전히 객관적으로 바라볼 수 있었다는 사실이다. 그리고 이것을 시로 쓰게 되었을 때 나는 어떤 과분한 행복을 느낀다.(「原罪」, 1968. 1)

「성」이라는 시와 같은 해에 창작된 것으로 알려진 위의 산문에서 김수영은 사람의 육체를 "비로소 완전히 객관적으로 바라볼 수 있었다"는 사실에 대해 놀라워하며 그것을 시로 쓰게 되었을 때의 과분한 행복감을 적고 있다.[18] 인간은 성을 희생양으로 삼음으로써 제도와 체계의 자기기만성과 이중성을 숨겨왔다. 오랜 시간 동안 성은 정신이나 이성이 생산한 제도와 체계를 유지하고 존속시키는 데 적합한 희생의 대상이었

---

18) 김수영은 그 과분함을 다른 곳(「반시론(1968)」, 『전집』, 260쪽)에서도 적고 있다.

다. 김수영이 "육체가 곧 욕이고 죄라는, 아득하게 시대에 뒤떨어진 생각"이라고 한 것은 이러한 의식의 바탕 위에서 나온 말이다. 김수영이 정신까지도 포함해서 비로소 완전히 객관적으로 바라보게 된 육체는 이러한 맥락 속에서 이해되어야 한다. 김수영은 육체를 맑은 눈으로 보았다고 했다. "맑은 눈"은 이데올로기나 거짓된 욕망이 없는 순수한 시선을 뜻한다. 말하자면 김수영은 타락이나 원죄와 같은 도덕적, 신학적인 가치판단을 제외한 상태에서 육체의 가치를 발견한 것이다. "아내의 짤막짤막한 사지, 그리고 단단하디 단단한 살집"과 같은 육체의 구조와 "그런 자기의 육체를 자기가 모르고 있다는 사실, 또한 알아도 할 수 없다는 사실"이 여자의 운명이며 모든 사람의 운명임을 느꼈다는 사실은 이전에 가졌던 육체에 대한 죄감과는 질적으로 다르다. 육체가 '욕'이고 '죄'라고 생각하는 것은 아득하게 뒤떨어진 생각이 된다. 그래서 잠시 희열에 쌓인다. 아내의 육체를 통한 자각은 생활과 육체 속에서 얻은 자각이라는 점에서 현대성의 자각과 다르지 않다.[19] "나" 자신의 육체적 한계성이 아내의 육체가 지니는 고유성에 대한 발견으로 이어진 것이다. 몸의 적극적인 주체는 사적 세계에 갇혀 있지 않고 타자와 상호 작용을 통해 존재의 의의를 찾는다.

5. 몸: 근원적 존재양식

몸은 자족적이고 자폐적 공간이 아니다. 가장 먼저 외부를 받아들이는 몸은 주체가 세계를 이해하고 받아들이는 가장 국소적인 장소이면서 가장 광범위한 장소가 된다. 몸은 안팎의 공간적 구별을 무의미하게 하면서 바깥의 타자를 안의 세계와 배접하기 위하여 상처와 같은 갈라진 틈을 포함한다. 언제나 열려 있는, 그래서 단일한 의미로 한정되지 않은

---

19) 전상기, 앞의 글, 691쪽 참조.

세계다. 그러므로 우리는 몸의 장소에서 일어나는 수많은 사건을 명확하게 인식하지 못한다. 몸은 우리의 애매한 의식을 그대로 닮았다. 지금까지 살펴본 몸이 감각적 지각작용에 의한 경험의 세계를 뜻한다면「풀」에서 "풀"은 자기를 포함한 세계의 모든 존재자들과 교섭하는 가장 자연스러운 몸의 존재양식을 보여준다. 분명 이러한 사유는 동양의 전통적 사유와 맞닿아 있다.

> 풀이 눕는다
> 비를 몰아오는 동풍에 나부껴
> 풀은 눕고
> 드디어 울었다
> 날이 흐려서 더 울다가
> 다시 누웠다
>
> 풀이 눕는다
> 바람보다도 더 빨리 눕는다
> 바람보다도 더 빨리 울고
> 바람보다 먼저 일어난다
>
> 날이 흐리고 풀이 눕는다
> 발목까지
> 발밑까지 눕는다
> 바람보다 늦게 누워도
> 바람보다 먼저 일어나고
> 바람보다 늦게 울어도
> 바람보다 먼저 웃는다
> 날이 흐리고 풀뿌리가 눕는다

―「풀」(1968. 5. 29) 전문

　"풀"은 스스로의 움직임으로 사건을 만든다. 자연에 존재하는 일상적인 대상인 풀은 보편적인 인간의 삶의 방식을 표현하고 있다. 몸이 세계를 인식하는 가장 예민한 기관이라는 점에서 풀의 움직임은 몸의 실존적 움직임을 그대로 닮았다. 그러나 풀을 하나의 상징으로 보고 풀과 바람이 맺는 관계를 현실에서 민중과 억압세력이 맺는 관계로 해석하는 것은 풀이 지니는 몸의 비유를 극단적인 데까지 밀고 간 가장 나쁜 예라고 할 수 있다. 눈여겨보아야 할 것은 풀이라는 몸의 장소에서 일어나는 사건이 단일하지 않다는 사실이다. 그 사건은 시에 사용된 다섯 개의 서술어를 통해 구체화된다. 말하자면 풀이 '나부낀다' '눕는다' '일어난다' '운다' '웃는다'라는 다섯 개의 서술어와 만나 어우러지는 장관은 단순한 반복 이상의 의미를 드러낸다. 여기에 '비'와 '날'과 '바람'은 풀에 없어서는 안 되는 자연이라는 환경을 만들어준다. 이들 구성요소가 층위를 달리한다고 보긴 어렵다. 그러므로 바람보다도 더 빨리 눕고, 바람보다도 더 빨리 울고, 바람보다 먼저 일어나고, 바람보다 먼저 웃는 풀의 자연스런 회복의 힘은 실존적 주체가 획득하게 되는 자율의 힘이지만 바람의 구속으로부터 벗어나려는 힘이 아니다.

1연의 "비를 몰아오는 동풍에 나부껴/ 풀은 눕고/ 드디어 울었다"라는 구절을 '풀이 비바람에 밀려 쓰러지고 그 쓰러짐이 슬퍼서 운다'라고 보는 것은 풀과 바람이 자연 속에 함께 있는 존재라는 사실을 고려하지 않은 해석이다. 풀이 부정적 의미체인 비바람이 아닌 비를 몰아오는 긍정적 의미체인 "동풍"을 싫어할 리 없다. 땅에 붙박혀 있는 풀이 바람보다 자유롭지 못한 것은 당연한 사실이다. 당연한 사실을 강조하여 풀과 바람의 대립성을 부각시키는 것은 옳지 않다. 풀과 바람은 다른 세계에 존재하는 이질적인 것들이 아니다. 풀과 바람은 생태학적 속성이 다를 뿐 자연이라는 큰 영역 안에 함께 존재한다. 말하자면 비록 두 손이 서로 다른 영역에 소속되어 있으나 마주잡았을 때 두 손은 어느 게 능동태고 어느 게 수동태인지 분명히 알 수 없는 것처럼 풀과 바람의 관계는 두 손이 동일한 동작을 같이 하는 악수와 같다. 그래서 바람이 불면 풀이 눕고, 풀의 저항이 강하면 바람은 풀을 피해 간다. 미세한 바람의 흐름은 풀을 완전히 제압하면서 지나가지 않는다. "풀은 눕고/ 드디어 울었다"에서 우는 행위란 일상적인 관계에서 받는 상처의 흔적이다. 몸의 아픔이 우는 행위로, 다시 눕는 행위로 전이된 것이다.

2연에서 풀은 바람보다 "더 빨리" 눕고, 울고, 그리고 "먼저" 일어난다. "더 빨리"에서 "먼저"로의 변화는 풀의 움직임이 전적으로 바람에 의한 것이 아님을 알게 한다. 풀은 바람에 의하여 촉발된 것이 아니라 스스로의 자기 촉발에 따른 능동적이고 자율적인 움직임[20]을 보여준다. 그러므로 풀과 바람의 불평등한 관계를 의도적으로 강조할 필요는 없다. 바람도 역시 풀처럼 울기도 하고, 눕기도 하고, 웃기도 하고, 일어서기도 하기 때문이다. 3연에서 "바람보다 늦게 누워도/ 바람보다 먼저 일어나고/ 바람보다 늦게 울어도/ 바람보다 먼저 웃는다"라는 구절은 풀만 눕고, 일어나고, 울고, 웃는 것이 아니라 바람 역시 그러한 행동을 똑같이 하고 있음을 지시한다. 자연에 존재하는 모든 것들은 풀처럼 눕고, 일어나고, 울고, 웃는다. 그것은 생래적 현상이다. 여기에서 우리는 풀이 인간의 몸을 가장 자연스럽게 구현하고 있음을 다시 확인할 수 있다. 풀은 땅과 물과 바람처럼 자연을 구성하고 있는 가장 기본적인 것들과 차원이 다르지 않다. 타자를 만나 상처를 입기도 하고 그 상처를 스스로 치유하면서 새로운 긍정의 힘을 얻는 풀은 가장 평범하면서 일반적 존재자들의 존재양식에 해당한다.

시 「풀」이 보여주는 것은 자연의 일부로서의 몸의 묘사에 한정되지 않는다. 그것은 보이지 않는 것들의 움직임까지 보여준다. 풀은 바람을 통해 자신을 느끼며 바람이 보여주는 행동 속에서 자신의 몸이 계속 움직이고 있음을 확인한다. 풀 스스로 그 움직임을 확인할 수 있는 방법은 없다. 그것은 바람의 입장에서도 마찬가지다. 바람과 풀은 서로의 행동을 통해 관계하면서 자연의 보편적인 현상을 창출한다. 풀의 몸은 땅과 비와 바람 등과 서로 교제하고 교접하면서 하나의 세계를 형성한다. 특

---

20) 강웅식, 「김수영의 시 「풀」에 나타난 상징적 의미와 그 초월성」, 『민족문화연구』 제40호, 2004, 259쪽.

416

히나 풀과 바람의 움직임은 서로 상대방에게 자기의 것을 상감시켜 놓고 또 상대방의 것을 자기 것 속에 접목시켜 놓는 그런 상호교환과 상호교응의 혼융을 보여준다.[21] "날이 흐리고 풀뿌리가 눕는다"는 마지막 구절에서 현실의 세계에서는 감지할 수 없는 풀뿌리의 움직임은 지금까지의 풀의 움직임이 쌓여서 생긴 현상이지 어떤 비극적 결말을 보여주는 것은 아니다. 만약 그것이 어떤 비극성을 의도하고 있다면 모든 존재가 지니는 근본적인 비극성이 여기에 해당할 것이다. 그러나 세계의존적 존재로서의 몸은 객관적인 영역을 구획 짓지 않은 채 세계의 문법에 따라 살아가기 마련이다. 몸은 존재자들 사이의 어떤 상호의존성을 보여주며, 존재자들 간의 존재론적 접목을 상징하는 '접합점'과 같다. 그러나 접합점은 두 실을 묶어 놓은 매듭처럼 일정한 공간의 자리를 차지하지 않는다. 그것은 어떤 것으로 실재로 거기에 있는 실체와 같은 것이 아니다. 파장이나 자장처럼 울림이나 진동의 사건과 같은 영역을 지닌 사이의 세계라고 볼 수 있다.[22] 「풀」의 몸은 보이는 현존과 안 보이는 부재의 만남을 가시화하는 또 다른 場으로서 역할을 수행한다. 풀의 울음은 세계에 대한 반응이다. 그것은 눕는 것에 그치지 않고 적극적으로 자신을 표현한다. 그것을 억압의 표시로 읽을 게 아니라 자연스러운 현상으로 보아야 한다. 풀이라는 존재자 전체가 스스로 자신을 형성하고 있는 전개를 보여준다. 자신의 상처를 숨기거나 배제하지 않고 새로운 웃음의 세계로 나아가는 풀을 통해 우리는 적극적인 소통의 가능성을 읽을 수 있다. 풀로서 재현되는 몸이야말로 모든 존재자의 존재양식의 근원적 형태를 뜻한다.

---

21) 메를로 퐁티가 후기에서 말하는 '살'(la chair)은 능동적인 존재와 수동적인 존재가 존재 세계 내부에서 고정되고 고착되어 응결된 상태로 존재하는 것이 아님을 강조한다(김형효, 「메를로—뽕띠의 철학을 통해서 본 몸의 현대적 의미」, 『프랑스학 연구』 3호, 1998, 159-160쪽 참조).

22) 김형효, 앞의 글, 165쪽 참조.

6. 결론

인간의 삶은 무엇보다도 몸으로 존재하는 삶이다. 인간은 몸을 통해서 타자를 이해하고 상호 신체적으로 세계에 존재하게 된다. 몸은 세계를 체험하는 장이며, 이미 세계를 잠재적으로 알고 있다. 우리가 세계의 본질을 자각하게 되는 것은 몸을 통해서다. 우리는 몸으로 세계에 참여하고, 타자와 역동적인 관계를 맺는다.23) 그러므로 몸은 더 이상 사유하지 못하는 연장(延長) 실체가 아니며 물리적인 사물이 아니다. 몸은 의지 기관이며, 세계를 지각하고 세계를 선의지적으로 이해하며, 세계를 통일된 것으로 파악하여 의미를 부여하는 주체로 인식된다. 이렇게 볼 때, 몸은 구체적인 사회성이나 역사성, 문화적 차이가 드러나는 실질적인 공간임을 알 수 있다. 몸은 정신과 몸의 이분법을 토대로 확대 재생산된 문화와 자연, 남성과 여성, 서양과 동양 등의 근대적 이분법을 종식하고 인간을 포함한 물질의 동질성과 차이를 동시에 읽을 수 있는 출발점이 된다. 그것은 근대 넘어서기의 출발점이며, 이때 전통은 근대의 중심 요소로 새롭게 자리할 수 있게 된다.

김수영은 육체를 타자화하는 동양적 엄숙주의가 철저히 지켜지는 문화적 환경에서 자라고 성장했다. 그런 면에서 김수영이 '몸'에 대한 깊이 있는 사유를 보여주었다는 사실은 매우 중요하다. 김수영 시에서 몸의 피로와 설움, 그리고 아픔은 단순한 신체적 현상이 아니다. 이러한 증상들은 생활 현실의 상태를 가장 예민하게 보여준다. 특히 몸이 권력의 작용점으로 변해가는 스스로를 알고 이를 아픔으로 증명하였다는 사실과 이 아픔이 타자의 발견으로 이어지고 있다는 점은 주목해야 할 부분이다. 뿐만 아니라 「풀」을 통해 모든 존재자의 근원적인 존재 양식을 보여주었다는 점에서 우리는 김수영 시에서 '몸'의 중요성을 재삼 강조할 필요가 있다. 김수영 시의 현대성과 전위적이고 실험적인 감각 역시

---

23) M. Merleau-Ponty, 류의근 역, 『지각현상학』, 문학과지성사, 2002, 311-316쪽 참조.

육체성의 발견과 체험을 바탕으로 한 것이라고 볼 때, '온몸의 시학'으로 대표되는 김수영의 시는 '몸'을 통해 다시 읽을 수 있을 것이다.

주제어 : 몸, 피로, 설움, 아픔, 타자의 발견, 존재양식

◆ 참고문헌

강웅식, 「김수영의 시 「풀」에 나타난 상징적 의미와 그 초월성」, 『민족문화연구』 제 40호, 2004, 259쪽.
김세서리아, 「양명학에서의 몸 담론과 그것의 현대적 의미」, 『양명학』 10호, 2003, 9 -39쪽.
김유중, 「김수영 시의 모더니티 1」, 『국어국문학』 119집, 1997, 327-345쪽.
김인환, 「글쓰기의 지형학」, 『상상력과 원근법』, 문학과지성사, 1993, 389쪽.
김형효, 「메를로—뽕띠의 철학을 통해서 본 몸의 현대적 의미」, 『프랑스학 연구』 3 호, 1998, 159-165쪽.
남기택, 「김수영 시의 '몸'에 관한 연구」, 『한국언어문학』 49집, 2002, 275-295쪽.
노 철, 「김수영 시에 나타난 정신과 육체의 갈등 양상 연구」, 『어문논집』 36집, 1997, 303-318쪽.
문혜원, 「아내와 가족, 내 안의 적과의 싸움」, 『작가연구』 5호, 1998, 233쪽.
박지영, 「김수영 시에 나타난 '자연'과 '몸'에 관한 사유」, 『민족문학사연구』 20호, 2002, 271-299쪽.
박찬부, 「정신분석학과 '근원'의 문제」, 『현대정신분석비평』, 민음사, 1996, 278-303쪽.
유초하, 「동서의 철학적 전통에서 본 육체」, 『문화과학』 4호, 1993년 가을, 114-135쪽.
이승환, 「'몸'의 기호학적 고찰—유가 전통을 중심으로」, 『기호학연구』 3, 1997, 42- 75쪽.
장석원, 「김수영 시의 수사적 특성 연구」, 고려대 박사논문, 2004, 184-185쪽.
전상기, 「김수영의 육체성과 현대성」, 조건상 편, 『한국국어문학연구』, 국학자료원, 2001, 677-695쪽.
정화열, 박현모 역, 『몸의 정치』, 민음사, 1999, 187쪽.
조광제, 『몸의 세계, 세계의 몸』, 이학사, 2004, 143쪽.

조민환,「유가미학에서 바라 본 몸」,『동양철학연구』18집, 1998, 432쪽.
유아사 야스오(湯淺泰雄), 이정배·이한영 역,『몸과 우주』, 지식산업사, 2004, 96-233쪽.
H. Lefebvre, *The Production of Space*, Donald N. Smith, trans., Oxford: Blackwell, 1991, p.195.
─────, 박정자 역,『현대세계의 일상성』, 세계일보사, 1990, 206-207쪽.
M. Merleau─Ponty, 류의근 역,『지각의 현상학』, 문학과지성사, 2002, 311-316쪽

◆ 국문초록

김수영은 동양적 엄숙주의가 철저히 지켜지는 문화적 환경에서 자라고 성장했다. 그런 면에서 김수영이 '몸'에 대한 깊이 있는 사유를 보여주었다는 사실은 매우 중요한 사건이다. 김수영은 몸의 증상을 통해 존재가 세계에 편입되는 과정과 그 과정에서의 불화를 보여준다. 이것은 세계와의 소통을 추구하려는 의지의 결과로 볼 수 있다. 이처럼 김수영 시에서 몸은 적극적으로 세계에 참여하고, 타자와 역동적인 관계를 맺는다. 따라서 몸은 연장(延長) 실체가 아니며 물리적인 사물이 아니다. 김수영이 몸의 피로와 아픔 등을 통해 보여주는 것은 근원적 존재 양식으로서의 몸이다. 이때의 몸은 정신과 몸의 이분법을 토대로 확대 재생산된 문화와 자연, 남성과 여성, 서양과 동양 등의 근대적 이분법을 종식하고 모든 존재의 동질성과 차이를 동시에 읽을 수 있는 출발점이 된다. 그것은 근대 넘어서기의 출발점이다. 그러므로 김수영 시에서 몸은 세계를 이해하는 가장 근원적인 장소라고 할 수 있다. 김수영 시의 현대성과 전위적이고 실험적인 감각은 육체성의 발견과 체험을 바탕으로 한 것이다.

◆ SUMMARY

The Body and the Meaning of it
in Kim Soo─young's Poetry

Yeo, Tae-Chon

Kim Soo─young had grown up in cultural environment where the

420

Oriental solemnity is thoroughly kept. In such aspect, the fact that he showed profound speculation on the body is a very important matter. He represented the process of existence's being incorporated into the world and the discord during that process through the symptoms of the body. This seems to be the result of his will to seek the communication with the world. Like this, the body in his poetry actively participates in the world and has dynamic relation with others. Consequently, the body is not an extension substance nor a physical object. What Kim Soo—young shows through tiredness and pain of the body is the body as ultimate mode of existence. The body became the starting point of putting an end to modern dichotomy such as culture and nature, male and female, the West and the East, etc enlarged and reproduced on the basis of the dichotomy of the body and the soul and reading the homogeneousness and difference of all existences at the same time. This is also the starting point of overpassing the modern ages. Therefore, the body is the most ultimate place of understanding the world. The modernity and avant—garde and experimental sense of Kim Soo—young's poetry are based on the discovery and experience of the body.

Keyword : the body, tiredness, sadness, pain, discovery of others, mode of existence

—이 논문은 2004년 12월 31일에 접수되어, 소정의 심사과정을 거쳐 2005년 1월 31일에 게재가 확정되었음.

한국문학과 탈식민주의

2005년 2월 25일 인쇄
2005년 2월 28일 발행

저 자   상 허 학 회
펴낸이   박 현 숙
찍은곳   신화인쇄공사

〔1 1 0 - 2 3 0〕
서울시 종로구 낙원동 58-3 종로오피스텔 606호
TEL. 764-3018, 764-3019   FAX. 764-3011
E-mail : kpsm80@hanmail.net

펴낸곳 도서출판 **깊 은 샘**
등록번호/제2-69. 등록년월일/1980년 2월 6일

ISBN   89-7416-146-X
※ 잘못된 책은 교환해 드립니다.

값 15,000원